이성과 감성

제인 오스틴 지음 / 송은주 옮김

차례

Sense and Sensibility

5 이 책을 읽는 분에게

이성과 감성

11 1권

145 2권

261 3권

387 작품해설

402 연보

| 이 책을 읽는 분에게 |

제인 오스틴의 소설이 나온 후로 200여 년의 시간이 흘렀으나, 오스틴의 작품들은 아직까지도 세계 각국에서 번역되어 널리 읽히면서 생명력을 잃지 않고 있다. 제인 오스틴의 작품들은 최근 10년간 줄줄이 영화화되어 큰 인기를 끌었다. 1995년 《오만과 편견》이 BBC의 6부작 드라마로 제작되었고, 《엠마》는 세 편이나 제작되었다. 《이성과 감성》도 영화로 좋은 반응을 끌었으며, 《오만과 편견》에서 모티브를 얻은 《브리짓 존스의 일기》가 대히트를 기록하기도 했다. 아무리 오랜 세월이 흘렀어도 일생의 중대사인 결혼과 사랑을 둘러싸고 펼쳐지는 다양한 인간 군상들에 대한 깊이 있고 섬세한 심리 묘사와 세련된 풍자, 행복한 결혼으로 마무리되는 로맨스의 완성은 현대 독자들에게도 충분히 매력적이다.

《이성과 감성》은 제인 오스틴이 제일 먼저 집필한 작품은 아니지만, 출판된 작품으로서는 첫번째이다. 이 작품은 제인 오스틴의 가장 유명한 작품인 《오만과 편견》에 비하면 좀더 어두운 분위기이다. 그러나 오스틴 특유의 재기발랄한 재치와 속물적인 젠트리 계급 사람들의 위선에 대한 날카로우면서도 유쾌한 야유, 결함투성이이지만 그럼에도 불구하고 인간적이고 선량한 이들에 대한 따듯한 시선은 여전히 빛을 발한다.

제인 오스틴의 작품들이 모두 사랑과 결혼을 주된 내용으로 삼고 있으며, 여주인공들이 현실적인 고난 속에서도 행복한 결혼을 성취하는 결말로 끝난다는 점 때문에, 오스틴의 작품은 낭만적인 사랑을 다룬 로맨스로만 여겨지기도 한다. 그러나 결혼에 대한 오스틴의 시각은 냉정하고 현실적이다. 《이성과 감성》에도 서로 정신적인 공감대라고는 손톱만큼도 없이 각기 배우자 이외의 다른 관심사에서 즐거움을 찾음으로써 간신히 결혼 생활을 유지해 나가는 미들턴 경 부부와 남편은 아내를 무시하는 것을 유일한 낙으로 삼고 아내는 무시당한다는 사실조차 깨닫지 못할 만큼 아둔한 파머 씨 부부의 무미건조한 결혼이 등장한다. 젊은 여성에게는 결혼 이외의 출구가 전혀 마련되어 있지 않고, 윌러비의 경우가 단적으로 보여주듯이 재산을 얻기 위한 방편으로서의 결혼이 당연시되던 시절인 만큼, 결혼에는 두 당사자의 애정 이외에 다른 요소들이 더 많이 개입할 수밖에 없었으니 피할 수 없는 결과였을 것이다. 오스틴은 그와 같이 결혼을 물질적 이익을 추구하는 수단으로만 치부하는 사람들과 달리, 자존과 품위를 꿋꿋이 지키며 자신들의 방식으로 사랑과 결혼을 성취하는 여주인공들의 모습을 대조적으로 그리고 있다. 돈과 권력이 지배하는 세상에서 자기를 잃지 않고 행복을 찾으려는 그들의 노력은 현실적인 한계 속에서 최선을 다하고자 하는 치열한 싸움에 다름 아니며, 그 과정은 그들에게 인격적인 성숙과 도덕적인 성장을 가져다준다. 오스틴의 소설에서 행복한 결혼의 성취보다 본질적으로 더욱 의미 있는 결과가 바로 이것이다.

오스틴의 소설을 즐기는 방법에는 여러 가지가 있을 수 있다. 오스틴의 주인공들이 주변 인물들과의 관계 속에서 어떤 식으로 변화하고 성장해 나가는가를 살펴보며 감동을 느낄 수도 있고, 엘리너와 매리앤이 각기 좋은 남편감을 얻고 행복하게 살아가는 모습에서 만족을 얻어도 좋다. 주변 인물들의 이기심, 탐욕, 오만, 어리석음, 무례함 등을 날카로우면서도 우아하게 야유하고 조롱하는 제인 오스틴의 풍자에 흠뻑 취해 보는 것도 좋겠다. 오스틴의 정중하고 세련된 독설 속에 숨은 뼈있는 비판은 읽을수록 새로운 맛을 줄 것이다.

제인 오스틴의 고풍스러우면서도 은근히 톡 쏘는 듯 상큼한 문장의 맛을 독자에게 제대로 전달하고 싶었으나 쉽지 않은 작업이었다. 먼 과거의 고전은 바쁘고 변화무쌍한 현대를 살아가는 우리들에게 딴 세상 이야기처럼 들릴 것 같고 너무 어렵고 무거워 보여 접근하기 힘들다고 느낄 수도 있겠으나, 이 작품을 접해 본 독자들이 수백 년의 시간과 공간에도 불구하고 비슷한 삶을 살아가는 이들의 보편적인 이야기로 느낄 수 있다면 조금이나마 번역한 보람을 느낄 수 있을 것이다.

옮긴이

이성과 감성
Sense and Sensibility

Sense and Sensibility
1 권

1장

대쉬우드 가家가 서섹스에 정착한지는 꽤 오래 되었다. 그들은 넓은 영지를 지니고 있으며 그 한가운데 자리한 놀랜드 파크에서 여러 세대 동안 점잖은 생활을 하면서 주변 이웃에게도 좋은 평을 받았다. 이 영지의 바로 이전 주인은 나이 많은 독신남으로, 오랫동안 누이를 변함없는 동반자이자 안주인으로 삼고 지냈다. 그러나 그가 죽기 10년 전 누이가 먼저 세상을 뜨는 바람에, 그의 집에 엄청난 변화가 일어났다. 그는 누이의 빈자리를 메우기 위해 자기 집에 놀랜드 영지의 법정 상속인이며 자기가 죽으면 유산을 넘겨주려고 점찍어 놓은 조카 헨리 대쉬우드를 불러들였다. 노신사의 말년은 조카와 조카며느리, 그들의 아이들과 함께 평온하게 흘러갔다. 가족 모두에 대한 노신사의 애정은 점점 깊어갔다. 헨리 대쉬우드와 그의 처는 이해관계를 떠나서 마음에서 우러나온 선의로 그에게 부족한 것이 없는지 늘 세심하게 보살폈으므로, 그는 노인이 받을 수 있는 참된 위안을 모두 얻었다. 게다가 아이들의 재롱은 그의 생활에 활기를 더했다.

헨리 대쉬우드는 첫번째 결혼에서는 아들 하나를, 현재 부인에게서는 딸 셋을 얻었다. 항상 남의 눈에 신경을 많이 쓰는 젊은이인 아들은 상당한 규모인 어머니의 유산 중 절반을 성년이 되면서 넘겨받아 충분히 먹고 살 만한데다가, 최근의 결혼으로 재산이 더욱 늘었다. 그렇기에 그에게 놀랜드 영지의 상속 문제는 누이들만큼 중요한 관심사는 아니었다. 아버지의 상속분에서 누이들에게 돌아갈 수 있는 몫을 제한다면, 누이들의 재산은 보잘것 없었다. 그들의 어머니는 재산이라곤 없었고, 아버지가 마음대로 처분할 수 있는 몫은 고작 7천 파운드뿐이었다. 전처의 재산 중 남은 절반도 그녀의 아들 몫으로 되어 있었고, 아버지는 평생 동안 이자를 받을 수 있을 따름이었다.

노신사는 죽었다. 유언장이 공개되었고, 유언장이라는 게 대개 그렇듯 기쁨과 실망을 동시에 안겨주었다. 그는 부당하거나 고마움을 모르는 사람은 아니어서 영지를 조카에게 물려주었지만, 유산의 가치를 절반으로 떨어뜨리는 조건을 달아서 남겨주었다. 대쉬우드 씨는 자기 자신이나 아들보다는 처와 딸들 때문에 더 간절히 유산을 원했다. 그러나 유산은 그의 아들과 네 살짜리 손자에게 돌아갔고, 그에게는 가장 소중한 사람들이자 누구보다도 절실히 돈이 필요한 이들을 위해서 영지에서 토지세를 거둔다든가, 값나가는 숲을 팔 권한은 전혀 얻지 못했다. 부모를 따라 가끔씩 놀랜드를 방문하여 두어 살짜리 아이들로서는 전혀 특별할 것도 없는 매력으로 삼촌의 애정을 독차지했던 이 아이의 이익에 해가 되지 않도록 아무것도 매매해서는 안 된다는 조건이 붙어 있었다. 여러 해에 걸쳐 그를 보살펴 온 조카며느리와 딸들보다 혀짤배기 소리로 자기 고집을 피우며 떼를 쓰고 귀엽게 재롱을 떨거나 시끄럽게 야단법석을 치는 이 어린아이가 더 소중했던 것이다. 그러나 노인은 몰인정하게 굴고 싶지는 않았으므로, 세 딸에 대한 애정의 표시로 각각 1천 파운드씩을 남겨주었다.

처음에는 대쉬우드 씨는 실망이 이만저만이 아니었다. 그러나 워낙

천성이 쾌활하고 낙천적이었으므로, 앞으로 살 날이야 많을 테니 절약하면 이미 상당한 규모인 영지의 소출에서 적지 않은 액수를 모아 금방 사정을 호전시킬 수 있을 것이라고 기대했다. 하지만 그토록 더디게 왔던 행운은 고작 일년밖에 가지 않았다. 그는 삼촌보다 겨우 일년을 더 살았다. 최근 물려받은 유산을 포함해 1만 파운드가 그의 미망인과 딸들에게 남겨진 전부였다.

대쉬우드 씨는 위독해지자 즉시 아들을 불렀다. 그는 아들에게 계모와 누이들을 돌보아 달라고 남은 힘을 다하여 간곡히 부탁했다.

존 대쉬우드는 남은 가족에게는 그다지 정이 없었다. 그러나 때가 때이니만큼 마음이 움직여, 그들이 편히 살 수 있도록 힘닿는 한 뭐든 하겠다고 약속했다. 아버지는 이러한 약속에 편안히 눈을 감았고, 존 대쉬우드는 그들을 위해 무리하지 않는 범위 내에서 자기 힘으로 할 수 있는 것이 얼마나 있을까 따져 볼 여유가 생겼다.

인정머리 없거나 이기적이라고 해서 꼭 못된 인간이라고만 할 수 없다면 그는 못된 젊은이는 아니었으며, 일상적인 의무를 다하면서 예의바르게 처신했으므로 일반적으로 좋은 평을 받았다. 좀더 착한 여자와 결혼했더라면 평이 훨씬 더 좋아졌을 것이고, 지금보다 더 착한 사람이 될 수도 있었을 것이다. 그는 매우 어린 나이에 결혼해서 부인을 퍽 좋아했다. 그러나 대쉬우드 부인은 그를 꼭 닮은 데다 속 좁고 이기적인 면에서는 더했다.

그는 아버지에게 약속했을 때, 누이들에게 각각 1천 파운드씩 나눠주어 재산을 늘려 줄 마음을 먹었다. 그때는 정말로 그 정도는 할 수 있다고 생각했다. 어머니의 재산 절반 외에도 현재 수입에 추가로 해마다 4천 파운드가 들어올 생각을 하니 마음에 여유가 생겼고, 아량을 베풀어도 좋겠다 싶었다. '그래, 그 애들한테 3천 파운드를 줘야지. 너그럽고 인정스러운 일이 아닌가! 그 정도면 동생들도 부족함 없이 편안한 생활을 누릴 수 있겠지. 3천 파운드라! 만만한 액수는 아니지만 그 정도야 해 줘도 좋겠지.' 그는 며칠 동안 온종일 그 생각을 했고, 후회하지 않았다.

존 대쉬우드 부인은 시아버지의 장례식이 끝나기가 무섭게 시어머니에게는 일언반구도 없이 아이들과 하인들을 이끌고 들이닥쳤다. 부인의 권리에 이의를 제기할 사람은 아무도 없었다. 시아버지가 사망한 그 순간부터 집이 남편 차지가 되었다지만, 그 때문에 부인의 행동은 더욱 무례한 것이었다. 대쉬우드 부인과 같은 처지를 당하면 누구라도 당연히 크게 불쾌감을 느꼈을 것이다. 더구나 부인은 명예심이 강하고 낭만적이며 관대한 성품이었으므로, 누구와 주고받았건 간에 그런 모욕에 질색했을 것이다. 존 대쉬우드 부인은 이전에도 남편의 가족들 중 누구에게서도 호감을 얻지 못했지만, 지금까지는 다른 사람들의 안위를 배려할 필요가 생길 때 얼마나 가차없이 무시해 버리는지 보여줄 기회가 없었을 따름이었다.

대쉬우드 부인은 이러한 불손한 행동을 뼛속 깊이 느끼고 며느리를 진심으로 경멸했기 때문에, 며느리가 도착하자마자 영영 집을 떠나버릴 기세였다. 그러나 맏딸의 애원에 우선 이렇게 떠나는 것이 올바른 행동인지 다시 생각해 보았고, 그 다음에는 세 아이들에 대한 깊은 애정 때문에 아이들과 오빠의 관계가 나빠지지 않도록 일단 머물기로 했다.

적절한 충고를 내놓은 맏딸 엘리너는 깊은 이해력과 냉정한 판단력의 소유자였다. 그 덕에 열아홉 살의 나이지만 어머니의 조언자 역할을 훌륭히 해냈을 뿐 아니라, 분별을 잃기 일쑤인 대쉬우드 부인의 감정을 모두에게 이로운 방향으로 제어할 수 있었다. 엘리너는 마음씨도 비단결 같았다. 천성적으로 애정이 넘쳤고 감정도 풍부했지만, 감정을 다스리는 법도 알고 있었다. 그것이야말로 어머니가 아직 배우지 못했고, 동생들 중 하나는 아예 영영 배우지 않기로 작정한 지혜였다.

매리앤의 재능은 여러 면에서 엘리너에게 결코 뒤떨어지지 않았다. 그녀는 분별 있고 현명했으나, 무엇이든 깊이 빠지는 경향이 있어서 슬퍼할 때나 기뻐할 때나 절제할 줄을 몰랐다. 너그럽고, 상냥하고, 재치도 있었다. 신중함만 빼고는 부족함이 없었다. 어머니와 어찌나 닮았는지 놀랄 지경이었다.

엘리너는 동생의 지나친 감성을 근심스럽게 지켜보았다. 그러나 대쉬우드 부인은 그런 자질을 높이 평가하고 아꼈다. 그들은 이제 서로의 감정을 부추겨가며 격렬한 비탄에 빠졌다. 처음에 자신들을 덮쳤던 슬픔의 고통을 자발적으로 되살려내고, 찾아내고, 거듭 만들어냈다. 그들은 자기들의 슬픔에 전적으로 온몸을 내맡긴 채 비참함을 더하는 온갖 상상으로 불행을 가중시켰고, 미래에서 아무런 위안도 구하지 않기로 작심했다. 엘리너 역시 몹시 괴로웠지만 아직 버틸 수 있었고, 노력할 수 있었다. 엘리너는 오빠와 상의하고, 도착한 올케를 맞이하여 적절히 접대할 수 있었으며, 어머니도 자기처럼 노력을 하도록 애써 일깨워주고, 자제하도록 힘을 불어넣어 줄 수 있었다.

셋째 마거릿은 명랑하고 마음씨 고운 소녀였다. 그러나 매리앤만큼의 분별력도 갖추지 못했으면서 이미 언니의 공상벽에 깊이 물들어서, 열세 살인 그녀는 자기보다 인생을 더 산 언니들만큼 나아질 가망이 없었다.

2장

존 대쉬우드 부인은 이제 놀랜드의 안주인으로 확고히 자리잡았고, 시어머니와 시누들은 곁방 신세로 전락했다. 그러나 부인은 그들을 조용하고 정중하게 대접했고, 남편은 자기 자신이나 아내, 아이들을 제외한 남들을 대하는 것과 다름없이 친절하게 대했다. 그는 진심을 담아서 그들에게 놀랜드를 내 집처럼 여겨 달라고 당부했다. 대쉬우드 부인은 인근에 머물 집을 구하게 될 때까지 거기 머무는 외에는 달리 방도가 없었으므로 그의 초대를 수락했다.

모든 것이 과거의 행복을 상기시키는 장소에 계속 머문다는 것은 대쉬우드 부인의 기질에 꼭 맞았다. 활기찼던 시절에는 부인보다 더 명랑한 이는 없었고, 부인만큼 그 자체가 행복이라고 해도 좋을 행복에 대한 낙천적인 기대에 부푼 이도 없었다. 그러나 슬픔에 빠졌을 때도 행복했던 시절에 그랬던 것과 똑같이 공상에 빠져 위안을 멀리하고 불순한 다른 감정은 거부했다.

존 대쉬우드 부인은 남편이 누이들을 위해 하려고 작정한 일에 전혀 동의하지 않았다. 사랑스러운 어린 아들의 재산에서 3천 파운드를 축내다니, 그 애를 끔찍하기 짝이 없는 가난에 빠뜨리는 짓이다. 부인은 남편에게 다시 생각해 보라고 애걸했다. 어떻게 자기 아이, 그것도 외아들한테서 그런 거금을 빼앗을 마음을 먹을 수가 있단 말인가? 게다가 남편과 피도 반밖에 섞이지 않았고, 자기 생각에는 그 정도는 혈연이라고 할 수도 없는데, 그런 시누이들이 무슨 권리로 거액을 내놓도록 그의 관대함에 호소한단 말인가? 배다른 자식들 사이에 정 따위는 없다는 건 세상이 다 아는 일이다. 왜 그가 이복누이들에게 돈을 몽땅 퍼 주어 자신과 불쌍한 어린 해리의 신세를 망쳐야 한단 말인가?

남편이 이렇게 대답했다. "미망인과 딸들을 도와 달라는 것이 아버지의 마지막 부탁이셨소."

"감히 말하건대, 아버님은 자기가 무슨 말을 하는지도 모르고 하신 말씀이에요. 십중팔구 그때 제정신이 아니셨다고요. 맑은 정신이었다면 당신한테 자식 재산의 절반을 퍼주라는 부탁 따위는 생각도 않으셨을 거예요."

"여보, 아버님은 얼마를 주라고 구체적으로 말씀하지는 않으셨소. 그저 두루뭉실하게 그들을 도와주어 아버님 힘으로 하실 수 있었던 것보다 좀더 상황을 낫게 해 달라고 부탁하셨을 뿐이지. 아마 내게 완전히 맡겨 놓으셔도 마찬가지였겠지만. 내가 그들을 외면하리라고 생각하진 않으셨을 거요. 그러나 아버님이 약속해 달라고 하시는데 그렇게 하지 않을 도리가 없었소. 적어도 그 때 생각은 그랬소. 그래서 약속을 해 드렸고, 약속한 이상 지켜야 하오. 그들이 놀랜드를 떠나 새 집에 정착하게 되면 언제라도 그들을 위해 뭔가 해 주어야 하오."

"그렇다면, 뭔가 해 주면 되겠네요. 하지만 그 뭔가가 꼭 3천 파운드일 필요는 없잖아요. 생각해 봐요." 아내가 덧붙였다. "돈이란 건 일단 한 번 내놓으면, 절대 다시 거둬들일 수 없다고요. 당신 누이들이 결혼이라도 하면, 그땐 영영 날아가는 거예요. 우리 불쌍한 어린것한테 그 돈을 되돌려 줄 수만 있다면……."

남편이 아주 진지한 태도로 말을 받았다. "음, 확실히 그건 전혀 다른 얘기가 되겠군. 해리가 그렇게 큰돈이 사라진 것을 아쉬워할 날이 올지도 모르지. 예를 들어 그 애가 대가족을 거느리게 된다면, 그 돈이 큰 도움이 될 테지."

"두말 하면 잔소리지요."

"그러면, 액수를 절반으로 줄이는 편이 모두를 위해 더 좋겠군. 5백 파운드면 누이들 재산에 꽤 보탬이 되겠지!"

"오! 그렇게 훌륭할 수가! 세상에 어떤 오빠가 자기 누이들한테 그 돈의 반만큼이라도 내놓겠어요! 더군다나 사실은 누이들도 아닌데! 사실 말이지 겨우 이복누이잖우! 그런데도 이렇게 너그럽다니!"

"인색한 인간이 되고 싶지는 않으니까. 이런 경우라면 너무 적은 것보다는 좀 과한 편이 낫겠지. 적어도 내가 그들에게 할 만큼 해주지 않았다고 말할 사람은 없을 거요. 누이들 본인들이라도 그 이상은 기대 안 하겠지." 남편의 대답이었다.

"시누들이 무슨 생각을 하는지 그거야 알 수 없죠. 하지만 우리가 그걸 따질 필요가 뭐 있나요. 문제는 당신이 얼마나 해 줄 수 있느냐지요."

"물론이오. 각각 5백 파운드 정도면 해줄 수 있겠소. 지금만 해도 내가 보태주지 않아도 누이들은 어머니가 돌아가시면 각자 3천 파운드씩은 받을 텐데. 젊은 여자한테 그 정도면 충분한 재산이지."

"당연한 말씀이지요. 그러고 보니 더 보태줄 필요가 전혀 없을 것도 같네요. 자기들끼리 1만 파운드를 나눠 가질 거잖아요. 결혼을 한다면 틀림없이 잘 살 테고, 안 한대도 1만 파운드의 이자로 같이 풍족한 생활을 할 수 있을 텐데."

"정말 그렇군. 여러 가지를 고려해 보니, 누이들을 위해서보다는 어머니가 살아 계실 동안 어머니를 위해서 뭔가 해 드리는 편이 훨씬 더 바람직할지 모르겠군. 연금 비슷하게 말이지. 어머니는 물론이고 누이들도 혜택을 실감하겠지. 1년에 100파운드면 모두 충분히 편안한 생활을 누릴 수 있을 거요."

그러나 아내는 이 계획에 동의하기를 약간 망설였다.

아내가 말했다. "물론 한꺼번에 1천 5백 파운드를 내놓는 것보다야 그게 낫겠지요. 하지만 만일 어머님이 15년 이상 사신다면, 우리가 손해인데요."

"15년이라고! 여보, 어머님은 그 반도 못 사실 거요."

"물론 그렇겠죠. 하지만 주위를 둘러보면 받아먹을 연금이 있으면 보통 명줄도 질겨지던데요. 게다가 어머님은 아주 튼튼하고 건강하시고, 마흔도 채 안 되셨는 걸요. 연금은 아주 골치 아픈 일이에요. 해마다 되풀이해서 돌아오고, 떼어낼 방법도 없어요. 당신은 자기가 무슨 짓을 하려는 건지 모르고 있어요. 전 연금이 얼마나 골칫거리인지 잘 알아요. 우리 어머니는 아버지 유언에 따라서 늙은 하인들 셋에게 꼼짝없이 연금을 주셔야만 했어요. 얼마나 불쾌한 일인지 몰라요. 1년에 두 번씩 연금을 줘야 될 때가 오지요. 그러면 귀찮아도 줘야지 어쩌겠어요. 그러다가 그 중 하나가 죽었다는 소식이 오더니, 또 사실은 아니라고 하질 않나. 어머니는 정말 진절머리를 내셨다니까요. 이렇게 밑도 끝도 없이 시달려서야 내 돈이 내 돈이 아니라고 하셨죠. 그렇지 않았다면 어머니가 아무런 제한 없이 돈을 마음대로 처분하실 수 있었을 텐데, 아버지가 너무 야박하셨지 뭐예요. 전 연금이 얼마나 끔찍한 건지 겪어 봐서, 세상없어도 누군가에게 꼬박꼬박 돈을 줘야만 하는 상황이 되기는 싫어요."

"해마다 자기 수입에서 그렇게 돈이 샌다면 정말 불쾌한 일이겠군. 장모님 말씀대로 자기 재산이라도 자기 것이라고 할 수 없을 거요. 세를 받는 날마다 그만한 돈을 정기적으로 지불해야만 한다면 결코 바람직하다고 할 수 없지. 자기의 독립을 빼앗기는 셈이니까."

"두말 할 필요도 없지요. 더군다나 당신은 그렇게 해주고도 고맙다는 말도 못 들을 걸요. 그이들은 걱정이 없어질 테고, 당신은 당연히 할 일을 하는 것이 될 텐데, 감사하는 마음이 생길 리가 없잖아요. 내가 당신이라면 무엇을 하든 완전히 내 뜻대로 하겠어요. 뭐든 해마다 주도록 나 자신을 묶어두지 않을 거예요. 우리 쓸 돈에서 100파운드, 아니 50파운드도 떼어내기 힘든 해도 있을 수 있잖아요."

"당신 말이 옳구려. 만약을 위해서 연금으로 하지 않는 편이 좋겠소. 해마다 일정액을 주느니 가끔씩 그때그때 적당히 주는 편이 훨씬 더 도움이 되겠소. 큰돈이 들어온다는 확신이 들면 살림 규모만 커지고, 연말에 가서는 조금도 나아진 게 없는 꼴이 될 거요. 더 나은 방법이 얼마든지 있을 거요. 때때로 그들이 돈 때문에 곤란을 겪을 때 50파운드 정도 선물로 주면 될 테고, 그 정도면 아버지와의 약속도 충분히 지킨 셈이 되겠지."

"당연하죠. 솔직히 말하면, 실제로는 아버님은 당신이 그이들한테 한 푼이라도 줘야 한다는 생각 따위는 전혀 하지 않으셨을 거예요. 아버님이 생각하신 도움이라는 건 당신한테 이치에 맞게 기대하셨을 법한 정도일 거예요. 예를 들자면 살 만한 작은 집을 한 채 구해 주고, 짐 옮기는 일을 도와주고, 철 따라 들어오는 물고기나 사냥감 따위를 선물로 보내 준다든가 뭐 그런 정도 말이죠. 제 목숨을 걸고 말해도 좋지만 그 이상의 뜻은 없으셨을 거예요. 만약 그러셨다면 그거야말로 이상스럽고 말도 안 되는 얘기죠. 한 번 생각해 보시라니까요, 여보, 당신 어머니랑 딸들한테 7천 파운드에서 나오는 이자가 있고 그 딸들 각각 1천 파운드가 있으니 해마다 50파운드씩 수입이 생길 거고, 그것으로 어머니한테 생활비를 낼 수도 있을 텐데, 그 정도면 얼마나 호의호식하고 살겠어요? 요컨대 한 해에 5백 파운드가 나올 텐데, 세상에 여자들 넷이 그거면 됐지 뭘 더 바라나요? 돈 들어갈 일도 없고! 살림 꾸리는 데야 무슨 돈이 들겠어요. 마차도 없겠다, 말도 없겠다, 하인도 거의 없겠다, 사람 사귈 일도 없을 텐데, 돈 쓸 일이 뭐가 있어요! 얼마나 잘 먹고 잘 살겠냐고요! 1년에 5백 파운드라! 그 반도 못 쓸 게 뻔한데. 당신이 그이들한테 돈을 더 준다는 건 생각만 해도 웃기는 일이에요. 그이들이 당신한테 보태주는 편이 훨씬 더 말이 되겠네요."

"허, 이거 참, 당신 말이 구구절절 맞구려. 아버지가 당신이 말한 것 이상을 생각하셨을 리가 없지. 이제야 분명해지는구려. 당신이 말한 그대로 그들에게 원조와 친절을 베풀어 약속을 반드시 지키겠소. 어머님이 다른 집으로 옮기실 때 힘닿는 한 기꺼이 도움을 드리리다. 살림살이라든가 뭐 작은 선물을 드려도 좋겠지."

"그렇고말고요." 존 대쉬우드 부인이 맞장구를 쳤다. "하지만 한 가지는 염두에 두셔야죠. 어머님 아버님이 놀랜드로 이사오시면서 스탠힐에서 쓰던 가구는 팔아버리셨지만 자기랑 식기류, 리넨은 그대로 두셔서 지금은 어머님이 갖고 계시잖아요. 그러니 어머님이 가져가시는 것만으로도 집이 거의 꽉 차버릴 걸요."

"그것도 꼭 고려해 봐야 할 문제구려. 정말로 귀중한 재산이지! 그 식기들 중에는 여기 우리 것과도 잘 어울릴 것이 제법 있는데 말이야."

"맞아요. 아침식사용 자기 세트는 이 집에 있는 것보다 배는 근사하다니까요. 제 생각으로는 너무 훌륭해서 그이들이 들어가 살 집에는 안 어울릴 걸요. 하지만 뭐 할 수 없죠. 아버님은 그이들 생각만 하셨다니까. 그리고 이 말은 꼭 해야겠어요. 당신은 아버님에게 특별히 감사할 이유가 전혀 없고, 그분의 소망에 귀기울일 필요도 없어요. 할 수만 있다면 그이들한테 몽땅 다 남겨 주셨을 게 뻔한데요 뭘."

이 한 마디야말로 결정타였다. 그가 그전에 결정을 내리기에 조금이라도 망설임이 있었다 해도 이 한 마디로 다 사라졌다. 그는 결국 아버지의 미망인과 자식들에게 크게 결례가 되지 않는 한에서 아내가 말한 이상의 친절을 베풀 필요는 전혀 없다고 결론지었다.

3장

대쉬우드 부인은 몇 달간 놀랜드에 머물렀다. 구석구석 눈에 익은 모습을 볼 때마다 격한 감정이 솟구쳤으나, 그런 감정이 가라앉았을 즈음에는 이사하기가 내키지 않아서 머무른 것은 아니었다. 원기가 되살아나면서 서글픈 추억에 잠겨 마음의 고통을 부채질하는 것 말고 뭔가 다른 일에 정신을 쏟을 수 있게 되자, 부인은 빨리 떠나고 싶어 안달이 나서 부지런히 놀랜드 인근에 살만한 집을 알아보았다. 정든 곳을 멀리 떠날 수는 없었다. 그러나 편안하고 안락해야 한다는 부인의 기준에 들어맞으면서 동시에 어머니의 마음에 들었어도 자기네 수입에 비해 너무 크다며 여러 집을 퇴짜 놓은 맏딸의 신중한 판단에도 맞을 만한 집은 찾을 수가 없었다.

대쉬우드 부인은 남편이 아들로부터 그들을 도와주겠다는 엄숙한 약속을 받아내고 편안히 눈을 감았다는 사실을 알고 있었다. 부인은 남편과 마찬가지로 이 약속의 진실성을 의심하지 않았으며, 자기야 7천 파운드가 못 되는 적은 재산으로도 충분하리라 믿었지만 딸들을 위해서는 다행이라 여겼다. 딸들의 오라버니를 위해서나 그의 양심을 위해서나 기쁜 일이었다. 예전에 그의 장점을 부당하게 폄하하고 관용을 베풀 줄 모르는 인간이라고 생각한 자신을 책망하기까지 했다. 부인은 자신과 누이들에 대한 그의 친절한 행동을 보고 그가 자기들의 행복에 깊은 관심을 갖고 있다고 확신했으므로, 오랫동안 그의 관대함을 굳게 믿었다.

부인이 며느리에게 첫 만남에서부터 느꼈던 경멸감은 반 년 동안 한 지붕 밑에서 지내며 며느리의 사람됨을 차츰 알게 되면서 더해졌다. 시어머니 편에서 예의를 차리거나 어머니다운 애정을 보일 생각을 했더라도, 딸들이 놀랜드에서 계속 머무는 편이 훨씬 더 나을 특별한 상황을 딱 하나만 빼면 두 여인이 오래 함께 살기는 불가능하다는 사실을 알게 되었다.

그 상황이란 부인의 맏딸과 존 대쉬우드 부인의 동생이 점점 가까운 사이가 되었다는 것이었다. 그는 신사답고 호감 가는 젊은이로, 누이가 놀랜드에 정착한 지 얼마 안 되어 그들과 인사를 나눈 이후로 그곳에서 거의 살다시피 했다.

이해관계에 이끌려 이런 교제를 부추기는 어머니들도 있을 것이다. 에드워드 페라스는 막대한 재산을 남기고 죽은 아버지의 장남이었으니까. 하지만 신중함에서 이를 막는 어머니도 있을 것이다. 보잘것 없는 액수를 뺀 나머지 재산은 전부 어머니의 뜻에 달려 있었으니까. 그러나 대쉬우드 부인은 어느 쪽으로도 마음이 움직이지 않았다. 부인에게는 그가 싹싹해 보이고 자기 딸을 사랑하며, 엘리너도 호감을 보인다는 것으로 충분했다. 부인의 원칙상 성격이 비슷해 서로 끌리더라도 재산 차이로 헤어져야 한다는 것은 있을 수 없는 일이었다. 또한 부인으로서는 엘리너를 아는 이들 중 그녀의 장점을 인정하지 않는 사람이 있을 수도 있다는 사실은 꿈에도 생각할 수 없었다.

에드워드 페라스는 외모나 화술이 특별히 뛰어나서 그들에게서 좋은 평을 받게 된 것은 아니었다. 잘생기지도 않았고 친한 사람들에게만 상냥하게 대했다. 너무 숫기가 없어서 자신을 있는 그대로 보여주지 못했다. 하지만 타고난 수줍음을 극복했을 때는 행동으로 솔직하고 다정한 마음씨를 보여주었다. 이해력이 좋은데다 교육의 덕을 크게 보았다. 그러나 자기들로서는 그게 어떤 것인지 잘 알지도 못하면서 그가 유명해지는 모습을 보고 싶어 하는 어머니와 누나의 소망에 부응할 만한 능력이나 기질을 갖추지는 못했다. 그들은 그가 어떤 식으로든 세상에서 이름을 얻기 바랐다. 어머니는 그를 정치 쪽에 끌어넣어 의회로 보내든가, 아니면 당대의 거물들과 관계를 맺게 하고 싶었다. 존 대쉬우드 부인도 같은 바람이었지만, 이 고상한 목표를 달성할 때까지 당분간은 그가 버루쉬(19세기에 쓰인 4륜 4인승 마차)를 몰고 다니는 모습을 보고 싶은 자신의 야심은 눌러 두었다. 그러나 에드워드는 거물들이든 버루쉬든 전혀 마음이 없었다. 그가 바라는 것은 오로지 안락한 가정과 평온한 가정생활뿐이었다. 다행히도 그에게는 더 전도 유망한 동생이 있었다.

에드워드는 그 집에서 머문 지 여러 주가 지나서야 대쉬우드 부인의 관심을 끌었다. 부인은 그 당시에는 심사가 괴로운 나머지 주변에 신경 쓸 정신이 없었던 것이다. 부인은 그를 조용하고 눈에 잘 띄지 않는 젊은이 정도로만 보았으며, 그 점 때문에 그가 마음에 들었다. 그는 엉뚱한 때에 말을 걸어 슬픔에 빠진 부인을 방해하는 일이 없었다. 부인은 엘리너가 어느 날 지나가는 말로 그와 누나가 다르다고 말하자, 처음으로 그에게 관심을 갖고 호감을 품었다. 누나와 다르다는 점이야말로 어머니의 마음에 들었다.

부인은 이렇게 말했다. "패니와 닮지 않았다면 더 말할 것도 없지. 그 한 마디면 모든 것이 호감 간다는 얘기 아니겠니. 벌써 그 사람이 사랑스러워졌다."

엘리너가 대답했다. "어머니가 그분을 더 잘 알게 되면 좋아하실 거라고 생각해요."

"좋아한다고! 난 사랑보다 못한 것이면 호의적인 감정으로 치지도 않는다." 어머니가 미소지으며 말했다.

"그분을 존경하게 되실 지도 몰라요."

"사랑과 존경이 다른 것이라고는 생각도 해본 적 없단다."

대쉬우드 부인은 이제 그와 가까워지려고 애를 썼다. 부인의 붙임성 있는 태도는 곧 그의 수줍음을 없애 버렸다. 부인은 금세 그의 모든 장점을 파악했다. 아마도 그가 엘리너에게 관심이 있다는 확신 때문에 더욱 통찰력이 날카로워졌을 것이다. 그러나 그의 가치를 진심으로 믿게 되었으며, 따뜻한 마음과 다정한 성격을 알고 나자 젊은 남자가 응당 가져야 할 태도에 대한 부인의 평소 소신과 맞지 않는 조용한 태도마저도 더 이상 문제되지 않았다.

부인은 그의 행동에서 엘리너에 대한 애정의 낌새를 눈치채자마자 그들이 진심으로 사랑하는 사이라고 믿어 의심치 않았으며, 그들의 결혼을 곧 다가올 일로 기대했다.

"매리앤, 몇 달만 있으면 틀림없이 엘리너가 자리를 잡게 되겠구나. 엘리너가 그리울 테지. 하지만 그 애는 행복해질 거야."

"오! 어머니, 언니가 없으면 우린 어떻게 해요?"

"애야, 그 정도는 이별이라고 할 수도 없단다. 서로 가깝게 살면서 매일 만날 테니까. 너한테는 진짜 다정한 형부가 생길 테고. 에드워드야 더 바랄 것도 없이 인정 많은 사람이니까. 그런데 매리앤, 너 심각해 보이는구나. 언니의 선택이 마음에 안 드니?"

매리앤이 입을 열었다. "좀 놀랐어요. 에드워드는 무척이나 상냥한 분이고 저도 그분이 마음에 들어요. 하지만 젊은이답지가 않아요. 뭔가 부족하다고 할까, 그다지 눈을 확 끄는 점이 없잖아요. 언니를 진심으로 사모할 만한 남자에게 기대했던 미덕은 하나도 가진 게 없어요. 눈을 보아도 덕성과 지성을 나타내는 기백이랄까 열정이 없고. 이 모든 것을 제쳐놓더라도, 제대로 된 취미가 없다는 점이 마음에 걸려요. 음악에도 별로 끌리지 않는 것 같고, 언니의 그림을 크게 칭찬하긴 하지만 그 진가를 이해하는 것 같지도 않아요. 언니가 그림그릴 동안 자주 관심 있게 들여다보아도, 사실은 아무것도 모르는 것이 분명해요. 감식가로서가 아니라 애인으로서 감탄하는 거예요. 제 기준에 맞으려면 그런 자질들을 고루 다 갖추어야 해요. 제 취미와 모든 면에서 꼭 맞아떨어지는 사람이 아니라면 전 행복할 수 없을 거예요. 그 사람은 제 모든 감정에 다 공감해야 해요. 같은 책, 같은 음악에 함께 매혹되어야 해요. 아! 엄마, 어젯밤 우리한테 책을 읽어줄 때 에드워드의 태도가 얼마나 맥빠지고 따분했는지 생각해 보세요! 언니가 너무 불쌍했지 뭐예요. 그런데도 언니는 정말 침착하게 잘도 참아내더군요. 지루한 기색도 없이 말예요. 난 앉아있기도 힘들던데. 그렇게도 여러 번 저를 거의 미치도록 감동시켰던 그 아름다운 구절들을 그렇게 무감각하고 침착하게, 그렇게 끔찍하리만큼 냉담하게 읽는 것을 들어야 하다니!"

"단순하고 우아한 산문이라면 틀림없이 그에게 더 잘 맞았을 텐데. 나도 내내 그 생각을 했단다. 하지만 네가 그에게 일부러 쿠퍼(윌리엄 쿠퍼. 1731–1800. 제인 오스틴이 제일 좋아한 시인)의 시를 주었잖니."

"아니에요, 엄마. 만약 그분이 쿠퍼의 시에서도 활력을 얻지 못한다면! …… 하지만 취향의 차이를 인정해야겠죠. 언니는 저만큼 감정이 풍부하지 않으니까 참을 수 있을 테고, 그분과 행복해질 수도 있겠지요. 그렇지만 저 같으면 사랑하는 사람이 그렇게 감정 없이 읽는 것을 듣는다면 가슴이 찢어질 거예요. 엄마, 세상을 알게 될수록 제가 진심으로 사랑할 수 있는 상대를 찾지 못할 것만 같아요. 제가 너무 많은 것을 요구하는 걸까요! 제 이상형은 에드워드의 모든 미덕을 다 갖추었을 뿐 아니라, 매력 넘치는 외모와 태도로 자신의 장점을 더욱 돋보이게 하는 이라야 해요."

"얘야, 넌 이제 열일곱 살이라는 걸 기억하렴. 그런 행복을 단념하기에는 아직 너무 어리단다. 네가 엄마보다 운이 좋지 않을 이유가 뭐가 있겠니? 매리앤, 한 가지 점에서만은 네 운명은 엄마와 다를 거야!"

4장

"언니, 정말 안 됐지 뭐야, 에드워드 씨가 그림에 도통 취미가 없다니." 매리앤이 말했다.

"그림에 취미가 없다니, 왜 그렇게 생각하지? 그분은 직접 그림을 그리지는 않지만 남의 그림을 보는 건 아주 좋아하는데. 게다가 더 발전시킬 기회가 없었다 뿐이지 타고난 재능에는 전혀 부족함이 없단다. 배우기만 했더라면 아주 잘 그렸을 거야. 이런 쪽으로는 본인의 판단에 너무 자신감이 없어서 늘 어떤 그림에 대해서고 의견을 내놓기를 꺼리지만, 적절하고 소박한 취향을 타고났으니까 대체로 올바른 평가를 내릴 거야." 엘리너가 대답했다.

매리앤은 감정을 상하게 할까 염려되어 그 문제에 대해 더 이상 말하지 않았다. 그러나 엘리너의 말처럼 그가 다른 이의 그림에 대해 칭찬한다고 해도, 매리앤의 생각에 유일하게 취향이라고 부를 수 있는 열광적인 기쁨과는 거리가 한참 멀었다. 매리앤은 언니의 잘못된 생각에는 고소苦笑를 금치 못하면서도 에드워드에 대한 맹목적인 애정은 높이 평가했다.

엘리너가 말을 계속했다. "매리앤, 그분이 대체로 취향이 부족하다고 생각하지 말아 줬으면 좋겠구나. 물론 네가 그분한테 아주 따뜻하게 대하는 것으로 보아 그런 생각을 할 리는 없다고 보지만. 네가 그렇게 생각한다면 절대로 그를 정중하게 대하지 않았을 테니 말이야."

매리앤은 무슨 말을 해야 좋을지 몰랐다. 언니의 감정을 상하게 할 뜻은 추호도 없었으나, 그렇다고 마음에 없는 말을 할 수도 없었다. 한참 만에야 이렇게 대답했다.

"언니, 그분에 대한 내 칭찬이 언니가 생각하는 그분의 장점과 모든 면에서 일치하지 않더라도 기분 나쁘게 생각지 말아 줘. 난 아직 언니만큼 그분의 세세한 기호라든가 취향이나 기질을 평가할 기회가 많지 않았잖아. 하지만 그분의 덕성과 지성만은 무엇보다도 높이 평가하고 있어. 훌륭하고 상냥한 분이라고 생각해."

엘리너가 미소지으며 대답했다. "그분의 가장 친한 친구들이라도 그런 칭찬에 불만을 품지는 않겠구나. 그 정도면 네가 할 수 있는 가장 따뜻한 표현인 것 같구나."

매리앤은 언니의 기분이 쉽게 풀린 것을 알고 기뻤다. 엘리너가 말을 이었다.

"그분의 지성과 덕성에 대해서라면 내 생각으로는 그분과 스스럼없는 대화를 나눌 수 있을 만큼 자주 본 사람이라면 누구도 이의를 달지 않을 거야. 수줍어서 말을 잘 안 하니까 그분의 훌륭한 지성과 원칙이 잘 드러나지 않을 뿐이지. 너는 그분을 충분히 잘 아니까 진정한 가치를 정당하게 평가할 수 있는 거야. 하지만 네 표현대로 세세한 기호에 대해서라면, 넌 사정상 나보다 더 모를 수밖에 없었잖니. 그분과 나는 네가 어머니와 함께 가장 중요하게 여기는 원칙을 고수하느라 슬픔에 빠져 넋을 잃고 있을 동안 같이 시간을 보낸 일이 여러 번 있었단다. 난 그분을 많이 관찰했고, 그분의 감정을 자세히 보았고, 문학과 취향에 대한 의견도 들었지. 전체적으로 보아 박식하고, 대단히 훌륭한 책을 즐기며, 활기찬 상상력에다가 정확한 관찰력, 섬세하고 순수한 취향까지 갖춘 분이라고 감히 말할 수 있어. 그분의 재능은 어느 모로 보나 사귈수록 나아 보이고, 외모나 태도도 그렇단다. 처음 보면 그분 태도가 그다지 눈을 끄는 데가 없는 것은 사실이지. 인물도 미남형이라고 하기는 어렵지만, 보기 드물게 선량한 눈빛과 전체적으로 부드러운 인상을 일단 알아채면 얘기가 달라지지. 그분을 아주 잘 알게 된 지금은 정말 미남이라고 생각한단다. 적어도 거의 그렇게 생각해. 네 의견은 어떠니, 매리앤?"

"머잖아 나도 그분이 미남이라고 생각하게 될 거야, 언니. 지금 당장은 아니라도. 언니가 그분을 형부로 사랑해 달라고 한다면, 지금 그분의 마음에서 결함을 찾을 수 없듯이 얼굴에서도 아무런 결함도 찾지 못하게 될 거야."

엘리너는 이 선언에 깜짝 놀랐으며, 그의 얘기를 하면서 속내를 드러냈다는 생각에 후회가 들었다. 에드워드가 자신의 마음속에서 매우 중요한 위치를 차지하고 있다고 느꼈다. 그녀는 서로 관심이 있다고 믿었지만, 그들이 사랑하는 사이라는 매리앤의 확신에 동의하려면 훨씬 더 확실해야 했다. 매리앤과 어머니는 일단 뭔가를 추측하면 다음 순간에는 믿어 버린다는 것을 잘 알고 있었다. 그들에게 소망은 곧 희망이 되었고, 희망은 기대가 되었다. 그녀는 동생에게 실제 상황을 설명하려 애썼다.

"내가 그분을 높이 평가한다는 것을 부인하지는 않겠어. 난 그분을 매우 존경하고 좋아해."

매리앤은 이 말에 분개하여 퍼부어 댔다.

"그분을 존경한다고! 좋아한다고! 언니는 얼음장 같아! 아! 그보다도 더 나빠! 사랑한다고 말하는 것을 부끄러워하다니. 또 그런 말을 입에 올린다면 당장 방을 나가겠어."

엘리너는 웃지 않을 수 없었다. "미안하구나. 내 감정을 그렇게 미지근하게 표현해서 너를 화나게 할 생각은 결코 없었어. 내가 말한 것보다 더 강한 감정이라는 것을 믿어 줘. 그러니까, 그분의 장점과, 그가 내게 애정을 품었다고 생각해도 될 것 같다는 추측에서 나온 감정 정도로 생각해 줘. 하지만 그 이상으로 믿지는 말렴. 그분이 내게 마음이 있다고는 생각지 않는단다. 혹시 그런 것이 아닌가 의심스러울 때도 있긴 하지. 그분의 감정이 완전히 드러날 때까지는 실제 이상으로 믿거나 자꾸 얘기해서 내 감정을 부추기고 싶지 않으니 이해해 다오. 내 마음속으로는 그분의 호감을 거의 의심하지 않아. 그렇지만 그분의 의향 말고도 고려해야 할 다른 요소들이 있단다. 그분은 전혀 독립을 하지 못한 처지잖아. 우린 그분 어머님이 실제로 어떤 분인지 모르고 있고. 올케가 가끔 어머님의 행동과 생각에 대해 얘기하는 것으로 봐선 전혀 상냥한 분일 것 같지 않아. 재산도 지위도 없는 여자와 결혼하려 한다면 얼마나 많은 어려움을 겪게 될지 에드워드 씨 본인이 모를 리가 없잖아."

매리앤은 어머니와 자신의 상상이 사실에서 얼마나 많이 빗나간 것이었는지를 깨닫고 크게 놀라 이렇게 말했다.

"그럼 진짜 언니가 그분과 결혼을 약속한 것이 아니었네! 하지만 당연히 곧 그렇게 될 거야. 그래도 이렇게 지연되어서 좋은 점이 두 가지는 있어. 난 빨리 언니를 떠나보내지 않아도 되고, 에드워드 씨는 언니의 취미 활동에 대한 타고난 취향을 개선할 시간을 얻게 될 테니까. 그건 언니의 장래 행복을 위해 꼭 필요한 거잖아. 아! 에드워드 씨가 언니의 재능에 자극 받아 자신을 발전시키려고 노력하게 된다면 얼마나 기쁠까!"

엘리너는 동생에게 자신의 속내를 털어놓았다. 그녀는 매리앤만큼 에드워드에 대한 자신의 사랑을 낙관적으로 생각할 수 없었다. 그에게는 열정이 부족했다. 이것은 무관심까지는 아니더라도 미래의 전망을 어둡게 하는 요소였다. 그녀의 사랑을 확신하지 못해서라면 불안감 이상의 감정을 느끼지는 않을 것이다. 그런 이유로 그렇게 자주 침울한 상태에 빠질 것 같지는 않았다. 독립하지 못한 상황 때문에 그가 자신의 애정을 마음껏 표현하지 못한다고 보는 편이 맞을 듯했다. 엘리너는 그의 어머니가 그를 집에서 편안히 지내도록 해 주지도 않으면서, 그를 성공시키려는 어머니의 계획에 절대 복종하지 않는다면 스스로 가정을 꾸리도록 보장해 줄 생각도 전혀 없다는 사실을 알고 있었다. 이런 사실을 알고 있는 마당에, 엘리너가 그 문제를 마음 편하게 생각할 수는 없었다. 어머니와 동생은 여전히 확실한 것으로 믿고 있지만, 그녀는 자신에 대한 그의 애정이 어떤 결과를 가져올지 확신할 수가 없었다. 아니, 함께 하는 시간이 길어질수록 그의 관심이 어떤 성격의 것인지 의심스러워졌다. 때로는 우정 이상은 아니라고 생각되는 괴로운 순간도 있었다.

그러나 그것이 실제로 어느 정도의 감정이건 간에, 이를 눈치챈 그의 누이가 불편한 심정이 되어 무례한 행동을 하게 만들기에는 충분했다. 그녀는 이를 기회 삼아 동생이 엄청난 유산을 상속할 것이며 페라스 부인이 두 아들 모두 결혼을 잘 시키겠다고 단단히 결심하고 있다든지, 행여 그를 꼬여내려고 시도하는 처녀들은 헛수고만 하게 될 것이라는 이야기를 아주 의미심장하게 늘어놓아 툭하면 대놓고 시어머니를 모욕했다. 대쉬우드 부인은 이러한 모욕을 모른 척할 수도, 참아 넘길 수도 없었다. 부인은 며느리에게 경멸감이 가득한 대답을 던지고 곧바로 방을 떠나면서, 아무리 불편하고 갑작스러운 이사 비용이 나가더라도 사랑스러운 엘리너가 한 주라도 더 이런 암시를 듣게 하지는 않겠다고 결심했다.

이런 기분에 빠져 있을 때, 아주 시의적절하게 반가운 제안을 담은 편지 한 통이 도착했다. 데번셔에 사는 부인의 명망 있고 부유한 친척이 자기 작은 집 한 채를 아주 좋은 조건으로 내주겠다는 내용이었다. 이 신사의 자필 편지에는 벗으로써 도움을 주고 싶다는 진심이 담겨 있었다. 그는 부인이 살 곳이 필요하다는 사실을 알고 있고, 지금 부인에게 제공하는 집이 보잘것 없기는 하지만 부인이 좋다고만 하면 필요한 것을 다 갖춰 주겠다고 약속했다. 그는 집과 정원을 자세히 설명한 후, 집들이 같은 교구 내에 있으니까 자신의 거주지인 바턴 파크로 딸들과 함께 와서 부인이 직접 바턴 별장을 보고 쓰기 편하게 고칠 수 있을지 판단하라고 진심으로 권유했다. 그는 정말로 그들에게 편의를 제공하고 싶어 했다. 편지 구구절절이 따뜻한 투로 씌어져 있어서 친척을 더없이 흡족하게 해 주었다. 게다가 부인이 더 가까운 핏줄의 차갑고 무정한 처사로 괴로워하던 터라 더욱 그러했다. 부인은 이것저것 따지고 잴 것도 없었다. 편지를 읽으면서 결심이 섰다. 몇 시간 전만 해도 바턴이 서섹스에서 멀리 떨어진 데번셔에 있다는 점이 바턴이 가진 모든 장점을 상쇄하고도 남을 반대 이유가 되었겠지만, 지금은 그 점이 무엇보다도 마음에 들었다. 이젠 놀랜드의 이웃을 떠나는 일이 나쁘기는커녕, 계속 며느리의 손님으로 있는 괴로움에 비하면 바람직한 정도가 아니라 축복이었다. 이런 여자가 안주인으로 있을 동안 그곳에서 살거나 방문하느니 정든 집을 영영 떠나는 편이 덜 고통스러울 것이다. 부인은 곧바로 존 미들턴 경에게 친절에 감사하며 제안을 수락하겠다는 편지를 썼다. 그런 다음 답장을 부치기 전에 딸들의 동의를 확실히 얻어두고자 서둘러 두 통의 편지를 보여주었다.

엘리너는 줄곧 오빠네와 바로 이웃해 사느니 놀랜드에서 좀 거리를 두고 자리를 잡는 편이 더 현명하다고 생각했으므로, 데번셔로 옮기겠다는 어머니의 뜻에 반대하지 않았다. 집도 존 경의 설명대로라면 아주 단출한 규모에 집세도 대단히 저렴했으므로, 어느 모로 보나 반대할 이유가 없었다. 특별히 마음이 끌리는 계획도 아니고 그녀가 바랐던 것보다 놀랜드를 더 멀리 벗어나는 것이기는 했지만, 어머니가 친지에게 편지를 띄우는 것을 막을 생각은 전혀 없었다.

5장

대쉬우드 부인은 답장을 띄우자마자 아들과 며느리에게 집을 구했으며 그곳에서 살 준비가 다 갖추어질 때까지만 폐를 끼치겠다는 소식을 의기양양하게 전했다. 그들은 부인의 말에 놀라워했다. 존 대쉬우드 부인은 아무 말도 하지 않았으나, 남편은 공손하게 어머니가 놀랜드에서 먼 곳에 사시지 않았으면 좋겠다고 말했다. 부인은 데번셔로 갈 예정이라고 대답하면서 만족해했다. 에드워드는 이 말에 부인 쪽으로 홱 돌아서서 부인에게는 설명할 필요도 없는 놀라움과 근심을 담은 목소리로 이렇게 되풀이할 따름이었다. "데번셔라고요! 정말 거기로 가실 겁니까! 여기에서 그렇게 멀리 떨어져 있는데! 그러면 데번셔 어디로 가신단 말입니까?" 부인은 위치를 설명해 주었다. 그곳은 엑서터에서 북쪽으로 4마일 내에 있다.

"조그만 별장인 걸요. 하지만 거기서라면 내 친구들을 얼마든지 맞이할 수 있겠지요. 방 한두 개쯤 늘리는 일이야 쉬울 테니. 친구들이 날 보러 그렇게 멀리까지 와 준다면야, 나로서도 그들을 묵게 해 주는 게 뭐가 어렵겠어요."

부인은 존 대쉬우드 부부와 부인이 훨씬 더 큰 애정을 품고 있는 에드워드에게 바턴으로 놀러 오라고 친절히 초대함으로써 대화를 끝맺었다. 부인은 며느리와의 최근 대화를 통해 피치 못할 이상으로 놀랜드에 머물지는 않겠다고 결심한 터였지만, 그 불씨가 되었던 사안에 대해서는 전혀 마음이 바뀌지 않았다. 에드워드와 엘리너를 갈라놓을 생각은 꿈에라도 해본 적이 없었다. 부인은 존 대쉬우드 부인에게 그녀의 동생을 겨냥한 이 초대로 두 사람을 맺어주기를 반대하든 말든 자기는 철저히 무시한다는 것을 보여주고 싶었다.

존 대쉬우드는 어머니가 놀랜드에서 너무 먼 곳에 집을 얻는 바람에 가구를 옮기는 데 아무런 도움도 드릴 수 없게 되어서 참으로 유감이라는 말을 거듭 되풀이했다. 그는 정말로 양심의 가책을 느꼈다. 일이 이렇게 되는 바람에 아버지에게 한 약속을 되도록 적게 실행하려던 바로 그 노력도 실천에 옮길 수 없게 되었던 것이다. 가구는 전부 배편으로 옮겨졌다. 주로 가정용 면제품, 식기류, 도자기, 책, 매리앤의 근사한 피아노 등이었다. 존 대쉬우드 부인은 짐이 나가는 모습을 한숨지으며 바라보았다. 대쉬우드 부인의 수입이 자신들과 비교해 보잘것 없을 텐데 그렇게 멋진 가재도구를 갖고 산다고 생각하니 마음이 편하지 않았다.

대쉬우드 부인은 1년 기한으로 집을 빌렸다. 가구가 다 갖추어져 있었으므로 당장 들어가 살아도 좋을 정도였다. 양쪽 모두 계약에 걸릴 것이 없었다. 부인은 놀랜드에서 자기 개인 자산을 처분하고 서쪽 지방으로 떠나기에 앞서 앞으로의 식솔을 정할 동안만 머물렀다. 부인은 관심 있는 일을 처리할 때는 매우 빨랐으므로, 이 일은 곧 처리되었다. 남편이 남긴 말은 임종 후 곧바로 팔았고, 마차를 처분할 기회라는 맏딸의 간곡한 충고에 따라 마차도 역시 팔기로 했다. 부인이 뜻대로 할 수 있었더라면 아이들의 편의를 위해 그대로 두었을 것이다. 그러나 엘리너의 신중함이 이겼다. 엘리너는 지혜롭게도 하인의 수를 하녀 두 명과 하인 한 명, 도합 세 명으로 줄였는데, 놀랜드에 정착할 때 도와주었던 이들 가운데서 신속히 구했다.

안주인 마님이 도착하기 전에 집을 준비해 놓도록 하인과 하녀 한 명을 곧바로 데번셔로 보냈다. 대쉬우드 부인은 레이디 미들턴과 일면식도 없는 사이였으므로, 바턴 파크를 방문하기보다는 별장으로 직접 가고 싶었다. 또한 부인은 집에 대한 존 경의 설명을 한 치의 의심도 없이 믿었으므로, 들어가기 전에 직접 살펴봐야겠다는 호기심도 전혀 없었다. 자기가 떠난다니 노골적으로 좋아하는 며느리 때문에 놀랜드를 떠나고 싶은 마음도 전혀 줄지 않았다. 며느리는 출발을 미루시라고 냉담한 권유를 건넸을 뿐이었다. 이제 아버지에게 한 아들의 약속이 적절히 실행에 옮겨져야 할 때가 왔다. 그가 처음 영지를 손에 넣었을 때 이를 무시했으므로, 그들이 그의 집을 떠날 때야말로 약속을 지키기에 가장 적당한 때라 여겨졌다. 그러나 대쉬우드 부인은 애당초 그런 희망을 모두 버렸고, 그가 말하는 품으로 보아 놀랜드에 6개월 간 머물게 해 준 것 이상으로는 도움을 줄 뜻이 없다고 확신했다. 그는 입만 열면 살림을 꾸리는 비용이 자꾸 늘고 있다느니, 어느 정도 사회적 위치에 있는 사람에게는 예상외로 돈 나갈 일이 줄줄이 생긴다느니 우는 소리를 하도 늘어놓아서, 돈을 풀 상황이 아니라 자신이 더 돈이 필요한 처지로 보일 지경이었다.

존 미들턴 경이 놀랜드에 처음 편지를 보낸 날로부터 단 몇 주 만에 새로운 거처에 정착할 준비가 모두 갖추어져, 대쉬우드 부인과 딸들은 여행길에 오를 수 있게 되었다.

그들은 깊이 정든 집에 마지막 작별 인사를 하면서 많은 눈물을 뿌렸다. 매리앤은 그 집에서 보내는 마지막 저녁에 홀로 집 앞을 거닐면서 말했다. "정든 놀랜드! 언제나 내가 너를 그리워하지 않게 될까! 언제쯤이면 다른 곳을 집으로 여기게 될까! 아! 행복했던 집이여, 이 곳에서 지금 너를 보면서 내 마음이 얼마나 아픈지 네가 알까! 아마도 이제 다시는 너를 볼 수 없겠지! 그리고 너희, 정든 나무들아! 그래도 늘 한결같겠지. 우리가 떠난다 해도 잎 하나 시들지 않을 테고, 우리가 너희를 더는 보지 못한다 해도 가지 하나 움직이지 않겠지! 그래, 너희도 늘 한결같을 거야. 너희가 자아내는 기쁨이나 비탄도 알지 못하고, 너희 그늘 아래 거닐었던 이들이 변해 가는 것도 눈치채지 못한 채 말이지! 하지만 누가 계속 너희를 즐기게 될까?"

6장

그들의 여행 초반은 너무나 우울한 분위기라서 지루하고 재미없기만 했다. 그러나 여행이 막바지에 이를수록 앞으로 살게 될 고장의 모습에 관심이 끌려 우울함을 잊었으며, 바턴 계곡으로 들어서면서 그곳의 경관을 보고 활기를 되찾았다. 그곳은 숲이 울창하고 풍요로운 초원이 펼쳐진 쾌적하고 비옥한 지역이었다. 1마일 이상 구불구불한 길을 따라가서 그들의 집에 당도했다. 앞마당 전체가 작고 푸른 안뜰이었고, 산뜻한 쪽대문을 통해 안으로 들어가게 되어 있었다.

바턴 별장은 작지만 안락하고 아담했다. 하지만 별장으로서는 모자란 점이 있었다. 건물은 사각형이고 지붕을 기와로 이었으며, 창의 덧문이 초록색으로 칠해져 있지도 않았고, 벽이 인동덩굴로 덮여 있지도 않았다. 좁은 복도가 곧바로 집을 통과해 뒤뜰로 이어져 있었다. 입구 양쪽으로 사방이 약 16피트 정도 되는 거실이 하나씩 있었고, 그 너머로는 부엌과 세탁실과 계단이 있었다. 침실 네 개와 다락방 두 개가 나머지를 차지했다. 지어진 지 그다지 오래 되지 않았고, 수리도 잘 되어 있었다. 놀랜드의 집과 비교하면 얼마나 작고 초라한지! 그러나 집에 들어서면서 과거를 떠올리며 솟았던 눈물은 금세 말라버렸다. 그들은 도착을 기쁘게 맞아주는 하인들을 보자 기운이 났고, 저마다 다른 식구들을 위해 행복한 모습을 보이기로 마음먹었다. 9월에 막 들어선 때인지라 아름다운 계절이었다. 좋은 날씨에서 그 곳을 처음 본 덕에 좋은 인상을 받아서, 오래도록 마음에 들게 되었다.

집의 위치는 훌륭했다. 바로 뒤 멀지 않은 곳에 양쪽으로 높은 언덕들이 솟아 있었다. 한 쪽은 탁 트인 언덕이었고, 다른 쪽은 잘 가꾸어진 숲이 우거졌다. 바턴 마을은 이 언덕들 중 하나에 있었는데, 별장의 창문으로 매혹적인 경치가 보였다. 전경前景은 더욱 광활하여 계곡 전체와 그 너머까지 한 눈에 들어왔다. 별장을 둘러싼 언덕들은 그쪽 방향에서 계곡으로 이어졌고, 가장 가파른 두 언덕 사이에서 다시 계곡이 뻗어 나와 다른 방향으로 갈라져 각기 다른 이름으로 불렸다.

대쉬우드 부인은 집의 규모와 세간을 보고 매우 흡족해했다. 예전 생활 방식에 맞추려면 현재의 규모를 대폭 늘려야 했지만, 더하고 개선하는 일에서 기쁨을 얻을 수 있었다. 또한 지금으로서는 방마다 우아하게 치장할 돈이 충분히 마련되어 있었다. 그녀는 말했다. "집 자체로만 보자면 확실히 우리 가족이 살기에는 너무 작지만, 고치려면 올해는 너무 늦었으니까 당분간은 참고 편안히 지내도록 해 보자꾸나. 봄에 돈이 많이 들어오면, 건물을 짓는 것도 생각해 볼 만하지. 이 거실은 두 개 다 내 생각대로 친구들을 불러들이기에는 너무 작구나. 거실 하나와 복도를 터서 다른 거실 일부와 합치고, 그 거실에서 남는 공간은 현관으로 두면 어떨까 싶다. 쉽사리 개축할 수 있는 새 거실이랑 침실, 위의 다락방이면 아주 아늑하고 작은 집이 될 거다. 계단도 좀 멋있으면 좋겠는데. 하지만 한 술에 배부를 수야 있겠니. 계단을 넓히는 거야 별 문제가 아닐 테지만. 봄이 되면 수중에 돈이 얼마나 들어올지 알 수 있을 테니, 거기에 맞춰 집을 고칠 계획을 세우면 되겠지."

그들은 평생 저축이라곤 해 본 적이 없는 여자가 1년에 500파운드의 수입에서 절약한 돈으로 이 모든 개축을 다 할 수 있게 될 때까지는 현명하게도 지금의 집에 만족하기로 했다. 다들 저마다 자기 책과 소지품을 주변에 배치하여 자기 물건들을 정리하고 편안하게 꾸미는데 힘을 쏟느라고 바빴다. 매리앤의 피아노를 풀어 적당한 위치에 놓았다. 엘리너의 그림들도 거실 벽에 걸렸다.

그들은 다음 날 아침식사를 막 하고 났을 때 이런 일로 부산을 떨던 중, 집주인의 등장으로 일을 멈추었다. 그는 그들이 바턴에 온 환영 인사를 하고, 자기 집과 정원에서 지금 그들에게 부족할지도 모를 모든 편의를 제공하려고 방문한 참이었다. 존 미들턴 경은 40대의 호감 가는 신사였다. 그는 예전에 스탠힐을 방문한 적이 있었으나, 너무 오래 전의 일이라서 어린 친척들은 그를 기억하지 못했다. 그의 표정은 더할 나위 없이 쾌활했고 태도도 그가 쓴 편지의 문체 못지않게 친근했다. 그는 그들의 도착에 진심으로 기뻐하는 모습이었고, 그들이 편안한지 진심으로 염려하며 관심을 쏟았다. 그는 자기 가족과 누구보다도 절친한 사이가 되기를 바란다는 진심 어린 소망을 전하고, 살림살이가 자리를 잡을 때까지 매일 바턴 파크에서 만찬을 함께 하자고 간곡히 권유했다. 그의 청은 도가 지나칠 정도였지만, 그들이 불쾌한 기색을 보일 수는 없었다. 그의 친절은 말로만 그치지 않았다. 그가 떠난 지 한 시간도 채 안 되어서 커다란 바구니에 가득히 정원에서 수확한 야채와 과일이 도착했고, 그 날이 가기 전에 뒤이어 고기 선물이 왔다. 게다가 그는 그들을 위해 우체국에서 그들의 편지를 전부 받아오고 부쳐 주겠다고 고집했고, 매일 자기 신문을 그들에게 보내주는 기쁨을 물리치지 말아 달라고 했다.

레이디 미들턴은 그의 편에 자신이 방문해도 전혀 폐가 되지 않으리라는 확신이 들면 곧장 대쉬우드 부인을 문안하겠다는 매우 정중한 전갈을 보냈다. 그녀는 이 전갈에 대한 답으로 똑같이 예를 갖춘 초대장을 받고, 다음날 그들과 첫 만남을 가졌다.

물론 그들은 바턴에서 자신들이 편안히 지낼 수 있게 될지 여부를 좌우할 사람을 보고 싶은 마음이 간절했다. 그녀의 우아한 외모는 그들의 기대에 어긋나지 않았다. 레이디 미들턴은 스물예닐곱 살 이상으로는 보이지 않았다. 미인인데다 키가 커서 사람들의 이목을 끌었으며, 말하는 태도도 우아했다. 그녀의 태도는 남편에게는 부족한 고상함을 다 갖추었다. 그러나 그의 솔직함과 따뜻함도 함께 갖추었더라면 더욱 돋보였을 것이다. 그녀의 방문은 그녀가 흠잡을 데 없이 예의바를지라도 말수가 적고 차가우며, 진부한 질문이나 발언 외에는 아무 할 말이 없는 인물임을 보여주어, 그들이 처음에 느꼈던 경탄에서 깨어나게 하기에 충분했다.

그러나 존 미들턴 경은 매우 수다스러웠고 레이디 미들턴은 여섯 살 된 맏이를 데려오는 현명한 예방책을 취하여, 화제가 궁할 때면 언제라도 여자들이 되돌아갈 수 있는 주제가 한 가지는 있었으므로 대화거리가 부족하지는 않았다. 그들은 그의 나이와 이름을 물어보고, 귀엽게 생겼다고 칭찬해 주고, 엄마가 대신 대답해 주는 질문들을 던져야 했다. 그 동안 아이는 엄마한테 매달려 고개를 푹 숙이고 있어서, 레이디 미들턴이 집에서는 그렇게도 시끄러운 아이가 남들 앞에서는 그렇게 수줍어하다니 이상하다며 크게 놀랄 정도였다. 격식을 차린 방문을 할 때는 언제나 아이가 일행에 끼어 이야깃거리를 제공해야 한다. 이번 경우에도 아이가 엄마와 아빠 중 누구와 더 닮았을까, 특히 어느 부분이 엄마나 아빠와 닮았을까를 알아내면서 10분을 보냈다. 모든 사람의 의견이 달랐고, 다들 다른 사람의 의견에 놀라움을 표시하다보니 그렇게 시간이 지났다.

존 경이 다음날 파크에서 식사를 함께 하겠다는 약속을 확실히 받아내야 돌아가겠다고 우기는 바람에, 대쉬우드 가족은 나머지 아이들에 대해서도 토론할 기회를 빨리 얻게 되었다.

7장

바턴 파크는 별장에서 반 마일 정도 떨어져 있었다. 대쉬우드 가족은 계곡을 따라 그 근처를 지나갔었지만, 언덕에 가려 그들의 집에서는 보이지 않았다. 저택은 크고 훌륭했다. 미들턴 가家는 손님을 환대하는 일과 고상함을 과시하는 두 가지 일에 같은 비중으로 나누어 힘을 쏟으며 살았다. 전자는 존 경이 원했고, 후자는 부인을 위해서였다. 그들의 집은 항상 친구들로 북적댔으며, 이웃의 다른 어떤 집안보다도 다양한 친구들과 교제를 나누었다. 이것은 이들 부부의 행복에 반드시 필요했다. 그들은 기질과 겉으로 드러나는 행동에서는 전혀 공통점이 없었으나, 재능과 취향이 완전히 결여된 탓에 사교적 모임과 관련된 것이 아니면 즐길 줄 아는 취미 활동이 매우 적다는 점에서는 서로 대단히 비슷했다. 존 경은 사냥을 즐겼고, 레이디 미들턴은 엄마 역할을 즐겼다. 존 경은 사냥을 나가 총을 쏘았고, 부인은 아이들의 응석을 받아주었다. 이것이 그들의 유일한 오락거리였다. 레이디 미들턴은 일년 내내 아이들을 망칠 수 있는 반면에, 존 경이 자기만의 취미활동을 즐길 수 있는 시간은 그 절반 정도에 불과했다. 그러나 집 안팎에서의 끊임없는 사교활동으로 기질과 교육의 결핍을 보충했으며, 존 경은 넘치는 활기를 지탱하는 한편 아내는 훌륭한 교양을 발휘할 기회로 삼았다.

레이디 미들턴의 관심사는 식탁이나 집안을 우아하게 꾸미는 일이었다. 그 어떤 모임에서보다도 이런 허영에서 가장 큰 즐거움을 얻었다. 그러나 존 경이 사교에서 얻는 기쁨은 훨씬 더 구체적이었다. 그는 집이 비좁도록 젊은이들을 주위에 불러모으기를 낙으로 삼았고, 그들이 시끄러울수록 더 기뻐했다. 그는 여름이면 쉬지 않고 파티를 열어 야외에서 차가운 햄과 닭고기를 대접했고, 겨울이면 열다섯 살의 지칠 줄 모르는 욕망에 시달리는 아가씨만 아니라면 어떤 젊은 숙녀라도 만족할 만큼 자주 개인 무도회를 열었으므로, 인근 젊은이들에게는 축복과도 같은 존재였다.

그는 마을에 새로운 가족이 정착하면 언제나 기뻐했으며, 이제 바턴의 자기 별장에 들인 거주자들은 어느 모로 보나 마음에 꼭 들었다. 대쉬우드 가의 아가씨들은 젊고, 예쁘고, 꾸밈이 없었다. 그 정도면 그의 호의를 얻기에 충분했는데, 예쁜 아가씨가 남의 마음을 사로잡으려면 꾸밈없는 태도야말로 꼭 갖추어야 할 요소였기 때문이다. 그는 다정다감한 성격이었으므로 과거와 비교하여 불행한 처지가 되었다고 할 수 있는 이들을 받아 준 데 더욱 기쁨을 느꼈으며, 친척들에게 친절을 베풂으로써 선행을 했다는 진정한 만족을 얻었다. 또한 사냥꾼으로서도 여자들로만 구성된 가족을 자기 별장에 들이게 되어 만족스러웠다. 그는 자신과 같이 사냥꾼인 동성同性만을 존중했지만, 사냥꾼은 자기 영지 안에 그런 이들에게 거처를 내주어 그들의 취미를 장려하지는 않는 법이다.

존 경은 문 앞에 나와 대쉬우드 부인과 딸들을 맞이하고 바턴 파크에 온 것을 진심으로 환영했다. 그는 거실로 안내하면서 젊은 숙녀들에게 멋진 젊은 남성들을 만날 기회를 제공하지 못했다는 이야기를 그 전날에 이어 되풀이했다. 그는 자기 말고도 신사를 딱 한 명 만나게 될 것이라고 말했는데, 파크에 머물고 있는 특별한 친구지만 별로 젊지도 않고 그다지 활달하지도 않다고 했다. 그는 파티가 조촐하다고 미안해하면서, 다시는 그런 일이 없을 것이라고 장담했다. 파티의 참석자를 좀더 구해 보려고 오전에 몇몇 집안에 연락해 보았지만, 달이 뜨는 밤이라 다들 약속이 꽉 찼더라고 했다. 다행히도 레이디 미들턴의 어머니가 좀 전에 바턴에 도착하셨는데, 아주 명랑하고 사근사근한 부인이니까 젊은 숙녀분들도 생각했던 것만큼 지루하지는 않으리라는 것이었다. 어머니뿐 아니라 젊은 숙녀들도 파티에 전혀 낯선 손님 두 명으로 충분히 만족했으며, 그 이상은 원하지도 않았다.

레이디 미들턴의 모친인 제닝스 부인은 명랑하고 쾌활하며 뚱뚱한 노부인으로, 매우 수다스럽고 즐겁다 못해 다소 천박해 보였다. 농담과 폭소를 입에 달고 있다시피 했으므로, 만찬이 끝나기도 전에 연인과 남편들에 대한 재치 넘치는 이야기를 잔뜩 늘어놓았다. 부인은 아가씨들이 서섹스에 사랑하는 이를 남겨두고 온 것이 아니라면 좋겠다는 말로 정말 그렇든 아니든 그들이 얼굴을 붉히는 모습을 본 척했다. 매리앤은 언니 때문에 조바심이 나서 이 공격을 어떻게 견뎌내고 있나 보려고 그 쪽만 보았다. 엘리너로서는 제닝스 부인의 흔해빠진 농담보다 매리앤의 진지한 태도가 훨씬 더 고역스러웠다.

존 경의 친구인 브랜든 대령은, 레이디 미들턴이 존 경의 아내이지만 남편과 닮은 데가 없고, 제닝스 부인이 레이디 미들턴의 어머니지만 서로 닮지 않았듯이, 그의 친구라기엔 닮은 점이 거의 없어 보였다. 그는 과묵하고 근엄했다. 서른다섯을 넘었으니 매리앤과 마거릿이 보기에는 확실한 노총각이었지만, 제법 호감 가는 외모였다. 미남형은 아니었어도 표정에서 현명함이 엿보인데다 특히 태도가 신사다웠다.

모인 사람들 중에서 대쉬우드 가 사람들이 벗으로 사귀고 싶은 사람은 아무도 없어 보였다. 그러나 무미건조하고 차가운 레이디 미들턴은 정말로 참기 힘들었으므로, 그에 비하면 엄숙한 브랜든 대령이나 소란스럽고 활달한 존 경과 장모는 흥미를 끌었다. 레이디 미들턴은 만찬이 끝난 후 네 아이가 들어왔을 때에야 비로소 활기가 도는 것 같았다. 아이들은 엄마를 끌어당기고, 옷을 찢고, 자기들과 관계된 것이 아니면 모든 대화를 끊어버렸다.

그 날 저녁, 사람들은 매리앤이 음악에 재주가 있다는 사실을 알고 노래를 불러 달라고 청했다. 악기가 나오고 모두 감상할 준비를 하자, 노래솜씨가 좋은 매리앤은 그들의 청에 따라 레이디 미들턴이 시집올 때

가져와서 아마도 그 후로 피아노 위에 쭉 같은 자세로 놓여 있었을 악보들 가운데 몇 곡을 불렀다. 어머니의 말로는 레이디 미들턴의 연주 실력이 대단히 뛰어나다고 했고, 본인도 연주를 즐긴다고 했지만, 부인은 결혼이라는 경축할 만한 사건을 맞아 음악을 포기했기 때문이다.

매리앤의 연주와 노래는 박수갈채를 받았다. 존 경은 노래가 연주될 동안에는 다른 사람들과 목소리를 낮추지 않은 채 얘기를 나누다가, 노래가 끝날 때마다 큰 소리로 칭찬했다. 레이디 미들턴은 남편에게 계속 주의를 주고 어떻게 잠시도 음악을 듣지 않고 딴전을 피울 수 있느냐고 타박하면서 매리앤이 방금 막 끝낸 곡을 불러 달라고 청했다. 모든 사람들 중에서 브랜든 대령만이 소란 떨지 않고 연주에 귀를 기울였다. 그는 정중한 칭찬의 말을 전했는데, 매리앤은 부끄러운 줄도 모르고 교양 부족을 드러내는 다른 사람들과는 다른 태도를 보였다는 점에서, 이때만큼은 그에게 존경심을 느꼈다. 음악에 대해 그가 느끼는 기쁨은 매리앤의 것과 견줄 만한 그런 희열감까지는 아니었지만, 다른 이들의 끔찍한 둔감성에 비하면 칭찬할 만했다. 게다가 매리앤도 서른다섯이나 된 남자가 격렬한 감정과 기쁨을 느끼는 예민한 능력을 온전히 다 유지하지 못하는 것이야 당연하다고 생각했다. 그녀는 한껏 아량을 베풀어 대령의 연륜을 참작해 주고 싶은 기분이었다.

8장

제닝스 부인은 남편으로부터 막대한 유산을 물려받은 과부였다. 부인에게는 딸 둘 뿐이었는데 둘 다 남부끄럽지 않게 좋은 데로 시집을 보냈으므로, 이제 다른 미혼 남녀들을 맺어주는 것 말고는 할 일이 없었다. 이 목적을 달성하기 위하여 부인은 능력이 닿는 한 몸과 마음을 다 바쳤으며, 자신이 알고 지내는 모든 젊은이들을 짝 지워줄 기회를 절대 놓치지 않았다. 부인은 젊은 사람들 사이에 오가는 호감을 냄새 맡는데 비상하리만큼 빨랐으며, 젊은 남자를 사로잡았다고 넌지시 귀띔해 주어 처녀들을 얼굴 붉히게 하고 허영심을 자극하는 것을 즐겼다. 부인은 이러한 통찰력으로 바턴에 도착한 지 얼마 되지도 않아서 브랜든 대령이 매리앤 대쉬우드에게 홀딱 반했다고 자신 있게 선언했다. 그들이 처음 만난 저녁, 매리앤이 노래를 부를 동안 그가 매우 주의 깊게 경청하는 모습을 보고 눈치챘다는 것이었다. 게다가 미들턴 가家가 답례로 별장에서 열린 저녁 만찬에 참석했을 때, 또다시 그가 매리앤에게 귀를 기울이는 모습을 보고 확신을 얻었다. 틀림없는 사실이다. 부인은 이를 믿어 의심치 않았다. 그는 부유하고 그녀는 미인이니 잘 어울리는 한 쌍이 될 것이다. 제닝스 부인은 존 경과의 인연으로 브랜든 대령을 처음 알게 된 이후로 죽 그가 좋은 아내를 맞이하기를 고대해 왔으며, 늘 멋지고 예쁜 아가씨에게 좋은 남편감을 얻어주지 못해 안달이었다.

이 발견으로 부인은 두 사람을 놓고 끊임없이 농담할 소재를 얻어 당장 무시 못 할 재미를 보았다. 부인은 파크에서는 대령을, 별장에서는 매리앤을 놀려먹었다. 대령이야 부인의 놀림이 자신에게 국한되는 한 무관심으로 일관할 수 있었다. 그러나 매리앤은 처음에는 알아듣지 못했다가, 이해가 되자 말도 안 되는 소리라고 웃어넘겨야 할지 무례하다고 화를 내야 할지 알 수가 없었다. 매리앤은 이를 대령의 지긋한 나이와 독신자로서의 고적한 처지에 대한 잔인한 모욕이라고 여겼다.

대쉬우드 부인은 자기보다 다섯 살 어린 남자를 젊은 딸이 생각하는 것만큼 노인네로 여기지는 않았으므로, 제닝스 부인이 그의 나이를 가지고 놀린 것은 아니라고 해명해 주려 했다.

"하지만 엄마, 고의적으로 심술부린 것으로 생각지 않으신대도 말도 안 되는 소리라는 건 부인하지 못하실 거예요. 브랜든 대령은 제닝스 부인보다야 물론 젊지만 우리 아버지만큼이나 나이를 먹었잖아요. 그분이 사랑에 빠질 정도로 생기가 있다 해도 그런 감정을 갖기에는 너무 늙으셨단 말예요. 얼마나 우스꽝스러운 일이에요! 늙고 쇠약해져서도 이런 농담을 들어야 한다면 도대체 언제가 되어야 남자가 이런 놀림을 면할 수 있단 말인가요?"

엘리너가 말했다. "쇠약하다고! 브랜든 대령보고 쇠약하다니? 당연히 어머니보다는 네게 그분 나이가 훨씬 많게 느껴지겠지만, 그분이 수족을 제대로 못 쓰신다고 하지야 않겠지!"

"언니는 그분이 관절염 불평하시는 것을 듣지 못했어? 그런 것이 노인들에게 흔한 증상이 아니란 말이야?"

어머니가 웃으면서 말했다. "얘야, 이래 가지고는 네가 내 건강이 쇠약해질까 봐 걱정에서 헤어나질 못하겠구나. 네 눈에는 내가 마흔 줄에 접어들도록 죽지 않고 살아있는 것이 기적으로 보이겠다."

"엄마, 그건 제 말을 오해하신 거예요. 물론 브랜든 대령은 친구분들이 자연의 순리에 따라 그분을 잃을까봐 걱정해야 할 나이는 아니죠. 20년은 더 사실 거예요. 하지만 서른다섯 살은 결혼과는 거리가 멀어요."

엘리너가 말했다. "서른다섯과 열일곱을 함께 결혼에 연관시키지 않는 편이 좋겠지. 하지만 어쩌다가 여자가 스물일곱까지 독신으로 있게 된다면, 브랜든 대령이 서른다섯이라도 그녀와 결혼하는 거야 충분히 있을 법한 일이지."

매리앤이 잠시 있다가 말했다. "스물일곱 먹은 여자라면 다시 사랑에 빠지거나 남의 사랑을 받기를 바랄 수야 없겠지. 집에 머물기가 편치 않거나 가진 재산이 얼마 없다면, 아내가 되어 생계수단과 보호를 얻기 위해 간병인 일이라도 감수하고 받아들여야 할 거야. 그러니까 그분이 이런 여자와 결혼한다면 가당치도 않은 일이라 할 수는 없겠지. 편의상 맺는 계약이 될 테고, 세상도 만족할 테지. 내 눈에는 각자 상대를 희생시켜 이득을 보려 하는 거래로밖에는 보이지 않지만."

엘리너가 이에 대답했다. "스물일곱 먹은 여자가 서른다섯 먹은 남자에게 사랑 비슷한 감정을 느낄 수 있고, 그를 바람직한 동반자로 여길 수도 있다는 점을 아무리 해도 너에게 납득시킬 수는 없겠지. 하지만 브랜든 대령이 어제 (아주 춥고 습한 날씨였지) 어깨에 관절염이 약간 온다고 어쩌다 불평 좀 했기로서니 그분과 아내가 병실에 죽치고 살아야 한다는 네 생각에는 동의할 수가 없구나."

"하지만 그분은 플란넬 조끼 얘기도 하셨는걸. 난 플란넬 조끼란 말만 들으면 통증이니, 경련이니, 관절염이니, 노약자들을 괴롭히는 온갖 병들이 다 떠오른단 말이야." 매리앤이 말했다.

"그분이 차라리 고열에 시달렸더라면 네가 훨씬 덜 무시했겠구나. 솔직히 말해보렴, 매리앤, 넌 붉어진 뺨, 멍한 눈, 열에 들뜬 빠른 심장 고동, 이런 것에서 흥미를 느끼지 않니?"

이 말을 남기고 곧바로 엘리너가 방을 나서자, 매리앤이 말했다. "엄마, 병 얘기를 하다보니 하나 놀랄 일이 있는데, 엄마한테는 말씀드려야겠어요. 에드워드 페라스가 병이 난 게 틀림없어요. 우리가 여기 온 지 얼추 2주가 되어 가는데 아직도 오지 않았잖아요. 정말로 몸 상태가 나빠서가 아니라면 이렇게 늦을 리가 없다고요. 그것 말고 놀랜드에서 그를 붙잡아 둘 것이 뭐가 있겠어요?"

"넌 그가 그렇게 빨리 올 거라고 생각했단 말이냐? 난 그렇게 생각지 않았단다. 반대로 그 문제에 관해 내 마음에 걸리는 점이 있다면, 그에게 바턴에 오라고 말했을 때 내 초대를 받아들이면서 기뻐하거나 반가워하는 빛을 보이지 않았다는 거다. 엘리너는 그가 올 거라고 생각하고 있니?" 대쉬우드 부인이 말했다.

"언니에게는 입도 벙긋 하지 않았지만, 당연히 기다리겠죠."

"내 생각에는 네가 잘못 본 것 같구나. 어제 비어있는 침실에 새 난로를 놓아야겠다고 했더니, 당분간은 그 방을 쓸 일이 없을 테니 서두르지 않아도 되겠다고 하던걸."

"정말 이상하네! 그게 대체 무슨 의미일까! 하지만 서로에 대한 그들의 행동을 보면 좀 미심쩍기는 했어요! 마지막 작별인사도 얼마나 냉정하고 침착하던지! 함께 보낸 마지막 저녁에 이야기할 때도 그렇게 맥빠진 분위기라니! 에드워드의 작별인사도 언니한테나 나한테나 별 차이가 없었고. 둘 다에게 다정한 오라버니로서 얘기하는 것 같았어요. 마지막 날 오전에도 두 번이나 일부러 함께 있도록 자리를 피해 주었는데도, 이해할 수 없게도 두 번 다 그는 나를 따라 방을 나오더군요. 게다가 엘리너는 놀랜드와 에드워드를 떠날 때도 나처럼 울지 않았어요. 지금도 언니의 침착한 태도는 전혀 변화가 없잖아요. 언니가 낙담하거나 우울해질 때가 있기는 할까요? 사람들을 피하려 하거나, 사람들 속에 있어도 안절부절못하고 불만스러운 모습일 때가 있을까요?"

9장

대쉬우드 가족은 이제 바턴에 정착하여 그럭저럭 안정을 찾았다. 이제 집과 정원, 그들을 둘러싼 모든 것과 친숙해졌고, 아버지를 잃은 이래로 놀랜드에서 그다지 그들을 사로잡지 못했던 일상적인 소일거리도 다시 놀랜드에서보다 훨씬 더 즐길 수 있게 되었다. 집에서 뭔가를 하는 버릇이 없는 존 미들턴 경은 첫 2주간 그들을 매일 방문하면서 그들이 항상 바쁜 데 놀라움을 감추지 못했다.

바턴 파크에서 오는 이들을 제외하면 방문객은 많지 않았다. 존 경이 이웃들과 더 많이 어울리라고 간곡히 부탁하면서 언제라도 자기 마차를 편한 대로 쓰라고 거듭 권했지만, 남에게 신세지기 싫어하는 대쉬우드 부인은 아이들을 위해 교제를 맺고 싶은 마음을 억누르고 걸어갈 수 있는 거리보다 멀리 있는 집안은 방문하지 않기로 마음을 굳혔다. 그 조건에 맞는 집안은 얼마 되지 않았고, 그들이라고 모두 교제할 수 있는 것은 아니었다. 아가씨들은 어느 날 일찍부터 산보를 나서 앞서 말한 대로 바턴 계곡에서 뻗어 나온 좁고 구불구불한 앨런햄 계곡을 따라 별장에서 2킬로미터 남짓 나갔다가, 고풍스럽고 훌륭한 저택 하나를 발견했다. 그 저택은 얼마간 놀랜드를 회상시키는 데가 있어서 그들의 상상력을 자극했으며, 그 곳 사람들과 알고 지내고 싶다는 소망을 불러일으켰다. 그러나 물어보니 그 저택의 소유자는 아주 마음씨 좋은 노부인으로, 불행히도 너무 쇠약해서 사람들과 어울릴 수가 없어 집에서 한 발짝도 나오지 않는다는 것이었다.

주변이 온통 산책하기 좋은 아름다운 곳 천지였다. 높은 초원은 별장의 어느 창문에서 보아도 정상에서 바람을 쐬는 최고의 기쁨을 누리도록 그들을 유혹했고, 아래의 계곡들이 흙먼지로 덮여 자기네의 더 훌륭한 아름다움을 감출 때면 유쾌한 대안이 되어 주었다. 매리앤과 마거릿은 어느 기억에 남을 아침 비구름 사이로 비치는 햇살을 보았다. 그들은 그 전에 이틀간 계속된 비로 집안에 갇혀있던 터라 더 이상 참을 수가 없었으므로, 이 언덕 중 하나를 향해 발걸음을 옮겼다. 매리앤은 날씨가 계속 좋을 것이고 한바탕 비를 뿌릴 듯한 구름이 언덕에서 걷힐 것이라고 주장했다. 그러나 다른 두 식구도 연필과 책을 던지고 나올 만큼 유혹적인 날씨는 못 되었으므로, 두 소녀만 함께 나섰다.

그들은 푸른 하늘이 엿보일 때마다 자기들의 혜안慧眼에 기뻐하면서 즐겁게 초원을 올랐다. 생기를 불어넣어 주는 세찬 남서풍 한 줄기가 얼굴에 와 닿자, 그들은 어머니와 엘리너가 걱정을 떨치지 못해 이런 즐거운 느낌을 나누지 못한 것을 정말 딱하게 여겼다.

매리앤이 말했다. "세상에 이보다 더한 행복이 또 있을까? 마거릿, 여기에서 적어도 두 시간은 산보하자꾸나."

마거릿도 동의했으므로 그들은 바람을 뚫고 이십여 분을 더 명랑하고 즐거운 기분으로 길을 걷는데, 갑자기 머리 위로 구름이 끼더니 거센 빗줄기가 얼굴 위로 쏟아졌다. 피할 곳이라곤 집뿐이었으므로, 놀라고 당황한 나머지 내키지는 않지만 돌아가야만 했다. 그래도 그들에게는 급박한 상황을 핑계 삼아 평소의 예절을 무시하고 할 수 있는 한 가지 위안거리가 있었으니, 곧장 정원 문으로 이어지는 가파른 언덕 경사면을 최대한의 속도로 달려 내려가는 것이었다.

그들은 출발했다. 처음에는 매리앤이 앞섰지만 발을 헛디뎌 갑자기 땅바닥에 넘어지는 바람에, 멈춰 서서 언니를 도울 수가 없었던 마거릿은 어쩔 수 없이 계속 달려 내려가 무사히 아래쪽에 닿았다.

매리앤이 사고를 당했을 때, 마침 한 신사가 총을 들고 포인터 사냥개 두 마리를 거느린 채 그녀와 몇 야드 떨어져 언덕을 오르던 참이었다. 그는 총을 내려놓고 매리앤을 도우러 달려왔다. 매리앤은 땅에서 몸을 일으켰으나, 넘어지면서 발을 삐었던 탓에 서 있기도 어려웠다. 신사는 도움의 손길을 내밀다가 그녀가 피치 못할 상황인데도 수줍어서 도움을 거절하는 것을 눈치채자, 더 지체하지 않고 그녀를 자기 팔로 안아 올려 언덕 아래로 옮겼다. 그런 다음 정원을 지나 이제 막 당도한 마거릿이 먼저 열어 둔 문으로 들어와, 집안으로 곧장 그녀를 데려가 거실의 의자에 앉힐 때까지 내려놓지 않았다.

엘리너와 어머니는 그들이 들어오자 놀라 일어났다. 두 사람이 그의 외모를 보고 우러나오는 숨길 수 없는 감탄과 비밀스러운 찬양으로 그에게 눈을 떼지 못하고 있는데, 그는 자신의 침입을 사과했다. 그 태도가 너무나 솔직 담백하고 우아해서 그러잖아도 잘생긴 인물이 목소리와 표정에 힘입어 더욱 매력적으로 보였다. 그가 늙고 추하고 천박했더라도 자기 딸을 도와주었으니 당연히 대쉬우드 부인이 감사와 친절을 베풀었을 텐데, 젊음과 미모와 기품까지 갖추어 부인이 깊이 감사를 느낀 그의 행동이 더욱 돋보였다.

부인은 거듭거듭 감사를 표하면서 늘 변함없는 상냥한 태도로 자리를 권했다. 그러나 그는 자기 몸이 지저분하고 젖었다며 이를 거절했다. 그러자 대쉬우드 부인은 신세를 진 상대의 신원을 알려 달라고 청했다. 그는 자기 이름은 윌러비이고 현재 앨런햄에 살고 있으며, 대쉬우드 양을 문병하고자 내일 방문하는 영예를 허락해 주시면 고맙겠다고 말했다. 그 영예는 기꺼이 허락되었고, 그는 자신에 대한 궁금증만 잔뜩 키워놓은 채 폭우 속으로 사라졌다.

그의 남자다운 미모와 보기 드문 우아함은 즉각 모두의 찬사의 대상이 되었으며, 매리앤에 대한 그의 기사도 정신을 두고 웃음 삼아 하는 얘기도 그의 외적인 매력 때문에 특히 활기가 넘쳤다. 매리앤 본인은 그가 자신을 안아 올릴 때 당황한 나머지 얼굴이 온통 새빨개져 다른 사람들보다 그를 제대로 보지 못했고, 집으로 들어온 후에도 그를 관찰한 여유가 없었다. 그러나 항상 그녀의 칭찬을 돋보이게 만드는 열정으로 다른 사람들의 칭찬에 끼어들 만큼은 보았다. 그의 인물과 태도는 그녀가 좋아하는 이야기 속의 주인공을 보고 품은 공상에 못지 않았다. 그가 격식 따위는 버리고 자신을 집안으로 옮겼다는 것은 머리 회전이 빠름을 보여 주었으므로, 특히 그 행동이 마음에 들었다. 그를 둘러싼 모든 것이 관심의 대상이었다. 이름도 멋있었고 사는 곳도 그들이 가장 좋아하는 마을이었다. 그녀는 곧 모든 남성복 중에서 사냥복이 가장 남자에게 어울린다고 생각하게 되었다. 그녀는 상상의 나래를 활짝 펼치고 즐거운 공상에 잠겨 삔 발목의 통증도 잊었다.

존 경은 날씨가 개어 밖에 나갈 수 있게 되자마자 그들을 방문했다. 매리앤의 사고에 대한 설명을 들은 뒤, 그는 앨런햄의 윌러비라는 신사를 아는지 거센 질문공세를 받았다.

"윌러비라고! 그가 이 마을에 왔다고요? 그거 좋은 소식이군요. 내일 말을 타고 가서 목요일 만찬에 청해야겠군요." 존 경이 외쳤다.

"그럼 그분을 아시는군요." 대쉬우드 부인이 말했다.

"그를 안다고요! 물론이죠. 해마다 여기 내려오니까요."

"어떤 젊은이인가요?"

"장담하건대, 그렇게 훌륭한 젊은이는 흔치 않죠. 아주 훌륭한 사수인데다, 말 타는 솜씨로는 영국에서 따를 자가 없을 걸요."

"그분에 대해서 하실 말씀이 고작 그거란 말예요? 절친한 친구들을 대하는 태도는 어떤가요? 그분의 취미라든가 특기, 재능은요?" 매리앤이 흥분해서 외쳤다.

존 경은 다소 당황했다.

"그에 대해서 그런 것까지 다 알지는 못합니다. 하지만 유쾌하고 상냥한 젊은이고, 내가 본 것 중에서 가장 훌륭한 작은 검은색 사냥개를 갖고 있죠. 오늘도 그 사냥개를 데리고 나왔던가요?"

그러나 매리앤은 존 경이 그의 마음 상태를 섬세하게 묘사해 줄 수 없듯이, 윌러비 씨의 사냥개 색깔에 관해 만족할 답을 줄 수 없었다.

"그분은 어떤 분이신가요? 어디 출신이세요? 앨런햄에 집을 갖고 계신가요?" 엘리너가 물었다.

이 점에 대해서라면 존 경은 더 확실한 정보를 줄 수 있었다. 윌러비 씨는 이 지역에는 자기 영지가 없다. 앨런햄 저택에 있는 노부인을 방문하러 올 때만 거기 머무는데, 그 노부인의 친척이며 그분의 재산을 상속하게 될 것이다. 덧붙여서, "맞아, 맞아요. 대쉬우드 양, 분명히 말하는데 그는 낚아 볼 만한 청년이에요. 아주 조금이긴 하지만 서머셋에 자기 영지도 있다오. 나라면 언덕에서 굴렀다고 해서 동생한테 그런 청년을 넘기지는 않겠소. 매리앤 양 혼자 남자들을 다 독차지하려 하면 안 되지. 딴 데 눈 돌리면 브랜든이 질투할 거요."

대쉬우드 부인이 상냥한 미소를 띠며 말을 받았다. "제 딸들 중 누구라도 표현하신 대로 윌러비 씨를 낚으려는 시도를 해서 귀찮게 해 드리는 일은 없을 거예요. 그렇게 키우지는 않았으니까요. 남자들은 부유하든 가난하든 우리와 함께 있어도 아주 안전할 거예요. 어쨌거나 말씀을 들으니 알고 지내도 괜찮을 훌륭한 젊은이라서 기쁘군요."

"정말 훌륭한 젊은이고말고요." 존 경이 다시 되풀이해 말했다. "작년 크리스마스 때 파크에서 열렸던 작은 무도회에서 여덟 시부터 네 시까지 한 번도 앉지 않고 춤추었던 기억이 나는군요."

"그분이 정말로 그랬어요? 활기 넘친 태도로 우아하게 말이죠?" 매리앤이 눈을 반짝반짝 빛내면서 외쳤다.

"그래요. 게다가 사냥터까지 말을 타고 나가려고 다시 여덟 시에 일어났지요."

"제 마음에 꼭 드는군요. 젊은 남자라면 마땅히 그래야 지요. 취미가 뭐든지 간에, 그렇게 자제를 모르고 열정적으로 매달리면서 피로감도 전혀 느끼지 않아야 해요."

"아, 일이 어떻게 될지 알겠군. 어떻게 될지 알겠어요. 이젠 그를 사로잡으려고 할 테고, 불쌍한 브랜든은 뒷전으로 제쳐놓겠군요." 존 경이 말했다.

매리앤이 흥분하여 말했다. "그거야말로 제가 싫어하는 표현이에요, 존 경. 재치 있는 척하는 진부한 표현은 뭐든 다 혐오해요. 그 중에서도 '사로잡는다' 느니, '정복한다' 느니 하는 말은 진저리나게 싫어요. 천박하고 저속한 의도를 담고 있잖아요. 한때는 참신한 의미로 생각되었을지도 모르지만, 세월이 흐르면서 이미 오래 전에 그 참신함을 다 잃어버렸다고요."

존 경은 이러한 비난을 다 이해하지 못했으나, 이해한 척 껄껄 웃고는 이렇게 대답했다.

"아, 장담하건대 어떻든 당신이라면 충분히 정복하고 말겠지요. 불쌍한 브랜든! 벌써 아주 홀딱 반해 버렸는데. 다시 말하지만 당신이 언덕에서 굴러 발목을 삐었다 해도 그는 당신이 사로잡을 가치가 충분한 남자라오."

10장

마거릿이 정확하기보다는 우아하게 윌러비를 일컬은 말로, 매리앤의 보호자가 다음날 아침 일찍 안부를 물으러 별장을 찾았다. 대쉬우드 부인은 존 경에게서 설명을 들은 데다 감사하는 마음에서 친절을 다해 진심으로 환영하며 맞아들였다. 방문할 동안 그는 사고로 알게 된 이 가족이 이성적이고 우아하며 서로를 사랑하고 가정의 평안을 누리고 있음을 모든 점에서 확신할 수 있었다. 그들의 개인적인 매력을 확인하는 데는 한 번의 방문으로 충분했다.

대쉬우드 양은 우아한 얼굴에 균형 잡힌 이목구비, 눈에 확 띌 만큼 예쁜 몸매를 지녔다. 매리앤은 훨씬 더 미인이었다. 그녀의 체격은 언니만큼 균형이 잡혀 있지는 않지만, 키가 큰 탓에 더욱 돋보였다. 무척 귀여운 얼굴이어서, 진부한 칭찬의 말로 아름다운 소녀라고 해도 흔히 그렇듯 진실에서 벗어나는 말은 아니었다. 피부색은 가무스름했지만 투명했기 때문에 안색이 비할 데 없이 밝아 보였다. 이목구비가 뚜렷했고, 미소는 사랑스럽고 매혹적이었으며, 새까만 눈에는 생기와 총기, 보기만 해도 기쁨이 샘솟는 열의가 넘쳐흘렀다. 처음에는 윌러비의 도움을 받았던 기억이 떠올라 부끄러운 마음에 눈길을 피했다. 그러나 그 신사가 나무랄 데 없는 공손한 태도에 솔직함과 쾌활함을 함께 지녔고, 무엇보다도 음악과 춤을 열정적으로 즐긴다고 말하자, 부끄러움이 가시고 활기를 되찾아 그를 향해 그가 머무는 나머지 시간 동안은 자신이 대화 상대가 되어 주겠다는 뜻을 표정으로 전했다.

매리앤을 대화에 끌어들이려면 아무 거나 가장 좋아하는 취미 얘기를 꺼내기만 하면 되었다. 그녀는 이런 얘기가 시작되면 입을 다물고 있지를 못했고, 수줍음이나 삼가는 태도도 던져버리고 대화에 뛰어들었다. 그들은 곧 좋아하는 춤과 음악이 비슷하며, 어느 쪽이든 모든 면에서 전반적으로 판단이 일치한다는 사실을 발견했다. 매리앤은 이 사실에 고무되어 그의 견해를 더 자세히 알아보고자 책에 관한 질문을 던졌다. 그녀가 가장 좋아하는 작가들을 끄집어내어 얼마나 황홀한 기쁨에 넘쳐 장황하게 이야기를 늘어놓았던지, 스물다섯 먹은 청년이라면 이전에는 무시했더라도 이렇게 훌륭한 작품들의 추종자로 그 자리에서 개종하지 않는다면 정말로 둔해빠진 자일 것이다. 그들의 취미는 놀랄 만큼 똑같았다. 서로 같은 책, 같은 구절을 놓고 입에 침이 마르도록 찬미했으며, 설혹 조금이라도 차이가 있거나 의견이 일치하지 않더라도 매리앤이 눈을 반짝이면서 강력하게 주장하면 오래 가지 못했다. 그는 그녀의 판단이라면 전부 수용했고, 그녀의 열정에 전염되었다. 그가 방문을 마치기도 한참 전부터 그들은 오래 알고 지낸 사이처럼 친밀하게 대화를 나누었다.

엘리너는 그가 떠나자마자 말했다. "자, 매리앤, 겨우 오전 반나절 동안에 아주 잘 해낸 것 같구나. 너는 벌써 거의 모든 중요한 문제에 대해 윌러비 씨의 의견을 확인했으니 말이야. 그가 쿠퍼와 스코트(월터 스코트. 1771–1832. 인기있는 낭만주의 시인)에 대해 어떻게 생각하는지도 알고, 응당 그래야 할 만큼 그들의 아름다움을 평가한다고 확신하고, 포프(알렉산더 포프. 1688–1744. 신고전주의의 대표적인 시인)는 적당한 정도로만 찬양한다는 것을 확인했지. 하지만 그렇게 많은 주제를 엄청나게 빠른 속도로 건드려서야 교제를 오래 지속할 수 있겠니? 금방 좋아하는 주제가 다 바닥나고 말겠다. 다음번에 만나면 회화의 아름다움과 재혼에 대한 그의 느낌을 설명하는 것으로 족할 테고, 그 다음에는 얘기할 것이 없겠다."

매리앤이 외쳤다. "언니, 그게 말이나 될 법한 소리야? 내 생각이 그렇게 빈약하다고? 언니가 무슨 말을 하는지 알아. 내가 너무 마음을 터놓고 지나치게 즐겁고 솔직하게 굴었어. 일반적인 예의범절에 어긋나는 행동을 했어. 겸양을 차리면서 맥빠지고 께느른한 태도로 남들 눈을 속여야 하는 자리에서 솔직하고 진심 어린 태도를 보였어. 내가 날씨나 도로 사정을 화제로 삼고, 십 분마다 한 번씩만 입을 열었더라면 잘했다는 소리를 들었겠지."

"애야, 언니 말에 마음 상할 건 없단다. 언니는 그저 농담을 한 거야. 언니가 우리의 새로운 친구와 네가 대화를 나누는 기쁨을 방해하려 한다면 내가 먼저 나서서 나무랄 거다." 매리앤은 어머니의 말에 금세 마음을 풀었다.

윌러비 쪽에서는 기꺼이 그들과 사귀고 싶다는 뜻을 충분히 보인 셈이었으므로, 교제를 더욱 발전시키고 싶다는 분명한 소망을 전했다. 그는 매일 그들을 찾아왔다. 처음에는 매리앤의 문병을 구실 삼았으나, 날이 갈수록 더 친절한 대접과 환영을 받았으므로 매리앤이 완전히 회복되어 핑계거리가 사라지기 전에 이미 이런 변명이 불필요하게 되었다. 매리앤은 며칠간은 집에만 머물러야 했으나, 집에 갇혀 있어도 이렇게 갑갑한 줄 몰랐던 적이 없었다. 윌러비는 재능 있고 머리회전이 빠르며 활기가 넘친 데다, 솔직하고 다정한 태도를 지닌 청년이었다. 그는 이 모든 것에다가 매력적인 외모뿐 아니라, 매리앤의 모범에 따라 더욱 강렬해졌으며 다른 무엇보다도 더 그녀의 마음을 끌어당긴 타고난 열정까지 갖추었으므로, 매리앤의 마음을 사로잡기에 딱 맞는 사람이었다.

그와의 교제는 점차 매리앤에게 최고의 기쁨이 되었다. 그들은 함께 독서하고, 대화하고, 노래를 불렀다. 그는 음악에도 뛰어난 재능이 있었으며, 불행히도 에드워드가 갖추지 못했던 감성적이고 활기 넘치는 태도로 책을 낭송했다.

대쉬우드 부인도 매리앤 못지않게 그를 흠잡을 데가 없다고 평했다. 엘리너도 그가 상대방이나 분위기에는 전혀 신경 쓰지 않고 어느 때나 자기 생각을 너무 많이 말하는 경향이 있다는 점만 제외하면 비난할 점을 하나도 찾지 못했다. 그것은 동생과 너무 비슷한 결점이면서 특히 동생이 마음에 들어 하는 점이기도 했다. 그가 다른 사람들에 대해 너무 성급하게 판단하고 의견을 말할 때, 자기 마음이 끌리는 쪽에만 온통 주의를 쏟느라 공손함을 잃을 때, 세간의 예절이라는 형식을 너무 쉽게 경시할 때, 그와 매리앤이 아무리 열렬히 지지한다 해도 엘리너로서는 찬동할 수 없는 신중함의 결여가 엿보였다.

매리앤은 이제 열여섯 살 반의 나이에 자신의 이상에 들어맞는 남자를 결코 만나지 못할 것이라고 자포자기했던 것이 성급하고 얼토당토않은 생각이었다고 깨닫기 시작했다. 윌러비는 불행했던 시절과 더 낙관적이었던 시기에 매리앤이 상상력을 동원해 자신의 마음을 사로잡을 수 있는 인물로 그려냈던 바로 그 이상형이었다. 게다가 그의 행동은 그가 능력이 있는 만큼, 진심으로 그런 인물이 되고 싶다는 소망을 분명히 드러냈다.

어머니는 그의 재산을 바라고 둘의 결혼을 생각해 보았던 것은 전혀 아니었지만 한 주가 끝나기도 전에 이를 바라고 기대하는 쪽으로 마음이 바뀌었으며, 에드워드와 윌러비 같은 사위를 얻게 된 데 혼자 자축했다.

엘리너는 친구들이 진작부터 눈치챘던 브랜든 대령의 매리앤에 대한 감정이 관심 밖으로 밀려나게 되자 이제서야 처음으로 그 사실을 알아차렸다. 이제 브랜든 대령의 더 운 좋은 경쟁자가 친구들의 관심과 재치의 대상이 되었다. 브랜든이 실제로 연정을 품기도 전에 겪었던 놀림은 정작 그의 감정이 정말로 조롱을 받아 마땅한 상황이 되었을 때는 사라져 버렸다. 엘리너는 내키지 않지만 제닝스 부인이 재미 삼아 그에게 뒤집어 씌웠던 감정을 이제 그가 진심으로 동생에게 느끼게 되었으며, 동생의 성향과 비슷하다는 점 때문에 윌러비 씨의 애정이 더 뜨거워진 것은 사실이지만, 브랜든 대령 또한 동생과 성격이 완전히 다르다고 해서 애정이 식지도 않았다는 것을 인정하게 되었다. 엘리너는 이를 걱정스레 주시했다. 서른다섯 살의 과묵한 남자가 스물다섯 살의 혈기왕성한 남자와 맞서게 된다면, 무엇을 바랄 수 있겠는가? 엘리너는 그의 성공을 바랄 수 없었기에 그의 마음이 식기만을 진심으로 바랐다. 그녀는 근엄하고 과묵했어도 그가 마음에 들었으므로 관심을 갖고 지켜보았다. 그의 태도는 엄숙했으나 온화했고, 내성적인 성격은 원래 음침한 기질을 타고나서라기보다는 정신적인 고통을 겪은 결과인 듯했다. 존 경은 과거의 상처와 좌절을 암시하는 말을 흘려 그가 불행한 사람이라는 그녀의 믿음을 뒷받침해주었으므로, 그녀는 그를 존경과 동정심을 갖고 대했다.

어쩌면 그가 젊지도, 활달하지도 않다는 이유로 편견을 갖고 그의 장점을 폄하하는 윌러비와 매리앤에게 무시당하기 때문에 더욱 더 동정심이 들고 존경하는지도 몰랐다.

어느 날 브랜든에 대해 함께 얘기하던 중, 윌러비가 말했다. "브랜든은 바로 이런 부류의 사람이에요. 다들 좋게 말하지만 아무도 관심 갖지 않는 사람 말이죠. 만나면 기분 좋지만 아무도 말을 걸 생각은 들지 않는 사람이랄까."

"제 생각과 완전히 똑같네요." 매리앤이 외쳤다.

"그렇다고 해서 그렇게 떠들어 댈 것까지는 없잖아요. 두 사람 모두 부당해요. 그분은 파크의 모든 가족들로부터 많은 존경을 받고 있고, 나도 그분을 뵙게 되면 대화를 나누려고 애쓰는 걸요." 엘리너가 말했다.

"당신 같은 분이 그를 옹호해 주신다면 물론 그에게는 다행스러운 일이지요. 하지만 다른 사람들의 존경이라는 건 사실 불명예나 마찬가지인 걸요. 그 밖의 다른 사람들에게서는 외면당할 레이디 미들턴이나 제닝스 부인 같은 부인네들한테서 인정받는 수모를 원할 사람이 누가 있겠습니까?"

"하지만 당신이나 매리앤 같은 이들의 독설이 레이디 미들턴과 모친의 존경에 대한 보상이 될 수도 있겠죠. 그분들의 칭찬이 비난거리가 된다면, 당신들은 편견에 사로잡혀 있고 부당하다는 점에서 그들과 별로 다르지 않으니까 당신들의 비난이 칭찬이 될 수도 있겠네요."

"피보호자를 변호하면서 좀 지나치신 것 같군요."

"당신 표현대로라면, 제 피보호자는 분별력 있는 분이지요. 전 항상 분별에 매력을 느낀답니다. 그래, 매리앤, 삼십대 남자일지라도 말이지. 그분은 세상을 많이 보셨고, 외국 생활도 하셨어요. 독서도 많이 하시고, 생각이 깊으신 분이에요. 내게 다양한 주제에 대해 많은 정보를 주실 능력이 있고, 늘 제 질문에 정중하고 친절하게 기꺼이 답변해 주시죠."

"말하자면, 언니한테 동인도의 기후는 덥다느니, 모기가 성가시게 군다느니 하는 얘기를 해 줬겠지." 매리앤은 경멸스럽게 외쳤다.

"내가 그런 질문을 드렸다면 물론 그런 얘기를 해 주었겠지만, 우연히도 내가 이미 알고 있던 것들이란다."

윌러비가 말했다. "아마도 인도 태수나 서아프리카의 영양, 팰런퀸(중국이나 인도에서 쓰인 1인승 가마)이 있더라는 것도 관찰했을지 모르죠."

"감히 말하건대 당신의 솔직함보다 그분의 관찰력이 훨씬 더 멀리까지 뻗어나갔지요. 그런데 왜 그분을 싫어하는 거죠?"

"전 그를 싫어하지 않습니다. 반대로, 모든 이로부터 좋은 평판을 얻지만 누구의 관심도 끌지 못하며, 쓸 수 있는 것보다 더 많은 돈이 있고,

활용법을 아는 이상으로 시간이 있고, 해마다 새 외투를 두 벌씩 맞추는 매우 훌륭한 분이라고 생각합니다."

"거기 덧붙이자면 재능도, 취향도, 활기도 없어. 그분의 지성에는 재기가 없고, 감정에는 열정이 없고, 목소리에는 느낌이 없다고." 매리앤이 외쳤다.

엘리너가 대답했다. "네가 그분의 결점을 너무 많이 부풀리고 네 상상력에 너무 많이 의존해서 판정했기 때문에, 내가 그분에 대해 할 수 있는 칭찬은 비교적 냉정하고 무미건조하다. 내가 말할 수 있는 건 그분이 분별력 있고 예의바르고 박학다식하며 부드러운 태도를 지니셨다는 것뿐이고, 상냥한 마음씨를 지니셨다고 믿어."

윌러비가 큰 소리로 말했다. "대쉬우드 양, 저한테 너무하시는군요. 이성으로 저를 무장 해제시켜서 제 의사에 반하는 것을 납득시키려고 하시다니요. 하지만 그러셔도 소용없습니다. 교묘하게 나오셔도 제 고집도 그에 못지 않다는 것을 아시게 될 테니까요. 제가 브랜든 대령을 싫어하는 결정적인 이유가 세 가지 있습니다. 그분은 제가 날씨가 좋기를 바라면 비가 올 것 같다고 하시고, 제 커리클(1700년경에서 1850년 영국에서 유행한 신사용 무개無蓋 2륜마차)의 내리받이를 흠잡으신데다가, 아무리 설득해도 제 갈색 암말을 사지 않으셨거든요. 그래도 다른 면에서는 그분의 인품이 흠잡을 데가 없다고 말씀드려서 조금이나마 기분이 좋아지신다면 기꺼이 그렇게 말하겠습니다. 저로서는 다소간 고통을 감수해야 하는 인정을 했으니 그 보답으로 지금까지 그랬던 것처럼 그를 싫어할 특권을 제게 거절하지 말아 주시기 바랍니다."

11장

대쉬우드 부인과 딸들이 데번셔에 처음 왔을 때는 이렇게 많은 약속으로 시간을 뺏기게 되고, 이렇게 잦은 방문과 꼬리에 꼬리를 무는 방문객들로 중요한 일을 할 여유도 거의 남지 않게 될 줄은 상상도 못했었다. 그러나 실제 상황은 그랬다. 매리앤이 회복되자, 존 경은 미리 짜 두었던 대로 실내와 실외에서의 오락을 위한 계획들을 실행에 옮겼다. 파크에서 비공식 무도회가 열리기 시작했으며, 소나기가 잦은 10월 날씨가 허락하는 한 강가에서도 파티가 자주 열렸다. 윌러비는 그런 모임이라면 절대 빠지지 않았다. 이런 모임에 자연히 따르는 편안하고 친밀한 분위기에서 대쉬우드 가족과 더욱 친근한 관계를 맺고, 매리앤의 출중함을 구경하며 생생한 찬탄을 바치고, 자신을 대하는 그녀의 행동에서 가장 확실한 애정의 보증을 얻겠다는 치밀한 계산에서 나온 것이었다.

엘리너는 그들이 가까워진 데 놀라지 않았다. 단지 남들 앞에서는 좀 삼갔으면 하는 바람뿐이었다. 두어 번은 매리앤에게 좀 자중하는 것이 좋지 않겠느냐고 넌지시 일러주었다. 그러나 매리앤은 정말로 숨겨야 할 만큼 떳떳치 못한 상황이 아닌데 조금이라도 숨긴다는 것은 끔찍이 싫어했고, 그 자체로 칭찬할 수 없는 것이 아니라면 감정을 억제하려는 노력은 불필요한 것일 뿐 아니라, 범속하고 그릇된 관념에 불명예스럽게 이성을 복종시키는 것이라고 보았다. 윌러비의 생각도 같았다. 그들의 행동은 언제나 자기들의 속마음을 그대로 내보였다.

그가 있는 자리에서는 매리앤은 다른 사람에게는 눈길 한 번 주지 않았다. 그가 하는 일이라면 뭐든지 다 옳았다. 그가 하는 말은 죄다 현명했다. 파크에서 카드 게임으로 저녁을 마무리할 때면, 그는 다른 사람들 전부를 속여 그녀에게 좋은 패를 주었다. 그 날 밤의 오락이 춤이라면, 그들은 저녁 시간의 절반 정도는 서로 짝이 되었다. 몇 번 춤출 동안 서로 갈라져야만 할 경우에도 같이 서 있으려고 애썼고, 다른 사람들과는 거의 말도 나누지 않았다. 이런 행동은 말할 것도 없이 그들을 웃음거리로 만들었지만, 조롱을 받아도 부끄러워하지도 않았고 거의 신경 쓰지도 않는 것 같았다.

대쉬우드 부인은 그들의 모든 감정을 따뜻하게 이해해 주었으며, 남들 앞에서 지나치게 과시하지 못하게 막을 생각도 전혀 하지 않았다. 부인에게는 젊고 열정적인 정신에 강한 애정이 빚어내는 자연스러운 결과일 뿐이었다.

매리앤에게는 행복한 시절이었다. 그녀의 마음속에는 온통 윌러비 뿐이었고, 그와의 교제가 현재의 집에 매력을 더해 주어, 서섹스에서부터 품고 온 놀랜드에 대한 깊은 애정도 이전 같으면 상상도 못 할 만큼 사그라졌다.

엘리너는 그렇게 행복하지는 못했다. 그렇게 마음이 편치도 않았고, 여흥에서 얻는 기쁨도 그렇게 순수하지 않았다. 엘리너는 뒤에 남겨두고 온 것에 대한 보상이 되거나, 놀랜드 생각에 느끼는 슬픔을 덜어 줄 만한 벗을 얻지도 못했다. 제닝스 부인은 끝없는 수다쟁이면서도 처음부터 그녀에게 대화의 상당 몫을 할애하는 친절을 베풀어주었지만, 부인과 레이디 미들턴 두 사람 다 엘리너가 그리워하는 대화를 제공해 주지는 못했다. 제닝스 부인은 이미 엘리너에게 세 번인가 네 번이나 자기가 살아온 이야기를 되풀이했으므로, 엘리너의 기억력이 부인의 수다를 감당할 수만 있었더라면 부인과 알게 되자마자 제닝스 씨가 마지막으로 앓은 병의 상세한 증세라든지, 죽기 바로 전에 아내에게 무슨 말을 했는지도 알았을 것이다. 레이디 미들턴은 더 조용하다는 점에서만 자기 모친보다 상대할 만했다. 엘리너는 별 수고를 들이지 않고도 그녀의 과묵함이 분별과는 아무 관계가 없고 단지 차가운 태도에서 비롯되었음을 알았다. 레이디 미들턴은 남편과 어머니에 대해서도 한결같았으므로,

친밀함을 찾을 수도, 바랄 수도 없었다. 하는 말도 어제나 오늘이나 판에 박은 듯 똑같았다. 그녀는 기분조차도 늘 똑같았기 때문에, 무미건조한 성격도 변화가 없었다. 모든 것이 격식에 맞게 이루어지고 위의 두 아이들을 동반할 수만 있으면 남편이 여는 파티에 반대하지 않았지만, 집에 앉아있는 것보다 파티에 나와 더 즐거워 보이지도 않았다. 사람들의 대화에 참여하여 남들을 즐겁게 해 주는 일도 거의 없었으므로, 사람들은 말썽꾸러기 아이들에 대해 걱정을 늘어놓을 때나 가끔씩 그녀가 같은 자리에 있다는 것을 상기하곤 했다.

엘리너는 새로 사귄 친구들 중에서 브랜든 대령에게서만 얼마간이라도 존경을 받을 가치가 있고, 우정을 쌓고 싶고, 벗으로써 즐거움을 줄 수 있는 인품을 발견했다. 윌러비는 전혀 불가능했다. 그녀는 그에게 찬양과 관심, 심지어 처형으로서의 관심까지 기울였지만, 그는 연인이었고, 그의 관심은 온통 매리앤에게만 쏠려 있었다. 훨씬 덜 상냥한 남자라도 그보다는 유쾌한 상대가 될 것이다. 브랜든 대령은 불행히도 매리앤만을 생각할 이런 자극을 얻지 못했으므로, 엘리너와 대화를 나누면서 여동생의 철저한 무관심에 대한 큰 위로를 얻었다.

엘리너는 그가 실연의 불행을 이미 겪어본 적이 있는 것 같다고 짐작하게 되면서 동정하는 마음이 더욱 깊어졌다. 이러한 짐작은 파크에서 어느 날 저녁 다른 이들이 춤을 추고 있을 동안 같이 앉아 있으면서 그가 우연히 흘린 몇 마디의 말에서 얻었다. 그는 매리앤에게 눈길을 고정시킨 채 잠시 말이 없다가, 희미한 미소를 띠면서 말했다. "동생분은 두 번째 사랑 같은 건 마음에 없겠군요."

"그럴 테지요. 온통 낭만적인 생각으로만 꽉 차 있으니." 엘리너가 대답했다.

"아니면 그런 것이 존재할 수가 없다고 보는 것 같습니다."

"대령님 말씀이 맞아요. 하지만 정작 우리 아버지가 부인이 두 명이셨는데 아버지의 인품은 생각해 보지도 않고 어떻게 그런 생각을 하는 건지 알 수가 없어요. 하지만 몇 살 더 먹으면 상식과 경험에서 얻은 지식이라는 이성적인 기반 위에 자기 의견을 갖추게 될 테죠. 그러면 그 애 본인뿐 아니라 어느 누구라도 지금보다는 저 애 의견을 이해하고 납득하기가 쉬워질 거예요."

"아마도 그렇게 될 테죠. 그래도 젊은이의 편견에는 퍽 사랑스러운 점이 있어서, 더 보편적인 의견에 자리를 내주게 되는 모습을 보면 아쉽기도 하답니다."

"그 점에서는 동의할 수 없는데요. 매리앤의 감정은 열정이 지닌 매력과 세상에 대한 무지로도 변명하기 힘든 골칫거리를 일으키게 마련이니까요. 저 애는 중용을 무시하는 경향이 너무 강해서 유감이에요. 저 애가 세상을 더 잘 알게 되기만을 바란답니다."

잠시 침묵을 지키다가 그가 이런 말로 대화를 다시 시작했다. "동생분은 두 번째 사랑을 어떤 경우든 관계없이 다 반대합니까? 누구에게든 다 죄악이나 다름없나요? 첫사랑의 변심 때문이든 불리한 환경 탓이든 첫번째 선택에서 좌절을 겪은 이들은 남은 평생 동안 똑같이 사랑을 외면해야 할까요?"

"사실 그 애의 원칙을 속속들이 다 알지는 못한답니다. 제가 아는 한에서는 그 애가 어떤 경우라도 두 번째 사랑을 용납할 수 있다고 인정하는 건 아직 본 적이 없어요."

"그런 것은 오래 갈 수 없어요. 어떤 변화가 일어난다든가, 감정이 완전히 변해서 — 아니, 아니, 그런 것을 바라지는 맙시다 — 젊은이가 낭만적인 생각을 꺾지 않을 수 없게 될 때, 너무나 흔하고 위험스러운 생각들이 그런 감정을 대신하게 되는 일이 얼마나 많은지! 경험에서 나온 얘기를 하는 겁니다. 예전에 기질과 성품이 동생분과 아주 많이 닮았던 한 아가씨를 알았었지요. 동생분처럼 생각하고 판단하는 여자였지만,

피치 못할 변화로 인해 — 일련의 불행한 상황들로 말미암아," 여기에서 너무 많이 말했다고 생각한 듯 갑자기 말을 끊었다. 그의 표정으로 엘리너의 머릿속에 생각도 않았을 추측들이 떠올랐다. 대쉬우드 양이 그의 표정에서 그녀와 관련된 것이 입 밖으로 새어나가서는 안 된다는 확신을 읽지 않았더라면, 아마도 별 의심 없이 지나쳤을 것이다. 사실 조금만 상상력을 발휘하면 그의 감정이 과거의 사랑에 대한 부드러운 회상에서 비롯되었음을 쉽게 짐작할 수 있었다. 엘리너는 그 이상은 시도하지 않았다. 그러나 매리앤이었다면 그 정도로 그치지는 않았을 것이다. 그녀는 활발한 상상력에 따라 전체 이야기를 순식간에 구성했을 것이며, 비극적인 사랑의 가장 서글픈 법칙에 따라 세부까지 꾸며냈을 것이다.

12장

다음 날 아침 엘리너와 매리앤이 함께 산책하던 중, 매리앤이 언니에게 소식 한 가지를 전했다. 엘리너는 매리앤의 경솔함과 사려 부족은 이전부터 익히 아는 바였는데도 불구하고, 두 가지를 너무 적나라하게 드러내는 통에 놀라고 말았다. 매리앤이 기뻐 어쩔 줄 모르면서 말하기를, 윌러비가 그녀에게 말 한 마리를 주었는데, 서머셋의 자기 영지에서 직접 기른 것으로 여자를 태우기에는 안성맞춤이라는 것이었다. 매리앤은 어머니가 말을 기를 계획이 없고, 이 선물 때문에 계획을 바꾼다면 하인을 위해 한 마리를 더 사야 하고, 그 말을 탈 하인을 두어야 하고, 말들을 넣어 둘 마구간도 지어야 한다는 사실은 염두에도 없이, 그 선물을 주저 없이 받고 기쁨에 넘쳐 언니에게 얘기했다.

"그 말을 가져오도록 당장 서머셋으로 하인을 보낼 거래." 매리앤이 말을 이었다. "말이 도착하면 매일 탈 거야. 언니도 나랑 같이 타게 해 줄게. 이 언덕을 말을 달려 내려가면 얼마나 신날지 한 번 생각해 봐, 언니."

매리앤은 이 일에 따르는 모든 언짢은 현실을 이해하고 이런 행복한 꿈에서 깨어나기가 끔찍이 싫어서, 한동안 이를 받아들이지 않으려 했다. 하인을 더 들이는 문제라면 비용은 얼마 들지 않을 것이고, 엄마도 반대하실 리가 없다. 하인이 쓸 말이야 어떤 것이든 상관없을 테고, 아무 때라도 파크에서 한 마리 얻을 수도 있을 것이다. 마구간이라면 아주 간단한 우리 정도로 충분할 테고. 그러자 엘리너는 잘 알지도 못하고, 안다 해도 아주 최근에야 그런 사이가 된 남자로부터 이런 선물을 받아도 좋을지 모르겠다고 말했다. 이건 좀 지나쳤다.

"언니가 잘못 생각하고 있어." 매리앤이 흥분해서 떠들었다. "내가 윌러비에 대해 아는 것이 거의 없다니. 그와 안 지 오래되지 않은 것은 사실이지만, 언니와 엄마를 제외하고는 세상의 그 누구보다도 그를 더 잘 안다고. 꼭 시간이나 기회가 많아야 친해지는 것이 아니야. 문제는 성격이지. 어떤 사람들은 7년이 걸려도 여전히 서먹서먹하지만, 7일로 충분한 이들도 있어. 윌러비보다는 오빠한테 말을 받는다면 훨씬 더 잘못된 행동을 한다는 죄책감을 느낄 거야. 같이 여러 해를 살았는데도 오빠에 대해서야말로 거의 아는 것이 없지만, 윌러비에 대해서는 이미 오래 전에 판단을 내렸어."

엘리너는 그 문제를 더 이상 건드리지 않는 편이 가장 현명하겠다고 생각했다. 동생의 성격을 잘 알고 있었으므로, 이런 미묘한 문제에 반대했다가는 불에 기름을 붓는 격이 될 것이다. 그러나 어머니에 대한 동생의 애정에 호소하고, 관대한 어머니가 이렇게 시설을 늘리는 데 동의한다면 (아마도 그러시겠지만) 짊어지게 될 곤란을 설명하자 매리앤은 곧 수그러들었다. 결국 매리앤은 어머니께 그 제안을 말씀드려 경솔한 친절을 베풀도록 부추기지 않을 것이고, 윌러비에게는 다음에 만나면 거절하겠다는 약속을 했다.

매리앤은 약속을 충실히 지켰다. 같은 날 윌러비가 별장을 방문했을 때, 엘리너는 매리앤이 그에게 선물을 받아들일 수가 없다면서 나지막한 목소리로 낙담한 심정을 전하는 소리를 들었다. 이렇게 마음을 바꾼 이유도 함께 설명했다. 그로서도 더 이상 설득하기는 어려울 이유들이었다. 그러나 그의 뜻은 변함없었다. 그는 이를 열성을 다해 설명한 후, 자기도 목소리를 낮추어 이렇게 덧붙였다. "하지만 매리앤, 당신이 지금 쓸 수 없다 해도 말은 여전히 당신 거요. 당신이 가져갈 수 있게 될 때까지만 내가 맡아 두기로 하겠어요. 당신이 더 영구적인 집에 거처를 마련하고자 바턴을 떠날 때, 퀸 맵이 당신을 맞이하게 될 거요."

대쉬우드 양은 이 대화를 전부 엿들었다. 대화 전반에서, 그가 말하는 태도에서, 동생을 이름으로만 부른 데서, 그들이 완전히 한 마음이 되었음을 보여주는 확고한 친밀감과 노골적인 의미를 보았다. 그 순간부터 엘리너는 그들이 서로 약혼했음을 믿어 의심치 않았다. 그렇게 솔직한 성격의 소유자들이 자기나 다른 친구들에게 터놓고 알리지 않았다는 사실이 놀라울 따름이었다.

다음 날 마거릿이 엘리너에게 한 얘기는 이 문제를 훨씬 명확히 밝혀주었다. 윌러비가 전날 저녁을 그들과 함께 보냈는데, 마거릿은 그와 매리앤하고만 거실에 잠시 남아 있으면서 관찰할 기회를 얻었던 것이다. 마거릿은 큰언니와 단 둘이 있게 되자 더없이 심각한 얼굴로 이렇게 말했다.

"아! 큰언니, 작은언니에 대해서 말해 줄 비밀이 있어. 작은언니가 머지않아 윌러비 씨와 결혼하게 될 것이 확실해."

"넌 그들이 고高교회파 언덕에서 처음 만났을 때부터 거의 매일같이 그런 소리를 했잖니. 내 기억으로는 그들이 서로 알게 된 지 채 일주일도 안 되어 네가 매리앤이 목에 그의 초상화를 걸고 다닌다고 장담했지만, 종조부님의 초상으로 밝혀졌잖아." 엘리너가 대답했다.

"하지만 이번엔 정말로 완전히 다른 얘기야. 틀림없이 곧 결혼할 거라고. 윌러비가 언니의 머리카락 묶음을 갖고 있더라니까."

"조심하렴, 마거릿. 그의 종조부님 머리카락일 수도 있잖니."

"하지만 정말이야, 큰언니. 그건 작은언니 거라고. 확실해. 그가 자르는 걸 봤으니까. 어젯밤에 차를 마신 다음 언니랑 엄마가 방에서 나갔을 때, 서로 빠른 말투로 속닥이는데 그가 언니에게 뭔가를 애걸하는 것 같았어. 그러더니 곧 그가 가위를 가져와서 언니의 긴 머리카락을 잘라냈단 말이야. 언니 등에서 굴러 떨어졌으니까. 그는 머리카락에 입을 맞추더니, 흰 종이에 싸서 지갑에 넣었어."

이렇게 세세한 부분까지 근거를 대면서 말하자 엘리너도 믿지 않을 수 없었고, 정황이 자신이 보고들은 것과도 정확히 일치했으므로 더 부인하고 싶은 마음도 없어졌다.

마거릿의 총명함이 늘 언니에게 만족스러운 쪽으로 발휘되지는 않았다. 어느 날 저녁 파크에서 제닝스 부인이 오랫동안 지대한 관심거리였던 엘리너가 특별히 마음을 품은 젊은이의 이름을 대라고 마거릿을 공격하자, 언니 쪽을 쳐다보고는 이렇게 대답했던 것이다. "전 말하면 안 돼요. 큰언니, 나 말해도 괜찮아?"

모두가 한바탕 웃었고, 엘리너도 웃으려고 애썼다. 하지만 괴로운 노력이었다. 그녀는 마거릿이 누구를 염두에 두었는지 뻔히 알았고, 그 이름이 제닝스 부인에게 판에 박은 농담거리가 되는 것은 참을 수가 없었다.

매리앤은 언니에게 진심으로 동정을 느꼈으나, 얼굴을 새빨갛게 붉히고 마거릿에게 성난 태도로 이렇게 말하여 언니를 돕기는커녕 오히려 궁지에 몰아넣었다.

"네 추측이 뭐건 간에 네가 말할 권리는 없다는 점을 기억해."

"추측이 아니야. 나한테 그 얘기를 해 준 사람은 바로 언니잖아." 마거릿이 대답했다.

사람들은 더욱 신이 나서 마거릿에게 더 말해 보라고 애타게 졸랐다.

제닝스 부인이 말했다. "오! 부탁이에요, 마거릿 양, 우리한테 다 털어놔 봐요. 그 신사의 이름이 뭐지요?"

"말할 수 없어요. 하지만 그분 이름은 똑똑히 알고요, 어디 사는지도 알아요."

"그래, 그래요, 어디 사는지 우리가 맞춰 볼게요. 놀랜드에 자기 집이 있겠지. 내 생각에는 교구 부목사일 거야."

"아니에요, 그렇지 않아요. 직업 같은 건 없어요."

매리앤이 잔뜩 열이 올라서 외쳤다. "마거릿, 그런 건 다 네가 꾸며낸 얘기고, 실제로는 그런 사람은 없다는 거 너도 알잖아."

"그렇다면 최근에 죽은 모양이네, 언니, 그런 사람이 존재했었고, 이름이 F로 시작하는 건 틀림없는 사실이니까."

그 때 레이디 미들턴이 자신을 배려해 주려고 끼어들었다기보다는 남편과 어머니가 즐기는 이러한 속된 주제가 진저리나게 싫어서였겠지만, 이렇게 말해 주어서 엘리너로서는 얼마나 고마운지 몰랐다. "비가 많이 왔군요." 어느 경우에나 남들의 기분을 잘 헤아리는 브랜든 대령이 그녀가 꺼낸 말을 즉각 이어받아 비를 주제로 한참 동안 부인과 이야기를 나누었다. 윌러비는 피아노를 열고 매리앤에게 앉으라고 청했다. 이렇게 화제를 중단시키려는 다른 사람들의 노력 덕분에 그 대화는 실패로 돌아갔다. 그러나 엘리너는 놀란 가슴이 쉽게 진정되지 않았다.

그날 저녁 다음날 바턴에서 12마일쯤 떨어져 있는 아주 아름다운 곳을 구경하러 갈 일행을 모았다. 그곳은 브랜든 대령의 매형 소유로, 주인은 대령에게 관리를 맡겨 두고 외국에 나가 있었으므로 대령이 아니면 구경할 수 없었다. 그 지역은 매우 아름답기로 소문이 나 있었다. 특히 입에 침이 마르도록 그곳을 칭찬한 존 경은 지난 10년 동안 매년 여름마다 적어도 두 차례씩 일행을 모아 그곳을 방문했으므로, 그의 판단을 믿어도 좋았다. 그곳에는 근사한 호수가 있어서, 돛단배를 타고 놀면 오전을 즐겁게 보낼 수 있을 것이다. 차가운 음식을 가져가고 무개 마차를 이용할 것이며, 완벽한 파티가 되도록 모든 것을 준비할 것이다.

일행 중 몇몇은 연중 시기가 좋지 않고 지난 2주간 매일 비가 왔다는 점을 들어 다소 무모한 계획이라고 여겼다. 이미 감기에 걸린 대쉬우드 부인은 엘리너의 설득을 받아들여 집에 머물기로 했다.

13장

위트웰로 가기로 한 소풍은 엘리너가 기대했던 것과는 전혀 딴판이었다. 엘리너는 흠뻑 젖고, 지치고, 겁에 질릴 준비를 했지만, 그런 일이 전혀 일어나지 않았기에 한층 더 운 나쁜 행사가 되었다.

열 시경 모든 일행이 조반을 들기로 한 파크에 모였다. 밤새 비가 내렸지만 구름이 걷히고 가끔씩 햇살이 비쳐서 아침 날씨는 그런 대로 좋았다. 그들은 모두 잔뜩 들떠 유쾌했으며 즐거운 시간을 보내고 싶었으므로, 아무리 불편하거나 고생스러워도 견딜 태세였다.

그들이 아침식사를 하던 중 편지가 도착했다. 그 중에는 브랜든 대령 앞으로 온 것도 한 통 있었는데, 그는 그것을 받아들고 겉봉의 주소를 보더니 안색이 바뀌어 곧바로 방에서 나갔다.

"브랜든이 왜 저러지?" 존 경이 말했다.

아무도 대답할 수가 없었다.

레이디 미들턴이 말했다. "나쁜 소식이 아니었으면 좋겠어요. 브랜든 대령님이 저렇게 급작스레 아침 식탁을 떠나다니 뭔가 보통 일이 아닌 것은 분명해요."

5분쯤 지나서 그가 돌아왔다.

"나쁜 소식은 아니겠지요, 대령님." 그가 방으로 들어서자마자 제닝스 부인이 말을 건넸다.

"전혀 아닙니다, 부인, 감사합니다."

"아비뇽에서 온 것인가요? 누나가 악화되었다는 소식이 아니길 바라나요?"

"아닙니다, 부인. 런던에서 온 것인데 그냥 업무상의 편지일 뿐입니다."

"하지만 업무상의 편지일 뿐이라면 어째서 그렇게 안절부절못하는 건가요? 이 봐요, 그걸로는 안 돼요, 대령님. 그러니 우리에게 사실대로 얘기해 보세요."

레이디 미들턴이 끼어들었다. "어머니, 생각 좀 해 가면서 말씀하세요."

"혹시 사촌인 패니 양이 결혼한다는 소식은 아니우?" 제닝스 부인이 딸의 책망에는 콧방귀도 뀌지 않고 말했다.

"아닙니다, 정말 별일 아닙니다."

"그렇다면 누구한테서 온 편지인지 알겠구려, 그녀가 무사했으면 좋겠네요."

"누구를 말씀하시는 겁니까, 부인?" 그가 얼굴을 약간 붉히면서 물었다.

"오! 누구 얘기인지 알 텐데요."

"정말 죄송합니다만, 부인. 오늘 이 편지 때문에 업무차 런던에 곧장 가 봐야겠군요." 그는 레이디 미들턴을 향해 말했다.

제닝스 부인이 외쳤다. "런던이라고! 이런 철에 런던에 무슨 볼일이 있으실까?"

그가 말을 계속했다. "이렇게 유쾌한 파티에 참석할 수 없게 되어 아쉬운 마음이야 이루 다 말할 수 없습니다만, 위트웰에 들어가시려면 제가 반드시 함께 가야 한다는 점 때문에 더욱 죄송스럽군요."

모두 날벼락을 맞은 기분이었다.

매리앤이 흥분해서 외쳤다. "하지만 브랜든 씨, 관리인에게 쪽지를 써 주신다면 그것으로 안 될까요?"

그는 고개를 저었다.

존 경이 말했다. "꼭 가야 하는데. 코앞에 닥쳐서 연기할 수는 없잖나. 내일 런던에 가면 안 되겠나, 브랜든, 그러면 좋을 텐데."

"그렇게 쉽게 해결될 문제라면 좋겠네. 하지만 내 마음대로 하루라도 출발을 늦출 수는 없다네."

"대령님의 일이 무엇일지라도 알려 주신다면, 연기할 수 있을지 없을지 우리가 알 수 있잖겠어요." 제닝스 부인이 말했다.

윌러비도 한 마디 했다. "우리가 돌아올 때까지만 출발을 미루신다해도 여섯 시간 이상 늦진 않으실 텐데요."

"한 시간이라도 지체할 여유가 없답니다."

그 때 엘리너는 윌러비가 소리 죽여 매리앤에게 하는 말을 들었다. "즐거운 파티를 견디기 힘들어하는 사람들도 있다니까요. 브랜든이 바로 그런 사람이죠. 장담하건대, 감기에 걸릴까봐 빠져나갈 구실을 꾸며낸 거예요. 자기가 쓴 편지라는 데 50기니 걸지요."

"분명히 그럴 거예요." 매리앤이 대답했다.

존 경이 말했다. "자네가 무슨 일이든 일단 결심하면 마음을 바꾸게 할 수 없다는 거야 잘 알지, 브랜든, 허나 다시 한 번만 생각해 봐 주게. 보라고, 여기 캐리 양 자매는 뉴턴에서 왔고, 대쉬우드 가家 세 자매도 별장에서 오신데다가, 윌러비 씨는 위트웰에 갈 셈으로 평소보다 두 시간이나 일찍 일어나지 않았나."

브랜든 대령은 다시 일행을 실망시킨 데 사죄했으나, 동시에 어쩔 수 없음을 거듭 밝혔다.

"그렇다면, 언제쯤 돌아올 텐가?"

"런던을 떠날 형편이 되는 대로 곧 바턴에서 뵙게 되었으면 좋겠네요. 돌아오실 때까지 위트웰 여행은 연기하기로 하죠." 그의 부인이 말했다.

"대단히 감사합니다. 하지만 언제 돌아올 수 있게 될지 매우 불확실해서 약속은 못 드리겠습니다."

"그럴 수가! 꼭 돌아와야 하네. 주말까지 돌아오지 않으면 자네를 찾으러 가겠네." 존 경이 외쳤다.

"그래, 그렇게 해요, 존 경. 그러면 업무상 일이라는 게 뭔지도 알 수 있겠지." 제닝스 부인도 나섰다.

"다른 사람들의 문제를 꼬치꼬치 캐고 싶지는 않습니다. 그가 부끄럽게 여기는 일인 것 같은데요."

브랜든 대령의 말이 준비되었다는 전갈이 왔다.

"말을 타고 런던까지 갈 생각은 아니겠지?" 존 경이 말했다.

"아니네. 호니턴까지만. 그 다음에는 마차로 갈 거네."

"가기로 결심했다니 여행 잘 하게. 그렇지만 마음을 바꾸면 좋겠는데."

"내 힘으로는 어쩔 수 없다고 하지 않았나."

그런 다음 그는 모두에게 작별을 고했다.

"이번 겨울에 런던에서 당신과 동생들을 뵐 수 있겠습니까, 대쉬우드 양?"

"유감스럽지만 전혀 불가능하겠네요."

"그렇다면 제가 바라는 이상으로 이별이 길어지겠군요."

매리앤에게는 인사만 하고 아무 말도 하지 않았다.

제닝스 부인이 말했다. "이봐요, 대령님, 가시기 전에 무슨 일로 가는지 말씀해 주시지 그래요."

그는 부인에게도 잘 지내시라는 인사를 하고, 존 경과 함께 방을 떠났다.

예의를 지키느라 여태껏 참고 있었던 불평과 탄식이 이제 봇물처럼 여기저기서 터져 나왔다. 그들 모두 이렇게 실망시키다니 정말 분통 터지는 일이라고 입을 모아 되풀이했다.

"하지만 업무상 일이 뭔지 알 것 같아." 제닝스 부인이 의기양양하게 말했다.

"정말이세요, 부인?" 거의 모두가 궁금해 했다.

"그럼, 윌리엄스 양 일일 거야, 틀림없어."

"윌리엄스 양이 누군데요?" 매리앤이 물었다.

"뭐라고! 윌리엄스 양을 모른단 말이우? 전에 분명히 들은 적이 있을 텐데. 대령의 친척이라우. 아주 가까운 친척이지요. 젊은 숙녀분들이 충격 받을까봐 얼마나 가까운 사이인지는 차마 말 못하겠지만." 그런 다음 부인은 목소리를 약간 낮추어서 엘리너에게 속삭였다. "그의 숨겨놓은 딸이랍니다."

"그럴 리가요!"

"아이, 맞다니까요. 대령은 틀림없이 전재산을 그 애한테 물려줄 거예요."

존 경이 돌아와서는 이렇게 불행한 사태가 일어난 데 대해 모두와 함께 진심으로 아쉬움을 토로하고, 어쨌든 모두 한 자리에 모였으니 뭔가 즐거운 일을 해야 한다는 결론을 내렸다. 잠시 의논한 끝에 위트웰에서 즐길 수 있는 기쁨만큼은 못 해도, 동네를 드라이브하는 것으로 다소라도 아쉬움을 달래자고 의견을 모았다. 곧 마차가 준비되었다. 윌러비의 마차가 제일 먼저 오자, 매리앤은 더할 나위 없이 행복한 얼굴로 그 마차에 올랐다. 그는 파크를 통과해 아주 빨리 마차를 몰아 금세 시야에서 사라졌다. 그들의 모습은 그들이 돌아올 때까지 전혀 찾을 수 없었고, 나머지 사람들이 모두 돌아온 후까지도 나타나지 않았다. 그들 둘은 자기들끼리 드라이브를 즐긴 것 같았지만, 다른 사람들이 언덕 위를 달릴 동안 자기들은 좁은 길로 갔었다며 애매하게 둘러댔다.

저녁에는 무도회를 열어 모두 온종일 아주 즐겁게 보내기로 했다. 캐리 가家에서도 몇 명 더 만찬에 와서 거의 스무 명 가까이 식탁에 둘러앉게 되어 모두 기뻐했으며, 존 경도 대단히 흐뭇한 마음으로 그들의 모습을 바라보았다. 윌러비는 대개 그랬듯이 대쉬우드 자매 중 위의 두 명 사이에 자리를 잡았다. 제닝스 부인이 엘리너의 오른편에 앉았는데, 그들이 막 자리를 잡고 앉자 부인이 엘리너와 윌러비 등 뒤로 몸을 제치고 그들 둘에게도 들릴 만큼 큰 소리로 매리앤에게 말했다. "온갖 눈속임을 다 썼어도 당신을 찾아냈지. 당신이 오전에 어디 있었는지 알아요."

매리앤이 얼굴을 붉히고는 황급히 대답했다. "어디요, 네?"

"우리가 제 마차에 함께 있었던 걸 모르십니까?" 윌러비가 말했다.

"그래요, 그래, 뻔뻔스러운 젊은이, 빤히 다 안다니까, 당신들이 어디 있었는지 알아내기로 마음먹었거든. 당신 집이 마음에 들었으면 좋겠군요, 매리앤 양. 아주 큰 저택이던데, 내가 당신을 만나러 가게 될 때는 새 가구로 단장해 놓았으면 좋겠어요. 6년 전에 가 봤을 때는 가구가 너무 없더라고."

매리앤은 당황하여 어쩔 줄 몰라하면서 얼굴을 돌렸다. 제닝스 부인은 허리를 잡고 웃었다. 엘리너는 그들이 어디 있는지 알아냈다는 부인의 말에서 부인이 자기 하녀를 시켜 윌러비 씨의 하인에게 알아보게 했으며, 이런 방법으로 그들이 앨런햄에 가서 정원을 거닐고 집 안팎을 둘러보며 제법 오래 시간을 보냈다는 사실을 알게 되었다.

엘리너는 매리앤과는 일면식도 없는 스미스 부인이 안에 있는데 집에 들어가자고 윌러비가 제안했고 매리앤이 따랐다는 것이 도저히 있을 수 없는 일이라고 생각했으므로, 사실이라고 믿기 힘들었다.

그들이 식당을 나서자마자 엘리너는 매리앤에게 그 일에 대해 캐물어

보았다. 그녀는 제닝스 부인이 말한 모든 정황이 사실 그대로임을 알고 대경실색했다. 매리앤은 엘리너에게 의심한다고 마구 화를 냈다.

"언니, 왜 우리가 거기 가지 않았다고, 혹은 그 집을 보지 않았다고 생각했지? 언니도 자주 가 보고 싶어 하지 않았어?"

"그래, 매리앤, 하지만 스미스 부인이 거기 있는데 윌러비 씨하고만 가지는 않겠지."

"하지만 그 집을 보여줄 권리가 있는 사람은 윌러비 씨밖에 없잖아. 게다가 무개 마차를 탔는데 어떻게 다른 사람을 데려갈 수가 있었겠어. 내 평생 그렇게 즐거운 오전을 보냈던 적이 없었다고."

엘리너가 대꾸했다. "유감스럽지만, 즐겁다고 해서 반드시 올바른 행동은 아니지."

"반대로 그보다 더 올바른 행동이라는 강한 증거가 될 수 있는 것도 없어, 언니. 내가 한 행동에 정말로 조금이라도 도리에 어긋난 점이 있었다면 그 때 알아챘을 거야. 잘못된 행동을 하고 있을 때는 반드시 알게 되는 법이고, 그런 확신이 들면 난 전혀 즐거움을 느끼지 못했을 테니까."

"하지만 매리앤, 벌써 망신을 당하는 처지가 되었는데 이제 네 행동이 신중했는지 다시 생각해 볼만도 하지 않니?"

"제닝스 부인한테 망신당했다고 도리에 어긋난 행동을 한 거라면, 우리 모두 한시도 잘못을 저지르지 않는 때가 없겠네. 부인이 비난을 하건 칭찬을 하건 신경 쓸 가치도 없어. 스미스 부인의 정원을 걸어다니고 집을 구경했기로서니 잘못된 행동을 했다고는 생각지 않아. 언젠가는 윌러비 씨의 것이 될 테고, 또……."

"매리앤, 언젠가 네 것이 된다 해도 네가 한 짓이 정당화되지는 않아."

매리앤은 이런 암시에 얼굴을 붉혔으나, 이 말에조차 눈에 띄게 기뻐하는 기색이었다. 한 십 분 쯤 골똘히 생각에 잠기더니, 다시 언니에게

다가와 아주 명랑해진 태도로 말했다. "언니, 앨런햄에 간 일은 내가 좀 생각이 모자랐나봐. 하지만 윌러비 씨가 나한테 그곳을 꼭 보여주고 싶어해서 말이지. 정말이지 근사한 집이었어. 위층에 기가 막히게 멋진 거실이 하나 있는데, 평소에 쓰기 딱 좋은 아담한 규모였어. 최신 가구를 들여놓으면 정말 쾌적한 방이 되겠더라고. 모서리에 있는 방이라서 두 면에 창문이 나 있었어. 한쪽으로는 론볼링(잔디밭에서 하는 볼링)용 잔디밭이랑 집 뒤쪽으로 아름다운 숲이 내다보이고, 다른 쪽 창문으로는 교회와 마을이 한 눈에 보이고, 그 너머로 우리가 늘 감탄하곤 했던 멋진 언덕까지 보이더라. 가구가 너무 오래 방치된 것들이라서 좀 덜 좋아 보였지만, 윌러비 말로는 한 200파운드를 들여 가구를 새로 싹 바꾸기만 하면 영국에서 제일 쾌적한 피서용 방이 될 거래."

다른 사람들의 방해를 받지 않고 엘리너가 동생의 말에 귀기울여 줄 수 있었더라면, 지치지도 않고 즐겁게 그 집의 방을 하나씩 다 묘사했을 것이다.

14장

브랜든 대령이 이유를 한사코 숨긴 채 황급히 파크를 떠난 바람에, 제닝스 부인은 이삼 일 간 온통 그 생각뿐이었다. 부인은 모든 지인들의 동향에 관심이 지대한 이들이 으레 그렇듯 궁금한 일투성이였다. 부인은 이유가 뭘까 내내 궁금해 하던 끝에 뭔가 나쁜 일이 틀림없다고 확신하고, 그가 도저히 빠져 나오지 못하리라고 단정짓고 그에게 닥쳤을 법한 모든 재난을 곰곰이 따져보았다.

"틀림없이 뭔가 아주 안 좋은 일일 거야. 얼굴을 딱 보니 알겠더라고. 딱하기도 하지! 상황이 나빠진 모양이야. 델라포드의 영지에서는 일년에 2천 파운드 이상은 나오지 않고, 그의 형은 모든 것을 아주 엉망진창으로 만들어 놓았으니. 돈 문제 때문에 불려간 것이 틀림없어요. 다른 이유가 뭐가 있겠수? 과연 그럴지 궁금하네. 내막을 알 수만 있다면 뭐라도 내놓겠구만. 어쩌면 윌리엄스 양 때문인지도 모르지. 내가 그 이름을 입에 올렸더니 그가 많이 신경 쓰여 하는 것 같던데. 런던에서 그녀가 앓고 있는지도 몰라요. 항상 골골거린다니까, 그게 제일 그럴듯해 보이네. 윌리엄스 양 일이라는데 내기를 해도 좋아요. 그는 아주 신중한 사람이고, 지금쯤이면 영지 문제도 틀림없이 다 해결해 놓았을 테니 지금 그의 상황에서는 별로 골치 썩을 일이 없을 거야. 도대체 뭔지 궁금해 죽겠네! 아비농에 있는 누이의 병세가 악화되어서 그를 부른 건지도 모르지. 이렇게 다급하게 출발한 것을 보면 그럴 것 같아요. 하여튼, 모든 문제가 잘 해결되고 덤으로 좋은 아내도 얻게 되면 얼마나 좋겠어요."

제닝스 부인은 어찌나 궁금해하면서 수다를 떨었던지 매번 새로운 추측이 떠오를 때마다 다른 의견을 내놓았고, 말해 놓으면 다 똑같이 그럴듯해 보였다. 엘리너는 브랜든 대령의 안위에 깊은 관심을 품고 있었지만, 그가 그렇게 갑자기 떠나버린 데 제닝스 부인이 원하듯이 호기심을 품을 수는 없었다. 엘리너의 생각으로는 그 일은 그렇게 언제까지나 놀라움을 자아내거나 온갖 추측을 불러일으킬 일이 아니었을 뿐더러, 그렇지 않더라도 그녀의 궁금증은 다른 일로 옮겨갔기 때문이었다. 동생과 윌러비가 자기들 문제에 온 식구가 특별한 관심을 갖고 있다는 것을 잘 알면서도 이상하리만큼 침묵을 지킨다는 점이 궁금할 따름이었다. 이런 침묵이 계속되자 날이 갈수록 더 이상스럽게 여겨졌고, 영 그들답지 않아 보였다. 서로를 대하는 그들의 행동으로 보아 이미 기정사실이 되었을 일을 어머니와 자신에게 공개적으로 인정하지 않는 이유가 무엇인지 엘리너로서는 짐작조차 가지 않았다.

엘리너는 윌러비가 자립할 정도는 되어도 부유하다고 믿을 근거는 없었으므로, 그들이 뜻대로 당장 결혼할 수 없으리라는 정도는 쉽게 짐작할 수 있었다. 존 경은 그의 영지에서 일년에 대략 6,7백 파운드쯤 나올 거라고 보았지만, 그는 그 정도 수입으로는 감당하기 어려운 생활을 했고 자기 입으로 자주 쪼들린다고 불평하곤 했다. 그러나 자기들의 약혼과 관련하여 내놓고 말하지 않으면서도 실제로는 전혀 감추지도 않는 그 이상한 비밀의 이유를 알 수가 없었다. 그들의 평소 생각이나 행동과 완전히 모순되었으므로 때때로 그들이 정말 약혼했는지 의구심이 일었고, 이 때문에 매리앤을 추궁해 볼 수가 없었다.

모든 사람들에게 윌러비의 행동만큼 명백한 애정의 표시도 없었다. 매리앤에 대한 행동에는 연인으로서 마음을 다한 다정함이 담겨 있었고, 다른 가족들에 대한 행동에는 아들이자 형제로서의 애정 어린 관심이 배어 있었다. 그는 별장을 자기 집처럼 여기고 사랑했고, 앨런햄보다 거기에서 더 많은 시간을 보냈다. 파크에서 모이기로 한 약속이 없으면 그는 보통 오전에 운동을 구실로 별장을 목적지로 삼아 집을 나서서, 남은 하루를 자신은 매리앤의 옆에서, 그가 아끼는 사냥개는 매리앤의 발치에서 보내곤 했다.

브랜든 대령이 고장을 떠난 지 일주일쯤 지난 어느 저녁, 그날따라 그는 유난히 주변의 대상들에 대한 애정 어린 감정을 평소보다 가슴 깊이 느끼는 듯 보였다. 대쉬우드 부인이 지나가는 말로 봄이 오면 별장을 개축할 계획이라고 하자, 그는 자기에게는 구석구석 애정이 깃든 장소를 한 군데라도 바꾸어선 안 된다고 열변을 토했다.

"뭐라고요! 이 정든 별장을 개축하시겠다고요! 안 됩니다. 절대 거기에 동의할 수 없어요. 제 마음을 헤아려 주신다면 돌 하나라도 벽에 더하셔도 안 되고, 한 치라도 규모를 늘리셔서도 안 됩니다."

"놀라실 것 없어요. 아무 일도 없을 테니까요. 어머니는 그런 시도를 하실 만한 돈이 없으실 거예요." 대쉬우드 양이 말했다.

"듣던 중 반가운 말이군요. 어머님이 더 나은 곳에 부를 쓰시지 않을 셈이라면, 계속 가난하셨으면 좋겠습니다." 그가 부르짖었다.

"고맙군요, 윌러비. 하지만 내가 개선을 한다고 집에 대한 당신의 애착이나 내가 사랑하는 이의 감정을 희생시키지는 않을 거라고 믿어도 좋아요. 봄에 계산을 맞춰 봐서 여윳돈이 남더라도 당신에게 고통을 안겨 주는 식으로 쓰느니 차라리 안 쓰고 두겠어요. 그런데 정말로 이 집을 너무나 사랑해서 결점이 하나도 눈에 띄지 않는단 말인가요?"

"그렇습니다. 제게는 완벽합니다. 아니, 그 이상으로, 행복이 빚어낼 수 있는 유일한 건축물이라고 생각합니다. 제가 그럴 여유만 있다면 당장이라도 콤 매그나를 부수고 이 별장의 설계 그대로 다시 짓겠습니다."

"좁고 어두운 계단하고 연기가 가득한 부엌도 함께 말이죠." 엘리너가 대꾸했다.

그가 여전히 열정적인 어조로 외쳤다. "그렇습니다. 이 집에 속한 모든 것을 하나도 빠뜨리지 않고 전부 다, 편리한 점이든 불편한 점이든 손톱만큼도 바꾸지 않고 말입니다. 그래야만 이 집과 똑같은 지붕 아래에서 바턴에 있었을 때만큼 콤에서도 행복을 느낄 수 있을 겁니다."

엘리너가 이렇게 대답했다. "나중에 당신이 더 훌륭한 방과 더 넓은 계단이 있는 불리함을 극복하고 당신의 집을 지금 이 집 못지않게 완벽하다고 여기게 된다면 기쁘겠군요."

그러자 윌러비가 말했다. "물론 상황에 따라서는 그쪽이 더 제 마음에 들 수도 있겠지요. 하지만 이 집에는 언제나 제 사랑을 차지할 한 가지가 있을 것이고, 다른 어떤 것도 그 사랑을 나눠 가질 수는 없을 겁니다."

대쉬우드 부인은 즐거운 표정으로 매리앤을 바라보았으며, 매리앤의 아름다운 눈은 윌러비에게 고정되어 그의 말을 남김없이 이해했음을 여실히 보여 주었다.

그가 말을 이었다. "한해 중 이맘때쯤 앨런햄에 오면 바턴 별장에 사람이 들어오기를 얼마나 고대했던지! 이곳을 지나칠 때마다 경치에 감탄하는 한편으로 이런 곳에 아무도 살지 않는다는 사실이 아쉽기 그지없었지요. 다음 해 이 고장에 왔을 때, 스미스 부인으로부터 맨 처음 듣게 될 소식이 바턴 별장에 사람이 들어온다는 소식일 줄은 꿈에도 생각지 못했었답니다. 전 그 사건에 기뻐하면서 관심을 가졌는데, 그로부터 제가 어떤 행복을 얻게 될지 일종의 선견지명이 작용했다고 밖에는 설명할 수 없을 겁니다. 틀림없이 그렇지 않겠습니까, 매리앤?" 그는 목소리를 낮춰 그녀에게 말했다. 그러더니 이전의 어조로 계속 말했다. "그런데도 이 집을 망쳐 놓으실 셈인가요, 대쉬우드 부인? 불확실한 개선 때문에 이 집의 단순 소박함을 훼손하시겠다고요! 그러면 우리가 처음 알게 되었고, 그 이후로 그렇게나 많은 행복한 시간을 함께 보냈던 이 정든 거실도 평범한 현관 꼬락서니로 떨어질 것이고, 지금까지는 세상에서 가장 근사한 내부를 지닌 다른 어떤 방도 제공할 수 없는 진짜 안식과 편안함을 품고 있었던 이 방을 그냥 빨리 지나쳐 들어가고 싶은 마음밖에 안 들 겁니다."

대쉬우드 부인은 다시 전혀 손대지 않을 것이라고 안심시켰다.

그는 열렬히 대답했다. "정말 친절하십니다. 부인의 약속에 제 마음이 편안해지는군요. 조금만 더 확답해 주신다면 기쁘겠습니다. 부인의 집이 늘 똑같은 모습으로 남아있을 뿐 아니라, 부인의 거처처럼 부인과 가족들도 늘 변치 않는 모습으로 있을 거라고, 또 부인께 속한 모든 것을 제가 더없이 정답게 느끼도록 친절을 항상 베풀어주시겠다고 말씀해 주십시오."

그 약속은 기꺼이 수락되었고, 그날 저녁 내내 윌러비는 행동으로 자신의 애정과 행복을 과시했다. 그가 떠날 때 대쉬우드 부인이 청했다.

"내일 만찬에 오시겠어요? 아침에 오시라고는 하지 않겠어요. 레이디 미들턴을 방문하러 파크까지 산책할 예정이니까요."

그는 네 시에 오겠다고 약속했다.

15장

다음 날 대쉬우드 부인은 레이디 미들턴을 방문했고 두 딸도 동행했으나, 매리앤은 몇 가지 소소한 할 일이 있다는 핑계로 빠졌다. 어머니는 자기들이 없을 동안 윌러비가 그녀를 방문하겠노라고 전날 밤 약속한 모양이라고 결론짓고, 흔쾌히 그녀를 집에 남게 했다.

파크에서 돌아온 그들은 별장 앞에 윌러비의 커리클과 하인을 발견했고, 대쉬우드 부인은 자신의 추측이 그대로 맞아떨어졌다고 확신했다. 여기까지는 예상 대로였으나 집으로 들어서자 전혀 예상치 못했던 광경과 마주쳤다. 그들이 복도에 들어서자마자 매리앤이 눈에 손수건을 댄 채 고통에 몸부림치는 모습으로 거실에서 후닥닥 뛰어나와 그들이 온 줄도 모르고 위층으로 뛰어 올라가 버렸다. 놀라 두근거리는 가슴을 안고 매리앤이 막 뛰쳐나온 방으로 곧장 들어가자, 벽난로에 기대 그들 쪽으로 등을 돌리고 선 윌러비의 모습이 보였다. 그는 그들이 들어오자 몸을 돌렸는데, 그의 얼굴에는 매리앤을 압도했던 감정이 똑같이 강하게 드러났다.

대쉬우드 부인이 들어서면서 외쳤다. “매리앤에게 무슨 일이 있나요? 어디가 아픈가요?”

“그건 아닙니다.” 그가 기운을 차리려고 애쓰면서 대답하고는, 억지로 미소를 지으면서 덧붙였다. “차라리 아팠으면 하는 쪽은 저입니다. 지금 아주 무거운 실망감으로 괴로운 심정이니까요!”

“실망감이라고!”

“네, 부인과의 약속을 지킬 수가 없게 되었답니다. 스미스 부인이 오늘 아침 가난하고 힘없는 친척에게 부자로서의 특권을 행사하셔서 저를 런던으로 업무차 보내셨습니다. 지금 막 급보를 받고 앨런햄에 작별을 고한 다음, 이제 기분을 풀 셈으로 여러분께 작별 인사를 하러 왔습니다."

"런던이라고! 오늘 오전에 출발할 건가요?"

"지금 곧 가야 합니다."

"그것 참 유감이군요. 하지만 스미스 부인도 어쩔 수 없으시겠죠. 그분의 일로 당신이 우리를 너무 오래 떠나있게 되지는 않겠죠."

그는 얼굴을 붉히면서 대답했다. "정말 친절하십니다. 하지만 곧 데번셔로 돌아오게 될지는 전혀 모릅니다. 연중 한 차례 이상은 스미스 부인을 방문하지 않으니까요."

"당신 친구가 스미스 부인뿐인가요? 이 근방에 당신을 환영해 줄 집이 앨런햄밖에 없나요? 말도 안 돼요, 윌러비. 여기에 오는데 꼭 초대를 받아야 하나요?"

그의 얼굴이 더욱 붉어졌다. 그는 시선을 바닥에 고정시킨 채 이렇게만 대답했다. "부인은 너무나 좋으신 분입니다."

대쉬우드 부인은 놀라 엘리너를 쳐다보았다. 엘리너도 어머니 못지않게 놀랐다. 잠시 동안 다들 말이 없었다. 대쉬우드 부인이 먼저 입을 열었다.

"이 말만 하겠어요, 친애하는 윌러비, 바턴 별장에서는 언제라도 당신을 환영할 거예요. 그 일이 스미스 부인을 위해 얼마나 중요한 일인지 판단할 수 있는 사람은 당신뿐이니까, 바로 여기로 돌아오라고 재촉하지는 않겠어요. 또 당신의 의향을 의심할 생각이 없듯이, 당신의 판단을 문제삼지도 않을 거예요."

윌러비는 어쩔 줄 몰라 하면서 대답했다. "죄송합니다만 지금 제 상황이 상황인지라……."

그가 말을 멈추었다. 대쉬우드 부인은 너무 놀란 나머지 아무 말도 할 수가 없었으므로 또 침묵이 이어졌다. 침묵을 깬 쪽은 윌러비였다. 그는 희미한 미소를 띠고 이렇게 말했다. "이런 식으로 더 머무른다면 어리석은 짓이겠지요. 이제는 제가 함께 할 수 없는 친구들 속에 더 남아있어 봤자 괴롭기만 할 테니까요."

그는 서둘러 그들에게 작별을 고하고 방을 빠져나갔다. 그들은 그가 마차에 올라 곧장 시야에서 사라지는 모습을 지켜보았다.

대쉬우드 부인은 감정이 북받쳐서 말을 할 수가 없었으므로, 이 갑작스러운 출발이 불러 온 근심과 놀라움에 눌려 혼자 거실을 떴다.

엘리너의 걱정근심도 어머니 못지 않았다. 그녀는 근심과 의혹에 싸여 방금 전에 일어난 사건을 곰곰이 생각했다. 그들에게 작별을 고하던 윌러비의 행동, 당황한 기색, 명랑한 척 하는 모습, 무엇보다도 어머니의 초대를 받아들이기를 꺼리는 태도, 연인답지 않을 뿐 아니라 그 답지도 않은 주춤거리는 태도에 마음이 몹시 혼란스러웠다. 그 쪽에서는 진지한 의도가 아예 없었을지 모른다는 불길한 생각이 퍼뜩 떠오르고, 그와 동생 사이에 뭔가 불행한 싸움이 있었을지도 모른다는 생각이 뒤이어 떠올랐다. 그에 대한 매리앤의 사랑을 생각해 보면 싸움은 있을 수 없는 일 같았지만, 매리앤이 방에서 나가면서 괴로워하던 모습으로 미루어 본다면 심각한 다툼이 있었으리라는 추측이 가장 그럴듯해 보였다.

그러나 그들이 헤어진 사연이야 어찌 되었든 간에, 동생은 의심할 바 없이 괴로움에 몸부림치고 있었다. 엘리너는 더없이 따스한 동정심을 느끼며 매리앤이 격렬한 슬픔에 깊이 빠지는 것을 위안으로 삼을 뿐 아니라, 그 슬픔을 부추기고 유지하는 것을 의무로 여기리라 생각했다.

삼십 분쯤 지나서 어머니가 눈이 좀 붉어지기는 했지만 그다지 낙담하지는 않은 기색으로 돌아왔다.

"우리 사랑스러운 윌러비가 이제 바턴에서 몇 마일쯤 갔겠구나, 엘리너.” 어머니가 자리에 앉으면서 말했다. “여행하면서 얼마나 마음이 무겁겠니?”

“정말 이상해요. 그렇게 갑자기 가 버리다니! 한 순간의 일 같아요. 어젯밤에는 우리와 함께 있으면서 그렇게 행복하고 명랑하고 상냥했었는데! 그런데 지금은 겨우 십 분 알리고 돌아오겠다는 말도 없이 가 버리다니! 우리에게 말한 것 외에도 무슨 일이 있었던 게 틀림없어요. 말이나 행동이 평소와는 영 달랐어요. 어머니도 틀림없이 저처럼 그런 차이를 눈치채셨을 거예요. 무슨 일일까요? 둘이 싸웠을까요? 그렇지 않다면 왜 이 자리에서 어머니의 초대를 받아들이기를 그렇게 꺼렸겠어요?”

“그런 뜻은 아니었을 거다, 엘리너. 난 확실히 알 수 있었단다. 그는 초대를 받아들일 힘이 없었어. 그 일을 곰곰이 생각해 보고, 너뿐 아니라 나도 처음에는 이상하게만 여겼던 것을 모두 완벽하게 납득할 수 있게 되었단다.”

“정말이세요?”

“그럼. 나 자신은 충분히 만족할 만한 답을 찾았단다. 하지만 엘리너, 할 수만 있다면 의심하고 싶어 하는 네게는 만족스럽지 않으리란 걸 알아. 그렇다 해도 내 믿음을 저버리게 할 수는 없을 거다. 내 짐작으로는 스미스 부인이 그가 매리앤에게 품은 애정을 눈치채고, 그걸 반대해서 (아마도 부인은 그에 대해 다른 생각이 있을 테니까) 그를 떠나게 한 것 같다. 그에게 가서 처리하도록 한 업무라는 건 그를 쫓아낼 구실로 꾸며낸 것이고. 내 생각은 이렇단다. 더욱이 그는 부인이 그 결합을 정말로 반대한다는 것을 알고 있어서, 지금으로서는 매리앤과 약혼했다는 사실을 부인에게 털어놓을 엄두를 못 내고, 자신이 의존적인 위치에 있으니 일단 부인의 뜻에 따라 데번셔에서 잠시 떠나 있을 수밖에 없겠다고 생각한 거야. 너는 그럴 수도 있고 아닐 수도 있다고 말하겠지만, 네가 이만큼 만족스럽게 정황을 이해할 다른 설명을 내놓지 않는 한, 어떤 이론

異論에도 귀기울이지 않겠다. 자 그럼 엘리너, 말해 보렴."

"할 얘기 없어요. 제 대답 뻔히 아실 텐데요."

"그럼 그럴 수도 있고 아닐 수도 있다고 말했겠구나. 오! 엘리너, 네 속을 도통 알 수가 없구나! 넌 좋은 쪽보다 나쁜 쪽을 보려 해. 윌러비를 용서할 생각보다는 매리앤을 불행한 아이로 만들고 불쌍한 윌러비에게는 죄를 씌우려고만 하지. 그가 평소보다 덜 다정하게 작별인사를 했다고 해서 그를 몹쓸 인간으로 생각하기로 작심했구나. 우연한 실수라거나, 최근의 일로 낙담하여 의기소침해진 탓이라고 봐줄 수 없단 말이냐? 단지 확실하지 않다는 이유만으로 어떤 가능성도 받아들일 수가 없는 거니? 사랑할 이유는 충분하지만 나쁘게 생각할 이유는 손톱만큼도 없는 사람에게 그 정도도 안 된다는 거냐? 잠시 동안은 어쩔 수 없이 비밀로 두어야 하지만, 그 자체로서는 틀림없는 이유가 있을지도 모르잖니? 도대체 그에 대해 뭘 의심하는 게냐?"

"말씀드리기는 힘들어요. 하지만 그렇게 변한 모습을 보니 뭔가 불쾌한 의혹을 도저히 떨칠 수가 없어요. 그렇다 해도 지금 그의 사정을 참작해 주어야 한다는 어머니 말씀은 맞는 얘기고, 저도 누구를 판단하든 공정해지고 싶어요. 말할 필요도 없이 윌러비에게는 그런 행동을 한 충분한 이유가 있을 것이고, 그렇기를 바라나요. 하지만 그런 사실들을 즉시 알렸다면 훨씬 더 윌러비다웠을 거예요. 비밀을 지키는 편이 현명한 경우도 있겠지만, 그가 실제로 그렇게 했다는 데에는 의심을 품지 않을 수가 없어요."

"그래도 성격대로 행동하기 힘든 상황에서 그가 성격답지 않게 굴었다고 비난하지는 말렴. 하지만 너도 내가 그를 변호한 말은 옳다고 인정하겠지? 기쁘구나, 그가 무죄로 밝혀졌으니."

"완전히는 아니에요. 그들이 만약 약혼했다면 스미스 부인에게 약혼을 숨기는 것이 적절한지 모르겠지만, 만약 그렇다면 윌러비가 현재로서는 데번셔에 되도록 머물지 않는 편이 유리할 테죠. 하지만 우리한테까지 숨긴 데 대한 변명은 되지 못해요."

"우리한테까지 숨기다니! 얘야, 숨겼다고 윌러비와 매리앤을 비난할 셈이니? 그거야말로 정말 이상하구나. 넌 늘 그들이 신중하지 못하다고 비난해 왔으면서."

"그들의 애정의 증거를 보고 싶다는 것이 아니라, 약혼했다는 증거를 보고 싶은 거예요." 엘리너가 대답했다.

"난 둘 다 충분하다고 보는데."

"하지만 둘 중 누구도 그 문제에 대해 어머니께 일언반구도 드린 적이 없잖아요."

"행동으로 충분히 알 수 있는데 굳이 말할 필요가 뭐 있겠니. 적어도 어젯밤 그가 매리앤과 우리 모두에게 한 행동은 매리앤을 사랑하고 있고 미래의 아내로 생각하며 우리들도 가장 가까운 가족으로 아끼고 있다는 사실을 명백하게 보여준 것 아니겠니? 우린 서로 완벽하게 이해하지 않았니? 그가 표정, 태도, 세심하고 다정한 경의로 날마다 내게 허락을 구한 것이 아니었니? 엘리너, 어떻게 털끝만큼이라도 그들의 약혼을 의심할 수가 있겠니? 어떻게 넌 그런 생각을 할 수가 있단 말이냐? 윌러비가 네 동생의 연인이 틀림없다고 믿는다면, 어쩌면 몇 달씩이나 떠나 있게 될지도 모르는데 어떻게 그 애한테 자신의 애정을 말하지 않고, 확실한 맹세를 주고받지 않고 헤어질 수가 있다고 생각하는 거냐?"

엘리너가 대답했다. "솔직히 말하면 한 가지만 제외하면 어느 모로 보나 그들이 약혼한 것으로 보이지만, 그 한 가지가 그 문제에 대해 둘 다 일체 침묵한다는 것이고, 제가 보기에는 그건 다른 모든 근거를 뒤엎고도 남아요."

"정말로 이해할 수가 없구나! 그들이 그렇게 공개적으로 애정을 주고받았는데도 불구하고 그들이 약혼한 사이가 아니라고 의심한다면, 네가 윌러비를 정말로 끔찍이도 몹쓸 사람으로 생각하는 거야. 그가 죽 동생을 속였단 말이냐? 정말로 그가 매리앤에게 무심하다고 생각하니?"

"아니에요, 그렇게 생각할 수는 없어요. 그가 매리앤을 사랑하는 것은 확실하다고 봐요."

"그런데도 네 생각대로 그가 그렇게 무관심하게, 미래는 생각지도 않고 떠났다면 참으로 이상한 사랑이구나."

"어머니, 제가 이 문제를 확실하다고 한 적이 한 번도 없었다는 점을 기억해 주세요. 솔직히 말하면 저는 죽 의심했어요. 하지만 전보다는 더 의심이 가셨고, 아마도 곧 완전히 사라지겠지요. 그들이 서로 편지를 주고받는다는 사실을 알게 되면 제 근심도 다 사라질 거예요."

"정말 대단한 양보로구나! 넌 그들이 제단 앞에 선 모습을 보아야 결혼하는 줄 알겠구나. 오만불손하기도 하지! 하지만 난 그런 증거를 내놓으라고 하지는 않겠다. 내가 보기에는 의심할 만한 것은 아무것도 없으니까 말이다. 비밀로 하려고 한 적도 없고, 모든 것을 한결같이 솔직하고 거리낌 없이 공개했어. 동생의 마음을 의심할 수는 없을 거다. 그러니 네가 의심하는 건 윌러비일 테지. 하지만 어째서니? 그가 명예심과 감정을 지닌 남자가 아니란 말이냐? 그이 쪽에서 경계심을 일으킬 만큼 부정한 점이라도 있었니? 그가 속이려 할 리가 있겠니?"

엘리너가 대답했다. "그러지 않기를 바라요, 그렇게 믿고요. 저도 윌러비를 좋아해요, 진심으로 좋아해요. 그의 성실성을 의심한다는 건 어머니 못지않게 저에게도 고통스러워요. 제가 의심을 하고 싶어서 한 것도 아니었고, 의심을 일부러 키우지도 않을 거예요. 고백하자면 오늘 아침에 그의 태도가 변해서 놀랐어요. 평소의 그 사람 같지 않은 식으로 말하고, 어머니의 친절에도 건성으로 대했잖아요. 하지만 이 모든 것을 어머니가 추측하신 대로 그의 상황 탓으로 돌릴 수도 있겠죠. 그는 지금 막 동생으로부터 떠나 버렸고, 그 애는 그가 떠나는 모습을 하늘이 무너지는 괴로운 마음으로 지켜보았어요. 그가 스미스 부인을 노엽게 할지도 모른다는 두려움 때문에 곧 여기로 돌아오고 싶은 유혹을 뿌리쳐야만 했고, 어머니의 초대를 거절하고 당분간 멀리 가 있겠다고 말해서 우리 가족에게 비열하고 의심스러운 인물로 보이게 되었음을 알았다면, 당황스럽고 괴로웠겠지요. 그런 경우라면 자신의 어려움을 솔직하게 시인하는 것이 그의 평소 성격과도 더 일치하고, 그의 명예에도 더 이로웠으리라고 생각해요. 하지만 제 판단과 다르다거나 제가 올바르고 일관성 있다고 생각하는 행동에서 벗어났다는 편협한 이유로 다른 이의 행동을 트집잡지는 않겠어요."

"말 한 번 잘했구나. 물론 윌러비는 의심을 받을 만한 사람이 아니야. 우리가 그를 오래 알고 지내지는 않았다 해도, 이곳에서는 낯선 이가 아니잖니. 누구든 그의 결점을 얘기하는 이가 있더냐? 그가 경제적으로 독립해서 당장 결혼할 수 있는 처지였더라면 내게 아무것도 밝히지 않고 떠난 것이 이상스러웠을 수도 있겠지만, 이건 경우가 다르니까. 어떤 면에서 보면 순조롭게 시작된 약혼은 아니지. 그들의 결혼이 매우 불확실한 상황이 된 것은 확실하니. 지금까지 살펴본 바로는 비밀로 해 두는 편이 훨씬 나을지도 몰라."

그들은 마거릿이 들어오자 대화를 중단했다. 그제야 엘리너는 한숨 돌리고 어머니의 설명을 다시 곰곰이 생각해 보고 그럴 가능성도 다분하다고 인정했으며, 그들 모두를 위해 부디 그러기를 바랐다.

그들은 저녁 식사시간까지 매리앤을 보지 못했다. 매리앤은 방에 들어와서도 자리에 앉아 한 마디도 하지 않았다. 눈은 새빨갛게 부어 있었고, 그때까지도 눈물을 억제할 수가 없는 듯 보였다. 그녀는 모두의 시선을 피했고 먹을 수도 말할 수도 없었다. 잠시 후 어머니가 말없이 따스한 동정심으로 그녀의 손을 꼭 잡아주자, 마지막까지 버티던 의지력도 완전히 바닥나 울음을 터뜨리며 방에서 나가 버렸다.

이렇게 극도로 우울한 상태가 저녁 내내 계속되었다. 매리앤은 자신을 억제할 생각이 전혀 없었으므로, 그럴 힘도 없었다. 윌러비와 관련된 것이라면 아무리 지나치며 무심코 흘린 말이라도 당장 그녀의 감정을 북받치게 했다. 그녀를 편안하게 해 주기 위해 온 가족이 온갖 주의를 다 기울였어도, 일단 무슨 말이든 하면 그녀의 감정은 어느 주제고 반드시 그와 연관지었다.

16장

매리앤이 윌러비와 이별한 첫날밤에 잠시라도 눈을 붙일 수 있었다면 자신을 결코 용서하지 않았을 것이다. 침대에 누워있을 때보다 더 휴식이 필요한 몰골로 침대에서 나오지 않았더라면 다음 날 가족들 앞에서 부끄러워 얼굴을 들지 못했을 것이다. 그러나 침착함을 치욕으로 여기는 감정 덕분에 그런 일이 일어날 위험은 전혀 없었다. 매리앤은 밤새 울며 뜬눈으로 지새웠다. 두통을 느끼면서 잠자리에서 일어나 말할 수도 없었고, 음식을 먹으려 하지도 않았을 뿐 아니라, 어머니와 자매들의 마음을 끊임없이 아프게 하면서 위로하려는 모든 시도를 물리쳤다. 그녀의 감성은 그러고도 남을 정도로 강했다!

아침식사가 끝나면 혼자 나가서 즐거웠던 과거를 회상하고 뒤바뀐 현재에 애통해하면서 오전 내내 앨런햄 주변을 방황했다.

저녁도 똑같은 감정 속에 빠진 채 지나갔다. 그녀는 윌러비에게 불러주었던 애창곡을 두 사람의 목소리가 어우러지곤 했던 가락으로 죄다 불러보고, 그가 자신을 위해 그려 주었던 오선지의 선 하나하나를 뚫어지게 바라보며 악기 앞에 앉아 있다가 마침내는 더 이상의 슬픔을 받아들일 수 없을 만큼 가슴이 먹먹해졌다. 그녀는 나날이 이 슬픔에 더 많은 자양분을 공급했다. 피아노 앞에서 노래하다 울다 번갈아 하면서 온종일을 보냈고, 눈물에 잠겨 목소리가 아예 막힐 때도 많았다. 음악뿐 아니라 책에서도 현재와 과거 사이의 대조가 확실히 빚어내는 비참함을 찾아냈다. 그녀는 그들이 함께 읽었던 책 말고는 읽지도 않았다.

당연히 고통이 이 강도로 영원히 유지될 수는 없는 일이다. 며칠이 지나자 더 조용한 애수로 가라앉았으나, 날마다 반복하는 고독한 산책이나 조용한 묵상과 같은 노력으로 이전 어느 때 못지않게 생생한 슬픔을 가끔씩 쏟아놓을 수 있었다.

윌러비로부터는 편지 한 통 없었고, 매리앤도 아무런 기대도 하지 않는 것 같았다. 어머니는 놀라워했고, 엘리너는 다시금 불안한 심정이 되었다. 그러나 대쉬우드 부인은 필요할 때면 언제든지 적어도 자신은 납득할 수 있는 설명을 찾아냈다.

"기억해 보렴, 엘리너. 존 경이 우리 편지를 얼마나 자주 우체국에서 가져오고 날라다 주느냔 말이다. 우리는 이미 비밀로 할 필요가 있다는 데는 의견일치를 보았으니, 그들의 편지가 존 경의 손을 통해서 전해진다면 비밀이 지켜질 수 없다는 점도 인정해야지."

엘리너는 이 진실을 부인할 수 없었으므로, 그들이 침묵을 지킬 만한 동기가 된다고 생각하려 애썼다. 그러나 상황이 실제로 어떻게 돌아가고 있는지를 알아내어 모든 의혹을 단번에 불식시킬 너무나도 직접적이고 간단하고 그녀가 생각하기로는 적절한 방법이 하나 있었으므로, 마침내 어머니에게 이를 제안했다.

엘리너가 말했다. "매리앤에게 윌러비와 약혼을 했는지 왜 당장 물어보지 않으세요? 이렇게 친절하고 너그러우신 우리 어머니가 질문하시는데 화내지는 않겠지요. 어머니야 그 애를 사랑하는 마음에서 응당 하실 법한 질문이니까요. 그 애는 전혀 감추는 법이 없었고, 어머니에게는 특히 더욱 그랬잖아요."

"그런 질문은 죽어도 하지 않겠다. 그들이 약혼하지 않았을 수도 있다는 가정을 하다니, 그런 질문이 얼마나 마음을 아프게 하겠니! 뭐라 해도 너무나 가혹할 거다. 지금으로서는 누구에게도 알리고 싶지 않은 고백을 억지로 끌어낸다면 결코 다시 그 애의 신뢰를 얻지 못하게 될 거다. 난 매리앤의 마음을 알아. 그 애가 나를 깊이 사랑하고, 그 사실을 공개해야 할 상황이 된다면 제일 먼저 내게 알릴 거라는 것도 알고. 누군가의 비밀을 억지로 캐내려 하지는 않을 거고, 자식이라면 더더욱 그럴 거다. 의무감 때문에 거절하고 싶어도 그럴 수 없을 테니까."

엘리너는 동생의 어린 나이를 생각하면 이러한 관대한 태도가 지나친 것이 아닌가 싶어 더 설득해 보았으나 헛된 일이었다. 상식, 일반적인 관심, 신중함, 어떤 것도 대쉬우드 부인의 낭만적인 배려심을 이기지는 못했다.

여러 날이 지나서야 가족들은 매리앤 앞에서 윌러비의 이름을 꺼냈다. 존 경과 제닝스 부인은 정말로 교양 없게 굴었다. 그들의 놀림은 그렇지 않아도 고통스러운 시간을 더욱 고통스럽게 했다. 어느 날 저녁, 대쉬우드 부인은 무심코 셰익스피어의 책 한 권을 집어들면서 이렇게 외쳤다.

"햄릿을 아직 다 읽지 못했구나, 매리앤. 다 읽기 전에 사랑스러운 윌러비가 떠나 버렸으니. 일단 치워 두었다가, 그가 다시 돌아오면……하지만 그 때까지는 몇 달이 지나게 될지도 모르겠다."

매리앤이 화들짝 놀라면서 외쳤다. "몇 달이라고요! 아니에요. 몇 주도 안 걸릴 거예요."

대쉬우드 부인은 자기가 말해 놓고 미안해했으나, 엘리너는 매리앤의 대답으로 그녀가 윌러비를 믿고 있고 그의 의중을 알고 있다는 것이 분명히 드러났으므로 기뻤다.

윌러비가 그 고장을 떠난 지 일주일쯤 지난 어느 날 아침, 매리앤은 혼자 방황하는 대신 자매들이 매일 하는 산책에 끼고 싶어졌다. 지금까지는 함께 산책하지 않으려고 했었다. 자매들이 초원을 산책하러 나서면 곧장 오솔길로 도망쳐 버렸다. 계곡으로 가자고 얘기하면 재빨리 언덕으로 올라가 다른 사람들이 출발할 즈음엔 완전히 자취를 감추었다. 그러나 이렇게 계속 혼자 있는 것을 크게 염려한 엘리너의 노력 덕분에 드디어 함께 나가기로 했다. 그들은 계곡을 따라 길을 산책하면서, 매리앤은 마음을 다잡을 수가 없고 엘리너는 한 가지 목표를 달성한 데 만족해서 그 이상은 시도하려 하지 않았기에 둘 다 거의 침묵을 지켰다. 계곡 입구 너머 아직도 울창하지만 사람의 손이 좀 더 가고 확 트인 지역에 닿자, 그들이 바턴에 처음 왔을 때 여행했던 그 길이 눈앞에 펼쳐졌다. 그 지점에 다다르자 그들은 발을 멈추고 주변을 둘러보며 별장에서 멀리서만 보았던 전망을 구경했다. 전에는 한번도 산책 와 본 적이 없는 곳이었다.

그들은 그 경치 속에서 살아 움직이는 것 하나를 곧 발견했는데, 그것은 말을 타고 그들 쪽으로 오는 한 남자였다. 잠시 후 그가 신사임을 알아볼 수 있었고, 조금 더 지나서 매리앤이 기뻐 어쩔 줄 모르며 외쳤다.

"그이야, 정말이야, 확실해!" 그러고는 그를 맞으러 서둘러 가자, 엘리너가 외쳤다.

"잠깐, 매리앤, 네가 잘못 본 것 같아. 윌러비가 아니야. 저 사람은 윌러비만큼 키가 크지 않고, 외양도 달라."

"맞아, 맞다니까," 매리앤이 부르짖었다. "틀림없이 그이야. 그의 외모, 외투, 그의 말이야. 이렇게 빨리 올 줄 알았어."

그녀는 말하면서 정신없이 걸어갔다. 엘리너는 윌러비가 아니라고 거의 확신하고, 매리앤이 그 이상 행동을 취하지 못하게 막으려고 걸음을 빨리 하여 뒤를 좇았다. 그들은 곧 신사로부터 30미터 안까지 접근했다. 매리앤은 다시 보고 가슴이 무너져 내렸다. 그녀는 몸을 휙 돌려 서둘러 되돌아갔다. 그 때 그녀를 만류하는 두 자매의 목소리와 함께 윌러비의 목소리만큼이나 익숙한 세 번째 목소리가 가지 말라고 그녀를 불렀다. 놀라 몸을 돌려보니 에드워드 페라스였다.

그는 그 순간 윌러비가 아닌 것을 용서받을 수 있고, 그녀로부터 미소를 받을 수 있는 세상에서 단 한 사람이었다. 매리앤은 그를 향해 미소 지으면서 눈물을 씻어내고 언니의 행복에 잠시나마 자신의 실망감을 잊었다.

그는 말에서 내려 하인에게 말을 넘겨주고 바턴으로 그들과 함께 걸어갔다. 그들을 방문하러 일부러 온 것이었다.

그는 그들 모두로부터 진심에 넘친 환영을 받았으나, 특히 매리앤은 엘리너보다도 더 따뜻하게 그를 맞아 주었다. 매리앤에게는 에드워드와 언니의 만남이야말로 놀랜드에서 서로를 대하는 그들의 행동에서 자주 관찰했던 설명할 수 없는 냉랭함의 연장에 불과했다. 에드워드 쪽을 보면 더욱 이런 경우에 연인이라면 마땅히 해야 하는 식의 태도를 보이거나 말하지 않았다. 그는 당황하여 그들을 만난 기쁨도 거의 느끼지 못하는 듯했고, 미칠 듯이 좋아한다거나 즐거워 보이지도 않았다. 질문에 꼭 필요한 대답 외에는 말도 거의 하지 않았으며, 엘리너에게 특별히 애정의 표시를 보이지도 않았다. 매리앤은 보고 들을수록 놀라움만 커질 뿐이었다. 에드워드에게 정이 떨어질 지경이었고, 그녀가 느끼는 모든 감정이 마지막에는 늘 그쪽으로 귀결되듯이 태도 면에서 그와 눈에 확 띌 만큼 대조적인 그의 예비 동서 윌러비에게로 생각이 흘러갔다.

최초의 놀라움과 질문 공세에 이어 잠시 침묵이 흐른 후, 매리앤은 에드워드에게 런던에서 바로 왔느냐고 물었다. 아니, 그는 보름 전에 데번셔에 왔다고 했다.

"보름이라고요!" 그녀는 같은 주에 그렇게 오래 머물렀으면서도 먼저 엘리너를 보러 오지 않은 데 놀라 되풀이했다.

그는 다소 괴로운 기색을 보이며 몇몇 친구들과 함께 플리머스 부근에 머물렀다고 덧붙였다.

"최근에 서섹스에 가신 적이 있나요?" 엘리너가 물었다.

"한 달 전쯤 놀랜드에 있었습니다."

"그렇다면 그립고 그리운 놀랜드는 어떤가요?" 매리앤이 외쳤다.

엘리너가 대꾸했다. "그립고 그리운 놀랜드야 아마도 연중 이맘때나 같은 모습이겠지. 숲과 산책로는 낙엽으로 두껍게 덮여 있겠지."

매리앤이 부르짖었다. "오! 그 옛날에 얼마나 황홀한 심정으로 떨어지는 나뭇잎을 바라보았던지! 산책할 때면 바람을 타고 내 주위로 쏟아져 휘날리는 모습에 얼마나 기뻐했는지! 그 낙엽들, 계절, 공기가 다 같이 어떤 감정들을 불러일으켰던지! 이제는 눈여겨보는 이 하나 없겠구나. 성가신 존재로만 여겨져 황황히 비에 쓸려 시야에서 치워지고 말겠지."

"모든 이들이 다 낙엽에 대해 너같이 느끼는 건 아니란다." 엘리너가 말했다.

"그래. 남들이 내 감정을 함께 나누거나 이해하지 못할 때가 많이 있어. 하지만 가끔씩은 그런 이도 있지." 매리앤은 이렇게 말하며 잠시 동안 상념에 빠졌으나, 다시 제정신으로 돌아왔다. "자, 에드워드," 그녀가 경치로 그의 주의를 돌리면서 말했다. "여기가 바턴 계곡이에요. 저 위쪽을 보시면 마음이 더할 나위 없이 평온해질 거예요. 왼쪽으로는 저 숲과 농원들 사이에 바턴 파크가 있답니다. 집 한 귀퉁이가 보이실 거예요. 그리고 저기, 제일 멀리 웅장하게 솟은 언덕 아래 우리 별장이 있어요."

"아름다운 고장입니다. 하지만 이 산기슭은 겨울에는 진창이 되겠군요." 그가 대답했다.

"눈앞에 이런 경치를 두고 어떻게 진창 생각을 할 수가 있으세요?"

그가 미소지으며 대답했다. "왜냐하면 제 앞의 경치들 가운데 아주 질척거리는 길이 보이니까요."

"이상하기도 해라!" 매리앤이 혼잣말로 중얼거리면서 걸음을 계속 옮겼다.

"여기에서 마음에 맞는 이웃을 사귀셨나요? 미들턴 가 사람들은 유쾌한 이들인가요?"

매리앤이 대답했다. "아뇨, 전혀 그렇지가 않아요. 상황이 이보다 더 나쁠 수가 없어요."

언니가 소리쳤다. "매리앤, 그게 무슨 말이니? 어떻게 그런 당치도 않을 소리를 할 수가 있니? 그분들은 아주 훌륭한 집안이에요, 페라스 씨. 우리를 더할 나위 없이 다정하게 대해 주셨답니다. 매리앤, 우리가 그분들 덕에 얼마나 즐거운 나날을 보냈는지 잊었니?"

"아니," 매리앤이 나지막이 대꾸했다. "얼마나 고통스러운 순간들이 많았는지도 잊지 않았어."

엘리너는 이 말을 무시하고 손님에게 주의를 돌려 자기들의 현재 거처와 장점 등을 이야기하고, 그에게서 간간이 질문과 의견을 끌어냄으로써 대화 비슷한 것이라도 계속 끌어가려고 노력했다. 그녀는 에드워드의 냉담함과 침묵에 크게 마음이 상했으며, 짜증이 나다 못해 반쯤 화가 났다. 그러나 현재보다는 과거를 생각해 그에게 최대한 맞추어 주기로 결심하고, 성난 기색이나 불쾌한 티를 내보이지 않고 집안간의 관계로 보아 그가 받아야 할 대접을 해 주었다.

17장

대쉬우드 부인은 그를 보고도 잠시 놀랐을 뿐이었다. 부인의 생각으로는 그가 바턴에 오는 것이야 세상에서 가장 당연한 일이었기 때문이다. 놀라움은 잠깐이었고 기쁨과 관심의 표현이 더 오래갔다. 그는 부인으로부터 더할 나위 없이 친절한 환영을 받았고, 이러한 환영에는 수줍고 냉담하고 조용한 태도를 유지할 수 없었다. 그가 집에 들어가기 전부터 이러한 태도는 꺾이기 시작했고, 대쉬우드 부인의 붙임성 있는 태도에 완전히 두 손 다 들었다. 정말로 부인의 딸들 중 누군가와 사랑에 빠진 남자라면, 그런 감정을 부인에게까지 품지 않고는 못 배길 것이다. 엘리너도 그가 곧 본래의 모습을 되찾는 것을 보고 흐뭇해졌다. 그들 모두에 대한 그의 애정이 되살아난 듯했고, 그들이 잘 지내고 있는지에 대한 관심도 다시 웬만큼 돌아왔다. 그래도 활기찬 모습까지는 아니었다. 집을 칭찬하고 경치에 감탄을 토했으며, 정중하고 친절했지만 여전히 활기는 없었다. 온 가족이 그것을 느꼈다. 대쉬우드 부인은 이를 도량이 좁은 그의 어머니 탓으로 돌리고 모든 이기적인 부모들에 대해 분개하며 식탁에 앉았다.

만찬이 끝나고 그들이 난로가로 모여들었을 때 부인이 물었다. "요즘 페라스 부인은 당신에 대해 어떤 기대를 하고 계신가요, 에드워드? 당신은 아직도 마음에도 없는 훌륭한 연설가가 되어야 하나요?"

"아닙니다. 지금쯤은 어머니도 제가 공직 생활에 뜻이 없다기보다는 재능이 없다는 사실을 납득하셨으면 좋겠습니다!"

"하지만 어떻게 명성을 얻으려는 건가요? 당신 가족들을 모두 만족시키려면 반드시 유명해져야 하잖아요. 돈을 뿌릴 뜻도 없고, 낯선 사람들과 쉽게 친해지는 것도 아니고, 직업도, 보장받은 것도 없이는 어려운 문제일 텐데요."

"시도할 생각도 없습니다. 전 명성을 얻고 싶은 생각은 전혀 없지만, 그렇게 되지 않기를 바랄 이유는 얼마든지 있습니다. 하느님께 감사해야죠! 억지로 천재와 달변가가 될 수는 없으니까요."

"당신이 야심이 없다는 건 나도 잘 알아요. 당신의 소망은 평범하기 그지없지요."

"여타 세상 사람들의 소망과 전혀 다르지 않다고 생각합니다. 다른 모든 사람들처럼 저도 완전한 행복을 누리고 싶습니다만, 다른 모든 이들처럼 제 방식대로 행복해져야 하겠지요. 위대해진다고 제가 행복해질 것 같지는 않습니다."

"그렇다면 이상한 거지요! 부나 위세가 행복과 무슨 관계가 있단 말예요?" 매리앤이 외쳤다.

엘리너가 말했다. "위세는 별 관계가 없지만, 부는 상당히 관계가 있지."

"언니, 부끄럽지도 않아!" 매리앤이 공격했다. "돈은 행복을 줄 수 있는 다른 것이 전혀 없는 상황이라면 몰라도, 사람을 행복하게 해 줄 수 없어. 자기 자신만 놓고 본다면, 웬만한 수입이면 됐지 부유하다고 진정한 만족을 얻을 수는 없다고."

엘리너가 미소지으며 응수했다. "어쩌면 우리는 같은 얘기를 하고 있을지도 모르겠구나. 너의 웬만한 수입과 나의 부는 오십보백보일 테니까. 그리고 그게 없으면 지금으로서는 충분히 안락한 생활을 누리지 못한다는 점에서는 우리 둘 다 동의할 거야. 너의 생각이 내 생각보다 고상할 따름이지, 자, 네가 말하는 웬만한 수입이란 어느 정도지?"

"일 년에 천 8백 파운드 내지는 2천 파운드 정도. 딱 그 정도면 돼."

엘리너가 웃음을 터뜨렸다. "일년에 2천 파운드라고! 내가 말한 부는 천 파운드야! 이럴 줄 알았어."

"하지만 일년에 2천 파운드면 딱 적지도 많지도 않은 수입이야. 더 적은 수입으로는 한 가족이 제대로 생활을 꾸릴 수가 없는 걸. 결코 사치하자는 게 아니야. 적당한 수의 하인들, 마차 한 대나 두 대, 사냥개를 유지하려면 그 정도는 있어야지." 매리앤이 말했다.

엘리너는 동생이 미래에 콤 매그나에서 쓸 비용을 아주 정확히 늘어놓는 것을 듣고 다시 웃었다.

"사냥개라고! 하지만 왜 사냥개가 있어야 합니까? 누구나 다 사냥을 하는 것도 아닌데." 에드워드가 참견했다.

매리앤은 얼굴을 붉히면서 대답했다. "하지만 대개는 하잖아요."

마거릿이 새로운 의견을 들고 끼어들었다. "누군가가 우리 모두에게 각각 큰 재산을 주었으면 좋겠어."

"오 그랬으면 좋겠다!" 이러한 가상의 행복을 그리며 매리앤의 눈은 생기로 반짝이고 뺨은 기쁨으로 빛났다.

"우리 중에서 그걸 바라지 않는 사람은 아무도 없을걸. 재산만으로는 충분치 않다 하더라도 말이야." 엘리너가 말했다.

마거릿이 외쳤다. "오 세상에! 그러면 얼마나 행복할까! 그 재산을 가지고 무얼 해야 좋을지 모를 거야!"

매리앤도 그 점에 있어서는 이견이 없어 보였다.

대쉬우드 부인도 한 마디 거들었다. "내 딸들이 모두 내 도움 없이 부자가 된다면, 나 혼자 큰 재산을 쓰느라고 골머리를 앓겠지."

"이 집을 개량하는 일부터 시작하셔야죠. 그러면 어머니의 골칫거리는 순식간에 사라질 거예요." 엘리너가 말했다.

에드워드가 말했다. "그런 일이 생기면 이 집안에서 런던에 어마어마한 주문이 나가겠군요! 서적상, 악기상, 판화상들이 호황을 맞겠지요! 대쉬우드 양, 당신은 새로 나온 훌륭한 판화는 모조리 보내도록 구전을 줄 것이고, 매리앤 양으로 말하자면 위대한 영혼의 소유자이니까, 런던의 악보를 다 끌어 모아도 만족 못 하실 겁니다. 책도 빼놓을 수 없겠죠! 톰슨(제임스 톰슨. 1700–1748. 스코틀랜드의 시인. 「계절들」의 저자)과 쿠퍼 그리고 스코트, 매리앤 양은 그들의 책을 전부 사고 또 사들일 겁니다. 책이 진가를 알아보지 못하는 이들의 손에 들어가서 가치가 떨어지는 일이 없도록 한 권도 빠짐없이 모조리 매점할 거예요. 오래되어 가지가 굽은 나무를 찬양하는 법을 가르쳐 주는 책이라도 다 사겠지요(윌리엄 길핀이 「숲의 정경에 관한 단평, 그리고 삼림지의 풍경」에서 오래 묵어 가지가 구부러지고 말라죽은 나무의 모습을 찬양하는 내용을 씀). 그렇지 않은가요, 매리앤? 제가 지나쳤다면 용서를 바랍니다. 하지만 우리의 해묵은 논쟁을 잊지 않았다는 것을 보여드리고자 한 말이었습니다."

"저는 과거를 회상하기를 아주 좋아한답니다, 에드워드. 슬픈 것이든 즐거운 것이든, 회상하는 것을 좋아해요. 옛일을 들춰내셔도 마음 상하는 일은 결코 없을 거예요. 제가 돈을 어떻게 쓸지 아주 제대로 맞추셨군요. 적어도 일부는 말이지요. 제가 자유롭게 쓸 수 있는 현금은 당연히 제가 소장한 악보와 책을 더욱 풍성하게 하는 데 쓸 거예요."

"그리고 당신 재산의 상당 부분은 저자나 그 후손들에게 주는 연금으로 나갈 거고요."

"그렇지 않아요, 에드워드, 그것 말고도 할 일이 있어요."

"그럼 아무도 평생 한 번 이상 사랑에 빠질 수 없다는 당신이 가장 아끼는 격언을 가장 훌륭히 옹호한 이에게 보상으로 내릴지도 모르겠군요. 그 점에 있어서 당신의 견해는 변함없겠지요?"

"두말 할 필요도 없죠. 이 나이쯤 되면 견해가 웬만큼 확고해지니까요. 이제는 뭔가를 보거나 듣는다 해서 생각이 바뀔 것 같지는 않아요."

"보시다시피, 매리앤은 그 어느 때보다도 확고부동하답니다. 추호도 바뀌지 않았어요." 엘리너가 말했다.

"예전보다는 조금 더 엄숙해졌는데요."

"아니에요, 에드워드," 매리앤이 부인했다. "당신이 저보고 뭐라 하시다니요. 당신이야말로 그다지 쾌활한 분이 아니잖아요."

그가 탄식을 토하며 대꾸했다. "어째서 그렇게 생각하십니까! 하지만 쾌활함이 제 성격이 아니기는 했지요."

엘리너가 말했다. "매리앤의 성격도 아니에요. 매리앤을 활달한 소녀라고 부르기는 어렵지요. 매리앤은 매사에 아주 진지하고, 가끔은 아주 수다스러울 때도 있고 항상 활기에 넘쳐 있지만 그래도 그렇게 늘 명랑하지는 않답니다."

"그 말이 맞는 것 같군요. 그렇지만 전 항상 매리앤을 활달한 소녀로 생각했답니다." 그가 대답했다.

"저도 그런 실수를 자주 했답니다. 이런 저런 점에서 남의 성격을 완전히 오해한 적이 있었지요. 훨씬 더 명랑하다거나 엄숙하다거나, 혹은 실제보다 영리하다거나 어리석다고 잘못 판단한 적이 많았는데, 왜 그랬는지, 그런 착각이 어디서 비롯되었는지 알 수가 없더군요. 본인들이 스스로에 대해 하는 말을 듣고 오해하는 일도 종종 있지만, 대개는 생각하고 판단할 여유를 갖지 않고 남들이 그들에 대해 하는 얘기만 듣고 오해하게 되는 거죠." 엘리너가 말했다.

"하지만 언니는 다른 사람들의 의견에 전적으로 따르는 게 맞다고 생각하는 줄 알았는데. 언니. 우리의 판단은 단지 주변 사람들의 의견에 순응하기 위한 거라고 했잖아. 이건 항상 언니의 원칙이었어." 매리앤이 말했다.

"아니야, 매리앤, 절대 그렇지 않아. 내 원칙은 남의 의견에 복종해야 한다는 것이 아니야. 내가 바꾸려 한 것이 있다면 그건 오로지 행동이었지. 내 말뜻을 혼동해서는 안 돼. 고백하자면 미안한 말이지만 주변 사람들을 네가 좀 더 배려해 주었으면 한 적이 많았단다. 하지만 내가 언제 너에게 심각한 문제에 그들의 의견을 받아들이라거나, 그들의 판단에 따르라고 충고한 적이 있었니?"

"예전에도 모두에게 정중히 대하도록 동생의 마음을 바꾸지 못하셨죠. 전혀 성과가 없으시군요?" 에드워드가 엘리너에게 말했다.

"그렇답니다." 엘리너가 매리앤에게 의미심장한 시선을 던지며 대답했다.

그가 말을 받았다. "그 문제에 대해서는 제 판단은 전적으로 당신 편입니다만, 실제로는 제가 동생분보다 훨씬 더하지 않을까 염려스럽군요. 저는 한심하리만큼 수줍음을 타서, 불쾌하게 해 드릴 뜻은 전혀 아닌데도 타고난 쑥스러움 때문에 뒤로 물러나 남을 무시하는 것처럼 보이기 일쑤랍니다. 저는 천성적으로 천한 사람들과 어울리기를 좋아하는 건지도 모른다는 생각이 자주 들지요. 고상한 이방인들 틈에 있으면 마음이 편치가 않거든요."

"매리앤은 수줍어서 배려를 못 하는 것도 아니랍니다." 엘리너가 말했다.

"매리앤은 자신의 가치를 너무나 잘 알고 있어서 부끄러워하는 척할 수가 없는 겁니다. 뭐라 말해도 수줍음은 열등감의 소산일 따름이지요. 내 태도가 완벽하게 자연스럽고 우아하다는 자신감만 있다면 수줍어하지 않을 겁니다." 에드워드가 대꾸했다.

"그렇더라도 당신은 여전히 속마음을 털어놓지 않을 거예요. 그건 더 나쁜 일이죠." 매리앤이 말했다.

에드워드가 매리앤을 응시하며 말했다. "속마음을 털어놓지 않는다고요! 내가 그런가요, 매리앤?"

"네, 심하게요."

"무슨 말인지 모르겠군요." 그가 얼굴을 붉히며 대답했다. "속마음을 숨긴다니! 어떻게, 어떤 식으로요? 당신에게 무슨 말을 하면 좋을까요? 당신이 어떻게 생각할까요?"

엘리너는 그의 반응에 놀란 듯했으나, 그 문제를 웃어넘기려고 그에게 이렇게 말했다. "제 동생을 잘 아시면서 그러세요? 말을 자기만큼 빨리 하지 않고, 자기처럼 열광적으로 감탄하지 않는 사람은 누구든지 속마음을 숨긴다고 하는 거 모르세요?"

에드워드는 대답하지 않았다. 본래의 엄숙하고 신중한 태도로 완전히 되돌아가서, 한참 동안이나 조용히 가라앉은 모습으로 앉아 있었다.

18장

엘리너는 친구의 침울해진 모습을 매우 불안한 마음으로 바라보았다. 그녀는 그의 방문에서 아주 조금밖에는 기쁨을 얻지 못했지만, 그 쪽은 전혀 즐겁지 않은 것 같았다. 그의 기분이 좋지 않은 것이 분명했고, 엘리너는 틀림없이 그가 예전에 자신에게 품었다고 느꼈던 것과 똑같은 애정으로 여전히 자신을 대해 주기를 바랐다. 그러나 지금까지로 봐서는 그가 계속 호감을 품고 있는지 어떤지 도통 알 수가 없었고, 그녀에 대한 내성적인 태도는 앞서 더 활기 띤 표정이 암시했던 바와 모순되었다.

그는 다음날 아침 다른 식구들이 내려오기 전에 거실에서 엘리너와 매리앤과 합류했다. 항상 자기 힘닿는 데까지 그들의 행복을 돕고 싶어 안달인 매리앤은 곧 그들만 남겨놓고 자리를 떴다. 그러나 계단을 반쯤 오르기도 전에 거실 문이 열리는 소리가 들려 뒤돌아보았다가, 에드워드가 나오는 모습을 보고 깜짝 놀랐다.

"제 말들을 보러 마을에 좀 다녀오려 합니다." 그의 말이었다. "아직 조반 준비를 안 하셨을 테니까요. 금방 돌아오겠습니다."

에드워드는 주변 고장에 대해 새삼 감탄하면서 돌아왔다. 그는 마을까지 걸어가면서 계곡 이모저모를 눈여겨보았는데, 별장보다 훨씬 더 높은 위치에서 마을을 보니 전체 경치를 다 볼 수가 있어서 대단히 즐거웠다고 했다. 이것은 매리앤의 관심을 끄는 주제였다. 그녀가 이 경치에 대한 칭찬을 늘어놓는 한편 특히 그에게 인상 깊었던 대상들을 더 상세히 캐묻기 시작하자, 그는 이런 말로 그녀를 가로막았다. "너무 많이 물어보시면 안 됩니다, 매리앤. 제가 생생하게 묘사하는 데 재주가 없고, 세부적인 데까지 들어가면 무지와 취향 부족으로 당신을 불쾌하게 할 거라는 점을 기억하셔야지요. 저는 언덕이 험준하다고 해야 할 것을 가파르다고 해버리고, 표면은 울퉁불퉁하고 바위투성이라고 해야 할 것을 이상하게 거칠다고 하고, 공간을 부드럽게 채운 몽롱한 대기를 통해 흐릿하게 보였다고 해야 할 것을 멀리 있어서 잘 안 보였다고 할 겁니다. 당신은 제가 솔직하게 할 수 있는 이 정도 칭찬으로 만족하셔야 합니다. 이 곳을 아주 훌륭한 시골이라고 부르겠습니다. 언덕은 가파르고, 숲에는 멋진 재목감들이 가득하고, 계곡은 쾌적하고 아늑해 보이니 말이죠. 게다가 비옥한 초원과 깔끔한 농가들도 여러 채 여기저기 흩어져 있고요. 아름다우면서도 실용적이라는 점에서, 훌륭한 시골에 대한 제 이상에 딱 들어맞는 곳입니다. 또한 당신이 그렇게 칭찬하셨으니, 그림같이 아름다운 곳이라고 해 두지요. 제 생각에는 그 말은 바위와 절벽, 회색 이끼와 잡목림으로 가득한 곳을 가리키는 것 같지만, 그런 것들은 제게는 아무런 영향도 주지 못합니다. 그림 같은 곳에 대해서는 아는 바가 전혀 없으니까요."

"유감스럽게도 지나치리만큼 사실 그대로네요. 하지만 자랑하실 것까지는 없잖아요?" 매리앤이 말했다.

엘리너가 끼어들었다. "내 생각으로는 에드워드가 한 가지 허식을 피하려다가 다른 허식에 빠지지 않았나 싶어. 그는 많은 사람들이 실제로 느낀 것 이상으로 자연의 아름다움에 경탄한 척한다고 믿고, 이런 겉꾸밈에 넌더리가 나서 그런 것들을 보고도 자신이 느낀 것 이상으로 무관심을 가장하고 안목이 없는 척하는 거지. 에드워드는 까다로운 사람이라 자기 나름의 허식을 만들어내는 거야."

매리앤이 말했다. "경치에 대한 감탄이 단순한 빈말이 되었다는 건 정말 사실이야. 다들 그림 같은 아름다움이 무슨 의미인지 처음으로 정의한 인물처럼 세련되고 고상하게 느끼는 척하고 묘사하려 한다니까. 난 빈말이라면 뭐든 딱 질색이야. 때로는 닳아빠지고 진부해져 모든 의미를 잃어버린 말을 제외하고는 묘사할 말을 찾을 수가 없어서 내 감정을 혼자서만 간직하기도 해."

에드워드가 말을 받았다. "당신이 아름다운 경치를 보며 느낀다고 공언하는 모든 기쁨을 정말로 느낀다고 믿어 의심치 않습니다. 하지만 그 보답으로 당신의 언니도 제가 공언한 만큼만 느낀다는 것을 인정해 주셔야 합니다. 저는 훌륭한 경치를 좋아하지만, 그림 같다는 원칙에 따라 좋아하는 것은 아닙니다. 구부러지고 뒤틀리고 마른 나무는 좋아하지 않습니다. 키가 크고, 쭉 뻗고, 잎이 무성한 나무를 훨씬 더 좋아합니다. 황폐해져 다 쓰러져 가는 오두막집도 좋아하지 않습니다. 쐐기풀이나 엉겅퀴, 히스꽃도 좋아하지 않고요. 망루보다는 아늑한 농가를 보면서 더 기쁨을 느끼고, 세상에서 가장 근사한 산적 무리보다는 단정하고 행복한 시골 사람들 무리를 보는 편이 훨씬 더 즐겁답니다."

매리앤은 놀란 눈으로 에드워드를, 동정하는 얼굴로 언니를 보았다. 엘리너는 웃기만 했다.

대화는 더 이어지지 않았고, 매리앤은 말없이 깊은 생각에 잠긴 채로 있다가 갑자기 새로운 주제로 관심을 돌렸다. 그녀는 에드워드 옆에 앉아 있었으므로, 대쉬우드 부인으로부터 그의 차를 받아 주면서 그의 손이 눈앞을 바로 지나갈 때 가운뎃손가락에 낀 머리카락을 넣은 반지를 보았다.

"전에는 반지를 낀 것을 한 번도 못 보았는데요, 에드워드. 그건 올케 언니의 머리카락이지요? 언니가 당신한테 주겠다고 약속했던 기억이 나네요. 하지만 언니 머리카락은 색깔이 더 짙었던 것 같은데." 그녀가 외쳤다.

매리앤은 떠오르는 대로 아무 생각 없이 말했으나, 자기가 에드워드에게 어떤 고통을 주었나를 깨닫게 되자 생각 없는 자신에게 에드워드보다 더 화가 났다. 그는 얼굴이 온통 새빨개져서, 엘리너를 힐끗 한 번 쳐다보고는 대답했다. "네. 누님의 머리카락입니다. 아시겠지만 반지에 넣으면 색이 조금 달라 보인답니다."

엘리너는 그와 눈이 마주치더니 마찬가지로 눈치챈 것 같았다. 그 머리카락은 그녀의 것이었다. 매리앤처럼 그녀 또한 그 순간 기뻤다. 그들의 결론에 차이가 있다면 매리앤은 언니가 준 선물이라 생각했고, 엘리너는 자기 모르게 훔쳐갔거나 계책을 써서 손에 넣었으리라고 생각했다는 점뿐이었다. 그러나 모욕으로 생각하고 싶지는 않았으므로, 바로 다른 얘기를 꺼내어 방금 일어난 일을 전혀 눈치채지 못한 척하면서 앞으로는 틈날 때마다 머리카락을 눈여겨보고 자기 것과 똑같은지 확인해봐야겠다고 마음먹었다.

에드워드는 한동안 당황한 기색을 숨기지 못하다가, 결국은 멍한 상태로 훨씬 더 가라앉은 모습이 되었다. 그는 오전 내내 우울한 얼굴이었다. 매리앤은 괜한 말을 했다고 몹시 자책했지만, 언니는 전혀 화나지 않았다는 사실을 알았더라면 스스로를 더 빨리 용서했을지도 모른다.

정오가 되기 전, 별장에 한 신사가 왔다는 소식을 들은 존 경과 제닝스 부인이 어떤 손님인지 보러 방문했다. 존 경은 장모의 도움으로 곧 그의 이름이 F로 시작한다는 것을 알아내고, 지금 당장은 에드워드와 막 인사를 나누었다는 이유 하나만으로 삼갔으나 앞으로 이것을 헌신적인 엘리너를 두고두고 놀려먹을 밑천으로 삼기로 했다. 그러나 이미 엘리너는 그들의 의미심장한 표정에서 마거릿이 알려준 것을 바탕으로 어디까지 상상했는지 짐작했다.

존 경은 대쉬우드 가에 오기만 하면 어김없이 그들을 다음 날 파크에 식사를 하러 오든가, 아니면 당일 저녁에 차를 마시러 오라고 청했다.

이번에도 손님을 즐겁게 해 주어야 한다고 생각했으므로, 더 잘 대접하기 위해 두 가지 다 약속해 달라고 청했다.

"밤에 저희와 함께 차를 드셔야 합니다. 저희끼리만 있을 테니까요. 그리고 내일은 무슨 일이 있어도 저희들과 식사를 하셔야 합니다. 큰 파티를 열 거거든요."

제닝스 부인도 강력히 권했다. "춤을 출 수 있을지도 몰라요. 당신도 마음이 끌릴 거유, 매리앤 양."

"춤이라고요! 말도 안 돼요! 누가 춤을 춘단 말이에요?" 매리앤이 외쳤다.

"누구냐니! 여러분들하고 캐리 양 자매들이랑, 휘태커 집안 사람들은 틀림없이 올 테고. 세상에! 이름은 밝힐 수 없는 어떤 사람이 가 버렸다고 해서 아무도 춤을 출 수 없다고 생각했단 말예요?"

"진심으로 하는 말인데, 윌러비가 다시 우리에게 돌아오면 얼마나 좋을까." 존 경이 외쳤다.

이 말과 매리앤의 붉어진 얼굴이 에드워드에게 새로운 의혹을 불러일으켰다. "그런데 윌러비가 누구죠?" 그는 옆에 앉아있던 대쉬우드 양에게 나지막한 목소리로 물었다.

그녀는 짤막하게 대답해 주었다. 매리앤의 표정은 그보다 더 많은 이야기를 전해 주었다. 에드워드는 다른 이들의 말뜻은 물론이고, 전에 자신을 혼란에 빠뜨렸던 매리앤의 표현들을 충분히 이해했다. 방문객들이 떠나가자, 그는 곧 매리앤에게 돌아와 속삭였다. "짚이는 것이 있어요. 제 추측을 말씀드려도 되겠습니까?"

"무슨 말씀이시죠?"

"말씀드려도 될까요?"

"물론이죠."

"그럼 좋습니다. 윌러비 씨가 사냥을 하시는 모양이군요."

매리앤은 놀라고 당황했으나 그의 능글맞기 짝이 없는 태도에 웃지 않을 수가 없어서, 잠시 말을 잇지 못하다가 이렇게 말했다.

"오! 에드워드! 어떻게 그런 말을? 하지만 적당한 때가 오면…… 당신도 틀림없이 그를 좋아하게 될 거예요."

"물론 그렇겠죠." 그는 매리앤의 진지하고 열정적인 태도에 다소 놀라며 이렇게 대답했다. 그는 이웃들이 윌러비 씨와 그녀 사이에 사소한 것이나 아무것도 아닌 것을 놓고 웃자고 농담한 것이라고 생각지 않았더라면 감히 그런 말을 꺼내지는 않았을 것이다.

19장

에드워드는 별장에서 일주일을 머물렀다. 그는 대쉬우드 부인으로부터 좀 더 머물다 가라는 진심 어린 권고를 받았으나, 마치 스스로 굳이 고행을 택하려는 사람처럼 친구들 사이에서 가장 즐거울 때 떠나겠다고 결심한 것 같았다. 떠나기 전 2,3일간은 기분이 매우 들쭉날쭉하기는 했지만 훨씬 나아졌고, 점점 더 집과 주변 환경에 마음에 들어했다. 떠나가면서 탄식을 금치 못했으며, 아무런 일정도 잡혀 있지 않은 상태라고 분명히 밝혔고, 심지어는 그들을 떠나 어디로 갈지 궁리하기까지 했으면서도 끝내 가야 한다고 했다. 일주일이 그렇게 쏜살같이 지나간 적이 없었다. 그는 벌써 일주일이 다 지나갔다는 것을 믿을 수가 없을 지경이었다. 그는 그런 말을 하고 또 했고, 마음의 변화를 보여주는 한편 그의 행동이 거짓임을 드러내는 다른 얘기들도 했다. 그는 놀랜드에서는 아무런 즐거움도 찾을 수가 없고 런던에 있기도 끔찍이 싫었지만, 놀랜드건 런던이건 가야만 했다. 그는 그들의 친절이야말로 무엇과도 비교할 수 없이 귀한 것이라 했고, 그들과 함께 있을 때 가장 큰 행복을 느꼈다. 그러나 그들이나 자기 스스로나 그렇게 함께 머물고 싶고, 시간 제약이 없는데도, 주말이면 그들을 떠나야 했다.

엘리너는 이런 식의 행동에서 이해되지 않는 점은 모조리 그의 어머니 탓으로 돌렸다. 그에게 엘리너가 어떤 성격인지 잘 모르는 어머니가 있어 아들이 이상한 짓을 하기만 하면 핑계거리로 삼을 수 있어서 다행한 일이었다. 그러나 비록 실망스럽고 화도 나고 자신을 대하는 어정쩡한 행동에 불만이 일기도 했어도, 대체로 그의 행동을 아량과 너그러운 이해심을 갖고 봐 주고픈 쪽으로 마음이 크게 기울었다. 어머니가 윌러비를 위해서는 이러한 아량과 이해심을 그녀로부터 다소간 더 힘겹게 끌어내야 했지만 그가 활기와 솔직함, 일관성이 부족하다는 점도 독립해서 살 만한 수입이 없고, 페라스 부인의 의향과 계획을 더 잘 알고 있는 탓으로 돌렸다. 그의 방문이 짧고, 그들을 떠나겠다는 뜻이 확고부동한 것도 똑같이 처지가 자유롭지 못하고, 그의 어머니의 뜻에 어쩔 수 없이 따라야 하기 때문이라고 여겼다. 의지를 가로막는 의무, 자식을 가로막는 부모의 오랜 세월 단단히 굳어진 불만이 모든 것의 근원이었다. 엘리너는 이런 장애가 언제쯤이면 사라지고 이 반대가 수그러들지, 언제쯤이면 페라스 부인이 맘을 바꾸어 아들이 자유로이 행복을 찾게 될지 알고 싶었다. 그러나 이러한 헛된 소망에서 그녀는 에드워드의 애정에 대한 믿음을 되살리고, 바턴에서 그가 흘렸던 말이나 표정에서 보였던 애정을 회상하고, 무엇보다도 그가 손가락에 계속 끼고 있는 희망적인 증거를 위안 삼아 의지하지 않을 수 없었다.

대쉬우드 부인은 마지막 날 아침 조반을 들면서 말했다. "에드워드, 내 생각에는 당신은 직업을 가져서 시간을 할애하고 계획을 세워 행동하게 된다면 더 행복해질 거예요. 당신의 친구들은 그 때문에 어느 정도 불편을 감수해야겠지만. 그들에게 많은 시간을 내줄 수 없게 될 테니까요. 하지만 (미소를 띠며) 적어도 한 가지 점에서만은 확실히 이로울 거예요. 친구들을 떠날 때 어디로 가야 할지는 알게 될 테니까."

그가 대답했다. "분명히 말씀드립니다만, 부인께서 지금 생각하신 바와 같이 저도 이 점을 오랫동안 생각해 봤습니다. 제가 꼭 해야 할 직무도 없고 일거리나 자립을 줄 수 있는 직업도 없다는 건 제게 큰 불행이었고, 지금도 그렇고, 아마 앞으로도 죽 그럴 겁니다. 하지만 불행히도 저도 제 집안사람들도 까다로운 탓에 나태하고 무력한 현재의 제 모습이 되고 말았습니다. 우리는 결코 직업을 선택하는 데 의견의 일치를 볼 수가 없었답니다. 저는 항상 성직을 선호했고, 지금도 역시 그렇습니다. 그러나 저희 집안은 그것으로 만족하질 못한답니다. 집안에서는 군대를 권했습니다. 그건 제게는 너무 과합니다. 법률은 가문의 체면에도 충분히 어울렸습니다. 템플(역사적으로 법학교육을 담당해온, 런던에 위치한 유서 깊은 4개의 교육기관. Lincoln's Inn, Gray's Inn, Inner Temple, Middle Temple)에 집무실을 갖고 있는 젊은이들은 최상류층으로 아주 훌륭하게 진출하고, 아주 멋진 기그(덮개가 없고 말 1필이 끄는 경장輕裝 이륜마차류의 총칭)를 시내에서 몰고 다니지요. 하지만 전 집안에서 찬성했어도 이 덜 심오한 학문에 마음이 없었습니다. 해군으로 말하면 유행을 타고는 있었지만, 입대하는 문제가 처음 거론되었을 때는 제 나이가 너무 많았지요. 결국 직업을 가져야 할 필요가 전혀 없었기에, 군복을 입으나 안 입으나 마찬가지로 당당하고 부유할 수 있었기에, 여러 가지를 다 고려해 볼 때 나태함이 가장 이롭고 명예롭다고들 했답니다. 열여덟 살 된 젊은이가 아무 일도 하지 말라는 친척들의 권유를 뿌리칠 만큼 진정으로 바쁘게 살겠다고 결심하기는 쉬운 일이 아니지요. 그래서 옥스퍼드에 들어가 그 후로 죽 적당히 게으름을 피우며 지내게 되었답니다."

대쉬우드 부인이 말했다. "내 생각에는, 그 결과로 여가가 당신의 행복에 도움이 되지 못했으니, 당신의 아들들은 콜루멜라(리처드 그레이브스의 희곡 「콜루멜라」의 주인공)처럼 많은 취미, 일자리, 전문직, 사업을 갖도록 키워야 할 거예요."

"아들들은 할 수 있는 한 저와는 다른 사람으로 키울 겁니다. 감정에서나 행동에서나 건강 상태에서나, 모든 면에서요." 그는 진지한 어조로 말했다.

"잠깐, 잠깐만요, 이건 지금 기분이 가라앉아서 그런 거예요, 에드워드. 당신은 기분이 우울하다 보니 자신과 닮지 않은 이라면 누구든 틀림없이 행복할 거라고 상상하는 거예요. 하지만 교육 수준이나 신분이 어떻든지 친구들과 이별하는 고통은 누구나 다 느낄 거라는 점을 잊지 말아요. 당신만의 행복을 알아야 해요. 당신에게는 인내심만 제외하고는 부족한 것이 아무것도 없어요. 좀 더 매혹적인 이름을 붙인다면, 희망이라고 불러도 좋겠지요. 당신 어머님도 때가 되면 당신이 그토록 애타게 바라는 자립할 만한 수입을 보장해 주실 거구요. 당신이 젊은 시절을 내내 불만 속에서 낭비하지 않도록 해 주는 것이 어머니의 의무일뿐더러, 머지않아 어머니의 행복이 될 테니까요. 몇 달이면 그렇게 되지 않겠어요?"

"제 생각에는 저에게 이로운 결과가 오려면 몇 달로는 안 될 것 같군요." 에드워드가 대답했다.

대쉬우드 부인에게는 전해지지 않았다 해도 이렇게 의기소침해진 모습은 곧 이별하게 된 마당에 그들 모두의 마음을 더욱 아프게 했으며, 특히 엘리너의 감정에 불편한 인상을 남겼으므로 이를 가라앉히려면 상당한 노력과 시간이 필요했다. 그러나 자기 감정을 억제하고 다른 가족들 이상으로 슬퍼하는 모습을 보이지 않겠다고 결심한 터였다. 그래서 이런 경우에 매리앤이라면 침묵을 지키고 혼자서 배회하면서 슬픔을 키우고 다지려 애썼겠지만, 다지는 방식을 썼겠지만, 엘리너는 현명하게도 이를 택하지 않았다. 그들의 수단은 목적만큼이나 달랐고, 똑같이 각각의 목표를 성취하는 데 향해 나아가는 데 안성맞춤이었다.

엘리너는 그가 떠나자마자 그림 그리는 책상에 앉아 하루 종일 바쁘게 지내면서 그의 이름을 굳이 입에 올리려 하거나 피하려 하지도 않았고, 가족 전체의 관심사에 여느 때와 거의 다름없이 관심을 기울이는 모습을 보였다. 이런 행동으로 자신의 슬픔을 줄이지는 못했을지라도 적어도 불필요하게 커지는 것은 막았으며, 어머니와 자매들의 근심을 크게 덜어 주었다.

매리앤은 자신의 행동이 잘못되었다고 여기지 않듯이, 자신과 완전히 정반대인 이러한 행동을 칭찬할 만하다고 보지도 않았다. 그녀는 자제라는 문제의 해답을 아주 손쉽게 구했다. 언니처럼 쉽게 자제한다는 것은 강한 애정이 있다면 불가능한 일이며, 잔잔한 애정이라면 자제한대도 칭찬할 일은 못 된다. 매리앤은 인정하기 창피했지만 언니의 애정이 잔잔하다는 것을 감히 부인할 수 없었다. 매리앤은 이처럼 수치스러운 확신에도 불구하고 언니를 여전히 사랑하고 존중함으로써 자신의 애정이 얼마나 강한지 아주 확실한 증거를 보인 것이다.

엘리너는 가족들을 멀리하지도 않고, 가족들을 피해 단호히 고독 속에서 집을 떠나지도 않고, 밤새 뜬눈으로 누워 묵상으로 시간을 보내지도 않고서도 매일 에드워드와 그의 행동에 대해 매번 자신의 기분이 달라질 때마다 빚어지는 다정함, 동정심, 찬동, 비난, 의심 등 여러 감정에 따라 충분히 생각해 볼 시간을 가질 수 있었다. 어머니와 자매들이 꼭 자리를 비우지 않아도, 적어도 그들이 하는 취미 활동의 특성상 대화를 하지 않아서 홀로 있는 것과 같은 효과를 얻을 수 있는 때가 얼마든지 있었다. 엘리너의 마음은 어쩔 수 없이 갈피를 못 잡고 헤매었고, 다른 곳에 생각을 쏟을 수가 없었다. 그렇게도 마음이 가는 주제의 과거와 미래가 그녀의 관심을 강요하면서 기억, 숙고, 공상을 독차지하는 것이 당연했다.

엘리너는 에드워드가 떠난 후 얼마 되지 않은 어느 아침, 그림 그리는 책상에 앉아 있다가 친구들이 도착하는 바람에 이러한 공상에서 깨어났다. 마침 혼자 있었다. 집 앞의 푸른 안뜰 입구에 작은 문이 닫히는 것을 보고 창문으로 눈을 돌리니, 한 무리의 사람들이 문으로 걸어오는 것이 보였다. 그들 가운데는 존 경과 레이디 미들턴, 제닝스 부인도 있었지만 신사 한 명과 부인 한 명은 전혀 모르는 얼굴이었다. 엘리너는 창문 옆에 앉아있었으므로, 존 경은 그녀의 모습을 알아보자마자 다른 일행들은 문을 두드리도록 내버려두고 잔디밭을 가로질러 건너왔다. 그는 문과 창문 사이의 공간이 너무 좁아서 다른 사람에게 들리지 않도록 얘기하기가 거의 불가능한데도 불구하고, 그녀에게 여닫이창을 열고 자기와 얘기하자고 졸랐다.

"자, 새로운 손님들을 몇 분 모셔왔지요. 마음에 드십니까?"

"쉬잇! 다 듣겠어요."

"듣든지 말든지 신경 쓰지 말아요. 파머 씨 부부랍니다. 샬럿은 정말 예쁘지요. 이렇게 보면 그녀가 보일 거요."

엘리너는 굳이 그런 무례를 범하지 않아도 곧 그녀를 볼 수 있을 것이 확실하므로 이를 사양했다.

"매리앤은 어디 있지요? 우리가 오니까 도망가 버렸나? 매리앤의 피아노는 열려 있는데."

"산책하는 중일 거예요."

그들은 이제 자기 이야기를 늘어놓기 전에 문이 열릴 때까지 기다릴 만한 인내심이 없는 제닝스 부인을 맞이했다. 부인은 창문으로 와서 인사를 했다. "잘 지냈나요, 우리 아가씨? 대쉬우드 부인은 어떠신지? 그리고 동생들은 어디 있지요? 저런! 혼자 있다고! 함께 앉아 있어 줄 친구들이 와서 기쁘겠구려. 내 둘째 딸과 사위를 당신에게 소개해 주려고 데리고 왔다우. 세상에 얘들이 얼마나 갑작스레 들이닥쳤던지! 어젯밤에 차를 마시고 있는데 마차 소리가 들린다 싶었지만, 그애들일 줄은 꿈에도 몰랐지 뭐예요. 브랜든 대령이 다시 돌아온 게 아닐까 정도가 고작이었지. 그래서 존 경더러 그랬지요, 마차 소리를 들은 것 같은데, 브랜든 대령이 다시 돌아왔나 보다."

엘리너는 다른 일행을 맞이하느라 부인의 이야기 도중에 몸을 돌려야만 했다. 레이디 미들턴이 두 손님을 소개했다. 그 때 마침 대쉬우드 부인과 마거릿도 층계를 내려와서, 제닝스 부인이 존 경의 시중을 받으며 복도를 지나 거실로 걸어가면서 이야기를 계속할 동안, 모두 앉아서 서로를 마주 보았다.

파머 부인은 레이디 미들턴보다 몇 살 아래였는데, 어느 모로 보나 언니와는 전혀 닮지 않았다. 키가 작고 통통하며 아주 예쁜 얼굴에 즐거운 표정을 가득 담고 있었다. 그녀의 태도는 언니만큼 고상하지는 않았지만 훨씬 호감이 갔다. 미소를 띠고 들어와서 앉아있는 동안 내내 큰 소리로 웃을 때만 빼고는 미소를 잃지 않았고, 떠날 때도 미소짓는 얼굴이었다. 그녀의 남편은 스물대여섯쯤 된 엄숙한 표정의 젊은이로, 아내보다 세련되고 분별 있는 태도를 지녔으나 남을 즐겁게 해 주거나 즐거워하려는 자세는 아내만 못했다. 그는 거만스러운 표정으로 방에 들어와 한 마디도 않고 숙녀들에게 고개를 까딱하더니, 그들과 방을 힐끗 살펴보고 나서 탁자에서 신문을 집어 들고 머물 동안 내내 그것만 읽었다.

반대로 천성적으로 예의바르면서도 즐거운 기질을 타고난 파머 부인은 거실과 거기 있는 물건 하나하나에 감탄하느라 거의 자리에 붙어 있질 않았다.

"세상에! 정말 기분 좋은 방이에요! 이렇게 멋진 방은 처음 봐요! 생각해 보세요, 엄마, 여기 마지막으로 와 본 후로 얼마나 근사해졌는지! 항상 여기가 사랑스러운 곳이라고 생각했지만, (대쉬우드 부인 쪽으로 몸을 돌리면서) 정말로 이렇게 홀딱 반하게 꾸며 놓으셨군요! 좀 봐요, 언니, 모든 것이 얼마나 마음에 꼭 드는지! 나한테도 이런 집이 있으면 얼마나 좋을까! 당신도 그렇지 않아요, 여보?"

파머 씨는 대답은 고사하고 신문에서 눈을 들지도 않았다.

"내 말을 못 들었나 봐요. 가끔씩 저런답니다. 정말 우스꽝스럽지요!" 그녀는 웃으면서 말했다.

이것은 대쉬우드 부인에게는 생소한 사고방식이었고, 상대방이 무시하는 것을 재미있다고 생각해 본 적은 한 번도 없었으므로 그들 두 사람을 놀란 눈으로 쳐다보지 않을 수 없었다.

그럴 동안에도 제닝스 부인은 목청을 한껏 돋우어 쉬지 않고 계속해서 전날 저녁 그들을 보고 놀란 이야기를 늘어놓았다. 파머 부인은 식구들의 놀란 모습을 떠올리고 실컷 웃었으며, 모두들 놀라긴 했어도 정말 기뻤다고 몇 번이나 맞장구를 쳤다.

"그들을 만나게 되어서 우리 모두 얼마나 기뻐했는지 알겠지요." 제닝스 부인은 실제로는 자신과 엘리너가 서로 방의 맞은편에 앉아 있었는데도, 엘리너 쪽으로 몸을 기울이고 다른 누구도 듣지 못하게 하려는 듯이 낮은 목소리로 덧붙였다. "하지만 그렇게 서둘러서 긴 여행을 하지 않았더라면 좋았을 거예요. 저 애들은 일이 좀 있어서 런던을 내내 돌아다녔고, 당신도 알겠지만 (딸을 가리키면서 의미심장하게 고개를 끄덕인다) 저 아이 몸에는 좋지 않거든요. 오늘 아침에는 저 애가 집에 머물러 좀 쉬었으면 했지만, 우리와 함께 오고 싶어했어요. 당신들을 너무나 보고 싶어했답니다!"

파머 부인은 웃음을 터뜨리면서 자기한테 전혀 해롭지 않을 거라고 말했다.

"저 애는 2월에 몸을 풀 예정이라우." 제닝스 부인이 말을 이었다.

레이디 미들턴은 더 이상 이러한 대화를 참을 수 없어 신문에 뭔가 소식이 있는지 파머 씨에게 물어보았다.

"아니오, 아무것도 없습니다." 그는 이렇게 대답하고는 계속 읽었다.

존 경이 외쳤다. "매리앤이 오는군, 자, 파머, 기가 막히게 예쁜 아가씨를 좀 보라고."

그는 즉시 복도로 가서 대문을 열고 그녀를 맞아들였다. 제닝스 부인은 매리앤이 들어오자마자 앨런햄에 다녀오지 않았느냐고 물었고, 파머 부인은 이 질문에 허리가 끊어지도록 웃음으로써 그 의미를 안다는 티를 냈다. 파머 씨는 매리앤이 방으로 들어오자 얼굴을 들고 잠시 쳐다보더니 곧 신문으로 눈을 돌렸다. 방에 죽 걸려 있는 그림들에 파머 부인의 눈길이 멈추었다. 그녀는 일어나서 자세히 뜯어보았다.

"오! 세상에, 아름답기도 해라! 정말! 너무 근사한걸! 좀 봐요, 엄마, 얼마나 예쁜지! 정말 매혹적이에요. 언제까지라도 들여다보고 싶을 정도네요." 그러고는 다시 자리에 앉아서 방에 그런 것이 있었는지도 금세 잊어버렸다.

레이디 미들턴이 일어나자, 파머 씨도 일어나서 신문을 내려놓고 몸을 쭉 펴더니 그들 모두를 둘러보았다.

"여보, 자고 있었어요?" 그의 아내가 웃음을 터뜨리며 말했다.

그는 대꾸하지 않고 다시 방을 둘러본 후, 천장이 낮고 경사가 졌다는 말만 던졌다. 그러고는 인사를 하고 다른 이들과 함께 떠났다.

존 경은 다음 날 파크에서 함께 시간을 보내자고 끈덕지게 졸랐다. 대쉬우드 부인은 그들이 별장에서 식사를 하는 횟수보다 더 자주 그들과 함께 식사하지 않기로 한 터였으므로 자신은 딱 잘라 거절했으나, 딸들은 좋도록 하라고 했다. 그러나 딸들은 파머 씨 부부가 만찬을 어떻게 먹는지 보고 싶은 호기심도 없고, 어떤 식으로든 그들과 있어 즐거울 거라는 기대도 전혀 없었다. 그래서 이구동성으로 날씨가 어떨지 모르겠지만 좋을 것 같지는 않다는 말로 초대를 사양하려 했다. 그러나 존 경은 물러서지 않고 마차를 보내주겠으니 꼭 와야 한다고 했다. 레이디 미들턴도 그들의 어머니에게는 간청하지 않았지만 그들에게는 졸랐다. 제닝스 부인과 파머 부인도 똑같이 가족끼리 모여있는 것을 피하려고 안달 난 사람들처럼 힘을 모아 애걸했으므로, 젊은 숙녀들은 굴복하지 않을 수 없었다.

매리앤은 그들이 떠나자마자 말했다. "왜 저 난리들이지? 이 별장의 집세가 싸다고는 하지만, 저쪽이나 우리 쪽에 손님이 있을 때는 반드시 파크에서 식사를 해야 한다면 우린 아주 까다로운 조건으로 집을 빌리고 있는 거야."

엘리너가 말했다. "이렇게 자주 초대한다고 해서 몇 주 전보다 우리에게 더 불친절해졌다거나 무례해진 것도 아니잖아. 저분들의 모임이 따분하고 지루해졌다면 저분들이 변해서가 아니지. 변한 이유는 다른 데 있을 걸."

20장

대쉬우드 가의 아가씨들이 다음날 파크의 거실로 들어서자, 파머 부인이 전날과 다름없이 유쾌하고 명랑한 모습으로 다른 쪽 문으로 달려 들어왔다. 그녀는 더할 나위 없이 따듯한 애정을 담뿍 담아 그들의 손을 잡고 다시 만나게 되어서 얼마나 기쁜지 모르겠다고 했다.

"여러분을 만나서 정말 기뻐요!" 그녀는 엘리너와 매리앤 사이에 자리를 잡고 앉으면서 말했다. "날씨가 좋지 않아서 오지 않을까 봐 걱정했거든요. 게다가 우린 내일 다시 떠날 테니까 그랬더라면 마음이 찢어질 거예요. 여러분도 아시겠지만 우린 다음주에 웨스턴 가家 분들이 우리를 만나러 오기 때문에 가야 하거든요. 우리는 여기 정말 갑자기 오게 된 거였거든요. 마차가 문간에 닿을 때까지도 저는 전혀 몰랐고, 남편은 그때서야 자기와 함께 바턴에 가겠냐고 묻지 않겠어요. 그이는 정말 익살꾸러기라니까! 나한테는 한 마디도 안 하고! 더 오래 머물 수 없어서 정말 유감이에요. 하지만 가까운 시일 내에 런던에서 다시 만날 수 있겠죠."

그들은 이러한 기대를 막아야만 했다.

파머 부인이 웃음을 터뜨리며 외쳤다. "런던에 가지 않는다고요! 여러분이 안 가신다니 이만저만 실망이 아니군요. 하노버 광장에 있는 우리 집 바로 옆에 여러분을 위해 세상에서 제일 멋진 집을 얻어 드릴 수도 있는데요. 정말 꼭 오셔야 해요. 대쉬우드 부인이 사교계에 나가시는 걸 즐기지 않으신다면 제가 해산할 때까지 언제라도 여러분의 샤프롱(사교계에 나가는 젊은 여성의 여성 보호자) 노릇을 기쁘게 해 드릴 수 있어요."

그들은 감사를 표했지만 부인의 청을 모두 거절해야 했다.

파머 부인이 그때 막 방으로 들어선 남편에게 외쳤다. "오! 내 사랑, 대쉬우드 가家 아가씨들이 이번 겨울에 런던에 가도록 저를 거들어 설득 좀 해 주세요."

그녀의 사랑은 아무 대답도 하지 않고, 숙녀들에게 가볍게 인사한 다음 날씨에 대해 불평을 늘어놓기 시작했다.

"이렇게 기분 나쁜 날씨가 다 있나! 이런 날씨에는 누구건 뭐건 할 것 없이 다 꼴도 보기 싫어진다니까. 비가 오면 실내에 있으나 밖에 있으나 마찬가지로 지루하지. 남들 상대하기도 싫어진단 말이오. 존 경은 무슨 생각으로 집안에 당구실 하나 마련해 놓지 않은 거야? 위안거리가 뭔지 아는 자들이 이렇게도 없나! 존 경도 날씨 못지않게 둔해 빠졌어."

그 때 나머지 일행이 들어왔다.

"유감이군요, 매리앤 양. 오늘은 평소처럼 앨런햄까지 산책하러 갈 수가 없었겠군요." 존 경이 입을 열었다.

매리앤은 굳은 얼굴로 아무 말도 하지 않았다.

“오! 우리 앞에서 그렇게 시치미뗄 거 없어요. 우리도 다 알고 있으니까요. 당신의 안목을 아주 높이 평가해요. 내가 봐도 대단한 미남이니까. 알겠지만, 우리도 그분과 그다지 멀지 않은 곳에 살고 있잖아요. 십 마일이 채 안될까.” 파머 부인의 말이었다.

“30마일 가까이 되지.” 남편이 말했다.

“아니! 그래요! 대단한 차이는 아니군요. 그분 집에는 가 본 적이 없지만, 아주 멋진 곳이라고들 하더군요.”

“내 평생 그렇게 형편없는 집은 본 적이 없어.” 파머 씨의 말이었다.

매리앤은 얼굴에는 오가는 이야기에 관심이 끌리는 기색을 숨기지 못하면서도 입은 꼭 다문 채였다.

파머 부인이 말을 계속했다. “그렇게 보기 흉해요? 그렇다면 내가 아주 예쁘다고 생각하던 집은 다른 집이 틀림없겠군요.”

모두 식당에 자리잡고 앉자, 존 경이 다 해봤자 여덟 명밖에 안 된다고 아쉬워하며 둘러보았다.

그는 부인에게 말을 건넸다. “여보, 사람 숫자가 이것밖에 안 된다니 정말 속상한 일이군요. 길버트 집안에도 오늘 오라고 청하지 그랬어요?”

“전에 그 얘기 했을 때 그럴 수는 없다고 말하지 않았어요? 그 집은 최근에 우리하고 식사를 했잖아요.”

제닝스 부인이 끼어들었다. “존 경, 자네와 나는 그런 격식에 구애받지 말자고.”

“그랬다가는 아주 교양 없는 사람들이 될 걸요.” 파머 씨가 외쳤다.

“여보, 당신이 대세에 맞서고 있는 거예요. 당신이야말로 아주 결례를 범하고 있는 줄 모르세요?” 그의 아내가 언제나처럼 웃으면서 말했다.

“당신 어머니께 교양 없다고 말했다 해서 누군가에게 맞섰다고는 생각지 않는데.”

사람 좋은 노부인이 말했다. “아, 좋을 대로 내 흉을 보시게. 자네가 샬럿을 내 손에서 빼앗아 갔다가 도로 돌려줄 수는 없지 않나. 그러니 그 점에서는 내가 자네를 꽉 잡고 있는 셈이지."

샬럿은 남편이 자신을 내칠 수 없다는 생각에 배를 잡고 웃더니, 매우 기뻐하면서 자기들은 함께 살아야 하니까 남편이 아무리 자기 말을 걸고 넘어져도 신경 쓰지 않는다고 말했다. 파머 부인보다 더 마음이 좋거나 행복하기로 굳게 작심할 수 있는 사람은 아무도 없을 것이다. 남편의 고의적인 무관심, 무례함, 불만도 그녀에게는 아무런 고통도 되지 못했고, 그가 그녀를 꾸짖거나 욕해도 그저 즐거워할 뿐이었다.

그녀는 엘리너에게 속삭였다. "우리 남편은 정말 익살꾸러기라니까! 항상 기분이 언짢아요."

엘리너는 잠시 지켜보고 나니 그가 남들 앞에서 그런 척하는 만큼 정말로 원래 심술 맞거나 무례한 사람이라고는 생각되지 않았다. 아마도 그는 다른 많은 남성들처럼 미모에 끌려 제정신을 잃는 바람에 아주 어리석은 여자의 남편이 되었음을 깨닫고 성격이 약간 삐딱해졌을 것이다. 하지만 엘리너는 이런 종류의 실수는 너무 흔해서 분별력 있는 남자라면 그 때문에 계속 상심하지는 않는다는 것도 알고 있었다. 그녀가 보기에 그는 눈에 띄고 싶어서 모든 사람을 경멸스럽게 대하고 자기 앞에 있는 것은 뭐든지 싸잡아 욕하는 것이었다. 그것은 남들보다 우월하게 보이고 싶은 욕망이었다. 그 동기야 너무나도 흔해서 이상할 것도 없었지만, 그 수법은 교양 없다는 점에서는 따를 이가 없을 정도로 우위를 차지하는 데는 성공했을지언정, 그의 아내를 제외한 누구도 그를 좋아하게 만들 것 같지는 않았다.

파머 부인이 곧이어 입을 열었다. "오! 친애하는 대쉬우드 양, 당신과 동생분들에게 한 가지 부탁이 있어요. 이번 크리스마스에 클리블랜드에 와서 좀 머물지 않겠어요? 제발 그렇게 해 줘요. 웨스턴 집안이 우리와 함께 있을 때 오세요. 내가 얼마나 기쁠지 상상도 못 할 거예요! 정말 신날 거예요! 여보," 자기 남편에게 물었다. "당신도 대쉬우드 가 아가씨들이 클리블랜드에 왔으면 좋겠지요?"

"물론," 그는 냉소를 보내며 대답했다. "내가 달리 데번셔에 왔겠소."

"자 이제 보시다시피 남편도 당신들이 오기를 바라잖아요. 그러니까 거절하면 안 돼요."

그들은 열심히 단호하게 그녀의 초대를 거절했다.

"하지만 정말로 꼭 오셔야 되고, 오게 될 거예요. 모든 것이 다 마음에 들 거라고 자신 있게 말할 수 있어요. 웨스턴 가 사람들도 우리와 함께 할 테니 정말 즐거울 거예요. 클리블랜드가 얼마나 멋진 곳인지 상상도 못 할 걸요. 게다가 남편이 늘 선거운동을 하느라고 그 지역을 돌아다니는 중이라서 요즘 아주 즐겁답니다. 전에 한 번도 보지 못했던 사람들이 아주 많이 우리와 함께 식사를 하러 오지요, 얼마나 근사한지! 그렇지만 불쌍한 사람! 저 이에게는 너무 피곤한 일이에요! 모든 사람들이 다 자기를 좋아하게 만들어야 하니까요."

엘리너는 이러한 의무가 힘들다는 데 동의하면서 웃지 않고 태연한 척하기가 무척이나 힘들었다.

샬럿이 말을 계속했다. "저이가 의회에 나가게 된다면 얼마나 멋진 일이겠어요! 그렇지 않겠어요? 얼마나 우스울까! 하원 의원님이라고 달고 그에게 편지들이 배달되면 얼마나 우스꽝스럽겠어요. 그렇지만 나를 위해서 의원의 특권으로 우편물을 무료 송달해 주지 않겠다지 뭐예요. 절대 그러지 않겠다고 선언한답니다. 당신이 그랬지요, 여보?"

파머 씨는 아내를 거들떠보지도 않았다.

그녀는 계속 떠들었다. "저이는 글쎄 편지 쓰는 일을 못 견뎌 한답니다. 정말이지 소름끼치는 일이라지 뭐예요."

"아니야. 난 그렇게 말도 안 되는 소리는 한 적이 없소. 당신이 잘 쓰는 말을 나한테 갖다 붙이지 말아요." 그가 응수했다.

"저것 봐요, 저이가 얼마나 익살맞은지 알겠지요. 늘 저런 식이랍니다! 종종 반나절쯤 나한테 말을 안 걸다가, 저렇게 익살맞은 소리를 불쑥 한다니까요."

부인은 그들이 객실로 돌아갔을 때 엘리너에게 파머 씨가 아주 마음에 들지 않느냐는 질문을 던져 그녀를 깜짝 놀라게 했다.

"물론이죠. 정말 유쾌한 분인 것 같아요." 엘리너가 대답했다.

"음, 당신이 그렇게 생각한다니 정말 기뻐요. 그럴 줄 알았어요. 정말 상냥한 사람이지요. 남편은 당신과 당신 동생분들을 너무너무 좋아하니까, 당신들이 클리블랜드에 오지 않는다면 얼마나 실망할지 상상도 못할 거예요. 당신이 왜 반대하는지 알 수가 없군요."

엘리너는 다시금 그녀의 초대를 거절해야만 했고, 주제를 바꿈으로써 그녀가 더 이상 간청하지 못하게끔 했다. 그녀는 파머 부인이 윌러비와 같은 주에 살았으니 그의 전반적인 사람됨에 대해 미들턴 가 사람들이 아는 것보다 더 상세한 설명을 좀 들을 수 있지 않을까 싶었고, 매리앤을 위해 누구한테서든 걱정스러운 가능성을 없애 줄 만한 그의 장점에 대한 확실한 증언을 듣고 싶었다. 그녀는 클리블랜드에서 윌러비 씨를 자주 만났는지, 그와 가깝게 지냈는지 물어보았다.

"오! 그럼요, 그분이라면 아주 잘 알고 있답니다. 실제로 이야기를 나눠 본 적은 한 번도 없지만, 런던에서는 자주 봤으니까요. 어쩐 일인지 그분이 앨런햄에 있을 동안에는 제가 바턴에 머문 적이 한 번도 없었어요. 엄마가 여기에서 전에 그를 한 번 만나셨다죠. 하지만 전 웨이머스의 숙부님 댁에 있었답니다. 어쨌거나 우리가 정말 운 나쁘게도 이 고장에 동시에 있었던 적이 없지만 않았더라면, 서머셋에서 그분을 많이 보았을 거예요. 그분은 콤에는 거의 머물지 않는다지요. 거기에서 많이 머문다 하더라도 우리 양반이 방문할 것 같지는 않아요. 아시다시피 그이는 반대당에 있고, 게다가 이렇게 멀리 떨어져 있으니까요. 왜 당신이 그에 대한 걸 물어보는지 잘 알아요. 동생분이 그와 결혼할 거라면서요. 그러면 동생과 이웃이 될 테니까 말할 수 없이 기뻐요." 파머 부인이 대답했다.

엘리너가 대답했다. "보아하니, 그런 결혼을 예상할 만한 이유가 있으시다면 그 문제에 대해 저보다 훨씬 더 많이 알고 계시겠군요."

"아닌 척하지 말아요. 다들 뭐라고 얘기하는지 빤히 아시면서. 런던을 지나오는 길에 그 얘기를 들었답니다."

"세상에, 파머 부인!"

"맹세컨대 정말이라니까요. 런던을 막 떠나기 전 월요일 아침에 본드가街에서 브랜든 대령님을 만났는데, 그분이 저한테 직접 말씀해 주셨다고요."

"정말 놀랄 일이군요. 브랜든 대령님이 그런 말씀을 하시다니! 뭔가 잘못 아신 것이 틀림없어요. 사실이라 할지라도 관심 가질 리도 없는 사람에게 그런 소식을 전하시다니, 브랜든 대령님은 그럴 분이 아니에요."

"하지만 정말 그랬다니까요, 그럼 어떻게 된 일인지 설명해 드릴게요. 그분은 우리와 마주치자, 방향을 돌려 함께 걸으셨답니다. 그래서 제 형부와 언니 얘기를 시작해서 이런 저런 얘기를 하다가 이렇게 말했지요, "그런데 대령님, 바턴 별장에 새로 이사 온 가족이 있다고 들었는데, 엄마가 보내신 소식을 보니 그이들이 아주 예쁘고, 그 중 한 사람은 콤 매그나의 윌러비 씨와 결혼할 예정이라고 하던데요. 사실인가요? 아주 최근에 데번셔에 계셨으니까 물론 잘 아시겠지요."

"그랬더니 대령님이 뭐라고 하시던가요?"

"글쎄, 뭐 별 말은 안 하시더군요. 하지만 사실인 줄 아시는 듯 보여서, 그 때부터 확실한 것으로 생각하기로 했죠. 정말 너무나 기쁠 거예요! 언제쯤 결혼식을 올릴 건가요?"

"브랜든 씨는 잘 지내고 계시겠지요."

“아이, 그럼요, 아주 잘 지내신답니다. 당신에 대해서는 칭찬 일색이시던데요. 좋은 얘기밖에는 안 하셨어요.”

“그분께서 칭찬해 주셨다니 기쁘군요. 훌륭한 분인 것 같아요. 보기 드물게 호감 가는 분이라고 생각해요.”

“제 생각도 그래요. 그렇게 매력적인 분이 그리도 엄숙하고 음울하다니 정말 안된 일이지요. 엄마는 그분이 당신 동생한테 반하셨다고 하시던데. 만일 그렇다면 대단한 찬사겠지요. 그분은 누구한테도 좀처럼 반하는 일이 없을 테니까요.”

“서머셋의 부인이 사시는 지역에서도 윌러비 씨가 잘 알려져 있나요?” 엘리너가 물었다.

“오! 그럼요, 잘 알려져 있다마다요. 콤 매그나는 꽤 멀리 떨어져 있기 때문에 그와 알고 지내는 사람들이 많지는 않아요. 하지만 다들 그를 대단히 싹싹하다고 생각하는 건 틀림없답니다. 어디를 가든 윌러비 씨보다 더 사랑 받는 사람은 없다고 동생분께 말해 줘도 좋아요. 그런 사람을 얻다니 정말이지 기가 막히게 운이 좋은 아가씨지 뭐예요. 동생분도 너무나 미인이고 상냥해서 누구라도 얻을 자격이 충분하니까 그런 분을 얻게 된 윌러비 씨는 훨씬 더 운이 좋지만요. 그렇지만 분명히 말하건대 동생이 당신보다 더 미인이라고는 생각지 않아요. 당신들 둘 다 너무너무 예쁘니까요. 우리 남편도 그렇게 생각하는 것이 틀림없어요. 어젯밤에 실토하게 하지는 못했지만.”

윌러비에 관한 파머 부인의 정보는 그다지 실속은 없었지만, 그에게 유리한 증언이라면 아무리 작은 것이라도 반가웠다.

샬럿이 말을 계속했다. “마침내 우리가 사귀게 되어서 정말 기뻐요. 그리고 앞으로 항상 좋은 친구가 되었으면 좋겠어요. 내가 당신을 얼마나 보고 싶었는지 생각도 못 할 거예요! 당신이 그 별장에 살게 되다니 얼마나 기쁜지! 그렇게 기쁜 일이 세상에 또 어디 있겠어요! 게다가 당신 동생이 결혼을 잘 하게 된 것도 정말 기뻐요! 당신이 콤 매그나에 많이 머물게 되면 좋겠어요. 누구 말을 들어봐도 아름다운 곳이랍니다.”

“브랜든 대령님과도 오래 알고 지내셨죠, 그렇지 않나요?”

“네, 꽤 오래 됐죠. 언니가 결혼하고 나서부터니까. 제가 알기로는 존 경의 각별한 친구였지요.” 그녀는 목소리를 낮추어 이렇게 덧붙였다. “할 수만 있었으면 저와 결혼하고 싶었을 거예요. 존 경과 레이디 미들턴도 그렇게 되기를 무척이나 바랐고요. 하지만 엄마는 제게 그다지 어울리는 인연이라고 생각지 않으셨어요. 그렇지 않았더라면 존 경이 대령님께 그 얘기를 했을 거고, 곧장 결혼했겠지요.”

“브랜든 대령님은 존 경이 당신 어머니께 말씀드리기 전에 그걸 알지 못했나요? 당신에게 자신의 애정을 고백한 적이 없었나요?”

“오! 그러지는 않았어요. 하지만 엄마가 반대하지만 않으셨으면 틀림없이 그렇게 했을 거예요. 제가 학교를 마치기 전이었기 때문에 당시 저를 두 번 밖에는 보지 못했지만요. 하지만 전 지금 더할 나위 없이 행복해요. 남편은 딱 제 이상형이랍니다.”

21장

파머 씨 부부는 다음날 클리블랜드로 떠났고, 바턴의 두 집안은 다시 서로를 즐겁게 해 주어야 했다. 그러나 이런 상태는 그리 오래 가지 않았다. 엘리너가 최근의 방문객들을 머릿속에서 미처 지우기도 전에, 샬럿이 이유도 없이 그렇게 행복한 데 대해, 파머 씨는 훌륭한 재능을 가지고도 그렇게 단순하게 행동하는 데 대해, 남편과 아내 사이에 기묘한 불협화음이 종종 나타나는 데 대해 의문을 미처 다 풀기도 전에, 사교에 대한 열정으로 넘치는 존 경과 제닝스 부인은 그녀에게 관찰할 새로운 친구를 또 마련해 주었다.

그들은 엑서터로 오전 산보를 나갔다가 두 명의 젊은 숙녀를 만났는데, 제닝스 부인은 기쁘게도 이들이 자기 친척이라는 사실을 발견했다. 이는 존 경에게는 엑서터에서의 지금 약속이 끝나자마자 곧바로 그들을 파크로 초대할 구실이 되고도 남았다. 엑서터에 가기로 한 약속은 이러한 초대 앞에서 밀려났고, 레이디 미들턴은 존 경이 돌아왔을 때 평생 본 적도 없고, 품위가 있는지는 고사하고 상대해 줘도 좋은 신분인지조차 전혀 알 수 없는 두 아가씨의 방문을 곧 받게 될 거라는 소식에 경악을 금치 못했다. 그런 문제에 대해서라면 남편과 어머니가 아무리 보장해도 전혀 신뢰할 수 없었기 때문이다. 그 아가씨들이 친척이라니 설상가상이었다. 그러므로 제닝스 부인이 위로 삼아 그들이 세련된 사람들인지는 신경 쓰지 말고, 모두 친척이니 참아 주어야 한다고 충고한 것은 번지수가 틀린 얘기였다. 그러나 이제는 그들이 오지 못하도록 막을 수도 없었으므로, 레이디 미들턴은 교양 있는 여성으로서의 철학을 다 동원하여 그 생각을 떨쳐내고, 매일 대여섯 차례씩 그 문제에 대해 남편에게 부드러운 질책을 던지는 정도로 참기로 했다.

젊은 숙녀들이 도착했을 때, 그들의 외양은 전혀 품위 없어 보이지도 않고 촌스럽지도 않았다. 아주 맵시 있게 옷을 차려입었고 대단히 예의 발랐다. 집을 보고 감탄해 마지않았고 가구에 넋을 잃었을 뿐 아니라, 마침 또 아이들을 지나칠 만큼 귀여워하는 성격이어서 파크에 온 지 한 시간도 안 되어 레이디 미들턴의 마음에 들었다. 그녀는 정말로 상냥한 아가씨들이라고 선언했는데, 이 말은 이 부인으로서는 열렬한 찬사였다. 존 경은 이 생생한 칭찬을 듣고 자신의 판단에 더욱 자신감을 갖게 되었으며, 곧바로 별장으로 가서 대쉬우드 가 아가씨들에게 스틸 자매의 도착을 알리고 세상에서 제일 사랑스러운 아가씨들이라고 장담했다. 그러나 이와 같은 찬사에서 새로 알 수 있는 사실은 얼마 없었다. 엘리너는 몸매, 얼굴, 기질, 지성은 제각각이라도 세상에서 가장 사랑스럽다는 소녀들을 영국 도처에서 마주칠 수 있다는 사실을 잘 알고 있었다. 존 경은 온 가족이 지금 바로 파크까지 걸어가서 손님들을 만나기를 바랐다. 친절하고 인정 많은 사람! 사돈의 팔촌이라도 자기만 알고 지낸다는 것은 그에게는 고통이었다.

"지금 오세요. 제발 와 주세요. 꼭 오셔야 합니다. 오실 거라고 믿습니다. 그들이 얼마나 맘에 드실지 생각도 못 할 거예요. 루시는 말도 못하게 예쁜데다가 성격도 좋고 사근사근하다니까요! 아이들은 오래 알고 지낸 사이라도 되는 것처럼 벌써 그 아가씨한테 다 달라붙어 있답니다. 게다가 그 아가씨들은 여러분이 세상에서 제일 아름다운 분들이라는 얘기를 엑서터에서 들은 터라, 무슨 일이 있어도 당신들을 꼭 보고 싶어해요. 다 사실일 뿐 아니라 그 이상이라고 말해 주었지요. 틀림없이 만나보면 즐거우실 겁니다. 마차 가득 아이들 장난감을 가져왔다니까요. 어떻게 오지 않겠다고 하실 수 있습니까? 아시다시피, 여러분과도 친척이라면 친척이 되지요. 여러분은 제 친척이고, 그들은 아내의 친척이니까 서로 친척 관계에 있는 셈이지요."

그러나 존 경은 성공하지 못했다. 하루이틀 안에 파크를 방문하겠다는 약속만 얻어내고 그들의 냉담한 반응에 놀란 채 그들을 떠나 집으로 걸어가서, 그들에게 스틸 자매에 대해 떠벌렸듯이 스틸 자매에게 그들의 매력에 대해 또다시 떠벌렸다.

대쉬우드 자매들은 약속대로 파크를 방문하여 이 젊은 숙녀들을 소개받았을 때, 서른 살 가까이 되었고 아주 못생긴데다 똑똑해 보이지도 않는 맏이의 외모에서 칭찬할 만한 점이라고는 한 가지도 찾지 못했다. 스물두셋쯤 되어 보이는 동생은 상당한 미인이라고 인정했다. 예쁜 얼굴에 약고 재빠른 눈을 가졌으며 태도도 영리해 보였는데, 이런 것으로 더 품위 있거나 우아하게 보이지는 않았어도, 적어도 인물은 돋보였다. 그들의 태도는 특히 공손했다. 엘리너는 그들이 레이디 미들턴의 마음에 들려고 쉬지 않고 눈치를 살피는 모습을 보고 나름대로의 분별력은 있다고 인정했다. 그들은 아이들에게 끊임없이 열광하면서 아름다움을 극찬하고 관심을 끌려고 애쓰고 변덕을 다 받아 주었다. 그들은 이런 예의 바른 태도가 빚어낸 아이들의 끈덕진 요구를 들어주고 남는 시간은 부인이 마침 뭔가를 하던 참이라면 그게 뭐든 덮어놓고 찬양하거나, 혹은 부인이 전날 입고 나와 그들에게 황홀한 기쁨을 주었던 우아한 새 드레스의 본을 뜨는 데 바쳤다. 응석을 잘 받아주는 어머니는 자기 아이들의 칭찬을 탐내는 데에는 가장 탐욕스러운 존재이지만, 이런 결점을 이용해 비위를 맞추는 자들에게는 다행스럽게도 그만큼 쉽게 속아 넘어가며, 끝도 없이 요구하지만 뭐든지 다 집어삼키는 법이다. 따라서 레이디 미들턴은 스틸 자매의 지나친 애정과 인내를 손톱만큼도 놀라거나 의심하지 않고 바라보았다. 부인은 친척들이 겪는 온갖 버릇없는 훼방과 짓궂은 장난을 어머니로서의 만족감에 차서 바라보았다. 아이들이 그들의 머리띠를 풀어서 머리카락을 귀 주변에 흐트러뜨리고 반짇고리를 뒤져서 칼과 가위를 가져가도 보기만 했고, 그들 쪽에서도 똑같이 즐거워하리라고 추호도 의심치 않았다. 그녀에게는 엘리너와 매리앤이 눈앞의 소동에 끼어들 생각을 않고 태연히 앉아있는 것이야말로 놀랄 일이었다.

부인은 존이 스틸 양의 주머니에서 손수건을 꺼내어 창 밖으로 집어던지자 이렇게 말했다. “존이 오늘 정말 기분이 좋구나! 내내 까불거리고 장난을 치네.”

그러고 곧바로 둘째 아들이 바로 그 아가씨의 손가락을 세게 비틀자, 애정을 담뿍 담아 말했다. “윌리엄은 못 말리는 장난꾸러기야!”

“여기 우리 귀여운 꼬마 애너마리아도 있구나.” 그녀는 잠깐 전에서야 가까스로 조용해진 세 살짜리 딸애를 다정하게 쓰다듬으며 덧붙였다. "우리 아기는 항상 이렇게 얌전하고 조용하지. 이렇게 조용한 아기가 또 있을까!"

그러나 불행히도 이렇게 껴안다가 부인의 머리 장식에 꽂혀있던 핀이 아기의 목을 살짝 긁자, 이 얌전함의 표본은 시끄럽기로 소문난 어떤 존재도 못 당할 만큼 격렬한 비명을 질러댔다. 엄마는 큰일이라도 난 듯 호들갑을 떨었지만 스틸 자매의 반응에 비하면 아무것도 아니었다. 셋은 이렇게 엄청난 위기 상황에서 이 불쌍한 어린것의 고통을 덜어 줄 수 있는 일은 애정으로 뭐든지 다 했다. 어머니는 아기를 무릎에 앉히고 키스 세례를 퍼부었고, 스틸 자매 한 명은 무릎을 꿇고 앉아 라벤더를 섞은 물로 상처를 닦아주었으며, 다른 한 명은 설탕절임 자두를 입에 넣어주었다. 아기는 눈물 흘린데 이런 정도 보상으로 울음을 그칠 만큼 맹한 애가 아니었다. 계속해서 울부짖고 눈물을 펑펑 쏟으면서 자기를 만져보려는 두 오빠를 발로 찼다. 모두 힘을 합해 달래 보려 해도 아무 소용없었다. 그러다가 마침내 레이디 미들턴이 다행히도 지난주에 비슷한 일이 있었을 때 멍든 관자놀이에 살구 마멀레이드 처방으로 효과를 본 일을 기억해 내고 이 불행한 상처에도 같은 처방을 제안했다. 이 말을 들은 어린 아가씨의 울부짖음이 좀 누그러지는 듯하여, 거부당하지 않을 것이라는 희망이 생겼다. 그래서 엄마는 이 약을 찾아 아기를 팔에 안고 밖으로 데리고 나갔고, 두 소년은 엄마가 제발 뒤에 남아 있으라고 간곡히 부탁했는데도 불구하고 따라 나갔다. 그래서 젊은 숙녀들 네 사람만 몇 시간만에야 정적이 찾아온 방에 조용히 남게 되었다.

"불쌍한 어린것 같으니! 정말 큰일 날 뻔했지 뭐예요." 그들이 사라지자마자 스틸 양이 말했다.

"완전히 다른 상황이었더라면 또 모르지요. 하지만 이거야 흔히 그렇듯 과장해서 소란을 떠는 것일 뿐이죠. 실제로는 놀랄 것도 없는데." 매리앤이 외쳤다.

"미들턴 부인은 어찌나 상냥하신 분인지!" 루시 스틸이 말했다.

매리앤은 입을 다물었다. 그녀는 아무리 사소한 것일지라도 마음에 없는 소리는 절대 할 수 없었다. 그래서 예의상 거짓말을 해야 하는 임무는 항상 엘리너의 몫이 되었다. 엘리너는 일단 요청을 받자 루시 양에 비하면 턱도 없었지만, 어쨌든 자신이 느끼는 것보다 더 열렬하게 레이디 미들턴을 칭찬함으로써 최선을 다했다.

"존 경은 또 어떻고요, 얼마나 멋진 분이에요!" 언니가 외쳤다.

여기에서도 대쉬우드 양의 찬사는 간결하고 공정해서 어떤 화려한 수식도 없었다. 그녀는 존 경이 대단히 마음씨 좋고 친절하다는 점만 언급했다.

"게다가 얼마나 매력 넘치는 가족인지! 내 평생 이렇게 참한 아이들은 처음 봤다니까요. 전 벌써 그 애들한테 폭 빠져 버렸답니다. 사실 항상 아이들을 미치도록 좋아하거든요."

엘리너가 미소를 띠며 말했다. "오늘 아침에 보니 정말 그러신 것 같군요."

루시가 말했다. "제가 보기에는 미들턴 가 아이들이 너무 버릇이 없다고 생각하시는 것 같군요. 그 애들은 도를 넘었을지 모르지만, 레이디 미들턴에게는 아주 자연스러운 일이죠. 저로 말하면 아이들이 생기 넘치고 활발한 모습이 좋아요. 아이들이 유순하고 조용하면 참을 수가 없어요."

엘리너가 대답했다. "고백하자면, 바턴 파크에 있으면 유순하고 조용한 아이들을 나쁘게 생각할 수가 없답니다."

이 말에 잠시 침묵이 흘렀다가, 대화를 무척이나 하고 싶었던 듯 스틸 양이 먼저 이번에는 다소 돌발적으로 침묵을 깼다. "그러면 데번셔가 마음에 드시나요, 대쉬우드 양? 서섹스를 떠나면서 무척 서운하셨을 텐데."

스스럼없이 이런 질문을 던진 데, 혹은 적어도 질문을 던진 스스럼없는 태도에 다소간 놀라면서 엘리너는 그렇다고 대답했다.

"놀랜드는 놀랄 만큼 아름다운 곳이죠, 그렇지 않아요?" 스틸 양이 덧붙였다.

"존 경이 그곳을 극찬하시더군요." 언니의 무람없는 질문에 다소 변명을 달 필요를 느꼈는지 루시 양이 말했다.

"누구든 감탄해 마땅하다고 생각해요. 그 곳을 한 번이라도 본다면 말이죠. 우리만큼 그곳의 아름다움을 평가할 수 있는 사람은 없겠지만요." 엘리너가 대답했다.

"거기에도 근사한 멋쟁이 미남들이 많던가요? 이 근방에는 별로 없을 걸요. 저로 말하자면 모름지기 멋진 남자들이 많아야 좋은 동네라고 생각해요."

"하지만 언니는 어째서 데번셔에는 서섹스만큼 신분 높은 젊은 남자들이 많지 않다고 생각하지?" 루시가 자기 언니를 부끄러워하는 기색으로 말했다.

"아니야, 애. 없다고 했다니 그게 무슨 소리니. 분명히 엑서터에는 멋쟁이 미남들이 널렸지만, 너도 알다시피 놀랜드에 어떤 멋쟁이 미남들이 있는지 내가 어떻게 알겠니. 대쉬우드 양 자매가 전에 있던 곳보다 멋진 남자들을 못 만나면 바턴을 지루하다고 생각하게 될까봐 걱정이 되어서 그러지. 하지만 아마도 여기 숙녀분들은 미남 따위는 신경 쓰지 않을 테니까, 그들과 함께 지내느니 그들 없이 지내는 편이 좋다고 할지도 모르지. 나로 말하자면 그들이 옷을 잘 차려입고 예의바르게 행동하기만 하면 얼마든지 환영이지. 하지만 지저분하고 추잡한 건 못 참아. 엑서터에 있는 로즈 씨 말인데, 왜 무지무지하게 잘생긴 청년, 심슨 씨 밑에서 서기로 있는 진짜 미남 있잖니, 하지만 아침에 만나기라도 한다면 못 볼 꼴 봤다 싶을걸. 당신 오라버니도 아주 돈이 많으니까 결혼 전에는 진짜 멋쟁이였겠죠, 대쉬우드 양?"

엘리너가 대답했다. "글세, 뭐라고 말씀드려야 좋을지 모르겠군요. 말뜻을 다 이해하지 못해서요. 하지만 오라버니가 결혼 전에 멋쟁이셨다면 조금도 변한 점이 없으니까 여전히 그렇겠지요."

"오! 저런! 유부남을 누가 멋쟁이라고 생각하겠어요. 그들은 상관없어요."

"맙소사! 언니, 언니는 미남자들 말고는 할 얘기가 없나 봐. 대쉬우드 양이 언니는 그 생각만 하는 줄 알겠네." 동생이 소리질렀다. 그러더니 화제를 바꾸려고 집과 가구를 칭찬하기 시작했다.

스틸 자매가 보여준 예는 이것으로 충분했다. 언니의 천박한 방자함과 어리석음은 더 볼 것도 없었으며, 엘리너는 동생의 미모나 영리해 보이는 얼굴에 눈이 어두워져 그녀에게 진정한 품위도, 순진함도 없다는 것을 눈치 못 채지는 않았으므로, 그들을 더 잘 알고 싶다는 바람 따위는 전혀 없이 그 집을 떠났다.

그러나 스틸 자매 쪽에서는 아니었다. 그들은 엑서터에서 존 경과 그의 가족, 친척들을 위해 찬사를 잔뜩 마련해 가지고 온 터였다. 이제 존 경의 아름다운 친척들에게도 이를 아낌없이 뿌려, 지금까지 본 그 누구보다도 아름답고 우아하고 교양 있고 상냥한 아가씨들이라고 극찬하면서 그들과 더 가까이 사귀고 싶다고 말했다. 엘리너는 존 경이 전적으로 스틸 자매의 편에 서 있어서 그들 세력에 맞서기에는 역부족이었으므로, 더 가까이 사귀어야만 할 운명임을 곧 알아차렸다. 그리하여 거의 매일같이 한 방에 한두 시간씩 앉아 있는 것이 전부인 그런 종류의 친교를 나누지 않으면 안 되었다. 존 경은 그 이상은 할 줄도 몰랐지만, 뭔가 그 이상이 필요하다는 사실도 몰랐다. 같이 있으면 가까워진다는 것이 그의 지론이었다. 계속 만나게 하려는 계획이 들어 먹히는 한 그들이 친구가 되리라는 데 일고의 의심도 없었다.

존 경에 대해 솔직하게 말하면, 그는 그들 사이의 어색함을 없애주기 위해 스틸 자매에게 친척들의 상황에 대해 아는 것이나 짐작 가는 바라면 아무리 말하기 힘든 자세한 사정까지도 다 알려 줌으로써 나름대로 최선을 다했다. 그리하여, 엘리너는 겨우 두 차례 그들을 만났을 때 자매 중 언니로부터 동생이 운 좋게도 바턴에 와서 가장 멋진 미남을 정복한 것을 축하한다는 말을 들었다.

"저렇게 어린데 결혼하게 되었으니 얼마나 잘 된 일이에요. 게다가 그분이 그렇게 멋쟁이에다가 깜짝 놀랄 만한 미남이라면서요. 당신에게도 곧 그런 행운이 있었으면 좋겠네요. 뭐 벌써 어딘가에 한 사람 마련해 놨겠지만."

엘리너는 존 경이 매리앤에 대한 얘기도 다 한 마당에 에드워드와 자신의 관계에 대한 추측도 다 불어 버렸으리라는 것은 짐작하고도 남았다. 더 새롭고 더 추측할 여지가 많다는 점에서 그에게는 에드워드 쪽이 오히려 더 입맛 당기는 농담거리였다. 에드워드가 방문한 후로 그들이 함께 식사를 할 기회만 생기면 그가 어김없이 너무나 의미심장하게, 너무 많이 고갯짓과 눈짓을 섞어가며 그녀의 가장 사랑하는 벗에게 축배를 들어서, 일동의 관심을 자극했다. F자도 마찬가지로 쉴새없이 들먹여졌고, 셀 수 없을 만큼 농담을 만들어내는 원천이 되어 알파벳에서 가장 익살맞은 문자로서 엘리너를 오랫동안 따라다녔다.

스틸 자매는 엘리너의 예상대로 이미 이 농지거리를 다 알고 있었으며, 언니는 이 농담에 암시된 신사의 이름을 알고 싶어 안달했다. 이는 종종 무례하게 표현되었지만 그들 가족의 일을 꼬치꼬치 캐고 싶어하는 호기심의 일부일 뿐이었다. 그러나 존 경은 스틸 양이 그 이름을 듣고 싶어하는 것 못지않게 말하고 싶었기 때문에, 자기가 재미 삼아 일으켜 놓은 호기심을 갖고 그리 오래 놀리지는 않았다.

그가 속삭임치고는 너무 잘 들리도록 말했다. "그의 이름은 페라스라오. 하지만 입 밖에 내지 말아요, 절대 비밀이니까."

스틸 양이 되풀이했다. "페라스라고요! 페라스 씨는 행복한 남자로군요, 그렇지요? 세상에! 당신 올케의 남동생이지요, 대쉬우드 양? 아주 호감 가는 젊은이지요. 그를 잘 안답니다."

언니의 주장마다 일일이 나서 바로잡아 주는 루시가 말했다. "그게 무슨 소리야, 언니? 숙부님 댁에서 한두 번 봤을 뿐인데 잘 안다고 하는 건 좀 지나치잖아."

엘리너는 깜짝 놀라 그들의 대화에 주의를 기울였다. "그런데 숙부가 누구시지? 어디에 사시는 걸까? 어떻게 아는 사이가 되었나?" 그녀는 대화에 끼고 싶지는 않았지만 그 주제가 계속되기를 바라는 마음이 간절했다. 그러나 더 이상의 얘기는 나오지 않았다. 엘리너는 난생 처음으로 제닝스 부인이 시시콜콜한 정보에 대한 호기심이나 대화를 하고 싶은 의향이 부족하다는 생각을 했다. 스틸 양이 에드워드에 대해 말하는 태도는 그녀의 호기심을 부채질했다. 뭔가 좀 심술 맞은 투라는 인상과 함께 그의 약점에 대해 뭔가를 알고 있거나, 혹은 안다고 자부한다는 의심이 들었기 때문이었다. 그러나 존 경이 페라스 씨의 이름을 슬쩍 흘리거나 내놓고 언급해도 스틸 양이 더 이상 관심을 갖지 않았으므로, 그녀의 궁금증은 풀리지 않았다.

22장

무례함, 천박함, 열등한 자질, 심지어 자신과 다른 취향에 대해서조차도 그다지 인내심이 없는 매리앤은 이 즈음에는 특히 자기 기분까지 겹쳐 스틸 자매와 잘 지내거나 그들의 접근을 반길 마음이 털끝만큼도 없었다. 엘리너는 두 사람의 태도, 특히 기회만 있으면 자신을 대화에 끌어들이거나 편안하고 솔직하게 자기 감정을 털어놓아 관계를 발전시키려 하는 루시의 태도에서 분명히 알 수 있듯이, 그들이 자신에게 더 호감을 보이는 것은 그들에 대한 동생의 행동이 변함없는 싸늘한 탓이라고 여겼다.

루시는 천성적으로 영리했으며 이치에 맞고 재미있는 말도 곧잘 했으므로, 엘리너는 반시간 정도는 그녀와 친구로서 유쾌한 시간을 보낼 수 있었다. 그러나 루시는 교육으로 재능을 연마한 적이 없었으므로 무지하고 교양이 없었으며, 더 낫게 보이려는 끊임없는 노력에도 불구하고 정신적인 계발의 부족과 아주 상식적인 문제에조차 무지함을 대쉬우드 양 앞에서 숨길 수가 없었다. 엘리너는 교육을 받았더라면 꽤 훌륭해졌을지도 모를 재능을 썩혀 버린 데 동정심을 느꼈다. 그러나 파크에서 루시가 눈치를 보고 공들여 아첨하는 데서 엿보이는 섬세함, 정직함, 고결한 정신의 완벽한 결여는 더 냉정하게 바라보았으므로, 무지한데다 진실성조차 없는 사람과의 교제에서 지속적인 만족을 전혀 얻을 수가 없었다. 그녀의 교육이 부족한지라 수준이 맞는 대화를 하기가 어려웠고, 다른 사람들에 대한 그녀의 행동 때문에 자신에게는 배려하고 존중하는 태도를 보인다 해도 그것조차 높이 평가해 줄 수가 없었다.

어느 날 파크에서 별장까지 함께 산책하던 중 루시가 엘리너에게 말했다. “제 질문이 기묘하다고 여기시겠지만, 올케의 어머님 되시는 페라스 부인과 개인적으로 아는 사이신가요?”

엘리너는 정말 기묘한 질문이라고 생각했고, 페라스 부인은 한 번도 만난 적이 없다고 대답하면서 그런 기색을 드러냈다.

“정말이세요! 이상한 일이군요, 놀랜드에서 때때로 뵈었으리라고 생각했는데. 그러면 그분이 어떤 분이신지도 말씀해 주시기는 힘들겠군요?”

“그렇습니다. 그분에 대해서는 전혀 아는 바가 없답니다.” 엘리너는 에드워드의 어머니에 대한 자신의 진짜 의견을 밝히기가 조심스러웠고, 무례한 호기심을 만족시켜 주고 싶지 않았으므로 이렇게 대답했다.

루시는 엘리너를 주의 깊게 바라보면서 말했다. "그분에 대해 이런 식으로 캐묻다니 틀림없이 저를 매우 이상하게 생각하시겠지요. 하지만 이유가 있을 수도 있잖겠어요. 무례를 범하려는 뜻은 아니라는 것을 알아주셨으면 해요."

엘리너는 공손하게 알겠다고 대답했고, 그들은 잠시 침묵을 지키며 계속 걸었다. 루시가 약간 망설이다가 그 주제를 다시 꺼내어 침묵을 깨뜨렸다.

"당신이 저를 무례하게 호기심이 많다고 생각하시는 건 참을 수가 없어요. 당신한테는 꼭 호감을 얻고 싶은데, 그런 식으로 생각되느니 차라리 무슨 짓이라도 하겠어요. 또 당신을 불신하는 마음은 눈곱만큼도 없어요. 나처럼 곤란한 상황에서 어떻게 처신해야 할지 당신이 충고해 준다면 정말 기쁘겠지만, 당신을 성가시게 하지는 않을 거예요. 페라스 부인을 모르신다니 유감이네요."

엘리너는 크게 놀라면서 말했다. "저도 유감이군요. 그분에 대한 제 의견을 알면 당신이 뭔가 도움을 얻을 수 있었다면 말예요. 하지만 당신이 그 집안과 관계가 있을 줄은 전혀 생각도 해 보지 않아서, 솔직히 말하자면 그분에 대해 그렇게 진지하게 물으시니 좀 놀랍군요."

"물론 놀라시겠지요. 저도 당연하다고 생각해요. 하지만 전부 털어놓고 말씀드린다면 그렇게 놀라지 않으실 거예요. 물론 페라스 부인은 현재로서는 저와는 아무 관계도 없지만 때가 오면, 그 때가 얼마나 빨리 올지는 그분께 달린 일이지만 아주 가까운 관계가 될 거예요."

그녀는 이 말을 하면서 수줍은 기색으로 아래를 내려다보았지만, 슬쩍 곁눈질로 그녀에게 던진 효과를 살폈다.

엘리너가 외쳤다. "세상에! 무슨 말씀이세요? 로버트 페라스 씨와 아는 사이신가요? 그럴 수가……?" 이런 동서를 갖게 된다고 생각하면 별로 기쁘지 않았다.

루시가 대답했다. "아뇨. 로버트 페라스 씨가 아니고요. 그분은 본 적도 없는 걸요," 엘리너에게 눈을 고정시키고 이렇게 말했다. "그분 형과 아는 사이지요."

그 순간 엘리너가 어떤 감정을 느꼈을까? 그 주장을 듣자마자 믿을 수 없다고 생각하지 않았더라면 고통스러우리만큼 강렬했을 경악. 그녀는 이런 선언을 한 이유나 목적을 짐작도 할 수가 없어 말도 못 하고 놀란 채 루시 쪽으로 몸을 돌렸다. 안색이 바뀌기는 했지만 절대 믿지 못하겠다는 마음으로 버티고 서 있었고, 이성을 잃고 발작을 일으키거나 기절할 위험은 전혀 느끼지 않았다.

루시가 말을 이었다. "놀라는 것도 당연하지요. 전에는 틀림없이 생각도 못 해 봤을 테니까요. 그이는 당신이나 당신 가족들에게 일말의 암시도 주지 않았을 거예요. 늘 절대 비밀로 취급했고, 이 순간까지 저도 충실히 비밀을 지켜 왔으니까요. 제 친척들 중에서도 앤을 제외하고는 그 일을 아는 이는 아무도 없고, 비밀을 지켜줄 거라고 굳게 믿지 않았다면 당신에게도 말하지 않았을 거예요. 페라스 부인에 대해 많은 질문을 하는 제 행동이 틀림없이 너무 이상해 보였을 테니 해명해야겠다는 생각이 들었어요. 또 페라스 씨는 당신 가족 모두를 대단히 높이 평가하고 있고 당신과 동생분들을 자기 형제 못지않게 생각하니까, 내가 당신을 신뢰했다 해서 불쾌하게 여기지는 않을 거예요……." 그녀는 말을 잠깐 쉬었다.

엘리너는 잠시 동안 침묵을 지켰다. 처음에는 자신이 들은 내용이 너무나 놀라워서 말을 할 수가 없었지만 놀라움과 불안을 참을 수 있는 데까지 잘 숨기고 침착한 태도로 조심스럽게 말했다. "약혼한 지 얼마나 되었는지 여쭤봐도 될까요?"

"4년 됐답니다."

"4년이라고요!"

"네."

엘리너는 적잖이 충격을 받았지만 여전히 믿을 수가 없었다.

"얼마 전까지만 해도 당신들이 아는 사이인지조차도 몰랐어요."

"하지만 우리가 알게 된 지는 몇 년 되었답니다. 아시겠지만, 그이는 꽤 오랫동안 제 숙부님의 보호 아래 있었죠."

"당신 숙부님이라고요!"

"네. 프랫 씨예요. 그이가 프랫 씨 얘기를 하지 않던가요?"

"들은 것 같군요." 엘리너는 감정이 점점 격해질수록 기운을 차리려고 애쓰면서 대답했다.

"그이는 숙부님과 플리머스 부근의 롱스태플에서 4년을 보냈답니다. 언니와 저는 숙부님 댁에서 자주 머물렀기 때문에 거기에서 저희들의 교제가 시작되었고, 그이가 보호를 벗어난 지 채 1년도 안 되어 우리는 그곳에서 약혼했지요. 그 후에도 거의 항상 저희와 함께 지냈어요. 당신도 짐작하시겠지만, 그이 어머님께 알리고 허락 받지 않은 상태에서 약혼하기는 영 내키지 않았답니다. 하지만 전 너무 어렸고 그이를 깊이 사랑했기 때문에 신중했어야 했는데 그러질 못했어요. 대쉬우드 양, 당신은 저만큼 그이를 잘 알지는 못하시겠지만, 한 여자의 진심 어린 애정을 받을 가치가 있는 남자라는 건 알아보셨을 거예요."

"물론이죠." 엘리너는 자기가 무슨 말을 하는지도 모르는 채 대답했으나, 잠시 생각해 본 후 에드워드의 명예심과 애정에 대한 확신이 되살아나면서 친구의 말이 거짓이라는 생각이 들어 이렇게 덧붙였다. "에드워드 페라스 씨와 약혼했다니! 솔직히 말하자면 당신이 하신 말씀에 깜짝 놀랐답니다. 죄송합니다만, 사람이나 이름을 뭔가 잘못 아신 것이 틀림없어요. 우리가 얘기하는 페라스 씨가 동일인물일 리가 없어요."

루시가 웃으면서 외쳤다. "다른 사람일 리가 없죠. 파크 가街의 페라스 씨의 장남이고 당신 올케인 존 대쉬우드 부인의 동생인 에드워드 페라스 씨가 제가 얘기하는 사람이에요. 제 모든 행복이 달린 사람의 이름을 제가 잘못 알 리가 있겠어요?"

엘리너가 고통스러운 혼란을 느끼며 대답했다. "이상한 일이군요. 그 분한테서 당신 이름조차 들어보지 못했다니."

"우리 처지를 생각하면 이상할 것도 없죠. 우리의 최대 관심사는 비밀을 유지하는 것이었어요. 당신이 저나 제 가족에 대해 아무것도 모르시니까 제 이름을 당신 앞에서 입에 올릴 일이 전혀 없었고, 자기 누나가 뭔가 의심할까봐 항상 특히 염려했으니까 말 못할 충분한 이유가 되었던 거죠."

그녀는 입을 다물었다. 엘리너의 믿음은 무너졌으나, 자제심까지 함께 무너지지는 않았다.

"4년 간 약혼한 상태였단 말이죠." 그녀는 태연한 목소리로 말했다.

"그래요. 우리가 얼마나 더 기다려야 할지는 하늘만 아시는 일이죠. 불쌍한 에드워드! 그 때문에 크게 낙심하고 있어요." 그러더니 주머니에서 작은 초상화를 꺼내면서 덧붙였다. "혹시라도 오해 없으시도록 이 초상을 보여드리는 게 좋겠네요. 실물보다야 못하지만, 누구 초상화인지는 알아보시겠지요. 이것을 3년 넘게 지니고 다녔답니다."

그녀는 그것을 엘리너의 손에 놓아주었다. 엘리너는 그림을 보았을 때 너무 성급하게 결론짓기 두렵기도 하고, 거짓임을 밝혀내고 싶은 마음도 있어서 다른 의구심들이 여전히 도사리고 있기는 했으나, 닮았음을 인정하고 즉시 돌려주었다.

루시가 말을 계속했다. "그이한테 내 초상화는 주지 못했어요. 그이가 갖고 싶어서 늘 안달했던 생각을 하면 정말이지 속상하답니다. 하지만 줄 기회만 오면 만들기로 결심했어요."

"정말 잘 하셨군요." 엘리너가 침착하게 대답했다. 그들은 그런 다음 말없이 몇 발짝을 옮겼다. 루시가 먼저 입을 열었다.

"물론 당신이라면 그이 어머님은 결코 찬성하지 않으실 테니 그분 귀에 들어가지 않게 하는 것이 우리에게 얼마나 중요한지 알 테니까, 이 비밀을 충실히 지켜 주시리라 굳게 믿어요. 전 재산도 전혀 없는 데다, 그분은 대단히 오만한 분인 것 같더군요."

"당신의 비밀을 알 생각은 전혀 없었지만, 나를 믿어도 좋다고 생각했다면 제대로 보신 거예요. 비밀을 지켜 줄게요. 하지만 내가 놀란 기색을 보였다면 용서하세요. 내가 그 일을 알아서 비밀을 유지하는 데 더 좋을 건 없다는 점은 아셔야 해요."

엘리너는 이렇게 말하면서 루시의 표정에서 뭔가를 발견하기를 바라는 마음으로 그녀를 진지하게 바라보았다. 아마도 루시가 말한 내용이 대부분 거짓이라는 사실을 찾고 싶었겠지만, 루시의 표정에서는 아무런 변화도 보이지 않았다.

"이런 얘기를 다 털어놓다니, 제가 너무 외람되게 군다고 생각하실까 염려스럽군요. 당신과 개인적으로 알게 된지 얼마 안 된 것은 사실이지만, 오랫동안 당신과 가족 얘기를 많이 들었답니다. 당신을 보자마자 오랜 친구처럼 느꼈어요. 게다가 이번 경우에는 에드워드의 어머니에 대해 그렇게 꼬치꼬치 캐묻고 난 뒤이니 당신에게 해명해야 한다고 생각했어요. 전 운 나쁘게도 충고를 구할 사람 하나 없답니다. 이 일을 아는 사람은 언니뿐인데, 언니는 도통 판단력이 없어요. 언니가 제 비밀을 누설하지 않을까 늘 두려움에 떨어야 하니, 제게 도움이 되기는커녕 해를 더 많이 끼치고 있답니다. 당신도 느끼셨겠지만 언니는 말조심할 줄을 몰라서, 일전에 존 경이 에드워드의 이름을 언급하셨을 때도 언니가 다 불어버리지 않을까 두려워서 벌벌 떨었지 뭐예요. 그 일을 생각하면 마음속에 얼마나 만감이 교차하는지 당신은 모를 거예요. 지난 4년 간 에드워드 때문에 그런 일들을 겪어 내고도 살아있다는 게 신기할 따름이지요. 모든 것이 이렇게 불안하고 불확실한데다가, 그이도 거의 볼 수가 없고. 우리는 일년에 두 번 이상 만나기도 어렵답니다. 가슴이 터져 버리지 않은 것이 이상하지요."

이 대목에서 그녀는 손수건을 꺼냈으나, 엘리너는 그다지 동정심이 일지는 않았다.

루시가 눈가를 훔치고 나서 말을 이었다. "때로는 우리 둘을 위해 이 문제를 완전히 없었던 일로 하는 편이 더 낫지 않을까 싶은 생각도 든답니다." 그녀는 이렇게 말하면서 상대방을 똑바로 바라보았다. "하지만 그때뿐이고 그럴 결심이 서질 않아요. 이런 말을 입에만 올렸다가도 어떻게 될지 아는 터에, 그이를 그렇게 비참하게 만들 생각을 하면 참을 수가 없답니다. 그리고 내 쪽에서도 역시 그이는 제게 더없이 소중한 존재이니까, 이별을 감당할 수 있을 것 같지 않아요. 이런 경우에 제게 충고를 좀 해 주시겠어요, 대쉬우드 양? 당신이라면 어떻게 하시겠어요?"

엘리너가 그 질문에 깜짝 놀라 대답했다. "죄송합니다만, 그런 경우라면 어떤 충고도 드릴 수가 없군요. 스스로의 판단에 의지하실 수밖에요."

둘 사이에 잠시 침묵이 흐른 후, 루시가 말을 이었다. "틀림없이 그이 어머님이 언젠가는 그에게 먹고 살 재산을 마련해 주시겠지만, 가엾은 에드워드는 그 때문에 낙심이 이만저만이 아니에요! 그이가 바턴에 있을 때 끔찍할 만큼 풀이 죽어있지 않던가요? 롱스태플에서 우리를 떠나 당신들에게 갈 때에도 얼마나 딱한 몰골이었는지, 당신이 그이가 몸이 많이 안 좋다고 생각하지 않을는지 걱정스러웠답니다."

"그가 우리를 방문했을 때 당신 숙부님 댁에서 왔던 건가요?"

"오! 그렇답니다. 우리와 함께 2주 가량 머물렀어요. 런던에서 곧장 온 줄 아셨나요?"

"아뇨." 엘리너는 대답하면서 새로운 정황이 드러날 때마다 루시의 말이 사실임을 절실히 깨달았다. "플리머스 부근에서 몇몇 친구들과 함께 2주간 머물렀다고 얘기했던 기억이 나는군요." 그녀는 이와 함께 그때 그가 그 친구들에 대해 그 이상은 일체 언급하지 않고, 그들의 이름조차도 완전히 침묵으로 일관해서 놀랐던 기억까지도 떠올렸다.

"그이가 무척이나 기운이 없다고 생각지 않으셨어요?" 루시가 재차 물었다.

"정말 그랬어요, 특히 처음 도착했을 때 그랬었지요."

"당신들이 무슨 문제가 있는지 행여 의심이라도 할까봐 그이한테 기운을 내라고 간청했건만, 우리와 2주밖에 머물지 못한데다 내가 그렇게 괴로워하는 모습을 보고 너무나 우울해졌던 거예요. 가엾은 이! 지금도 똑같은 상태인 것 같아 걱정스러워요. 비참한 기분으로 편지를 썼던 걸요. 엑서터를 막 떠날 때 그이한테서 편지를 받았답니다." 그러더니 주머니에서 편지 한 통을 꺼내어 슬쩍 엘리너에게 겉봉에 쓴 글씨를 보였다. "당신도 그의 필적을 알고 있겠지요. 아주 훌륭한 필체지요. 하지만 평소처럼 그렇게 잘 쓰지 못했어요. 지쳐 있어서요, 아마도 쓸 수 있는 데까지 편지지 가득 쓰고 난 다음이어서 그랬을 거예요."

엘리너는 그의 필체를 알아보았고, 더는 의심할 여지가 없었다. 초상화는 에드워드의 선물이 아니라 어쩌다가 손에 넣은 것이라 치더라도, 그들 사이에 편지 왕래는 확실한 약혼 관계에서만 가능한 것이지, 그 밖의 어떤 것으로도 정당화될 수가 없었다. 엘리너는 잠시 동안 거의 맥을 못 출 지경이었다. 가슴이 무너지는 듯하여 서 있기도 힘겨웠다. 그러나 정신을 추슬러야만 했다. 그녀는 내리눌러 오는 감정에 결연히 맞서 재빨리 기운을 되찾고 잠시나마 평정을 유지했다.

루시가 주머니에 편지를 도로 넣으면서 말했다. "서로에게 편지를 쓰는 것만이 이렇게 오래 떨어져 있으면서 우리가 누릴 수 있는 유일한 위안이랍니다. 그래요, 전 그이의 초상화를 보면서 한 가지 위안을 더 얻지만 불쌍한 에드워드에겐 그마저도 없죠. 그이가 지난번에 롱스태플에 왔을 때 반지에 제 머리카락을 넣어서 주었답니다. 그이는 초상화만큼은 못 하겠지만 얼마간은 위안이 된다고 하더군요. 그이를 보았을 때 그 반지를 혹시 보셨나요?"

"봤어요." 엘리너는 평온한 목소리로 말했지만, 그 밑에는 전에는 느껴 본 적 없는 격렬한 감정과 고뇌가 숨겨져 있었다. 그녀는 굴욕감, 충격, 혼돈에 휩싸였다.

엘리너에게는 다행스럽게도 그들은 이제 별장에 닿았고, 대화는 그 이상 이어지지 않았다. 그들과 잠시 앉았다가 스틸 자매는 파크로 되돌아갔고, 엘리너는 비로소 생각에 잠기고 비참해할 여유를 얻었다.

Sense and Sensibility
2권

1장

엘리너가 루시를 전체적으로 믿음이 안 가는 인물로 본다 하더라도 이번 경우만큼은 진지하게 따져보면 진실성을 의심하기 어려웠고, 어떤 이유로도 이런 설명을 거짓으로 꾸며내는 어리석은 짓을 저질렀다고 보기는 힘들었다. 그러므로 엘리너는 루시가 사실이라고 주장한 것을 의심할 수도 없었고, 더는 의심하려 하지도 않았다. 충분히 그럴 법한 증거들이 있었고, 엘리너 자신의 바람을 제외하고는 그 어느 것과도 어긋나지 않았다. 프랫 씨의 집에서 사귈 기회가 있었다는 것은 나머지 사실을 뒷받침하는 명백하고도 놀라운 근거였다. 또한 에드워드가 플리머스 근방을 방문한 것이라던가 그의 우울한 기분, 자신의 전망에 대한 불만족, 엘리너에 대한 불확실한 행동, 스틸 자매가 놀랜드와 그들의 가족 관계에 대해 자세히 알고 있어서 그녀를 여러 차례 놀라게 했던 점, 초상화, 편지, 반지, 이 모든 것이 증거가 되어 그를 부당하게 비난하는 것일지 모른다는 일말의 두려움까지도 압도하고, 그가 자신을 부당하게 대했음을 아무리 눈감으려 해도 무시할 수 없는 사실로 만들었다. 이러한 행동에 대한 분개와 잘도 속아 왔다는 분노로 인해 잠시 동안이지만 그녀는 자신이 불쌍해졌으나, 곧 다른 생각, 다른 문제들이 떠올랐다. 에드워드가 고의적으로 자신을 속여 왔을까? 실제로는 자신에게 관심이 없으면서 그런 척했던 것일까? 루시와의 약혼이 진심에서 우러난 약혼이었을까? 아니다. 과거에 무슨 일이 있었던지 간에, 현재로서도 그렇다고 믿을 수는 없었다. 그의 애정은 오롯이 그녀만을 향한 것이었다. 그 점에서는 속을 수가 없었다. 어머니, 동생들, 올케 모두가 놀랜드에서 그녀에 대한 그의 관심을 알아챘으므로, 혼자만의 허영에서 나온 착각이 아니었다. 분명 그는 자신을 사랑했다. 이렇게 납득하고 나니 얼마나 마음이 부드럽게 풀어졌는지! 얼마나 그녀를 용서하도록 유혹했는지! 그가 그녀로 인해 마음이 흔들리는 것을 느낀 후에도 놀랜드에 남아 있었던 점에서는 비난받을 만했고, 크게 비난받아 마땅했다. 그 점에서는 변명의 여지가 없었지만, 그가 그녀에게 상처를 입혔다면 자기 자신에게는 얼마나 더 많은 상처를 입혔겠는가. 그녀가 불쌍한 경우라면, 그는 절망적인 경우였다. 그의 경솔함은 그녀를 잠시 비참한 기분에 빠뜨렸을 뿐이지만, 그에게서는 그런 짓만 하지 않았던들 가질 수 있었을 모든 기회를 다 빼앗아 간 것이다. 그녀는 시간이 지나면 평온을 되찾을 수 있겠지만, 그는 앞으로 무엇을 기대할 것인가? 그가 과연 루시 스틸과 그럭저럭 행복해 질 수 있을까? 자신에 대한 그의 애정은 논외로 치더라도, 고결하고 섬세하고 지적인 그가 루시처럼 무식하고 교활하고 이기적인 아내와 잘 살 수 있을까?

열아홉 젊은 시절에는 열정에 이끌려 그녀의 미모와 상냥함 외에 다른 것은 전혀 보이지 않았을 것이다. 그러나 그 후 4년간의 세월을 제대로 보냈다면 지성을 상당히 발전시킴으로써 그녀가 교육을 제대로 받지 못했다는 사실을 틀림없이 깨닫게 되었겠지만, 반면 똑같은 시간 동안 그녀 편에서는 저급한 사교와 천박한 취미활동으로 한때는 그나마 그녀의 미모를 돋보이게 했을 그 순진성마저 잃었을 것이다.

자신과 결혼하고 싶다고 할 때 어머니로부터의 반대가 상당할 것 같다면, 가문에서는 확실히 떨어지고 아마도 재산 면에서도 자신보다 못할 약혼 상대에 대해서는 그 반대가 어느 정도이겠는가. 마음이 루시로부터 멀리 떠난 상황에서 실제로 이런 고난이 그리 참기 괴로운 것은 아니었을 테지만, 예상되는 가족의 반대와 박대를 구원으로 느낄 정도면 우울증에 빠지지 않을 도리가 있겠는가!

이러한 상념들이 고통스럽게 꼬리를 물고 떠오르면서, 엘리너는 자신보다는 그를 위해 눈물 흘렸다. 자신이 현재의 불행을 겪어 마땅할 잘못은 아무것도 하지 않았다는 확신에서 힘을 얻고, 에드워드가 자신의 존경을 잃을 만한 짓은 한 적이 없다는 믿음을 위안 삼아, 그녀는 강한 타격이 가져온 최초의 아픔에서 벗어나지 못한 지금 이 순간에도 어머니와 누이들이 진상을 눈치채지 못하도록 충분히 스스로를 다스릴 수 있다고 생각했다. 그녀는 자신의 기대대로 너무나 훌륭히 행동했다. 달콤한 희망이 모두 끝장나는 고통을 겪은 지 고작 두 시간이 지난 후에 저녁식사 자리에서 가족들과 어울렸을 때는 아무도 자매들을 겉으로 보아서는 엘리너는 사랑하는 이와 자신을 영원히 갈라놓은 장애물에 대해 남몰래 한탄하고 있으며, 매리앤은 자신의 모든 마음을 완전히 다 바쳤고 집 근처를 마차가 지나갈 때마다 보기를 고대하는 이상적인 남성을 마음속에 그리고 있음을 짐작하지 못했을 것이다.

혼자만 알고 있도록 부탁 받은 내용을 어머니와 매리앤에게 숨기느라 엘리너는 끊임없이 노력해야 했지만, 그 때문에 더 고통스럽지는 않았다. 반대로 그들에게 깊은 괴로움을 줄 이야기를 전하지 않아도 되고, 자신에 대한 가족들의 편파적이고 지나친 애정에서 그녀가 생각하기에는 도를 넘을 에드워드에 대한 비난을 듣지 않아도 되어서 다행스러웠다.

엘리너는 그들과 상의하거나 대화해 봤자 어떤 도움도 얻을 수 없고 그들의 다정함과 슬픔 때문에 더욱 괴로운 심정이 될 것이 틀림없지만,

그들이 자신의 자제심을 모범으로 삼거나 칭찬하며 격려해 주지도 않으리라는 것을 알고 있었다. 그녀는 홀로 더 강해졌고 스스로의 분별심으로 잘 버텼으므로, 새록새록 슬픔이 솟는 와중에도 겉으로는 가능한 한 흔들림 없는 침착한 태도와 변함없이 명랑한 모습을 유지했다.

루시와 그 문제를 놓고 처음 대화하면서 많이 고통스러웠지만, 엘리너는 곧 다시 얘기를 나누어 보고픈 간절한 소망에 사로잡혔는데, 그 이유는 여러 가지였다. 그녀는 다시 반복해서 그들의 약혼을 둘러싼 여러 가지 세부 사항을 듣고 싶었고, 루시가 에드워드에 대해 고백한 애정이 진심인지, 그녀가 그에게 정말로 어떤 감정을 느끼고 있는지 좀 더 분명히 알고 싶었다. 특히 그 주제를 기꺼이 다시 꺼내 태연히 대화함으로써 루시에게 그 문제에 대해 친구 이상으로서의 관심은 없다는 점을 확신시키고 싶었다. 아침에 나눈 대화에서 무의식중에 마음의 동요를 드러내어 적어도 의심의 여지를 남겼을지 모른다는 불안감이 들었던 것이다. 아무래도 루시가 자신을 질투하는 듯했다. 루시의 주장에서뿐만 아니라 개인적으로 알게 된지 얼마 안 되었는데도 그렇게 중요한 비밀을 자신에게 털어놓은 것으로 보아도 에드워드가 줄곧 자신을 크게 칭찬해 왔음이 분명했다. 또한 존 경이 농담 삼아 알려준 정보도 한몫했음이 틀림없었다. 그러나 에드워드가 정말로 사랑하는 상대는 자신이라는 확신을 가슴 깊이 간직하고 있는 한 루시가 질투심을 품는 것이 당연하다고 할 다른 이유를 더 생각해 볼 필요도 없었고, 무엇보다도 그녀가 비밀을 털어놓은 것이 증거였다. 에드워드에 대해 루시가 더 우월한 권리를 갖고 있다고 알려 주어 앞으로 그를 피하라고 경고할 셈이 아니라면, 왜 굳이 그 일을 밝혔겠는가? 그래서 엘리너는 어렵지 않게 경쟁자의 의도를 이해했고, 명예와 정직의 원칙에 따라 행동하면서 에드워드에 대한 자신의 애정을 억누르고 가능한 한 그를 보지 않기로 굳게 결심했다. 그러나 루시에게 자신이 상처받지 않았다고 믿게끔 만들어서 얻는 위안까지는 물리칠 수 없었다. 또한 이미 들은 이야기를 또 듣는다고 더 고통스러울 것도 없었으므로, 태연자약하게 세부적인 이야기를 처음부터 끝까지 반복해서 들을 수 있다고 믿었다.

그러나 엘리너뿐 아니라 루시도 일단 벌어진 상황을 어떻게든 이용해 볼 마음이었음에도 불구하고, 그럴 기회는 금방 생기지 않았다. 날씨가 나쁜 날이 많아서 다른 사람들한테서 쉽사리 떨어져 나와 멀리까지 함께 산책하기가 어려웠고, 파크나 별장, 주로 파크에서 적어도 이틀에 한 번은 저녁을 함께 보낸다 해도 대화를 나누기에 적당한 자리는 아니었다. 존 경도 레이디 미들턴도 그런 생각은 해 본 적이 없었으므로 다같이 대화를 나눌 시간은 거의 주어지지 않았고, 특별히 이야기를 나눌 여유는 더군다나 전혀 없었다. 그들이 모이는 것은 먹고, 마시고, 함께 웃고, 카드놀이나 그 밖에 충분히 시끄러운 다른 게임을 하기 위해서였다.

엘리너가 루시와 단둘이 있을 기회를 얻지 못한 채 이런 모임이 한두 차례 더 있은 뒤, 어느 날 아침 존 경이 별장에 찾아와 엑서터의 클럽에 갈 일이 생겨서 레이디 미들턴이 어머니와 스틸 자매 말고는 완전히 혼자 있게 되었으니, 자비를 베푸는 셈치고 그 날 모두 함께 식사를 하러 와 주었으면 좋겠다고 부탁했다. 엘리너는 존 경이 소란스러운 계획을 갖고 그들을 모을 때보다는 레이디 미들턴의 차분하고 얌전한 지휘 아래 더 여유를 즐길 수 있는 이런 모임이 자신의 목적에는 더 어울릴 것이라 예상하고 즉각 초대를 수락했다. 마거릿도 어머니의 허락을 얻어 가기로 했고, 매리앤은 늘 어떤 모임에도 끼고 싶어하지 않았지만 그녀가 오락을 즐길 기회를 모두 피해 혼자 틀어박히는 것을 참지 못하는 어머니의 설득에 따라 함께 가기로 했다.

젊은 숙녀들이 온 덕에 레이디 미들턴은 기쁘게도 자신을 위협하던 무서운 고독으로부터 벗어났다. 모임은 엘리너가 예상했던 그대로 무미건조했다. 새로운 생각이나 얘기는 전혀 나오지 않았고, 식당에서나 거실에서나 그들의 대화보다 더 재미없는 것도 없었다. 거실에는 아이들도 함께 들어왔는데, 엘리너는 아이들이 거기 있는 한 도저히 루시의 주의를 끌 가망이 없다는 사실을 잘 알고 있었으므로 시도조차 하지 않았다. 아이들은 찻잔을 치울 때가 되어서야 방을 떴다. 그러고 나서 카드 게임용 테이블이 차려졌고, 엘리너는 파크에서 대화를 나눌 시간을 찾을 수 있으리라는 희망을 품었던 자신에게 놀라기 시작했다. 그들은 모두 게임을 준비하러 일어났다.

레이디 미들턴이 루시에게 말했다. "당신이 오늘 저녁 우리 불쌍한 애너마리아의 바구니를 완성하려 하지 않아서 기뻐요. 촛불 아래서 필러그리 세공일(본래 금가루나 금실을 이용해 정교한 장식을 만드는 금속세공기법인데, 여기에서는 색을 칠하거나 금박을 입힌 종이를 말아 나무에 붙여 비슷한 효과를 내는 세공기법을 말함)을 하다보면 틀림없이 눈이 아플 테니까요. 고 사랑스러운 어린것이 내일 실망하겠지만 뭔가 보상을 해 주면 되겠지요. 너무 마음 상하지 않았으면 좋겠는데."

이 암시로 충분했다. 루시는 곧 기억해내고 이렇게 대답했다. "정말이지 너무나 큰 오해를 하신 거예요, 레이디 미들턴. 전 단지 제가 없어도 게임할 사람 숫자가 맞을지 보려고 기다렸던 것뿐이에요. 그렇지 않았다면 벌써 시작했을 거예요. 무슨 일이 있어도 꼬마 천사를 실망시키는 일은 없을 거예요. 지금 카드 테이블에 제가 필요하지 않으시다면 바구니를 완성할 생각이에요."

"어쩜 착하기도 해라, 눈이 아프지 않았으면 좋겠군요. 작업용 초를 가져오도록 종을 좀 울려 줄래요? 바구니가 내일까지 다 되지 않으면 우리 불쌍한 꼬마가 무척 실망할 거예요. 물론 그 애한테 안 될 거라고 말해 두긴 했지만, 그래도 틀림없이 될 거라고 믿고 있으니까요."

루시는 곧바로 자기 옆에 작업용 테이블을 끌어다 놓고 버릇없는 아이를 위해 필러그리 바구니 만드는 일보다 더 즐거운 일은 없다는 듯이 민첩하고 신나는 태도로 자리를 잡았다.

레이디 미들턴은 다른 이들에게 카지노 게임(17세기부터 내려오는 카드 게임의 일종) 세 판을 제안했다. 아무도 반대하지 않았지만 일반적인 예의범절의 형식을 늘 우습게 여기는 매리앤만은 이렇게 말했다. "저는 좀 봐 주세요. 제가 카드놀이를 끔찍이 싫어하는 줄 아실 테니까요. 전 피아노나 치겠어요. 조율한 후로는 한 번도 쳐 보지 않았거든요." 그러더니 그 이상 예의를 차리지도 않고 돌아서서 악기 쪽으로 걸어가 버렸다.

레이디 미들턴은 자기는 그렇게 무례한 발언을 한 적이 없음을 하늘에 감사라도 하는 듯한 표정이었다.

"매리앤은 아시다시피 저 악기와 오래 떨어져 있지를 못한답니다, 부인. 이상한 일도 아니죠. 제가 여태껏 들어본 것 중에서 가장 소리가 좋은 피아노이니까요." 엘리너가 무례를 덮어주려고 애썼다.

남은 다섯 명이 카드를 뽑았다.

엘리너가 말을 계속했다. "제가 빠지게 된다면 루시 스틸 양을 위해 종이 감는 일을 도와드려도 좋을지 모르겠군요. 바구니를 끝내려면 아직도 할 것이 너무 많아서, 제 생각에는 스틸 양 혼자서는 오늘 저녁 안에 다 마치지 못할 것 같은데요. 제가 일을 나눠 해도 괜찮으시다면 도와드리고 싶어요."

"도와주시면 정말 너무나 감사하겠어요." 루시가 외쳤다. "생각했던 것보다 할 것이 더 많네요. 무엇보다도 귀여운 애너마리아를 실망시킨다면 얼마나 끔찍한 일이겠어요."

"오! 그건 정말로 끔찍한 일이지요." 스틸 양이 말했다. "귀여운 꼬마 아가씨, 얼마나 사랑스러운지!"

"정말 친절하시군요." 레이디 미들턴이 엘리너에게 말했다. "정말로 그렇게 하고 싶으시다면, 다음 삼세판을 할 때 끼시겠어요, 아니면 지금 끼실래요?"

엘리너는 기쁘게 첫번째 제안을 받아들였다. 매리앤으로서는 결코 몸을 낮추어 이런 일을 실행할 수 없을 테지만, 엘리너는 몇 마디 말로 자신의 목적을 달성하는 동시에 레이디 미들턴도 기쁘게 해 주었다. 루시는 기다리고 있었다는 듯 그녀를 위해 자리를 내주었고, 두 라이벌은 나란히 한 테이블에 앉아 최고의 조화를 이루어 같은 작업을 진행하는 데 진력했다. 운 좋게도 매리앤이 마침 그들 옆에 앉아 자신의 음악과 자기 생각에 푹 빠져 방안에 있는 사람들을 전부 잊고 피아노를 치던 중이었으므로, 대쉬우드 양은 음악소리 덕에 카드 테이블에 들릴 걱정 없이 그 흥미로운 주제를 안전하게 끌어낼 수 있겠다고 판단했다.

2장

조심스럽지만 단호한 어조로 엘리너가 이렇게 말을 시작했다. "그 이야기에 대해 계속 듣고 싶어하지 않는다거나, 더 호기심을 보이지 않는다면 당신이 제게 부여해 준 신뢰를 받을 자격이 없을 거예요. 그러니 다시 그 화제를 끄집어내도 실례가 되지 않겠지요."

루시가 열렬히 외쳤다. "먼저 얘기를 꺼내 제 마음을 편하게 해 주시다니 고마와요. 사실 지난 월요일에 그런 말씀을 드려 당신의 기분을 상하게 하지 않았을까 다소간 염려했답니다."

"제 기분을 상하게 하다니요! 어떻게 그런 생각을 할 수가 있어요? 절 믿어 주세요." 엘리너는 진심 어린 태도로 말했다. "그런 생각을 하셨다면 그거야말로 제 뜻과 전혀 달라요. 당신은 저를 높이 평가해서가 아니라 아첨하려는 뜻에서 신뢰한다고 했단 말인가요?"

루시가 작고 날카로운 눈을 의미심장하게 빛내면서 대답했다. "그렇다면 분명히 말하는데, 당신의 태도가 냉정하고 불쾌하게 보여서 마음이 영 편치 않았답니다. 나한테 화가 난 게 틀림없다고 생각했어요. 제가 너무 허물없고 무람없이 굴어서 당신을 성가시게 했다 싶어 그 후로 죽 자책하고 있었답니다. 그런데 제가 잘못 생각했었고 당신이 정말로 저를 비난하지 않으신다는 것을 알게 되어서 정말 기뻐요. 제가 자나깨나 생각하는 것을 당신에게 털어놓아서 얼마나 제 마음이 가벼워지고 위로가 되는지 아신다면, 그 밖의 것은 동정하는 마음으로 모두 눈감아 주시리라 믿어요."

"당신의 처지를 제게 알려서 큰 위안이 되었다는 것을 진심으로 믿으니까, 그 문제에 대해 후회하실 필요는 전혀 없어요. 당신은 퍽 운이 좋지 않은 경우이고, 제가 보아도 어려움에 둘러싸여 있는 것 같아요. 그런 상황에서 버텨 나가려면 서로간의 애정이 필요하겠지요. 제가 알기로 페라스 씨는 어머님께 전적으로 의존하고 있지요."

"그이한테는 2천 파운드뿐이랍니다. 제 편에서야 미련 없이 더 많은 재산을 얻을 전망을 포기할 수 있지만, 그 돈을 갖고 결혼한다면 미친 짓이겠지요. 전 아주 적은 수입으로 살아가는 데 늘 익숙해져 있으니까 그이를 위해서라면 어떤 가난이라도 견뎌낼 수 있어요. 하지만 전 그이를 너무나 사랑하기 때문에 그이가 어머니 뜻대로 결혼한다면 어머니에게서 받을 수 있을 재산을 잃게 만드는 이기적인 짓을 할 수는 없어요. 오랜 세월이 걸릴지도 모르지만 우린 기다려야 해요. 세상의 다른 남자들과 함께라면 불안한 전망이겠지만, 저한테서 아무것도 제가 아는 에드워드의 애정과 정절을 빼앗아 가지 못해요."

"그런 확신은 당신에게 가장 중요한 것이 틀림없겠죠. 그 역시 의심할 여지없이 당신에 대한 똑같은 믿음으로 버티고 있고요. 4년간의 약혼기간 중 많은 사람들 사이에서 여러 상황을 겪었을 테니 서로간의 애정이 강하지 않았다면 당연히 당신은 정말로 가련한 처지에 빠졌겠지요."

루시가 이 대목에서 고개를 들었으나, 엘리너는 자신의 말에 수상쩍은 혐의를 줄 만한 표정을 얼굴에 비추지 않도록 주의했다.

루시가 말했다. "저에 대한 에드워드의 애정은 우리가 처음 약혼한 이래로 아주 오래 떨어져 있게 됨으로써 시험을 받았어요. 그는 그 시험을 아주 잘 버텨냈으니 이제 와서 의심한다면 용서받지 못할 일일 거예요. 그이는 처음부터 그 때문에 저에게 잠시라도 걱정을 끼친 적은 한 번도 없다고 자신 있게 말할 수 있어요."

엘리너는 이 단언에 웃어야 할지 탄식해야 할지 알 수가 없었다.

루시는 말을 계속했다. "저는 천성적으로 좀 질투심이 많은 성격이에요. 게다가 우리가 생활하는 처지가 서로 다르고, 그이가 나보다 세상 경험을 훨씬 더 많이 했고, 계속 떨어져 지냈으니까, 우리가 만났을 때 그의 행동에 손톱만큼이라도 변화가 있든지 내가 알 수 없는 이유로 풀이 죽어 있었다거나, 혹은 어떤 숙녀 이야기를 유독 많이 했다든지 롱스태플에서 전보다 덜 행복한 기색이었다면 의심을 품고 즉각 사실을 찾아냈을 거예요. 제가 대개의 경우에 유달리 예민하다던가 눈치가 빠르다는 말은 아니지만, 이런 경우에는 절대로 속아넘어가지 않는다는 거죠."

"제법인데." 엘리너가 생각했다. "하지만 우리 둘 다 속지 않아."

잠시 침묵이 흐른 후 엘리너가 말을 꺼냈다. "그런데 당신 생각은 어떤가요? 슬프고 충격적인 얘기지만, 손놓고 앉아 그저 페라스 부인이 돌아가시기만 기다릴 건가요? 그분 아드님은 사실을 고백함으로써 잠시 어머니를 불쾌하게 해 드리는 위험을 무릅쓰기보다는 당신을 오랜 세월이 될 지도 모를 지루하기 짝이 없는 어정쩡한 상태에 두기로 한 건가요?"

"잠시 동안만이라고 확신할 수 있다면! 하지만 페라스 부인은 매우 완고하고 거만하신 분이라서, 그 말을 듣고 분노가 폭발하면 모든 재산을 로버트에게 주기로 유언할 공산이 아주 크답니다. 그런 생각을 하면

서둘러 조치를 취하고픈 제 뜻은 에드워드를 위하는 마음에서 사라지고 말지요."

"그리고 당신 자신을 위해서이기도 하겠죠. 아니라면 이성적인 계산을 뛰어넘어 이해타산에 관계없이 행동할 테지요."

루시는 다시 엘리너를 보고 아무 말도 하지 않았다.

"로버트 페라스 씨에 대해서 아시나요?" 엘리너가 질문을 던졌다.

"전혀 몰라요. 본 적도 없어요. 하지만 형과는 전혀 다른 인물일 거예요. 멋이나 잔뜩 부리고 다니는 얼간이겠지요."

"멋이나 부린다고!" 매리앤의 음악이 갑자기 멈춘 사이 그 말을 주워듣고 스틸 양이 되풀이했다. "오! 아마도 자기들이 좋아하는 미남자들 얘기를 하고 있었던 모양이군."

루시가 외쳤다. "아니야, 언니, 언니가 잘못 들은 거야, 우리가 좋아하는 미남자들은 멋이나 부리는 자들이 아니야."

"대쉬우드 양의 상대가 그렇지 않다는 건 내가 보증할 수 있지요. 그렇게 점잖고 참하게 행동하는 젊은이는 내 평생 처음 보았는걸. 하지만 루시는 보통 아가씨가 아니라서 좋아하는 사람이 누군지 알아낼 수가 없어." 제닝스 부인이 깔깔대고 웃으면서 말했다.

스틸 양이 의미심장하게 좌중을 둘러보며 외쳤다. "아! 루시가 좋아하는 사람도 대쉬우드 양의 상대와 똑같이 점잖고 참할 걸요."

엘리너는 자기도 모르게 얼굴을 붉혔다. 루시는 입술을 꼭 깨물고 화가 나서 언니를 노려보았다. 한참 동안 둘 사이에 침묵만이 감돌았다. 매리앤이 그들에게 대단히 장엄한 콘체르토 협주곡을 힘차게 연주해 주었지만, 루시가 목소리를 낮추어 이런 말로 침묵을 깼다.

"최근에 상황을 견디기 위해 제 머리에 떠오른 계획 하나를 솔직하게 말씀드릴게요. 실은 당신도 관련자이니까 이 비밀을 알고 있어야만 해요. 당신도 아마 에드워드를 익히 보아 왔으니 그이가 다른 어떤 직업보다도 성직을 선호한다는 것을 알고 있을 거예요. 그러면 제 계획은 그이가 되도록 빨리 서품을 받은 다음, 당신이 오라버니를 설득해서 그이한테 놀랜드의 목사직을 주게 하는 거예요. 당신은 친절한 분이니까 그이와의 우정을 보아서든 저에 대한 배려에서든 틀림없이 그렇게 해 주시리라 믿어요. 제가 알기로는 그곳 목사직이면 제법 괜찮은데다가, 현재 교구 목사는 그리 오래 살 것 같지 않거든요. 그 정도면 우리가 결혼하기에는 충분할 것이고, 나머지는 시간과 운에 맡겨야겠죠."

엘리너가 대답했다. "페라스 씨에 대한 저의 존경과 우정의 표시를 어떻게든 보여줄 수 있다면 언제고 기쁠 거예요. 하지만 이런 경우에 저의 도움이 전혀 불필요하리라는 사실을 알아채지 못하셨단 말인가요? 그는 존 대쉬우드 부인의 동생이에요. 그 남편에게 그것이면 충분한 추천 이유가 되고도 남을 걸요."

"하지만 존 대쉬우드 부인은 에드워드가 성직에 들어가는 것을 그다지 찬성하지 않을 거예요."

"그렇다면 저도 도움이 될 것 같지 않군요."

그들은 다시 긴 침묵에 잠겼다. 마침내 루시가 깊은 한숨을 토하며 외쳤다. "약혼을 취소함으로써 바로 일을 끝장내는 것이 가장 현명한 길일 듯도 싶어요. 이렇게 사방이 첩첩산중이니 잠시 불행해진다 한들 결국에 가서는 그편이 더 낫지 않을까요. 그런데 제게 충고를 해 주지 않으실 건가요, 대쉬우드 양?"

"네." 엘리너가 몹시 동요하는 감정을 미소로 감춘 채 대답했다. "이런 주제에 대해서라면 절대로 하지 않겠어요. 당신의 소망과 같은 편에 있지 않다면 제 의견이 당신에게 아무런 의미도 없으리라는 걸 뻔히 아실 텐데요."

루시가 매우 엄숙하게 대답했다. "정말 저를 오해하시는군요. 제가 아는 사람 중에서 당신만큼 제가 판단력을 높이 평가하는 사람은 아무도 없어요. 당신이 저한테 "충고하건대 에드워드 페라스와의 약혼을 무슨 일이 있어도 취소하세요, 두 사람 모두의 행복을 위해 그 편이 더 나을 거예요"라고 말한다면 정말로 그 말대로 할 거예요."

엘리너는 에드워드의 장래의 아내의 위선에 얼굴이 붉어져서 이렇게 대답했다. "그런 찬사야말로 그 문제에 대해 설령 제가 의견이 있었다 해도 아무 말도 하지 못하도록 효과적으로 막는군요. 제 영향력을 지나치게 높이 평가하시네요. 그렇게 깊이 사랑하는 두 사람을 갈라놓는 힘은 상관없는 사람에게는 너무 과한 것이에요."

루시가 다소 언짢은 투로 그 말을 특히 힘주어 강조하면서 말했다. "당신이 상관없는 사람이기 때문이죠. 그래서 당신의 판단을 그렇게 중요하게 여길 수 있어요. 당신이 자신의 감정에 따라 조금이라도 한쪽으로 치우칠 거라고 생각한다면, 당신의 의견을 전혀 귀담아 듣지 않을 거예요."

엘리너는 서로를 어울리지 않게 편안하고 거리낌 없는 사이로 이끌지 않도록 여기에 아무 대답도 하지 않는 것이 가장 현명하겠다고 생각하고, 다시는 그 주제를 한 마디라도 입에 올리지도 말자고 결심했다. 그리하여 다시 긴 침묵이 뒤를 이었다가, 루시가 먼저 입을 열었다.

"이번 겨울에 런던에 있을 예정이신가요, 대쉬우드 양?" 그녀는 몸에 밴 사근사근한 태도로 이렇게 물었다.

"당연히 안 간답니다."

"그거 참 유감이군요." 상대방은 이 정보에 눈을 반짝이면서 답했다. "거기에서 당신을 만난다면 얼마나 기쁘겠어요! 하지만 결국은 가게 되겠지요. 틀림없이 당신 오라버니와 올케언니가 자기들한테 오라고 청할 테니까요."

"그분들이 초대한다 해도 제 뜻대로 받아들일 수는 없답니다."

"이렇게 아쉬울 데가! 전 거기에서 당신을 만나게 되리라고 철썩 같이 믿고 있었는데요. 앤과 저는 꽤 오랫동안 저희들의 방문을 고대해 온 친척들 몇 분을 뵈러 1월 말께 갈 예정이랍니다! 하지만 전 오로지 에드워드를 보기 위해 가는 거예요. 그가 2월에 거기 있을 테니까요. 그렇지 않다면 런던이 제게 무슨 매력이 있겠어요. 가고 싶지도 않아요."

엘리너는 첫번째 삼세판이 끝나면서 곧 카드 테이블로 불려갔고 두 숙녀간의 밀담도 그것으로 끝났다. 둘 다 이전보다 서로를 덜 싫어하게 될 만한 얘기라곤 아무것도 없었으므로 기꺼이 이를 받아들였다. 엘리너는 에드워드가 자기 아내가 될 사람에 대해 애정이 없을 뿐 아니라, 여자 쪽에서도 오로지 이기심 때문에 자기에게 싫증이 난 줄 뻔히 아는 남자와 약혼 관계를 끌고 있는 것이므로, 그가 루시라도 진정으로 애정이 있다면 가능할지도 모를 결혼생활의 행복조차도 얻을 기회가 없으리라는 우울한 확신에 젖은 채 카드 테이블에 앉았다.

그 이후로 엘리너는 다시 그 화제를 끄집어내지 않았고, 루시가 틈만 나면 그 이야기로 끌어들이려 하면서 특히 에드워드의 편지를 받을 때마다 자신의 절친한 친구에게 얼마나 행복한지 알리지 못해 안달을 해도 냉정하고 신중하게 대하면서 예의에 어긋나지 않을 만큼만 상대했다. 루시에게는 이런 대화를 허용하는 정도의 관대함도 베풀기 아까우며, 자신에게는 위험스러울 수 있다고 느꼈기 때문이었다.

스틸 자매의 바턴 파크 방문은 처음 초대할 때 의도했던 것보다 훨씬 더 길어졌다. 그들은 인기가 날로 높아져 없어서는 안 될 존재가 되었다. 존 경은 그들이 가겠다고 해도 들으려 하지도 않았다. 그들은 엑서터에 오래 전부터 수많은 약속을 잡아 놓았고, 주말이면 더욱 약속을 당장 지키기 위해 반드시 돌아가야 한다면서도, 결국 설득에 넘어가 두 달 가까이 파크에 머물렀다. 그 동안 그들은 중요성을 과시하기 위한 개인 무도회와 성대한 만찬에서 보통 손님으로서의 역할 이상을 하면서 행사를 치르는 일을 도왔다.

3장

제닝스 부인은 자식과 친구 집에서 1년 중 대부분을 머물렀지만, 자기가 살 집이 없는 것은 아니었다. 런던의 좀 품위가 떨어지는 지역에서 장사로 재미를 보았던 남편이 사망한 후, 매년 겨울을 포트만 광장 근처에 있는 집에서 보냈다. 부인은 1월이 다가오면서 이 집 쪽으로 생각이 끌렸다. 부인은 대쉬우드 가의 위로 두 자매에게 그들은 생각도 않고 있었는데 어느 날 불쑥 자기와 함께 가자는 청을 했다. 엘리너는 동생의 얼굴에 화색이 돌면서 그 제안에 관심을 감추지 못하는 모습을 눈치채지 못하고, 동생도 자기와 같은 생각일 줄로 믿고 즉각 고맙지만 둘 다 부득이하게 사양하겠다고 했다. 연중 그 시기에는 어머니를 떠나지 않겠다고 굳게 결심했다는 것이 이유였다. 제닝스 부인은 이 거절에 다소 놀라면서 바로 초대 제안을 되풀이했다.

"오! 저런, 틀림없이 어머님도 그 정도야 너그러이 봐 주시겠지요. 부디 호의를 베풀어 동행해 주었으면 좋겠어요. 진심이에요. 당신들 때문에 무리하지는 않을 테니 폐를 끼칠지도 모른다는 생각은 안 해도 돼요. 베티만 합승마차로 보내면 될 테고, 그럴 여유는 충분할 거유. 우리 셋은 내 셰즈(1필의 말이 끄는 1인승 폐쇄형 2륜 마차)로 충분히 갈 수 있어요. 런던에 가서 내가 가는 곳에 가고 싶지 않다면, 언제고 내 딸들 중 하나와 같이 다녀도 돼요. 어머님도 반대하지는 않으시겠지요. 나는 참 운좋게 슬하의 자식들을 모두 잘 여의었으니, 어머님도 당신들을 맡아 주기에 내가 딱 적당한 사람이라고 생각하실 거예요. 당신들과 함께 지낼 동안 적어도 둘 중 하나라도 좋은 혼처를 잡아주지 못한다 해도 내 잘못은 아닐 거유. 모든 젊은 남자들한테 당신들 얘기를 잘 해 줄 테니 걱정 말아요."

존 경이 말했다. "제 생각으로는 매리앤 양은 언니만 좋다고 하면 이 계획에 반대하지 않을 걸요. 대쉬우드 양이 바라지 않는다는 이유로 매리앤 양이 작은 즐거움이나마 누리지 못한다면 정말 말이 안 되지요. 그러니 당신들 두 사람에게 충고하겠는데, 바턴이 싫증나면 대쉬우드 양에게는 아무 말 하지 말고 런던으로 떠나지 그래요."

제닝스 부인이 외쳤다. "말도 안 돼. 대쉬우드 양이 가든 안 가든 매리앤 양이 동행해 준다면 정말이지 기쁠 거예요. 하지만 같이 가는 게 훨씬 편할 거예요. 나한테 싫증이 나면 내 등 뒤에서 속닥거리면서 내 흉을 보아도 좋을 테니. 하지만 둘이 같이 갈 수 없다면 언니든 동생이든 괜찮아요. 거 참, 겨울이 올 때까지 샬럿과 계속 함께 지낸 내가 혼자서 얼마나 지루하겠어요! 봐요, 매리앤 양, 그럼 우리 가부간에 결정을 보기로 하지요. 대쉬우드 양이 곧 마음을 바꾼다면 얼마나 좋겠수."

매리앤이 따뜻한 어조로 말했다. "감사합니다, 부인, 진심으로 감사드려요. 부인의 초대에 감사하는 마음 언제까지라도 간직할 겁니다. 저에게 너무나 큰 기쁨이 될 테니까요, 네 받아들일 수만 있다면 제가 누릴 수 있는 최고의 행복이라 해도 좋을 거예요. 하지만 저도 언니의 뜻이 옳다고 생각해요. 저희 어머니, 가장 친애하는, 더없이 자애로우신 어머니가 저희가 없어서 덜 행복하시다거나 덜 편안하시다면……오! 안 돼요, 어떤 유혹이 있어도 어머니 곁을 떠나지 않을 거예요. 고민거리가 될 수도 없고, 생각도 않을 거예요."

제닝스 부인은 대쉬우드 부인도 충분히 이해하리라는 자신의 주장을 되풀이했다. 엘리너는 이제야 윌러비와 다시 같이 있고 싶은 마음 뿐, 그 밖의 다른 어떤 것도 신경 쓰지 않는 동생의 마음을 눈치채고, 그 계획에 더 이상 직접적으로 반대하지 않고 어머니의 결정에 따르겠다고 했다. 그러나 매리앤을 위해서도 찬성할 수 없고, 자기 쪽에서도 반드시 피해야 할 이유가 충분한 방문이었지만, 아무리 이를 막으려 노력한다 해도 어머니가 조금이라도 자기 편을 들어 줄 것 같지는 않았다. 방문을 막으려는 자신의 노력을 어머니가 조금이라도 지지해 주리라고는 거의 기대하지 않았다. 매리앤이 원하는 것이라면 무엇이건 어머니는 들어주실 것이다. 아무리 해도 어머니가 의심하게 만들 수 없었던 일에 비추어 생각하면, 행동을 조심하도록 설득할 수 있을 것 같지도 않았다. 자신이 런던에 가고 싶지 않은 동기를 밝힐 수도 없었다. 매리앤은 그렇게나 까다롭고 제닝스 부인의 습관을 속속들이 잘 알며 변함없이 그것을 혐오하면서도, 한 가지 목표를 좇기 위해 그런 온갖 불편을 다 감수하고 틀림없이 자신의 예민한 감정에 심하게 거슬릴 것도 모두 무시하기로 한 것이다. 이는 그간에 있었던 모든 일에도 불구하고 엘리너가 미처 예상치 못했을 만큼 그녀에게 그 목적이 얼마나 중요한가를 강력하게 보여주는 증거였다.

대쉬우드 부인은 초대받은 사실을 듣자마자 이런 외유가 두 딸들에게 큰 즐거움을 가져다 줄 것이라고 여겼다. 또한 매리앤이 어머니에게 애정 어린 배려를 했어도 속으로는 얼마나 그 제안에 쏠리고 있는지 눈치채고, 자기 때문에 제안을 거절할 생각은 하지도 말라고 못박았다. 부인은 언제나처럼 활기에 넘쳐서 이렇게 떨어져 있어서 얻게 될 여러 이점을 예상해 보기 시작했다.

"난 이 계획이 아주 맘에 드는구나. 딱 내가 원하던 대로야. 마거릿하고 난 너희들 못지않게 그 계획 덕을 보게 될 거다. 너희가 미들턴 가 사람들과 함께 가버리고 나면, 우리는 책과 음악을 벗 삼아 아주 조용히 즐겁게 지낼 거야! 너희가 돌아올 즈음엔 마거릿이 몰라보게 발전해 있겠지! 또 마침 너희들 침실을 좀 바꿀 계획이었는데, 이제 아무에게도 불편을 주지 않고 계획을 실행할 수 있겠구나. 너희는 런던에 가야 해. 너희들 또래의 젊은 처녀라면 런던의 풍습과 오락을 잘 알아야지. 또 틀림없이 너희에게 친절을 베풀어주실 어머니같이 인자한 부인의 보호를 받게 될 테고. 게다가 너희 오라버니와 만나게 될 지도 모르니 말이다.

그 애나 처가 무슨 잘못을 저질렀든, 아버지를 생각하면 너희가 서로 완전히 남남처럼 지내는 것도 못 참을 일이니까."

엘리너가 말했다. "어머니가 저희들의 행복에 대해 늘 근심하시는 마음으로 이 계획의 장애물을 모두 치우셨다 해도, 제가 보기에는 그렇게 쉽사리 제거하기 어려운 걸림돌 한 가지는 여전히 남아 있어요."

매리앤의 안색이 어두워졌다.

대쉬우드 부인이 말했다. "그렇다면 신중한 우리 딸 엘리너가 무슨 제안을 내놓으려나? 이제 꺼내놓을 만만찮은 장애물이라는 게 뭘까? 비용 얘기라면 입도 벙긋하지 말아라."

"제가 반대하는 이유는 이런 거예요. 제닝스 부인의 진심은 잘 알지만, 저희에게 즐거운 교제의 기회를 제공해 주신다거나, 제대로 보호해 주실 수 있는 분은 못 돼요."

어머니가 대답했다. "그건 맞는 말이다. 하지만 다른 사람들과 떨어져서 그분하고만 지낼 것도 아니고, 사람들 앞에 나갈 때는 대개 미들턴 부인과 함께 있게 될 거다."

매리앤이 끼어들었다. "언니는 제닝스 부인이 마음에 들지 않아서 꺼려진다 해도, 저까지 부인의 초대를 받아들이지 못하게 막을 수는 없어요. 전 전혀 거리끼지 않고, 그 정도의 불쾌함쯤이야 어렵잖게 참을 수 있어요."

엘리너는 제닝스 부인에게 참고 예의를 갖추어 대하라고 아무리 설득해도 듣지 않았던 동생이 이렇게 부인의 태도에 개의치 않는다고 주장하자 실소를 금치 못했다. 그러면서도 자신은 집에서 편안한 시간을 보내고 싶어도 매리앤이 자신의 판단만을 따르거나 제닝스 부인을 멋대로 대하도록 놔둘 수는 없다고 생각했으므로, 동생이 가겠다고 우긴다면 자신도 가야겠다고 결심했다. 루시의 설명대로라면 에드워드 페라스는 2월까지는 런던에 없을 테고, 무리하게 일정을 단축하지 않고도 그 전에 방문을 끝낼 수 있을 것이라는 생각에 이 결심을 한결 쉽게 받아들였다.

대쉬우드 부인이 말했다. "너희 둘 다 보냈으면 한다. 그런 반대는 이유가 못 돼. 런던에서 지내면, 특히 함께 있으면 매우 즐거울 거야. 엘리너가 즐길 거리를 찾아 볼 마음만 먹는다면, 여러 곳에서 즐거움을 찾아낼 수 있을 거다. 올케 가족들과 친분을 쌓아서 즐거움을 얻게 될지도 모르지."

엘리너는 모든 진실이 밝혀졌을 때 충격이 덜하도록 에드워드와 자신의 관계에 대한 어머니의 믿음을 누그러뜨릴 기회를 엿보고 있었으므로, 이제 이러한 공격이 나오자 성공할 가망은 거의 없더라도 되도록 침착하게 이런 말을 하여 계획을 시작했다. "전 에드워드 페라스를 퍽 좋아하고, 그분을 만난다면 언제라도 기쁠 거예요. 하지만 다른 가족들이라면 제가 알고 지내든 모르고 지내든 전혀 상관없는 문제지요."

대쉬우드 부인은 미소만 지을 뿐 아무 말도 하지 않았다. 매리앤은 놀라 눈을 휘둥그레 떴고, 엘리너는 지금으로서는 더 말하지 않는 편이 낫겠다고 생각했다.

더 길게 얘기할 것도 없이 결국 초대를 받아들이기로 했다. 제닝스 부인은 이 소식에 크게 기뻐하면서 친절을 다해 보호하겠다고 거듭 약속했다. 기뻐한 이는 부인만이 아니었다. 존 경도 기뻐했다. 혼자 있게 되는 것이 가장 큰 걱정거리인 사람에게 런던에서 같이 지낼 사람 두 명이 더 늘어나는 것은 중요한 일이었기 때문이다. 레이디 미들턴조차 기뻐해 주는 수고를 마다하지 않았는데, 평소의 그녀 같으면 기대하기 어려운 일이었다. 스틸 자매로 말하자면, 특히 루시는 이 소식을 듣고 평생 이렇게 기뻤던 적이 없다고 했다.

엘리너는 예상했던 것보다는 거부감 없이 자신의 뜻에 어긋나는 결정을 받아들였다. 자신으로서는 런던에 가든 안 가든 아무래도 좋았지만, 어머니가 그 계획에 대단히 기뻐하시는 데다 동생이 표정, 목소리, 태도 모든 면에서 기쁨에 넘쳐 평상시의 활기 넘친 모습을 되찾은 정도가 아니라 한껏 기분이 들떠 평소보다 더 명랑해진 모습을 보니 자신도 그 이유에 대해 불만을 가질 수가 없었고, 결과에 대해서도 회의적인 마음이 거의 사라졌다.

매리앤의 기쁨은 행복한 정도를 한참 넘어 마음이 온통 산란했고 참을성도 사라져 버렸다. 어머니를 떠나기 싫은 마음만이 그녀를 가라앉혔다. 작별하는 순간, 그로 인한 슬픔은 도를 넘을 지경이었다. 어머니의 상심도 그에 못지 않았다. 세 사람 중 이별을 영원한 것으로 생각지 않는 듯한 사람은 엘리너뿐이었다.

그들은 1월 첫 주에 출발했다. 약 일주일 후 미들턴 부부가 뒤를 따를 예정이었다. 스틸 자매는 파크에서 계속 지내다가 나머지 가족과 함께 떠나기로 했다.

4장

엘리너는 제닝스 부인과 알게 된 지가 얼마 되지 않았고 나이와 기질 면에서 전혀 공통점이 없으며, 불과 며칠 전까지만 해도 그렇게 심하게 반대했는데도 불구하고 함께 마차를 타고 부인의 보호 아래 손님으로써 여행을 시작하게 된 자신의 상황이 그저 놀랍기만 했다 상황에 놀라움을 감출 수 없었다! 그러나 이러한 반대는 매리앤과 어머니가 공유하는 젊음의 행복한 열정 앞에서 맥을 못 추었다. 엘리너는 윌러비의 본심에 대해 의심을 떨칠 수 없었어도, 매리앤의 온 정신을 가득 채우고 눈에서 뿜어져 나오는 기대에 찬 환희를 보면서 자신의 앞날은 얼마나 공허한가, 동생에 비해 자기 마음은 얼마나 맥빠진 상태인가, 가까운 장래에 똑같은 고무적인 목표가 있고 똑같은 희망의 가능성이 있다면 자신도 얼마나 기꺼이 매리앤과 같이 기대를 품었겠는가 생각하지 않을 수 없었다. 그러나 이제 잠깐, 아주 잠깐이면 윌러비의 속내가 밝혀질 것이다. 아마도 그는 이미 런던에 와 있을 것이다. 가고 싶어 안달하는 매리앤의 모습으로 보아 거기에서 그를 만날 수 있다고 믿는 것이 분명했다. 엘리너는 자신의 관찰이나 다른 이들로부터 들은 정보에 따라 그의 성격을 그려낼 수 있는 새로운 실마리라면 어떤 것도 놓치지 않는 것은 물론이고, 주의 깊게 관찰하여 여러 차례 만나기 전에 그의 사람됨과 속뜻을 확인하겠다고 마음먹었다. 자신이 관찰한 결과가 좋지 못하다면 무슨 일이 있어도 동생의 눈을 뜨게 해 줄 결심이었고, 만일 그 반대라면 자신의 노력은 다른 성격이 될 것이다. 그때는 자기 기준을 들어 비교하는 일은 일체 삼가고, 매리앤의 행복에 대한 기쁨을 줄일지도 모를 아쉬움 따위는 전부 버려야 할 것이다.

그들은 사흘간 여행했다. 매리앤의 행동은 그녀가 앞으로 제닝스 부인에게 얼마나 공손하고 사근사근하게 대할지 예측할 수 있는 좋은 표본이었다. 그녀는 내내 자기 생각에만 빠져 침묵을 지켰으며, 그림같이 아름다운 경치가 시야에 들어 와 언니에게만 기쁨에 찬 감탄을 토할 때를 제외하고는 먼저 입을 여는 법이 거의 없었다. 엘리너는 동생의 행동을 보상하기 위해 자신에게 떠맡겨진 접대역을 즉각 받아서, 제닝스 부인을 최대한 배려하며 부인과 대화를 나누고, 함께 웃고, 할 수 있을 때마다 귀를 기울여 주었다. 제닝스 부인 편에서도 두 자매를 최대한 친절히 접대했으며, 그들이 편안하고 즐거운지 계속 마음을 썼다. 여관에서 그들이 자기가 저녁 식사를 고르도록 놔두지 않는다거나, 대구보다 연어를, 송아지 커틀릿보다는 닭고기를 더 좋아한다는 대답을 끌어내지 못한 점만 마음에 걸렸을 뿐이었다. 그들은 사흘째 되는 날 세 시에 런던에 도착하여 힘든 여행과 답답한 마차에서 풀려난 것을 기뻐하며 잘 타는 벽난로를 쬐는 사치를 맘껏 즐겼다.

집은 훌륭했으며 내부도 잘 갖추어져 있었다. 젊은 숙녀들에게는 곧 아주 편안한 방이 주어졌다. 그 방은 예전에 샬럿의 방이었으므로, 벽난로 위에 그녀가 런던의 훌륭한 학교에서 보낸 7년간의 성과를 보여주는 증거물로 비단에 그린 풍경화가 아직도 걸려 있었다.

저녁식사가 준비되려면 그들이 도착한 후로 두 시간은 더 있어야 했으므로, 엘리너는 막간을 이용해 어머니에게 편지를 쓰기로 하고 자리를 잡고 앉았다. 잠시 후 매리앤도 편지를 썼다. 엘리너가 말했다. "내가 집에 편지를 쓰고 있어, 매리앤. 넌 하루 이틀쯤 후에 보내는 편이 낫지 않겠니?"

"어머니께 쓰는 게 아니야." 매리앤이 더 이상의 질문을 피하려는 듯 황급히 대답했다. 엘리너는 더 이상 말하지 않았다. 윌러비에게 편지를 쓰는 것이 틀림없다는 생각과 함께 그들이 아무리 비밀에 붙이고 싶어 했을지라도 약혼했음이 틀림없다는 결론이 곧 머릿속에 떠올랐다. 엘리너는 이 확신이 완전히 만족스럽지는 않더라도 기쁘게 생각되었으므로, 더욱 활기에 넘쳐 편지를 계속 써 내려갔다. 매리앤은 금세 편지를 다 썼는데, 길이로 보아 쪽지 정도로 보였다. 그녀는 이를 재빨리 접어 봉한 다음 겉봉을 썼다. 엘리너는 겉봉에 크게 쓴 W자를 알아볼 수 있었다. 매리앤은 끝나자마자 종을 울려 하인을 불러 그 편지를 2페니 우편(런던의 지역 우편)으로 부쳐 달라고 부탁했다. 이것으로 사태는 곧 분명해졌다.

매리앤은 계속 기분이 굉장히 들뜬 상태였으나, 그 속에는 언니가 마냥 좋게만 생각할 수는 없는 어떤 불안한 동요가 있었고, 저녁이 깊으면서 이러한 동요는 더욱 심해졌다. 매리앤은 저녁식사도 먹는 둥 마는 둥 했고, 거실로 돌아왔을 때에도 마차 소리만 들리면 불안스레 귀를 기울였다.

엘리너는 제닝스 부인이 자기 방에서 주로 시간을 보내느라 무슨 일이 벌어지는지 거의 눈치채지 못한 것이 다행스러울 뿐이었다. 차가 나오고 매리앤이 이미 이웃집 문 두드리는 소리에 수없이 실망을 맛본 참에, 갑자기 다른 집으로 착각할 수 없을 만큼 문에서 큰 소리가 들려왔다. 엘리너는 윌러비가 찾아왔다고 확신했으며, 매리앤은 놀라 벌떡 일어나 문 쪽으로 달려갔다. 사위가 조용해졌으나, 이런 상태를 오래 참을 수 없었던 매리앤은 문을 열고 계단 쪽으로 몇 발짝 나아가 잠시 귀를 기울여 보더니, 그가 낸 소리가 틀림없다고 믿고 자연히 일어나는 동요에 휩싸여 방으로 되돌아왔다. 그녀는 그 순간 기쁨을 억누르지 못하고 이렇게 외쳤다. "오! 언니, 윌러비야, 틀림없어!" 윌러비가 나타나기만 하면 그의 팔에 자신을 내던지려는 찰나에, 브랜든 대령이 모습을 나타냈다.

매리앤은 너무나 충격을 받아 조용히 참고 있을 수가 없어 곧바로 방을 나갔다. 엘리너도 실망했으나, 동시에 브랜든 대령에 대한 배려를 잃지 않고 그를 환영했다. 동생을 그토록 좋아하는 남자로써 동생이 자신을 보고 슬픔과 실망밖에는 느끼지 못했음을 알아차렸을 것이라고 생각하니 특히 가슴이 아팠다. 엘리너는 곧 그가 이를 눈치채지 못했으며, 매리앤이 방을 나갔을 때 너무 놀라고 걱정이 된 나머지 자신에게 예의를 차릴 생각조차 잊었음을 알았다.

"동생분이 몸이 좋지 않은가요?" 그가 물었다.

엘리너는 다소 난처해하면서 그렇다고 대답하고, 두통이 있다느니 기운이 없다느니 피로하다느니 동생의 행동에 그럴 듯한 이유가 될 만한 것들을 모조리 주워섬겼다.

그는 진지하게 주의를 기울여 그녀의 말을 들었으나, 자신으로서도 뭔가 짚이는 바가 있었던지 그 주제에 대해서는 더 이상 말을 삼갔다. 그는 바로 런던에서 그들을 만나게 되어 기쁘다는 말로 시작하여 그들의 여행과 뒤에 두고 온 벗들에 관한 일상적인 질문을 던졌다.

이렇게 두 사람은 거의 관심 없는 대화를 차분하게 이어 나가면서 맥이 빠진 상태였고, 마음은 다른 곳에 가 있었다. 엘리너는 윌러비가 런던에 있는지 묻고 싶은 마음이 굴뚝같았지만, 경쟁자에 대한 질문으로 마음을 아프게 할까 염려스러웠다. 마침내 뭔가 얘기하던 도중에, 헤어진 이후로 그가 죽 런던에 있었는지 물어보았다. 그가 다소 당황하며 대답했다. "그렇습니다. 그 이후로 거의 죽 그랬지요. 한 두 차례 며칠간 델라포드에 머물렀지만, 바턴에 돌아갈 상황은 못 되었답니다."

엘리너는 이 말과 말하는 태도에서 그가 그곳을 떠나던 때의 정황과 제닝스 부인이 그 상황으로 미루어 품었던 불안과 의혹을 떠올렸다. 자신의 질문이 실제 이상으로 그 주제에 대해 훨씬 더 강한 호기심을 드러내지 않았을까 두려웠다.

제닝스 부인이 곧이어 들어왔다. 부인은 언제나처럼 소란스럽고 활기차게 말했다. "오! 대령님, 만나게 되어서 얼마나 기쁜지 모르겠어요. 빨리 나오지 못해서 미안하구려. 용서해 주세요, 하지만 주변 정리를 좀 하고 처리해야 할 일도 있어서 어쩔 수 없었다우. 집 떠나 있은 지가 하도 오래 돼 놔서, 아시겠지만 한동안 떠나 있다 와 보면 자질구레한 일거리들이 산더미같이 있게 마련이잖수. 그 담엔 마차 목수랑 처리해야 할 일도 있었고. 맙소사, 저녁식사 하고 나서부터 눈코 뜰 새 없이 바빴지 뭐예요! 하지만 대령님, 오늘 내가 런던에 온 줄은 어떻게 아셨수?"

"저녁 식사를 하러 갔다가 파머 씨로부터 기쁘게도 그 소식을 들었습니다."

"오! 그랬군요. 파머 씨 네는 다들 자기네 집에서 어떻게 지낸답니까? 샬럿은 잘 있나요? 장담하는데 그 애는 지금 딱 적당히 몸이 불은 거예요."

"파머 부인은 아주 좋아 보이셨고, 내일이면 틀림없이 뵙게 될 거라고 전해 달라고 하셨습니다."

"아이, 내 생각도 그래요. 그건 그렇고 대령님, 내가 젊은 숙녀 두 분을 같이 데리고 왔다우. 한 명은 지금 보고 있지만, 한 명이 더 있지요. 당신 친구인 매리앤 양이라우. 그 이름을 듣게 되어 유감이라는 건 아니겠지요. 당신과 윌러비 씨가 매리앤 양을 놓고 무슨 짓을 할지는 모르겠지만. 아이, 젊고 잘생겼다는 건 좋은 거야. 아! 나도 한때는 젊었지만, 그다지 미인은 아니었다우. 안 된 일이었지. 하지만 아주 좋은 남편을 얻었고, 절세미인이라도 그보다 나은 남편을 얻지는 못할 걸요. 아! 가엾은 이! 세상을 뜬지 8년도 더 되었으니. 그런데 대령님, 우리와 헤어진 후에 어디에 계셨나요? 일은 잘 되어 가고? 이 봐요, 친구 사이에 비밀이 어딨어요."

그는 부인의 모든 질문에 몸에 밴 온화한 태도로 답했으나, 어느 질문에도 부인이 만족할 만한 답을 주지는 못했다. 엘리너는 이제 차를 만들기 시작했고, 매리앤도 가까스로 다시 모습을 나타냈다.

매리앤이 들어온 후 브랜든 대령은 이전보다 더 깊은 생각에 잠겨 침묵을 지켰고, 좀 더 머물다 가라는 제닝스 부인의 설득도 듣지 않았다. 그날 저녁에는 다른 방문객은 없었고, 숙녀들은 일찍 잠자리에 들자는 데 의견일치를 보았다.

매리앤은 다음 날 아침 기분이 한결 나아져 행복한 얼굴로 일어났다. 전날 저녁의 실망감은 그날 일어날 일에 대한 기대로 잊혀진 듯했다. 그들이 조반을 들고 나서 얼마 안 되어 파머 부인의 마차가 문간에서 멈추었고, 잠시 후 부인이 웃음을 터뜨리며 방으로 들어왔다. 그들 모두를 보고 너무 기쁜 나머지 어머니와 대쉬우드 자매 어느 쪽을 만나게 된 것이 더 기쁜지 말하기가 힘들었다. 줄곧 기대하기는 했지만 그들이 런던에 왔다니 너무 놀랐고, 자기 초대는 거절했으면서 어머니의 초대는 받아들인 데 매우 화가 났지만, 그들이 오지 않았다면 절대 용서하지 않았을 거다!

"남편도 당신들을 보면 무척 기뻐할 거예요. 당신들이 엄마랑 같이 왔다는 얘기를 듣고 그이가 뭐라고 했을 것 같아요? 지금은 기억이 안 나는데, 하여튼 정말 우스운 소리를 했다니까요!"

부인의 어머니가 편안한 수다라고 부르는 것, 달리 말하면 제닝스 부인 쪽에서는 아는 사람 전부에 대해 시시콜콜한 것까지 모조리 캐묻고 파머 부인 쪽에서는 이유 없이 웃음을 터뜨리는 것으로 두어 시간을 보낸 후, 파머 부인이 아침에 상점 몇 군데에 볼일이 있으니 모두 자기와 함께 가자고 제안했다. 제닝스 부인과 엘리너는 자기들도 몇 가지 살 것이 있었으므로 기꺼이 동의했다. 매리앤은 처음에는 거절했으나 설득을 받아들여 같이 가기로 했다.

어디를 가나 매리앤은 눈에 띌 정도로 계속 안절부절못하는 모습이었다. 특히 그들의 볼일이 대부분 몰려 있는 본드 가街에서 그녀의 눈은 끊임없이 뭔가를 찾아 헤맸다. 일행이 어느 상점에 들어가든 그녀는 그들 앞의 모든 물건들, 다른 사람들의 관심을 끌고 마음을 사로잡는 모든 것으로부터 마음이 떠나 있었다. 어딜 가나 초조하고 불만스러운 상태였으므로, 언니는 그들 둘이 똑같이 관심을 갖고 있는 것일지라도 살 물건에 대해 전혀 동생의 의견을 얻을 수가 없었다. 매리앤은 어느 것을 보아도 조금도 즐겁지 않았고 집에 돌아가고 싶은 초조한 마음뿐이었으므로, 예쁘거나 비싸거나 새로운 것이면 눈을 떼지 못하고 다 사고 싶은 마음에 아무것도 결정하지 못한 채 감탄하고 망설이느라 시간을 다 허비하며 꾸물거리는 파머 부인에게 짜증을 억제하기 어려웠다.

오전이 거의 다 지나서야 그들은 집으로 돌아왔다. 집에 들어서자마자 매리앤은 정신없이 계단을 뛰어올라갔다. 엘리너는 그 뒤를 따라갔다가 매리앤이 슬픔에 찬 표정으로 테이블에서 돌아서는 모습을 발견하고 윌러비가 왔다 가지 않았음을 알았다.

"우리가 나간 후 제게 온 편지가 없었나요?" 매리앤이 꾸러미를 들고 들어서는 하인에게 물었다. 없었다는 대답이 돌아왔다. “확실해요?” 그녀가 다시 물었다. “편지나 전갈을 두고 간 하인이나 심부름꾼이 아무도 없었단 말예요?”

하인은 아무도 없었다고 대답했다.

“이상도 해라!” 그녀가 창문 쪽으로 몸을 돌리며 나지막하고 실망한 어조로 탄식했다.

“정말 이상한 일이네!” 엘리너도 동생을 불안하게 보면서 속으로 되풀이했다. “그가 런던에 있는 줄 몰랐다면 편지를 쓰지도 않았을 테지. 콤 매그나에 편지를 썼을 거야. 그가 런던에 있다면 어떻게 오지도, 편지를 쓰지도 않을 수가 있을까! 오! 사랑하는 어머니, 이렇게 어린 딸과, 어떤 사람인지 잘 알지도 못하는 남자 사이에 이렇게 수상쩍고 이상한 약혼 관계를 맺도록 놔두시다니 잘못하신 거예요! 물어보고 싶어 죽을 지경이지만 내가 간섭할 수도 없고!”

엘리너는 잠시 곰곰이 생각한 후, 지금과 같이 불쾌한 상황이 여러 날 더 계속된다면 어머니에게 진지하게 추궁해 보시라고 강력히 설득하기로 결심했다.

파머 부인과 오전에 만나 초대한 제닝스 부인의 가까운 친구인 노부인 두 명이 그들과 함께 정찬을 들었다. 파머 부인은 차를 마신 뒤 저녁 약속이 있어 곧 자리를 떴고, 엘리너는 남은 사람들을 위해 휘스트 테이블 차리는 일을 도와야 했다. 매리앤은 게임을 전혀 배우려 하지 않았으므로 이런 경우에 있으나마나 했다. 그러나 그 덕분에 시간을 마음대로 쓸 수 있었어도 불안 섞인 기대와 고통스러운 실망감에 빠져 시간을 보냈으므로, 즐겁지 않기는 엘리너와 마찬가지였다. 매리앤은 몇 번인가 독서를 하려고 잠시 노력해 보기도 했지만, 곧 책을 내던지고 방을 이리저리 거닐다가 창가에 올 때마다 오랫동안 기다려 온 문 두드리는 소리가 들릴지 모른다는 희망에 잠시 발을 멈추는 더 마음이 끌리는 일거리로 되돌아갔다.

5장

그들이 다음날 아침 조반을 먹으러 모였을 때, 제닝스 부인이 말했다. "이렇게 맑은 날씨가 더 오래 계속된다면, 존 경이 다음 주까지는 바턴을 떠날 마음이 안 들겠구먼. 사냥꾼들은 하루라도 즐길 기회를 놓치지 않으려 하는 법이지. 딱한 사람들! 그이들이 사냥할 때 보면 늘 안됐다는 생각이 들지 뭐야. 그이들이야 진심으로 좋아서 하는 것 같지만."

"정말 그렇네요." 매리앤이 기운찬 목소리로 외치고는 창가로 걸어가 날씨를 살피면서 말했다. "전 그건 생각도 못 했어요. 이런 날씨라면 사냥꾼들은 시골을 떠나지 않을 거예요."

이 다행스러운 발견으로 매리앤은 기분이 완전히 회복되었다. "정말 그들에게는 매혹적인 날씨예요." 그녀는 행복한 표정으로 아침 식탁에 앉으며 말을 이었다. "이런 날씨를 얼마나 좋아하겠어요! 하지만" (걱정스러운 기색이 약간 돌아와서) "오래 지속되기를 기대할 수는 없지요. 연중 이맘때 이렇게 잇달아 비가 오고 난 다음이면 맑게 개는 날이 거의 없으니까요. 곧 서리가 내릴 테고, 아마도 점점 더 날씨가 험해지겠죠. 아마도 하루나 이틀 후면 이렇게 포근하기 짝이 없는 날씨는 좀처럼 보기 힘들 거예요. 아니, 오늘밤이라도 얼음이 얼지 모르죠!"

엘리너가 제닝스 부인이 동생의 생각을 자신만큼 확실히 읽어내지 못하게 막으려는 마음에서 말했다. "어쨌거나 다음주 말께면 존 경과 레이디 미들턴도 런던에 계실 거라고 믿어도 좋겠군요."

"아이, 그거야 자신 있게 말할 수 있지요. 메리는 늘 자기 뜻대로 하니까."

"그리고 매리앤이 콤에 오늘 편지를 보낼 테지." 엘리너는 속으로 생각했다.

그러나 그렇게 했다 하더라도, 매리앤은 그 편지를 사실을 확인하려고 눈을 부릅뜨고 감시하는 엘리너의 주의를 피해 비밀스럽게 써서 부쳤다. 사실이야 어떻든 간에, 또 엘리너가 아무리 완전히 마음을 놓지 못한다 하더라도, 매리앤이 기운을 되찾은 모습을 보면서 내내 편치 않은 기분으로 있기는 힘들었다. 매리앤은 활기가 넘쳤고 포근한 날씨에 기뻐했으며, 서리가 내릴 거라는 기대에는 한층 더 기뻐했다.

오전 시간은 주로 런던에 왔음을 알리기 위해 제닝스 부인의 친구들 집에 명함을 돌리는 일로 보냈다. 매리앤은 바람의 방향을 살피고 하늘의 변화를 관찰하며 대기가 어떻게 변할지 예상해 보느라 내내 한눈팔 틈이 없었다.

"아침나절보다 더 추워진 것 같지 않아, 언니? 확 달라진 것 같은데. 머프 속에 손을 넣어도 따뜻하지가 않아. 어제는 이렇지 않았는데. 구름이 걷히는 듯하니 해가 잠깐 나올 거야. 오후에는 맑겠네."

엘리너는 기쁘기도 하고 마음이 아프기도 했으나 매리앤은 인내심 있게 버텼다. 매리앤은 밤이면 밝게 타오르는 불빛을 들여다보고, 아침이면 서리가 내릴지 공기의 상태를 살폈다.

대쉬우드 자매는 자신들에게 변함없이 친절한 제닝스 부인의 태도는 물론이고 생활 방식이나 친구들에 대해서도 불만을 가질 이유가 없었다. 부인은 집안 관리에 있어 매사를 매우 유연하게 계획에 따라 처리했으며, 레이디 미들턴으로서는 유감스럽게도 부인이 절대 절교하지 않은 옛 친구 몇몇을 제외하고는, 젊은 친구들이 사귀기를 꺼릴 만한 사람은 사람은 아무도 방문하지 않았다. 엘리너는 예상했던 것보다 그 점에서 특히 편안하게 지낼 수 있어서 기뻤다. 그래서 집에서 하든 밖에서 모이든 저녁 모임은 자신은 별로 좋아하지도 않는 카드놀이 뿐이어서 별 재미를 찾을 수 없다는 정도는 기꺼이 참기로 했다.

브랜든 대령은 거의 매일 집에 초대받아 그들과 함께 지냈다. 그는 와서 매리앤을 보고 엘리너와 얘기했다. 엘리너는 다른 어떤 일상적인 일에서보다 그와 나누는 대화에서 더 큰 기쁨을 얻을 때가 많았지만, 그런 한편으로 동생에 대한 식지 않는 그의 애정을 더욱 근심스레 지켜보았다. 그녀는 그의 애정이 강해지는 것이 걱정스러웠다. 매리앤을 주시하는 그의 뜨거운 눈길에 마음이 아팠다. 그는 확실히 바턴에 있을 때보다 더 의기소침해졌다.

그들이 도착한 지 일주일쯤 되었을 때, 윌러비도 도착했다는 사실이 확실해졌다. 그들이 오전 산책에서 돌아오니 그의 명함이 테이블 위에 놓여 있었다.

매리앤이 외쳤다. "오 세상에! 우리가 외출한 사이 왔었나봐." 엘리너는 그가 런던에 있다는 확신에 기뻐서 이렇게 말했다. "틀림없이 내일 다시 방문하겠지." 그러나 매리앤은 그 말이 귀에 들리지도 않는 듯, 제닝스 부인이 들어오자 명함을 들고 빠져나갔다.

이 사건으로 엘리너는 기분이 한껏 고조된 반면, 동생은 예전에 불안하게 동요하던 것보다 더 심한 상태로 되돌아갔다. 이 순간부터 매리앤은 안절부절못했고, 이제나저제나 그를 만날까 하는 기대에 아무 일도 손에 잡지 못했다. 다음 날 오전, 다른 사람들이 외출하려 하자 그녀는 남아 있겠다고 고집을 부렸다.

엘리너는 온통 그들이 없을 동안 버클리 가街에서 무슨 일이 있었을까에 대한 생각으로 머릿속이 꽉 차 있었으나, 돌아와서 동생을 보자마자 윌러비가 두 번째로 방문하지 않았음을 알았다. 그때 막 전갈이 하나 와서 테이블 위에 놓였다.

"나한테 온 건가요?" 매리앤이 허겁지겁 앞으로 나서면서 외쳤다.

"아닙니다, 아가씨, 마님 앞으로 온 겁니다."

그러나 매리앤은 믿지 못하고 이를 낚아챘다.

"정말 제닝스 부인에게 온 것이잖아. 속상해 죽겠네!"

"그럼 편지를 기다리고 있었니?" 더 이상 침묵하고 있을 수가 없어 엘리너가 물었다.

"응, 조금쯤은, 많이는 아니고."

잠시 침묵이 흐른 다음, "나를 믿지 않는구나, 매리앤."

"아냐, 언니, 언니가 그런 비난을 하다니. 언니야말로 아무도 믿지 않으면서!"

"내가!" 엘리너가 당혹감을 느끼며 되받았다. "매리앤, 난 정말이지 할 말이 없구나."

"나 역시 그래." 매리앤이 대답했다. "우린 같은 상황에 있어. 언니는 해 줄 말이 없고, 난 감출 것이 없으니 둘 다 할 말이 없는 거지."

엘리너는 자기가 말을 자제한다는 동생의 비난에 마음이 무거워져 이런 상황에서 어떻게 하면 매리앤의 마음을 열 수 있을지 알 수가 없었다.

곧 제닝스 부인이 들어와 자신에게 온 전갈을 큰 소리로 읽었다. 레이디 미들턴으로부터 온 것으로, 콩뒤 가街에 전날 밤 도착했으니 다음 날 저녁 어머니와 친척들이 방문해 주었으면 좋겠다는 내용이었다. 존 경은 볼일이 있고, 자신은 독감에 걸려 버클리 가를 방문할 수가 없다는 것이었다. 초대를 받아들이기로 했다. 그러나 제닝스 부인에 대한 예의에서 이런 방문에는 두 사람 모두 따라가야 마땅한데도, 약속시간이 가까워오자 엘리너는 동생을 가도록 설득하느라 애를 먹었다. 매리앤은 아직도 윌러비의 코끝도 보지 못한 터라, 밖에 나가 즐길 마음이 안 난다기보다는 자기가 나간 사이 그가 방문할까봐 걱정이 되었던 것이다.

엘리너는 저녁이 다 갈 때쯤 사는 곳이 바뀌어도 성격은 그다지 바뀌지 않는다는 사실을 알게 되었다. 존 경은 아직 제대로 정리도 못 한 상황에서 용케도 젊은이들을 스무 명 가까이 끌어 모아 엘리너 자매를 즐겁게 해 주려고 무도회를 열려고 했던 것이다. 그러나 레이디 미들턴은 찬성하지 않았다. 시골에서야 계획에 없는 즉석 무도회를 열어도 무방하지만, 품위 있다는 평판이 더 중요한 의미를 가지면서도 얻기는 더 어려운 런던에서는 얘기가 달랐다. 아가씨들 두엇을 즐겁게 해 주자고 레이디 미들턴이 고작 바이올린 두 대에 보잘것 없는 간식을 차려놓고 여덟아홉 쌍 정도가 모이는 작은 무도회를 열었다는 소문이 나는 것은 싫었다.

파머 씨 부부도 파티에 왔다. 장모와 얼굴을 마주치지 않으려고 주의하여 근처에 얼씬도 하지 않은 덕분에, 그들이 런던에 온 이후로 처음 만나게 된 파머 씨는 그들이 들어와도 아는 척도 하지 않았다. 그는 그들이 누구인지 알려고도 않고 보는 둥 마는 둥 하고 제닝스 부인에게는 방 반대편에서 고개만 까딱였다. 매리앤은 들어가면서 방을 한 바퀴 휘둘러보았다. 그가 없다는 것을 확인하고 나서 즐기기도 남을 즐겁게 해 주기도 싫다는 차가운 태도로 자리에 앉았다. 파머 씨는 브랜든 대령으로부터 그들이 도착했다는 소식을 벌써 들었고 그들이 왔다는 말에 아주 우스꽝스러운 혼잣말을 했다면서도, 그들이 모인 지 한 시간쯤 되어서야 대쉬우드 자매 쪽으로 어슬렁거리며 다가와 그들을 런던에서 만나서 놀라는 척했다.

"두 분 모두 데번셔에 계실 줄 알았습니다." 그가 말했다.

"그러셨어요?" 엘리너가 말을 받아주었다.

"언제 돌아가십니까?"

"저도 모르겠어요." 그것으로 대화가 끝났다.

매리앤은 그 날 저녁만큼 춤추기가 죽기보다 싫었던 적이 없었고, 춤을 추느라 그렇게 녹초가 되었던 적도 없었다. 그녀는 버클리 가로 되돌아와 그런 불평을 늘어놓았다.

제닝스 부인이 대꾸했다. "아, 그래요, 이유야 말 안 해도 뻔하지. 이름을 밝힐 수 없는 어떤 이가 거기 있었던들 전혀 지치지 않았겠지요. 사실을 말하자면 그가 초대받았는데도 당신을 만나지 못해서 안됐지 뭐예요."

"초대를 받았다고요!" 매리앤이 부르짖었다.

"우리 딸애 미들턴이 그러던 걸요. 존 경이 오늘 아침 거리에서 그를 만났다던가." 매리앤은 더 말하지 않았지만, 극도로 상심한 모습이었다. 엘리너는 동생의 마음을 편하게 해 주기 위해 할 수 있는 일이 아무것도 없다는 것을 더는 참을 수가 없어서, 다음날 아침 어머니께 편지를 쓰기로 결심했다. 어머니가 매리앤을 염려한 나머지 너무 오래 미루어 온 질문을 하게 되기를 바랐다. 그녀는 아침 식사 후 매리앤이 편지를 쓰는 모습을 보았다. 동생이 윌러비 아닌 다른 사람에게 편지를 쓴다고는 생각할 수 없었으므로, 이러한 조치를 취할 결심을 더욱 굳혔다.

정오쯤 되어 제닝스 부인이 볼일을 보러 혼자 외출하자 엘리너는 즉시 편지를 쓰기 시작했다. 매리앤은 뭔가 하자니 너무 초조하고 대화를 나누자니 너무 불안해서 이 창 저 창으로 걸어다니거나 난롯가에 앉아 우울한 상념에 잠겼다. 엘리너는 어머니에게 지나간 일과 윌러비의 변심에 대한 의혹을 모두 설명하고, 의무와 애정에 호소하여 매리앤에게 그와 관련된 실제 상황을 설명하도록 요구하시라고 간곡히 부탁했다.

편지를 미처 다 끝내기도 전에 문 두드리는 소리가 방문객이 왔음을 알렸고, 브랜든 대령의 도착 소식이 전해졌다. 창가에서 그를 본 매리앤은 누구와도 만나고 싶지 않았으므로 그가 들어오기 전에 방을 떴다. 그는 평소보다 더 우울한 표정이었다. 대쉬우드 양 혼자만 있는 모습을 보고 마치 그녀에게만 특별히 할 얘기가 있는 양 기쁜 표정을 지었지만, 아무 말도 없이 한참 동안 앉아 있었다. 엘리너는 그가 뭔가 동생과 관련된 화제를 꺼낼 것이라 믿고 초조하게 입을 열기를 기다렸다. 그런 확신을 가진 것이 처음은 아니었다. 전에도 "동생분이 오늘은 몸이 좋지 않으신 듯하군요"라거나 "동생분이 기운이 없어 보이시네요"와 같은 말로 시작하여 동생에 관해 뭔가 털어놓거나 물어보려는 듯 보였던 적이 여러 번 있었다. 몇 분인가 흐른 뒤, 그가 다소 침착성을 잃은 목소리로 그녀에게 언제쯤 제부를 얻은 데 축하를 드리면 되겠느냐는 질문으로 침묵을 깼다. 엘리너는 예상치 못한 질문에 대답할 말을 찾지 못하다가, 간단하고 평이한 조치를 택해 무슨 뜻이냐고 물었다. 그는 미소를 잃지 않으려 애쓰면서 대답했다. "동생분이 윌러비 씨와 약혼하셨다는 소식을 모르는 이가 없습니다."

"그럴 리가 없어요. 우리 가족도 모르는 일인데." 엘리너가 대꾸했다.

그는 놀란 얼굴로 말했다. "죄송합니다. 제가 주제넘은 질문을 드렸나 봅니다. 하지만 그들이 공개적으로 서신 왕래를 하고, 다들 그들의 결혼 얘기를 하기에 비밀로 하실 생각일 줄은 몰랐습니다."

"어떻게 그럴 수가 있죠? 누구한테 그런 말을 들으셨나요?"

"여러 사람들이, 그 중에는 당신이 모르는 분도 있고, 제닝스 부인이나 파머 부인, 미들턴 부부처럼 아주 친한 분들도 있답니다. 하지만 오늘 하인이 저를 들여보낼 때 우연히 그의 손에 들린 동생분의 필적으로 윌러비 씨에게 쓴 편지를 보지 못했더라면 여전히 믿지 않았을지도 모르겠습니다. 믿고 싶지 않은 마음이 있으면 항상 그 의심을 뒷받침할 만한 것을 찾아내기 마련이니까요. 물어보러 왔지만, 질문을 꺼내기도 전에 확신하게 되었지요. 이제 다 결정된 건가요? 가능성은 없을까요? 그러나 제게는 아무런 권리도 없고, 성공할 기회도 얻을 수 없겠지요. 죄송합니다, 대쉬우드 양. 쓸데없이 많은 얘기를 한 것 같습니다만, 어떻게 하면 좋을지 알 수가 없어서 당신의 신중함을 무엇보다도 믿고 있습니다. 감춘다 해도 잠시뿐이고, 그 후면 어떤 시도도 소용없이 모든 것이 완전히 결정된 상태인지 말씀해 주십시오."

동생에 대한 사랑을 솔직하게 고백하는 이 말에 엘리너는 깊이 감동했다. 그녀는 아무 말도 할 수가 없었고, 정신을 차리고서도 잠깐 동안 뭐라고 대답하면 제일 적절할지 고민했다. 윌러비와 동생 사이에서 일이 어떻게 진행되어 가고 있는지 자신도 거의 아는 바가 없어서, 너무 적게 말하나 너무 많이 말하나 마찬가지일지 몰랐다. 그러나 그 결과가 어찌 되든 간에 윌러비에 대한 매리앤의 사랑만큼은 확신했으므로, 브랜든 대령에게 성공할 희망을 줄 수는 없었다. 또한 그와 동시에 되도록 자신의 행동에 대한 비난을 피하고 싶었기 때문에, 잠시 숙고한 끝에 실제로 알고 있거나 믿는 것 이상으로 말해주는 편이 가장 신중하고 친절한 조치라고 생각했다. 그리하여 그녀는 그들이 서로 어떤 관계인지는 듣지 못했지만 둘 사이의 애정을 의심치 않으며, 그들이 서신 왕래를 했다는 말을 들어도 놀랍지 않다고 인정했다.

그는 묵묵히 그녀의 말을 한 마디도 흘리지 않고 듣다가, 그녀가 말을 끝내자 자리에서 일어나 감정이 북받치는 목소리로, "동생분께 제가 생각할 수 있는 모든 행복을 다 기원합니다. 윌러비가 그녀를 얻을 자격이 있는 사람이 되도록 노력하기를 바랍니다"라고 말하고 작별을 고한 다음 가버렸다.

엘리너는 이 대화에서 불안한 마음을 가라앉힐 편안한 느낌을 전혀 받지 못했다. 반대로 브랜든 대령의 불행을 깊이 느끼면서도, 그 불행을 확실하게 만들 것이 틀림없는 바로 그 사건에 대한 걱정 때문에, 그 불행이 사라지게 되기를 바랄 수도 없었다.

6장

그 후 사나흘 동안 엘리너가 어머니께 호소한 것을 후회할 일은 전혀 일어나지 않았다. 윌러비는 찾아오지도, 편지를 보내지도 않았다. 그들은 레이디 미들턴과 함께 파티에 참석하기로 약속했다. 제닝스 부인은 둘째 딸이 몸이 좋지 않아 참석하지 않기로 했다. 매리앤은 완전히 풀이 죽어 외모도 가꾸지 않은 채 가거나 말거나 아무래도 좋다는 태도로 희망 어린 빛이나 즐거운 기색이라곤 손톱만큼도 없이 파티에 갈 준비를 했다. 그녀는 차를 마신 후 거실에 앉아 레이디 미들턴이 도착했어도 자리에서 움직이거나 태도 하나 바꾸지 않은 채 자기 생각에 골몰하여, 언니의 존재도 알아차리지 못했다. 마침내 레이디 미들턴이 문간에서 그들을 기다리고 있다는 전갈이 오자, 그녀는 누군가를 기다리는 중이었다는 것조차 잊은 듯 화들짝 놀랐다.

그들은 예정된 시간에 약속 장소에 도착했다. 그들 앞에 줄을 선 마차들이 서자, 내려서 계단을 올라갔다. 한 층계참에서 다른 층계참으로 그들의 이름이 불려지는 것을 듣고 휘황하게 불이 밝혀지고 사람들로 꽉 차 참을 수 없을 만큼 더운 방으로 들어갔다. 그들은 여주인에게 인사를 드린 후, 인파 속에 섞여 그들의 도착으로 어쩔 수 없이 더해졌을 열기와 불편을 함께 겪었다. 거의 말도 하지 않고 한 일도 없이 잠시 시간을 보낸 후, 레이디 미들턴은 카지노 게임에 앉았고, 매리앤은 돌아다닐 기분이 아니었으므로 엘리너와 함께 운 좋게도 의자를 얻어 테이블에서 멀지 않은 곳에 자리를 잡았다.

그들이 이런 식으로 있은 지 얼마 안 되어, 엘리너는 그들과 몇 야드 떨어진 거리에 서서 세련되게 차려입은 젊은 여자와 진지하게 대화를 나누고 있는 윌러비의 모습을 발견했다. 그녀는 곧 그와 눈이 마주쳤다. 그는 바로 인사했으나, 매리앤을 보지 못했을 리가 없는데도 엘리너에게 말을 건네거나 매리앤에게 다가오지도 않고 그 숙녀와 대화를 계속했다. 엘리너는 매리앤이 이를 못 보고 지나쳤는지 확인하려고 자기도 모르게 매리앤 쪽으로 몸을 돌렸다. 그때 처음으로 매리앤은 그를 알아보고 갑작스러운 기쁨으로 얼굴이 온통 환해졌다. 언니가 붙잡지만 않앉으면 당장 그에게로 달려갔을 것이다.

매리앤이 부르짖었다. "하느님 맙소사! 그이가 저기 있어. 저기 있다고. 오! 왜 나를 보지 않는 거지? 왜 그이랑 얘기할 수 없단 말이야?"

엘리너가 외쳤다. "제발, 제발 진정하렴. 이 자리에 있는 사람들이 전부 다 네 기분을 눈치채겠다. 아마 너를 아직 못 본 모양이지."

그러나 매리앤은 자기 눈을 믿을 수가 없었다. 매리앤으로서는 이런 순간에 냉정을 유지할 수도 없을 뿐더러, 그렇게 하고 싶지도 않았다. 그녀는 초조한 고뇌에 찬 모습으로 앉아 그런 티를 있는 대로 다 냈다.

마침내 그가 다시 돌아서서 그들 두 사람을 다 알아보았다. 매리앤은 자리에서 벌떡 일어나 애정이 넘치는 어조로 그의 이름을 부르며 손을 내밀었다. 그는 다가와서 매리앤의 눈을 피하고 싶은 듯이, 그녀의 태도를 보지 않기로 결심했다는 듯한 태도로 매리앤보다는 오히려 엘리너에게 말을 걸었다. 그는 허둥지둥하며 대쉬우드 부인의 안부를 묻고 그들이 런던에 온지 얼마나 되었는지 물었다. 엘리너는 이런 말에 정신이 혼란스러워 입도 뗄 수가 없었다. 그러나 동생은 즉각 감정을 드러냈다. 그녀는 얼굴을 온통 새빨갛게 붉히고 격정에 넘친 목소리로 부르짖었다. "세상에 이럴 수가! 윌러비, 이건 무슨 뜻인가요? 내 편지를 받지 못했어요? 나와 악수도 하지 않을 건가요?"

그는 이제 피할 수 없었지만, 그녀와 손이 닿는 것이 고통스러운 듯 아주 잠깐만 손을 잡았다. 이럴 동안 내내 그가 냉정을 찾으려 애쓰고 있다는 것이 한눈에도 분명히 보였다. 엘리너는 그의 안색을 잘 살펴보고 표정이 점점 차분해지는 것을 보았다. 잠시 침묵한 후, 그가 침착하게 입을 열었다.

"지난 화요일에 버클리 가로 찾아뵈었습니다만, 운이 나빠 여러분과 제닝스 부인이 집에 계시지 않아서 대단히 유감스러웠습니다. 제 명함을 보셨기를 바랍니다."

매리앤이 미친 듯이 흥분해서 소리질렀다. "하지만 내 전갈을 받지 못했단 말이에요? 뭔가 착오가 있었던 게 분명해요. 뭔가 무시무시한 착오가. 그게 무슨 의미인가요? 말해 주세요, 윌러비. 제발 부탁이니 말해 주세요, 무슨 일이 있는 거죠?"

그는 대답하지 않았다. 안색이 바뀌면서 다시 당황하여 어쩔 줄을 몰랐으나, 방금 전까지 얘기를 나누던 젊은 숙녀와 눈이 마주치자 힘을 짜내는 수밖에 없겠다고 느낀 듯 냉정을 되찾고 이렇게 말했다. "네, 기쁘게도 당신이 친절하게도 런던에 도착했다고 알려 주신 소식 받았습니다." 그런 다음, 가벼운 목례를 하고 황급히 몸을 돌려 자기 상대에게로 가버렸다.

매리앤은 이제 무서우리만큼 창백해져서 서 있을 수도 없게 되어 의자에 쓰러지듯 앉았다. 엘리너는 그녀가 당장이라도 기절할 듯싶어 남들의 눈에 띄지 않게 하려고 애쓰면서 라벤더 향수로 정신을 들게 하려고 했다.

매리앤은 말할 수 있게 되자마자 외쳤다. "그이한테 가 봐, 언니, 나한테 불러와 줘. 그를 다시 봐야겠다고 말해. 당장 말해야겠다고, 이대로 있을 수가 없어. 설명을 다 듣기 전에는 한순간도 마음을 놓지 못할 거야. 뭔가 끔찍한 오해가 있어. 아 당장 그에게 가 봐."

"어떻게 그럴 수가 있겠니? 아니야, 매리앤, 기다리렴. 여기는 설명을 들을 만한 장소가 아니야. 내일까지만 기다리자꾸나."

엘리너는 그를 따라가려는 매리앤을 간신히 말렸다. 그러나 좀 더 남의 눈에 띄지 않게, 더 효과적으로 그와 이야기할 수 있을 때까지 동요를 억누르고 적어도 침착한 모습으로 기다리도록 설득하기는 불가능했다. 매리앤은 비참한 감정에 빠져 쉴새없이 나지막이 비통한 탄식을 토해냈다. 곧 엘리너는 윌러비가 방을 나가 계단 쪽으로 향하는 모습을 보았다. 그녀는 매리앤에게 그가 가버렸다고 말해주고, 오늘 저녁에는 다시 그와 이야기할 수 없을 테니 마음을 가라앉히라고 설득했다. 매리앤은 곧 너무 기분이 비참해서 일분도 더 머물 수가 없으니, 언니가 레이디 미들턴에게 집으로 데려다 달라고 부탁하도록 간청했다.

레이디 미들턴은 한창 러버 게임을 하던 중이었지만, 매리앤이 몸이 좋지 않다는 것을 알자, 돌아가고 싶다는 그녀의 소망에 전혀 반대하지 않았다. 부인은 예의를 좇아 선뜻 친구에게 자기 카드를 넘겨주고 마차를 찾아 바로 출발했다. 버클리 가로 돌아오는 동안 거의 대화가 없었다. 매리앤은 말없는 고뇌 속에서 눈물조차 나오지 않을 만큼 괴로워하고 있었다. 제닝스 부인이 다행히도 집에 오지 않았으므로, 엘리너는 동생을 곧장 자기들 방으로 데려가 각성제로 정신을 차리게 했다. 매리앤은 곧 옷을 벗고 침대에 들어갔다. 혼자 있고 싶어하는 것 같았으므로, 언니는 그녀를 남겨두고 제닝스 부인이 돌아오기를 기다리면서 지난 일을 곰곰이 짚어보았다.

매리앤과 윌러비 사이에 어떤 식으로든 약혼 관계가 있었다는 점은 의심할 수 없었고, 윌러비가 거기 싫증이 났다는 점도 마찬가지로 분명해 보였다. 매리앤이 여전히 희망을 놓지 않고 있어도, 엘리너는 그러한 행동을 어떤 오해나 착오로 돌릴 수는 없었다. 마음이 완전히 바뀌었다는 것 말고는 설명할 길이 없었다. 자신의 잘못된 행동을 의식하고 있음을 말해주듯 당황하는 모습으로 보아, 그는 금세 들통 날 만큼 엉성하게 처음부터 동생의 애정을 농락할 정도로 방종한 인간은 아니었던 모양이다. 그랬기에 망정이지, 그렇지 않았다면 그녀는 지금보다 훨씬 더 분노했을 것이다. 떨어져 있다 보니 그의 애정이 약해졌을 수도 있고 주위 사정상 마음이 흔들렸을 수도 있으나, 과거에는 애정이 있었다는 사실은 의심의 여지가 없어 보였다.

매리앤으로 말하면, 너무나 불행한 만남에서 이미 받은 고통에다가 앞으로 다가올지도 모르는 훨씬 더 가혹한 고통을 생각할수록 엘리너의 근심은 깊어만 갔다. 비교해 볼수록 자신의 상황이 더 나았다. 에드워드를 이전처럼 존경하는 한, 그들이 앞으로 갈라지게 된다 해도 그녀의 마음만은 늘 흔들리지 않을 것이기 때문이다. 윌러비와의 최종적인 결별이라는 눈앞에 닥친 돌이킬 수 없는 파국이 다가올수록, 이러한 불행을 더욱 쓰라리게 만들 수 있는 모든 정황이 합쳐져 매리앤의 고통을 가중시키는 것 같았다. 매리앤의 고통을 가중시키는 쪽으로 합세하는 것 같았다.

7장

다음 날 하녀가 불을 피워주기 전, 해가 떠서 추위를 몰아내기 전 음침한 1월의 아침, 매리앤은 옷도 제대로 걸치지 않은 채 희미한 빛이라도 얻으려고 창가 자리에 무릎을 꿇고 눈물을 줄줄 흘리면서도 할 수 있는 한 빨리 편지를 쓰고 있었다. 이런 와중에 달그락거리는 소리와 흐느낌 소리에 잠에서 깨어난 엘리너의 눈에 제일 먼저 동생의 모습이 들어왔다. 엘리너는 말없이 걱정스럽게 잠시 동생의 모습을 지켜보다가, 최대한 부드러운 어조로 말했다.

"매리앤, 좀 물어봐도 되겠니?"

"아냐, 언니, 아무것도 묻지 마. 곧 다 알게 될 테니."

이 말을 할 때의 필사적인 침착함은 미처 말을 끝내기도 전에 자취를 감추고 다시 극도의 고통이 몰려왔다. 몇 분이 지나서야 편지를 계속 쓸 수 있었다. 동생이 슬픔에 겨워 울음이 터져나오는 바람에 간간이 펜을 놓는 것으로 보아, 윌러비에게 마지막 편지를 쓰고 있다는 사실을 믿을 수 없어하는 마음을 충분히 헤아릴 수 있었다.

엘리너는 될 수 있는 한 조용히 눈에 띄지 않으려고 애썼다. 매리앤이 무슨 일이 있어도 자기한테 말을 걸지 말아 달라고 극도의 흥분상태에 빠져 간절하게 부탁하지 않았더라면, 그녀를 달래고 진정시키려고 애썼을 것이다. 이런 상황에서는 함께 오래 있지 않는 편이 서로에게 더 나았다. 매리앤은 불안 때문에 옷을 입고 나자 잠시도 방에 머물 수가 없었을 뿐더러, 장소를 계속 바꿔 가며 혼자 있어야만 했으므로, 아침 식사 시간이 될 때까지 남들의 눈을 피해 집안을 이리저리 떠돌아다녔다.

아침 식탁에서도 그녀는 먹지도 않았고, 무엇이고 먹을 생각도 없었다. 그 때 엘리너의 관심은 동생을 설득하는 것도, 동정하는 것도, 관심을 보여주는 것도 아니고, 오로지 제닝스 부인의 주의를 자신에게만 붙잡아 두려는 노력에 쏠려 있었다.

아침식사는 제닝스 부인이 가장 좋아하는 식사였으므로 상당한 시간이 소요되었다. 식사가 끝난 후 그들이 막 평상시 쓰는 테이블에 둘러앉았을 때, 매리앤에게 편지 한 통이 배달되어 왔다. 그녀는 하인의 손에서 정신없이 편지를 낚아채어 시체처럼 창백해진 얼굴로 방에서 뛰쳐나갔다. 겉봉을 보지 않고도 윌러비에게 온 편지임을 알아차린 엘리너는 심장이 너무 죄어오는 듯하여 고개를 들고 있기가 힘들었고, 온몸이 너무 떨려와 제닝스 부인의 눈초리를 피할 수 없을 것 같은 두려움이 들었다. 그러나 이 마음씨 좋은 부인은 매리앤이 윌러비한테서 편지를 받은 것만을 보고 아주 좋은 농담거리로 여겨, 웃음을 터뜨리며 그녀가 좋아할 내용이기를 바란다고 말했다. 부인은 러그를 짤 소모사의 길이를 재는 데 정신이 팔려 엘리너의 근심스러운 모습도 전혀 보지 못하고, 매리앤이 사라지자 차분하게 말을 계속했다.

“맹세컨대 내 평생 저렇게 죽기 살기로 사랑에 목을 맨 처녀는 처음 본다오! 우리 딸들도 매리앤에게는 비할 비가 아니지만 바보 같은 짓들을 꽤 했었지요. 하지만 매리앤 양으로 말하면 완전히 딴 사람이 됐지 뭐유. 진심으로 바라건대, 그이가 매리앤을 너무 오래 기다리게 하지 말아야 할 텐데. 저렇게 아프고 쓸쓸한 모습을 보고 있자니 안돼서 원. 그런데, 두 사람은 언제 결혼할 건가요?"

엘리너는 그때만큼 말하기 싫은 때가 없었지만, 이러한 공격에 대답하지 않을 수 없었으므로 애써 미소지으며 이렇게 대답했다. "부인, 정말로 제 동생이 윌러비 씨와 약혼했다고 믿고 계신 겁니까? 전 단지 농담하신 것으로 생각하지만, 질문이 너무 심각해서 그 이상의 의미가 있는 듯하군요. 그러니 부디 더 이상 잘못된 오해를 버리시기를 부탁드립니다. 그들이 결혼할 거라고 말씀하시다니 저로서는 너무 놀라 몸 둘 바를 모르겠습니다."

"세상에, 너무하군요, 대쉬우드 양! 어떻게 그런 말을 할 수가! 그들이 처음 만난 순간부터 서로 열애에 빠졌고, 틀림없이 결혼할 거라는 걸 모르는 사람이 있나요? 그들이 데번셔에서 매일같이 온종일 붙어 다니는 걸 내 눈으로 봤는데. 게다가 동생이 나와 함께 런던에 온 것도 결혼식 예복을 사기 위해서인 줄 내가 모르는 줄 알아요? 이봐요, 이건 말도 안 돼요. 당신이 그 일에 대해 철저히 함구한다고 남들도 전혀 눈치 못 챌 거라고 생각하면 안 돼요. 분명히 말하는데 이미 오래 전부터 온 동네에 소문이 파다한데 그럴 일이 아니라니까요. 내가 사람들마다 붙잡고 다 얘기했고, 샬럿도 그랬다고요."

엘리너가 정색을 하고 말했다. "실은 부인께서 오해하신 겁니다. 그런 소문을 퍼뜨리신다니 너무 심하시군요. 지금은 제 말을 믿지 않으셔도 부인이 심하셨다는 것을 곧 아시게 될 거예요."

제닝스 부인은 다시 웃음을 터뜨렸다. 엘리너는 더 말할 기분이 아니었고 윌러비가 뭐라고 편지를 보냈는지 알고 싶어 견딜 수가 없었으므로 서둘러 방으로 갔다. 문을 여니 매리앤이 손에 편지 한 통을 쥐고, 다른 두세 통은 옆에 흩어놓은 채 슬픔으로 거의 숨이 막힐 지경이 되어 침대에 뻗어 있었다. 엘리너는 아무 말도 하지 않고 가까이 다가가 침대에 앉았다. 그녀는 매리앤의 손을 잡고 애정을 담아 여러 차례 입맞추고 나서, 처음으로 매리앤 못지않게 격한 울음을 터뜨렸다. 매리앤은 말은 할 수 없어도 그 행동에 담긴 애정을 느꼈는지 잠시 그렇게 함께 고통을 나누다가, 편지들을 전부 엘리너의 손에 쥐어준 다음 손수건으로 얼굴을 가리고 괴로움에 통곡하다시피 오열했다. 엘리너는 이런 슬픔을 목도하고 충격에 빠졌다. 그녀는 극에 달한 고통이 어느 정도 지칠 때까지 지켜보다가, 어떤 사연이 있으리라 생각하고 윌러비의 편지로 눈을 돌려 읽기 시작했다.

본드 가, 1월

친애하는 분께

이제서야 황공하옵게도 당신의 편지를 받고 진심 어린 감사의 마음을 전하고자 합니다. 지난 밤 저의 행동에 당신께서 용납하지 못할 점이 있었는지 알고 싶은 마음 간절합니다. 비록 제가 어떤 점에서 불행히 당신의 마음을 상하게 했는지 알 수 없어 대단히 당황하여 몸 둘 바를 모르고 있기는 하나, 전혀 의도한 바가 아니었음을 확실히 말씀드려 용서를 구합니다. 데번셔에서 당신의 가족과 사귀었던 일을 생각하면 더할 나위 없는 감사와 기쁨을 느끼며, 제 행동에 설혹 오해나 착오가 있었더라도 그 관계가 깨지지는 않을 것이라고 자부합니다.

저는 진심으로 당신의 가족 모두를 존경하고 있습니다만, 불행히도 제가 느꼈던 바, 혹은 전하려고 의도했던 이상의 믿음을 갖게 만든 일이 있었다면 제가 공언한 존경심에 걸맞게 좀더 조심하지 못한 점 자책하겠습니다. 제 애정이 이미 오래 전부터 다른 곳에 가 있었으며, 몇 주 안에 약혼이 성사되리라는 사실을 아신다면 저에게 그 이상의 뜻이 있었을지 모른다는 억측은 얼토당토않다고 여기실 것입니다. 제가 영광스럽게도 당신으로부터 받았던 편지와 친절하게도 제게 내려 주셨던 머리타래를 되돌려 달라는 명령에 따르게 되어 대단히 유감스럽게 생각합니다.

당신의 가장 충실하고 겸허한 벗,

존 윌러비 드림.

대쉬우드 양이 이러한 편지를 읽으며 얼마나 분노했는지 능히 짐작될 것이다. 읽기 전에도 자신의 변심을 고백하고 영원한 결별을 알리는 내용일 줄이야 짐작했다. 그러나 이러한 투로 그런 내용을 전했을 줄은 미처 몰랐다. 그가 겉치레로라도 고결하고 섬세한 감정을 내팽개치고, 신사가 마땅히 지켜야 할 예의범절도 무시하고, 이렇게 뻔뻔스럽게도 잔인한 편지를 보내리라고는 생각도 못 했다. 관계에서 풀려나고 싶다는 소망과 함께 유감을 표명하는 대신 믿음이 끝장났음을 인정하고, 손톱만큼이라도 도대체 애정이라고 할 만한 것이 있었는지 모두 부인하는 편지 — 한 줄 한 줄이 모두 모욕이고, 그것을 쓴 자가 뼛속까지 뻔뻔한 악한임을 드러내는 편지였다.

엘리너는 분노와 경악에 차서 잠시 읽기를 멈추었다가 다시 읽었다. 그러나 읽을수록 그 남자에 대한 혐오감만 커질 뿐이었다. 그에 대한 반감이 너무나 격해진 나머지 그들의 파혼으로 매리앤이 손해를 본 것이 아니라 절조 없는 남자와 평생 연을 맺게 되는 돌이킬 수 없는 최악의 불행으로부터 빠져 나오는 가장 진정한 구원과 가장 귀중한 축복을 얻은 것이라고 말하고 싶은 생각마저 들었지만, 그랬다가는 매리앤에게 훨씬 더 깊은 상처를 주게 될 것이다.

편지의 내용, 그런 내용을 쓸 수 있을 만큼 타락한 정신 자세, 지나간 모든 일에서 동생이 마음을 주었던 바로 그 사람이라고는 전혀 생각할 수 없을 만큼 딴판으로 변해버린 상대의 마음을 곰곰이 생각하느라, 엘리너는 당장 동생이 겪고 있는 고통을 잊었다. 아직 읽지 않은 채 무릎 위에 펼쳐 놓은 편지 세 통이 있다는 것도, 그 방에 얼마나 오래 있었는지도 완전히 잊어버렸다. 그래서 마차가 문으로 들어오는 소리를 듣고 이렇게 일찍 누가 오는 것일까 보려고 창가로 갔다가 1시까지 오기로 되어 있었던 제닝스 부인의 마차임을 알고 깜짝 놀랐다. 그녀는 지금으로서는 조금도 매리앤에게 도움을 줄 수 없겠지만 동생을 떠나지 않기로 마음먹고, 서둘러 나가서 제닝스 부인에게 동생이 몸이 좋지 않아 동행할 수 없겠다고 양해를 구했다. 제닝스 부인은 그 원인에 대해 유쾌한 관심을 보이며 기꺼이 변명을 받아들였다. 엘리너는 부인을 전송한 후 매리앤에게 돌아와 보니, 마침 침대에서 일어나려고 애쓰는 중이었다. 엘리너는 달려가 제대로 쉬거나 먹지를 못한 지 오래 된 탓에 쇠약과 현기증으로 바닥에 막 쓰러지려는 동생을 부축했다. 매리앤은 여러 날 동안 식욕을 잃고 오랫동안 제대로 잠을 이루지 못했다가 이제 그녀의 정신을 버텨 주던 긴장된 흥분 상태가 사라지자 이제 머리가 쑤시고 위장이 약해졌으며 신경이 쇠약해지는 증상이 나타났다. 엘리너가 급히 가져온 포도주 한 잔으로 약간 원기가 돌아오자, 매리앤은 간신히 이런 말로 언니의 친절에 대한 자신의 감정을 표현할 수 있었다.

"가엾은 언니! 내가 언니를 이렇게 불행하게 만들다니!"

언니가 대답했다. "너에게 위로가 될 수만 있다면 무엇이든 하고 싶구나."

매리앤은 그 밖의 모든 것과 마찬가지로 이 말도 견딜 수가 없었으므로, 괴로움을 이기지 못하고 이러한 외침만 토해내다가 북받치는 흐느낌에 말을 잇지 못했다. "오! 언니, 정말 죽을 것만 같아,"

엘리너는 이렇게 거역할 수 없을 만큼 격렬하게 쏟아내는 슬픔을 더 이상 말없이 보고만 있을 수가 없었다.

"너 자신과 너를 사랑하는 모든 이들을 죽일 셈이 아니라면 기운을 차리렴, 매리앤. 어머니를 생각해. 네가 괴로워할 동안 어머니가 느끼실 고통을 생각하렴. 어머니를 위해서라도 자신을 추슬러야 해."

매리앤이 울부짖었다. "못 해, 그럴 수가 없어. 나 때문에 괴롭다 해도 나를 그냥 놔 둬, 내버려 둬. 날 내버려두고 미워 해, 잊어버려! 그렇게 괴롭히지만 말아 줘. 오! 전혀 슬프지 않은 사람들이야 힘내라고 말하기가 얼마나 쉽겠어! 언니는 행복하지, 내가 어떤 고통을 겪고 있는지 전혀 알 수 없을 테니."

"나보고 행복하다고 하는 거니, 매리앤? 아! 네가 안다면! 게다가 네가 이렇게 불행에 빠진 모습을 보면서 어떻게 내가 행복하다고 생각할 수가 있니?"

매리앤이 언니의 목을 감싸안았다. "날 용서해 줘. 언니가 나를 불쌍히 여기는 줄 알아. 언니가 어떤 심정인지도 잘 알고. 하지만 언니는 행복해, 행복하다고. 에드워드는 언니를 사랑하잖아. 오! 무엇이 그런 행복을 빼앗아 갈 수 있겠어?"

"여러 상황들이 있을 수 있지." 엘리너가 엄숙하게 말했다.

"아냐, 아냐, 아냐, 그는 언니를 사랑해, 언니만 사랑한다고. 언니가 슬플 일이 뭐가 있겠어." 매리앤이 미친 듯이 소리쳤다.

"이런 네 모습을 보고 있는 한 조금도 즐겁지 않아."

"그렇다면 나를 절대 보지 마. 내 불행은 어떤 것으로도 사라질 수 없으니까."

"그런 말은 말아라, 매리앤. 너에게 위안거리가 전혀 없단 말이냐? 친구도 없고? 네가 잃은 것이 그 정도로 위로의 여지가 전혀 없단 말이니? 지금은 고통스러울지라도, 훨씬 더 나중에 그의 인간성을 알게 되었다면 어떤 고통을 겪었을지 생각해 봐. 그가 끝내기로 하기 전에 너희들의 약혼이 몇 달이고 할 수 있는 데까지 계속되었다고 생각해 보라고. 네 편에서는 불행히도 믿고 있는 기간이 길어질수록 그만큼 타격이 커지지 않았겠니."

"약혼이라고! 약혼 같은 건 없었어." 매리앤이 외쳤다.

"약혼하지 않았다고?"

"그래, 그이는 언니 생각만큼 비열한 사람은 아니야. 나와의 약속을 깬 적은 없어."

"하지만 그가 널 사랑한다고 말하지 않았니?"

"그래, 아냐, 확실하게 한 적은 없어. 암시하는 말은 늘 했지만, 분명히 입 밖에 내어 말한 적은 없었어. 가끔씩 그랬다는 생각이 들기도 하지만, 하지는 않았어."

"하지만 그에게 편지를 썼잖니?"

"맞아, 우리 사이에 그렇게 많은 일이 있었는데 편지를 쓴 것이 잘못이었을까? 하지만 말할 수 없어."

엘리너는 입을 다물고 이전보다 더 호기심을 자극하는 세 통의 편지로 다시 눈을 돌려 내용을 훑어보았다. 그들이 런던에 도착하자마자 동생이 그에게 보냈던 첫번째 편지 내용은 이러했다.

버클리 가, 1월

윌러비, 이 편지를 받고 얼마나 놀라실까요. 제가 런던에 와 있다는 사실을 아시면 놀라움정도로 그치지 않겠죠. 제닝스 부인과 함께이기는 하지만, 여기로 올 기회를 도저히 뿌리칠 수는 없었어요. 제때 편지를 받아서 오늘 밤 여기로 오시면 좋겠지만, 꼭 그렇게 될 거라고 기대하진 않아요. 어쨌든 내일은 당신을 뵐 수 있겠지요. 당분간은 안녕.

매리앤 대쉬우드

미들턴 가에서 열렸던 무도회 다음날 아침 쓴 두 번째 편지는 이러했다.

그저께 당신의 모습을 보지 못해 얼마나 실망했는지, 편지를 보내고도 일주일이 넘도록 아무 답장도 받지 못해 얼마나 놀랐는지 말로 다 할 수가 없습니다. 당신으로부터 소식을 받기를, 그보다 훨씬 더 간절한 마음으로 당신을 만나게 되기만을 고대하고 있어요. 제발 되도록 빨리 다시 방문해 주시고, 이렇게 헛되이 절 기다리게 하신 이유를 말씀해 주세요. 우리가 1시 경에는 대개 외출중이니 더 이른 시간에 다시 한 번 오시는 편이 좋겠어요. 어젯밤에는 레이디 미들턴 댁에 갔었는데, 무도회가 있었답니다. 당신도 파티에 초대받으셨다는 말을 들었어요. 그런데 어떻게 그럴 수가 있어요? 사실이 그랬는데 당신이 거기 오지 않았다면, 우리가 헤어진 후로 당신이 아주 많이 변한 것이 틀림없어요. 하지만 그럴 리가 없다고 생각해요. 그렇지 않다는 당신의 확실한 설명을 곧 듣게 되길 바라요.

매리앤 대쉬우드

마지막으로 보낸 편지의 내용은 이렇다.

윌러비, 어젯밤 당신의 행동을 내가 어떻게 생각하면 좋을까요? 다시 설명해 주세요. 저는 어제 그간의 이별로 자연스럽게 생겨 난 기쁨에 넘쳐, 바턴에서의 우리의 관계로 보아 당연하게 생각했던 친근한 태도로 당신을 만날 준비를 했어요. 그런데 이렇게 거절당하다니! 모욕이라고 밖에는 달리 할 말이 없는 행동을 용서하려고 애쓰면서 비참한 밤을 보냈어요. 당신의 행동에 대해 적절한 구실을 전혀 찾아낼 수 없었지만, 당신의 변명에 기꺼이 귀기울여 줄 마음의 자세가 되어 있어요. 아마도 당신이 뭔가 오해했던가, 당신 보기에 제 평판을 실추시킬 이야기에 속으신 걸 거예요. 그게 뭔지 말씀해 주세요, 당신이 그런 행동을 한 근거를 설명해 주시면 할 수 있는 데까지 오해를 풀어 드릴게요. 저를 나쁘게 생각하신다면 정말로 슬플 거예요. 하지만 당신이 지금까지 우리가 믿어 왔던 것과 다른 사람이고, 우리 모두에 대한 당신의 애정이 진심이 아니었고, 저에 대한 당신의 행동이 단지 기만에 불과했음을 제가 알아야 한다면, 되도록 빨리 그렇게 말씀해 주세요. 지금 제 마음은 어떻게 생각하면 좋을지 몰라 황망하기만 합니다. 저는 당신에게 아무 잘못이 없다고 해 주고 싶지만, 어느 쪽이든 확실해져야만 지금의 고통스러운 마음이 진정되겠어요. 당신의 마음이 더 이상 이전 같지 않다면 당신이 지니고 있는 제 편지와 머리타래를 돌려주세요.

매리앤 대쉬우드

애정과 신뢰로 넘치는 이 편지들에 대한 대답이 그런 것이었다니, 엘리너는 윌러비를 위해서라도 믿고 싶지가 않았다. 그러나 그에 대한 비난에 눈이 어두워져 편지를 쓴 동생의 행동이 적절치 못했다는 것을 간과하지는 않았다. 앞서 있었던 어떤 일로도 확실히 보장되지 않은 애정에 대해 이 같은 불필요한 증거들을 위험하게도 만들어 놓을 만큼 동생이 경솔했다니 탄식을 금할 수 없었다. 매리앤이 언니가 편지를 다 읽은 것을 보고 똑같은 상황에 있었다면 누구라도 썼을 내용일 뿐이라고 말하자 더욱 심하게 질책했다.

매리앤이 말했다. "난 어떤 법적인 서약이 우리를 서로에게 묶어놓을 수 있는 것보다도 더 강하게 그와 엄숙한 약혼 관계로 맺어졌다고 생각했단 말이야."

"나도 그랬을 거라고 믿는다. 하지만 불행히도 그의 생각은 그렇지 않았어." 엘리너가 말했다.

"그의 생각도 같았을 거야, 언니. 오랫동안 그이도 그렇게 느꼈어. 난 잘 알아. 나를 물리치려는 사악하기 짝이 없는 계교가 있었다고 밖에는 생각할 수 없지만, 이제 와서 무엇 때문에 변심했던 간에 한때는 내가 그 이상 바랄 수 없을 만큼 그에게 소중한 존재였어. 이제는 그이가 아무렇지도 않게 내놓은 이 머리타래도 내게 진심을 다해 간청해서 얻어낸 것이었다고. 언니가 그때 그이의 표정, 태도를 보고 그 음성을 들었어야 하는데! 우리가 바턴에서 함께 지낸 마지막 저녁을 잊었어? 우리가 작별했던 아침도! 내게 몇 주 후면 다시 만나게 될 거라고 말하면서 괴로워하던 표정, 그 얼굴을 내가 잊을 수 있었겠냐고!"

잠시 동안 그녀는 아무 말도 하지 못했으나, 감정이 가라앉자 더 확고한 어조로 덧붙였다.

"언니, 난 잔인하게 당했어. 하지만 윌러비한테는 아니야."

"매리앤, 그 사람 말고 누구겠니? 누가 그에게 그런 짓을 하도록 충동질할 수가 있었겠어?"

"그이 마음이 그랬던 게 아니라 온 세상이 그런 거야. 그의 본성이 그렇게 잔인해질 수 있다고 믿느니, 내가 아는 모든 사람이 다 합심해서 나를 나쁘게 생각하도록 그의 마음을 바꿔 놓았다고 믿는 편이 나아. 그가 편지에 쓴 그 여자가 누구든지 간에 하여튼 그 여자가, 아니면 언니, 엄마, 에드워드만 제외하고 모두가 아주 잔인하게 나를 중상모략한 거야. 이 세 사람을 제외하고는 내가 아주 잘 알고 있는 윌러비보다 사악하다고 의심하지 않을 사람이 세상에 누가 있겠어?"

엘리너는 반박하지는 않고 다만 이렇게 대답했다. "그렇게도 혐오스러운 네 적이 누구이든 간에, 너 자신은 결백하고 선하다는 의식이 네 정신을 얼마나 고결하게 지탱해 주는지를 보여주어 그들이 사악한 승리감을 누리지 못하게 하렴. 이런 악의에 맞설 수 있는 것은 정당하고 칭찬받을 만한 자존심뿐이란다."

"아냐, 아냐, 나 같은 불행을 당하고 자존심이 있을 수 없어. 내가 이런 꼴이 되었는지 누가 알든 말든 상관없어. 온 세상이 나를 보고 승리감을 누릴 테면 그러라지. 언니, 언니, 고통받지 않는 이들은 얼마든지 자존심과 독립심을 지킬 수 있을 테지. 모욕에 맞설 수도 있고, 치욕을 되갚을 수도 있겠지. 하지만 난 아냐. 난 비참하다고 느낄 것이고, 정말로 비참해. 마음껏 내 비참함을 알고 즐겨도 좋아." 매리앤이 울부짖었다.

"하지만 어머니와 날 위해서,"

"나 자신을 위해서보다는 그 편이 쉬울 거야. 하지만 내가 이렇게 불행한데 행복한 모습을 보이라니. 오! 누가 그런 요구를 할 수 있겠어?"

다시 둘 다 침묵에 잠겼다. 엘리너는 생각에 잠겨 난롯가에서 창가로, 창가에서 난롯가로, 난로에서 나오는 열기도 느끼지 못하고 창문 너머로 뭐가 보이는지 신경도 쓰지 않은 채 걷기만 했다. 매리앤은 머리를 침대 기둥에 기댄 채 침대 발치에 앉아 다시 윌러비의 편지를 집어 문장 하나하나마다 덜덜 떨면서 읽더니 이렇게 외쳤다.

"이건 너무해! 오! 윌러비, 윌러비, 이것이 당신의 편지라니! 잔인해, 잔인해. 아무리 해도 당신을 용서할 수 없어요. 언니, 아무리 해도 할 수 없어. 그가 나에 대해 어떤 소문을 들었다 할지라도, 어떻게 나에 대한 믿음을 거둘 수가 있어? 나에게는 말도 없이, 내 혐의를 씻을 권한을 주지도 않고 그랬어야 겠어? '당신이 감사하게도 제게 내려 주셨던 머리타래를 (편지에서 이 대목을 되풀이해 읽으며),' 이건 용서할 수 없는 일이야. 윌러비, 이런 말을 쓸 때 당신의 가슴은 어디 있었나요? 오! 이렇게 무례할 수가! 언니, 그를 이해해 줄 수 있을까?"

"아니, 매리앤, 그럴 길은 전혀 없어."

"하지만 이 여자, 그녀의 계교가 어떤 것이었을지 누가 알겠어? 얼마나 오랫동안 계획하고, 얼마나 주도면밀하게 꾸며냈을까! 누구일까? 도대체 누굴까? 그이가 아는 여자들 가운데서 젊고 매력적인 여자 얘기를 들은 적이 있었던가? 오! 아무도 없어, 아무도. 내 앞에서는 내 얘기밖엔 안 했어."

다시 침묵이 이어졌다. 매리앤은 흥분을 주체하지 못하다가 마침내 이렇게 말했다.

"언니, 집에 가야겠어. 집에 가서 엄마를 위로해 드려야겠어. 내일 떠날 수 없을까?"

"내일이라니, 매리앤!"

"그래. 내가 있을 이유가 없잖아? 난 오직 윌러비 때문에 왔던 건데, 이제 누가 날 신경쓰겠어? 쳐다보기나 하겠냐고?"

"내일 떠나기는 힘들 거야. 우린 제닝스 부인에게 예의를 차리는 정도가 아니라 그 이상을 해야 할 의무가 있는데, 기본적인 예의로만 따진대도 그렇게 서둘러 가 버리면 안 되지."

"좋아, 그럼 하루나 이틀 정도는 더 있을게. 하지만 그 이상은 여기에 못 있어. 사람들의 질문이니 수다를 견딜 수가 없단 말이야. 미들턴 가와 파머 가 사람들, 그들의 동정을 어떻게 참고 견디겠어? 레이디 미들턴 같은 여자한테서 동정을 받는다니! 오! 그이라면 뭐라고 말할까!"

엘리너가 다시 누우라고 타이르자 그녀는 잠시동안 그 말대로 했으나, 어떤 자세를 취해도 편해지지가 않았다. 끊임없이 몸과 마음의 고통에 시달리며 자세를 이리저리 바꾸어 보았으나 점점 더 히스테리가 심해질 뿐이어서, 언니는 힘들게 겨우겨우 침대에 동생을 붙잡아 둘 수 있었고, 도움을 청해야만 하지 않을까 하는 걱정이 잠시 들었다. 그러나 결국 설득 끝에 마신 라벤더 물 몇 모금이 효과가 있어서, 그때부터 제닝스 부인이 돌아올 때까지 얌전히 꼼짝 않고 침대에 있었다.

8장

제닝스 부인은 돌아오자마자 곧장 그들의 방으로 왔다. 부인은 들어가도 좋은지 묻고, 대답을 듣기도 전에 문을 열고 진심으로 걱정하는 얼굴로 걸어 들어왔다.

"우리 아가씨가 좀 어떠우?" 부인이 매리앤에게 매우 동정하는 목소리로 말하자, 매리앤은 대답하지 않고 얼굴을 돌렸다.

"좀 어떤가요, 대쉬우드 양? 가엾기도 하지! 얼굴이 정말 안돼 보이는구먼. 이상할 것도 없지. 아이, 믿을 수가 없어요. 그이가 곧 결혼할 거라잖우. 쓰레기 같은 인간! 참을 수가 없네. 테일러 부인한테서 반 시간쯤 전에 들었는데, 그이는 당사자인 그레이 양의 단짝 친구한테서 들었다지 뭐야. 그렇지 않았으면 난 믿지도 않았을 거예요. 그 얘기를 듣고 쓰러질 뻔했다우. 그래서 내가 그랬지요. 그 말이 사실이라면, 내가 잘 아는 처녀를 악랄하게 농락했으니 부디 아내한테 죽도록 들볶이기만 바랄 뿐이라고. 내가 이 말을 외고 다닐 거라고 믿어도 좋아요. 그이가 이런 짓을 할 줄은 몰랐는데. 그이를 다시 만날 일이 생기면 여태껏 당해보지 못했을 만큼 호된 꾸지람을 해 줄 거예요. 하지만 그래도 한 가지 위안은 있어요, 매리앤 양. 세상에 사귈 만한 젊은 남자가 그이뿐이겠수. 당신은 얼굴이 예쁘니까 추종자들이 줄을 설 거예요. 가엾어서 어째! 더 이상 방해하지 말아야겠구려, 실컷 울어버리고 마음 정리하는 편이 좋을 테니. 알다시피 오늘 밤 다행히도 패리 네와 샌더슨 네가 올 테니 기분 좀 풀어질 거예요."

그런 다음 부인은 마치 시끄럽게 하면 젊은 친구의 괴로움이 커지기라도 할 듯 발끝으로 방을 나갔다.

매리앤은 그들과 식사를 함께 하겠다고 해서 언니를 놀라게 했다. 엘리너조차도 그만두라고 충고했다. "아냐, 내려가겠어. 잘 참아내서 날 둘러싸고 이러쿵저러쿵 떠들지 못하게 할 테야." 엘리너는 동생이 저녁 식사 내내 앉아있을 수 있을 것 같지가 않았지만, 어쨌든 이런 동기로 잠시라도 감정을 억제하기로 한 것이 기뻐서 더 말하지 않았다. 매리앤이 계속 침대에 누워 있을 동안 할 수 있는 한 옷매무새를 잘 잡아 주고, 그들이 호출을 받는 대로 식당으로 내려갈 준비를 갖추었다.

매우 비참해 보이기는 했지만, 거기에서 그녀는 언니가 예상했던 것보다는 더 많이 먹고 더 침착한 모습을 보였다. 매리앤이 말을 하려고 했다거나 자신에 대한 제닝스 부인의 선량하지만 사려 없는 관심을 반쯤이라도 알아챘더라면 이러한 침착함을 유지할 수 없었을 것이다. 그러나 그녀의 입술에서는 한 마디도 새어나오지 않았고, 멍하니 넋이 나간 상태였으므로 자기 앞에서 벌어지는 일에 완전히 무심했다.

엘리너는 제닝스 부인의 친절이 괴로울 때가 많았고 가끔씩은 우스꽝스럽기까지 했지만 진심은 이해했으므로, 동생 같으면 절대 하지 않을 감사의 뜻을 전하고 예의를 차려 답했다. 그들의 좋은 친구는 매리앤이 불행해하는 모습을 보고, 그녀의 기분을 조금이라도 덜어줄 수 있는 것은 전부 자신에게 달렸다고 생각했다. 그래서 부인은 휴가 마지막 날 제일 예뻐하는 아이에게 부모가 아낌없이 애정을 베풀 듯이 대해 주었다. 매리앤을 난롯가 제일 좋은 자리에 앉히고 온갖 맛있는 것을 먹어 보라고 구슬리고, 그 날 있었던 소식을 얘기해 주며 마음을 풀어주려 했다. 동생의 슬픈 표정에서 어떤 즐거움도 물리치는 기색을 보지 못했더라면, 엘리너도 갖가지 설탕 절임과 올리브, 잘 타는 불로 실연의 아픔을 치유해 주려는 제닝스 부인의 노력에 즐거워할 수 있었을 것이다. 그러나 이를 끊임없이 되풀이하는 바람에 매리앤도 이 모든 것을 의식하게 되자 더는 버틸 수가 없었다. 그녀는 불행한 탄식을 내뱉고 언니에게 따라오지 말라는 눈짓을 보내고는 곧장 일어서서 서둘러 방을 빠져나갔다.

"가엾기도 해라!" 그녀가 사라지자마자 제닝스 부인이 소리쳤다. "저런 모습을 보고 있자니 얼마나 마음이 아픈지! 포도주를 다 마시지도 않고 나가 버리다니! 말린 체리도 그렇고! 맙소사! 아무것도 소용이 없나 보네. 뭘 좋아할지 알기만 하면 내 런던을 다 뒤져서라도 구해오게 하련만. 저렇게 예쁜 아가씨를 버리다니 남자란 참 알 수가 없어! 하지만 한쪽은 돈이 많고 다른 쪽은 거의 없다시피 하다면, 미모 따위엔 더는 관심도 없는 거지!"

"그레이 양이라고 부르셨던 것 같은데, 그 아가씨가 매우 부유한가요?"

"재산이 5만 파운드라우. 그 아가씰 본 적 있수? 영리하고 맵시도 좋다고들 하지만 미인은 아니라던데. 그이 숙모인 비디 헨쇼를 잘 알지요. 아주 부유한 남자와 결혼했다오. 하지만 가문 전체가 원래 다 부자래요. 5만 파운드라니! 다들 하는 말이 돈이 들어오기 무섭게 나가버릴 거라는구먼. 글쎄 그이가 아주 갈 데까지 갔다잖우. 놀랄 일도 아니지! 커리클을 끌고 사냥꾼들이랑 몰려다니곤 했으니! 뭐 이런 말 해봤자겠지만, 젊은 남자라면 누구든 간에 예쁜 아가씨를 만나 연애를 하고 결혼 약속까지 해 놓고는 가난해졌고 더 돈 많은 아가씨가 기다리고 있다는 이유로 자기 약속을 헌신짝처럼 던져 버려선 안 되지. 정 그런 처지라면 말을 다 팔아버리고, 집은 세놓고, 하인들을 내보내고 해서 철저하게 다 바꾸면 되잖겠수? 내 장담하건대 매리앤 양이라면 모든 문제가 다 해결될 때까지 얼마든지 기다려줄 텐데. 하지만 요즘 세상에 그런 게 통하겠수. 요새 젊은 남자들은 그저 편한 것만 찾고 다른 것은 상관도 하지 않으려 하니."

"그레이 양이 어떤 아가씨인지 아세요? 마음씨 고운 이라던가요?"

"나쁜 소문은 전혀 못 들었어요. 사실 그 아가씨 얘기를 거의 들은 것이 없다우. 테일러 부인한테서 오늘 아침에 들은 얘기가 전부인데, 언젠가 워커 양이 슬쩍 흘리기를 엘리슨 부부도 그레이 양이 결혼한대도 서운해 하지는 않을 거라더군요. 왜냐하면 그레이 양이랑 엘리슨 부인은 사이가 좋지 않아서,"

"엘리슨 부인은 누구인데요?"

"그레이 양의 후견인이랍니다. 하지만 이제 그레이 양도 성년이 되었으니 스스로 결정해도 좋지요. 그런 걸 선택이라고 하다니! 이제," 잠시 말을 멈추더니, "아마도 불쌍한 동생은 자기 방으로 가서 혼자 슬퍼하고 있겠지요. 위로가 될 만한 것이 없으려나? 가엾기도 하지, 혼자 내버려두는 건 너무 잔인한 일인 것 같아. 어쨌든 머지않아 친구들이 두엇 더 올 테니, 조금은 마음을 달래 주겠지. 무얼 하고 놀면 좋을까? 휘스트 놀이를 싫어하는 줄은 알지만, 매리앤 양이 좋아할 만한 게임이 없을까요?"

"부인, 그렇게까지 마음 쓰시지 않아도 됩니다. 매리앤은 아마 오늘 저녁에는 다시 방에서 나오지 않을 거예요. 좀 쉬는 게 좋을 테니 일찍 잠자리에 들라고 할 생각입니다."

"아유, 그게 제일 좋겠네요. 저녁은 마음대로 하고 잠자리에 들라 합시다. 아이구! 지난 몇 주 동안 줄곧 얼굴도 안 좋고 낙심한 모습이었던 것도 무리가 아니지. 이런 문제를 머리에 짊어지고 있었을 테니. 그러다가 오늘 온 편지로 결말이 났구! 불쌍하기도 해라! 내가 진즉 알았더라면 매리앤 양을 놓고 농담 따위는 절대 안 했을 건데. 하지만 알다시피, 내가 그런 줄 어떻게 짐작이나 했겠수? 그저 보통 연애편지로만 생각했지. 젊은이들은 자기들을 놓고 농담 걸어주면 좋아하잖수. 세상에! 존 경이랑 우리 딸애들도 이 얘기를 들으면 얼마나 걱정할지! 내가 정신이 있었으면 집에 오는 길에 콩뒤 가에 들러서 그 얘기를 전해 주고 왔을 텐데. 내일 가야지 뭐."

"부인께서 굳이 주의를 주시지 않아도 파머 부인과 존 경이 제 동생 앞에서 윌러비 씨의 이름을 들먹이거나 지나간 일에 대해 한 마디라도 흘리지는 않을 거라고 믿습니다. 마음 좋으신 분들이니 동생이 있는 자리에서 그 일에 대해 조금이라도 알고 있다는 티를 낸다면 참으로 잔인한 일이 되리라는 것을 충분히 아실 테지요. 친절하신 부인께서도 잘 아시겠지만, 그 주제에 대해서 적게 들을수록 마음도 가라앉을 테니까요."

"오! 세상에! 그렇지요, 정말 그 말이 맞아요. 그런 얘기가 오가는 것을 듣는다면 얼마나 끔찍하겠어요. 동생 앞에서는 하늘이 무너져도 그 일에 대해 말하지 않을게요. 저녁 식사 내내 내가 입다물고 있는 거 봤잖수. 존 경이나 우리 딸애들도 정말 사려 깊고 신중한 이들이니까 더는 말하지 않을 거예요. 거기다가 내가 슬쩍 암시까지 주면 말할 것도 없지요. 내 생각에도 이런 일은 적게 들을수록 더 쉽게, 더 빨리 털고 잊을 수 있을 거예요. 이런 저런 얘기해 봤자 좋을 게 뭐 있겠수?"

"이런 경우에는 해만 될 뿐이지요. 이와 비슷한 대다수의 경우보다 아마도 더 그럴 거예요. 관련 있는 이들 입장에서 보면 소문이 퍼지지 않는 편이 좋을 상황이니까요. 윌러비 씨에 대해 이 점은 공정히 해 두어야겠어요. 그분은 제 동생과 진짜 약혼을 깨지는 않았답니다."

"저런, 저런! 그를 옹호해 주려는 척하지 말아요. 진짜 약혼은 아니라니! 앨런햄 저택에 데려가서 장차 살 방까지 정해 두고서!"

엘리너는 동생을 위해 더 이상 그 문제를 놓고 주장할 수가 없었고, 윌러비를 위해서도 할 필요가 없을 듯 했다. 진실을 강조해 봤자 매리앤이 잃을 것은 많아도 그가 얻는 것도 거의 없을 것 같았다. 둘 사이에 짧은 침묵이 흐른 후, 제닝스 부인이 타고난 명랑함을 되찾아 다시 폭포수같이 말을 쏟아냈다.

"그런데, 새옹지마라는 말 그대로잖수, 브랜든 대령한테는 훨씬 잘된 일이니. 결국은 매리앤 양이 대령 차지가 되겠구려, 아유, 그렇게 될 거예요. 그이들이 여름쯤 결혼하나 안 하나 한 번 보구려. 세상에! 이 소식을 들으면 대령이 얼마나 좋아하겠수! 오늘 왔으면 좋겠군요. 당신 동생에게는 훨씬 좋은 짝이 될 거예요. 빚이나 달리 돈 샐 일도 없이 일년에 2천 파운드가 들어오니. 참, 사생아가 있기는 하군. 그걸 잊고 있었네. 그래도 돈 조금만 들이면 다른 데로 보낼 수 있을 테니, 그 정도야 뭐 대수겠수? 델라포드는 근사한 곳이라우. 그야말로 안락하고 편안하기 짝이 없는 멋지고 고풍스러운 집이지요. 그 지역에서 제일 좋은 사과

나무가 가득한 훌륭한 정원으로 둘러싸인데다가, 한쪽 구석에 있는 뽕나무는 또 어떻고! 샬럿이랑 내가 거기 갔을 때 얼마나 배가 터지도록 먹었는지! 또 비둘기장이랑 양어장이랑, 아주 예쁜 수로도 있다우. 뭐 하나 누구라도 탐내지 않을 것이 없답니다. 그뿐인가, 교회도 가깝지, 유료 도로하고도 4분의 1마일밖에 안 떨어져 있어서 지루하지 않지, 집 뒤에 오래된 주목 정자에 가서 앉아 있으면 오가는 마차들이 한 눈에 다 들어오거든. 오! 정말 멋진 곳이지! 마을에는 푸줏간도 있고, 목사관은 엎어지면 코 닿을 거리지요. 고기 한 번 사려면 3마일이나 가야 하고, 당신 어머니가 제일 가까운 이웃인 바턴 파크보다 천 배는 낫지 뭐유. 할 수 있는 데까지 대령 기를 좀 북돋아 줘야겠구먼. 매리앤 양 머릿속에서 윌러비를 몰아내 줄 수만 있다면야!"

엘리너가 말을 받았다. "아, 그렇게 할 수만 있다면 꼭 브랜든 대령님을 위해서가 아니라도 아주 좋은 일이겠지요." 그러고는 일어나서 매리앤에게 가 보았더니, 예상대로 자기 방에서 말없이 비참함을 곱씹으며 조금 남은 불 위로 몸을 굽히고 있었다. 엘리너가 들어올 때까지 그것이 유일한 불빛이었다.

"날 내버려 둬." 언니가 그녀로부터 들은 말은 그뿐이었다.

엘리너가 말했다. "내버려둘게. 네가 잠자리에 든다면 말이지." 그러나 참기 어려운 고통 때문에 그 순간에는 마음이 뒤틀려 있던 탓에, 처음에는 이를 거부했다. 그러나 언니의 부드럽지만 간곡한 설득에 곧 마음이 누그러져 따르기로 했다. 엘리너는 동생이 베개 위에 지끈거리는 머리를 누이고 바라던 대로 조용히 잠에 빠진 모습을 보고는 자리를 떴다.

거실로 나와 일감을 다시 들자, 곧 제닝스 부인이 뭔가를 가득 채운 포도주 잔을 손에 들고 뒤따라 나왔다.

부인이 들어오면서 말했다. "엘리너 양, 집에 마침 여태껏 맛본 것 중에서 제일 좋은 오래된 콘스탄샤 와인이 좀 있는 것이 기억나서, 동생한테 주려고 한 잔 가져왔답니다. 불쌍한 우리 남편! 이걸 그렇게나 좋아했는데! 고질이 된 통풍 발작이 올 때면, 세상에 이보다 더 좋은 게 없다고 그랬었지. 동생한테 가져다주구려."

엘리너는 전혀 다른 증상에 포도주를 권하는 데 미소를 지으면서 대답했다. "부인, 정말 친절하시네요! 하지만 매리앤을 지금 막 침대에 눕히고 와서, 거의 잠이 들었을 거예요. 쉬게 해 주는 것이 제일 좋을 듯하니, 괜찮으시다면 포도주는 제가 마시도록 할께요."

제닝스 부인은 조금만 더 일찍 왔더라면 하고 아쉬워했지만 그 제안에 만족했다. 엘리너는 포도주를 마시면서 통풍 발작에 대한 효과는 지금 자기에게는 별 상관이 없을지라도, 상처받은 마음을 치유해 줄 수 있을지는 동생한테 뿐만 아니라 자신에게도 한 번 시험해 볼 만하겠다고 생각했다.

모두 모여 차를 마시고 있는데 브랜든 대령이 왔다. 방을 둘러보며 매리앤을 찾는 그의 태도에서, 엘리너는 곧 그가 매리앤을 거기서 보게 되기를 기대하지도, 바라지도 않는다는 사실, 즉 이미 그녀가 자리에 없는 이유를 알고 있다는 사실을 눈치챘다. 제닝스 부인은 미처 그런 생각을 하지 못했던지, 그가 들어오자 곧 방을 가로질러 엘리너가 차를 준비하고 있던 티 테이블로 걸어와 이렇게 속삭였다. "대령이 여느 때보다 근심 띤 얼굴이구려. 아무것도 모르나 봐요. 가서 얘기해 줘요."

그는 곧 엘리너 옆으로 의자를 끌어다가 충분히 알고 있다는 것이 뻔히 다 보이는 표정으로 동생의 안부를 물었다.

"매리앤은 별로 좋지 않답니다. 하루 종일 상태가 좋지 않아서 누워 있게 했어요." 그녀가 말했다.

그가 주저하면서 대답했다. "그렇다면, 제가 오늘 아침 들은 이야기가 처음에 생각했던 것보다 사실 쪽에 가까울지도 모르겠군요."

"무슨 이야기를 들으셨는데요?"

"음, 제가 그렇게 생각할 만한 이유가 있는 신사, 그러니까, 제가 알기로는 약혼을 한 남자분이…… 그런데 어떤 식으로 얘기를 드리면 좋을까요? 이미 아시는 얘기라면, 그러리라고 생각합니다만, 제가 애쓰지 않아도 되겠지요."

엘리너는 애써 냉정을 유지하며 대답했다. "윌러비 씨와 그레이 양의 결혼 말씀이시군요. 그렇습니다. 다 알고 있어요. 하루 사이에 소문이 다 퍼진 모양이군요. 바로 오늘 아침 저희도 처음으로 알게 되었으니까요. 윌러비 씨 속을 알 수가 없어요! 어디에서 들으셨나요?"

"팰 맬의 문구상에 일이 있어서 갔다가 들었습니다. 두 숙녀분이 마차를 기다리면서 한 분이 다른 분에게 결혼식이 있을 거라는 얘기를 하더군요. 숨기려는 기색도 없는 목소리여서 안 들으려야 안 들을 수가 없었습니다. 존 윌러비라는 이름이 자주 나와서 처음에 관심이 끌렸는데, 그 다음에 이어지는 이야기는 그와 그레이 양의 결혼과 관련해 마침내 모든 것이 결정되어 몇 주 안에 결혼식이 있을 거라는 얘기와, 준비에 관한 세부 사항과 다른 문제에 대한 구체적인 얘기더군요. 그들의 결혼 얘기는 이제 더는 비밀도 아니었습니다. 그 사람인줄 확실히 알게 해 주어서 더욱 기억에 남은 것이 하나 있는데, 예식이 끝나는 대로 서머셋에 있는 그의 보금자리인 콤 매그나로 갈 거라더군요. 얼마나 놀랐는지! 아무리 말해도 제 느낌을 그대로 전달해 드릴 수는 없을 겁니다. 그들이 가버릴 때까지 상점에 있다가 물어 보니 그 수다스러운 부인은 엘리슨 부인이라더군요. 그 후에 듣기로는 그레이 양의 후견인이라고 하던데요."

"그렇습니다. 하지만 그레이 양이 5만 파운드가 있다는 소문도 들으셨는지요? 달리 설명을 찾을 수 있다면 그 점에서겠지요."

"그럴 수도 있겠군요. 하지만 윌러비는, 적어도 제 생각으로는," 그는 잠시 말을 멈추더니, 믿지 못하겠다는 듯한 목소리로 덧붙였다. "그리고 동생분은. 어떻게 그녀가…….”

“말할 수 없이 괴로워했답니다. 되도록 빨리 지나가기만 바랄 뿐이죠. 가장 잔인한 고통이었고, 지금도 그렇답니다. 어제까지만 해도 그의 마음을 조금도 의심하지 않았고, 아마 지금도 그럴 텐데. 하지만 전 그가 진심으로 그 애를 사랑하지 않았다고 거의 확신해요. 그렇게 감쪽같이 속일 수가 있었다니! 무정한 인간이라고 해도 좋을 거예요.”

“아! 정말로 그렇습니다! 하지만 당신도 그렇게 말씀하셨던 것 같지만, 동생분은 그렇게 생각지 않으시죠. 당신처럼 그렇게 보고 있지는 않지요?” 브랜든 대령이 말했다.

“그 애 성격을 잘 알고 계시니, 할 수 있는 한 여전히 그를 변호해 주려고 얼마나 애쓰는지 짐작하시겠지요.”

그는 아무 대답도 하지 않았다. 곧 찻잔이 치워지고 카드놀이를 할 패가 꾸려지면서 그 화제는 중단되었다. 제닝스 부인은 그들이 이야기할 동안 즐거운 기색으로 관찰했다. 대쉬우드 양의 이야기를 듣고 브랜든 대령의 얼굴에 젊음과 희망, 행복의 절정에 선 남자가 된 것처럼 즉각 희색이 돌 거라고 예상했으나, 저녁 내내 평소보다도 심각하고 생각에 잠긴 모습으로 있자 놀란 눈으로 그를 바라보았다.

9장

매리앤은 생각했던 것보다 더 오래 잤으나, 다음날 아침 눈을 감았을 때와 똑같이 비참한 기분에 젖어 깨어났다.

엘리너는 동생이 자기 기분을 되도록 많이 털어놓도록 북돋워 주었다. 아침 식사가 준비되기 전까지 그들은 그 주제에 대해 엘리너 편에서는 이전과 똑같이 꾸준히 설득하고 애정 어린 충고를 주면서, 매리앤 편에서는 이전처럼 감정을 다스리지 못하고 우왕좌왕하면서 얘기를 하고 또 했다. 매리앤은 어떤 때는 윌러비가 자기 못지않게 불행하고 결백하다고 믿었다가, 다음 순간에는 그의 죄를 벗겨줄 가능성이 없다며 절망에 빠졌다. 세상의 눈에 완전히 무관심했다가, 다음 순간 영원히 세상으로부터 숨어버리겠다고 하다가, 또 격렬히 반항하기도 했다. 그러나 한 가지 점에서만은 태도를 바꾸지 않았는데, 가능한 한 제닝스 부인과 함께 있기를 피하고, 피할 수 없을 때에는 단호한 침묵을 지키겠다는 대목에서였다. 그녀는 제닝스 부인이 조금이라도 동정심을 품고 자신의 슬픔에 참견하려 한다는 의견을 단호히 물리쳤다.

"아냐, 아냐, 아냐, 그럴 리가 없어. 부인이 느낄 리가 없어. 부인의 친절엔 동정심 따위는 없다구. 착한 척하지만 다정하지도 않아. 부인이 원하는 건 소문일 뿐이고, 내가 소문거리를 빚어내고 있으니까 지금 날 좋아하는 것뿐이야."

동생이 민감하리만큼 세련되고, 섬세한 감성이나 품위 있는 태도에서 나오는 우아함을 지나치게 소중히 여긴 나머지, 남들을 종종 부당하게 평가한다는 사실이 새삼스러울 것도 없었다. 이 세상에서 현명하고 선량한 사람이 반수 이상 된다면, 나머지 반과 마찬가지로 매리앤도 훌륭한 재능과 훌륭한 성격을 지녔지만 이성적이지도 공평하지도 않았다. 그녀는 다른 사람들도 자신과 똑같이 생각하고 느끼기를 기대했고, 그들의 행동이 자신에게 당장 미치는 결과에 따라 동기를 판단했다. 그래서 두 자매가 조반을 마치고 방에 함께 있을 때, 매리앤이 제닝스 부인의 진심을 더 낮게 평가하게 된 사건이 일어났다. 제닝스 부인은 최대한 호의를 보여주려는 생각에서 한 일이었지만, 우연히 매리앤의 아픈 곳을 건드려 새로운 통증의 원인임을 입증했던 것이다.

부인이 편지를 든 손을 앞으로 내밀고 위안을 가져다주리라는 생각에 웃음 가득한 얼굴로 방에 들어와 이렇게 말했다.

"자, 매리앤 양, 내가 당신에게 도움이 될 것을 가져왔어요."

매리앤은 더 들을 필요도 없었다. 순간 그녀의 상상은 눈앞에 윌러비로부터의 애정과 뉘우침, 지나간 모든 일에 대한 만족스럽고 수긍할 만한 설명을 담은 편지를 가져다 놓았고, 그 뒤로 곧장 윌러비 자신이 방으로 정신없이 뛰어 들어와 그녀의 발치에 엎드려 편지에 담은 확신을 눈빛에 담뿍 담아 전하는 모습을 그렸다. 그러나 다음 순간 꿈은 산산이 부서졌다. 그때만큼은 반갑지 않은 적이 없었던 어머니의 필적이 눈앞에 있었다. 희망보다 더한 환희 뒤에 따른 날카로운 실망감에, 매리앤은 그 순간만큼 고통스러웠던 적이 없던 것 같았다.

기쁨에 찬 열변이 터져 나오려던 순간에 제닝스 부인이 자행한 잔인무도함에 대해서 달리 표현할 말이 없을 지경이었으므로, 그녀는 감정을 주체 못하고 격렬하게 솟구치는 눈물로만 부인을 책망했다. 그러나 정작 부인은 그런 책망을 전혀 의식하지도 못하고, 동정의 말을 거듭한 후 편지에서 위안을 찾으라고 말하고는 물러갔다. 그러나 매리앤이 마음을 가라앉히고 편지를 읽자 거의 위로가 되지 않았다. 구구절절 윌러비 얘기로 가득했다. 어머니는 그들이 약혼했으며 그의 애정 또한 변함없다고 여전히 철석 같이 믿고 있었지만, 다만 엘리너가 간청하니까 매리앤에게 둘의 관계를 더 솔직히 털어놓도록 부탁했던 것이다. 딸에 대한 자애로움, 윌러비에 대한 애정, 서로 미래의 행복을 누리게 되리라는 확신에 매리앤은 편지를 읽는 내내 괴로움에 차서 흐느꼈다.

매리앤은 이제 다시 집에 가고 싶어 참을 수 없는 기분이 되었다. 이렇게 어머니가 소중하게 느껴진 적이 없었다. 윌러비에 대한 잘못된 믿음을 지독하게 겪고 나자 더욱 소중하게 느껴졌으므로, 당장이라도 가고 싶어 안절부절못했다. 엘리너는 매리앤이 런던에 있는 편이 좋을지 바턴에 있는 게 나을지 자신도 결정할 수가 없어서, 어머니의 의향을 알 때까지 참고 기다려 보라는 말 외에는 어떤 조언도 내놓지 않았다. 마침내 그녀는 동생으로부터 그때까지 기다려 보겠노라는 동의를 얻어냈다.

제닝스 부인은 평소보다 일찍 그들을 두고 나섰다. 미들턴 가와 파머가 사람들이 자기만큼 슬퍼하게 만들지 않고서는 가만히 앉아있을 수가 없었던 것이다. 부인은 엘리너가 함께 따라가겠다는 것도 단호히 물리치고 오전 내내 혼자 외출했다. 엘리너는 자신이 전달해야 할 고통을 잘 알고 있는데다가, 매리앤이 받은 편지로 보아 그런 일이 있을 줄 미리 잘 귀띔해 드리지 못했다는 생각에, 무겁기 짝이 없는 마음으로 자리에 앉아 어머니께 편지를 썼다. 그녀는 어머니께 지나간 일들을 설명하고 앞으로 어떻게 하면 좋을지 알려 달라고 청했다. 그 동안 매리앤은 제닝스 부인이 나가자마자 거실로 가서 엘리너가 편지를 쓰고 있는 테이블에 붙어 앉아 펜을 움직이는 모습을 지켜보았다. 그녀는 언니가 이렇게 괴로운 일을 해야 하는데 한탄하고 어머니께 미칠 영향에 대해서는 훨씬 더 깊은 탄식을 토했다.

이런 식으로 15분 정도를 보냈을 때, 신경이 곤두서 갑작스러운 소음을 견뎌내기 힘든 상태였던 매리앤이 문 두드리는 소리에 화들짝 놀랐다.

"도대체 누굴까? 이렇게 이른 시간에! 아무도 방해하지 않을 거라 생각했는데." 엘리너가 외쳤다.

매리앤이 창가로 다가갔다.

"브랜든 대령이잖아! 저 사람한테서는 벗어날 수가 없다니까." 그녀가 짜증스럽게 내뱉었다.

"제닝스 부인이 안 계시니까 들어오지는 않을 거야."

매리앤이 자기 방으로 들어가면서 말했다. "과연 그럴까. 할 일이 없어 시간을 주체하지 못하는 남자라면 남의 일에 주제넘게 참견하는 것쯤은 아무렇지도 않을걸."

부당하고 잘못된 근거에서 나온 것이기는 하지만, 그녀의 추측이 틀리지는 않았다. 브랜든 대령은 안으로 들어왔다. 엘리너는 그가 매리앤이 걱정되어 여기까지 왔으리라고 믿었고, 그의 산란하고 침울한 표정, 그녀의 안부를 짧지만 근심스레 묻는 모습에서도 그런 걱정을 알아챘으므로, 그에 대한 동생의 비난은 용서할 수 없었다.

그가 인사를 하고 나서 말문을 열었다. "본드 가에서 제닝스 부인을 만났습니다. 저에게 방문해 보라고 권하시더군요. 당신 혼자 계실 줄 알았고, 그러기를 무척 바랐기 때문에 그 권유를 흔쾌히 받아들였습니다. 그러기를 바란 제 목적이랄까, 유일한 바람은 위로를 드리는 것입니다. 아니, 위로라고 말하면 안 되겠군요. 현재의 위로가 아니라 동생분의 마음을 안정시켜 드리고 싶어서입니다. 동생분과 당신, 당신 어머니에 대한 저의 마음은, 몇 가지 상황을 설명 드려서 정말로 진실한 배려임을 증명해 드려도 되겠습니까. 진심으로 도움을 드리고 싶을 뿐입니다. 제가 잘못된 행동을 하는 것이 아니라고 생각합니다만……제가 옳다는 사실을 스스로에게 납득시키는 데 그렇게 많은 시간이 걸렸지만, 잘못하는 것일지도 모른다고 두려워하지 않아도 될까요?" 그는 말을 끊었다.

엘리너가 말했다. "무슨 말씀이신지 알겠습니다. 저한테 윌러비 씨에 관해, 그의 성품을 좀 더 드러내 줄 얘기가 있으신 거군요. 당신이 말씀해주신다면 매리앤에게 보여주실 수 있는 최고의 우정에서 나온 행동일 것입니다. 그 목적에 부합할 어떤 정보든 저는 이 자리에서 감사드릴 것이고, 매리앤도 시간이 흐르면 감사를 드리게 될 겁니다. 제발 들려주세요."

"그러시다면, 간단히 제가 지난 10월 바턴을 떠나던 때……이렇게 해서는 이해하시기 어렵겠군요. 더 뒤로 돌아가야겠습니다. 제가 말솜씨가 많이 부족하다고 여기실 겁니다, 대쉬우드 양. 어디서부터 시작해야 좋을지 모르겠군요. 저 자신에 대해 간단히 설명할 필요가 있을 듯하니, 간단히 하겠습니다. 이런 주제에 대해서는," 무거운 탄식을 토해냈다.

"별로 길게 말하고 싶지가 않습니다."

그는 회상에 젖은 듯 잠시 말을 멈추더니, 다시 한 번 한숨을 쉬고 말을 이었다.

"당신은 아마도 바턴 파크에서 어느 저녁 우리가 주고받았던 대화를 까맣게 잊으셨을 겁니다. 당신에게 어떤 인상을 남겼으리라고는 생각할 수 없으니까요. 무도회가 있던 저녁이었죠. 제가 얼마간 동생분 매리앤 양과 닮았다며 예전에 알았던 한 아가씨 얘기를 슬쩍 흘렸던 적이 있습니다."

"맞아요, 잊지 않았어요." 엘리너가 대답했다. 그는 이 말에 기쁜 얼굴로 말을 계속했다.

"애정 어린 추억 때문에 제가 불확실하고 편파적일 수도 있겠지만, 두 사람은 외모는 물론이고 생각도 굉장히 닮았습니다. 똑같이 열정적인 마음씨를 지녔고, 공상을 즐기고 활기찬 것도 같지요. 그 아가씨는 제 가까운 친척으로, 어릴 때 고아가 되어 우리 아버님의 보호를 받았습니다. 나이도 비슷해서 아주 어릴 때부터 같이 놀며 친구로 지냈지요. 일라이저를 사랑하지 않았던 때를 기억해낼 수가 없을 정도랍니다. 성장해 가면서 제가 그녀에게 어떤 애정을 품었는지, 아마도 당신은 지금 고독하고 우울하고 엄숙한 제 모습만 보신다면 그런 감정을 느꼈던 적이 있으리라고는 생각 못 하실 것입니다. 저에 대한 그녀의 감정 또한 제가 믿기로는 윌러비에 대한 동생분의 애정 못지않게 열렬했고, 이유는 달랐어도 그 못지않게 불행했습니다. 열일곱 살 때 저는 그녀를 영원히 잃었습니다. 그녀가 결혼을 했는데, 그것도 그녀의 의사에 반해 제 형과 결혼한 것입니다. 그녀는 재산이 많았고, 우리 가문의 영지는 대부분 저당 잡힌 상태였습니다. 유감스럽지만 그녀의 숙부이자 후견인이었던 사람이 취한 행동에 대해서는 이것으로밖에는 설명할 수가 없습니다. 형은 그녀를 얻을 자격이 없는 인물이었고, 그녀를 사랑하지도 않았습니다. 저는 그녀가 저를 사랑하는 마음으로 어떤 어려움이 있더라도 버텨 나가기를 바랐고, 한동안은 그랬습니다. 그러나 결국은 몰인정한 꼴을 겪고 비참한 상황에 처하게 되자 모든 결심이 꺾이고 말았습니다. 그녀가 제게 약속하기로는 어떤 일이 있어도…… 제가 너무 조리 없이 설명하는군요! 어떤 일이 일어났는지도 말씀드리지 않았지요. 우리는 몇 시간 후 스코틀랜드로 함께 도망가려 했습니다. 그런데 그녀의 하녀가 배신했는지, 어리석음 때문이었는지 고자질을 한 겁니다. 저는 먼 친척집으로 쫓겨났고, 그녀는 아버님이 목적한 바를 이룰 때까지 자유도, 사교도, 오락도 전혀 허용받지 못했습니다. 저는 그녀의 인내를 지나치게 믿었으므로, 그 충격은 감당키 어려운 것이었습니다. 하지만 그녀의 결혼 생활이 행복했더라면 그 때 저는 젊었으니 몇 달 지나면 체념하고 받아들였던가, 적어도 이제 와서 그 일을 애통해하지는 않아도 되었을 것입니다. 그러나 이 경우에는 그렇지가 못했습니다. 형은 그녀에게 전혀 마음이 없었기에, 마땅히 기쁨을 찾아야 할 곳에서 그러지 않고 처음부터 그녀를 차갑게 대했습니다. 브랜든 부인처럼 젊고 생기발랄하고 미숙한 정신의 소유자에게 그 결과는 불 보듯 뻔했습니다. 그녀는 처음에는 자신이 처한 불행을 체념하고 받아들였습니다. 차라리 죽어서 저를 기억할 때마다 이는 회한과 싸우지 않아도 되었더라면 행복했을 것입니다. 그러나 남편은 정절을 버리고 싶은 충동이 들게 만들고, 충고를 해 주거나 만류해 줄 친구도 없는 상황이었습니다. 아버님은 그들이 결혼하고 몇 달 후에 세상을 뜨셨고, 저는 동인도에서 복무하고 있었으니까요. 그런 와중에 타락했다 한들 이상할 게 있겠습니까? 제가 영국에 남아있었더라면……하지만 저는 몇 년 동안이라도 그녀 곁을 떠나는 편이 두 사람의 행복에 도움이 되리라고 생각했으므로, 해외 근무를 자원했습니다. 그녀의 결혼으로 제가 받은 충격은," 그는 목소리에 감정의 동요를 크게 드러내며 계속해서 말했다. "2년 후 그녀가 이혼했다는 소식을 들었을 때 느낀 것에 비하면 사소한 것이었습니다. 아무것도 아니었죠. 이렇게 침울한 성격이 된 것도 바로 그 일 때문이었습니다. 아직까지도 괴로웠던 일을 상기하면……."

그는 더 말을 잇지 못하고 벌떡 일어나서 방을 잠시 이리저리 서성였다. 엘리너는 그의 이야기를 듣고 그의 고뇌를 생생히 느꼈으므로 말을 할 수가 없었다. 그는 그녀의 배려가 담긴 얼굴을 보더니, 다가와서 손을 힘주어 잡고 감사에 찬 존경심을 담아 키스했다. 그는 좀 더 말없이 애를 쓴 끝에서야 침착하게 이야기를 계속할 수 있었다.

"이런 불행한 일이 있은 후 거의 3년이 지나서야 저는 영국으로 귀환했습니다. 도착했을 때 첫번째 관심사는 물론 그녀를 찾는 일이었습니다만, 그 일은 서글프기만 하고 아무런 성과도 없었습니다. 맨 처음 그녀를 유혹한 자 외에는 그녀의 자취를 찾아낼 수가 없었고, 그와 결별하고 나서 점점 더 죄 많은 삶 속으로 깊이 추락했으리라고 우려할 만한 근거들뿐이었습니다. 그녀가 법적으로 지급받게 되어 있는 돈은 그녀의 재산에 비하면 턱없는 액수였고 편안한 생활을 유지하기에도 충분치 않은데다가, 형에게서 들은 바로는 그것을 받을 권한도 몇 달 전에 다른 사람에게로 넘어갔다는 것이었습니다. 형은 냉정히 그런 추측을 할 수 있을 사람입니다만, 그녀가 사치스런 생활로 곤궁에 처해 눈앞의 위기를 모면하려고 그 권한을 처분했으리라고 추측했습니다. 그러나 마침내 제가 영국에 온지 반 년 만에 그녀를 찾아내고야 말았습니다. 옛날에 제 하인이었던 이가 불행에 빠져 빚을 갚지 못하고 스펀징 하우스(채무자들을 가두는 곳)에 갇히게 되어 방문하러 갔다가, 거기에서, 바로 그 곳에서, 비슷한 처지에 놓인 제 불행한 형수를 발견한 것입니다. 얼마나 변해 버렸던지, 얼마나 시들었던지…… 온갖 풍상에 시달려 지쳐빠진 모습이라니! 제 앞에 있는 불쌍하고 쇠약한 인물이 제가 한때 푹 빠졌던 그 청춘의 절정에 있던 사랑스럽고 건강한 소녀라니 믿을 수가 없었습니다. 제가 그녀를 바라보면서 어떤 기분이었는지…… 하지만 상세히 묘사하여 당신의 감정을 상하게 할 권리는 없죠. 이미 당신을 너무 많이 괴롭혔습니다. 누가 보아도 그녀가 결핵 말기에 있었다는 것이…… 그렇습니다, 그런 상태라는 것이 제일 큰 위안이었습니다. 살아있어 봤자 죽음을 더 잘 준비할 시간을 얻는다는 이외에는 그녀에게 아무런 의미도 없었습니다. 그래서 그렇게 했습니다. 그녀에게 편안히 머물 곳을 마련해 주고 필요한 보살핌을 받게 해 주고, 얼마 안 되는 남은 시간 동안 매일 방문했으며, 임종을 지켜 주었습니다."

다시 그는 말을 멈추고 자신을 추슬렀다. 엘리너는 불행한 벗의 운명에 대해 다정한 관심이 밴 탄식으로 자기 느낌을 전했다.

그가 말을 계속했다. "제가 당신 동생분과 제 불쌍한 타락한 형수가 서로 닮았다고 생각해서 동생분을 불쾌하게 하려는 것은 아닙니다. 그들의 운명이 같을 리야 없지요. 제 형수의 타고난 감상적인 기질이 더 굳은 정신이나 더 행복한 결혼으로 인도되었더라면, 당신이 나중에 보게 될 동생분의 모습과 똑같이 될 수 있었을지도 모릅니다. 그런데 이런 얘기를 왜 꺼낸 걸까요? 아! 대쉬우드 양, 14년 동안이나 건드리지 않고 두었던 이런 주제를 건드린다는 것 자체가 위험스러운 일이지요! 좀 더 정신을 가다듬고 더 간결하게 말씀드리겠습니다. 그녀는 유일한 자식인 첫번째 불륜 관계에서 얻은 어린 딸을 제게 돌봐 달라고 남겼는데, 그때 당시 세 살쯤이었습니다. 그녀는 그 아이를 무척 아껴서 한시도 곁에서 떼어놓지 않았습니다. 저에게도 참으로 소중한 부탁이었습니다. 상황이 되었더라면 그 아이의 교육을 직접 관리하면서 기쁜 마음으로 아주 의무를 다했겠습니다만, 저는 가족도 집도 없었던 터라 어린 일라이저를 학교에 넣었습니다. 될 수 있는 대로 자주 그 애를 보러 갔고, 5년 전 형이 사망하여 가문의 재산이 제게 돌아온 후로는 그 애가 델라포드로 자주 저를 만나러 왔습니다. 저는 그 애를 먼 친척이라고 했습니다만, 다들 훨씬 더 가까운 관계라고 의심하는 줄 잘 알고 있습니다. 제가 그 애를 학교에서 데려다 도셋셔에서 비슷한 또래 소녀들 너덧 명을 맡아 양육하는 매우 평판 좋은 부인의 보호 아래 둔 것이 3년 전의 일입니다. 그때 막 열네 살이 되었습니다. 2년 동안 저는 그 애의 상황에 충분히 만족했습니다. 그러나 거의 1년 전인 지난 2월, 그 애가 갑자기 사라졌습니다. 그 애가 한 친구가 아버지의 건강 때문에 바스에 모시고 가는데 같이 가게 해 달라고 하도 졸라대기에 허락해 주었습니다. 나중에 밝혀진 바로는 경솔한 짓이었지요. 저는 그분을 상당히 훌륭한 분으로 알고 있었고 따님도 좋게 생각했었지만, 실제로는 그렇지 않았습니다. 그 친구는 틀림없이 모든 것을 다 알고 있었는데도 잘못된 판단에서 굳게 비밀을 지키느라 아무 말도 하지 않고, 아무 단서도 주지 않으려 했으니까요. 그녀의 아버지도 선량하지만 눈치는 없는 사람이어서 실제로 아는 것이 없었던 듯합니다. 여자애들이 시내를 쏘다니면서 맘 내키는 대로 남자들을 사귀고 다닐 동안 그분은 거의 집에만 있었고, 자기가 철저히 믿고 있듯이 자기 딸은 이 일에 아무 관련이 없다고 저를 납득시키려 하더군요. 다시 말해서, 그 애가 사라졌다는 것 말고는 아무것도 알아낼 수가 없었습니다. 지난 여덟 달 내내 나머지는 추측만 할 수 있을 뿐이었습니다. 제가 생각했던 것, 염려했던 것을 상상하실 수 있을 겁니다. 그리고 제가 괴로워했던 것도……."

엘리너가 부르짖었다. "세상에! 혹시 윌러비가……."

그가 말을 이었다. "제 귀에 들어온 일라이저의 첫번째 소식은 지난 10월 그 애한테서 온 편지였습니다. 델라포드에서 왔는데, 위트웰로 소풍을 가기로 한 바로 그 날 아침에 도착했습니다. 그래서 그 때는 틀림없이 모두의 눈에 이상하게 비쳤을 것이고 몇몇 사람은 기분이 상하기도 했겠지만 그렇게 갑작스럽게 바턴을 떠나야 했던 겁니다. 윌러비 씨는 제가 무례하게도 모임을 망쳤다고 비난의 눈초리로 보았지만, 그가 불행하고 비참한 처지에 빠뜨려 놓은 소녀를 구하러 가는 것이라고는 상상도 못 했겠지요. 하지만 그가 알았다한들 그게 무슨 소용이 있었겠습니까? 동생분의 미소를 보며 그가 덜 즐겁거나 덜 행복했을까요? 아뇨, 그는 이미 다른 이에게 동정을 느낄 수 있는 사람이라면 절대 하지 않을 짓을 저지른 후였습니다. 그는 어리고 순진한 소녀를 유혹해 낸 다음 마땅한 거처도, 아무 도움도, 친구도 없고, 그의 주소조차도 모르는 곤경 속에 버려 둔 것입니다! 그는 일라이저에게 돌아오겠다고 약속하고 떠났습니다만, 돌아오지도 않았고, 편지를 쓰지도, 구해 주지도 않았습니다."

"어떻게 그런 일이 있을 수가!" 엘리너가 외쳤다.

"이제 그의 인간성을 당신 앞에 까발려 보여드렸습니다. 사치가 심하고 방탕한데다가, 둘을 합친 것보다 더 나쁘지요. 제가 지난 몇 주 동안 알게 된 이 모든 사실을 아셨으니, 동생분이 그를 끔찍이 좋아하는 모습을 보고 그와 결혼하리라는 확신이 들면서 제 기분이 어땠을지, 당신 가족 모두를 생각하면서 어떤 기분이었을지 아시겠지요. 지난 주에 당신을 방문했다가 혼자 있는 모습을 보았을 때, 진실을 알아야겠다고 결심하고 온 것이었습니다. 알게 되면 어떻게 할지는 마음을 정하지 못했지만요. 당시 제 행동이 이상하게 보이셨을 테지만, 지금은 이해가 되실 겁니다. 당신 가족 모두가 그렇게 속아 넘어가는 모습을 참고 보아야 했고, 동생분을 보고만 있어야 했으니……하지만 제가 무엇을 할 수 있었겠습니까? 제가 간섭해서 잘 된다는 보장도 없고, 동생분의 영향으로 그가 새사람이 될 수도 있다는 생각도 종종 들었으니까요. 하지만 이제 와서 이렇게 비열한 짓을 한 것을 보니, 매리앤 양에게도 어떤 꿍꿍이가 있었을지 누가 알겠습니까? 어쨌건 그 속셈이 무엇이었든 간에, 불쌍한 일라이저의 처지와 비교해 보면, 비참하고 절망적인 상황에 빠진 이 가엾은 소녀가 매리앤 못지않게 그를 사랑하는 마음과 평생 동안 자신을 따라다닐 자책감으로 고통스러워하며 살아야 할 모습을 그려본다면, 매리앤 양도 지금 자신의 처지에 대해 감사하는 마음이 들 것이고, 앞으로도 틀림없이 그렇게 생각할 것입니다. 틀림없이 이런 비교가 동생분에게 도움이 될 겁니다. 자신의 고통은 별 것 아니라고 느끼게 되겠지요. 그 고통은 부도덕한 행동에서 나온 것이 아니고, 불명예가 될 수도 없습니다. 반대로 모든 친구들이 그 일로 더욱 충실한 벗이 되겠지요. 그녀의 불행을 근심해 주고 그것을 버텨내는 강인함을 높이 평가해 주면서 서로 간의 애정이 더욱 돈독해질 것입니다. 다만 제가 드린 말씀을 매리앤 양에게 전하실 때는 신중을 기해 주시기 바랍니다. 어떤 영향을 미칠지 가장 잘 아시리라 믿습니다만, 이 이야기가 도움이 될 것이고 그녀의 비탄을 줄일 수 있으리라고 진심으로 믿지 않았다면, 제 가족이 겪은 고통을 늘어놓고 남을 희생시켜 제 가치를 높이려는 의도로 비칠 수도 있을 이야기로 당신을 괴롭혀 드리지는 않았을 것입니다."

엘리너는 이 말에 진심에서 우러나온 감사의 뜻을 전하고, 어떤 일이 있었는지 전해 준다면 매리앤에게 실제로 도움이 되리라 믿어 의심치 않는다는 말도 곁들였다.

"다른 무엇보다도 그에게 아무 잘못이 없다고 믿으려 애쓰는 모습이 보기 괴로웠답니다. 그가 비열한 인간이라는 확신보다 훨씬 더 그 애를 고통스럽게 하니까요. 이제 처음에는 많이 힘들겠지만, 곧 마음이 편해질 거예요. 그런데," 그녀는 잠시 말을 끊었다가 계속했다. "바턴에서 헤어진 이후로 윌러비 씨를 보신 적이 있나요?"

"네." 그가 엄숙하게 대답했다. "한 번 만났습니다. 피할 수 없는 만남이었습니다."

엘리너는 그의 태도에 놀라 걱정스럽게 바라보며 말했다.

"뭐라고요? 그를 만나서……."

"다른 식으로야 만날 리가 없었겠지요. 일라이저가 버티고 버틴 끝에 결국은 연인의 이름을 제게 실토했습니다. 제가 온 후 2주가 안 되어 그가 런던에 돌아왔을 때, 그는 자신을 변호하기 위해, 저는 그를 벌하기 위해 약속을 정해 만났습니다. 우리는 상처를 입지 않고 돌아왔고, 그 만남은 밖으로 새어나가지 않았습니다."

엘리너는 결투를 해야만 한다는 대령의 생각에 한숨이 나왔으나, 남자이며 군인인 이에게 이를 비난할 수는 없었다.

브랜든 대령은 잠시 말이 없다가 다시 입을 열었다. "어머니와 딸의 운명이 이렇게 불행히도 닮은꼴이 될 수가! 내 의무를 이렇게 제대로 해내지 못했다니!"

"일라이저는 아직 런던에 있나요?"

"아뇨. 해산 때가 거의 다 되어 그 애를 찾아냈기 때문에, 산후 조리가 끝나자마자 아이와 함께 시골로 보내어 거기 있습니다."

그는 곧 자기 때문에 엘리너가 동생과 오래 떨어져 있었음을 깨닫고 방문을 마쳤다. 엘리너는 그에게 다시 한 번 감사의 뜻을 전하면서 그에 대한 연민과 존경을 가슴 깊이 품었다.

10장

대쉬우드 양이 곧 이 대화 내용을 동생에게 상세히 전해 주자, 동생의 반응은 언니가 기대했던 것과는 달랐다. 매리앤은 대단히 침착하고 고분고분하게 주의를 기울여 이야기를 들었으므로 진실성을 의심하지는 않는 듯했다. 이의를 제기하거나 토를 달지도 않았고, 윌러비 편을 들려고 하지도 않았으며, 눈물 흘리는 것으로 보아 그럴 수도 없다고 느끼는 것 같았다. 그러나 엘리너가 이러한 행동을 보고 매리앤이 그의 유죄를 인정하게 되었다는 확신을 얻었어도, 브랜든 대령이 방문해도 더 이상 그를 피하지 않고 심지어는 연민 어린 존경심을 품고 먼저 말을 걸기까지 하는 모습을 보면서 그 효과를 만족스러워했어도, 전보다 그녀의 기분이 좀 편안하게 가라앉은 모습을 보았어도, 그녀가 비참함에서 벗어난 것 같지는 않았다. 그녀의 마음은 안정을 찾았지만 우울한 낙담에 잠긴 안정이었다. 매리앤은 윌러비의 애정을 잃은 것보다 그의 인간성에 실망한 것이 훨씬 더 마음 아팠다. 그가 윌리엄스 양을 유혹하고 버린 일, 그 불쌍한 소녀의 불행, 그가 한때 자신에게는 어떤 계략을 품었을까 하는 의심이 뒤엉켜 그녀의 정신을 좀먹어 갔으므로, 엘리너에게조차도 자기 생각을 말할 기분이 나지 않았다. 말없이 자기 슬픔에만 빠져 있는 모습은 시시때때로 거침없이 슬픔을 토로하던 것보다 더 언니의 마음을 아프게 했다.

대쉬우드 부인이 엘리너의 편지를 받고 보낸 답장에서 전한 감정이나 말은 딸들이 이미 느끼고 말한 것을 되풀이한 데 지나지 않았다. 부인은 매리앤 못지않게 실망했고, 엘리너보다 더 분노했다. 부인에게서 긴 편지가 잇달아 속속 도착하여 괴로운 심정과 속내를 전해 주었다. 부인은 매리앤에 대해 근심스러운 염려를 나타내고, 이런 불운을 꿋꿋이 견뎌내도록 당부했다. 어머니가 꿋꿋이 버티라는 말을 할 정도면 매리앤이 겪은 고통이 정말로 끔찍한 것이 틀림없었다! 어머니가 매리앤이 절대 겪지 않기를 바랐던 그러한 비탄의 원인이 굴욕적이고 수치스러운 것임이 분명했다!

대쉬우드 부인은 자신의 안위 문제는 뒤로하고, 매리앤이 바턴에 있으면 눈에 보이는 모든 것에서 거기서 늘 보았던 윌러비의 모습을 끊임없이 연상하여 과거의 기억을 강렬하고 고통스럽게 되살릴 테니, 어디 다른 곳에 있게 하는 편이 낫겠다고 판단했다. 그래서 부인은 딸들에게 확실히 못박지는 않았지만 적어도 5,6주로 예상했던 제닝스 부인 댁 방문일정을 절대 줄이지 말라고 권유했다. 바턴에서는 누릴 수 없는 다양한 소일거리와 볼거리, 사교활동을 거기서는 피할 수 없을 테니, 지금은 매리앤이 거부할지라도 흥미를 느껴 시름을 잊고 즐거움까지도 누리게 될지 모른다는 바람이 있었다.

어머니는 윌러비를 다시 볼지 모를 위험에 대해서, 지금은 매리앤의 친구라고 스스로 생각하는 이들은 모두 그와의 교제를 끊을 테니까 런던에 있어도 여기 있는 것만큼 안전하리라고 생각했다. 의도적으로 두 사람이 마주칠 리야 없고, 부주의하게 마주치는 일도 절대 없을 것이다. 바턴과 같은 외딴 곳에서는 대쉬우드 부인이 처음에는 가능성 정도로 예상했다가 이제는 확실한 것으로 믿게 된 결혼식 후 그가 앨런햄을 방문하면서 매리앤을 마주치게 될지 몰라도, 번잡스러운 런던에서는 우연히 마주칠 일이 더 적을 것이다.

부인은 딸들이 그대로 머물기를 바라는 이유가 또 있었다. 의붓아들한테서 온 편지에서 2월 중순 이전에 아내와 함께 런던에 갈 예정이라고 했기 때문에, 그들이 가끔씩 오빠를 만나는 것이 옳다고 판단했던 것이다.

매리앤이 원하고 기대한 바와는 전혀 딴판이었다. 매리앤은 런던에 계속 머물러야 한다면 비참함을 달랠 수 있는 유일한 처방인 어머니의 동정도 받을 수 없고, 자신을 가만 놔두지 않는 친구들 속에서 한시도 쉴 수 없을 것이 뻔하니, 어머니의 결정은 그릇된 근거에서 나온 완전히 잘못된 것이라고 생각했다. 그러나 어머니의 의견을 따르겠다고 약속했으므로 군말 없이 따랐다.

그러나 자신에게는 해가 되어도 언니에게는 득이 될 수도 있다는 것을 유일한 위안거리로 삼았다. 반면 엘리너는 에드워드를 끝까지 잘 피할 수 있을 것 같지 않았으므로 더 오래 머물게 되어 자신에게는 상황이 불리해졌어도, 매리앤을 위해서는 데번셔로 당장 돌아가는 것보다 낫다고 스스로를 위로했다.

동생 앞에서 윌러비의 이름이 나오지 않게 막으려는 그녀의 주도면밀한 노력은 효과가 있었다. 매리앤 본인은 알아채지 못했지만 그 덕을 보았다. 제닝스 부인과 존 경은 물론이고 심지어는 파머 부인조차도 매리앤 앞에서 그의 이름을 들먹이지 않았던 것이다. 엘리너는 자기 앞에서도 똑같은 인내를 보여주기를 바랐지만 불가능한 일이었고, 날마다 그들 세 사람이 터뜨리는 분노를 들어 주어야 했다.

존 경은 말도 안 되는 일이라고 생각했을 것이다. "그렇게 좋게 생각했었는데! 그렇게 마음씨 좋은 사람이! 영국에서 그보다 더 대담무쌍한 기수가 없을 텐데! 도대체 알 수가 없는 일이에요. 귀신은 뭐하나 몰라! 어디서 만나게 되든지 말도 안 할 테다! 바턴의 사냥터에서 나란히 서서 두 시간을 같이 잠복하게 된다 해도 말 안 할 테니! 천하의 악당 같으니라고! 그런 사기꾼이 다 있다니! 지난번 만났을 때 폴리 새끼 한 마리 주겠다고 했었는데! 그런 것도 다 끝이다!"

파머 부인도 자기 식대로 그에 못지않게 분을 터뜨렸다. "당장 그와 교제를 끊을 거예요. 그런 인간하고 아예 사귄 적이 없어서 다행이지 뭐예요. 콤 매그나가 클리블랜드와 그렇게 가깝지 않았으면 좋았을걸. 하지만 어차피 너무 멀어서 방문할 수 없을 테니까 그러나저러나 상관없지요. 그런 가증스러운 인간은 다시는 이름도 입에 올리지 않을 거고, 마주치는 사람한테마다 그가 얼마나 비열하기 짝이 없는 인간인지 말해줄 거예요."

파머 부인은 분노하고 남은 동정심을 발휘하여 힘닿는 데까지 얼마 남지 않은 결혼에 대한 자세한 정보들을 얻어 와서 엘리너에게 전해주었다. 어떤 마차 제조업자가 새 마차를 만들고 있는지, 윌러비 씨의 초상화를 어떤 화가가 그렸는지, 어떤 상점에서 그레이 양의 옷을 볼 수 있는지 따위를 곧 알려줄 수 있었다.

이런 경우에는 레이디 미들턴의 냉랭하고 정중한 무관심이 다른 이들의 소란스러운 친절로 무거워진 엘리너의 기분에 반가운 구원이 되었다. 친구들 무리 속에서 적어도 한 사람은 흥미를 보이지 않는다는 점이 그녀에게는 큰 위안이 되었고, 자기와 만나는 사람 중에 속사정에 호기심을 품거나 동생의 건강을 걱정하지 않는 이가 한 명은 있다는 것도 큰 위안이었다.

어떤 자질이든 상황에 따라서는 실제 가치 이상의 평가를 받는 일이 비일비재한 법이다. 엘리너도 때로는 친절한 위로의 말에도 진력이 나서 선량함보다 정중함이 더 위로에 필요하다는 생각을 하기도 했다.

레이디 미들턴은 하루에 한 번쯤, 그 주제가 너무 자주 언급되면 두 번쯤 "정말 너무나 충격적이에요!"라는 말로 그 일에 대한 의견을 피력했다. 이 자주 해도 무난한 표현으로 처음부터 대쉬우드 자매를 보고도 손톱만큼의 감정도 느끼지 않을 수 있었을 뿐 아니라, 곧 그들을 보아도 그 문제에 대해 아무 생각도 안 하게 되었다. 그녀는 나름대로 같은 여성의 존엄을 지지하고 남성의 잘못을 단호히 비판했으니 자신의 사교상의 이익에 신경 써도 무방하리라 여겼다. 존 경의 의견과는 다르지만, 윌러비 부인이 품위와 재산을 두루 갖춘 여성이니만큼 결혼하자마자 자기 명함을 남겨놓고 올 생각이었다.

대쉬우드 양은 브랜든 대령의 조심스러운 물음에는 전혀 언짢아하지 않았다. 그는 친구로서 열과 성을 다해 동생의 실망감을 누그러뜨려 주려고 애씀으로써 속 얘기를 터놓고 나눌 특권을 얻었으므로, 그들은 항상 신뢰하며 대화를 나누었다. 그는 슬픈 과거와 현재의 치욕을 드러내는 고통스러운 노력을 감수한 결과, 매리앤으로부터 가끔씩 동정 어린 눈길을 받았다. 또한 자주 있는 일은 아니었지만 그녀가 꼭 그에게 말을 걸어야 할 때나 말을 거는 호의를 베풀 수 있을 때는 부드러운 목소리를 듣는 보답을 받았다. 이로써 그는 노력한 보람이 있어 매리앤이 자신을 더 호의적으로 생각하게 되었다는 확신을 얻었다. 엘리너 쪽에서는 앞으로 그 이상까지 발전할지 모른다는 희망을 품었다. 그러나 제닝스 부인은 이런 사정을 전혀 모른 채 대령이 언제나처럼 우울하며, 그가 직접 청혼하도록 설득할 수도 없고, 자기에게 대신 청혼하게끔 할 수도 없다는 사실을 알았다. 이틀이 지나자 그들이 한여름이 아니라 미클마스(그리스도교의 성 미카엘 대천사의 축일. 서방교회는 9월 29일, 동방교회는 11월 8일임)쯤 결혼할지 모른다고 생각하게 되었고, 일주일쯤 지났을 때는 아예 둘이 맺어지지 않을지도 모른다는 생각마저 들었다. 대령과 대쉬우드 양이 잘 통하는 모습을 보니 뽕나무, 수로, 주목 정자를 차지하는 영예가 그녀에게 넘어갈 듯싶었다. 제닝스 부인은 페라스 씨 생각은 잠시 접어두었다.

2월 초, 윌러비의 편지를 받은 지 2주쯤 후, 엘리너는 마음 아프지만 동생에게 그의 결혼 소식을 알려야 했다. 그녀는 매리앤이 아침마다 신문을 샅샅이 훑는 모습을 보았으므로, 신문에서 먼저 그 소식을 알게 하고 싶지 않아서 예식이 치러졌다는 소식을 듣자마자 전해주려고 주의했다.

매리앤은 의연하고 침착한 태도로 그 소식을 듣고 아무 말도 하지 않았고, 처음에는 눈물도 흘리지 않았다. 그러나 잠시 후 눈물이 쏟아졌고, 그날 온종일 처음 그런 일이 있을 줄 알게 되었을 때 못지않게 가련하기 짝이 없는 모습이었다.

윌러비 부부는 결혼식을 올리자마자 런던을 떠났다. 엘리너는 이제 매리앤이 그 부부와 마주칠 위험이 사라졌으니, 처음 타격을 받은 후로 줄곧 집 밖을 나서지 않고 있는 동생을 설득해 다시 전처럼 조금씩 외출하게 하고 싶었다.

그 무렵 스틸 자매가 홀본의 바틀릿 가에 있는 친척집에 도착했다. 그들은 콩뒤 가와 버클리 가에 있는 더 신분 높은 친척들에게 다시 인사를 와서 진심 어린 환대를 받았다.

엘리너만 그들을 대하기가 껄끄러웠다. 그들의 존재는 늘 그녀에게 고통을 안겨 주었으므로, 자신이 아직 런던에 있는 것을 보고 기뻐 어쩔 줄 몰라하는 루시에게 어떻게 공손히 답례할지 몰랐다.

"당신이 아직도 여기에 있지 않았다면 너무나 실망했을 거예요." 루시는 그 말에 유난히 힘주어 되풀이했다. "하지만 보게 될 줄 알았어요. 당신이 아직 런던을 떠나지 않았을 거라고 믿었으니까요. 당신은 바턴에서 저한테 한 달 이상 머물지는 않을 거라고 했지만요. 그렇지만 그때도 결국에 가서는 당신이 마음을 바꿀 거라고 생각했어요. 당신 오라버니 내외가 오시기 전에 가버린다면 너무 유감스러운 일일 테니까요. 이제는 서둘러 가려고 하지 않겠군요. 당신이 말한 대로 하지 않아서 얼마나 기쁜지 몰라요."

엘리너는 그녀의 말을 전부 다 알아들었으며, 그렇지 않은 척하기 위해 있는 힘껏 자제심을 발휘해야 했다.

제닝스 부인이 말했다. "자, 아가씨, 여행은 어땠나요?"

스틸 양이 신이 나서 대답했다. "합승마차를 타지 않았어요, 정말이라니까요. 내내 사륜마차를 세내어 타고 온 데다, 근사한 미남 신사도 함께였답니다. 데이비스 선생님이 런던에 가신다고 해서, 같이 사륜마차를 타고 가기로 한 거지요. 아주 신사답게 행동하셨고, 우리보다 10실링 내지 12실링 정도 더 쓰셨어요."

"오호, 저런! 정말 근사하군요! 물론 그 의사는 독신이겠지요." 제닝스 부인이 소리쳤다.

스틸 양이 억지로 웃는 척하면서 말했다. "지금 다들 그 의사분을 놓고 그렇게 저를 놀려대시니 영문을 모르겠군요. 친척분들은 틀림없이 제가 그분 마음을 빼앗았다고들 그러시지만, 그분을 단 한 시간이라도 생각해 본 적이 없다고 장담해도 좋아요. 글쎄 친척이 일전에 그분이 길을 건너 집으로 향하시는 모습을 보고 이렇지 않겠어요, '맙소사! 네 애인이 저기 오는구나, 낸시,' 내 애인이라니, 말도 안 돼! 그래서 제가 그랬지요. 누구 얘기를 하는 건지 모르겠다고. 그 의사는 저랑 아무 사이도 아니라고요."

"아유, 둘러대는 것 좀 봐. 그래도 소용없어요. 내 보기엔 맞구만 그래."

"정말 아니라니까요! 만약 누가 그런 얘기 하는 걸 들으시면 제발 아니라고 해 주세요." 그녀가 짐짓 열을 내면서 대답했다.

제닝스 부인은 당연히 그러지 않겠다고 신이 나서 장담을 했고, 스틸 양은 매우 기뻐했다.

"오라버니 내외가 런던에 오시면 그분들과 함께 지내시겠지요, 대쉬우드 양," 루시가 발톱을 감추었다가 다시 공격을 시작했다.

"아뇨, 그러지는 않을 거예요."

"오, 그럴 리가요, 당연히 그렇게 하시겠지요."

엘리너는 더 이상 반대해서 그녀의 기분을 맞춰 주고 싶지 않았다.

"대쉬우드 부인께서 당신들 두 분 없이도 그렇게 오래 지내실 수 있다니 정말 다행이네요!"

제닝스 부인이 끼어들었다. "오래라니요! 이제 막 방문했는데!"

루시는 입을 다물었다.

"동생분을 못 뵈어서 유감이군요, 대쉬우드 양," 스틸 양이 말했다. "몸이 좋지 않다니 유감이에요." 매리앤은 그들이 도착하자 방을 나가버렸던 것이다.

"두 분은 아주 좋아 보이는군요. 제 동생도 여러분을 뵙는 즐거움을 놓쳐서 많이 아쉬워할 거예요. 하지만 최근에 신경성 두통에 지독하게 시달리고 있어서 사람들과 어울리거나 대화를 나누기가 힘들답니다."

"오, 저런, 정말 안됐군요! 하지만 루시와 저 같은 오랜 친구라면야! 우리는 만나도 괜찮지 않을까요. 말은 절대 걸지 않을게요."

엘리너는 최대한 예의를 차려서 제안을 거절했다. 동생은 아마도 침대에 누워있을 것이고, 잠옷 바람일지도 모르기 때문에 그들을 보러 올 수 없다고 했다.

스틸 양이 외쳤다. "아, 그것뿐이라면 우리가 가서 동생분을 만나도 되잖아요."

엘리너는 이러한 무례함에 화를 참기 어려웠으나, 루시가 날카롭게 질책해 준 덕에 참는 수고를 모면했다. 이런 참견은 다른 경우에도 대개 그랬듯이 지금도 동생의 태도에 그다지 호감을 더해 주지는 못했어도, 언니의 태도를 다스리는 데에는 도움이 되었다.

11장

어느 날 아침, 매리앤은 좀 반대하다가 언니의 청에 따라 반 시간쯤 언니와 제닝스 부인과 함께 외출하기로 했다. 그러나 아무도 방문하지 않겠다는 조건을 걸었고, 엘리너가 구식이 된 어머니의 보석 몇 가지를 바꾸러 가려는 색빌 가街의 그레이 상회까지만 동행하겠다고 했다.

그들이 상점 문에 이르렀을 때, 제닝스 부인은 거리 반대편 끝에 사는 부인을 방문할 일이 있다는 것을 기억해냈다. 부인은 그레이 상회에 볼 일이 없었으므로, 젊은 친구들이 자기들 일을 볼 동안 친구를 방문하고 돌아오기로 했다.

계단을 올라가 보니 대쉬우드 자매 앞에 사람들이 너무나 많아서 그들의 주문을 처리해 줄 여유가 있는 사람이 아무도 없었으므로 기다려야 했다. 가장 빨리 차례가 올 것 같은 카운터 끝에 앉아 기다릴 수밖에 없었다. 거기에는 신사 한 명만 서 있었으므로, 엘리너는 그가 예의를 차려 일을 더 빨리 끝낼지도 모른다는 기대도 없지 않았다. 그러나 그는 공손함보다는 정확한 안목과 고상한 취향을 앞세우는 사람이었다. 그는 자기가 쓸 이쑤시개 통을 주문하는 중이었다. 15분에 걸쳐 크기, 모양, 장식을 결정할 때까지 상점에 있는 온갖 이쑤시개 통을 다 뜯어보고 따져본 다음 마침내 특이한 취향에 맞게 정하느라고, 가게 안을 서너 번을 휘 둘러보았으면서도 두 숙녀는 안중에도 없었다. 그의 눈길은 엘리너의 뇌리에 최고급 유행으로 치장했어도 한 푼의 값어치도 없는 인품과 얼굴을 지녔다는 인상을 남겼다.

매리앤은 모든 것에 무관심했으므로, 이처럼 무례하게 자기들을 뜯어보는 시선이나 이쑤시개 통마다 자세히 살펴보고 다 흠을 잡아내면서 방자하게 구는 태도에도 경멸감이나 분개심 같은 성가신 감정을 느끼지 않았다. 그녀는 그레이 상회에서도 자기 침실에 있을 때와 다름없이 자기 생각에만 몰두하여 주변에서 무슨 일이 벌어지는지 몰랐다.

마침내 다 결정되었다. 상아, 금, 진주가 들어갈 자리가 다 정해졌다. 그 신사는 이쑤시개 통 없이도 버틸 수 있는 최후의 날짜를 지명한 다음, 느릿느릿 세심하게 장갑을 끼고 찬사를 표하기보다는 요구하는 듯한 시선으로 대쉬우드 양 자매를 다시 한 번 쓱 훑어보고, 진정한 자만과 가장한 무관심이 섞인 만족스러운 태도로 걸어 나갔다.

엘리너는 재빨리 자기 일을 내놓아 거의 끝내려던 참에, 또 다른 신사가 와서 옆에 섰다. 그녀는 눈을 돌려 그의 얼굴을 보았다가 오빠임을 알고 깜짝 놀랐다.

그들은 이렇게 만난 데 그레이 상점에서 남들 눈에 딱 흉잡히지 않을 만큼만 애정과 기쁨을 표시했다. 존 대쉬우드는 정말로 동생들을 다시 만나게 되어 유감스러운 기색은 없었으므로, 그들도 이에 어느 정도는 만족했다. 그는 어머니에 대해서도 정중하고 다정하게 안부를 물었다.

엘리너는 오빠와 올케가 런던에 온지 이틀 되었음을 알았다.

"어제 너희를 꼭 방문하려고 했는데, 해리를 엑서터 익스체인지(스트랜드 북쪽의 동물원으로 유명한 건물)에 데려가서 야생 동물을 보여 주고, 남은 시간은 페라스 부인과 보내느라 못 갔단다. 해리가 엄청나게 좋아했지. 오늘 아침에는 반시간만 여유가 나도 꼭 너희를 보러 갈 생각이었는데, 누구든지 런던에 오면 처음에는 할 일이 많은 법이잖냐. 패니의 인장을 예약하려고 여기 왔단다. 하지만 내일은 반드시 버클리 가에 가서 너희들 친구이신 제닝스 부인께 인사할 수 있겠다고 생각하던 참이었지. 아주 재산이 많은 부인이라고 들었다. 미들턴 가도 그렇다지? 너희가 나를 그분들께 꼭 소개시켜 줘야 한다. 어머니의 친척들이시니 꼭 인사를 드리고 싶구나. 시골에서도 너희에게 좋은 이웃들이실 테지."

"정말 훌륭한 분들이에요. 저희가 편안히 지내도록 돌봐주시고 얼마나 세심하게 친절을 베풀어 주셨는지 모른답니다."

"그 말을 들으니 말할 수 없이 기쁘다. 정말 너무 기뻐. 하지만 틀림없이 이럴 거다. 그분들이 부자고 너희와 친척이니까, 너희들이 편안하게 지내도록 친절과 편의를 베풀어주리라고 기대해도 좋은 것이지. 그러니까 너희가 작은 집에서 부족한 것 없이 편안하게 정착한 것이고! 에드워드가 얼마나 멋진 집인지 설명해 주더구나. 그의 말을 듣자하니 그렇게 완벽한 집을 본 적이 없고, 무엇보다도 너희들 모두 좋아하더라고 하더라. 우리가 그 얘기를 듣고 얼마나 만족했는지 모른단다."

엘리너는 오빠가 좀 창피했다. 마침 제닝스 부인의 하인이 와서 주인마님이 문에서 기다리고 있다고 하여, 대꾸해 줄 필요가 없어져도 아쉽지 않았다.

대쉬우드 씨는 그들을 계단 아래까지 따라나와 마차 문 앞에서 제닝스 부인과 인사를 나누고, 다음날 방문하고 싶다는 말을 되풀이하고 작별을 고했다.

그는 약속대로 방문했다. 올케가 오지 못한 데 대한 사과의 말을 가지고 왔다. "장모님을 모시느라 너무 바빠서 정말로 어디고 갈 시간을 내지 못한답니다." 그러나 제닝스 부인은 그들 모두 친척이라고 할 수 있는 관계인만큼 까다로운 격식에 구애받고 싶지 않으니, 조만간 존 대쉬우드 부인을 방문할 생각이고 동생들도 데려가겠다고 분명히 밝혔다. 그들을 대하는 그의 태도는 차분했지만 흠잡을 데 없이 친절했으며, 제닝스 부인에 대해서는 최대한 세심하게 예의를 갖추었다. 그가 온 직후 바로 브랜든 대령이 오자 자기가 알고 싶은 것은 그가 부자인가, 자신에게도 똑같이 정중하게 대할 것인가 라고 말하는 듯 호기심에 찬 눈길을 보냈다.

그는 30분쯤 그들과 함께 보낸 후, 엘리너에게 콩뒤 가까이 같이 걸어가서 존 경과 레이디 미들턴에게 소개시켜 달라고 부탁했다. 눈부시게 좋은 날씨였으므로 그녀는 기꺼이 동의했다. 집을 나서자마자 꼬치꼬치 캐묻기 시작했다.

"브랜든 대령은 어떤 사람이냐? 재산은 좀 있냐?"

"네. 도셋셔에 상당한 영지가 있어요."

"그거 잘 됐구나. 꽤 신사다운 이더라. 엘리너, 네가 제법 훌륭하게 정착하겠다고 생각하니 기쁘구나."

"제가요, 오빠! 무슨 말씀이세요?"

"그가 너를 좋아하더라. 내 잘 살펴보았는데, 틀림없다. 재산 규모가 얼마나 되냐?"

"한해 2천 파운드가량 될 거예요."

"2천 파운드라," 그는 애써 관대한 척하려고 자신을 가다듬더니, 이렇게 덧붙였다. "엘리너, 진심으로 바라건대, 너를 위해서 그 두 배는 되었으면 좋겠다."

"그러시겠지요. 하지만 브랜든 대령은 저와 결혼할 마음이 전혀 없으시답니다."

"네가 잘못 안 거다, 엘리너. 네가 크게 잘못 생각하는 거야. 네 편에서 조금만 애쓰면 그를 잡을 수 있을 거다. 어쩌면 지금은 대령도 마음을 정하지 못한 상태일지도 모르지. 네 재산이 적어서 머뭇거리는 것일 수도 있고, 친구들이 반대하고 있을지도 모르지. 하지만 여자들이 흔히 하는 식으로 약간만 관심을 쏟아 주고 부추겨 주면, 대령 본인도 모르게 꽉 붙들 수 있다고. 네가 그를 잡지 못할 이유도 없잖냐. 네가 전에 품었던 애정은, 너도 어떤 것인지 알겠지만, 전혀 가능성이 없어, 반대를 극복할 수가 없단다. 너도 분별이 있으니 모르지는 않겠지. 브랜든 대령이 상대가 되어야 해. 내 쪽에서도 그가 너와 네 가족에 대해 좋은 인상을 품도록 공손히 대하마. 이 결혼에 다들 만족할 게다. 다시 말해서, 이렇게만 된다면," 중요한 얘기를 하려는 듯 목소리를 낮추더니, "어느 쪽에서고 두 손을 번쩍 들고 대환영할 거란 말이다." 그는 생각을 가다듬더니 덧붙였다. "내가 하려는 얘기는, 네 친지들도 진심으로 네가 자리를 잘 잡게 되기를 바란단 말이지. 특히 패니 말이다, 네가 잘 되기를 진심으로 바라고 있으니까. 또 장모님 페라스 부인 말인데, 참 좋은 분이지, 그분도 크게 기뻐하실 거고 말이다. 전에도 그런 말씀을 많이 하시더라."

엘리너는 대답할 기분이 나지 않았다.

그가 말을 계속했다. "보기 드문 일이 되겠구나. 재미있겠어, 패니는 남동생을, 난 여동생을 동시에 결혼시키게 된다면 말이지. 아직은 더 봐야 알겠지만."

엘리너가 마음을 다지고 물었다. "에드워드 페라스 씨가 결혼하기로 하셨나요?"

"확실히 결정되지는 않았지만, 그런 얘기가 나오고 있단다. 그는 참 훌륭한 어머니를 두었지. 장모님이 관대하게도 결혼이 성사되면 일 년에 천 파운드를 주어 정착시키겠다고 자진해서 나서셨단다. 상대는 모튼 경의 외동딸인데, 지참금이 3만 파운드라지 뭐냐. 양쪽에서 다 만족할 만한 짝이니 조만간 일이 성사될 것 같다. 어머니가 일 년에 천 파운드씩, 그것도 평생 내준다는 건 대단한 일이지. 하지만 장모님은 고매한 정신을 지니신 분이니까. 그분이 얼마나 관대한지 보여주는 예를 하나 더 들려주마. 얼마 전에 우리가 런던에 막 와서 보니 수중에 돈이 얼마 없었단다. 그랬더니 장모님께서 200파운드를 패니에게 쥐어 주셨지 뭐냐. 여기서 지낼 동안 비용이 꽤 들 테니까 정말 고맙기 짝이 없는 일이지."

그는 잠시 말을 끊고 그녀가 자기 말에 맞장구 쳐주기를 기다렸으므로, 엘리너는 간신히 이렇게 말했다.

"런던과 시골 양쪽에서 물론 적잖은 비용이 드시겠지만, 수입도 제법 되시잖아요."

"무슨 소릴, 남들이 생각하는 만큼 많지는 않단다. 불평할 뜻은 없지만, 편안한 생활을 할 정도는 되어도 앞으로 점점 더 나아졌으면 좋겠다. 지금 놀랜드의 공유지를 사유지로 바꾸는 작업을 하고 있는데, 돈이 밑빠진 독처럼 술술 빠져나간단다. 게다가 요 반 년 새에 땅을 좀 샀거든. 너도 아마 기억할 텐데, 늙은 깁슨이 살던 이스트 킹엄 농장 말이다. 어느 모로 보아도 아주 탐나는 땅인데다 우리 땅이랑 딱 붙어있어서 사지 않고는 못 배기겠더라. 남의 손에 넘어가게 놔두자니 영 마음이 편치가 않아서 말이야. 편해지려면 대가를 치러야지. 그러다 보니 돈은 꽤 들었지만 말이다."

"제값이라고 생각하신 이상으로요."

"글쎄, 그렇지는 않을 거다. 다음날 다시 판다 해도 내가 치렀던 값 이상을 받을 수 있거든. 하지만 구입 대금으로 본다면 하마터면 큰 손해를 볼 뻔했어. 그 때 주식 값이 크게 떨어졌기 때문에, 은행에 필요한 현금이 마침 있었으니 망정이지 안 그랬으면 엄청난 손해를 보고 팔아야 했을 테니까."

엘리너는 실소를 참기 어려웠다.

“놀랜드에 처음 왔을 때도 이것저것 피치 못할 지출이 꽤 많았지. 너도 잘 알겠지만 훌륭하신 우리 아버님이 놀랜드에 남은 제법 값나가는 스탠힐의 가재도구를 전부 네 어머니께 물려주셨잖냐. 그렇게 하셔서 나한테서 빼앗아 가셨다는 건 아니지만. 당신 재산을 원하시는 대로 처분하실 권리가 당연히 있지. 하지만 그 바람에 빠져나간 자리를 채우느라 면제품이니 식기 등속을 엄청 사들여야 했거든. 이런 지출을 한 뒤이니 우리가 얼마나 쪼들릴지, 장모님이 베푸신 친절이 얼마나 도움이 되었는지 말 안 해도 알 거다.”

“물론이지요. 그렇게 관대한 도움을 받으셨으니, 이제는 편안히 지내시게 되었으면 좋겠네요.” 엘리너가 대답했다.

“그러려면 한두 해는 더 있어야 할 거다. 아직도 처리해야 할 일이 산더미 같아. 패니의 온실 짓는 일은 시작도 못 했고, 고작 화원 지을 자리만 표시해 놓았을 뿐이니.” 그가 심각하게 말을 받았다.

“온실을 어디에 지으실 건데요?”

“집 뒤에 작은 언덕 위에 지을 거다. 오래된 호두나무들을 잘라내어 부지를 만들었지. 정원 어디에서 보아도 아주 근사할 거고, 화원은 그 바로 앞의 비탈에 만들 거니까 굉장히 예쁠 거야. 꼭대기의 좁은 땅에 자란 오래된 가시덤불도 싹 쓸어버렸단다.”

엘리너는 우려와 비난을 속으로만 삼키고, 매리앤이 이 자리에 없어서 이렇게 화나는 얘기를 같이 듣지 않게 된 것을 무척이나 다행으로 여겼다.

그는 이제 이만큼 말했으면 자신의 곤궁한 처지를 확실히 알았을 테니 다음에 그레이 상회에서 동생들을 만나더라도 귀걸이 한 쌍도 사줄 필요가 없을 것이라고 여겼다. 그는 좀 더 즐거운 쪽으로 생각을 돌려, 엘리너에게 제닝스 부인 같은 좋은 친구를 얻게 된 것을 축하하기 시작했다.

"아주 도움이 되는 부인인 것 같더구나. 집이며 사는 모습을 보아하니 수입도 만만치 않겠던걸. 지금까지도 너희에게 큰 도움이 된 것은 물론이고, 나중에 가서는 물질적으로도 이로울 수 있을 친구더라. 너희를 런던에 초대한 것도 너희를 대단히 잘 봐 주신 거지. 너희에게 그렇게 관심을 보여 주시니 틀림없이 죽더라도 너희를 잊지는 않을 거야. 유산이 꽤 되겠던데."

"전혀 그렇지 않아요. 그분에게는 남편한테서 상속받은 재산밖에 없고, 그분 자식들에게 상속될 거예요."

"그래도 들어오는 대로 다 써 버리고 살지는 않겠지. 당연히 조심할 줄 모르는 사람들이나 그런 짓을 하는 거지. 조금이라도 남는 게 있으면 처분할 수 있을 거 아니냐."

"우리보다는 자기 딸들한테 재산을 남겨줄 거라는 생각 안 하세요?"

"그분 딸들은 둘 다 아주 시집을 잘 갔다니, 더 생각해 줄 것까지야 없을 것 같은데. 반면에 내 보기에 그 부인이 너를 이렇게 배려해 주고 잘 대해 주니 너희들도 나중에 좀 생각해 달라고 요구해도 좋을 것 같구나. 양심이 있으면 무시는 못 하겠지. 더할 나위 없이 친절하게 대해 주던데, 그런 행동으로 자기가 기대를 품게 만든 것을 모르고서 그렇게 할 리야 없겠지."

"하지만 정작 당사자인 저희는 아무 기대도 없답니다. 오빠, 저희 행복과 앞날을 걱정하시는 마음이 좀 너무 지나치신 것 같네요."

그는 마음을 가라앉히고 이렇게 말했다. "사실, 자기 뜻대로 되는 일은 거의 없단다. 그건 그렇고 엘리너, 매리앤은 어떠냐? 몸이 아주 안 좋아 보이고 안색도 나쁜데다, 빼빼 말랐던데. 어디 아픈 게냐?"

"몸이 좋지 않아요. 지난 몇 주 동안 신경성 병을 앓았어요."

"그거 안됐구나. 그 애 나이쯤에 어떤 병이든 걸리면 한창때의 아름다움을 영영 망쳐 버리게 되는데! 그 애 전성기는 너무 짧았어! 지난 9

월에는 내가 본 어떤 소녀보다도 예뻤고, 남자들을 확 끌 만했는데. 그 애의 미모에는 남자들 눈을 특히 즐겁게 할 뭔가가 있었거든. 패니가 그 애는 너보다 빨리, 더 잘 결혼할 거라고 입버릇처럼 말하던 기억이 나는구나. 올케가 널 특별히 좋아하지 않아서가 아니라, 그냥 그런 생각이 들었다는 얘기지. 하지만 패니의 예측이 빗나가겠구나. 매리앤은 지금 꼴로는 기껏해야 일 년에 5,6백 파운드 있는 남자한테나 시집가면 다행이겠고, 네가 더 잘 되지 않는다면 그거야말로 이상한 일일 게다. 도셋셔라! 도셋셔에 대해서는 거의 아는 게 없지만, 더 잘 알게 된다면 얼마나 기쁜 일이겠냐. 나와 패니가 너를 제일 먼저, 누구보다도 기쁜 마음으로 방문하는 손님이 될 거라고 장담하마."

엘리너는 자기가 브랜든 대령과 결혼한다는 것은 있을 수도 없는 일이라고 납득시키려 무진 애를 썼으나, 그는 너무나 즐거운 기대여서 도저히 포기할 수가 없었다. 그는 이 신사와 친해질 길을 찾아서 모든 가능한 수를 다 동원해서라도 결혼이 성사되도록 밀어 줘야겠다고 다짐했다. 그는 동생들에게 아무것도 해 주지 않았기 때문에 자기 외의 모든 이들이 많은 것을 해 주기를 간절히 바랄 정도 양심은 있었다. 브랜든 대령이 청혼하든가 제닝스 부인이 유산을 줄지 모른다는 생각은 자신의 무심함을 속죄할 가장 손쉬운 방편이었다.

다행히도 레이디 미들턴이 집에 있었고, 그들이 방문을 끝내기 전 존 경도 들어왔다. 양쪽 모두 질세라 있는 대로 예의를 차렸다. 존 경은 누구라도 좋아할 준비가 되어 있었으므로, 대쉬우드 씨가 말에 대해 별로 아는 게 없는 듯하긴 해도 곧 그를 아주 좋은 사람으로 여겼다. 레이디 미들턴은 그의 외양이 상류사회 사람다운지 보고 사귈 가치가 있겠다고 생각했다. 대쉬우드 씨는 두 사람 모두에게 만족해서 자리를 떴다.

그는 동생과 함께 돌아가면서 말했다. "패니에게 전할 좋은 얘깃거리가 많겠는걸. 레이디 미들턴은 정말 우아한 귀부인이구나! 이런 분이라면 패니도 사귀고 싶어할 거다. 제닝스 부인도 자기 딸만큼 품위 있진 않지만 굉장히 점잖은 분이고. 네 올케도 그분을 방문하는 것을 전혀 거리낄 필요가 없겠다. 사실 아주 당연한 일이지만, 좀 그랬단다. 제닝스 부인이 좀 천한 방법으로 재산을 모은 사람의 미망인이라고 알고 있었거든. 패니랑 장모님 둘 다 그 부인과 따님들이 별로 상종하고 싶지 않은 그렇고 그런 여자들일 거라는 선입견을 강하게 품고 있었지 뭐냐. 하지만 이제 아주 만족스러운 해명을 해 줄 수 있겠다."

12장

존 대쉬우드 부인은 남편의 판단을 신뢰했으므로, 바로 다음 날 제닝스 부인과 딸을 방문했다. 신뢰한 보람이 있어 시누이들을 데리고 있는 그 여자조차도 경의를 표할 가치가 없지는 않음을 알게 되었다. 게다가 레이디 미들턴으로 말하면, 세상에서 가장 매력적인 여성이라 해도 좋을 정도였다!

레이디 미들턴도 대쉬우드 부인에게 만족했다. 두 사람 다 일종의 냉혹한 이기심이 있다는 데서 서로 끌렸으며, 예의만 차릴 뿐 무미건조한 언행이며 대체로 이해심이 결여된 점에서도 서로 통했다.

그러나 레이디 미들턴에게는 호감을 얻었을지 몰라도, 존 대쉬우드 부인의 태도는 제닝스 부인의 성미에는 맞지 않았다. 제닝스 부인 눈에는 그녀가 자기 시누이들을 만나서도 아무런 애정도 없는 것은 고사하고 할 말조차 없어 공허한 말만 늘어놓는 오만한 인상의 부인으로만 비쳤다. 대쉬우드 부인은 버클리 가에 할애한 15분 동안 적어도 7분 반은 말없이 앉아만 있었다.

엘리너는 물어볼 생각은 없었지만 에드워드가 지금 런던에 있는지 궁금해 죽을 지경이었다. 그러나 모튼 양과의 결혼이 결정되었다거나 브랜든 대령에게 건 남편의 기대가 실현되기 전에는 무슨 일이 있어도 올케가 먼저 자기 앞에서 그의 이름을 입에 올릴 리가 없었다. 올케는 그들이 아직도 서로 깊이 사랑하고 있어서, 말로든 행동으로든 항상 주도면밀하게 갈라놓아야 한다고 믿고 있었다. 그러나 그녀가 알려주지 않으려 한 정보는 곧 다른 출처에서 흘러나왔다. 얼마 안 있어 루시가 엘리너를 찾아와, 에드워드가 대쉬우드 부부와 함께 런던에 왔는데도 만나볼 수가 없다고 동정을 구했던 것이다. 그는 들킬까봐 두려워서 바틀릿 가에 올 생각도 못 하고, 서로 만나고 싶은 마음을 억누를 수가 없는 지경인데도 지금으로서는 편지를 쓰는 외에는 아무것도 할 수가 없다고 했다.

에드워드는 곧 버클리 가를 두 차례 방문하여 런던에 있음을 알렸다. 그들은 오전에 볼일을 보고 돌아왔다가 테이블 위에 놓인 그의 명함을 두 번째로 발견했다. 엘리너는 그가 찾아와서 기뻤고, 그를 놓쳐서 훨씬 더 기뻤다.

대쉬우드 가 사람들은 미들턴 가가 얼마나 마음에 들었던지, 무엇이고 남에게 주는 법이 없는 사람들인데도 불구하고 그들에게 저녁식사를 대접해 주기로 했다. 그리하여 안면을 트게 되자마자 석 달 기한으로 세낸 할리 가街의 제법 훌륭한 집으로 만찬을 들러 오라고 초대했다. 시누이들과 제닝스 부인도 초대받았다. 존 대쉬우드는 브랜든 대령도 참석하도록 신경을 썼다. 대령은 대쉬우드 양 자매가 있는 곳이라면 언제나 기쁘게 참석했으므로, 그의 공손하기 짝이 없는 초대에 다소 놀라면서도 기쁘게 응했다. 그들은 페라스 부인도 만날 예정이었으나, 엘리너는 부인의 아들도 모임에 참석할지는 알 수 없었다. 그러나 부인을 만나게 되리라는 기대만으로도 충분히 그 모임에 관심을 가질 만했다. 이제는 옛날 같았으면 당연히 느꼈을 불안감 없이 에드워드의 어머니를 만날 수 있고, 자신을 어떻게 생각하든지 전혀 무관심하게 만날 수 있다 해도, 페라스 부인을 만나보고 싶은 소망, 부인이 어떤 사람인지 알고 싶은 호기심은 그 어느 때보다도 강했다.

게다가 스틸 양 자매도 온다는 소문까지 들려, 그녀는 기쁘다기보다는 파티에 대한 관심이 커졌다.

그들은 레이디 미들턴에게 잘 보이려고 애썼고, 여러 가지로 비위를 맞추어 그녀의 마음을 사로잡았다. 그래서 루시는 물론 세련된 맛이 없고 언니는 품위조차 없었지만, 부인도 존 경 못지않게 기꺼이 그들을 콩뒤 가에 한두 주 머물라고 초청했다. 대쉬우드 가의 초대가 알려지자마자, 스틸 양 자매는 우연의 일치처럼 파티가 있기 며칠 전부터 방문하는 것이 특히 편하겠다고 했다.

존 대쉬우드 부인은 스틸 양 자매가 여러 해 동안 자기 동생을 돌봐준 신사의 조카딸이라서 자기 식탁에 자리를 마련해 준 것이 아니라, 레이디 미들턴의 손님으로써 환영한 것이었다. 루시는 오랫동안 대쉬우드 가족과 개인적으로 친분을 쌓아 그들의 인품과 자신이 겪게 될지 모를 어려움을 관찰하고, 그들 마음에 들 기회를 얻고 싶었으므로, 존 대쉬우드 부인의 초대장을 받았을 때보다 평생 더 기뻤던 적이 없었다.

엘리너에게 가져온 효과는 전혀 딴판이었다. 그녀는 곧 어머니와 함께 사는 에드워드도 틀림없이 누이가 여는 파티에 초대될 것이라고 단정하기 시작했다. 그 모든 일이 있은 후 처음으로, 루시가 있는 자리에서 그와 마주하게 될 것이다! 어떻게 참아낼 수 있을지!

이런 우려는 완전히 이치에 닿는 것도 아니었고, 사실에서 나온 것은 더더욱 아니었다. 이러한 우려를 덜어 준 것은 엘리너의 침착함이 아니라 루시의 친절이었다. 그녀는 엘리너가 크게 실망하리라고 믿고 화요일에 에드워드가 할리 가街에 오지 않을 것이라고 전해 주었다. 루시는 그가 자기와 한 자리에 있게 되면 자신에 대해 끓어 넘치는 애정을 감출 수가 없어서 모습을 나타내지 않는 것이라고 설명하여 엘리너를 더 괴롭혀주고 싶어했다.

두 처녀가 이 만만치 않은 시어머니에게 소개될 운명의 화요일이 다가왔다.

"날 불쌍히 여겨 주세요, 대쉬우드 양!" 함께 계단을 걸어 올라가면서 루시가 말했다. 미들턴 가는 제닝스 부인 바로 뒤에 도착했으므로, 그들 모두 같이 하인의 뒤를 따라 가게 되었다. "저를 동정해 줄 이는 당신뿐이에요. 서 있지도 못하겠어요. 어쩌면 좋아! 제 행복을 한 손에 쥐고 있는 분, 제 시어머니가 되실 분을 곧 만나게 될 텐데!"

엘리너는 그들이 이제 막 뵙게 될 분이 그녀보다는 모튼 양의 시어머니가 될 가능성이 더 높다고 귀띔해 주어 당장의 불안을 덜어 줄 수도 있었다. 하지만 그렇게 하는 대신 진심을 듬뿍 담아 정말로 그녀를 동정한다고 말해 주어, 불안한 것도 사실이긴 하지만 적어도 엘리너에게 참을 수 없는 질투의 대상이 되고 싶었던 루시를 당황케 했다.

페라스 부인은 작고 마른 여인으로 꼿꼿하다 못해 딱딱해 보이는 체구에, 심각하다 못해 심술궂어 보이는 표정을 하고 있었다. 혈색이 나쁘고 몸집은 작았으며 예쁜 구석이라곤 없었고 당연히 표정도 없었으나, 그나마 찌푸린 이마가 오만하고 심술궂다는 인상을 강하게 준 덕에 밋밋해 보이는 불명예를 면했다. 부인은 말도 별로 없었다. 대개의 사람들과는 달리 딱 자기가 생각하는 만큼만 말했기 때문이다. 그녀의 입에서 떨어진 몇 마디 안 되는 말 중에서 대쉬우드 양 몫으로 떨어진 것은 하나도 없었고, 하늘이 무너져도 그녀를 미워하겠다고 단단히 결심한 눈빛으로 그녀를 쏘아보았다.

엘리너는 이제는 이런 행동에도 마음이 상하지 않았다. 몇 달 전이었다면 말할 수 없이 상처가 되었겠지만, 이제는 페라스 부인이 이런 것으로 자신을 괴롭힐 수 없었다. 자신을 더 초라하게 만들어 주려고 일부러 스틸 양 자매를 달리 대하는 부인의 태도도 우습기만 했다. 어떤 짓을 했는지 안다면 다른 누구보다도 모욕을 주려 했을 바로 그 사람인 루시에게 특히 모녀가 같이 친절을 베풀고, 정작 그에 비하면 그들에게 상처를 줄 힘도 없는 자신은 노골적으로 무시하는 모습에 웃음을 참을 수 없었다. 그러나 번지수를 잘못 찾은 친절에 웃음이 나오는 한편으로, 그러한 행동을 낳은 저열한 어리석음을 생각하고, 스틸 양 자매가 그러한 친절을 계속 끌어내려고 갖은 애를 다 쓰는 모습을 보면서 그들 넷 전부에 대해 깊은 경멸감을 느끼지 않을 수 없었다.

루시는 이렇게 영예로운 대접에 기뻐 어쩔 줄 몰랐으며, 스틸 양은 데이비스 선생 얘기를 꺼내 놀려 주기만 하면 더 바랄 것이 없었다.

저녁식사는 성대했고 하인들의 수도 많았다. 어디를 보아도 안주인의 과시하기 좋아하는 성향과 그것을 뒷받침해 줄 주인의 재력을 알 수 있었다. 놀랜드 영지에 개축과 증축을 진행 중이고, 주인이 한때는 수천 파운드 정도의 주식을 손해보고 팔아치우려 할 정도였다면서도, 놀랜드 영지에 진행 중인 개축과 증축에도 불구하고, 그가 그런 이야기로 믿게끔 만들려고 애썼던 빈곤의 징후는 어디에도 없었다. 대화의 빈곤만 제외하면 어떤 빈곤함도 없었으나, 그 빈곤은 꽤 심각했다. 존 대쉬우드는 들어줄 만한 얘깃거리가 별로 없었고, 그 아내는 더했다. 그러나 손님들 대부분도 어슷비슷하여 선천적이든 후천적이든 분별이 없다거나, 품위가 없다거나, 활기가 없다거나 그도 아니면 참을성이 없다거나, 어울리기 유쾌한 이들이라 하기에는 뭔가 하나씩은 결격 사유가 있었으므로 이 점에서 그들이 특별히 부끄러워할 것도 없었다.

만찬이 끝나고 숙녀들이 거실로 물러가자, 그 전까지는 그나마 신사들이 정치 문제니, 토지 사유화니, 말 조련법 따위 다양한 얘깃거리들을 내놓았다가 그마저도 없어지니 이러한 빈곤이 더 눈에 띄게 두드러졌다. 커피가 나올 때까지 숙녀들이 주고받은 유일한 화제는 거의 비슷한 또래인 해리 대쉬우드와 레이디 미들턴의 둘째아들 윌리엄의 키를 비교하는 것이었다.

두 아이 모두 그 자리에 있었더라면 즉시 재어 보아 쉽게 결론을 냈을 것이다. 그러나 그 자리에 있는 아이는 해리뿐이었다. 양측 다 추측에서 나온 주장만 내세울 뿐이었고, 다들 마음 내키는 대로 자기 얘기를 하고 또 했다.

사람들은 이렇게 갈렸다.

두 어머니는 각기 실제로는 자기 아들이 더 크다고 확신하면서도, 예의상 상대의 편을 들어주었다.

어머니들보다 편애는 덜하지 않으면서 더 솔직한 두 할머니는 서로 질세라 자기 손주 편을 들었다.

어느 쪽에도 밉보이고 싶지 않은 루시는 두 소년 다 나이에 비해 월등히 크다고 생각했고, 아무리 해도 둘 사이에 조금이라도 차이가 있으리라고는 생각할 수가 없었다. 스틸 양은 훨씬 더 구변 좋게 최대한 빨리 양쪽 편을 다 들어주었다.

엘리너는 윌리엄 편에 서서 자기 의견을 내놓았다가 페라스 부인과 패니한테 훨씬 더 미움을 샀으나, 더 강력히 주장을 관철할 필요성을 못 느꼈다. 매리앤은 자기 의견을 묻자 그런 것에 대해서는 생각해 본 적도 없어서 할 말이 없다고 당당히 말하여 모두를 화나게 만들었다.

엘리너는 놀랜드를 떠나기 전에 올케언니에게 아주 예쁜 가리개 그림을 그려준 일이 있었는데, 올케는 그것을 집으로 가져와서 지금 거실에 장식해 두었다. 존 대쉬우드는 다른 신사를 따라 방으로 들어오다 이 가리개가 눈에 띄자 브랜든 대령에게서 찬사를 끌어내려고 이를 건넸다.

"첫째 동생이 만들었답니다. 당신처럼 고상한 취향을 지닌 분이라면 틀림없이 마음에 들어 하실 겁니다. 전에도 그 애 작품을 보신 적이 있는지 모르겠지만, 다들 그 애보고 그림 솜씨가 뛰어나다고들 한답니다."

대령은 그림을 평가할 자격이 전혀 없다고 하면서도, 대쉬우드 양이 그린 어떤 작품에 대해서라도 그랬을 테지만 열렬히 가리개를 칭찬했다. 그러자 다른 사람들도 호기심이 동해 가리개를 돌려가며 살펴보았다. 페라스 부인은 엘리너의 작품인 줄 모르고 특별히 보여 달라고 청했다. 레이디 미들턴이 훌륭하다며 만족스러운 평을 내린 다음, 패니가 어머니에게 이를 주면서 세심하게도 대쉬우드 양의 작품임을 알려 주었다.

페라스 부인이 입을 열었다. "흠, 아주 예쁘군." 그러더니 쳐다보지도 않고 딸에게 돌려주었다.

아마 패니도 일순간 어머니가 너무 무례했다 싶었는지, 얼굴을 좀 붉히고 즉시 이런 말을 했다.

"정말 예쁘네요, 어머니, 그렇지 않아요?" 그러나 그때 다시 과잉 친절로 너무 기를 살려 주었다는 걱정이 들었는지, 곧 이렇게 덧붙였다.

"모튼 양의 화법과 비슷한 데가 있는 것 같지 않아요, 어머니? 그 아가씨야말로 정말 그림을 예쁘게 그리죠! 최근에 그린 풍경화는 얼마나 아름다운지!"

"정말 아름답지! 하지만 그 아가씨가 잘하는 게 어디 그뿐이니."

매리앤은 이 말을 참아 넘길 수가 없었다. 그녀는 이미 페라스 부인 때문에 심기가 상할 대로 상해 있었다. 이 말의 주된 의도야 전혀 몰랐다 쳐도, 엘리너를 깎아내려 남을 추켜세우는 이런 식의 적절치 못한 칭찬에 화가 나서 즉각 열을 내어 말했다.

"이건 정말 특이한 칭찬이네요! 모튼 양 얘기가 여기서 왜 나오지요? 그녀를 아는 이도 없고, 신경 쓰는 이도 없는데? 지금 우리는 엘리너 얘기를 하고 있잖아요."

그렇게 말하고는 가리개가 마땅히 들어야 할 찬사를 자기가 해 주려고 올케의 손에서 가리개를 빼앗았다.

페라스 부인은 머리끝까지 화가 나서 이전 어느 때보다도 자세를 꼿꼿이 곧추세우고 회심의 일격을 가했다. "모튼 양은 모튼 경의 따님이에요."

패니는 몹시 성난 얼굴이었고, 남편 또한 동생의 대담한 행동에 입을 다물지 못했다. 엘리너는 매리앤을 그렇게 격앙시킨 원인 자체보다는 동생이 그렇게 흥분한 사실이 훨씬 더 마음 아팠다. 그러나 매리앤에게서 눈길을 떼지 못하는 브랜든 대령을 보니, 그에게는 그 행동 속에 숨은 따뜻함과 언니가 조금이라도 무시당하는 모습을 참고 보지 못하는 애정 어린 마음씨만 보이는 것이 확실했다.

매리앤이 분개한 것은 이것뿐이 아니었다. 언니의 행동 전반에 대한 페라스 부인의 싸늘하고 오만한 태도를 보니, 자신의 상처받은 마음을 통해 걱정스레 짐작할 수 있는 고난과 괴로움이 언니에게도 닥칠지 모른다는 불길한 예감이 들었다. 매리앤은 애정 어린 감성에서 우러난 강한 충동에 이끌려 잠시 후 언니의 의자로 다가가 한쪽 팔을 언니의 목에 두르고 언니의 뺨에 자기 뺨을 대고 나지막하지만 열성적인 어조로 이렇게 말했다.

"언니, 저이들 따위 신경 쓰지 마. 저런 사람들 때문에 마음 상하지 말라고."

그녀는 더 말을 잇지 못하고 완전히 맥이 탁 풀려 엘리너의 어깨에 얼굴을 묻고 울음을 터뜨렸다. 모두의 눈길이 그쪽으로 쏠렸고, 거의 모두가 염려했다. 브랜든 대령은 자리에서 일어나 자기가 무슨 행동을 하는지도 모르고 그들 쪽으로 갔다. 제닝스 부인은 다 안다는 듯이 "아! 불쌍하기도 해라"하고 그녀에게 즉시 다가가 자기 약용 소금병을 건넸다. 존 경은 이런 신경 발작의 원인을 제공한 장본인에게 참을 수 없는 분노가 치솟아, 곧장 루시 스틸 옆자리로 옮겨 앉아 이 충격적인 사건의 전모를 그녀에게 귓속말로 설명해 주었다.

잠시 후 매리앤은 진정되어 소란을 마무리짓고 다른 사람들 속에 앉았으나, 그날 저녁 내내 그 소동의 여파에서 벗어나지 못했다.

오빠는 브랜든 대령에게 말 붙일 기회를 얻자마자 낮은 목소리로 말했다. "불쌍한 것! 저 애는 언니만큼 건강이 좋지 못하답니다. 너무 신경질적이에요. 엘리너같은 체질이 아니지요. 한때는 아름다웠던 처녀가 자기의 매력을 잃는다는 건 정말이지 참기 어려운 일이라는 걸 이해해줘야겠지요. 당신은 상상 못 하시겠지만, 몇 달 전만 해도 매리앤이 얼마나 예뻤는지 모른답니다. 엘리너한테 조금도 뒤떨어지지 않았다니까요. 지금은 보시다시피 다 옛날 얘기지만요."

13장

엘리너는 페라스 부인에 대한 궁금증을 다 풀었다. 부인의 어디를 보아도 두 가족 간에 더 이상 관계를 맺어서 좋을 일이 없다는 것을 알았다. 부인의 오만, 비열함, 자신에 대한 확고한 편견을 질리도록 보았으므로, 에드워드가 설령 자유로운 처지라 해도 어떤 장애들이 약혼을 어렵게 하고 그와 자신의 결혼을 방해할지 분명히 알았다. 그녀는 더 큰 장애물이 페라스 부인이 만들어낼 다른 어떤 곤란으로도 고통받지 않도록 자신을 구해주어, 부인의 변덕에 속절없이 휘둘리거나 호의를 얻으려고 근심하는 일이 없게 해준 데 감사를 느낄 지경이었다. 적어도 에드워드가 루시에게 매인 몸이 된 데 완전히 기뻐할 마음까지는 안 들더라도, 루시가 더 착했더라면 좀 더 기뻐했을 거라고 생각했다.

그녀는 루시가 페라스 부인의 친절에 어떻게 그렇게까지 의기양양해질 수가 있는지, 어떻게 자신의 이익과 허영에 눈이 어두워져서 단지 엘리너가 아니라는 이유만으로 베풀어진 친절을 자신에 대한 칭찬으로 여길 수가 있는지, 실제 사정이 알려지지 않았기 때문에 그녀에게 보여주었을 뿐인 편애에 그렇게 자랑스러워 할 수가 있는지 의아했다. 그러나 그 때 루시의 눈빛에서뿐만 아니라 다음날 아침 더 노골적으로 그런 사실이 드러났다. 그녀는 레이디 미들턴에게 자신을 버클리 가에 내려달라고 특별히 부탁하여, 엘리너와 단둘이 만날 기회를 잡아 자기가 얼마나 행복한지 말해 주었다.

그녀가 도착하자마자 마침 제닝스 부인이 파머 부인한테서 온 전갈을 받고 자리를 떴으므로, 기회가 딱 맞아떨어졌다.

루시는 자기들끼리만 남게 되자 이렇게 외쳤다. "엘리너, 당신에게 내가 얼마나 행복한지 전해주러 왔어요. 어제 페라스 부인이 저를 대하는 태도만큼 기쁜 일이 세상에 또 있겠어요? 어쩌면 그렇게도 상냥하신지! 아시겠지만 그분을 뵐 생각에 엄청 겁먹었잖아요. 그런데 소개받은 순간 그분 태도가 얼마나 정중하신지 정말 제가 마음에 꼭 드신 것 같더라고요. 그렇지 않았어요? 당신도 다 봤잖아요. 그런 느낌 못 받으셨어요?"

"정말 당신에게 친절하게 대해 주시더군요."

"친절하다고요! 겨우 친절하다는 정도로밖에 안 보였단 말예요? 제가 보기에는 그 정도가 아니었는데. 나 말고 그런 친절을 받은 사람이 또 누가 있었냔 말이에요! 거만을 부리거나 위세를 떨지도 않으시고. 당신 올케언니도 마찬가지고요. 친절하고 다정하시기만 하던 걸요!"

엘리너는 별로 더 얘기하고 싶지 않았다. 그러나 루시는 자신이 충분히 행복해 할 만하다는 말이 나올 때까지 몰아붙였으므로, 어쩔 수 없이 이렇게 말했다.

"물론 그분들이 당신의 약혼에 대해 알고도 그렇게 대해주셨다면 더할 나위 없이 기쁜 일이겠지요. 하지만 사정이 그렇지 않으니까……."

"그렇게 말할 줄 알았어요." 루시가 재빨리 말꼬리를 잡아챘다. "하지만 페라스 부인이 그 일을 모르신다고 해도 달리 저를 좋아하실 만한 이유가 있는 것도 아니잖아요. 그러니까 저를 마음에 들어 하셨다는 점이 중요한 거예요. 당신이 뭐라고 말해도 제 기쁨을 깨뜨릴 수는 없어요. 모두 다 잘 끝날 것이고, 제가 생각했던 어려움은 전혀 없을 거예요. 페라스 부인은 아주 호감 가는 분이고, 당신 올케언니도 그렇잖아요. 두 분 다 정말 너무나 좋은 분들이에요! 대쉬우드 부인이 얼마나 상냥한 분인지 당신이 한 번도 말한 적이 없었다는 게 이상하군요!"

엘리너는 이에 대꾸할 말이 없어 아예 입을 다물었다.

"어디 아픈가요, 대쉬우드 양? 기분이 안 좋은가 봐요. 말이 없네요. 몸이 좋지 않은 게 틀림없군요."

"아주 좋은데요."

"그렇다니 진심으로 기쁘지만, 보기에는 영 그렇지 않은데요. 당신이 아프다면 내 마음도 너무 아플 거예요. 당신만큼 내게 위안을 준 사람이 어디 있다고! 당신의 우정이 없었더라면 난 어떻게 되었을지 몰라요."

엘리너는 성공할 자신은 없지만 정중히 대답하려고 애썼다. 그러나 루시는 그 대답에 만족한 듯 이렇게 말했다.

"당신이 제게 얼마나 마음 써 주시는지 아주 잘 알고 있어요. 에드워드의 사랑 다음으로 제겐 가장 큰 위안이에요. 불쌍한 에드워드! 하지만 그래도 우리가 자주 만날 수 있게 되었으니 다행한 일이죠. 레이디 미들턴이 대쉬우드 부인을 마음에 들어 하니까 할리 가에 자주 가게 될 테고, 아마 에드워드도 누나와 자기 시간의 절반은 보낼 테지요. 게다가 레이디 미들턴과 페라스 부인도 이제 서로 방문하게 되겠죠. 페라스 부인과 당신 올케가 저를 자주 만나고 싶다고 몇 번이나 말했답니다. 정말 좋으신 분들이지! 당신이 올케언니한테 제가 그분을 어떻게 생각하는지 그대로 전해드려도 과찬은 아닐 거예요."

그러나 엘리너는 올케에게 전해 줄 거라는 희망을 주지는 못했다. 루시는 말을 계속했다.

"페라스 부인이 저를 마음에 안 들어 하셨다면 전 틀림없이 당장 눈치챘을 거예요. 예를 들어 저한테 말 한 마디 건네지 않고 형식적인 예의만 차리셨다든지, 저를 본 척도 안 하시고 상냥한 눈길로 봐 주지도 않으셨다면, 제 말뜻 아시겠지요. 가까이하기 어려운 식으로 저를 대하셨더라면 전 절망에 빠져서 다 포기해 버렸을 거예요. 도저히 참아낼 수 없었을 거예요. 그분은 정말로 마음에 안 들면 가차없으신 걸 아니까요."

마침 문이 열리면서 하인이 페라스 씨, 에드워드가 막 들어오신다고 알리는 바람에, 엘리너는 이 승리에 미처 대답해 줄 기회를 놓쳤다.

정말로 어색한 순간이었다. 각각의 표정에서도 여실히 드러났다. 셋 다 바보가 된 얼굴이었다. 에드워드는 방을 도로 나가고 싶다는 듯이 문 쪽으로 걸음을 옮겼다. 그들 모두가 무슨 일이 있어도 피하고 싶었을 바로 그 상황이 가장 불쾌한 식으로 벌어진 것이다. 세 사람이 한꺼번에 마주쳤을 뿐 아니라, 그들 말고 다른 사람도 없었다. 숙녀들이 먼저 정신을 차렸다. 루시는 먼저 나설 입장이 아니었고, 겉으로는 계속 비밀을 유지해야 했다. 그래서 온화한 표정으로 가볍게 인사한 다음 아무 말도 하지 않았다.

그러나 엘리너도 그 정도로 끝낼 수는 없었다. 자신을 위해서나 그를 위해서나 잘 넘기고 싶었다. 그녀는 잠시 마음을 가다듬은 후 거의 편안하고 꾸밈없는 태도와 표정으로 그를 맞이했고, 더 노력하고 애쓴 덕에 훨씬 나아졌다. 루시가 있다 해서, 혹은 자신에게 부당한 일을 한 줄 알고 있다 해서, 그를 만나게 되어 기쁘며 그가 전에 버클리 가를 방문했을 때 자기가 집에 없어서 매우 아쉬웠다는 말도 못 하고 싶지는 않았다. 루시가 도끼눈을 뜨고 있어도 친구이자 친척으로서 그가 마땅히 받아야 할 배려조차도 못 할 만큼 움츠러들지는 않았다.

에드워드도 그녀의 태도에 안정을 찾아 자리에 앉았으나, 여전히 숙녀들보다 더 당황한 상태였다. 남자답지 못하다고 할 수도 있겠지만, 상황이 상황인 만큼 무리도 아니었다. 그는 루시처럼 무관심할 수도 없었고, 엘리너처럼 양심이 편치도 않았다.

루시는 얌전을 떨고 조용히 앉아서 다른 이들을 편안히 해 주기 위해 노력할 생각이 전혀 없다는 태도로 입도 열지 않았다. 어쩔 수 없이 엘리너가 자진해서 어머니의 건강이며 자기들의 런던 여행 등 에드워드가 먼저 물었어야 마땅하지만 절대 묻지 않은 이야기를 다 꺼내면서 대화를 거의 주도하다시피 했다.

그녀의 노력은 여기에서 멈추지 않았다. 그녀는 곧 매리앤을 데리러 가야 한다는 구실로 장하게도 그들끼리만 남겨놓고 자리를 뜰 결심을 했다. 그녀는 정말로 그렇게 했고, 더할 수 없이 훌륭하게 그 일을 해냈다. 동생에게 가기 전 고결하기 짝이 없는 인내로 층계참에서 몇 분 간 서성이기까지 했던 것이다. 그러나 일단 매리앤에게 알리자, 에드워드의 환희도 끝나야 할 때가 왔다. 매리앤은 기쁨에 겨워 즉각 거실로 뛰어들어왔다. 매리앤은 그를 보았을 때 자신의 다른 모든 감정들과 같이 그 자체로 강렬한 기쁨을 느꼈고, 열렬하게 표출했다. 그녀는 그에게 손을 내밀고 처제로서의 애정이 담긴 목소리로 맞았다.

"에드워드! 이렇게 기쁠 수가! 당신이 오셨다니 다른 일은 다 아무래도 상관없어요!"

에드워드는 그녀의 친절에 어울리는 반응을 보여주려 애썼으나, 이렇게 보는 눈들이 있는 자리에서는 실제 감정의 반도 말로 전하기 어려웠다. 그들은 다시 모두 자리에 앉아 잠시 동안 침묵을 지켰다. 매리앤은 말이 필요 없을 만큼 다정한 눈빛으로 에드워드와 엘리너를 번갈아 보면서, 불청객인 루시의 존재 때문에 두 사람이 마음놓고 기쁨을 나누지 못하는 것만 애석해했다. 에드워드가 먼저 입을 열어, 매리앤의 안색이 달라진 것을 보니 런던이 잘 맞지 않아서 그런 것이 아닌가 하는 염려의 말을 했다.

“오! 전 신경 쓰지 마세요!” 매리앤은 눈에는 눈물이 그렁그렁한데도 짐짓 활기찬 태도로 대답했다. “제 건강은 염려하시지 않아도 돼요. 언니는 보시다시피 좋아요. 우리 둘 다 그러면 괜찮지요.”

이 말로는 에드워드나 엘리너를 더 마음 편하게 해 줄 수도, 곱지 않은 시선으로 매리앤을 쏘아보고 있는 루시로부터 호의를 얻어낼 수도 없었다.

“런던이 마음에 드십니까?” 에드워드가 화제를 바꾸려고 이렇게 말했다.

“전혀 아니에요. 더 즐거운 일이 있을 줄 알았는데 아무것도 없지 뭐예요. 에드워드, 당신을 만난 것이 그나마 여기 와서 얻을 수 있는 위안거리죠. 고맙기도 하지! 어쩌면 그렇게 변치 않고 똑같은 모습인지!”

그녀는 말을 멈추었다. 아무도 입을 열지 않았다.

그녀는 곧장 말을 이었다. “언니, 내 생각에는 우리가 바턴에 돌아갈 때 에드워드에게 에스코트해 달라고 하는 게 좋을 것 같아. 한두 주 후면 떠날 테니까. 에드워드는 기꺼이 해 줄 거야.”

가엾은 에드워드는 뭐라고 입 속으로 중얼거렸지만 무슨 말인지 아무도, 자기 자신조차도 알 수 없었다. 그러나 매리앤은 그가 움찔하는 기색을 보고 자기 좋을 대로 원인을 쉽게 찾아내고, 완전히 흡족해하면서 곧 다른 화제를 꺼냈다.

“에드워드, 어제 우린 할리 가에서 기가 막힌 하루를 보냈답니다! 얼마나 지루한지, 정말 끔찍했다니까요! 그 문제에 대해 할 얘기가 잔뜩 있는데 지금은 못 하겠네요.”

그러고는 이렇게 경탄할 만한 신중한 자세로 자기들 공통의 친척들이 얼마나 마음에 안 들었는지, 특히 그의 어머니가 얼마나 싫었던가 등의 이야기를 그들이 좀 더 호젓한 자리를 갖게 될 때까지 미루어 두었다.

"그런데 왜 그 자리에 없었죠, 에드워드? 왜 오지 않으셨나요?"

"다른 약속이 있었습니다."

"다른 약속이라고요! 하지만 이렇게 가까운 친구들이 모이기로 했는데 다른 약속이 뭐가 있었단 말예요?"

이 때 루사가 그녀에게 보복을 가하고 싶어 안달이 나서 외쳤다. "매리앤 양, 당신은 젊은 남자들이 크든 작든 약속을 지킬 마음이 없으면 지키지 않는다고 생각하는 모양이군요."

엘리너는 무척 화가 났지만 매리앤은 말속에 든 가시를 전혀 눈치채지 못한 듯, 조용히 이렇게 대꾸했다.

"전혀 그렇지 않아요. 진지하게 하는 얘기인데, 난 에드워드가 양심 때문에 할리 가에 오지 않았다고 확신해요. 에드워드만큼 민감한 양심을 지닌 사람은 이 세상에 없어요. 그는 아무리 사소한 것일지라도, 아무리 손해가 되고 내키지 않는 것일지라도 모든 약속을 더할 나위 없이 성실하게 지킨다고 믿어요. 그는 내가 아는 그 어떤 사람보다도 더 남에게 고통을 주거나 기대를 배반하기를 두려워하는 사람이고, 이기적이 될 수 없는 사람이에요. 에드워드, 난 사실을 있는 그대로 말할 뿐이에요. 뭐라고요! 그런 과찬은 하지 말아 달라고요? 그렇다면 당신은 내 친구가 아니군요. 내 애정과 존경을 받을 사람은 내 솔직한 칭찬도 군말 없이 받아들여야 해요."

그러나 지금의 경우에는 그녀의 찬사는 알고 보면 듣고 있는 이들 중 특히 3분의 2의 감정에는 어울리지 않았고, 에드워드에게는 특히 더욱 곤혹스러웠다. 그는 곧 자리에서 일어나 갈 채비를 했다.

매리앤이 말했다. "이렇게 빨리 가신다고요! 에드워드, 그건 너무해요."

그러더니 그를 살짝 옆으로 끌어당겨 루시는 그리 오래 있지 않을 거라고 속삭였다. 그러나 이러한 격려도 소용이 없었다. 루시는 그가 두 시간쯤 앉아 있는다 해도 그 이상 앉아 있었겠지만, 곧 뒤따라 일어섰다.

그들이 떠나자마자 매리앤이 말했다. "저 여자는 왜 저리도 자주 온담! 제발 좀 가 줬으면 하는 눈치도 못 채고! 에드워드가 얼마나 성가셨을까!"

""왜 그러니? 우린 다 그의 친구들이고, 그 중에서도 루시가 그와 제일 오랫동안 알고 지낸 사이인걸. 에드워드야 우리뿐 아니라 그녀도 당연히 보고 싶겠지."

매리앤은 언니를 뚫어지게 쳐다보더니 이렇게 말했다. "언니도 알겠지만, 그런 말은 참을 수 없어. 언니 주장을 반박해 주길 바라는 뜻에서 한 말이라면, 아마 그렇겠지만, 나야말로 절대 그럴 사람이 아니라는 걸 잊지 말아 줘. 정말로 언니가 바라는 바도 아닌데 그런 말에 속아 넘어갈 생각은 없다고."

매리앤은 방을 나갔다. 엘리너는 그 뒤를 따라가 뭔가 더 말해 줄 엄두는 내지 못했다. 비밀을 지켜주겠다고 루시와 약속한 이상, 매리앤을 납득시킬 만한 정보를 줄 수가 없었다. 따라서 동생이 계속 잘못 알고 있다가 아무리 고통스러운 결과가 올지라도 감수하는 수밖에 없었다. 그저 에드워드가 되도록 매리앤의 잘못된 애정의 말을 들어야 하는 괴로움이나 방금 전의 만남에서 있었던 것과 같은 고통을 또 겪지 않도록 알아서 피해 주기를 바랄 뿐이었다. 그녀로서는 이를 바라고도 남을 만했다.

14장

이 만남이 있은 지 며칠 안 되어, 신문에 토마스 파머 씨의 부인이 무사히 상속자가 될 아들을 출산했다는 기사가 실렸다. 적어도 전에 이를 알고 있던 가까운 친척들에게는 매우 관심이 가고 흡족한 기사였다.

제닝스 부인은 이 소식에 대단히 기뻐했을 뿐 아니라, 일시적이나마 하루 일정도 바꾸었다. 이는 부인의 젊은 친구들의 일정에까지도 어느 정도 영향을 미쳤다. 부인은 가능한 한 샬럿 옆에서 시간을 많이 보내고 싶어서 매일 아침 옷을 차려입자마자 외출해서 저녁 늦게까지 돌아오지 않았다. 대쉬우드 양 자매는 미들턴 가의 특별한 요청에 따라 콩뒤 가에서 매일 대부분의 시간을 보냈다. 자기들이 편한 대로 할 수 있었더라면 자매는 적어도 오전 시간만이라도 제닝스 부인의 집에 머무는 쪽을 택했을 테지만, 모두의 바람을 거스르기가 쉽지 않았다. 그래서 그들은 입으로는 같이 지내고 싶다고 떠들면서 사실은 자기들과의 교제에 거의 관심이 없는 레이디 미들턴과 두 스틸 양 자매와 시간을 보냈다.

그들은 레이디 미들턴에게 매력적인 벗이 되기에는 너무 생각이 깊었고, 스틸 양 자매로부터는 자기들의 입지에 밀고 들어와 자기들이 독점하고픈 친절을 빼앗아 가는 존재로 취급되어 질투의 눈길을 받았다. 레이디 미들턴은 엘리너와 매리앤을 더할 나위 없이 정중하게 대했지만, 사실은 그들을 조금도 좋아하지 않았다. 그들이 자신이나 자기 아이들에게 아첨하지 않는다는 이유로 그들이 착하지 않다고 생각했으며, 독서를 좋아한다는 이유로 그들이 냉소적이라고 멋대로 추측했다. 아마 부인은 냉소적이라는 말의 의미도 잘 몰랐을 테지만, 그런 것은 중요하지 않았다. 보통 비난의 뜻으로 쓰이는 표현이었으므로 손쉽게 덮어씌웠을 뿐이었다.

그들의 존재는 부인에게나 루시에게나 구속이었다. 부인은 게으름을 피울 수가 없었고, 루시는 늘 하던 대로 마음껏 아부할 수가 없었다. 레이디 미들턴은 그들 앞에서 아무 일도 하지 않고 있기가 창피했고, 루시는 다른 때 같으면 자신의 능력을 마음껏 뽐내며 아첨을 했겠지만, 그들 앞에서는 멸시를 당할까 두려웠다. 스틸 양은 그들이 있어도 가장 덜 불편을 느끼는 인물이었다. 그들이 하기에 따라서는 그녀와 매우 잘 지낼 수도 있었다. 둘 중 어느 한쪽이 매리앤과 윌러비 씨 사이에 있었던 일의 전모를 상세히 설명해 주기만 했어도, 그녀는 저녁 식사 후 난롯가에 다들 모일 때 제일 좋은 자리를 내준 보상을 충분히 받았다고 여겼을 것이다. 그러나 이러한 뇌물은 제공되지 않았다. 그녀가 여러 차례 엘리너에게 동생에 대한 동정의 말을 흘리고, 매리앤 앞에서 미남자들의 변덕스러움을 화제로 꺼냈어도, 언니는 무관심으로 일관하고 동생은 질색하는 얼굴을 할 뿐 아무런 효과도 없었다. 이보다 훨씬 더 조금만 노력해 주었어도 친구가 될 수 있었을지 모른다. 그들이 선생 얘기로 자기를 놀려 주기만 했더라도! 그러나 그들도 다른 사람들 못지않게 자기를 즐겁게 해 줄 의향을 보이지 않았으므로, 존 경이 집 밖에서 식사하는 날에는 자기가 직접 만들어 내지 않고는 그 화제로 놀림거리 한 번 되지 못하고 온종일을 보낼 때도 있었다.

그러나 제닝스 부인은 이런 질시와 불만이 있을 줄은 꿈에도 생각지 못했으므로, 여자들이 이렇게 함께 지내게 되어 참 잘 되었다고 생각했다. 매일 저녁마다 젊은 친구들에게 지루한 노부인을 벗삼아 그렇게 오래 지내지 않아도 되니 얼마나 잘 된 일이냐고 기뻐해 주기까지 했다. 부인은 존 경 집에서 그들과 함께 시간을 보내기도 하고 자기 집에 있기도 했지만, 어디에 있든 항상 기운이 펄펄하고 기쁨과 자신감에 넘쳤다. 샬럿이 잘 지내는 것은 자기가 돌봐준 덕이라고 하면서, 스틸 양 외에는 아무도 궁금해 하지 않는 딸의 상황을 언제고 기꺼이 시시콜콜하게 다 전해주었다. 부인에게는 딱 한 가지 거슬리는 것이 있어서, 매일 불평을 늘어놓았다. 남자들이 흔히들 하는 말이기는 하지만, 파머 씨가 아기들은 다 똑같다는 아버지답지 않은 의견을 고수한다는 것이었다. 부인은 볼 때마다 이 아기가 양쪽 친척들 한 사람 한 사람과 얼마나 놀랄 만큼 꼭 닮았는지 한 눈에 알 수 있었는데도 아버지에게는 이를 도통 납득시킬 수가 없었다. 뿐만 아니라 이 나이의 다른 어떤 아기와도 다르다는 사실을 설득할 수가 없었으며, 세상에서 제일 잘생긴 아기라는 당연한 사실조차 받아들이게 할 수가 없었다.

이제 이쯤에서 존 대쉬우드 부인에게 닥친 불운에 대해 설명해야겠다. 제닝스 부인에게 와 있는 두 시누이가 할리 가街의 부인 집을 처음 방문했을 때, 부인의 친구가 잠시 들른 일이 있었다. 그 자체로는 그녀에게 조금도 해될 것이 없는 상황이었다. 그러나 남들이 멋대로 상상력을 발동해 우리의 행동에 대해 그릇된 판단을 내리고 슬쩍 본 것만으로 결정한다면, 행복이란 것도 어느 정도는 항상 우연에 좌우되는 법이다. 이번 경우에도 이 뒤늦게 방문한 부인이 사실과 개연성을 무시하고 마음대로 상상력을 발휘해 사단이 났다. 그녀는 대쉬우드 양 자매의 이름을 듣고 그들이 대쉬우드 씨의 동생들이라는 것을 알게 되자, 곧 그들이 할리 가에 머물고 있다고 결론지었던 것이다. 이러한 오해로 말미암아 하루 이틀쯤 지나 그녀의 집에서 열리는 작은 음악회에 오빠와 올케는 물론이고 그 자매들까지 초대하는 편지가 날아들었다. 그 결과 존 대쉬우드 부인은 대쉬우드 양 자매들을 데리러 어마어마한 불편을 감수하고 자기 마차를 보내야만 할 처지가 되었을 뿐 아니라, 설상가상으로 영 내키지 않지만 남들 앞에서 그들을 친절히 돌보아주는 척해야만 하게 되었다. 그들이 두 번째로 자신과 함께 외출하게 되리라고 기대하지 않는다는 보장이 있겠는가? 물론 자기 마음먹은 대로 언제라도 그들을 실망시킬 수 있다. 그러나 그것으로는 충분치 않다. 사람들이 잘못인 줄 알면서도 자기 방식을 고수하기로 잘못인 줄 알고 있는 행동 방식에 따르기로 할 때는, 남들이 그들에게 더 나은 행동을 하길 기대한다는 사실만으로도 그들에게 더 나은 행동을 바라는 타인들의 기대 자체만으로도 불쾌해지기 마련이다.

매리앤은 점차 매일 외출하는 데 익숙해져서, 나가느냐 마느냐는 별 신경 쓰지 않게 되었다. 어떤 외출에서도 전혀 재미를 기대하지 않고, 마지막 순간까지도 어디로 이끌려갈지 모르는 일조차 흔했어도 조용히, 기계적으로 매일 저녁 약속을 위해 준비를 했다.

그녀는 옷과 외모에 완전히 무관심해져서, 그녀가 몸단장하는 시간 내내 쏟는 관심은 스틸 양이 단장을 끝낸 후 첫 5분간 쏟는 관심의 반만큼도 안 되었다. 스틸 양의 세심한 관찰력과 끝없는 호기심을 피할 수 있는 것은 아무것도 없었다. 그녀는 모든 것을 보고 모든 것에 대해 질문했으며, 매리앤의 옷 가격을 모조리 알아내야 직성이 풀릴 것 같았다. 매리앤 본인보다도 더 정확한 판단력으로 그녀의 겉옷 수를 헤아릴 수 있었고, 그녀의 한 주 세탁비가 얼마인지, 매년 자신에게 쓰는 돈이 얼마인지 다음에는 꼭 알아낼 수 있으리라는 희망을 품고 헤어졌다. 이렇게 무례하게 꼬치꼬치 캐묻는 탐문은 보통 찬사의 말로 마무리되었는데, 스틸 양 쪽에서는 이것이 뇌물이었다 해도 매리앤에게는 가장 무례하고 뻔뻔스러운 짓일 뿐이었다. 자기 옷의 값어치와 만듦새, 신발 색깔, 머리손질 따위를 한바탕 샅샅이 뒤짐을 당하고 나면 무슨 말이 따라 나올지 안 들어도 훤했다. "정말 맵시가 대단해요, 틀림없이 남자들이 줄을 설 거라니까."

이런 격려의 말과 함께 그녀는 오빠의 마차에 올랐다. 그들은 마차가 문 앞에 도착한 후 5분 만에 올라탈 준비를 했다. 그들보다 먼저 친구 집에 가 있으면서 자기나 자기 마부에게 불편을 끼칠 만큼 그들이 늦어 주었으면 하고 바라고 있던 올케에게는 이러한 정확성도 마음에 안 들었다.

저녁 모임은 그다지 대단할 것은 없었다. 여타 음악회와 다를 바 없이 연주에 별 취미가 없는 사람들이 잔뜩 모였고, 전혀 취미가 없는 사람은 그보다도 더 많았다. 대개 그렇듯이 연주자 본인들과 가까운 친구들은 연주자들을 영국에서 가장 뛰어난 아마추어 연주자라 평했다.

엘리너는 음악적으로나 잘난 척하는 데나 재주가 없었으므로, 마음내킬 때면 아무 거리낌없이 그랜드 피아노에서 눈을 돌리고 하프나 첼로에도 관심 없이 방안에 있는 다른 어떤 것이든 관심 가는 대상에 눈을 고정시켰다. 이렇게 이리저리 눈길을 옮기다가 한 무리의 젊은 남자들 중 그레이 상점에서 이쑤시개 통을 놓고 장광설을 늘어놓던 바로 그 신사를 발견했다. 그녀는 곧 그 남자도 자신을 보고 오빠에게 친근하게 말을 거는 모습을 보았다. 오빠에게 그의 이름을 물어보아야겠다고 막 마음먹었을 때, 두 사람이 그녀에게로 다가왔다. 대쉬우드 씨가 그녀에게 그가 로버트 페라스 씨라고 소개했다.

그는 그녀에게 깍듯이 인사하고, 굳이 말하지 않아도 그가 바로 루시의 묘사에 딱 맞아떨어지는 멋쟁이임을 알려주는 태도로 머리를 꼬아 인사를 했다. 그녀가 에드워드를 사랑하게 된 이유가 본인이 갖춘 장점보다는 가족들의 장점이었더라면 차라리 좋았을 것을! 동생의 인사는 그의 어머니와 누나가 못된 성질로 포문을 열었던 공격의 결정판이 틀림없었다. 그러나 두 형제가 어떻게 그리도 다를 수 있는지 의아해 하면서도, 헛바람만 들어 우쭐대는 동생 때문에 형의 겸손함과 가치를 낮추어 볼 생각은 전혀 들지 않았다. 로버트는 한 시간의 대화 중 15분을 할애하여 그녀에게 그들이 왜 다르게 되었는지 설명해 주었다. 그는 형 이야기를 하면서 그가 지나치게 어색하고 서투른 행동으로 인해 수준 있는 사람들과 교제를 맺지 못한다고 애석해하는 한편, 타고난 자질 부족 탓이라기보다는 불행히도 개인 교육을 받은 탓이라고 솔직하고 너그럽게 말했다. 반면 자신은 특별히 선천적으로 더 우수한 점은 아마 없겠지만, 공립 교육을 받은 덕으로 남들 못지않게 세상에 어울리는 인간이 되었다는 것이다.

그는 이런 말도 덧붙였다. "맹세코 제 생각에는 단지 그뿐입니다. 어머니가 그 문제로 한탄하실 때도 그런 말씀을 드리곤 하지요. '어머니,

마음 편히 가지세요. 이제 와서 고칠 수도 없는 노릇이고, 다 어머니가 해 놓으신 일이잖아요. 왜 숙부이신 로버트 경의 설득에 넘어가 형을 인생의 가장 중요한 시기에 개인 교사에게 맡기셨어요? 프랫 씨에게 보내는 대신 저처럼 웨스트민스터에만 보내셨더라도 그런 일이 없었을 텐데.' 저는 항상 문제를 이런 식으로 보고 있으니까, 어머니도 당신 잘못이라고 완전히 납득하시게 되었죠."

엘리너는 공립학교의 이점에 대한 자신의 평가는 차치하고라도, 에드워드가 프랫 씨 가족과 함께 지냈던 데 대해서는 전혀 좋게 생각할 수 없었으므로 그의 의견에 반대하지 않았다.

그의 다음 말은 이러했다. "데번셔에 있는 돌리쉬 부근의 별장에 살고 계신다면서요."

엘리너는 위치를 정정해 주었다. 그는 어떻게 데번셔에 살면서 집이 돌리쉬 부근이 아닐 수가 있는지 놀라워하는 듯했다. 그는 그들이 사는 종류의 집에 마음에서 우러난 찬사를 늘어놓았다.

"저는 별장을 너무나 좋아한답니다. 별장에는 항상 안락함과 우아함이 있거든요. 제가 여유가 있다면 런던에서 가까운 거리에 땅을 좀 사서 직접 별장을 한 채 지어놓고, 마음 내킬 때면 언제든 말을 타고 내려가 친구들 몇을 불러모을 수 있다면 정말 행복할 겁니다. 집을 지으려는 사람들한테는 꼭 별장을 지으라고 충고하죠. 제 친구인 커틀랜드 경이 일전에 저한테 조언을 구하러 와서는 제 앞에 보노미(조지프 보노미. 1739-1808. 당시 인기를 모은 건축가)의 서로 다른 설계도 세 개를 내 놓고 그 중 제일 나은 것을 골라 달라고 하더군요. 그래서 제가 그것들을 전부 다 바로 불 속에 던져놓고 이렇게 말했지요. '커틀랜드, 이것 중 아무것도 고르지 말고, 무조건 별장을 짓게.' 제 생각으로는 그것으로 결말이 날 것입니다."

"별장에는 머물 곳도, 여유 공간도 없을 거라고 생각하는 이들도 있지만, 그건 아주 틀린 생각이지요. 지난 달에 다트퍼드 부근에 있는 친구 엘리엇의 집에 갔었답니다. 엘리엇 부인이 무도회를 열자고 하셨지요. 부인이 그러시더군요. '하지만 어떡하면 좋을까요? 페라스 씨, 어떻게 하면 좋을지 말씀해 주세요. 이 별장에는 열 쌍이 들어와서 저녁식사를 할 만한 공간이 없잖아요?' 제가 딱 보니까 전혀 어려움이 없겠기에, 이렇게 말씀드렸답니다. '엘리엇 부인, 걱정하지 마십시오. 식당에 열여덟 쌍은 너끈히 들어가겠습니다. 카드 테이블을 거실에 놓고, 서재를 차와 다과를 들도록 열어두고, 거실에 식사를 차리면 됩니다.' 엘리엇 부인이 제 생각에 기뻐하시더군요. 거실 넓이를 따져보니 정확히 열여덟 쌍이 들어갈 수 있어서, 제가 말한 그대로 배치가 이루어졌답니다. 그러니까, 사실 요령만 제대로 알면 별장에서도 다른 어떤 널찍한 집 못지않게 편안히 즐길 수가 있다는 것이죠."

엘리너는 그의 말을 논리적으로 반박해 주는 것도 과분하다 싶어 다 동의했다.

존 대쉬우드는 음악을 그다지 즐기지 않기로는 첫째 동생이나 별 다를바가 없었으므로, 마찬가지로 한가하게 딴 생각을 하다가 문득 한 가지 생각이 떠올라 집에 가면서 아내에게도 말해주고 동의를 구했다. 데니슨 부인이 누이들을 그들 손님으로 오해한 것을 보니, 제닝스 부인이 볼일 때문에 집을 비울 동안 진짜로 그들을 초대하는 것이 사리에 맞지 않을까 싶은 생각이 들었다. 돈이 드는 것도 아니고 크게 불편할 것도 없다. 또한 이런 배려로 그의 섬세한 양심이 아버지와의 약속에서 완전히 해방될 수 있을 것이다. 패니는 이 제안에 기절초풍했다.

"시누들이 레이디 미들턴과 매일 함께 지내는데 그렇게 하면 당연히 부인이 기분 나빠하실 거예요. 그것만 아니라면 저야 얼마든지 기쁘게 받아들이겠지만요. 당신도 알겠지만 전 오늘 저녁 모임에 그이들을 데려간 것처럼 언제라도 힘닿는 데까지 그이들을 돌봐 줄 자세가 되어 있어요. 하지만 그이들은 레이디 미들턴의 손님이잖아요. 어떻게 그분한테서 그이들을 빼 올 수 있단 말이에요?"

남편은 눈치를 보면서 부인의 반대에 설득력이 없다고 했다. "누이들이 이미 콩뒤 가에서도 그런 식으로 한 주를 보냈으니, 가까운 친척집에서 한 주 더 있는다고 레이디 미들턴이 불쾌해 하기야 하겠소."

패니는 잠시 말을 멈추었다가 새로이 기운을 가다듬어 열렬히 주장을 폈다. "여보, 내 힘으로 할 수만 있다면 시누들을 진심으로 청하겠어요. 하지만 전 스틸 자매를 우리와 함께 며칠 지내도록 초대하기로 이미 마음을 정해 두었단 말예요. 그 자매는 아주 행실이 바르고 착한 처녀들이고, 그이들 숙부가 에드워드한테 아주 잘 해주셨으니 나도 그들을 돌봐주어야 마땅하다고 생각해요. 당신 누이들이야 다음에 불러도 되지만, 스틸 자매는 이제 런던에 안 올지도 몰라요. 당신도 틀림없이 그이들을 좋아할 거예요. 사실 말이지 벌써 그이들을 무척 많이 좋아하고 있고, 우리 어머니도 그러시잖아요. 게다가 해리도 얼마나 그이들을 좋아한다고요!"

대쉬우드 씨도 설득에 넘어갔다. 그는 당장 스틸 자매를 초대해야 한다는 데 동의했고, 누이들은 다음 해에 초대하기로 결심하여 자기 양심을 달랬다. 그러나 이와 동시에 내년이면 엘리너는 브랜든 대령의 아내로, 매리앤은 그들 부부의 손님으로 런던에 오게 되어 초대할 필요가 없어질지도 모른다는 교활한 생각도 들었다.

패니는 무사히 빠져 나오게 되어 기쁜 한편, 빠져 나올 구멍을 찾아낸 임기응변적인 기지에 자랑스러움을 느꼈다. 그녀는 다음날 아침 루시에게 레이디 미들턴이 허락하는 대로 즉시 할리 가에서 언니와 함께 며칠 간 묵어 달라고 부탁하는 편지를 썼다. 당연히 이 편지를 받은 루시는 행복에 겨워 어쩔 줄 몰라했다. 대쉬우드 부인이 진짜로 자기를 위해 배려해 주고, 자신의 모든 소망을 아껴 주고, 목표를 달성하도록 도와주는 것 같았다! 에드워드와 그의 가족들과 함께 지낼 기회야말로 그 무엇보다도 그녀에게 유용한 것이었고, 이런 초대만큼 그녀에게 기쁜 일도 없었다! 아무리 감사히 수락해도, 아무리 재빠르게 낚아채도 모자랄 호기였다. 따라서 레이디 미들턴의 집에 언제까지 머물지 그 전에는 한 번도 확실히 언급한 적이 없었지만, 갑자기 이틀 후면 떠나기로 줄곧 마음먹고 있었다는 사실이 드러났다.

루시는 그 쪽지가 온 지 10분도 채 안 되어 엘리너에게 보여주었다. 엘리너는 처음으로 루시의 기대가 맞을지도 모른다는 생각을 하게 되었다. 알게 된 지 얼마 되지도 않아서 이렇게 특별한 친절을 베푸는 것으로 보아 루시에 대한 호의가 단순히 자신에 대한 악의 이상의 뭔가 다른 원인에서 비롯되었을지 모르며, 시간이 가면서 모든 일이 루시의 뜻대로 풀릴지도 모른다는 생각이 들었다. 아첨으로 이미 레이디 미들턴의 오만을 녹이고 존 대쉬우드 부인의 환심을 샀으니, 이런 결과로 보건대 더 큰 것을 손에 넣게 될 지도 몰랐다.

스틸 양 자매는 할리 가로 옮겨갔다. 엘리너는 거기에서 그들이 발휘한 영향력에 대한 소문을 들으면서 일이 성사되리라는 예감이 더욱 굳어졌다. 그들을 몇 차례 방문한 존 경이 그들이 얼마나 총애를 받고 있는지 다들 놀랄 정도로 구구절절 옮겨 주었다. 대쉬우드 부인이 이렇게 같이 있으면 유쾌한 처녀들은 평생 본 적이 없다고 하면서 그들에게 각자 하나씩 이민자들(당시 대혁명을 피해서 프랑스에서 이민 온 사람들을 가리킴)이 만든 바늘겨레를 주었다느니, 루시를 세례명으로 부른다느니, 그들과 헤어질 엄두가 안 난다고 했다는 것이었다.

Sense and Sensibility
3권

1장

파머 부인은 2주가 지나자 몸이 많이 회복되었으므로, 어머니도 더 이상 자기 시간 전부를 딸에게 쏟아 붓지 않아도 되겠다고 여겼다. 그래서 하루나 이틀에 한 번쯤 찾아가는 것으로 만족하고 자기 집과 본래의 생활로 돌아왔고, 대쉬우드 양 자매도 아주 기꺼이 예전 생활로 되돌아왔다.

그들이 그렇게 버클리 가로 되돌아온 지 사흘째든가 나흘째 되던 날 아침, 제닝스 부인이 평소처럼 파머 부인을 방문했다가 돌아와 엘리너가 혼자 앉아있던 거실로 뭔가 아주 중요한 일이 있다는 듯 다급한 태도로 들어섰다. 엘리너는 엄청난 소식을 들을 태세를 취했다. 부인은 그녀가 그런 생각을 하자마자 예상을 사실로 증명할 이야기를 곧장 꺼냈다.

"세상에! 대쉬우드 양! 그 소식 들었수?"

"아뇨, 부인. 무슨 소식인데요?"

"세상에 별 일이 다 있지! 들어 봐요. 내가 파머 씨네 집에 갔더니 샬럿이 아기랑 난리법석을 떨고 있지 않겠수. 아기가 몸이 많이 안 좋은 것이 틀림없다는 거예요. 울고 짜증부리고 온통 발진이 생겼다는 거지.

그래서 내가 들여다보고 이랬지요. "아이구! 애야, 이건 레드검(젖니가 날 때 생기는 발진)일 뿐이란다." 유모도 똑같은 소리를 하더라고. 그런데도 샬럿은 안심이 안 되어 의사인 도너번 씨를 부르러 보냈답니다. 운 좋게도 마침 그분이 할리 가에서 막 나온 차여서 곧장 와 주셨지요. 아기를 보자마자 우리말대로 그저 레드검이라고 하시니까, 그제야 샬럿도 안심을 했다우. 그런데 그분이 다시 가시려고 하는데, 어떻게 그 생각이 마침 딱 머리에 떠올랐는지 모를 일이지만, 그분한테 무슨 소식이 없나 물어봐야겠다는 생각이 들었지 뭐겠수. 그랬더니 그이가 히죽거리고 실없이 웃다가 진지한 표정으로 뭔가 알고 있는 척 하더군요. 결국 이런 얘기를 속닥거리며 해 주더라고요. '부인 댁에 있는 젊은 숙녀분들이 올케가 몸이 좋지 않다는 불쾌한 소식을 듣게 될까봐 걱정되어서 드리는 말씀인데, 놀라지 않아도 된다고 전해 주십시오. 대쉬우드 부인은 곧 좋아지실 겁니다.'"

"뭐라고요! 올케 언니가 아프다고요?"

"나도 똑같은 말을 했답니다. '저런! 대쉬우드 부인이 아프다고요?' 그랬더니 그제야 이야기를 다 꺼내놓더군요. 내가 들은 얘기를 간단하게 요점만 정리하면 대충 이렇다우. 에드워드 페라스 씨가 글쎄, 우리 친척인 루시하고 약혼한 지 1년이 넘었다잖수! 내가 그 젊은이를 당신이랑 엮어서 농담하곤 했지만, 이제 밝혀진 대로 아무 관계도 아니어서 얼마나 기쁜지 몰라요! 세상에 그럴 수가 있나! 게다가 낸시 말고는 다들 눈치조차 못 채고 있었다니! 이런 일이 가당키나 해요? 그들이 서로 좋아하는 사이였다는 거야 뭐 그럴 수도 있다 쳐도, 둘 사이에 일이 그렇게 진행되도록 아무도 의심 한 번 안 했었다니! 이거야말로 이상하지! 둘이 함께 있는 모습을 본 적이 없지만, 봤다면 단번에 알아챘을 텐데. 페라스 부인이 무서워서 어찌나 꽁꽁 비밀로 숨겨 두었는지, 부인이고 당신 오빠고 올케고 꿈에도 생각 안 했다잖수. 바로 오늘 아침에 불쌍한 낸시가 다 불어 버렸다는 거예요. 당신도 알다시피 걔가 착하지만 영리한 애는 못 되잖수. 그 애 생각은 이랬겠지요. '그들이 모두 루시를 몹시 좋아하니까 틀림없이 반대하지야 않겠지.' 그래서 무슨 일이 벌어질지 짐작도 못한 채 혼자 앉아서 일하던 당신 올케한테 갔대요. 그이가 당신 오빠한테 한 얘기로는, 바로 5분전까지만 해도 에드워드와 그 뭐라나, 누군지 기억이 안나네, 어떤 높으신 분 따님하고 짝지어 줄 생각을 하고 있었다지 뭐예요. 그러니 그이가 허영심과 자존심에 어떤 타격을 입었을지 짐작이 갈 테지요. 그 자리에서 격렬한 히스테리 발작을 일으켜 미친 듯이 소리를 질러 대서, 계단 아래 자기 옷방에 앉아서 고향에 있는 집사에서 편지를 쓰려던 오빠 귀에까지 들어갔답니다. 그래서 오빠가 곧장 뛰어갔는데, 그 때 마침 무슨 일이 벌어지고 있는지 꿈에도 모른 채 루시가 오는 바람에 끔찍한 광경이 벌어졌다는 거예요. 불쌍한 것 같으니라고! 루시가 안됐지 뭐유. 내 생각에는 그 애가 아주 지독하게 당한 것 같아. 당신 올케가 아주 거칠게 욕지거리를 퍼부어서 그 애가 기절해 버렸다니 말이유. 낸시는 주저앉아서 대성통곡을 하고, 당신 오빠는 방으로 와서 어떻게 해야 좋을지 모르겠다는 말만 하고. 대쉬우드 부인이 그들을 단 일분도 더 집에 둘 수 없다고 선언해서, 오빠가 옷을 꾸릴 시간이라도 주라고 자기가 무릎을 꿇고 빌다시피 했대요. 그랬더니 다시 히스테리를 일으키니까 오빠가 겁이 더럭 나서 도너번 씨를 부르러 보냈대요. 그래서 도너번 씨가 와서 집안이 발칵 뒤집힌 꼴을 보게 된 거지요. 마차가 불쌍한 우리 친척들을 데려가려고 문 앞에 준비되었고, 도너번 씨가 나올 때 막 그이들도 나오더래요. 그의 말이 불쌍한 루시는 거의 걷지도 못할 지경이었고, 낸시도 나을 것이 없더래요. 정말이지 당신 올케에 대해서는 참을 수가 없어요. 그래도 진심으로 그들이 맺어졌으면 좋겠어요. 아이고 세상에! 불쌍한 에드워드가 이 소식을 들으면 얼마나 마음이 찢어질꼬! 자기가 사랑하는 사람이 그렇게 멸시를 당하다니! 사람들 말로는 그가 루시를 끔찍이도 좋아한다는데. 그가 얼마나 루시를 깊이 사랑하고 있을지 의심하지 않는다우. 도너번 씨 생각도 그렇고. 우리끼리 한참 그 얘기를 했는데, 그나마 다행스러운 것은 그가 다시 할리 가에 돌아와 있어서 페라스 부인이 그 이야기를 듣게 되면 바로 부를 수 있으리라는 거지요. 우리 친척들이 집을 떠나자마자 바로 부인을 부르러 보냈다는군요. 당신 올케는 부인도 틀림없이 히스테리를 일으킬 거라고 걱정했다지만, 그거야 내 알 바 아니지. 난 그 두 사람에 대해서는 전혀 동정이 가지 않는다우. 어쩜 돈과 지위 때문에 그렇게 소동을 벌일 수 있는지 알다가도 모르겠어. 에드워드 씨와 루시가 결혼하면 안 될 이유가 도대체 뭐가 있다고. 페라스 부인은 아들을 충분히 먹고살게 해 줄 여유가 있고, 루시는 빈털터리나 다름없는 신세라 해도 어떻게 하면 만사를 다 잘 처리할지 누구보다도 잘 알 텐데 말예요. 페라스 부인이 그에게 일년에 500파운드만 줘도 루시는 800파운드쯤 받는 어느 누구 못지않게 그럴싸하게 하고 살 텐데. 나 원 참! 당신네 집이나 그보다 조금 더 큰 별장 하나만 있으면 하인이랑 하녀들 둘씩 두고 얼마나 편안하게 잘 살겠어요. 나도 하녀쯤은 소개해 줄 수 있을 테고. 베티 동생이 일자리를 잃었는데, 그 자리에 안성맞춤이겠구먼."

여기서 제닝스 부인이 말을 멈추었으므로, 엘리너도 생각을 가다듬을 여유를 얻어 이런 화제에 어울리는 대답을 하고 적당히 맞장구를 쳐 줄 수 있었다. 이런 일에 특별히 관계가 있다는 의심을 받지 않고 있으며, 제닝스 부인이 자기가 에드워드를 좋아한다고 생각하지 않게 되어서 기뻤다. 무엇보다도 매리앤이 자리에 없어서 당황하지 않고 그 사건에 대해 말할 수 있고, 관련된 모든 사람들의 행동에 대해 어느 쪽에도 치우치지 않고 자기가 판단한 대로 얘기할 수 있어서 기뻤다.

에드워드와 루시의 결혼이 아닌 뭔가 다른 식으로 결말이 날 가능성에 대한 생각을 지우려고 무진 애를 썼지만, 이 사건에 대해 자신이 실제로 어떤 기대를 하고 있는지 종잡기 어려웠다. 페라스 부인의 말과 행동이야 안 봐도 훤했지만 듣고 싶었고, 에드워드 본인이 어떻게 처신할지는 훨씬 더 궁금했다. 그에게 깊은 동정을 느꼈으며, 루시는 거의 동정하지 않았지만 그나마 약간의 동정이라도 해 주려면 노력이 필요했다. 나머지 사람들에 대해서는 전혀 동정하지 않았다.

제닝스 부인은 다른 화제는 안중에도 없었으므로, 엘리너는 곧 매리앤에게 이 이야기를 들을 마음의 준비를 시킬 필요가 있겠다고 생각했다. 매리앤의 오해를 일깨워 주고 진실을 알려주어, 매리앤이 다른 사람들로부터 그 이야기를 듣더라도 언니를 걱정하는 기색이나 에드워드에 대한 분노를 내비치지 않게 하려면 한시도 지체할 수 없었다.

엘리너의 임무는 고통스러운 것이었다. 동생은 언니에 대한 에드워드의 애정을 가장 큰 위안거리로 삼고 있었다. 그런데 그 위안을 빼앗고 에드워드에 대한 동생의 호의적인 평가를 뒤엎어 버릴 자초지종을 상세히 전해 주어야 했다. 게다가 동생은 언니도 자신과 비슷한 상황이 되었다고 믿고 다시 한 번 좌절에 빠질 것이다. 그러나 아무리 달갑지 않을지라도 해야만 했으므로, 엘리너는 서둘러 이를 실행에 옮겼다.

엘리너는 에드워드의 약혼 사실을 처음 알게 된 후로 죽 실천해 왔던 자제심을 발휘하여, 자기 감정에 빠져 장황하게 얘기를 늘어놓거나 크게 괴로워하는 모습을 보여주지 않았다. 그럼으로써 매리앤도 그렇게 할 수 있다는 암시를 주고 싶었다. 그녀의 설명은 명확하고 간결했으며, 감정을 완전히 배제할 수는 없다 해도 격렬한 동요나 북받치는 비탄이 따르지는 않았다. 오히려 듣는 편에서 이런 반응을 보였다. 매리앤은 전율하면서 귀를 기울이다가 격한 오열을 터뜨렸다. 엘리너는 남들이 비탄에 빠져있을 때 못지않게 자신이 비탄에 젖어 있을 때도 다른 사람들을 위안하는 역할을 했으므로, 자기는 아무렇지도 않다고 안심시켰다. 에드워드는 경솔했던 것 말고는 비난받을 일을 하지 않았다고 열성을 다해 옹호함으로써, 할 수 있는 모든 위로를 다했다.

그러나 매리앤은 한참 동안이나 아무것도 믿으려 하지 않았다. 에드워드가 윌러비와 다를 바 없는 인간으로 보였다. 엘리너가 그를 진정으로 사랑했었다고 인정한 만큼, 언니도 자기 심정과 같지 않겠는가! 루시 스틸로 말하자면, 매리앤이 보기에는 호감 가는 데가 단 한 군데도 없고, 제정신을 가진 남자의 마음을 끌 능력이 전혀 없는 여자였다. 그래서 처음에는 에드워드가 그녀에게 옛날에 손톱만큼이라도 마음을 품었다는 것을 믿을 수가 없었고, 나중에는 용서할 수가 없었다. 그럴 수도 있다는 것을 인정하려 들지 않았기 때문에, 엘리너는 인간에 대해 더 잘 알게 되면 납득하게 되리라 믿고 그대로 내버려두었다.

엘리너가 처음 전달한 내용은 약혼 사실과 지속된 기간 정도였다. 매리앤의 감정이 북받쳐서 차례대로 상세한 이야기를 하기 어려웠다. 한동안 그녀의 비탄을 달래주고, 놀란 마음을 진정시키고, 분노를 누그러뜨리는 외에는 아무것도 할 수가 없었다. 매리앤 쪽에서 첫번째 질문을 던져 더 자세한 내용으로 들어갔다.

"언니는 언제부터 그 사실을 알았어? 에드워드가 언니한테 편지를 썼어?"

"넉 달 전부터 알았단다. 루시가 11월에 바턴 파크에 처음 왔을 때 약혼했다고 비밀을 털어놓았어."

이 말에 매리앤은 눈이 휘둥그레져서 말을 잇지 못했다. 놀란 마음이 진정되자 이렇게 외쳤다.

"넉 달이라고! 넉 달 동안 그 사실을 알고 있었단 말이야?"

엘리너는 그렇다고 했다.

"세상에! 비참해하는 나를 보살펴 줄 동안 그런 일을 속에 품고 있었다고? 그런데 난 언니를 행복하다고 비난했다니!"

"그 때는 내가 전혀 행복하지 않다는 걸 네가 모르는 편이 나았으니까!"

"넉 달이라니!" 매리앤이 다시 외쳤다. "그렇게 침착하게! 그렇게 명랑하게! 어떻게 그렇게 버텼던 거야?"

"내 의무를 다하고 있다고 느꼈으니까. 루시와 약속했으니 비밀을 지켜야 했어. 그러니까 그녀 때문에 진실을 귀띔해 줄 수가 없었고, 가족과 친구들에게 내 힘으로는 덜어줄 수 없는 걱정거리를 나로 인해 안겨줄 수 없었지."

매리앤은 큰 충격을 받은 모습이었다.

엘리너가 말을 계속했다. "너와 어머니한테는 사실을 알려주고 싶은 마음이 몇 번이나 들었는지 몰라. 한두 번은 그러려고도 해 봤지만, 내 말을 믿게 하려면 약속을 깨는 수밖에 없었으니까."

"넉 달이라고! 하지만 언니는 그를 사랑했는데!"

"맞아. 그러나 그 사람만 사랑한 건 아니지. 다른 사람들이 마음 편히 지내는 것도 내게는 중요하니까, 내가 어떤 심정인지 모르게 하는 편이 좋았어. 이제 별 감정 없이 그 일에 대해 생각하고 말할 수 있게 되었어. 분명히 말하지만 더 이상 실제로 괴로움을 느끼지는 않으니까. 나를 버티게 해 주는 것들이 아주 많이 있는걸. 내가 경솔해서 실연 당한 것이 아님을 알고 있으니까, 더 깊은 절망에 빠지지 않고 견딜 수 있었던 거야. 난 에드워드가 근본적인 잘못을 저질렀다고는 생각지 않아. 그가 행복하길 기원해. 그는 항상 자기 의무를 다하는 사람이니까, 지금은 좀 후회스럽더라도 결국은 할 일을 할 거야. 루시는 분별이 없지는 않으니까, 그걸 발판 삼아 잘 해 나갈 수 있겠지. 그리고 매리앤, 무엇보다도 유일하고 변치 않는 애정이라는 관념에 홀리거나, 어느 한 사람에게 전적으로 자신의 행복이 달려 있다고 말해서는 안 돼. 그건 옳지 않아. 그럴 수는 없단다. 에드워드는 루시와 결혼할 테지. 그는 모든 여성들 가운데 인물과 지성에서 평균은 넘는 여자와 결혼하는 셈이니까, 시간이

가고 익숙해지면 그녀보다 더 나은 다른 사람을 마음에 두었던 과거도 잊을 수 있겠지."

매리앤이 입을 열었다. "언니가 그런 식으로 생각할 수 있고, 가장 소중한 것을 잃고도 그렇게 쉽게 다른 것으로 메울 수 있다면, 언니의 결단력이나 자제심은 그다지 경탄할 만한 것은 아닌 것 같아. 나로서도 이해할 만하고."

"무슨 말인지 알아. 넌 내가 감정이 별로 없다고 생각하는 거지. 매리앤, 넉 달 동안 아무한테도 말하지 못하고 속에만 계속 담아두고 있었어. 이 사실이 알려지면 너와 어머니가 얼마나 슬퍼할지 아는데, 네가 최소한이라도 그 사실을 받아들이도록 준비를 시킬 수도 없었어. 이미 약혼을 맺어 나의 모든 기대를 망쳐 놓은 바로 그 장본인이 내게 갑작스럽게 불쑥 얘기를 전했어. 내 생각으로는 승리감에 차서 그 얘기를 한 거야. 그래서 난 그 무엇보다도 깊은 관심을 가져 온 문제에 무관심하게 보이려고 노력함으로써 상대의 의심을 막아야만 했고, 이런 일은 한 번으로 끝나지도 않았어. 몇 번이고 그녀의 희망과 벅찬 기쁨에 귀기울여 주었지. 그와 맺어지지 않게 되어서 조금이라도 잘 되었다고 생각할 만한 얘기는 하나도 듣지 못했는데, 에드워드와 영원히 맺어질 수 없는 사이가 되었음을 알았어. 그가 비열한 인간이라는 증거는 아무것도 없었고, 나에게 무관심하다는 것을 보여줄 만한 것도 전혀 없었어. 난 그의 누나의 불친절과 어머니의 무례를 겪어야 했어. 사랑의 이점은 누려보지도 못하고 그에 따르는 벌만 받은 셈이지. 게다가 너도 잘 알겠지만, 나 혼자만 불행한 것은 아니었던 때에 이 모든 일이 한꺼번에 벌어졌잖아. 네가 나를 감정을 가진 인간이라고 생각한다면, 내가 지금까지 죽 괴로워했다는 것을 말 안 해도 알 거야. 내가 지금 그 문제를 바라보면서 마음의 평정을 유지할 수 있고, 마음이 편안하다고 할 수 있는 건 부단하고 고통스러운 노력의 결과란다. 저절로 그렇게 된 것이 아니야. 처음에는 내 마음을 가라앉히자고 그랬던 것도 아니었고. 아냐, 매리앤. 내가 그 때 침묵을 지켜야 하는 상황이 아니었더라면, 아무리 가장 소중한 사람들에게 지켜야 할 의무를 떠올리며 애써도 내가 얼마나 불행한지 드러내고야 말았을 거야."

매리앤은 완전히 수그러들었다.

"오! 언니, 언니 때문에 난 내 자신을 영원히 미워하게 되었어. 내가 언니한테 그렇게 잔인한 짓을 하다니! 나의 유일한 위안이었고, 내가 불행의 구렁텅이에 빠져있을 때 나와 함께 견뎌 주었고, 나를 위해 고통받아 온 유일한 사람인 언니한테! 이런 식으로 은혜를 갚다니! 언니에 대한 내 보답이 고작 이런 것이란 말이야? 언니의 장점이 내 취향에 맞지 않는다 해서 무시해 버리려 했다니."

매리앤은 이렇게 고백하면서 언니를 더없이 다정하게 끌어안았다. 지금과 같은 기분 상태에서라면 엘리너는 별 어려움 없이 동생으로부터 어떤 약속이든 받아낼 수 있었다. 매리앤은 언니의 청에 따라 그 일을 얘기할 때 다시는 누구에게든 조금이라도 고통스러운 기색을 보이지 않겠으며, 루시를 대할 때도 전보다 조금이라도 더 싫은 티를 드러내지 않고, 에드워드와 행여 한 자리에 있을 일이 생겨도 이전과 전혀 다름없이 따뜻하게 대하겠다고 약속했다. 이런 것들은 엄청난 양보였지만, 매리앤은 언니를 마음 아프게 한 보상이라면 어떤 양보라도 할 태세였다.

매리앤은 신중하게 행동하겠다는 자신의 약속을 감탄스러울 만큼 실행에 옮겼다. 그녀는 제닝스 부인이 그 화제에 대해 어떤 얘기를 해도 낯빛 하나 바꾸지 않고 경청했을 뿐더러, 어떤 얘기에도 이의를 달지 않았고, 세 번이나 "그래요, 부인"이라고 말했다. 그녀는 부인이 루시를 칭찬할 때에도 다른 자리로 바꿔 앉았을 뿐이며, 제닝스 부인이 에드워드의 애정에 대해 얘기할 때에도 목에 뭐가 걸린 듯 잠시 캑캑거릴 뿐이었다. 동생이 이렇게 영웅적인 태도로 발전한 모습을 보니, 엘리너는 자신도 어떤 일이라도 맞설 수 있을 것 같은 기분이었다.

다음날 아침 오빠의 방문은 더 큰 시험이었다. 그는 무겁기 짝이 없는 얼굴로 그 무서운 사건에 대해 이야기하고, 처에 대한 새로운 소식을 전해 주었다.

그는 자리에 앉자마자 대단히 엄숙한 태도로 말했다. "너희들도 아마 어제 우리 집에서 벌어진 충격적인 사건에 대해 들었겠지."

그들은 모두 표정으로 그렇다는 뜻을 전했다. 말을 하기에는 너무 끔찍한 순간인 것 같았다.

그가 말을 계속했다. "너희 올케언니는 말할 수 없이 괴로워하고 있단다. 장모님도 그렇고. 한 마디로 골치 아픈 일이 겹쳤지 뭐냐. 하지만 우리 중 누구도 꺾이지 않고 이 난국을 헤쳐 나갈 거야. 패니가 안됐지! 어제 온종일 히스테리 상태였어. 하지만 뭐 크게 걱정할 일은 아니다. 도너번 말로는 염려할 것은 없다니까. 패니는 튼튼한 체질인데다 강단이 있거든. 천사같이 불굴의 인내로 이 모든 역경을 다 버텨내지 않았겠냐! 절대 다시는 누구에게도 호감을 갖지 않겠다고 하더라. 그렇게 뒤통수를 맞고 난 후이니 이상할 것도 없지! 온갖 친절을 다 베풀어주고, 그토록 믿어준 사람한테 그렇게 배은망덕한 꼴을 당하다니! 그 처녀들을 집으로 불렀던 건 진심에서 우러나온 호의였는데 말이다. 그들이 친절을 받을 자격이 있고, 누구에게도 해를 끼치지 않고, 행실 바른 처녀들인데다 유쾌한 친구가 될 거라고 생각했기 때문에 그랬던 건데. 그렇지 않았다면 우리 둘 다 친절하신 부인께서 따님을 돌보고 있을 동안 너와 매리앤을 우리 집으로 불렀을 거야. 그런데 이제 와서 이런 보답을 받다니! 불쌍한 패니가 애정을 담뿍 담아 이렇게 말하더라. '그이들 대신에 당신 누이들을 불렀더라면 정말 좋았을 걸 그랬어요.'"

이 대목에서 그는 감사를 받으려고 잠시 말을 멈추었다. 감사의 말을 듣고 나서 얘기를 계속했다.

“패니한테서 사실을 전해 듣고 가엾은 장모님이 얼마나 괴로워하셨는지 말로 다 할 수가 없단다. 그를 진정 아끼는 마음으로 최고의 혼처를 찾아 주려고 궁리하시던 중이었는데 다른 여자와 비밀리에 약혼했을 줄이야 꿈엔들 생각이나 하셨겠냐! 그런 의심은 털끝만큼도 하셨을 리가 없지! 조금이라도 딴 마음을 품었다고 의심하셨더라도, 그 쪽이야 아니었지. 장모님이 이렇게 말씀하셨단다. ‘그 쪽은 안심해도 좋다고 철석같이 믿었는데.’ 무척이나 고민에 빠져 계시단다. 우리가 어떤 행동을 취해야 할지 여쭈었더니, 마침내 에드워드를 불러오라고 하셨단다. 처남이 왔지. 하지만 그 뒤에 벌어진 일은 말하려니 유감스럽구나. 장모님이 약혼을 취소하라고 별 말씀을 다 하시고, 너도 짐작하겠지만 거기에 내가 거들고 패니가 애걸해도 아무 소용없었단다. 의무, 애정, 그 어떤 것도 무시당하고 말았어. 에드워드가 그렇게 고집불통에 인정머리 없는 인간인 줄 미처 몰랐지 뭐냐. 어머니가 모튼 양과 결혼한다면 그에게 얼마나 후하게 베풀어줄지 설명하고, 지세地稅를 떼고도 일 년에 천 파운드는 족히 나올 노포크 영지를 주겠다고도 하셨지. 그래도 설득당할 기색이 안 보이니까 심지어는 천이백 파운드를 주겠다는 제안까지 하셨단다. 이를 거부하고 이런 강혼降婚을 끝내 고집한다면 어떤 궁핍을 겪게 될지도 말씀해 주셨고. 그의 몫으로 되어 있는 2천 파운드 외에는 한 푼도 주지 않는 것은 물론이고 그와 영영 인연을 끊겠다고 하셨단다. 또한 털끝만큼이라도 그에게 원조를 제공할 뜻이 없으니까, 그가 수입이 더 나은 직업을 얻으려 한다면 무슨 수를 써서라도 막겠다고 하셨지.”

이 대목에서 매리앤이 분개한 나머지 손뼉을 치며 외쳤다. “하느님 맙소사! 어떻게 그럴 수가 있어요!”

오빠의 대답은 이러했다. “이런 주장에도 고집을 꺾지 않다니 네가 놀라는 것도 무리가 아닐 게다, 매리앤. 그렇게 말하는 것도 당연하지!”

매리앤은 이에 항변하려다가 약속을 기억해내고 꾹 눌러 참았다.

오빠가 말을 이었다. "하지만 아무리 말해봤자 헛일이었지. 에드워드는 거의 말이 없었지만, 할 말은 아주 단호한 태도로 했단다. 아무리 해도 그가 약혼을 포기하도록 설득할 수가 없었어. 어떤 대가를 치르더라도 끝까지 버티고 말겠다는 식이더구나."

제닝스 부인이 더 이상 조용히 있을 수가 없어 퉁명스럽지만 솔직한 어조로 외쳤다. "그렇다면 그는 정직한 남자답게 행동했군요! 대쉬우드 씨, 미안하지만 그가 다른 식으로 행동했더라면 난 그를 악당이라고 생각했을 거예요. 루시 스틸은 내 친척이니 나도 당신만큼은 이 일에 관계가 있다고 해도 좋겠지요. 세상에 그만한 처녀도 없고, 누구 못지않게 좋은 남편을 얻을 자격이 충분하다우."

존 대쉬우드는 대경실색했으나, 원래 조용한 성격이고 도발에 대응하지 못하는 데다 누구도, 특히 돈 많은 사람이라면 더욱 비위를 거스르고 싶지 않았다. 그래서 노한 기색도 없이 이렇게 대답했다.

"절대 부인의 친척분을 깔보아 한 얘기가 아니었습니다. 루시 스틸 양은 물론 매우 훌륭한 처녀지만, 이번 경우에는 아시다시피 결혼이 성사될 수 없습니다. 자기 숙부의 보호 아래 있는 젊은이, 특히 저희 장모님처럼 아주 부유하신 분의 아들과 비밀 약혼을 맺는다는 것은 좀 다른 경우겠지요. 다시 말해서, 부인께서 염려하시는 어떤 이의 행실을 문제 삼자는 건 아닙니다. 우리 모두 그 아가씨가 아주 행복해지기를 바랍니다. 장모님의 행동은 처음부터 끝까지 전부 훌륭한 어머니로서 이런 상황에서 취할 만한 대단히 양심적인 것이었습니다. 기품 있고 관대했단 말이지요. 에드워드는 자기 운명을 선택했고, 나쁜 결과가 될 것이 두려울 따름입니다."

매리앤은 비슷한 우려에 탄식을 토했고, 엘리너는 에드워드가 그럴 가치가 없는 여자를 위해 어머니의 협박에 용감히 맞서고 있다고 생각하니 가슴이 찢어지는 듯했다.

제닝스 부인이 입을 열었다. "그렇다면 어떻게 결말이 났나요?"

"말씀드리기 유감스럽습니다만, 부인, 더없이 불행한 결렬로 끝났답니다. 에드워드는 어머니의 눈앞에서 영영 사라졌습니다. 어제 집을 나갔지만 어디에 있는지, 아직도 런던에 있기는 한지 전혀 모릅니다. 물론 우리가 알아볼 수도 없는 일이고요."

"젊은이가 안됐기도 하지! 그이는 이제 어찌 될꼬?"

"정말 그렇습니다, 부인! 우울한 일이지요. 그렇게 부를 보장받고 태어났는데! 그보다 통탄스러운 일이 어디 있겠습니까. 2천 파운드에서 나오는 이자라니. 그걸로 어떻게 먹고살라고! 게다가 그렇게 어리석게 굴지만 않았으면, 모튼 양한테 3만 파운드가 있으니까 석 달 후면 해마다 2천5백 파운드를 받게 되었을 텐데요. 이보다 더 비참한 상황은 상상도 못 하겠습니다. 그에게 동정을 느낄 만하지요. 우리들로서는 그를 도울 힘이 전혀 없으니 더욱 그렇고."

"가엾어라!" 제닝스 부인이 외쳤다. "내 집에라도 기꺼이 맞아들여 묵게 해 주었으면 좋겠네. 그를 보게 되면 그렇게 말해 줄 텐데. 이제는 자기 돈 내고 하숙집이나 여인숙에 묵을 처지도 안 될 테니."

엘리너는 부인이 친절을 베푸는 방식에 실소를 금치 못했으나, 에드워드에 대한 마음만은 고맙게 느꼈다.

존 대쉬우드가 말했다. "친지들이 해 주려고 한 만큼만 스스로 노력했어도 지금쯤 자기한테 어울리는 위치에 있었을 테고, 부족한 것은 아무것도 없었겠지요. 그렇지만 이젠 아무도 그를 도울 수 없어요. 게다가 그에게 더 나쁜 일, 최악의 사태가 될 것이 분명한 일이 또 하나 있습니다. 그렇게 화가 나셨으니 당연한 일이겠지만, 그의 어머니가 원래대로라면 에드워드에게 주었을 그 영지를 당장 로버트에게 주기로 하셨다는 겁니다. 오늘 아침 나오면서 보니 장모님이 변호사와 그 문제를 상의하고 계시더군요."

제닝스 부인이 외쳤다. "세상에! 그건 보복이군요. 남의 일에 감 놔라 배 놔라 할 수야 없지만, 나라면 한 아들이 나를 거역한다고 해서 다른 아들한테 재산을 주지는 않겠어요."

매리앤은 일어나서 방을 이리저리 거닐었다.

존이 다시 말을 시작했다. "자기 것이 되었을 재산이 동생 소유로 넘어가는 꼴을 보고 있어야 하다니 그보다 분통 터지는 일이 또 있겠습니까? 불쌍한 에드워드! 정말 안됐지 뭡니까."

그는 잠시 동안 이런 얘기를 더 늘어놓고 방문을 마무리지었다. 그는 누이들에게 올케의 건강에 심각한 문제가 있는 것은 아니니 너무 걱정하지 말라고 거듭 안심시키고 떠났다. 뒤에 남은 세 숙녀는 이번 경우에는 적어도 페라스 부인, 대쉬우드 부인, 에드워드의 행동에 한해서 같은 심정이 되었다.

매리앤은 그가 방을 뜨자마자 분을 터뜨렸다. 그녀의 격분으로 엘리너도 더 이상 화를 참을 수 없었고, 제닝스 부인은 그럴 필요를 느끼지 않았으므로, 모두 입을 모아 그 사람들에 대해 열을 올리며 비난을 퍼부었다.

2장

제닝스 부인은 에드워드의 행동을 칭찬하느라 입에 침이 마르지 않을 지경이었으나, 엘리너와 매리앤만이 그 행동의 진정한 가치를 이해하고 있었다. 그들만이 그가 얼마나 내키지 않는 마음으로 어머니에게 맞섰는지, 올바른 행동을 했다는 뿌듯함 말고는 가족과 재산을 잃고 남은 위안이 얼마나 보잘것 없는지 알고 있었다. 엘리너는 그의 고결함을 자랑스럽게 여겼고, 매리앤은 그가 받게 된 벌을 측은히 여겨 그의 모든 과

오를 용서했다. 그러나 이렇게 모든 것이 밝혀져 그들이 예전처럼 본심을 다 털어놓고 나눌 수 있게 되었더라도, 자기들끼리 있을 때는 둘 중 누구도 얘기하고 싶은 주제는 아니었다. 엘리너는 매리앤이 지나칠 만큼 열렬히 확신에 넘쳐 에드워드가 자신을 계속해서 사랑한다고 주장했으므로, 자기 생각이 흔들리지 않도록 다잡기 위해 대화를 피했다. 매리앤도 이 주제를 놓고 얘기하다 보면 어쩔 수 없이 언니와 자신의 행동을 비교하게 되어, 결국은 전의 어느 때보다도 더 자신이 불만스럽게 느껴졌으므로 용기가 꺾였다.

매리앤은 그런 비교가 가져오는 위력을 실감하면서, 언니가 바라는 정도까지는 아니라도 노력하도록 자신을 몰았다. 끊임없는 자책의 고통을 느끼면서 전에는 한 번도 노력해 본 적이 없었다는 것을 뼈저리게 후회했지만, 고쳐지리라는 희망은 없고 참회의 고통만이 따랐다. 그녀는 마음이 약해진 나머지 노력해 봤자 소용없다는 생각을 했고, 더 깊은 좌절에 빠졌다. 이는 그녀를 더욱 좌절에 빠뜨렸다.

하루 이틀이 지나도록 할리 가나 바틀릿 가에서 새로운 소식은 들려오지 않았다. 이미 알려진 것만도 제닝스 부인이 소문을 퍼뜨리고 다니기에 충분할 정도였지만, 되도록 빨리 친척들을 방문해 위로해 주고 사정을 알아보기로 마음먹었다. 평소보다 방문객이 많이 몰려 방해가 된다는 점 말고는 그들에게 가 보지 못할 이유가 없었다.

그들이 자세한 사정을 알게 된 지 사흘째 되던 날은 너무나 화창하고 아름다운 일요일이어서, 많은 사람들이 켄싱턴 공원에 나왔다. 매리앤은 윌러비 부부가 다시 런던에 돌아왔다는 것을 알고 있어서 그들을 마주칠까 두려웠으므로, 사람이 많이 모이는 장소에 나가는 모험을 하기보다는 집에 머무는 쪽을 택했다.

그들은 공원에 들어선 지 얼마 안 되어 제닝스 부인의 친한 친구를 만났다. 그 부인이 계속 함께 있어 주면서 제닝스 부인과의 대화를 도맡아

주어, 엘리너는 미안한 마음 없이 혼자 조용히 생각에 잠길 수 있었다. 그녀는 윌러비 부부도, 에드워드도 보지 못했고, 좋은 쪽이든 나쁜 쪽이든 그녀의 관심을 끌 만한 사람 누구도 보지 못했다. 그러다가 스틸 양이 가까이 다가와 말을 붙이자 깜짝 놀랐다. 스틸 양은 좀 쭈뼛거리면서도 그들을 만난 데 크게 기뻐했다. 제닝스 부인이 각별히 친절한 태도로 기분을 북돋아주자, 잠시 자기 일행에서 떨어져 나와 그들 사이에 끼었다. 제닝스 부인이 곧 엘리너의 귀에 대고 속삭였다.

"저이한테 다 물어 보구려. 묻기만 하면 뭐든 다 말해 줄 거유. 난 클라크 부인을 혼자 둘 수가 없어서."

그러나 제닝스 부인과 엘리너의 호기심에는 다행스럽게도, 그녀는 누가 묻지 않아도 다 말할 태세였다. 그렇지 않았더라면 아무것도 알 수 없었을 것이다.

"여러분을 만나서 얼마나 반가운지 몰라요," 스틸 양이 친근하게 팔을 잡으면서 말했다. "당신들이 이 세상 누구보다도 보고 싶었거든요." 그러더니 목소리를 낮추어, "제닝스 부인도 다 들으셨겠죠. 화내지 않으시던가요?"

"당신들한테야 전혀 안 그러셨지요."

"다행이군요. 그럼 레이디 미들턴은요, 그분은 화가 났나요?"

"그분이 화를 내실 일이라고는 생각지 않는데요."

"천만다행이군요. 아이고! 그 동안 얼마나 끔찍했는지! 내 평생 루시가 그렇게 화가 나서 펄펄 뛰는 꼴은 처음 봤다니까요. 처음에는 죽을 때까지 나를 새 모자로 치장해 주지도 않을 거고, 다시는 나를 위해 아무것도 해 주지 않겠다고 맹세를 했지 뭐예요. 이제는 완전히 마음이 가라앉아서 예전처럼 둘도 없는 사이가 되었답니다. 보세요, 내 모자에 나비매듭 리본을 달아주고, 어젯밤에는 깃털도 달아 줬다니까요. 이걸 보면 당신이 날 우습다고 할지도 모르겠네요. 하지만 나라고 분홍색 리본을 달지 말라는 법 있나요? 그게 선생이 제일 좋아하는 색깔이든 말든 신경 안 써요. 그가 우연히 그런 말을 흘리지 않았더라면 그가 다른 어느 색보다도 이 색을 좋아하는 줄 내가 어떻게 알았겠냐고요. 친척들이 날 어찌나 귀찮게 하는지! 어쩔 때는 그들 앞에서 어떤 식으로 차려야 할지 도통 모르겠다니까요."

그녀는 엘리너 편에서는 대꾸할 말이 없는 주제로 샜다가, 곧 처음으로 다시 돌아오는 편이 낫겠다고 판단했다.

그녀는 의기양양하게 말했다. "그런데, 대쉬우드 양, 다들 페라스 씨가 루시를 버릴 거라고 이러쿵저러쿵 떠들고 싶은 대로 떠들라지요. 절대 아니라고 장담할 수 있어요. 악의적인 소문을 퍼뜨리는 사람들은 부끄러운 줄 알아야 한다니까요. 루시 본인이야 어떻게 생각하던 건에, 다른 사람들이 뭐라고 할 문제는 아니잖아요."

"그런 얘기는 전혀 듣지 못했는데요." 엘리너가 말했다.

"오! 못 들으셨다고요? 하지만 그런 얘기가 있었어요. 갓비 양이 스팍스 양에게 제정신 박힌 사람이라면 페라스 씨가 빈털터리인 루시 스틸 때문에 재산이 3만 파운드나 되는 모튼 양 같은 여자를 포기할 거라고 생각하겠느냐고 했대요. 이 얘기를 스팍스 양한테서 직접 들었어요. 게다가 우리 친척인 리처드도 결정적인 시점이 오면 페라스 씨가 떨어져 나갈 거라고 하더군요. 에드워드가 사흘 내내 우리 근처에도 오질 않으니까 나도 어떻게 생각해야 좋을지 모르겠더라고요. 속으로 루시도 완전히 체념하고 마음을 접어야겠다고 생각했지요. 수요일에 당신 오라버니 댁을 나와서 목요일, 금요일, 토요일 내내 그이 코빼기도 못 봤으니, 그가 어떻게 되었는지 알 길이 없지요. 루시는 그에게 편지를 쓸 생각도 했었지만 차마 성격상 그러지도 못했어요. 그러다가 오늘 아침 우리가 교회에서 집으로 막 돌아왔을 때 그가 왔답니다. 그제야 그가 수요일에 할리 가로 불려가서 어머니와 모든 식구들로부터 무슨 얘기를 들었는지, 그들 앞에서 자기가 사랑하는 사람도, 결혼할 사람도 루시 뿐이라고 어떻게 선언했는지 다 밝혀졌답니다. 그는 벌어진 일에 너무나 마음이 괴로운 나머지 어머니 집에서 나오자마자 말을 타고 어딘가 시골로 사라져서, 목요일과 금요일 내내 여관에 머물면서 이 상황을 헤쳐 나갈 궁리를 했다는군요. 생각을 거듭한 끝에 지금 무일푼이 된 상황에서 약혼 관계를 지속한다면 그녀에게 손해가 될 테니 너무 가혹한 일일 거라고 말하더군요. 허긴 지금 가진 거라곤 2천 파운드뿐인데 더 생길 희망도 없고, 성직에 들어갈 생각도 있었지만 고작 부목사나 될 텐데 그걸로 둘이 생활이 되겠어요? 루시가 더 잘 될 수도 있다고 생각하면 견딜 수가 없으니, 조금이라도 그럴 마음이 있다면 이 자리에서 문제를 다 정리하고 자기는 혼자 힘으로 어떻게든 꾸려 가도록 놔두라고 애원하더군요. 그 사람은 되도록 솔직하게 이런 얘기를 다 털어놓고 하더군요. 그가 끝내자는 얘기를 꺼낸 건 어디까지나 루시를 위해서, 그 애가 잘 되라고 그런 것이지 자기 자신을 위해서는 아니었어요. 루시한테 싫증이 났다거나 모튼 양과 결혼하고 싶어서라든가, 뭐 그런 이유로 나온 말이 전혀 아니라고 맹세해도 좋아요. 하지만 물론 루시는 그런 얘기를 들으려고도 하지 않았죠. 그에게 이렇게 말하더군요. 물론 부드럽고 애정이 넘치는 어조로 말이죠. 아! 그런 얘기를 어떻게 다 옮길 수 있겠어요. 아무리 적은 재산으로라도 그와 함께 살 수 있고, 그것만으로도 아주 기쁘게 여길 수 있으니 그와의 관계를 끝낼 마음은 조금도 없다고 말했답니다. 그랬더니 그는 행복에 겨워 어쩔 줄 몰라 하더군요. 그들은 한참 동안 어떻게 해야 할지에 대해 얘기를 나누고, 그가 바로 성직을 얻도록 애써보고 수입을 얻을 때까지는 결혼을 미루기로 했답니다. 그 때 막 아래층에서 사촌이 리처드슨 부인이 마차를 타고 오셔서 우리 중 한 사람을 켄싱턴 공원에 데려가시려고 한다고 부르는 통에 거기까지밖에 못 들었어요. 그래서 어쩔 수 없이 방으로 들어가서 둘의 대화에 끼어들어 루시에게 가겠느냐고 물었더니 에드워드를 떠나고 싶어하지 않더라고요. 그래서 난 계단을 달려 내려와 실크 스타킹을 신고 리처드슨 부부랑 함께 나온 거지요."

"그들의 대화에 끼어들었다니 무슨 말씀이신지 모르겠군요. 그들과 한 방에 있지 않았단 말인가요?" 엘리너가 말했다.

"사실은 아니랍니다. 대쉬우드 양, 다른 사람이 옆에 있는데 연애질을 할 것 같아요? 남세스럽게! 당신도 그 정도는 알 텐데요. (억지 웃음을 터뜨리면서) 아뇨, 아뇨. 그들은 거실 문을 꼭 닫고 같이 있었고, 난 문에 귀를 대고 엿들은 거죠."

엘리너가 외쳤다. "어떻게 문에 귀를 대고 엿들어서 혼자만 알게 된 이야기를 저한테 다시 옮기실 수가 있지요? 미처 그 사실을 몰랐던 것이 유감이네요. 알았더라면 당신도 알아서는 안 되었을 대화를 시시콜콜 전해주는 수고를 하게 만들지는 않았을 텐데요. 동생한테 어떻게 그런 짓을 할 수가 있어요?"

"어머나! 그게 뭐 대수라고. 난 그저 문가에 서서 들리는 얘기를 들었을 뿐이라고요. 루시가 나라도 똑같은 짓을 했을 걸요. 일 년인가 이 년 전에 마사 샤프랑 내가 비밀 얘기를 했을 때, 그애도 우리 얘기를 엿들으려고 벽장이며 난로가 뒤에 숨는 짓을 예사로 했는 걸요."

엘리너는 화제를 다른 쪽으로 돌리려 했으나, 스틸 양은 자기가 가장 관심을 쏟고 있는 화제를 잠시도 놓지 않았다.

"에드워드는 곧 옥스퍼드로 가겠다고 했지만, 지금 팰 맬에 묵고 있어요. 그의 어머니는 정말 성미가 못됐지 않아요? 당신 오라버니와 올케도 친절한 이들은 못 되었고! 하지만 당신 앞에서 그들을 헐뜯지는 않겠어요. 그들이 우리를 자기들 마차에 태워 집으로 돌려보내 준 것만도 고마워해야겠죠. 사실 난 당신 올케가 하룬가 이틀 전에 우리한테 주었던 바늘겨레를 내놓으라고 할까봐 엄청 겁이 났었어요. 하지만 그 말은 안 하기에 내 것은 눈에 안 띄는 곳에 치워두었답니다. 에드워드는 옥스퍼드에서 볼일이 좀 있어서 잠시 가 있어야 한다고 하더군요. 그 다음에 주교를 만나는 대로 곧 서품을 받을 거래요. 그가 어디서 부목사직을 얻게 될지 궁금해요! 하느님 맙소사! (말하면서 킬킬거렸다) 내 친척들이 그 이야기를 들으면 무슨 소리를 할 지 훤하다니까. 나더러 선생한테 편지를 써서 에드워드가 먹고 살 부목사직을 얻어 주라고 할 거예요. 뻔하지 뭐. 하지만 내가 미쳤다고 그런 짓을 하겠어요. 그러면 이렇게 말해줘야지. '어머나! 어떻게 그런 생각을 다 할 수 있는지 모르겠네요. 내가 선생한테 편지를 쓴다니, 세상에!'"

엘리너가 대꾸했다. "글쎄, 최악의 경우를 대비하는 것이 좋겠지요. 당신은 대답을 이미 다 마련해 두었군요."

스틸 양은 계속 그 화제를 끌고 가려 했으나, 자기 일행들이 다가오는 바람에 다른 얘기를 해야 했다.

"오, 저런! 리처드슨 부부가 오셨네. 당신에게 아직도 할 얘기가 산더미 같지만 더는 저이들과 떨어져 있을 수가 없어요. 아주 점잖은 사람들이에요. 남편이 돈을 엄청 잘 벌어서 자기들 마차도 굴린답니다. 제닝스 부인과는 미처 얘기를 나누지 못했지만, 부인이 우리한테 화가 나지 않으셨고 레이디 미들턴도 그렇다니 아주 기쁘다고 꼭 전해 주세요. 당신과 동생이 떠난 후에 제닝스 부인이 친구가 필요하시다면 우리가 기꺼이 가서 얼마든지 원하시는 대로 머물겠다는 말씀도 드려 주시구요. 레이디 미들턴은 이제 더는 우리를 불러 주지 않으시겠지요. 안녕히. 매리앤 양이 없어서 아쉽네요. 안부 전해 주세요. 아 참! 당신 제일 좋은 반점 무늬 모슬린 옷을 입었군요! 찢어질까 걱정되지 않나 봐요."

그녀가 헤어지면서 마지막까지 보인 관심은 이런 것이었다. 스틸 양은 이 말을 끝으로 제닝스 부인에게 간신히 작별 인사만 남기고 리처드슨 부인에게로 갔다. 이미 예상했던 것 이상으로 새롭게 알게 된 내용은 별로 없었지만, 엘리너는 잠시 곰곰이 생각해 볼 거리를 얻었다. 에드워드와 루시의 결혼은 그녀가 짐작했던 대로 확고히 결정되었으나, 성사될 시기는 아무도 알 수 없었다. 그녀가 예측한 그대로 모든 것이 현재로서는 전혀 가망 없어 보이는 그의 서품 여부에 달려 있었다.

그들이 마차로 돌아오자마자 제닝스 부인은 빨리 얘기해 달라고 성화를 부렸다. 그러나 엘리너는 애초부터 옳지 못한 식으로 알게 된 정보를 되도록 퍼뜨리고 싶지 않았으므로, 루시가 자기한테 유리하도록 틀림없이 알리고 싶어할 간단한 사항 몇 가지만 짤막하게 전해주는 것으로 그쳤다. 그들이 약혼관계를 지속하기로 했다는 것과 그 목적을 달성하기 위해 취하기로 한 방법이 그녀가 한 얘기의 전부였다. 이를 듣자 제닝스 부인은 당연히 이러한 반응을 보였다.

"수입이 생길 때까지 기다린다고! 저런, 일이 어떻게 될지 안 봐도 훤하구려. 아무 소득도 없이 일 년은 족히 기다리다가 결국 1년에 50파운드 버는 부목사직이나 얻어서 2천 파운드에서 나오는 이자하고 스틸 씨와 프랫 씨가 루시에게 줄 수 있는 푼돈으로 살게 되겠지요. 애들은 해마다 생길 테고! 하느님 맙소사! 지지리 궁상으로 살겠구먼! 그이들 집에 가재도구라도 줄 만한 것이 없나 찾아봐야겠네. 하녀 둘에 하인 둘이라고! 턱없는 소리를 했구먼. 아냐, 아냐, 그래도 잡일을 도맡아 해 줄 튼실한 계집애 하나는 있어야 하는데. 이제는 베티 동생을 그이들한테 보내줄 수도 없겠네."

다음날 아침 엘리너에게 루시가 직접 부친 편지가 배달되었다. 내용은 이러했다.

바틀릿 가, 3월

친애하는 대쉬우드 양, 이런 편지를 쓰게 된 무례를 용서해 주기 바랍니다. 하지만 내 친구로서 우리가 최근 겪은 온갖 곤경에도 불구하고 나와 사랑하는 에드워드에 대해 이렇게 좋은 소식을 듣게 되면 당신도 기뻐하리라 믿고, 더 이상의 사과는 그만두기로 하죠. 우리가 끔찍한 고통을 겪었지만 하늘이 도우셔서 지금 둘 다 아주 잘 지내고 있고, 늘 서로를 사랑하는 마음으로 행복하게 지낸다는 것을 알려드립니다. 우리에게 엄청난 시련과 고난이 있었지만 당신은 물론이고 많은 친구들이 옆에 있어 주었습니다. 그분들의 크나큰 친절을 늘 감사하는 마음으로 기억할 것이며, 저에게 그런 얘기를 전해들은 에드워드 또한 그럴 것입니다. 친애하는 제닝스 부인과 마찬가지로 당신도 이 이야기를 들으면 기뻐하시겠지요. 저는 어제 오후 그와 행복한 두 시간을 보냈답니다. 저는 제 의무라고 생각하고 신중을 기하기 위해 간절히 헤어지자고 애원하고, 그가 동의한다면 그 자리에서 영영 이별하자고 했습니다. 그러나 그는 절대 그럴 수 없고, 제 사랑이 있는 한 어머니의 분노 따위는 아랑곳하지 않는다며 헤어지자는 말을 듣지 않았습니다. 우리의 미래는 그다지 밝지 못한 것이 사실이지만, 최선의 상황이 되리라는 희망을 갖고 기다릴 것입니다. 그는 곧 서품을 받을 것입니다. 목사직을 마련해 줄 사람이라면 누구에게든지 그를 힘닿는 데까지 천거해 주시기를 바라며, 당신이 우리를 잊지 않으실 거라고 믿습니다. 친애하는 제닝스 부인도 우리를 위해 존 경이나 파머 씨, 그 밖에 우리를 도와줄 수 있는 어느 친구에게든 좋은 말씀을 해 주시리라 믿습니다. 가엾은 앤이 저지른 일은 비난받아 마땅하지만, 다 잘 되자고 한 일이니 더는 말하지 않으려 합니다. 제닝스 부인이 저희를 방문하시기를 너무 어렵게 생각지 않으셨으면 좋겠어요. 언제고 오전에 이쪽으로 발걸음 주신다면 귀한 친절이 될 것이며, 제 친척들도 부인을 알게 된 것을 영광으로 생각할 것입니다. 부인과 존 경, 레이디 미들턴, 귀여운 자녀분들을 볼 기회가 있으면 부디 감사와 존경의 인사를 전해 주시기를 당부 드리고, 매리앤 양에게도 사랑을 전하며 이만 줄이겠습니다.

엘리너는 이 편지를 다 읽자마자 필자의 진짜 의도라고 짐작되는 대로 제닝스 부인의 손에 넘겨주었다. 부인은 큰 소리로 읽으면서 감탄과 칭찬을 아끼지 않았다.

"정말 잘 됐네! 편지도 어쩜 이리 예쁘게 썼는고! 그렇지, 그가 그럴 맘만 있다면 떠나보내는 게 제일 낫기는 하지. 루시다워. 가엾기도 하지! 내가 그에게 목사직을 마련해 줄 수 있다면 좋으련만. 나더러 친애하는 제닝스 부인이라고 했구먼. 이렇게 마음씨 고운 처녀는 본 적이 없다니까. 진심으로 하는 말이에요. 이 문장은 참 멋있구려. 그렇지, 그렇지, 내 한 번 루시를 보러 가야지, 가고 말고. 이렇게 두루 다 생각해주다니 세심하기도 하지! 이런 걸 나한테 보여줘서 고마워요. 이렇게 사랑스러운 편지는 처음 봤다우. 루시는 착한데다 머리까지 좋기도 하지."

3장

대쉬우드 양 자매가 런던에 온 지도 이제 두 달이 넘어가면서, 돌아가고 싶은 매리앤의 조바심도 나날이 커져만 갔다. 그녀는 고향의 공기와 자유, 한적함을 그리워했으며, 자신을 편안하게 해 줄 수 있는 곳이 있다면 바턴 뿐일 거라고 믿었다. 엘리너도 떠나고 싶은 마음이야 동생 못지않았다. 단지 긴 여행에 따를 어려움을 알고 있었으므로 당장 행동에 옮기려 하지는 않았으나, 매리앤은 도통 이를 인정하려 하지 않았다. 그러나 엘리너도 떠나는 쪽으로 진지하게 생각을 돌리기 시작했다. 친절한 안주인에게 이런 뜻을 이미 밝혔으나, 부인은 호의에서 간곡히 이를 만류했다. 이 때 그들의 귀향을 몇 주 더 늦추게 될지라도 엘리너에게 다른 어떤 것보다도 훨씬 더 바람직할 것으로 보이는 계획이 나왔다. 파머 씨 부부가 3월 말 부활절 휴가를 지내러 클리블랜드에 갈 예정이었다. 제닝스 부인은 두 친구와 함께 같이 가자는 샬럿의 간곡한 초대를 수락했다. 이뿐이라면 섬세한 성격의 대쉬우드 양이 제안을 받아들이지는 않았을 것이다. 그러나 그녀의 동생이 불행에 빠졌다는 사실을 알게 된 후로 그들에 대한 태도를 확 바꾼 파머 씨가 직접 나서서 매우 정중한 태도로 함께 가자고 청했으므로, 결국 기쁘게 이를 받아들였다.

그러나 엘리너가 매리앤에게 이를 전하자, 동생의 첫 반응은 신통치 못했다.

그녀는 크게 당황한 기색으로 외쳤다. "클리블랜드라고! 안 돼, 클리블랜드에는 갈 수 없어."

그러자 엘리너가 부드럽게 대꾸했다. "그 장소가 아니라는걸……. 가깝지 않아."

"하지만 서머셋에 있잖아. 내가 서머셋에 어떻게 가. 그렇게 가게 되기를 고대했던 곳을……. 안 돼, 언니, 내가 갈 거라고는 생각지도 마."

엘리너는 이런 감정을 극복해야 마땅하다고 계속 주장하지는 않았다. 다만 다른 면을 계속 언급해 감정을 누그러뜨리려 했다. 이 방법이라면 그녀가 그토록 보고 싶어 애타하는 어머니에게 돌아갈 시기를 다른 어떤 방법보다도 더 바람직하고 무리 없이 확정할 수 있고, 아마도 더 지연되는 일도 없을 거라고 설득했다. 브리스톨에서 몇 마일 안에 있는 클리블랜드에서 바턴까지는 온종일이 꼬박 걸리지만 하루를 넘지는 않았다. 거기까지라면 어머니의 하인이 쉽게 그들을 데리러 올 수 있었다. 그들이 클리블랜드에서 일주일 이상 머물지는 않을 테니까, 3주면 집에 돌아가게 될 것이다. 매리앤은 어머니를 지극히 사랑했으므로, 별 어려움 없이 막 머릿속에 상상하기 시작한 가공의 불운을 이겨냈다.

제닝스 부인은 자기 손님들에게 전혀 싫증나지 않았으므로, 클리블랜드에서 돌아와 또 자기와 함께 지내자고 진심을 다해 권유했다. 엘리너는 이런 배려에 감사했지만 계획을 바꿀 수는 없었다. 어머니로부터도

쾌히 동의의 뜻을 얻어 귀향 준비를 일사천리로 진행했다. 매리앤은 바턴에 돌아가기까지 남은 날짜를 세는 것으로 위안을 삼았다.

"아! 대령님, 대쉬우드 자매 없이 당신과 내가 어떻게 지내야 할지 모르겠군요." 그들이 떠나기로 결정된 이후 처음으로 그가 방문했을 때 제닝스 부인이 그에게 한 말이었다. "그이들이 파머 네를 들러 집으로 돌아가자고 아주 마음을 먹었지 뭐예요. 내가 돌아온 후로는 우리가 얼마나 쓸쓸해질까요! 아이고! 두 마리 고양이처럼 지루하게 앉아서 서로 하품이나 하겠구려."

어쩌면 제닝스 부인은 그들이 장차 겪게 될 권태를 이렇게 생생하게 묘사하여, 그가 이를 빠져나갈 탈출구가 될 청혼을 하도록 유도하려는 뜻이었을지도 모른다. 만약 그랬다면 부인은 그러고 나서 바로 자기 목표를 이루었다고 생각해도 좋았다. 엘리너가 부인을 위해 판화를 복사하는 일을 더 빨리 하려고 창가로 가자마자, 그가 뭔가 할 말이 있는 얼굴로 그녀를 따라가 잠시 동안 거기에서 대화를 나누었다. 부인은 차마 체면 때문에 엿듣기는커녕 듣지 않을 셈으로 매리앤이 연주하고 있는 피아노 가까이 자리를 옮겼지만, 엘리너가 얼굴빛이 변해 크게 동요하며 그의 말에 정신을 집중하느라 자기 일을 계속하지 못하는 모습을 보고 말았다. 매리앤이 다음 장으로 넘어가는 짧은 간격 동안, 집이 누추하다고 사과하는 대령의 말 몇 마디가 듣지 않으려 해도 귀에 들어와 부인의 바람을 한 걸음 더 나아가 확인해 주었다. 이로써 의심의 여지가 없어졌다. 부인은 그가 진심으로 한 말인지 정말로 의아했으나, 예의를 차리느라 그랬으려니 싶었다. 엘리너가 뭐라고 대답하는지는 알아들을 수 없었지만, 입술이 움직이는 모양으로 보건대 그 점을 실제적인 반대 사유로 생각하는 것 같지는 않았으므로, 제닝스 부인은 그러한 솔직한 태도에 마음으로 찬사를 보냈다. 그 다음 그들이 잠시 나눈 대화를 한 마디도 들을 수 없었지만, 매리앤이 마침 딱 맞게 또 연주를 멈추어 준 사이 대령이 차분하게 하는 말 몇 마디를 들었다.

"유감이지만 당장 그렇게 되기는 어려울 듯합니다."

부인은 사랑에 빠진 사람답지 않은 발언에 놀라고 충격을 받은 나머지, 하마터면 이렇게 소리를 지를 뻔했다. "맙소사! 도대체 뭐가 문제란 말이우?" 그러나 간신히 참고 속으로 탄식하는 것으로 그쳤다.

"별 이상한 일도 다 있구먼! 저렇게 기다리다가 폭삭 늙고 말겠네."

그러나 대령 쪽에서 이렇게 시간을 끈대도 그의 아리따운 친구는 조금도 기분 상하거나 수치심을 느낀 듯하지 않았다. 곧 대화를 끝내고 각자 다른 쪽으로 옮겨갈 때 제닝스 부인은 엘리너가 진심이 담긴 목소리로 이렇게 말하는 것을 확실히 들었다.

"항상 당신의 은혜를 잊지 않을 거예요."

제닝스 부인은 그녀의 인사에 흐뭇해졌지만, 이런 말을 듣고 난 후에도 대령이 어떻게 그렇게 침착하기 짝이 없는 태도로 그들에게 작별을 고하고 그녀에게 대답조차 남기지 않은 채 떠날 수 있는지 의아스러웠다! 대령과 오래 알고 지냈지만, 자기의 오랜 친구가 그렇게 냉담한 구혼자가 될 수 있으리라고는 생각도 해 본 적이 없었다.

그들 사이에 실제로 벌어졌던 상황은 이러했다.

대령이 깊이 동정하는 태도로 이렇게 말했다. "당신 친구 페라스 씨가 가족들로부터 부당한 처사를 겪었다는 소식을 들었습니다. 제가 들은 내용이 맞다면, 그는 자격이 충분한 여성과의 약혼을 지켰다는 이유로 완전히 가족들한테 외면당했다던데, 제가 알고 있는 내용이 맞습니까? 정말 그런 겁니까?"

엘리너는 그렇다고 대답해 주었다.

그는 몹시 놀라며 이렇게 대답했다. "서로 오랫동안 애정을 품어 온 두 젊은이를 갈라놓거나, 갈라놓으려는 잔인하고 졸렬한 짓을 하다니 끔찍한 일입니다. 페라스 부인은 자신이 무슨 짓을 하고 있는지, 자기 아들을 어떻게 대하고 있는지 모르는군요. 할리 가에서 페라스 씨를 두어 번 마주친 일이 있는데, 매우 호감 가는 분이더군요. 쉽게 친해질 수 있는 젊은이는 아니지만, 그간 보아온 바로는 행운을 빌어주고 싶습니다. 더군다나 여러분 친구이니 훨씬 더 그렇습니다. 듣자하니 성직을 얻으려 한다더군요. 실은 오늘 델라포드에서 그곳 목사직이 지금 막 공석이 되었다는 편지를 받았습니다. 그가 받아들일 뜻이 있다면 그에게 주겠다고 알려주시면 고맙겠습니다. 지금 그가 처해있는 상황이 워낙 좋지 않으니 확실히 수락하실 것 같기는 합니다만. 더 나은 자리를 드리지 못해 아쉬울 따름입니다. 목사직이라고는 해도 보수가 적습니다. 전임자가 한 해에 200파운드 이상은 받지 못했던 것으로 아는데, 물론 더 오를 수는 있겠지만 편안한 생활을 누릴 정도의 수입이 되지는 못할 것입니다. 이 정도입니다만 그가 받아들여 준다면 대단히 기쁘겠습니다. 부디 그에게 전해 주십시오."

엘리너는 대령이 정말로 청혼을 했다 해도 이보다 놀라지는 않았을 것이다. 불과 이틀 전까지만 해도 에드워드에게는 전혀 가망 없는 것으로 여겨졌던 목사직이 이제 그가 결혼할 수 있도록 제공된 것이다. 거기다 그것을 주는 일이 다른 누구도 아닌 바로 그녀의 결정에 달렸다! 제닝스 부인이 추측한 것과 이유는 전혀 딴판이었지만 그녀의 감정은 똑같았다. 그러나 그러한 감정 한 켠에 덜 순수하고 덜 유쾌한 감정이 조금이나마 자리하고 있을지라도, 브랜든 대령의 이러한 행동 뒤에 숨은 관대한 호의에 대한 존경과 각별한 우정에 대한 감사를 깊이 느꼈다. 그녀는 대령에게 진심으로 감사했다. 에드워드의 원칙과 성격을 자신이 아는 한 도에 넘치지 않게 적절한 칭찬을 섞어 일러주었고, 이렇게 반가운 임무를 다른 이에게 정말로 넘기고자 한다면 기꺼이 그 책임을 맡겠노라고 약속했다. 그러나 그런 한편으로 대령만큼 그 일에 적임자는 없을 거라는 생각이 들었다. 자기한테서 은혜를 받는 에드워드의 마음이 영 편치 않을 것을 생각하니, 면할 수만 있다면 기쁘게 사양하고 싶었다. 그러나 브랜든 대령도 엘리너 못지않게 조심스러워하며 이를 거절했다. 그녀를 통해 제안이 전해지기를 간절히 바라는 듯 했으므로 아무래도 더는 거절할 수가 없었다. 에드워드는 아직 런던에 있을 것이고, 다행히도 스틸 양한테서 그가 머무는 곳도 들어 두었다. 그러니 그 날 중으로 그에게 이를 전할 수 있었다. 얘기가 마무리되자 브랜든 대령은 이렇게 존경할 만하고 호감 가는 이웃을 얻게 되어 자신도 기쁘다는 말을 꺼냈다가 그 때 아쉬워하며 집이 작고 보잘것 없다는 말을 했던 것이다. 엘리너는 적어도 크기에 한해서는 제닝스 부인이 짐작했듯이 중요치 않은 결점이라고 했다.

"그들의 가족과 수입에 견주어 본다면 집이 작아서 불편하지는 않을 거예요."

이 말에 대령은 그녀가 페라스 씨가 이 자리를 얻은 덕에 결혼하리라고 생각하고 있다는 사실을 알고 놀라워했다. 그는 델라포드의 수입이 자신과 같은 생활 방식을 지닌 사람이라면 감히 살림을 차릴 만한 액수가 못 된다고 생각했으므로, 이렇게 말했다.

"이 목사직의 수입은 페라스 씨가 혼자서 그럭저럭 살아갈 정도이지 결혼을 할 정도는 못 됩니다. 제 목사 추천권이 이 정도밖에 되지 못해 죄송합니다만, 더 이상은 힘이 닿지 않습니다. 그러나 그에 대한 생각이 지금과 전혀 다르게 바뀌지 않는 한, 예기치 않은 우연으로 그를 더 도와줄 기회가 오기만 한다면 지금 진심으로 해 주고 싶어하듯이 그 때도 기꺼이 그를 도울 것입니다. 그의 원칙, 행복의 유일한 목적임에 틀림없는 것을 향해 나아가는 데 거의 도움이 되지 못하기에 제가 지금 해 드리는 것은 정말로 별 것 아닙니다. 그의 결혼은 여전히 멀기만 한 행복일 것입니다. 빨리 이루어질 수 없어서 유감입니다."

제닝스 부인이 오해하여 여린 마음을 당연히 상한 말이 바로 이것이었다. 그러나 브랜든 대령과 엘리너가 창가에 서있을 동안 그들 사이에 실제로 오간 대화 내용을 이렇게 옮겨놓고 보면, 헤어지면서 엘리너 편에서 건넌 감사의 말이 아마도 청혼을 받았다면 느꼈을 흥분이나 감사보다 못하지는 않았을 것이다.

4장

대령이 물러가자마자 제닝스 부인이 다 안다는 듯 미소를 띠면서 입을 열었다. "저, 대쉬우드 양, 대령님이 당신에게 무슨 얘기를 했는지는 묻지 않겠어요. 내 명예를 걸고 말하건대 듣지 않으려고 애썼지만, 몇 마디 들려온 것으로 그의 용건을 짐작할 수 있었다우. 내 평생 이렇게 기쁜 일은 없었어요. 진심으로 축하해요."

엘리너가 대답했다. "감사합니다, 부인. 저에게 크나큰 기쁨이지요. 브랜든 대령님이 얼마나 좋은 분인지 모르겠어요. 그런 일을 해 주실 분은 많지 않지요. 그렇게 동정심이 깊은 사람이 어디 또 있겠어요! 이렇게 놀라 보기는 평생 처음이에요."

"저런! 겸손이 지나치구려! 난 요즘 들어 그렇게 될지 모른다는 생각을 자주 해서, 전혀 놀랍지 않았다우."

"대령님의 너그럽고 선량하신 마음을 잘 아시니까 그런 생각을 하셨군요. 하지만 이렇게 기회가 빨리 오리라고는 부인께서도 미처 예상 못 하셨을 거예요."

"기회라고!" 제닝스 부인이 되풀이했다. "오! 그런 것으로 말하자면, 남자들은 일단 이런 일을 결심하면 어떻게든 곧 기회를 찾아낸답니다. 거듭 축하해요. 세상에 행복한 한 쌍이 있다면, 어디에서 그들을 찾으면 될지 알지요."

"부인께서는 델라포드를 생각하시는군요." 엘리너가 희미한 미소를 띠며 말했다.

"아이, 물론이지요. 그런데 집이 보잘것 없다니, 난 그만한 집을 본 적이 없는데 대령님이 무슨 소릴 하는 건지 모르겠네."

"손질이 잘 되어 있지 않다고 하시던데요."

"저런, 그게 누구 탓이랍니까? 자기가 손을 보면 되잖우? 대령님 본인 말고 누가 그 일을 하겠수?"

하인이 와서 마차가 문 앞에 준비되었다는 말을 전하는 바람에 그들의 대화가 중단되었다. 제닝스 부인은 곧 떠날 채비를 하면서 이렇게 말했다.

"하고 싶은 말을 반도 채 못 했는데 가야겠구려. 하지만 오늘 저녁에는 우리끼리만 있게 될 테니 다시 그 얘기를 할 수 있겠지요. 같이 가자는 말은 않겠어요. 생각할 일이 너무 많아 마음이 복잡할 테니. 게다가 동생한테도 다 말해주고 싶겠지요."

매리앤은 대화가 시작되기 전에 방을 나가고 없었다.

"물론이지요, 부인. 매리앤에게도 그 얘기를 해 주어야지요. 하지만 지금 당장은 그 밖에는 아무에게도 말하지 않을 거예요."

제닝스 부인이 다소 실망하면서 말했다. "오! 아주 잘 생각했어요. 그렇다면 오늘 홀본까지 갈 생각이었는데 내가 루시에게 그 얘기를 전하면 안 되겠군요."

"네, 부인. 루시에게도 부디 말하지 말아 주세요. 하루쯤 늦게 안다고 별 일은 없을 테니까요. 페라스 씨에게 편지를 쓸 때까지는 아무에게도 알리지 않는 편이 좋을 것 같아요. 바로 편지를 쓸 거예요. 서품을 받으려면 할 일이 많을 테니 그에게는 한시라도 지체하면 안 되겠지요."

이 말을 듣고 처음에 제닝스 부인은 무슨 영문인지 도통 알 수가 없었다. 왜 페라스 씨에게 서둘러 그 일을 편지로 알려야 한다는 것인지 즉각 이해가 되지 않았다. 그러나 잠시 생각한 끝에 아주 기쁜 생각이 떠오르자, 이렇게 외쳤다.

“아하! 이제 알겠어요. 페라스 씨가 바로 그 사람이로구먼. 그에게는 더욱 잘 된 일이군요. 당연히 흔쾌히 서품을 받을 테지요. 당신들 사이에 일이 그렇게나 진전되었다니 정말 기쁘군요. 하지만 이건 좀 경우가 아니지 않아요? 대령이 직접 편지를 써야 하지 않나요? 그가 적격일 텐데.”

엘리너는 제닝스 부인의 말 중 앞부분은 제대로 이해하지 못했으나, 굳이 물어볼 것까지는 없다고 생각했으므로 마지막 말에만 이렇게만 대답해 주었다.

“브랜든 대령님은 너무나 세심한 분이라서 본인보다는 다른 이가 자기 뜻을 페라스 씨에게 알려 주기를 바라셨답니다.”

“그래서 당신이 그 일을 어쩔 수 없이 떠맡게 되었군요. 그건 좀 별스러운 세심함이구려! 하지만 방해하지는 않겠어요(그녀가 편지 쓸 준비를 하는 모습을 보면서). 당신 일이니 어련히 잘 알아서 하겠지요. 그럼 잘 있어요. 샬럿이 산기가 왔다는 소식을 들은 후로 이렇게 기쁜 소식이 없었다우.”

그러고는 부인은 나갔으나, 잠시 후 다시 돌아왔다.

“지금 막 베티의 동생이 생각났지 뭐유. 그 애가 좋은 안주인을 만나게 된다면 정말 기쁘겠어요. 하지만 그 애가 귀부인을 시중드는 데 어울릴 지는 나도 확실히 말을 못 하겠네요. 훌륭한 하녀고 바느질일을 아주 잘 한다우. 하지만 그런 건 천천히 생각해 보아요.”

엘리너는 부인의 말을 건성으로 흘리며 문제의 안주인이 되기보다는 혼자 있고 싶은 마음에 대답했다. “물론이지요, 부인.”

지금은 어떻게 편지를 시작할지, 어떻게 편지에 자기 마음을 담을 지에만 온통 정신이 쏠려 있었다. 그들 사이의 특수한 사정 때문에 다른 사람한테라면 간단하기 그지없을 일이 어렵기만 했다. 너무 많이 말해도, 너무 적게 말해도 안 될 것 같아 손에 펜을 쥔 채 종이를 놓고 앉아 궁리만 거듭하던 중, 갑자기 에드워드 본인이 등장했다.

그는 작별 편지를 남겨두러 왔다가 문간에서 마차를 타러 나가던 제닝스 부인과 마주쳤다. 부인은 다시 들어가지 못하는 점을 사과하고 대쉬우드 양이 위에 있는데 그에게 아주 특별한 용건이 있다는 말을 건넸으므로, 그는 들어가지 않을 수 없었다.

엘리너는 갈팡질팡하면서도 편지로 적절히 전달하는 일이 아무리 어려울지언정 적어도 직접 입으로 전하는 것보다는 낫다고 스스로를 다독이고 있었다. 그런데 마침 그가 들이닥쳐 이 가장 어려운 일을 해 내야만 하는 상황에 처했다. 그의 갑작스러운 출현에 그녀는 너무나 놀라고 당황했다. 그의 약혼이 공개된 이후로는 첫 만남이었다. 그녀는 지금 생각하고 있던 것, 그에게 말해야 할 것이 의식되어 잠시 더욱 마음이 편치 않았다. 그 역시 바늘방석에 앉은 꼴이었고, 둘 다 거북하기 짝이 없는 모습이었다. 그는 방에 처음 들어오자마자 불쑥 들어온 데 사과했던가도 기억이 안 날 지경이었지만, 안전한 쪽을 택하기로 했다. 그는 의자에 앉은 다음 입을 열 정신이 들자마자 형식적인 변명을 했다.

"제닝스 부인께서 당신이 제게 할 말이 있으시다기에 왔습니다. 그렇지 않았으면 당연히 이런 식으로 불쑥 들어오지는 않았을 것입니다. 또한 당신과 동생을 보지 못하고 런던을 떠난다면 너무나 아쉬울 테고요. 당분간은 당신을 다시 만나는 기쁨을 누리지 못할 테니 말입니다. 저는 내일 옥스퍼드로 떠납니다."

엘리너는 정신을 가다듬고 되도록 빨리 하기 싫은 일을 해치우기로 결심했다. "하지만 저희가 직접 전해드리지 못했더라도 행복을 비는 저희 마음을 받지 않고 떠나지는 않으셨겠지요. 제닝스 부인이 말씀하신 대로입니다. 당신께 전할 중요한 얘기가 있어서 마침 편지를 쓰려던 참이었습니다. 제가 대단히 기쁜 임무를 맡았습니다. (평소 말할 때보다 호흡을 빨리 하면서) 브랜든 대령님이 바로 십 분 전까지 이 자리에 계셨는데, 당신이 성직을 얻을 뜻이 있다는 것을 아시고 지금 막 공석이 된 델라포드의 목사직을 당신에게 드리고 싶다고 하셨습니다. 더 나은 것을 드리지 못해 아쉽다는 말씀도 전해 달라고 하셨고요. 이렇게 훌륭하고 현명하신 친구를 두신 데 축하를 드립니다. 대령님과 마찬가지로 저도 일 년에 약 200파운드라는 수입이 훨씬 더 많아져서 당신에게 일시적인 방편 이상이, 그러니까 행복한 장래를 설계하실 수 있는 더 나은 바탕이 되기를 바라는 마음입니다."

에드워드가 자기 입으로 느낀 바를 말할 수 없었으니, 다른 누군가가 그를 위해 대신 말해 주리라고 기대할 수도 없는 일이었다. 그는 이처럼 예상한 적도, 생각한 적도 없는 소식에 흥분하지도 못하고 그저 놀란 듯 보였으며, 겨우 이 두 마디가 고작이었다.

"브랜든 대령님이!"

"네." 엘리너는 가장 하기 어려운 말을 다 하고 나자 좀더 마음을 단단히 먹고 말을 계속했다. "브랜든 대령님께서 최근에 일어난 일, 그러니까 당신 가족의 도리에 어긋난 처사로 당신이 처하게 된 가혹한 상황에 대해서 매리앤와 저를 비롯해 당신의 모든 친구들과 마찬가지로 관심을 보여주셨습니다. 또한 당신의 인품에 대한 존경의 표시이자, 이번 경우 당신의 처신에 대해 특별히 지지한다는 뜻이기도 하답니다."

"브랜든 대령님이 내게 목사직을 주시다니! 그런 일이 있을 수가?"

"당신 가족들은 무정한데 다른 곳에서 도움을 얻게 되어 놀라셨군요."

그가 갑자기 정신을 차리고 이렇게 대답했다. "아닙니다. 당신에게서 얻는 것이라면 놀랍지 않습니다. 당신 덕이라는 것을 모를 리가 없으니까요. 그것을 느끼고 있고, 할 수만 있다면 표현하고 싶습니다. 하지만 잘 아시다시피, 전 말재주가 없습니다."

"크게 오해하고 계시군요. 분명히 말씀드리는데 이건 전적으로, 적어도 거의 대부분은 당신 본인의 장점과 그것을 알아본 브랜든 대령님의 안목 덕분입니다. 제가 관여한 건 전혀 없습니다. 전 대령님의 의도를 알게 될 때까지는 그 목사직이 비어 있는지도 몰랐었고, 대령님이 이런 자리를 주실 수 있겠다는 생각도 전혀 떠올린 적이 없습니다. 그분은 아마도 목사직을 주시면서 제 친구이자 저희 가족의 친구로서 훨씬 더 큰 기쁨을 느끼실 테지만, 맹세코 제가 부탁드렸기 때문은 아닙니다."

사실을 밝히자면 이 조치에 그녀도 한 몫을 했음을 인정하지 않을 수 없었지만, 그와 동시에 에드워드의 은인으로 비치는 것은 영 내키지 않았으므로 주저하며 이를 인정했다. 아마도 이 때문에 그의 마음속에 막 떠오른 의심이 더욱 굳어졌을 것이다. 엘리너가 말을 마치고 나자 잠시 동안 그는 깊은 생각에 잠겨 있다가, 드디어 어렵사리 입을 열었다.

"브랜든 대령님은 대단히 훌륭하고 존경할 만한 분인 것 같습니다. 그분에 대해 그런 평을 줄곧 들었고, 당신 오빠도 그분을 높이 평가하시는 걸로 알고 있습니다. 확실히 현명하신 분이고, 태도로 보아도 완벽한 신사이시더군요."

엘리너가 말을 받았다. "대령님과 좀 더 가까워지면 소문 그대로라는 것을 아시게 될 거예요. 목사관이 저택과 아주 가깝다니, 그런 분이어야 한다는 것이 특히 더 중요하겠지요."

에드워드는 대답하지 않았다. 그러나 그녀가 고개를 돌리자 앞으로 목사관과 저택 사이의 거리가 훨씬 더 멀었으면 좋겠다고 말하는 듯한 심각하고 진지하고 어두운 표정을 지었다.

"브랜든 대령님은 성 제임스 가에 묵고 계시겠지요."

그가 곧 자리에서 일어나며 말했다.

엘리너는 그에게 집의 주소를 가르쳐 주었다.

"서둘러 가서 당신이 받지 않으신 감사의 뜻을 그분께 전하고, 저를 매우, 너무나 행복한 사람으로 만들어 주셨다는 말씀을 드려야겠군요."

엘리너는 그를 잡지 않았다. 그녀 편에서는 어떤 일이 닥치더라도 행복하기를 빈다고 진심을 다해 거듭 기원했다. 그의 편에서도 같은 호의로 보답하려 애썼으나 전하지는 못한 채 헤어졌다.

엘리너는 문이 닫히자 혼자 중얼거렸다. "이제 저이를 다시 볼 때는 루시의 남편이 되어 있겠지."

그녀는 이러한 반갑지 않은 예측에 젖어 과거를 떠올리고 에드워드의 말을 다시 생각해 보았다. 그의 모든 감정을 이해하려 하는 한편으로, 물론 자기 자신의 감정도 불만스럽게 되새겨보았다.

제닝스 부인은 새로운 사람들을 만나고 집에 돌아와서 얘깃거리가 너무나 많았다. 그러나 다른 무엇보다도 심중에 품은 중요한 비밀에 훨씬 더 정신이 팔려 있었으므로 엘리너가 나타나자마자 다시 그 이야기를 꺼냈다.

부인이 외쳤다. "아이고, 내가 그 젊은이를 당신한테 올려보냈다우. 실수한 건 아니겠지요? 당신이 난처했을 거라고는 생각하지 않지만. 그이가 당신 제안을 받아들이기를 꺼려하지야 않았겠지요?"

"네, 부인, 그렇지 않았답니다."

"그럼 얼마나 빨리 준비가 된답니까? 거기 모든 게 달려 있잖아요."

엘리너가 대꾸했다. "이런 일의 형식상 절차에 대해서는 정말 제가 아는 바가 거의 없어서 시간이나 필요한 준비에 대해서는 어림도 못 하겠어요. 하지만 두세 달이면 서품을 받을 수 있겠지요."

제닝스 부인이 소리쳤다. "두세 달이라고! 세상에! 그런 얘기를 어찌 그리 아무렇지도 않게 하우. 대령이 두세 달을 기다릴 수 있겠어요! 하느님 맙소사! 나 같으면 애가 달아서 못 기다릴 거예요! 누구든 가엾은 페라스 씨에게 친절을 베풀고 싶겠지만, 그를 위해서 두세 달을 기다리는 건 심하잖아요. 그이 못지않게 잘 할 수 있는 사람이 또 있을 거예요.

이미 성직에 있는 사람으로 말이우."

엘리너가 말했다. "부인, 무슨 말씀이신가요? 브랜든 대령님의 뜻은 오로지 페라스 씨를 도움을 드리는 것인데요."

"세상에! 대령이 페라스 씨한테 십 기니를 주자고 당신이랑 결혼하는 거라고 우길 셈은 아니겠지요!"

이 말로 오해는 끝났다. 곧바로 해명이 이어졌고, 어느 쪽도 실제로 마음 상하지 않고 한참 동안 즐거워했다. 제닝스 부인은 단지 기뻐할 이유만 바꾸면 되었고, 첫번째에 대한 기대도 여전히 잃지 않았다.

부인은 처음의 놀람과 기쁨이 어느 정도 진정되고 난 후 이렇게 말했다. "참, 그 목사관이 작기는 해요. 손질이 잘 안 된 상태일 가능성도 많고. 하지만 내가 알기로는 1층에 방이 다섯 개가 있고 가정부 말로는 침대를 열다섯 개까지 넣을 수 있다는 집을 두고 남자가 사과하는 말을 들었으니! 그것도 바턴 별장에서 살았던 당신더러 말예요! 얼마나 웃긴 일이었겠냐고요. 하지만 대령이 목사관을 손보아 루시가 가기 전까지 안락하게 꾸미도록 우리가 좀 부추기자고요."

"하지만 브랜든 대령님은 그 수입으로 그들이 결혼하기에는 어림도 없다고 생각하시는 모양이던데요."

"대령은 바보 같다니까. 자기 수입이 일년에 2천 파운드가 되다보니 그보다 적은 사람은 아무도 결혼을 못 할 줄 아는 거지. 내 말 믿으라니까요. 내가 살아있는 한 미클마스 전에 델라포드 목사관을 방문하게 될 테니까. 루시가 거기 없으면 내가 왜 가겠수."

엘리너는 그들이 더 기다리지 않을 거라는 부인의 의견에 전적으로 동의했다.

5장

에드워드는 브랜든 대령에게 감사의 뜻을 전한 다음 기쁜 소식을 가지고 루시에게 향했다. 그가 바틀릿 가에 도착했을 때 더할 나위 없이 흥분한 상태였으므로, 루시는 다음 날 축하 인사차 다시 그녀를 방문한 제닝스 부인에게 그가 이렇게 흥분한 모습을 난생 처음 보았다고 장담했을 정도였다.

루시의 행복감과 흥분도 그에 못지 않았다. 제닝스 부인처럼 미클마스가 오기 전에 델라포드 목사관에 편안히 자리잡게 되리라는 기대에 들떴다. 그와 함께 엘리너에게 에드워드가 했을 법한 찬사를 바치는 데에도 인색치 않아서, 자기들 둘에 대한 그녀의 우정에 열렬히 감사를 표하고 그녀에게 신세를 졌노라고 인사했다. 또 대쉬우드 양은 정말로 아끼는 이들을 위해서라면 어떤 일이라도 해 줄 수 있다고 믿기 때문에, 그녀가 자신들을 돕기 위해 현재든 앞으로든 어떤 노력을 한다 해도 자기는 전혀 놀라지 않을 것이라고까지 말했다. 브랜든 대령에 대해서는 성자라고 떠받들기를 서슴지 않았을 뿐 아니라, 더 나아가 세속적인 문제에서도 그렇기를 진심으로 바랐다. 대령이 십일조를 최고 액수까지 올리기를 간절히 바라는 한편, 델라포드에서 할 수 있는 데까지 그의 하인들과 마차, 가축, 가금류를 이용해야겠다고 마음먹었다.

존 대쉬우드가 버클리 가를 방문한 지 일주일이 넘었다. 그 후로는 한 번 구두로 소식이 전해진 외에는 그의 처의 건강에 대해 아무런 소식도 들려오지 않았으므로, 엘리너는 한 번 방문해 봐야겠다는 생각이 들었다. 그러나 그다지 내키지 않을 뿐 아니라 친구들도 전혀 격려하거나 거들어주지 않는 의무였다. 매리앤은 자기는 죽어도 안 가겠다고 거절하는 것으로도 모자라 언니가 가는 것조차 막으려고 성화였다. 제닝스 부인은 언제라도 엘리너의 편의를 위해 마차를 내주었지만, 존 대쉬우드 부인을 너무나 싫어했다. 최근 일이 밝혀진 후로 그녀가 어떤 몰골로 있을지 궁금도 하고, 에드워드 편을 들어주어 모욕을 주고 싶기도 했지만, 다시 상대하고 싶지 않다는 마음이 훨씬 더 강했다. 그 결과 엘리너는 누구보다도 싫어할 이유가 많은 여자와 단둘이 마주하게 될지도 모를 위험을 무릅쓰고, 사실은 아무도 자기만큼은 싫어하지 않을 방문을 하러 혼자 나섰다.

대쉬우드 부인은 면회를 사절했으나, 마차를 집에서 돌리기 전 그녀의 남편이 우연히 밖으로 나왔다. 그는 엘리너를 보자 매우 기뻐하면서 그렇지 않아도 버클리 가를 방문하려던 참이었으며, 패니도 그녀를 보면 매우 반가워 할 것이라고 장담하면서 들어오라고 불렀다.

그들은 거실로 향하는 계단을 올라갔다. 거기에는 아무도 없었다.

"패니는 자기 방에 있는 모양이군. 올케도 너를 만나지 않겠다고 할 리가 없으니 곧 가보고 오마. 정말로 그럴 리가 없지. 이제는 특히 더욱 그렇고, 너와 매리앤을 늘 제일 좋아했으니까. 매리앤은 왜 오지 않았니?"

엘리너는 동생을 위해 변명을 꾸며내었다.

오빠가 대답했다. "너 혼자 와서 아쉽지는 않단다. 너에게 할 얘기가 잔뜩 있거든. 브랜든 대령의 목사직 말인데, 그게 사실이냐? 정말로 그가 에드워드에게 그걸 줬단 말이냐? 어제 우연히 듣고 더 물어 보려고 너한테 가려던 참이었단다."

"사실이에요. 브랜든 대령님이 에드워드에게 델라포드의 목사직을 주셨어요."

"세상에! 놀라서 말이 안 나오는구나! 아무 관계도 없는 사람한테! 그들 사이에 아무 관계도 없잖냐! 그 정도 목사직이면 가격도 제법 될 텐데! 수입이 얼마나 된다더냐?"

"일 년에 200파운드쯤 될 거예요."

“제법 괜찮군. 그 정도 수입에, 전임자가 늙고 병들어서 곧 공석이 될 것 같은 자리의 추천권이라면 어림잡아도 천4백 파운드는 받을 수 있을 건데. 어떻게 전임자가 죽기 전에 그런 문제를 처리해 놓지 않았던 것일까? 이제는 진짜로 너무 늦어서 팔 수도 없게 되었지만. 브랜든 대령이라는 작자는 제정신이 박힌 사람인가! 이렇게 생각하고 자시고 할 것도 없는 문제를 놓고 이토록 경솔하게 굴다니 믿을 수가 없어! 참 세상에는 별 희한한 인간이 다 있구먼. 아니면, 생각해보니 이런 경우일 수도 있겠군. 대령이 정말로 추천권을 팔려는 사람이 그걸 받을 수 있는 나이가 될 때까지만 에드워드한테 주려는 거야. 그렇지, 그렇지, 바로 그거야.”

엘리너는 이 의견에 단호히 반대했다. 브랜든 대령에게서 에드워드에게 이 제안을 전달하는 일을 자신이 직접 맡았으므로 세부 사정을 잘 알고 있다고 말하자, 오빠도 그녀의 말을 인정하지 않을 수 없었다.

그는 사정을 다 듣고 나더니 이렇게 소리쳤다. “정말 놀랄 일이군! 대령의 동기가 도대체 뭘까?”

“아주 단순한 것이죠, 페라스 씨에게 도움을 주겠다는 거요.”

“좋아, 좋아. 브랜든 대령이 어떤 사람이고 간에 에드워드는 아주 행운아군! 하지만 패니한테는 그 얘기를 하지 말렴. 내가 그 얘기를 전해 주었을 때 아주 잘 참기는 했지만, 자꾸 듣기는 싫을 테니.”

엘리너는 올케가 자신이나 자기 자식 몫이 줄어들지만 않는다면 동생한테 재산이 생긴대도 잘 참아낼 거라고 쏘아 주려다가 참았다.

그가 중요한 얘기라는 듯 목소리를 낮추면서 덧붙였다. “장모님은 지금은 그 일에 대해 아무것도 모르고 계시니, 되도록 오래 완전히 숨겨두는 게 제일 좋을 듯 싶구나. 결혼을 하게 되면 어차피 다 아시게 될 테지만.”

“하지만 왜 그렇게 조심해야 하죠? 페라스 부인은 자기 아들한테 먹고 살 돈이 생겼다는 사실을 알아도 조금도 기뻐하시지 않겠지요. 최근 부인이 그런 행동을 하셨는데도 왜 조금이라도 충격을 받으실 거라고 생각해야 하나요? 부인은 아들과 절연하고 영영 내쫓아 버리셨고, 조금이라도 자기가 영향력을 미칠 수 있는 사람들이면 모두 자기처럼 그를 내치도록 만드셨잖아요. 그러신 뒤에 그를 위해 슬픔이든 기쁨이든 어떤 감정이고 느끼실 리가 있겠어요? 그에게 어떤 일이 닥치든지 부인이 관심 가지실 리가 없잖아요. 부인은 자식의 안위를 돌보지 않으실 뿐 아니라 부모로서의 근심도 버리실 만큼 강한 분이신 걸요!"

오빠가 말했다. "아! 엘리너, 네가 그렇게 생각할 법도 하지만, 그건 인간의 본성을 모르고 하는 소리다. 에드워드가 불행한 결혼을 한다면 장모님은 틀림없이 그를 언제 버렸냐는 듯이 충격을 받으실 거다. 그러니 끔찍한 결과를 초래할지 모를 얘기라면 가능한 한 알리지 말아야 한단다. 장모님이 에드워드가 당신 자식임을 잊으실 리가 있겠냐."

"놀라운 말씀이시네요. 지금쯤이면 그분 기억에서 거의 다 사라졌을 줄 알았는데요."

"네가 잘못 생각해도 한참 잘못 생각한 거야. 장모님만큼 자애로운 어머님은 세상에 둘도 없을 거다."

엘리너는 입을 다물었다.

잠시 침묵이 흐른 후, 대쉬우드 씨가 입을 열었다. "지금 우리는 로버트를 모튼 양과 결혼시킬 생각을 하고 있단다."

엘리너는 엄숙하고 중대한 이야기라는 듯한 오빠의 어조에 미소를 지으면서 조용히 대답했다.

"그 아가씨는 이러나저러나 상관없는가 보군요."

"상관없다니! 무슨 말이냐?"

"제 말뜻은 오빠가 말씀하시는 태도로 보아 에드워드와 결혼하나 로버트와 결혼하나 모튼 양에게는 마찬가지인 것 같아서요."

"물론 차이가 있을 리 없지. 이제 로버트는 사실상 장남이나 다름없게 될 테니까. 그 밖의 다른 것을 보아도 둘 다 아주 매력 있는 젊은이라서 우열을 가릴 수가 없잖냐."

엘리너는 더는 말하지 않았고, 존도 잠시 아무 말이 없었다. 그의 생각은 이렇게 끝맺었다.

그는 부드럽게 동생의 손을 잡으며 엄숙하게 속삭였다. "사랑하는 동생아, 한 가지 확실히 해 줄 얘기가 있는데, 네가 틀림없이 기뻐하리라고 생각해서 말하는 거다. 근거가 충분히 있는 얘기야. 정말로 제일 믿을 수 있는 사람한테서 들은 말이니까 하는 거지, 그렇지 않으면 옮기지 않을 거다. 그런 일을 놓고 어떻게 아무 소리나 되는대로 지껄일 수가 있겠냐만, 정말 아주 믿을 만한 사람한테서 들은 얘기니까. 장모님이 말씀하시는 것을 직접 듣지는 못했지만, 딸이 들었고, 그 딸이 한 얘기거든. 그러니까 어떤 혼담 말인데, 무슨 말인지 알 거다. 장모님 말씀이 그 혼담이 아무리 반대할 점이 있었다 해도 그 쪽이 오히려 훨씬 더 나았을 것이고, 이 혼담에 대면 반만큼도 화를 돋우지 않았을 거라는구나. 장모님이 그렇게 생각하신다는 말을 듣고 얼마나 기쁘던지, 우리 모두에게 정말 흡족한 얘기지. '둘 중 어느 쪽이 덜한 재앙인지 비교할 필요도 없지. 지금 같으면 덜 나쁜 쪽과 기꺼이 타협할 텐데.' 이러셨다더구나. 이제는 아예 이러쿵저러쿵 할 수도 없게 되었지만. 생각하거나 입에 올릴 일도 아니고. 너도 알다시피 어느 쪽이건 말이다. 이젠 할 수 없지, 다 끝난 일이니. 하지만 네가 무척 기뻐할 테니 이 얘기를 너한테는 꼭 해야겠다고 생각했단다. 네가 아쉬워할 이유는 없단다, 엘리너. 너라면 틀림없이 모든 것을 아주 잘, 아마 더 잘 해낼 거야. 브랜든 대령과 최근 만났냐?"

들으면 들을수록 엘리너는 허영심이 채워지고 콧대가 높아지는 것이 아니라, 짜증나고 심란해질 뿐이었다. 그래서 마침 로버트 페라스 씨가 들어와 대답해 줄 필요가 없어지고 오빠로부터 얘기를 더 들을 위험을 모면하게 되어 기뻤다. 잠시 담소를 나눈 다음 존 대쉬우드는 패니가 아직 시누이가 와 있는 줄 모른다는 사실이 기억나서 아내를 찾으러 방을 나갔으므로, 엘리너는 뒤에 남아 로버트와 더 잘 알게 될 기회를 가졌다. 그러나 그는 쫓겨난 형에게는 부당하게도 오로지 자신의 방탕한 생활 방식과 형의 고결함 덕분에 얻은 어머니의 부당한 애정과 관대함을 즐기고 있었다. 그는 명랑한 무관심과 행복한 자기만족에 차 있을 뿐이었으므로, 엘리너는 그의 마음과 이성에 대해 비판적인 견해를 굳혔다.

그들 둘만 남게 된지 채 2분도 지나지 않아 그가 에드워드 얘기를 꺼냈다. 그는 이미 그 목사직에 대해 들은 뒤여서, 그 문제에 관해 매우 궁금해 했다. 엘리너는 오빠에게 했던 대로 상세한 설명을 되풀이해 주었다. 이에 대한 로버트의 반응은 오빠와 매우 다르기는 했어도 오빠 못지않게 특이했다. 그는 폭소를 터뜨렸다. 에드워드가 목사가 되어 코딱지만한 목사관에서 살게 된다고 생각하니 재미있어 죽을 지경이었다. 게다가 에드워드가 백의를 걸치고 기도문을 읽으면서 존 스미스와 메리 브라운의 결혼 예고를 하는 광경을 머릿속에 그려보니 이보다 더 우스꽝스러울 수가 없었다.

엘리너는 이러한 어리석은 행동이 끝나기를 냉정하고 엄숙한 태도로 조용히 기다리면서, 경멸감을 듬뿍 담은 표정으로 그를 날카롭게 쏘아보았다. 그러나 자신의 감정은 풀면서도 그에게는 전혀 눈치 채이지 않도록 대단히 잘 통제된 표정이었다. 그는 그녀의 비난을 의식해서가 아니라 스스로 정신을 차리고 진정했다. 재치에서 지혜로 돌아갔다.

그는 마침내 실제로 느낀 감정 이상으로 과장해서 한참 동안 터뜨렸던 웃음을 거두고 이렇게 말했다. "농담으로 넘길 수도 있겠지만, 이거야말로 더없이 심각한 일입니다. 불쌍한 에드워드! 완전히 신세를 망쳤어요. 정말 안된 일이지 뭡니까. 형이 아주 마음씨가 고운 사람인 줄 아니까요. 아마도 세상에 형만큼 선량한 사람도 없을 걸요. 대쉬우드 양,

당신이 조금 알고 지낸 정도로 형을 판단하시면 안 됩니다. 가엾기도 하지! 물론 형의 성격이 본래부터 아주 훌륭하다고 할 수는 없지만, 아시다시피 모두 똑같은 능력, 똑같은 수완을 타고 태어나지는 않으니까요. 불쌍한 형! 낯선 사람들 속에 둘러싸여 있는 꼴을 보면 얼마나 안됐는지! 하지만 맹세컨대 영국 땅에서 형만큼 착한 마음씨를 지닌 사람도 없답니다. 모든 사실이 드러났을 때 평생 그렇게 충격을 받은 적이 없었다니까요. 믿을 수가 없었어요. 어머님이 처음 제게 알려 주셨을 때, 단호하게 행동해야 한다고 느끼고 즉시 이렇게 말씀드렸답니다. '어머니, 이런 경우에 어머님께서 어떤 행동을 할 작정이신지 모르겠습니다만, 저로 말하면 형이 그런 처녀와 결혼하겠다면 저는 다시는 얼굴을 보지 않겠습니다.' 그 자리에서 그렇게 말씀드렸다니까요. 정말로 큰 충격을 받았거든요! 불쌍한 형! 자기 무덤을 판 셈이지요. 점잖은 사람들 틈에서는 영영 얼굴을 들고 다닐 수 없게 되었으니! 하지만 어머니께도 말씀드렸지만 저는 전혀 놀라지 않습니다. 형의 교육 방식으로 보아 진작부터 예상했던 일이니까요. 불쌍한 어머니는 반쯤 넋이 나간 상태이십니다."

"그 숙녀분을 뵌 적이 있으신가요?"

"네. 이 집에 머물고 있을 동안 한 번, 십 분쯤 우연히 마주친 일이 있어서 충분히 관찰할 기회가 있었습니다. 품위도 우아함도 없고 예쁘지도 않은 촌뜨기 시골 여자더군요. 아주 생생히 기억납니다. 불쌍한 형을 사로잡을 법한, 딱 그 정도 여자였어요. 저는 어머니한테서 자초지종을 듣자마자, 당장 형과 직접 얘기를 해 보자고 제안했지요. 그 결혼을 단념시키려 설득해 봤지만, 그 때는 뭔가 조치를 취하기에는 너무 늦었더군요. 불행히도 처음에 막지 못했고, 불화가 벌어진 후에도 저는 전혀 모르고 있었지요. 아시겠지만 알았을 때는 이미 제가 막을 수 있는 상태가 아니었고요. 하지만 제가 몇 시간만 일찍 알았더라면 틀림없이 뭔가

묘안을 짜냈을 겁니다. 단번에 형이 제정신을 차리게 해 주었겠지요. 이렇게 말했을 겁니다. '사랑하는 형님, 무슨 짓을 하고 있는지 한 번 생각해 보세요. 형은 아주 불명예스러운 결혼, 가족이 만장일치로 반대하는 그런 결혼을 하려고 하고 있다고요.' 방법을 찾아낼 수 있었을 거라는 생각을 안 할 수가 없답니다. 하지만 이제는 다 지난 얘기죠. 잘 아시겠지만 형은 입에 풀칠도 못 하게 될 겁니다. 불 보듯 뻔하죠. 먹고살기도 어려울 거라니까요."

그가 태연자약하기 그지없는 태도로 막 여기까지 얘기를 마쳤을 때, 존 대쉬우드 부인이 들어와 이야기는 그것으로 끝났다. 부인이 자기 가족 외의 사람들과 그 얘기를 하지는 않았지만, 엘리너는 그녀가 들어올 때의 혼란스러운 얼굴빛과 자신에게 다정하게 굴려고 애쓰는 행동에서 그 일이 그녀에게 끼친 영향을 알 수 있었다. 그녀는 엘리너와 동생을 좀 더 보고 싶었는데 그렇게 빨리 런던을 떠나게 되었다며 유감스러워하기까지 했다. 그녀를 방으로 데려와 그녀의 어조에 반해 옆에 붙어있던 남편은 그러한 모습에서 최고의 상냥함과 우아함의 화신을 찾아낸 듯싶었다.

6장

엘리너는 할리 가를 한 번 더 잠깐 방문하여, 그들이 비용을 전혀 들이지 않고 바턴 인근까지 여행하게 된 것과 브랜든 대령이 하루 이틀 후면 그들을 따라 클리블랜드로 가게 된 데 대해 오빠한테서 축하를 받은 것을 끝으로 런던에서의 오누이 간의 교제를 마무리지었다. 그리고 빠른 시일 내에 엘리너를 보러 델라포드로 가겠다는 존의 은밀하지만 더 진지한 약속과 함께, 거의 그럴 것 같지 않지만 혹시라도 만에 하나 우연히 근처를 지나가게 되면 아무 때고 놀랜드에 들르라는 패니의 미적지근한 초대가 다음에 만나자는 약속의 전부였다.

엘리너는 친구들이 하나같이 자신을 이 세상의 그 어떤 곳보다도 지금으로서는 방문하고 싶지도, 살고 싶지도 않은 장소인 델라포드로 보내려고 작정을 한 듯해서 우스웠다. 오빠와 제닝스 부인은 그곳을 자기의 미래의 집으로 여기고 있을 뿐 아니라, 루시조차도 헤어지면서 그곳으로 자기를 방문하러 오라고 집요하게 초대했다.

4월에 막 접어든 어느 날 꽤 이른 아침에, 하노버 광장과 버클리 가에서 두 일행이 때와 장소 약속을 정해 가는 도중에 만나기로 하고 각각 출발했다. 그들은 샬럿과 아이 때문에 이틀 이상 여행에 더 소요할 예정이었고, 파머 씨는 브랜든 대령과 더 빨리 여행하여 그들이 도착한 후 곧바로 클리블랜드에서 합류할 예정이었다.

매리앤은 런던에서 한 시도 마음 편할 날이 없었고 줄곧 떠나고 싶은 마음뿐이었지만, 막상 떠날 때가 오자 이제는 영영 끝나 버린 윌러비에 대한 희망과 신뢰를 마지막으로 품었던 집에 작별을 고했다. 그녀는 윌러비가 자신은 전혀 함께 할 수 없었던 새로운 약속과 새로운 계획들로 분주했던 장소를 떠나면서 눈물깨나 쏟아야 했다.

엘리너는 작별을 기뻐할 더 확실한 이유가 있었다. 미련을 거두지 못할 대상도 없고, 영영 이별한다고 잠시라도 아쉬움을 느낄 사람도 없었다. 루시의 우정이 가하는 박해에서 벗어나게 되어 기뻤고, 동생을 윌러비가 결혼한 후로 그의 눈에 띄지 않을 곳으로 데려가게 되어 반가웠다. 바턴에서 평온하게 두어 달만 지내면 매리앤은 마음의 평화를 되찾고 자신도 좀 더 마음이 편안해지리라는 희망을 품었다.

그들은 무사히 여행길에 올랐다. 둘째 날 매리앤의 상상 속에서 소중한 곳이 되었다가 금지된 곳이 되었다가 오락가락했던 서머셋 주에 도착했다. 사흘째 되던 날 아침나절 클리블랜드로 들어섰다.

클리블랜드의 저택은 경사진 잔디밭 위에 자리잡은 널찍한 현대식 건물이었다. 장원은 없지만 정원이 제법 넓었다. 비슷한 규모의 다른 대저택들과 마찬가지로, 관목이 늘어선 쫙 펼쳐진 길이 있고 그보다 좁은 자갈 깔린 산책로가 농원을 휘감아 건물 정면으로 이어졌다. 잔디밭에는 여기저기 거목들이 흩어져 있었으며, 집 자체는 전나무, 아카시아, 마가목이 빽빽이 늘어선 사이사이 키 큰 롬바르디아 포플러가 호위하듯 둘러쌌다.

매리앤은 바턴에서는 고작 80마일, 콤 매그나에서는 30마일밖에 떨어지지 않은 곳에 있다는 생각에 벅찬 가슴을 안고 집으로 들어섰다. 다른 이들은 샬럿을 도와 아이를 가정부에게 보여주느라 분주할 동안, 그녀는 건물 안으로 들어간 지 채 5분도 안 되어 다시 나와서 이제 막 아름다움을 뽐내기 시작한 구불구불한 관목숲 길을 지나 먼 언덕까지 몰래 빠져나갔다. 그리스식 교회에서 남동쪽 멀리까지 헤매던 그녀의 눈길은 수평선 위 가장 멀리 있는 언덕 봉우리 위에 머물렀다. 그 꼭대기에서라면 콤 매그나가 보일 거라고 상상했다.

이렇게 소중하고 귀한 불행을 맛보면서 그녀는 고뇌의 눈물을 흘리며 클리블랜드에 온 것을 기뻐했다. 자유롭고 호사스러운 고독에 잠겨 이곳저곳 배회할 수 있는 시골의 자유로움이 주는 행복한 특권을 실컷 누리며 집까지 다른 길로 돌아오면서, 파머 씨 네 가족과 함께 있을 동안 이렇게 혼자만의 산책으로 매일을 보내리라 마음먹었다.

그녀가 막 돌아와 다른 이들과 합류했을 때, 그들은 마침 집을 나서 가까운 곳으로 산보를 가려던 참이었다. 남은 오전 시간은 채마밭을 거닐며 울타리를 따라 핀 꽃들을 살펴보고 마름병을 한탄하는 정원사의 얘기에 귀를 기울이기도 하면서 한가하게 보냈다. 샬럿은 온실에서 어슬렁거리다가 자기가 제일 좋아하는 식물들이 부주의로 늦서리를 맞고 상해 버렸다는 말에 웃음을 터뜨렸고, 양계장을 찾았다가 암탉들이 우리를 버리거나 여우에게 물려갔다느니, 팔팔한 어린 새끼들이 돌림병에 걸렸다느니 낙농장 하녀가 낙담해서 전한 이야기에 또다시 즐거워했다.

오전은 맑고 건조했으므로, 매리앤은 밖에서 시간을 보낼 계획을 세우면서 클리블랜드에 체류할 동안 날씨가 변할 수도 있다는 것을 계산에 넣지 않았다. 그랬으므로 저녁식사 후 계속 비가 내려 다시 외출할 수 없게 되자 크게 놀랐다. 그녀는 그리스식 교회까지 저녁 산보를 나가 그 부근을 다 볼 수 있을 거라고 믿었고, 산책을 막을 만한 것이라야 추위나 습기 정도가 고작일 줄만 알았다. 그러나 그녀라 하더라도 줄기차게 쏟아지는 폭우를 보고 걷기에 좋은 건조한 날씨라고 상상할 수는 없었다.

일행의 수가 적었으므로 조용히 시간을 보냈다. 파머 부인은 아이를 보았고 제닝스 부인은 카펫 만드는 일을 했다. 그들은 뒤에 두고 온 친구들 이야기를 하면서 레이디 미들턴과의 약속을 잡아 보기도 하고, 파머 씨와 브랜든 대령이 그날 밤 레딩보다 멀리까지 갈 수 있을지 궁금해하기도 했다. 엘리너는 관심은 없었지만 그들의 대화에 끼었고, 매리앤은 아무리 가족들의 발길이 안 닿는 곳이라도 어느 집에서나 서재를 찾아내는 요령이 있었으므로 곧 책을 가져왔다.

파머 부인은 그들이 환대를 받는다고 느끼도록 계속해서 친절과 호의를 아낌없이 베풀어주었다. 부인의 솔직하고 진심 어린 태도는 침착성이나 우아함이 부족할 뿐 아니라 때때로 무례하기까지 한 결점을 채워주고도 남았다. 예쁘장한 얼굴로 전하는 친절은 남들의 마음을 사로잡았으며, 잘난 척하지 않았으므로 그녀의 어리석은 행동도 눈에 잘 띄기는 해도 보기 싫지는 않았다. 엘리너는 그녀의 웃음소리만 빼면 나머지는 다 용서해 줄 수 있었다.

다음 날 저녁 늦게 두 신사의 도착으로 일행 숫자가 늘어나 분위기가 명랑해졌다. 오전 내내 줄기차게 내린 비로 활기를 잃고 시들해졌던 대화에도 아주 반가운 변화가 일어났다.

엘리너는 파머 씨를 거의 본 적이 없었고, 그나마 자신과 동생을 대하는 태도에서 그다지 다른 점을 보지 못했으므로, 자기 가족들 속에 있는 모습은 어떨지 짐작이 안 갔다. 그러나 그가 자기 손님들에게는 흠잡을 데 없는 신사로서 행동하며, 아내와 장모에게만 가끔씩 무례하게 군다는 것을 알았다. 또한 그가 유쾌한 친구가 되기에 모자람이 없는 사람이지만, 제닝스 부인과 샬럿에 대해 스스로를 우월하게 느끼다보니 자기를 대개의 사람들보다 지나치게 과대평가하는 경향이 심해져서 종종 불쾌감을 줄 뿐이라는 것도 알았다. 엘리너가 보기에 그의 성격이나 습관은 그 시대의 일반적인 남성들과 크게 다르지 않았다. 그는 식도락을 즐겼고 시간 관념이 부족했으며, 자기 아이를 짐짓 무시하는 척해도 아꼈다. 사무에 바쳐야 할 아침 시간을 당구를 치며 빈둥빈둥 보냈다. 그렇지만 엘리너는 전체적으로 보아 예상했던 것보다 파머 씨가 마음에 들면서도, 그를 더 좋아할 수 없는 것이 유감스럽지는 않았다. 그의 에피쿠로스주의, 이기심, 자만심이 눈에 띌 때면 에드워드의 너그러운 성품, 소박한 취향, 수줍은 감정들을 반추하며 남몰래 기쁨을 느꼈다.

그녀는 최근에 도셋셔에 다녀온 브랜든 대령으로부터 에드워드에 대해, 적어도 그의 일 중 일부나마 소식을 들었다. 대령은 그녀를 페라스 씨의 사심 없는 친구인 동시에 비밀을 털어놓을 수 있는 자신의 벗으로 여기고, 델라포드의 목사관에 대해 많은 얘기를 들려주었다. 그는 그 집의 흠을 설명하고 이를 개선하기 위해 어떻게 할 생각인지 말해주었다. 제닝스 부인은 다른 세세한 부분에서뿐만 아니라 이런 점에서 그녀에 대한 그의 행동이나 고작 열흘 떨어져 있다 만났는데도 숨김없이 기쁨을 드러내는 모습하며 그녀와 터놓고 대화하는 모습, 그녀의 견해를 옹호하는 모습을 보고 대령이 엘리너를 사랑한다는 확신을 다시 한 번 굳혔다. 엘리너가 처음부터 지금까지 죽 그가 진짜 좋아하는 상대는 매리앤이라고 믿지 않았더라면, 그녀 자신마저도 의심했을지도 모른다. 그러나 실제로는 제닝스 부인이 암시하지 않았더라면 그런 생각은 꿈에도 해 보지 않았을 것이다. 엘리너는 자신이야말로 두 사람을 가장 잘 관찰할 수 있는 사람이라고 믿었다. 그녀는 제닝스 부인이 그의 행동만을 따질 동안에도 그의 눈을 관찰했다. 매리앤이 머리와 목에 독감 초기증상을 느낀다고 그가 걱정스럽게 근심하는 표정은 말로 표현되지 않았다는 이유만으로 부인의 눈초리를 완전히 피해갔지만, 그녀는 그 속에서 사랑에 빠진 사람의 예민한 감정과 쓸데없는 불안을 발견할 수 있었다.

매리앤은 거기 온 지 사흘째와 나흘째 저녁 두 차례 즐거운 저녁 산책에서 관목숲이 있는 마른 자갈길뿐 아니라 그 부근 전부는 물론이고, 아주 오래된 나무들과 길게 자라 흠뻑 젖은 잔디가 있어 특히 다른 어디보다도 더 황량한 곳까지 아주 멀리 들어갔다. 게다가 경솔하게도 신발과 양말이 젖은 채 앉아있었던 탓에 아주 지독한 감기에 걸렸다. 매리앤은 하루 이틀은 대수롭지 않게 넘기고 부인했다. 그러나 점점 병이 심해졌으므로 모두의 걱정과 함께 본인도 병세가 심각함을 알아차리게 되었다. 사방팔방에서 온갖 처방을 다 내놓았으나 매리앤은 평소처럼 모두 거부했다. 팔다리가 쑤시고 기침이 나고 목이 아파서 몸이 무겁고 열이 펄펄 끓어도 하룻밤 푹 자면 싹 나을 거라고 했다. 매리앤이 잠자리에 들러 갈 때 엘리너가 처방들 중 가장 단순한 것 한두 가지만 써 보자고 설득하기도 퍽 힘이 들었다.

7장

매리앤은 다음날 아침 평소와 같은 시간에 잠자리에서 일어났다. 그녀는 모두의 질문에 더 나아졌다고 대답하고, 평소 하던 일을 하여 실제로 그런 모습을 보여주려 했다. 그러나 읽지도 못할 책을 손에 들고 불가에서 덜덜 떨면서 앉아있거나 병든 닭처럼 기운 없이 소파에 누워서 하루를 보낸 것으로는 그다지 병세가 호전되었다는 인상을 주지 못했다. 그녀가 결국 점점 더 상태가 악화되어 일찍 잠자리에 들자, 브랜든 대령은 전혀 불안해하지 않는 언니의 침착한 태도에 놀라워했다. 엘리너는 매리앤의 뜻을 뿌리치고 온종일 시중을 들고 간호를 했고 밤에는 적당한 약을 억지로 먹게 했으면서도, 동생 말처럼 푹 자면 나을 거라고 믿었다.

그러나 두 자매의 기대는 무너졌다. 매리앤은 고열에 시달리며 밤잠을 이루지 못했다. 매리앤은 일어나겠다고 고집을 피운 끝에 앉아있을 수 없는 상태임을 스스로 인정하고 자기 발로 침대로 되돌아갔다. 엘리너는 제닝스 부인의 충고를 따라 파머 집안의 약제사를 부르러 보냈다.

약제사는 환자를 진찰하고 대쉬우드 양에게 동생이 며칠이면 건강을 되찾을 것이라고 말했다. 그러나 그녀의 병에 고약한 징후가 보인다며 '감염' 이란 말을 입 밖에 내자, 파머 부인은 아기 생각에 화들짝 놀랐다. 매리앤의 병을 처음부터 엘리너보다 심상치 않게 보는 쪽으로 기울었던 제닝스 부인은 해리스 씨의 말에 표정이 심각해졌다. 부인은 샬럿의 불안과 경계에 동의하면서 당장 아기를 데리고 떨어져 있어야 한다고 주장했다. 파머 씨는 그들의 염려를 대수롭지 않게 여겼지만, 아내의 근심과 끈덕진 요구를 물리칠 수 없었다. 결국 파머 부인은 집을 떠나 있기로 결정이 되었다. 부인은 해리스 씨가 도착한 지 한 시간도 안 되어 갓난애와 유모를 데리고 배스 반대편에서 몇 마일 떨어진 곳에 사는 파머 씨의 가까운 친척집으로 출발했다. 남편은 아내의 애절한 간청에 하루 이틀 후쯤 거기서 합류하기로 약속했다. 부인은 어머니에게도 같이 가자고 똑같이 졸랐다. 그러나 마음씨 고운 제닝스 부인은 매리앤이 앓아누워 있는 마당에 클리블랜드를 떠날 생각이 없고, 자기가 그녀를 어머니로부터 데려왔으니 어머니 대신 세심한 주의를 기울여 돌보겠다고 선언했다. 이 말에 엘리너는 진심으로 부인을 사랑하게 되었다. 엘리너는 부인이 어떤 경우에나 자기의 노고를 덜어 주려고 하고, 간호 면에서는 더 풍부한 경험으로 실질적인 도움을 주는 대단히 의욕적이고 적극적인 협력자임을 알게 되었다.

가엾은 매리앤은 병 자체로 인해서도 기력이 쇠한 데다 온몸이 다 아팠으므로 내일이라고 회복될 성싶지가 않았다. 내일도 이 불행한 병으로 누워있는 외에는 아무것도 하지 못하리라고 생각하니 모든 증상이 더 악화되었다. 그 다음날 제닝스 부인의 하인 한 명을 동반하고 집으로 출발하여, 다음날 일찍 어머니 앞에 나타나 놀라게 해 드릴 생각이었던 것이다. 엘리너는 동생의 기운을 북돋아 주려고 애썼다. 잠깐 연기되었을 뿐이라고 설득하면서 그 때는 정말 그렇게 믿었지만, 매리앤이 한 몇 마디 안 되는 말은 온통 출발을 미루게 된 데 대한 탄식뿐이었다.

다음 날도 환자의 병세는 고만고만했다. 매리앤은 분명 호전되지는 않았지만 악화된 것 같지도 않았다. 파머 씨는 아내의 말에 겁먹은 것처럼 보이기 싫기도 했지만 진심으로 매리앤이 걱정되어 영 가지 않으려 했다. 그러나 결국은 브랜든 대령의 설득에 따라 아내를 뒤따라가겠다는 약속을 지키기로 했으므로, 이제 일행의 수는 더 줄어들었다. 그가 떠날 준비를 할 동안, 브랜든 대령은 그보다 더 내키지 않았으나 자신도 역시 가야겠다는 말을 꺼냈다. 그러나 친절한 제닝스 부인이 아주 시의적절하게 참견했다. 부인은 대령이 사랑하는 이가 동생 때문에 저렇게 어려움을 겪고 있는데 그를 가게 내버려둔다면 그들 둘로부터 모든 위안을 빼앗게 될 거라고 생각했다. 그래서 자기는 클리블랜드에 그가 함께 있어 주어야 하고, 대쉬우드 양이 저녁에 위층에서 동생을 돌볼 동안 같이 피켓(두 사람이 32매의 패를 가지고 하는 카드놀이) 게임을 하고 싶으니 남아 주었으면 좋겠다고 간곡히 청했다. 이를 마음속으로 간절히 바라던 그로서는 오래 망설이는 척하지도 못했다. 게다가 파머 씨도 어떤 응급사태가 생기더라도 대쉬우드 양에게 도움이나 조언을 제공할 수 있는 이를 뒤에 남겨두고 가면 자신도 마음이 편할 것 같아서 제닝스 부인의 청을 적극 지지했다.

매리앤은 물론 주변에서 무슨 일이 벌어지는지 전혀 알지 못했다. 도착한 지 이레만에 클리블랜드의 주인들이 자기 때문에 떠난 것도 몰랐다. 파머 부인의 모습을 전혀 볼 수 없어도 전혀 놀라지 않았고, 일체 관심이 없었으므로 부인의 이름을 입에 올리지도 않았다.

파머 씨가 떠난 지 이틀이 지나도록 그녀의 상태는 별 차도를 보이지 않았다. 매일 그녀를 돌보러 오는 해리스 씨는 여전히 빠른 회복을 장담했고 대쉬우드 양도 마찬가지로 낙관적이었으나, 다른 이들의 예상은 전혀 그렇게 밝지 못했다. 제닝스 부인은 애초부터 매리앤이 절대 이겨내지 못할 병이라고 단정짓고 있었고, 주로 제닝스 부인의 예언에 귀를 기울이는 역할을 하는 브랜든 대령도 그 영향력에 저항하지 못했다. 그는 약제사의 다른 판단에 비추어 불합리해 보이는 두려움을 이성적으로 떨쳐 버리려 애썼다. 그러나 하루의 대부분을 홀로 보내다 보니 불길한 쪽으로만 자꾸 생각이 흘렀고, 더는 매리앤을 보지 못하게 되리라는 확신을 마음속에서 몰아낼 수가 없었다.

그러나 사흘째 되는 날 아침, 두 사람의 우울한 예상은 거의 사라졌다. 해리스 씨가 오더니 환자가 확실히 호전되었다고 자신 있게 말한 것이다. 맥박이 더 강해졌고, 전에 왔을 때보다 모든 징후가 더 좋아졌다는 것이었다. 밝은 기대를 확신하게 된 엘리너는 기뻐 어쩔 줄 몰라했다. 그녀는 친구들보다는 자기 판단을 좇아 어머니께 클리블랜드에 더 머물게 되었어도 병이 대수롭지 않으며, 매리앤이 여행할 수 있게 될 때를 거의 잡다시피 하는 편지를 쓰길 잘했다고 생각했다.

그러나 그 날 하루는 시작했던 것만큼 순조롭지 않았다. 저녁이 되면서 매리앤은 다시 상태가 나빠졌고, 전보다 더 기력을 잃고 잠을 이루지 못하며 불편해했다. 그러나 언니는 여전히 낙관적인 태도로 잠자리를 준비할 동안 앉아 있어서 피로해진 탓일 뿐이라고 여겼다. 그래서 처방받은 강심제를 조심스레 먹이고 마침내 깊은 잠에 빠져드는 모습을 흡족하게 지켜보면서 약효가 나기를 기대했다. 매리앤은 엘리너가 기대했던 것만큼 편안히는 아니었어도 제법 오래 잠을 잤다. 엘리너는 그 결과를 직접 눈으로 확인하고 싶어서 동생이 잠잘 동안 내내 곁에 앉아 있기로 했다. 제닝스 부인은 환자의 상태가 달라진 줄 몰랐으므로 평소보다 일찍 잠자리에 들었다. 간호를 맡은 이들 중 한 사람인 하녀도 방으로 쉬러 가고 엘리너만 매리앤과 단 둘이 남았다.

매리앤은 갈수록 잠자리가 불편한지 몸을 뒤척였다. 언니는 그녀가 계속 자세를 바꾸는 것을 눈을 떼지 않고 지켜보고 입에서 자꾸만 흘러나오는 알아들을 수 없는 불평을 들으면서, 너무 괴로운 잠에서 동생을 깨우고 싶은 마음마저 들었다. 그 때 매리앤이 집에서 들린 우연한 소음에 갑자기 잠에서 깨어 벌떡 일어나 열에 들떠 미친 듯이 외쳤다.

"엄마가 오셨어?"

"아직 안 오셨어." 언니는 두려운 마음을 숨기고 매리앤을 도와 다시 자리에 눕히면서 대답해 주었다. "하지만 곧 오실 거야. 여기에서 바턴까지는 꽤 먼 길이잖니."

"하지만 런던까지 돌아서 오시는 건 아니겠지. 런던을 거쳐서 오신다면 다시는 어머니를 보지 못할 거야." 매리앤이 여전히 정신없이 외쳤다.

엘리너는 동생이 완전히 제정신이 아니라는 사실에 놀라 진정시키려고 애쓰면서 열심히 맥을 짚어보았다. 이렇게 맥이 약하고 빠른 적이 없었다! 게다가 매리앤은 계속 미친 듯이 엄마 얘기를 하고 있었으므로, 엘리너는 걷잡을 수 없이 불안해져 당장 해리스 씨를 부르고 어머니에게도 바턴으로 심부름꾼을 보내야겠다고 결심했다. 이렇게 결정을 내리자 브랜든 대령과 두 번째 문제를 실행할 최선의 수단을 놓고 의논해 봐야겠다는 생각이 곧이어 떠올랐다. 그녀는 종을 울려 하녀를 불러 자기 대신 동생 곁을 지키게 하고, 보통 지금보다 훨씬 더 늦은 시각까지 대령이 머무르는 거실로 서둘러 내려왔다.

망설일 시간이 없었다. 그녀는 당장 그에게 두려운 마음과 곤경을 전했다. 그는 그녀의 두려움을 없애 줄 용기도 자신도 없었으므로, 말없이 절망적인 심경으로 귀를 기울일 따름이었다. 그러나 이미 도우려고 마음먹고 있었던 듯 이유를 짐작할 수 있는 기꺼운 자세로 대쉬우드 부인을 데려올 심부름꾼 역할을 자청하고 나섰으므로, 그녀의 곤경은 즉시 해결되었다. 엘리너는 쉽지는 않았으나 반대하지 않았다. 그에게 짤막하지만 뜨거운 감사를 전하고, 그가 해리스 씨를 모셔오러 하인을 서둘러 보내고 급히 마차를 부를 동안 어머니에게 편지를 몇 자 적었다.

이런 때 브랜든 대령과 같은 친구, 판단을 믿을 수 있고, 도움을 받을 수 있고, 우정으로 위로받을 수 있는 친구가 있다는 것이 얼마나 감사한지! 그의 존재와 태도, 도움이 어머니에게 가능한 한 충격을 줄여줄 것이다.

그는 그 동안 기분은 어떻든 간에 침착하고 단호하게 행동했으며, 최대한 빨리 필요한 모든 준비를 마치고 그가 돌아오기까지 그녀가 기다려야 할 시간을 정확히 따져 보았다. 한 순간도 지체할 수 없었다. 말이 예상보다 빨리 도착하자, 브랜든 대령은 엄숙한 표정으로 그녀의 손을 꼭 잡고 알아듣기 힘들만큼 낮은 목소리로 몇 마디 중얼거리더니 서둘러 마차에 올랐다. 그 때가 얼추 열두 시였다. 그녀는 동생의 방으로 돌아와 약제사가 도착하기를 기다리며 남은 밤새 동생 옆을 지켰다. 둘 모두에게 똑같이 고통스러운 밤이었다. 해리스 씨가 나타나기 전까지 매리앤은 잠 못 이루는 고통과 혼수상태에 시달리고, 엘리너는 가장 끔찍한 불안에 시달리며 시간을 보냈다. 한 번 불안이 엄습하자 이전의 방심에 대한 대가인 듯 자꾸만 극단적인 쪽으로 생각이 흘렀다. 제닝스 부인을 깨우지 않고 하녀를 계속 옆에 앉혀 두었으나, 하녀는 주인 마님이 늘 이런 일을 예상하고 계셨다는 암시를 흘려 엘리너를 더욱 괴롭게 만들었다.

매리앤의 상념은 여전히 간헐적으로 두서없이 어머니에게 머물렀다. 동생이 어머니를 부를 때마다 불쌍한 엘리너는 병이 이렇게 오래 가도록 대수롭지 않게 여기고 가벼운 처방만 썼던 자신을 자책했다. 곧 모든 위안이 허사로 돌아갈 것이고 어떤 조치도 취할 수 없을 만큼 늦어버렸다는 생각이 들었다. 어머니가 너무 늦게 도착해 사랑하는 자식을 보지 못하게 되거나, 아니면 이성을 잃은 모습을 보고 괴로워하는 모습을 머릿속에 그리며 가슴을 찌르는 고통을 느꼈다.

엘리너가 해리스 씨를 다시 부르러 보내든가 그가 올 수 없다면 뭔가 다른 조언이라도 얻으려던 순간, 5시가 넘은 시각에 그가 도착했다. 그러나 그는 환자에게 전혀 예상치 못한 좋지 않은 변화가 있음을 인정하면서도, 심각하게 위험한 상태라고 보지는 않았다. 그는 새로운 치료법이 효과를 가져올 것이라고 말했지만 엘리너로서는 전처럼 신뢰할 수가 없었으므로, 그의 진단이 그다지 늦은 데 대한 보상이 되지는 못했다. 그는 서너 시간 후 다시 방문하겠다고 약속하고 환자와 근심에 찬 간병인 모두 처음 왔을 때보다는 더 안정을 찾은 상태로 두고 떠났다.

아침이 되자 제닝스 부인은 왜 자기한테 도움을 청하지 않았느냐고 거듭 책망하면서 근심에 차서 간밤의 일을 들었다. 부인이 이전에 품었던 염려가 이제 더 확실한 근거를 갖고 되살아났으니 더는 의심할 여지가 없었다. 부인은 엘리너에게 위안을 주려 애쓰면서도 동생이 위독하다는 확신 때문에 희망적인 위로의 말이 나오지 않았다. 매리앤처럼 젊고 사랑스러운 처녀가 이렇게 순식간에 쇠약해져 때 이른 죽음을 맞는다면 그녀와 별 관계가 없는 사람이라도 충격을 받을 것이다. 제닝스 부인은 그밖에도 딱하게 여길 이유가 충분했다. 매리앤은 석 달 동안 자기 말벗 노릇을 해 주었고 지금도 자기가 돌보고 있으며, 그녀가 얼마나 깊이 상심하고 오랫동안 불행을 겪었는지 잘 알고 있었다. 게다가 자기가 특히 좋아하는 그녀의 언니가 자기 앞에서 괴로워하고 있었고, 그들의 어머니로 말하자면 샬럿이 자신에게 소중하듯 매리앤도 어머니에게 소중한 존재일 것이므로 어머니의 고통이 더욱 애처롭기만 했다.

해리스 씨는 두 번째에는 제 시간에 왔으나, 지난번 방문한 후 나아졌을 것이라는 기대가 어긋났다. 약이 효과가 없었고, 열이 떨어지지 않았다. 매리앤은 평온해지기는 했으나 제정신을 찾은 것이 아니라 깊은 혼수상태에 빠져 있었다. 엘리너는 한 눈에 모든 것을 알아채고 더 도움을 청해 보자고 제안했다. 그러나 그는 그럴 필요는 없다고 보았다. 시도해 볼 치료법이 아직 더 있고 새로운 처방도 몇 가지 있다며 지난번처럼 반드시 잘 될 테니 기운 내라고 호언장담하고 돌아갔으나, 그런 말은 대쉬우드 양의 귀에 들어오지 않았다. 그녀는 어머니 생각이 떠오를 때만 아니면 침착했으나 거의 희망을 버렸다. 이런 상태로 정오까지 거의 동생의 침대를 떠나지 않았다. 그녀는 애통한 장면과 마음 아파할 친구들을 하나씩 머릿속에 떠올려 보았으며, 이처럼 심각하고 위험한 타격의 원인을 서슴없이 실연 당한 끝에 몇 주 간 계속 몸이 좋지 않았던 탓으로 돌리는 제닝스 부인의 말에 이루 말할 수 없이 마음이 무거워졌다. 엘리너는 그 의견이 하나도 틀린 구석이 없다는 생각에 새로운 비탄에 빠졌다.

그러나 정오쯤 되자 동생의 맥박이 조금 나아진 것 같다는 희망 섞인 생각을 하기 시작했으나, 실망하게 될까 두렵기도 하고 신중을 기하느라 부인에게조차 말하지 않고 침묵을 지켰다. 그녀는 기다리고, 관찰하고, 맥을 짚고 또 짚어보다가, 드디어 앞서 동생이 괴로워할 때보다 더 침착함을 잃고 안절부절못하면서 간신히 희망적인 의견을 내놓았다. 제닝스 부인은 살펴보고 일시적인 회복의 기미를 인정했으나, 젊은 친구에게 너무 기대하지는 말라고 일렀다. 엘리너도 과신은 금물임을 되새기면서 스스로에게도 희망을 버리라고 되뇌었다. 그러나 너무 늦었다. 이미 희망의 싹이 피어나고 있었다. 그녀는 불안으로 심장이 죄는 듯한 기분으로 무엇을 보려는 것인지 자신도 모르면서도 상태를 살펴보려 동생 위로 몸을 구부렸다. 반 시간쯤 지났어도 아직 희망적인 징후가 보여 기뻤다. 다른 징후들까지도 나타나 이를 확인해 주었다. 호흡, 피부색, 입술, 어디를 보아도 호전되는 기색에 엘리너는 기뻐했다. 매리앤은 흐릿하기는 해도 제정신이 돌아온 눈빛으로 언니를 바라보았다. 이제 엘리너는 불안과 희망 사이에서 시계추처럼 오락가락 하느라 네 시에 해리스 씨가 도착할 때까지 한시도 마음을 놓지 못했다. 그가 동생이 기대 이상으로 회복되었다고 확인해 주고 기뻐하자 비로소 마음이 놓이면서 기쁨의 눈물이 흘렀다.

매리앤은 어느 모로 보나 확실히 좋아졌다. 그는 위기를 완전히 벗어났다고 선언했다. 제닝스 부인은 그들이 앞서 놀란 데서 자신의 예언이 부분적으로 옳았다는 만족감을 느꼈으므로, 그의 판단을 받아들이고 진심으로 기뻐하면서 유쾌하게 완전히 회복될 가능성을 인정했다.

엘리너는 명랑하지는 않았다. 그녀의 기쁨은 다른 종류였고, 유쾌함은 아니었다. 매리앤이 소생하여 건강과 친구를 되찾고 사랑하는 어머니에게 돌아가리라 생각하니 가슴 가득히 강렬한 안도감이 차 오르면서 열렬한 감사의 정으로 퍼져나갔으나, 겉으로는 기쁜 기색도, 말도, 미소도 내비치지 않았다. 오로지 엘리너의 가슴속에만 담긴 조용하고 강렬한 만족감이었다.

그녀는 거의 쉬지 않고 동생 옆을 지켰다. 오후 내내 쇠약해진 정신 상태에서 나온 불안을 가라앉혀 주고 질문에 대답해 주고 모든 도움을 제공하면서 표정 하나 숨소리 하나 놓치지 않고 관찰했다. 한동안은 병세가 다시 악화될 가능성이 그녀의 마음을 떠나지 않았지만, 자주 세세히 살펴볼 때마다 회복되는 징후가 계속 보였다. 여섯 시가 되자 매리앤은 조용하고 평온하게 어느 모로 보나 편안한 숙면에 빠져들어 모든 의심을 잠재웠다.

브랜든 대령이 돌아오기로 한 시간이 가까워지고 있었다. 엘리너는 열시 경이면 어머니가 여행하시면서 틀림없이 느끼고 계실 끔찍한 불안으로부터 구해 드릴 수 있으리라 믿었다. 대령도 그렇고! 애처롭기는 그도 못지 않았다! 아! 아직도 그들을 아무것도 모르는 상태로 놓아둔 채 시간은 얼마나 느리게도 흘러가는지!

일곱 시에 계속 단잠에 빠진 매리앤을 남겨두고 엘리너는 거실에서 제닝스 부인과 함께 차를 들었다. 아침은 불안 때문에, 저녁은 불안한 상황이 갑자기 뒤바뀌는 통에 제대로 먹질 못했던 터라, 이렇게 편안한 마음으로 들게 된 가벼운 다과가 특별히 반가웠다. 제닝스 부인은 자기가 대신 매리앤 곁에 있을 테니 어머니가 도착하기 전에 좀 휴식을 취하라고 설득했으나, 엘리너는 전혀 피로감을 느끼지 않았고 이런 때 잠을 잘 수도 없었으므로 한시라도 필요 이상으로 동생 곁을 떠나 있지 않으려 했다. 그래서 제닝스 부인은 모든 일이 순조롭다는 데 만족하고 자기 방으로 물러가 편지를 쓰고 잠자리에 들었다. 엘리너는 위층의 병실로 올라가 다시 거기서 자기 할 일을 다하며 홀로 생각에 잠겼다.

그날 밤은 춥고 폭풍우가 몰아쳤다. 바람이 포효하며 집을 쓸고 지나갔고 빗방울이 창문을 때렸으나, 엘리너는 행복에 취해 이런 것은 안중에도 없었다. 매리앤은 광풍이 불건 말건 쭉 잘 잤고, 여행자들에게는 온갖 악조건에 대해 충분한 보상이 기다리고 있었다.

시계가 여덟 시를 쳤다. 열 시였다면 엘리너는 바로 그 때 들린 소리가 당연히 마차가 문 앞에 당도하는 소리라고 생각했을 것이다. 그들이 벌써 도착했을 리가 없는데도 아무래도 마차 소리 같아서, 사실을 확인하려고 옆방으로 가서 창문을 열었다. 그녀는 곧 잘못 들은 것이 아니었음을 알았다. 마차에서 빛나는 램프가 눈에 들어왔다. 흐릿한 불빛에 말 네 마리가 묶여 있음을 알아볼 수 있었다. 이것으로 가엾은 어머니가 얼마나 놀라셨을지 알 수 있었고, 예상보다 훨씬 빨리 도착한 데 대한 설명도 되었다.

엘리너는 평생 그 순간만큼 침착해지기가 힘들었던 적이 없었다. 마차가 문 앞에 설 때 어머니의 심정이 어떨지, 얼마나 애가 타고 가슴이 조이고 절망스러울지, 그리고 자신이 무슨 말을 해야 할지 알고 있었으니! 이런 것을 다 아는 마당에 도저히 침착할 수가 없었다. 그녀는 제닝스 부인의 하녀를 동생 옆에 불러다 놓자마자 해야 할 일을 빨리 하려고 아래층으로 황급히 내려갔다.

홀을 따라 지나가면서 현관 쪽에서 들려오는 소리로 그들이 이미 집에 들어왔음을 알 수 있었다. 그녀가 거실을 향해 달려가 들어가 보니, 그 자리에는 윌러비가 있었다.

8장

엘리너는 그를 보고 깜짝 놀라 얼굴이 하얗게 질린 채 반사적으로 당장 방을 나가려 했다. 손을 이미 문고리에 올린 순간, 그가 서둘러 다가와 애걸한다기보다는 명령조에 가까운 목소리로 그녀의 행동을 제지했다.

"대쉬우드 양, 반 시간만, 아니 십 분만 제발 있어 주십시오."

그녀는 단호히 대답했다. "아뇨, 여기 있을 수 없습니다. 당신이 제게 용무가 있으실 리 없으니까요. 하인이 파머 씨가 집에 안 계신다는 말씀을 잊고 드리지 않은 모양이군요."

그는 흥분해서 소리쳤다. "파머 씨와 가족 전부가 지옥에 있다고 했어도 저를 문간에서 돌려세우지는 못했을 것입니다. 저는 오로지 당신께 볼일이 있으니까요."

경악을 금치 못했다. "저한테요! 그럼 빨리, 가급적이면 흥분하지 말고 하세요."

"자리에 앉으시면 그렇게 하겠습니다."

그녀는 망설였다. 어떡해야 좋을지 몰랐다. 브랜든 대령이 도착하여 그 자리에 있는 그를 보면 어쩌나 싶었다. 그러나 그의 말을 들어주겠다고 약속해 버렸고, 그 이상으로 호기심도 생겼다. 그래서 잠시 생각한 끝에 신중을 기해 빨리 처리하려면 그의 말을 따르는 것이 제일 낫겠다 싶어 조용히 탁자로 걸어가 자리에 앉았다. 그는 맞은편 의자에 앉았고, 잠시 서로 말이 없었다.

엘리너가 참지 못하고 입을 열었다. "빨리 끝내 주시기 바랍니다. 시간이 없어서요."

그는 깊은 생각에 잠긴 태도로 앉아 있느라 그녀의 말을 듣지 못한 것 같았다.

잠시 후 그가 불쑥 말을 꺼냈다. "동생분이 위독한 상태는 넘기셨다더군요. 하인한테서 들었습니다. 하느님께 감사할 일이지요! 하지만 정말입니까! 정말 그렇습니까?"

엘리너는 말하지 않았다. 그는 더 간절히 질문을 되풀이했다.

"제발 말씀해 주십시오. 그녀가 위기를 벗어났습니까, 아닙니까?"

"벗어난 것 같습니다."

그는 자리에서 일어나 방을 이리저리 왔다갔다했다.

"반 시간 전에만 알았더라도……하지만 여기 오고 말았으니 그런 말 한들 무슨 소용이겠습니까?" 다시 자리에 앉으면서 억지로 쾌활한 척했다. "대쉬우드 양, 아마 마지막이 되겠습니다만, 이번만은 함께 기뻐합시다. 저는 기분이 아주 좋습니다. 솔직히 말씀해 주십시오," 그의 뺨에 짙은 홍조가 퍼졌다. “저를 아주 악한이거나 바보로 생각하시겠지요?”

엘리너는 눈이 휘둥그레져서 그를 쳐다보았다. 술을 마신 것이 틀림없다는 생각이 들었다. 그게 아니라면 이렇게 방문하여 이상한 태도를 보이는 것을 이해할 수가 없었다. 그런 느낌이 들자 그녀는 당장 자리를 박차고 일어나 이렇게 말했다.

“윌러비 씨, 즉시 콤으로 돌아가시는 게 좋겠습니다. 더 이상 당신을 상대해 드릴 여유가 없으니까요. 저에게 무슨 용무가 있으시든 간에 정신을 가다듬고 내일 말씀하시는 편이 나을 듯 합니다.”

그가 의미심장한 미소를 띠고 완전히 침착해진 목소리로 대답했다. “이해합니다. 네, 제가 많이 취했습니다. 말버러에서 차가운 쇠고기에 흑맥주 1파인트를 마셨으니 취할 만하죠.”

“말버러에서요!” 엘리너는 그가 무슨 소리를 하려는 건지 더욱 이해할 수 없었다.

“네. 오늘 아침 여덟 시에 런던을 떠난 후로 말버러에서 늦은 점심을 먹느라 제 셰즈에서 딱 10분 내리고 계속 달렸습니다.”

그의 안정된 태도나 말할 때 또렷한 눈빛으로 보아 다른 어떤 용납 못할 어리석음에 이끌려 클리블랜드까지 왔는지는 알 수 없어도, 취기 때문은 아니라는 확신이 들어 잠시 생각한 끝에 이렇게 말했다.

“윌러비 씨, 지난 일이 있고 난 후에 이런 식으로 여기 오셔서 억지로 저를 불러내시기까지 했으니 매우 진지하게 사과하셔야 할 줄로 압니다. 도대체 무슨 의도에서 이런 행동을 하시는 겁니까?”

그는 진지하게 힘주어 말했다. “제 의도는 할 수만 있다면 지금보다 당신이 조금이라도 저를 덜 미워하시게 만드는 것입니다. 지나간 일에 대해 당신께 속사정을 다 털어놓고 해명이랄까 변명을 좀 드리고 싶고, 제가 늘 얼간이이긴 했어도 항상 악한이었던 것은 아니라는 점을 믿게 해 드려서 매리……. 당신의 동생으로부터 용서 비슷한 것이나마 얻고 싶습니다."

"정말로 그 이유 때문에 오셨단 말인가요?"

"맹세코 그렇습니다." 그는 과거의 윌러비를 기억나게 만드는 열렬한 태도로 대답했으므로, 자기도 모르게 그가 진심이라는 생각을 하지 않을 수 없었다.

"그게 전부라면 굳이 오실 필요까지도 없었겠군요. 매리앤은 당신을 용서하니까요. 이미 오래 전에 용서했습니다."

"용서했다고요!" 그가 여전히 열정적인 어조로 외쳤다. "그렇다면 그녀는 용서했어야 할 때가 되기도 전에 그렇게 한 것이군요. 하지만 다시 저를 용서하게 될 겁니다. 더 온당한 근거에서 말입니다. 이제 제 이야기를 들어주시겠습니까?"

엘리너는 고개를 끄덕여 동의했다.

그는 그녀 편에서는 기대를 품을 만큼, 자기편에서는 생각을 가다듬을 만큼 시간을 끌고 나서 입을 열었다. "당신이 동생에 대한 제 행동을 어떻게 설명하셨을지, 저에게 얼마나 사악한 동기를 씌우셨는지는 모르겠습니다. 어쩌면 당신이 저를 더 좋게 생각하실 수가 없을지도 모르겠습니다만, 한 번 시험삼아서라도 모든 사정을 들어보시는 것도 나쁘지는 않을 겁니다. 제가 처음 당신 가족과 가까워졌을 때는 데번셔에서 보내야 하는 시간을 예전에 지냈던 그 어느 때보다 더 즐겁게 지내보자는 것 외에는 아무런 의도도, 목적도 없었습니다. 동생분의 사랑스러운 미모와 재미있는 성격에 호감을 갖고 끌리지 않을 수 없었고, 그녀도 저를 거의 처음 보았을 때부터 친절하게 대했습니다. 그런 행동들, 그녀가 어떤 여자였던가를 되새겨 보면 제가 그토록 무정한 인간이었다는 것이 놀라울 뿐입니다! 하지만 처음으로 솔직히 털어놓고 말씀드리면, 그로 인해 제 허영심만 높아졌을 뿐이었습니다. 그녀의 행복에는 관심도 없이 오로지 저 자신의 즐거움만을 염두에 두었습니다. 저는 늘 제멋대로 하는 습관에서 헤어나지 못하고 제 감정만 따라서, 그녀의 애정에 어떻게 보답할지는 전혀 생각도 않고 할 수 있는 데까지 그녀에게 잘 보이는 데에만 신경 썼던 것입니다."

대쉬우드 양은 이 대목에서 분노와 경멸에 찬 시선을 그에게 돌리고 그의 말을 가로막았다.

"윌러비 씨, 당신이 더 설명할 가치도, 제가 더 들을 가치도 없군요. 이런 서두 다음에 따라 나올 얘기는 뻔하지요. 그 문제에 대해 뭔가 더 말씀하셔서 저를 괴롭히지 말아 주십시오."

그가 대답했다. "반드시 전부 들어 주셔야 합니다. 저는 재산이 많지도 않으면서 사치를 일삼았고 저보다 수입이 많은 사람들과 어울려 다니기를 좋아했습니다. 성년이 된 이후로, 아니 그 전부터 해가 갈수록 빚이 늘어났고, 연로하신 친척 스미스 부인이 돌아가셔야만 비로소 거기에서 헤어날 수 있었죠. 하지만 그게 언제가 될지 알 수 없었고, 아주 먼 훗날의 일일 수도 있었기에, 당분간 제 속셈은 돈 많은 여자와 결혼해서 상황을 좀 개선시켜 보자는 것이었습니다. 그랬기에 당신 동생과 사랑에 빠진다는 것은 전혀 생각지도 않았습니다. 비열하고 이기적이고 잔인한 생각이었지요. 대쉬우드 양, 당신이 아무리 분노하고 경멸하는 표정을 지으셔도 할 말이 없습니다. 저는 보답할 생각도 없으면서 그런 식으로 행동했고 그녀의 호감을 얻으려 애썼습니다. 하지만 한 가지만은 분명히 말씀드리는데, 그렇게 끔찍하리만큼 이기적인 허영심에 차 있었지만 제가 어느 정도의 상처를 입히게 될지 알지 못했습니다. 그 때는 사랑한다는 것이 어떤 것인지 몰랐으니까요. 하지만 제가 알았던 적이 한 번이라도 있었을까요? 의심하시는 것이 당연하지요. 제가 정말로 사랑했다면 허영심과 탐욕에 저의 감정을 희생할 수 있었겠습니까? 아니면, 그녀의 감정을 희생시키는 그보다도 더한 짓을 할 수가 있었겠습니까? 하지만 저는 그런 짓을 하고 말았습니다. 그녀가 곁에 있어주고 사랑해 주기만 한다면 전혀 두렵지 않았을 상대적인 가난을 면하려고 부를 향해 손을 뻗음으로써 가난을 축복으로 바꿀 수 있는 모든 것을 잃었습니다."

엘리너는 다소 부드러워진 목소리로 말했다. "그 때는 당신 스스로도 정말로 그 애를 사랑한다 믿었군요."

"어떻게 그런 매력에 저항하고, 그런 다정함을 물리칠 수가 있었겠습니까! 이 세상에 그렇게 할 수 있는 남자가 있을까요! 네, 저도 모르는 사이 그녀를 진심으로 사랑하게 되었음을 알았습니다. 제 인생에서 가장 행복했던 시간이 제 속마음이 전혀 부끄러울 것이 없었고 제 감정이 티없이 깨끗했던, 그녀와 함께 보낸 시간들이었습니다. 하지만 그녀에게 구혼할 결심을 굳혔던 그때조차도, 제 상황이 이렇게 어지러울 동안 약혼을 맺기가 내키지 않아서 그 일을 해야 할 순간을 하루하루 미루었습니다. 이 부분에 대해서는 해명하지 않겠습니다. 명예를 건 서약을 맺기를 망설였다는 것은 말도 안 되는 일이라고, 아니 그보다 더 나쁘다고 당신이 말씀하실 틈도 드리지 않겠습니다. 그 일로 저는 영원히 경멸스럽고 가증스러운 인간이 될 기회를 아주 용의주도하게 잡은 교활한 바보였음이 증명되었으니까요. 하지만 결국 저는 마음의 각오를 했습니다. 단 둘이 있게 되는대로 곧 그녀에게 그렇게 변함없이 쏟아 온 관심이 가짜가 아니었음을 증명하고, 이미 온갖 노력을 다해 과시해 온 애정을 공개적으로 확인해 주기로 결심했습니다. 그러나 그녀와 단 둘이 이야기할 기회를 얻기 전 고작 그 몇 시간 사이에 일이 터졌습니다. 제 모든 결심을 망가뜨리고 모든 위안을 빼앗아 간 불행한 사건이 말입니다. 그 일이," 이 대목에서 그는 주저하며 고개를 떨어뜨렸다. "스미스 부인의 귀에까지 들어갔습니다. 이해관계 때문에 저로부터 부인의 호의와 관심을 빼앗아 가려는 어느 먼 친척의 짓이었던 모양이지만, 더 구구절절 제 입장을 설명하지는 않겠습니다." 그는 상기된 얼굴로 궁금하다는 눈빛으로 그녀를 바라보면서 덧붙였다. "당신과 특히 가까운 분입니다. 아마도 오래 전에 전모를 들으셨으리라 생각됩니다만."

엘리너도 마찬가지로 얼굴색이 상기되어 다시금 그에 대한 동정심이 싸늘하게 식는 것을 느끼며 대꾸했다. "전부 다 들었습니다. 그 끔찍한 일에 대해 당신의 죄를 어떻게 변명하실지 저로서는 사실 짐작이 가질 않는군요."

윌러비가 외쳤다. "당신이 그 설명을 누구로부터 들으셨는지 기억해 보십시오. 그것이 공정할 리가 있겠습니까? 그녀의 상황이나 인격을 존중했어야 했다는 점은 인정합니다. 스스로를 정당화하려는 뜻은 아니지만, 동시에 그녀가 피해자이니 모든 비난을 면할 수 있고, 저는 난봉꾼이니 그녀는 성녀라는 식으로 저에게는 아무 할 말이 없다고 생각하지는 말아 주십시오. 그녀가 열정에 눈멀고 이해력이 부족했다는 말로 저 자신을 변호하려는 것은 아닙니다. 저는 그녀의 애정에 더 나은 보답을 해 주어야 했습니다. 아주 잠시 동안이지만 조금이라도 저한테서도 애정을 끌어냈던 그녀의 사랑을 떠올리면 자책감을 느끼기도 합니다. 진심으로 그런 일이 없었더라면 좋았을 겁니다. 하지만 저는 그녀에게 준 것보다 더한 상처를 주었습니다. 그녀보다 조금도 못하지 않은 마음으로 저를 사랑해 준 이에게 — 그리고 그 마음은 — 아! 비교할 수도 없을 만큼 더 훌륭한 사람에게!"

"이런 문제를 거론하는 것은 제게도 유쾌하지 못한 일입니다만, 그 불행한 소녀에게 그렇게 냉담해졌다고 해서 그녀를 잔인하게 무시한 데 대한 변명이 되지는 못합니다. 그녀가 영리하지 못하다거나 원래 분별력이 부족했다는 결점을 너무나도 명백한 당신의 방종한 잔인성에 대한 면죄부로 삼을 생각은 마세요. 당신이 데번셔에서 새로운 계획을 좇아 늘 즐겁고 행복하게 지내고 있을 동안에도 그녀는 극도의 궁핍에 내몰려 있었다는 것을 모르지는 않았을 테지요."

"하지만 맹세컨대 저는 몰랐습니다." 그가 열을 올리며 대답했다. "그녀에게 제 편지 주소를 잊고 주지 않았던 것을 미처 생각 못했습니다. 그녀가 상식이 있었다면 충분히 알아낼 수 있었을 겁니다."

"스미스 부인은 뭐라고 말씀하시던가요?"

"부인은 제게 당장 벌을 내리셨으니, 제가 얼마나 당황했는지 짐작하실 겁니다. 평생 순결한 삶을 사셨고 틀에 박힌 사고를 지니신 데다 세상을 모르는 분이니, 모든 것이 저와는 맞지 않았습니다. 그 일 자체를 부인할 수는 없었으므로 분노를 가라앉혀 드리려고 아무리 애써도 허사였습니다. 제 생각에는 그 전부터 제 행실 전반에서 도덕성을 의심하셨던 데다가, 최근 방문해서는 자신에게 너무 신경 쓰지 않고 밖으로만 나돈다고 불만이셨습니다. 즉, 이것이 계기가 되어 완전히 마음이 돌아서셨던 것이죠. 제가 용서받을 방법은 오직 하나였습니다. 도덕적이고 선량한 분이기도 하지! 저더러 일라이저와 결혼한다면 과거를 용서하시겠다더군요. 그럴 수는 없었기에, 부인의 지원을 잃고 그 집을 나왔습니다. 다음날 아침에 떠나야 했으니까, 그 일이 있었던 밤은 앞으로 어떤 행동을 취하면 좋을지 고민하며 보냈습니다. 갈등이 컸지만 곧 끝났습니다. 매리앤을 사랑하고 나에 대한 그녀의 사랑도 믿어 의심치 않지만, 그것으로는 가난에 대한 공포를 이길 수 없었고, 부가 꼭 필요하다는 그릇된 생각을 누를 수 없었습니다. 본래부터 가졌던 생각이기도 했지만, 사치스러운 교제로 더욱 커졌던 것입니다. 지금의 아내는 구혼하기만 하면 붙잡을 수 있다는 확신이 있었기 때문에, 상식적으로 생각하자면 당연히 그 외엔 다른 길이 없다고 스스로를 설득했습니다. 그러나 데번셔를 떠나기 전 견디기 힘든 장면이 저를 기다리고 있었습니다. 바로 그날 당신들과 만찬 약속이 있었기에, 약속을 어기게 된 데 사과를 드려야 했습니다. 하지만 이 사과를 편지로 전할지, 직접 가서 할지를 놓고 오랜 시간 고민했습니다. 매리앤을 만나는 일이 두려웠고, 그녀를 다시 만나서 제 결심이 흔들리지 않을까 의심스러웠습니다. 그러나 이 점에서는 실제 상황에서 드러났듯이 저 자신의 담대함을 과소평가했습니다. 저는 가서 그녀를 만나고 그녀가 비탄에 빠진 모습을 보고, 그대로 놔두고 다시는 만나게 되지 않기를 바라면서 떠났으니까요."

"그런데 왜 찾아오셨나요, 윌러비 씨? 편지를 보내는 것으로도 충분했을 텐데요. 왜 굳이 방문했던 거죠?" 엘리너가 책망하는 어조로 물었다.

"제 자존심 때문이었습니다. 당신들이나 다른 모든 이웃들이 스미스 부인과 저 사이에 있었던 일을 조금이라도 의심하게 만들고 싶지 않았습니다. 그래서 호니튼에 가는 길에 별장을 들르기로 마음먹었던 겁니다. 그러나 당신의 사랑스러운 동생을 보는 일은 정말로 두려웠습니다. 당신들은 모두 어딘가로 가고 없었습니다. 바로 전날 밤 그녀를 떠날 때만 해도 올바른 행동을 하겠다는 굳은 결의로 충만해 있었는데! 몇 시간만 지나면 그녀와 영원한 언약을 맺을 생각이었는데 말입니다. 별장에서 앨런햄으로 걸어가면서 자신이 얼마나 대견스러웠고 모든 이들과 함께 얼마나 즐거웠는지, 얼마나 행복하고 명랑한 기분이었는지 기억에 생생합니다! 그러나 이번의 마지막 만남에서는 죄의식 때문에 속마음을 감출 힘조차 남지 않은 채 그녀에게 다가갔습니다. 제가 지금 바로 데번셔로 떠나야 한다고 말했을 때 그녀의 슬픔, 실망, 깊은 낙담은 결코 잊지 못할 것입니다. 저를 그토록 믿고 의지하고 있었으니 더욱 그랬겠죠! 오, 하느님! 저는 피도 눈물도 없는 악한이었습니다!"

두 사람 모두 잠시 말이 없었다. 엘리너가 먼저 입을 열었다.

"곧 돌아오겠다고 말했나요?"

그는 조급하게 대답했다. "뭐라고 말했는지도 기억이 안 납니다. 틀림없이 과거의 관계에 비해서는 모자라게, 미래에 실행할 수 있는 것보다는 더 넘치게 말했을 겁니다. 생각해 낼 수가 없습니다. 그러지도 않을 겁니다. 그 때 당신 어머님이 오셔서 친절과 신뢰에 넘친 태도로 저를 한층 더 괴롭게 만드셨습니다. 하늘에 감사할 일이지요! 정말 말할 수 없이 고통스러웠습니다. 비참했습니다. 대쉬우드 양, 비참했던 기억을 되살려서 위안이 되리라고 생각지는 않으시겠지요. 멍청하고 교활한 어리석음으로 가득 찬 저 자신이 너무나 혐오스러워서, 그로 인한 과거의 제 모든 고통이 이제는 제게 승리이고 기쁨일 뿐입니다. 저는 그렇게 제가 사랑한 모든 이들을 떠나, 잘해야 무관심 이상의 태도를 보일 수는 없는 이들에게 갔습니다. 런던까지 제 말로 여행했기 때문에, 아주 지루했고 대화를 나눌 사람도 없었습니다. 제 마음을 끄는 것들을 모두 머릿속에 그려보면서 얼마나 마음이 즐거웠는지! 바턴을 되돌아보면 그 모습에 얼마나 마음이 평온해지던지! 아! 축복받은 여행이었습니다!"

그는 말을 멈추었다.

엘리너는 그가 불쌍하기는 했지만 빨리 갔으면 좋겠다는 마음에 이렇게 말했다. "자, 그러면 할 말을 다 하셨나요?"

"다 했냐고요! 아뇨, 런던에서 무슨 일이 있었는지 잊으셨습니까? 그 수치스러운 편지, 그녀가 그걸 당신에게 보여 주었나요?"

"네. 전해진 편지는 다 빠짐없이 봤습니다."

"저는 내내 런던에 있었으니까, 그녀의 첫 편지를 금방 받았죠. 편지가 도착했을 때, 제가 느낀 감정은 흔한 말로 하면 형용할 수 없는 것이었습니다. 더 간단히 말하자면, 너무 간단해서 어떤 느낌도 불러일으키지 않을지 모르지만, 제 마음은 너무나, 너무나 고통스러웠습니다. 그 편지를 쓴 장본인이 여기에 있었다면 이렇게 케케묵은 비유를 쓰지 못하게 했겠지만, 한 줄 한 줄, 한 마디 한 마디가 제 심장을 찌르는 단검 같았습니다. 매리앤이 런던에 있는 것을 알았을 때, 같은 표현이지만, 벼락이 떨어지는 느낌이었습니다. 벼락과 단검! 그녀가 제게 이보다 더 한 책망을 퍼부을 수 있었겠습니까! 그녀의 취향이며 의견을 저 자신의 것보다 더 잘 알고 있었고, 더 소중히 여깁니다."

이 기묘한 대화 중 엘리너의 마음은 수없이 엎치락뒤치락 변하다가 이제 다시 부드러워졌으나, 그 전의 생각과 마찬가지로 이러한 생각도 상대에게 드러내지 않는 것이 자기 의무라고 생각했다.

"그건 옳지 않아요, 윌러비 씨. 당신은 결혼한 몸이라는 것을 잊지 마세요. 당신의 양심에 비추어 내게 꼭 들려주어야 한다고 생각되는 것만 말하세요."

"매리앤의 편지는 내가 이전에 못지않게 여전히 그녀에게 소중한 존재이고, 우리가 이별한 지 여러 주가 지났어도 변함없는 마음으로 나를 생각하고 있으며, 이전과 조금도 다름없이 나 역시 변치 않았으리라고 믿고 있음을 저에게 확인시켜 주어 자책감을 일깨웠습니다. 일깨웠다고 말하는 것은, 시간이 지났고 런던에 와 있으면서 일과 유흥으로 어느 정도 자책감이 무디어진 뒤였으니까요. 저는 이미 철면피한 악당이 되어 그녀에게 무관심해졌다고 생각하고, 그녀 또한 제게 틀림없이 애정이 식었을 거라고 생각하기로 했던 겁니다. 스스로에게 우리의 지난 사랑은 의미 없고 사소한 사건에 불과했다고 속삭이며, 그런 증거로 어깨를 한 번 으쓱하고 가끔 한 번씩 몰래 이런 말을 되뇌는 것으로 모든 비난을 잠재우고 양심의 가책을 이겨내고 있었지요. '그녀가 좋은 남자와 결혼한다는 소식을 들으면 정말 기쁘겠어.' 하지만 이 편지는 제게 진짜 제 모습을 직시하게 해 주었습니다. 세상의 다른 어떤 여자보다도 그녀가 비할 수 없이 제게 더욱 소중하게 느껴졌고, 그런 그녀를 제가 악랄하게 농락하고 있다는 것을 깨달았습니다. 그러나 그 때는 이미 그레이 양과 저 사이에 모든 것이 막 결정된 후였습니다. 되돌릴 수는 없었습니다. 제가 할 일은 오로지 당신들 두 자매를 피하는 것뿐이었습니다. 저는 매리앤이 더 편지를 보내지 못하게 하려는 뜻에서 답장을 하지 않았고, 한동안 버클리 가에 얼씬도 않기로 마음먹었습니다. 그러나 결국 무심하고 범상한 친구 관계인 척 가장하는 편이 더 현명하겠다는 판단이 들어, 어느 아침 당신들이 모두 집을 비운 것을 확인하고 제 명함을 남겨 두었습니다."

"저희가 집을 나서는 것을 보았다고요!"

"바로 그렇습니다. 제가 당신들 모습을 여러 차례 지켜보았고, 당신들과 마주칠 뻔한 적도 많았다는 것을 아시면 놀라시겠지요. 마차가 지나갈 때면 당신들의 눈길을 피해 가게에 들어간 적도 한두 번이 아니었습니다. 저는 본드 가에 머물고 있었지만, 당신들 중 누군가가 힐끗 눈에 띄지 않은 날이 거의 하루도 없었습니다. 제 편에서 한 시도 경계를 풀지 않고 조심하면서 당신들의 눈을 피하려고 기를 쓰지 않았다면 그렇게 오래 마주치지 않고 지낼 수는 없었을 겁니다. 저는 미들턴 가 사람들은 물론이고 당신들과 아는 사이일 듯싶은 사람들은 모두 되도록 피했습니다. 그러나 미들턴 가가 런던에 온 것을 미처 모르고 있다가, 아마 존 경이 온 첫날이자 제닝스 부인 댁을 방문했던 다음 날이었던 것 같은데, 존 경을 우연히 마주쳤습니다. 그는 저에게 저녁에 자기 집에서 무도회를 열 테니 오라고 하더군요. 그가 저를 꼭 오게 하려고 당신과 당신 동생도 올 예정이라는 말을 하지 않았더라도 너무 뻔한 일이라서 그 근처에 갈 수는 없었습니다. 다음날 아침 매리앤으로부터 또 짤막한 편지 한 장이 와 있었습니다. 여전히 애정이 넘치고 솔직하고 순진하고 믿음에 차 있어서, 구구절절 읽을수록 제 행동이 끔찍이도 혐오스럽게만 느껴졌습니다. 답장을 할 수가 없었습니다. 그러려고 해 보았습니다만, 한 줄도 쓸 수가 없었습니다. 그러나 그 날 한시도 그녀 생각이 머릿속을 떠나지 않았습니다. 대쉬우드 양, 저를 불쌍히 여기실 마음이 있다면 그 때의 제 처지를 불쌍히 여겨 주십시오. 당신 동생으로 머리와 가슴이 온통 가득 차 있는데 다른 여자에게 행복한 연인 역할을 해야만 했으니! 그 즈음의 서너 주는 최악이었습니다. 말하지 않아도 아시겠지만,

결국 당신들과 맞닥뜨린 것입니다. 제가 얼마나 기가 막힌 꼴이었는지! 그 날 저녁 얼마나 고통스러웠던지! 천사처럼 아름다운 매리앤이 그런 어조로 저를 윌러비 하고 부르다니! 오! 하느님! 한쪽에서는 그녀가 제 손을 잡고 제발 말해달라고 간청하듯 그 황홀하게 아름다운 눈으로 제 얼굴을 쳐다보며 설명해 달라고 청하고, 다른 한쪽에서는 소피아가 질투심에 불타 악마같이 이 모든 광경을 지켜보고 있었으니! 아, 그건 중요하지 않습니다. 이제는 다 끝난 일이니까요. 그 저녁을 영영 잊지 못할 겁니다! 저는 되도록 빨리 당신들로부터 도망쳤지만, 그 전에 매리앤의 사랑스러운 얼굴이 시체처럼 창백해지는 모습을 보고 말았습니다. 그것이 제가 그녀를 본 마지막 모습이었습니다. 끔찍한 모습이었습니다! 그러나 오늘 그녀가 정말로 죽어가고 있다고 생각할 때, 이 세상에서 그녀를 마지막으로 본 이들에게 그녀의 모습이 어떻게 비칠지 제가 정확히 알고 있다고 상상하니 조금이나마 위안이 되었습니다. 제가 오는 중에도 그녀는 똑같은 얼굴빛으로 제 앞에 끊임없이 나타났습니다."

서로 깊은 생각에 잠긴 채 짧은 침묵이 흘렀다. 윌러비가 먼저 몸을 일으키며 이런 말로 침묵을 깨뜨렸다.

"자, 서둘러 가 봐야겠습니다. 동생분은 틀림없이 상태가 나아졌고, 위험에서 벗어났지요?"

"그렇게 믿고 있습니다."

"당신의 불쌍한 어머니도! 매리앤을 애지중지하셨지요."

"그런데, 윌러비 씨, 당신의 편지 말인데요, 거기에 대해 하실 말씀이 없으십니까?"

"네, 네, 그 얘기를 빼놓을 수는 없지요. 아시다시피 바로 그 다음날 아침 동생분이 제게 다시 편지를 보내셨지요. 뭐라고 썼는지 당신도 아실 거고요. 저는 엘리슨 가에서 아침을 먹던 중이었고, 제 숙소에서 그곳으로 다른 것들과 함께 그녀의 편지가 배달되어 왔습니다. 그것이 제가 보기 전에 먼저 소피아의 눈에 띄었고, 크기라든가 세련된 편지지, 필적 등이 한 눈에 그녀의 의심을 샀습니다. 데번셔에서 제가 어떤 젊은 숙녀와 연애를 했었다는 소문을 이미 들어서 알고 있었던데다, 전날 밤 목격한 사건으로 그 젊은 숙녀가 누구인지 알았던 터라 이전의 어느 때보다도 질투심에 불타올랐지요. 그래서 그녀는 사랑하는 여자가 그렇게 한다면 사랑스럽게 보일 법한 태도로 장난치는 척하면서 편지를 뜯고 내용을 읽었습니다. 그녀는 자신의 경솔함에 대가를 치른 셈이지요. 비참한 기분에 빠뜨릴 내용이었으니까요. 그녀가 비참해진 것이야 참을 수 있었지만, 그녀의 질투, 적의는 어떻게든 달래 주어야만 했습니다. 그래서 그렇게 된 것이죠. 제 아내의 편지 쓰는 스타일을 어떻게 생각하십니까? 섬세하고, 부드럽고, 정말로 여성적이지 않던가요?"

"당신의 아내가요! 그 편지는 당신의 필적이었는데요."

"네, 하지만 저는 제 이름을 달기도 부끄러운 그런 문장을 비굴하게 베껴 쓰는 영예만을 누렸을 뿐이지요. 원문은 제 아내의 것입니다. 제 아내의 멋진 생각과 예의바른 어법이죠. 하지만 제가 어떡하겠습니까? 우린 약혼했고, 모든 준비가 다 끝났고 날짜도 거의 잡혔는데. 바보 같은 소리를 하고 있군요. 준비라고! 날짜라고! 정직하게 말하자면 그녀의 돈이 필요했고, 제 처지에서는 파국을 막기 위해서라면 무슨 짓이라도 해야 했습니다. 그리고 무엇보다도 제 답변을 어떤 말로 표현하든 매리앤과 그녀의 친구들의 저에 대한 생각은 마찬가지 아니었겠습니까? 그것은 오로지 단 한 가지 목적을 위한 것이었습니다. 제 임무는 자신이 악한이라는 것을 알리는 것이었으니, 공손하게 하든 거칠게 하든 그건 중요하지 않은 문제였죠. 혼자 이렇게 중얼거렸죠. '난 이제 그들에게 영영 몹쓸 놈이 됐어. 이제 영영 그들과 교제할 수 없게 됐고, 그들이 이미 나를 파렴치한으로 생각하고 있을 테니 이 편지를 보내봤자 나를 망나니로 여기게 되는 정도겠지.' 이런 생각에 자포자기하는 심정이 되어 아내의 말을 그대로 옮겨 적고 매리앤의 마지막 기념품을 내놓았습니다. 불행히도 제 지갑 속에 고스란히 있지만 않았더라면 없다고 잡아떼고 영원히 간직해 두었을 텐데, 그녀의 편지 세 통을 입 맞출 틈도 없이 내놓아야만 했습니다. 게다가 머리타래도 항상 똑같은 지갑 속에 넣어 품에 지니고 다녔기 때문에, 이제 부인의 애교로 가장한 증오에 걸려들고 말았습니다. 그 소중한 기념물인 머리타래도 저를 떠나갔습니다."

엘리너는 자기도 모르게 연민의 감정을 목소리에 내비치며 말했다. "그건 아주 옳지 못한 생각이에요, 윌러비 씨. 비난받아 마땅해요. 윌러비 부인이든 제 동생이든 그런 식으로 말씀하시면 안 돼요. 당신 스스로 선택한 거예요. 아무도 당신에게 강요하지 않았어요. 당신의 부인은 적어도 당신에게 예의와 존중을 요구할 자격이 있어요. 그녀는 당신을 틀림없이 사랑할 거예요. 그렇지 않았다면 결혼하지 않았겠죠. 그녀를 몰인정하게 대하고 얕잡아 말한다 해서 매리앤에게 속죄가 되지는 않아요. 당신의 양심에 위안이 될 수도 없을 거고요."

그가 땅이 꺼지도록 한숨을 내쉬며 말했다. "제 아내 얘기는 하지 말아 주십시오. 당신의 동정을 받을 가치가 없는 여자입니다. 결혼할 때 내가 자기에게 마음이 없다는 것을 알고 있었습니다. 우리는 결혼을 했고, 신혼을 즐기려고 콤 매그나에 내려왔고, 그 다음에는 즐겁게 보내려고 런던으로 되돌아갔습니다. 이제 저를 불쌍히 여겨 주시겠습니까, 대쉬우드 양? 그렇지 않다면 이 모든 이야기를 한 것이 허사였습니까? 당신 보시기에 제가 아주 조금이라도 그 전보다 죄를 덜었습니까? 제가 줄곧 나쁜 마음만 먹고 있었던 것은 아니었습니다. 저의 죄에 대해 일부라도 해명이 되었을까요?"

"네, 어느 정도, 조금쯤은 해명하셨습니다. 전체적으로 보아 제가 생각했던 것만큼 잘못하지는 않았다는 것을 입증하셨습니다. 당신의 마음이 훨씬 덜 사악하다는 것도 입증하셨고요. 하지만 당신이 입힌 불행에 대해서는 알다가도 모르겠군요. 그보다 더 나쁜 것이 있을 수 있을지 모르겠어요."

"동생이 회복되면 제가 말씀드린 내용을 그대로 전해 주시겠습니까? 당신에게뿐 아니라 그녀에게도 조금이나마 덜 나쁜 사람이 되게 해 주십시오. 그녀가 벌써 저를 용서했다고 하셨죠. 제 마음을, 제 지금 감정을 더 잘 알게 되면 더 마음에서 우러나는 자연스럽고, 부드럽고, 위엄 있는 용서를 해 줄 것이라고 상상하게 해 주십시오. 그녀에게 제가 불행하고 참회하고 있다고 말해 주십시오. 그녀에 대한 제 마음은 한 순간도 변한 적이 없었다고, 지금 이 순간 그 어느 때보다도 더욱 사랑한다고 전해 주십시오."

"동생에게 당신의 변명이라 할 만한 부분은 다 전해 주겠습니다. 하지만 당신이 지금 여기 오신 특별한 이유라든가, 어떻게 그 애가 아프다는 소식을 들으셨는지는 말씀해 주지 않으셨어요."

"어젯밤 드루어리 레인(지금도 사용되고 있는 런던의 가장 오래된 극장)의 로비에서 존 미들턴 경을 우연히 만났는데, 저를 알아보고는 두 달 만에 처음으로 말을 걸더군요. 그는 제가 결혼한 후로 저를 모른 척했지만, 저는 놀라거나 분개하지는 않았습니다. 그러나 이제 이 선량하고 정직하고 우둔한 위인은 저에 대한 분노와 당신의 동생에 대한 걱정으로 가득 차서, 아마도 그것이 저를 얼마나 괴로운 심정에 빠뜨릴지는 생각지 못하고 응당 제가 알아야 한다고 생각해서 얘기해 주고픈 유혹을 이기지 못했던 것이죠. 그래서 그는 최대한 퉁명스러운 어조로 매리앤 대쉬우드가 클리블랜드에서 지독한 열병으로 죽어가고 있다고, 그 날 아침 제닝스 부인으로부터 온 편지에 따르면 아주 위독한 상태에 있고, 파머가 사람들은 모두 겁에 질려 떠났다는 얘기를 해 주었습니다. 저는 너무 충격을 받아서 둔한 존 경에게조차 무관심한 척 가장할 수가 없었습니다. 제가 괴로워하는 모습을 보자 존 경도 마음이 누그러지고 앙심을 먹었던 것도 많이 사라졌던 모양입니다. 헤어질 때에는 사냥개 새끼를 주겠다던 오래된 약속을 상기시키며 악수라도 할 정도였으니까요. 당신의 동생이 죽어간다는 말을 들었을 때, 그리고 최후의 순간까지 저를 이 세상에서 가장 흉악한 악한으로 믿고 경멸하고 증오하면서 죽어갈 거라고 생각했을 때의 느낌이 얼마나 무시무시했는지 어떻게 제 입으로 말할 수 있겠습니까? 확신컨대 어떤 한 사람은 저를 무슨 짓이든 하고도 남을 인간으로 묘사했겠지요. 몸서리가 쳐졌습니다! 곧 결심을 하고, 오늘 아침 여덟 시에 마차에 올랐습니다. 이제 다 말씀드렸습니다."

엘리너는 대답하지 않았다. 그녀는 말없이 너무 일찍 독립한 결과 젖어들게 된 나태, 방탕, 사치의 습관이 훌륭한 인물과 재능에 본래는 솔직하고 정직한 성품과 다정다감한 성격까지 갖춘 남자의 정신, 인격, 행복에 가져온 돌이킬 수 없는 피해에 대해 깊이 생각했다. 세상은 그를 사치스럽고 허영심 강한 인간으로 만들어 놓았고, 사치스러움과 허영심은 그를 이기적인 냉혈한으로 만들었다. 허영심은 타인을 희생시켜서라도 자신의 죄많은 승리를 추구하다가 참된 애정에 그를 말려들게 했고, 사치, 혹은 적어도 그 자식인 궁핍은 참된 애정을 희생시킬 것을 요구했다. 그를 악으로 이끌었던 잘못된 성향 하나하나가 마찬가지로 그를 징벌로 이끌었다. 그가 명예를 버리고, 감정을 버리고, 모든 더 나은 이익을 버리고 겉으로 보기에는 떼어내 버린 애정이, 더 이상 가질 수 없게 된 지금에 와서 온통 머릿속을 지배하게 되었다. 그가 손에 넣기 위해 양심의 가책도 없이 동생을 불행에 빠뜨렸던 그 결혼이 그에게 훨씬 더 치유할 수 없는 불행의 근원으로 드러난 것이다. 그녀는 윌러비가 적어도 자기 못지않게 고통스러울 상념에서 깨어 자리에서 일어나 갈 준비를 하고 이렇게 말하는 바람에 정신을 차렸다.

"여기 머물러 봤자 소용없겠지요. 떠나야겠습니다."

"런던으로 돌아가실 건가요?"

"아뇨. 콤 매그나로 갑니다. 거기에 볼일이 있습니다. 하루나 이틀쯤 후에 거기에서 런던으로 갈 겁니다. 안녕히."

그가 엘리너에게 손을 내밀었다. 그의 손을 뿌리칠 수는 없었다. 그는 애정을 담아 그녀의 손을 꼭 잡았다.

"정말로 저를 예전보다는 더 좋게 생각하게 되셨습니까?" 그는 가겠다고 말한 것을 잊은 사람처럼 손을 놓고 벽난로 가에 기대고는 말했다.

엘리너는 그렇다고 말했다. 그를 용서하고 동정하며 잘 살기를 바란다고, 그의 행복을 바란다는 말까지 해 주고, 그렇게 되는 데 가장 도움될 법한 행동에 대해 약간의 부드러운 충고도 곁들여 주었다. 그의 대답은 그리 긍정적이지 못했다.

"할 수 있는 한 이럭저럭 살아 봐야겠지요. 가정의 행복은 바랄 수도 없겠지만. 그러나 당신과 동생이 제 운명과 행동에 관심이 있다고 생각해도 좋다면, 그것이 방법이 될 수도 있겠고, 제 몸가짐을 조심하게 해 줄지도 모르지요. 적어도 그것을 위해 살 겁니다. 매리앤은 분명 영영 잃었습니다. 제가 운 좋게도 다시 자유로워진다면,"

엘리너는 질책하며 그의 말을 가로막았다.

그가 이렇게 대답했다. "그러면 다시 한 번 인사를 드립니다. 이제 떠나가서 한 가지 사건을 두려워하며 살렵니다."

"무슨 말씀이지요?"

"당신 동생의 결혼 말입니다."

"말도 안 되는 생각을 하시는군요. 그 애가 결혼을 하든 안 하든 당신과는 아무 상관없는 일이에요."

"그러나 다른 누군가가 그녀를 손에 넣겠지요. 그리고 그 누군가가 제가 가장 참을 수 없는 바로 그 사람이 된다면……그렇지만 더 이상 머물러서 제가 가장 큰 상처를 준 곳에서 가장 너그럽지 못한 모습을 보여서 당신의 인정 많은 선의를 잃지는 않겠습니다. 안녕히, 신의 가호를!"

이 말을 남기고 그는 거의 뛰다시피 방을 나가버렸다.

9장

엘리너는 그가 떠나고 나서 한참 동안, 그의 마차 소리가 사라진 뒤에도 오랫동안 극과 극을 오가며 뒤바뀌는 수많은 생각에 정신을 차릴 수가 없을 지경이었으나, 끝에 가서는 동생에게 한 짓을 생각해도 그가 안쓰럽다는 감정이 가장 크게 남았다.

반 시간 전만 해도 세상에서 가장 쓰레기 같은 남자라고 혐오했던 윌러비였지만, 그의 모든 잘못에도 불구하고 그로 인해 겪게 된 고통에 대해 일말의 연민이나마 품게 되었다. 또한 그 고통 때문에 그녀도 곧 마음속으로 인정했지만 그의 실제 장점보다는 희망에 따라, 이제 그가 자기 가족과 영영 멀어졌다는 사실에 애정과 아쉬움을 느끼게 되었다. 그녀는 이치를 따진다면 별로 중요하지도 않은 주위 사정과, 이젠 갖고 있어도 장점이 되지 못하는 보기 드물게 매력적인 외모와 솔직하고, 다정하고, 활달한 태도, 이제는 떳떳치 못한 것이 된 매리앤에 대한 열렬한 사랑으로 인해 자신의 마음이 그에게로 기울었음을 느꼈다. 그러나 그 이전에도 오랫동안 그랬다는 생각도 들었다.

마침내 매리앤에게 되돌아가자, 그녀는 엘리너의 기대에 어긋나지 않게 긴 단잠에서 막 깨어나 기운을 회복한 모습이었다. 엘리너는 가슴이 벅차올랐다. 과거, 현재, 미래, 윌러비의 방문, 매리앤의 회복, 곧 도착하실 어머니, 이 모든 것으로 흥분 상태에 빠져 피로감은 씻은 듯이 사라졌고, 동생이 자기 심경을 눈치챌까 그것만이 두려울 뿐이었다. 그러나 두려움도 잠깐이었다. 엘리너는 윌러비가 집을 떠난 지 반 시간도 안 되어 또 다른 마차 소리를 듣고 다시 계단을 내려갔다. 그녀는 어머니를 끔찍한 불안으로부터 한시라도 빨리 구해 드리고 싶은 마음에 들떠 당장 복도를 달려가, 어머니가 막 들어서는 순간 대문에 당도해 어머니를 맞이했다.

대쉬우드 부인은 집에 가까워질수록 두려움이 더해가 매리앤이 살아 있지 않을지도 모른다는 확신에 사로잡혀 있었던 터라, 그녀의 안부를 묻기는 고사하고 엘리너를 부를 수조차 없었다. 그러나 엘리너는 인사도, 질문도 기다리지 않고 바로 기쁜 소식을 전했다. 어머니는 늘 그렇듯이 순식간에 이전에 느꼈던 공포만큼이나 강렬한 행복감에 휩싸였다. 어머니는 딸과 대령의 부축을 양옆에서 받으면서 거실로 갔다. 아직 말을 할 수는 없었지만 기쁨의 눈물을 흘리면서 엘리너를 거듭 포옹하고, 사이사이 몸을 돌려 감사하는 마음과 그 행복한 순간에 대령도 자신과 같은 심정이리라는 확신을 담은 얼굴로 브랜든 대령의 손을 꼭 잡았다. 그는 말은 없어도 어머니보다 훨씬 더 기뻐하는 모습이었다.

대쉬우드 부인은 정신을 차리자 제일 먼저 매리앤을 보고 싶어했다. 곧 부인은 사랑하는 딸의 곁에 있게 되었다. 헤어져 있으면서 불행을 겪고 고비를 넘긴 탓에 그 어느 때보다도 딸이 소중하게 느껴졌다. 두 사람이 만나서 기뻐하는 모습을 보면서 엘리너의 기쁨을 방해하는 것이라고는 매리앤이 더는 잠을 자지 못할지 모른다는 불안뿐이었다. 그러나 대쉬우드 부인은 자식의 생명이 경각에 달렸을 때는 침착함은 물론이고 신중해질 수 있었으며, 어머니가 옆에 있다는 데 만족한 매리앤은 대화를 하기에는 기력이 딸린다는 것을 깨닫고 주위의 모든 간병인들이 권하는 대로 얌전히 입을 다물고 안정을 취했다. 대쉬우드 부인은 밤새 딸의 곁을 지키고 싶어했으므로, 엘리너는 어머니의 간절한 뜻을 받아들여 잠자리에 들었다. 그러나 하룻밤을 꼬박 새우고 사람을 극도로 지치게 하는 불안에 오랜 시간 시달린 뒤라 휴식이 꼭 필요했는데도 심란한 마음에 잠이 오지 않았다. 이제는 "불쌍한 윌러비"라고 부를 수 있게 된 윌러비가 그녀의 머릿속을 떠나지 않았다. 아무리 해도 그의 변명에 귀를 기울이지 않을 수 없었고, 이제는 그를 지나치게 가혹하게 비판했다고 자신을 비난하기도 하다가, 용서하기도 했다. 그러나 동생에게 이야기를 전해 주겠다는 약속은 여전히 괴로웠다. 그 일을 실행에 옮기기가 두려웠고, 매리앤에게 어떤 영향을 미칠지 겁이 났다. 이런 이야기를 듣고 나서도 그녀가 다른 사람과 행복해질 수 있을지 의심스러웠고, 잠시나마 윌러비가 홀아비가 되기를 바라는 마음마저 들었다. 그러다가 브랜든 대령에게 생각이 미치자 자신을 나무라며 경쟁자보다 훨씬 더했던 그의 고통과 변함없는 마음에 동생이 마땅히 보답해야 한다고 느꼈으며, 윌러비 부인의 죽음 따위는 결코 바라지 않겠다고 생각했다.

대쉬우드 부인은 그 전부터 불안을 느끼고 있던 차라, 브랜든 대령의 바턴 방문에도 충격을 훨씬 덜 받았다. 부인은 매리앤이 너무나 걱정이 된 나머지 이미 바로 그 날 더 전갈을 기다리지 않고 클리블랜드로 떠나기로 마음먹었고 그가 도착하기 전에 이미 여행 준비를 다 마쳐놓았다. 어머니가 마거릿을 감염의 위험이 있는 곳에 데려가지 않으려 해서, 캐리 가가 언제라도 마거릿을 데려가기로 되어 있었다.

매리앤은 날이 갈수록 회복되어 갔다. 대쉬우드 부인은 밝고 명랑한 표정과 분위기로도 충분히 알 수 있듯이, 되풀이하여 자기가 세상에서 가장 행복한 여자라고 자신있게 말했다. 엘리너는 그런 말을 듣거나 그 증거를 목격할 때마다 때때로 어머니가 에드워드를 기억에서 아예 지워버린 것이 아닐까 궁금해졌다. 그러나 대쉬우드 부인은 엘리너가 자기의 실연에 대해 적어 보낸 절제된 설명을 그대로 믿었으므로, 더 기쁜 일 쪽으로 생각을 돌렸던 것이다. 매리앤은 어머니도 이제야 자신의 실수를 깨달았지만 어머니가 잘못된 판단으로 윌러비에 대한 불행한 애정을 부추긴 탓에 처했던 위기에서 회복되었다. 게다가 어머니는 딸이 회복되면서 엘리너가 미처 생각지 못했던 기뻐할 이유가 또 하나 있었다.

그래서 단 둘이 오붓하게 이야기를 나눌 기회가 오자마자 이를 알렸다.

"마침내 우리만 있게 되었구나. 엘리너, 넌 아직 내가 얼마나 행복한지 모를 거다. 브랜든 대령이 매리앤을 사랑한다는구나. 나한테 직접 그렇게 말했단다."

딸은 기쁘면서도 마음 아프고, 놀라는 동시에 놀랍지 않기도 하고 만감이 교차하여 조용히 듣기만 했다.

"너는 나하고는 도통 닮지 않았어, 엘리너, 그렇지 않다면 지금 네가 어떻게 이렇게 침착할 수 있는지 의아했을 거다. 우리 집안에 뭔가 좋은 일이 생기게 해 달라고 빌었다면, 브랜든 대령이 너희 둘 중 하나를 가장 바람직한 상대로 점찍어 결혼하게 해 달라고 했을 거다. 내 생각에는 둘 중에서 매리앤이 그와 더 어울릴 것 같구나."

엘리너는 그들의 나이, 성격, 감정을 공정하게 따져본다면 아무도 그렇게 생각할 것 같지 않았으므로 어머니에게 그렇게 생각하는 이유를 물어보고 싶기도 했다. 그러나 어머니는 항상 자신의 상상력에 취해 흥분해 버릴 것이 뻔했으므로, 캐묻는 대신 미소로 넘겼다.

"어제 여행하면서 대령이 자기 속마음을 내게 전부 털어놓았단다. 그럴 생각은 아니었는데 어쩌다 보니 그런 얘기가 다 나오게 되었단다. 너도 잘 알겠지만 나야 내 자식 얘기 빼면 달리 할 얘기가 없었고, 대령은 자기의 괴로운 마음을 숨기지 못했지. 난 그이도 나만큼이나 걱정한다는 것을 알았어. 대령은 아마도 그렇게 깊은 동정심을 세상에서 흔히 말하듯 단순한 우정으로 둘러대기는 힘들다고 여겼던지, 아니면 그럴 생각은 애당초 하지도 않고 도저히 막을 수 없는 감정에 손을 들어 버렸던지, 나에게 매리앤에 대한 열렬하고, 따스하고, 변함없는 애정을 알려주더구나. 엘리너, 대령이 그 애를 처음 본 순간부터 좋아했다는 거야."

그러나 엘리너는 여기에서 브랜든 대령의 고백을 그대로 옮긴 것이 아니라, 어머니가 활발한 상상력으로 취사선택하여 자기 구미에 맞도록 모든 것을 짜 맞춰 자연스럽게 꾸며낸 표현임을 눈치챘다.

"매리앤에 대한 그의 사랑은 참인지 거짓인지도 모를 윌러비의 것과는 비교도 안 되게 훨씬 더 뜨겁고, 훨씬 더 진실되고 변함없는 것이었어. 매리앤이 그런 보잘 것 없는 젊은 놈한테 먼저 마음을 주었다는 것을 다 알면서도 사그라지지 않았다지 뭐냐! 이기심도 없이, 희망을 가질 만한 것도 없이 말이다! 그 애가 다른 사람과 행복해지는 모습을 보게 될지도 몰랐는데, 얼마나 고귀한 마음씨를 지녔는지! 얼마나 꾸밈없고 진실한지! 대령 같은 분이라면 아무도 기만하지 않을 거다."

엘리너가 대꾸했다. "브랜든 대령이 훌륭한 분이라는 데야 이의를 달 사람이 없죠."

어머니가 진지하게 되받았다. "나도 안단다. 그렇지 않았다면 이런 경고가 있은 후인데 내가 누구보다도 앞장서서 이런 애정을 가로막든지 안 내켜했겠지. 하지만 대령이 이렇게 적극적으로, 기꺼이 우정을 발휘해 나를 데리러 와준 것만으로도 그가 가장 훌륭한 남자라는 점은 충분히 입증된 셈이지."

엘리너가 대답했다. "인정 때문이 아니라면 매리앤에 대한 사랑 때문에 더 적극적으로 나서기도 했겠지만, 그 한 가지 친절로만 그분의 성격을 판단하실 수는 없어요. 그분은 제닝스 부인이나 미들턴 가와도 오래 가까운 친구 사이로 지내셨고, 그들은 너나 할 것 없이 다들 그분을 사랑하고 존경해요. 저는 그분을 뒤늦게 알았지만 제가 그분에 대해 알고 있는 것만도 적지 않고, 저 또한 그분을 아주 높이 평가하고 존경해 마지않아요. 그러니 매리앤이 그분과 행복해질 수 있다면 기꺼이 어머니처럼 그들이 맺어지게 되는 것을 세상에 다시없을 축복으로 여기겠어요. 어머니는 그분에게 어떻게 대답하셨어요? 희망을 가져도 좋다고 하셨나요?"

"아! 얘야, 그 당시에는 대령한테고 나 자신한테고 희망을 주고 자시고 할 정신이 없었단다. 그 때 매리앤이 죽어가고 있을지도 모르잖니. 하지만 그이는 희망을 달라거나 격려해 달라고는 않았어. 상대편 부모님께 간청한다기보다는 위로가 되는 벗에게 자기도 모르게 털어놓는다고 할까, 억제하지 못하고 쏟아져 나왔다고 할까, 그런 것이었어. 하지만 잠시 있다가 내가 먼저 간신히 말을 했어. 그 애가 살아난다면, 그럴 것이라고 믿지만, 둘이 결혼하는 것만큼 내게 행복한 일이 없을 거라고 말이다. 우리가 도착해서 기쁜 소식을 확인한 후로, 내 힘닿는 데까지 그를 밀어 주겠노라고 진심으로 몇 번이나 말해줬단다. 시간만 조금 있으면 다 잘 될 거라고 해 줬지. 매리앤이 윌러비 같은 놈한테 언제까지나 가슴앓이를 하지는 않을 테니까. 대령의 장점이 곧 그 애 마음을 얻게 될 거라고 말이다."

"하지만 대령의 분위기로 보건대, 어머니가 충분히 자신감을 불어넣어 주시지 못한 것 같은데요."

"아냐. 그이는 매리앤의 애정이 너무나 깊이 마음속에 자리잡고 있어서 아무리 시간이 지나도 변하지 않을 거라고 생각하는 거야. 설령 매리앤의 마음이 변한다 해도, 너무 스스로에 대해 자신감이 없어서 이렇게 나이도 성격도 딴판이니 그 애의 마음을 끌 수 없을 거라고 생각하고 있단다. 하지만 완전히 틀린 생각이지. 그이가 나이가 훨씬 많다 해도 그건 이점이 될 뿐이지. 인격과 원칙에 안정감을 주니까. 또 딱 그이 같은 성격이라야지 네 동생을 행복하게 해 줄 수 있어. 인물이며 태도도 나무랄 데 없고 말이다. 내가 한쪽으로 치우쳐서 눈이 먼 것이 아니야. 물론 윌러비만큼 인물이 좋지는 않지만, 그의 표정에는 뭔가 훨씬 더 호감 가는 점이 있어. 기억해 보렴. 노상 윌러비의 눈에는 뭔가 내 마음에 안 드는 점이 있다고 했잖니."

엘리너는 그런 말을 들은 기억은 없었지만, 어머니는 그녀가 맞장구쳐 주기를 기다리지도 않고 말을 계속했다.

“그리고 대령의 그 예의바른 몸가짐은 윌러비보다 훨씬 더 맘에 드는 건 물론이고, 내가 잘 아니까 하는 말인데 매리앤한테도 훨씬 잘 어울려. 부드럽고, 다른 사람들을 진심으로 배려하고, 남자답고 꾸밈없는 단순 소박한 태도는 부자연스럽고 때에 맞지 않는 적도 많았던 그 사람의 활달함보다 그 애의 본래 성격에 훨씬 더 잘 맞는단다. 내가 자신 있게 말하는데, 그 반대라는 것을 몸소 증명했지만, 윌러비가 실제로는 착한 사람이었다고 밝혀진다 해도 매리앤은 그이보다는 브랜든 대령과 훨씬 더 행복해질 거다.”

어머니는 말을 멈추었다. 딸이 어머니의 말에 전적으로 동감을 표하지 않았지만, 부정하지도 않았으므로 기분이 상하지는 않았다.

대쉬우드 부인이 말을 계속했다. “델라포드라면 그 애는 나하고도 가깝게 살게 될 테지. 내가 바턴에 남아 있는다 해도 말이다. 아마도 그렇게 될 공산이 크지만. 델라포드는 큰 마을이라니까, 우리가 지금 사는 곳 못지않게 우리한테 딱 맞을 조그마한 집이나 별장쯤이야 주변에 당연히 있을 거야.”

가엾은 엘리너! 그녀를 델라포드로 옮길 계획이 또 있었다니! 그러나 그녀는 마음을 다잡았다.

“대령의 재산은 또 어떻고! 너도 알겠지만 내 나이쯤 되고 보면 누구든 그런 데 신경을 쓰게 되는 법이야. 실제로 재산이 얼마나 되는지 알지도 못하고 알고 싶지도 않지만, 제법 되는 건 틀림없는 모양이더라.”

여기까지 말했을 때 다른 사람이 들어오는 바람에 대화가 끊어졌다. 엘리너는 물러가서 혼자 여기 대해 곰곰이 생각하면서, 친구에게 성공을 빌면서도 한편으로 윌러비를 떠올리면 마음이 아팠다.

10장

매리앤의 병은 몸을 쇠약하게 만들기는 했어도 회복이 더디어질 만큼 오래 끌지는 않았다. 젊음과 타고난 체력에 어머니가 옆에서 간호한 덕에, 병세는 순조롭게 호전되어 어머니가 도착한 지 나흘 만에 파머 부인의 옆방으로 옮길 수 있을 정도가 되었다. 매리앤은 어머니를 모셔온 데 감사를 전하고 싶어 안달이었으므로, 브랜든 대령에게 방문해 달라고 간청했다.

방에 들어서서 매리앤의 달라진 표정을 보고 그녀가 주저 없이 내미는 창백한 손을 잡으면서 그는 북받치는 감정을 주체하지 못하는 모습이었다. 엘리너가 추측하기에는 단순히 매리앤에 대한 사랑이나 그것이 남들한테까지도 다 알려졌음을 의식하는 데서 나오는 것 이상이었다. 그녀는 곧 그가 처연한 눈빛으로 얼굴색이 변해 동생을 바라보는 모습을 보고, 공허한 눈빛, 창백한 피부, 쇠약해져 기대앉은 자세, 특별히 신세를 졌다고 깊이 감사를 전하는 모습에서 이미 인정했던 매리앤과 일라이저의 유사성을 이제 더욱 강하게 느끼고, 마음속에 수많은 과거의 고통스러운 장면들을 되풀이해 떠올리고 있다는 사실을 알았다.

대쉬우드 부인은 딸 못지않게 주의 깊게 지켜보고 있었지만 전혀 다른 생각을 하고 있었으므로 관찰 결과는 전혀 달랐다. 부인은 대령의 행동에서 순수하고 명백한 감정으로부터 우러나오는 것 이외에는 아무것도 보지 못했고, 매리앤의 말과 행동에서는 감사 이상의 감정이 이미 싹트기 시작했다고 생각했다.

하루 이틀쯤 지나자 매리앤은 눈에 띌 만큼 점점 호전되었으므로, 대쉬우드 부인은 딸과 자신의 바람대로 바턴으로 출발을 놓고 의논하기 시작했다. 두 친구는 부인의 결정에 따르기로 했다. 제닝스 부인은 대쉬우드 가족이 머물고 있을 동안은 클리블랜드를 떠날 수가 없었고, 브랜든 대령은 그들이 입을 모아 간청하자 그들처럼 반드시 필요한 것은 아니라도 마찬가지로 자기도 그곳에 계속 머물기로 했다. 대쉬우드 부인은 대령과 제닝스 부인의 권고에 따라 아픈 딸에게 더 편안한 자리를 만들어 주기 위해 되돌아갈 때 그의 마차를 쓰기로 했다. 대령은 대쉬우드 부인과 제닝스 부인이 입을 모아 초대하자 몇 주 후 별장을 방문해 마차를 되찾아가기로 흔쾌히 약속했다. 제닝스 부인은 활달하고 선량한 성품으로 대쉬우드 부인이 자신뿐 아니라 다른 사람들까지도 친구로 맞아 접대하게 만들었다.

헤어져 출발할 날이 다가왔다. 매리앤은 과거 무심했던 것을 남몰래 인정하고 진심에서 우러난 감사와 존경과 행복을 비는 마음을 전하며 제닝스 부인과 특히 오랜 시간 작별 인사를 나누고, 브랜든 대령에게는 친구로서 따뜻한 우정을 전하며 작별을 고한 다음, 조심스럽게 그의 부축을 받아 마차에 올랐다. 그는 매리앤이 적어도 마차의 자리 절반은 차지하기를 바라는 것 같았다. 대쉬우드 부인과 엘리너가 그 뒤를 따랐다. 다른 이들은 자기들끼리 남아서 여행길에 오른 이들 얘기를 하다가 자기들이 꾸물거리고 있다는 생각이 들었다. 비로소 제닝스 부인은 자기 셰즈를 불러 하녀와 소문을 주고받으며 젊은 두 친구를 떠나보낸 아쉬움을 달랬다. 그러고 나자 브랜든 대령도 델라포드로의 외로운 여정에 올랐다.

대쉬우드 가족들은 이틀 동안 여행했고, 매리앤은 크게 피로를 느끼지 않고 이틀 내내 여행을 잘 버텼다. 두 정성스런 동반객은 더할 수 없이 따뜻한 애정과 세심한 배려로 그녀를 편안하게 해 줄 수 있는 것이라면 뭐든지 하는 것을 자기들의 임무로 삼았고, 그녀의 몸이 편해지거나 마음이 안정되면 그것을 보답으로 삼았다. 엘리너에게는 마음의 변화가 무엇보다도 고마웠다. 말할 용기도, 숨길 인내심도 없는 마음의 고뇌에 짓눌려 몇 주 동안 계속 괴로워하는 동생을 보았던 그녀는 이제 눈에 띌 만큼 평온해진 모습을 보면서 다른 누구보다도 기뻤다. 그러한 평온은 진지한 성찰의 결과이니만큼, 결국에는 만족과 활기를 되찾을 것이 틀림없었다.

바턴에 이르러 들판과 나무 하나 하나까지 특별하면서도 고통스러운 추억을 불러일으키는 광경을 마주 대하자, 매리앤은 말이 없어지고 깊은 생각에 잠겨 그들의 눈길을 피해 얼굴을 돌리고 창문 밖만 뚫어지게 응시했다. 그러나 엘리너는 그런 모습이 의아스럽지도, 비난하고 싶지도 않았다. 매리앤이 마차에서 내리는 것을 도와주면서 운 흔적을 보았을 때에도 너무나 자연스러운 일이라 생각되어 동정심이 일었으며, 그렇게 감정을 자제하는 태도를 칭찬하고 싶었다. 이후 태도에서도 이성적인 노력에 눈뜬 정신을 따라 올바르게 행동하고자 하는 모습이 엿보였다. 매리앤은 그들이 평소 쓰던 거실로 들어서자마자, 윌러비의 기억을 떠올리게 하는 모든 물건들의 모습에 익숙해지기로 결심했다는 듯 굳은 결의에 찬 표정으로 방 안을 둘러보았다. 말은 거의 없었지만 의도적으로 명랑하게 말하려고 노력했고, 가끔씩 한숨이 입에서 새어나오기도 했지만 반드시 속죄의 미소로 지워버렸다. 저녁식사 후 그녀는 피아노를 한 번 쳐보려 했다. 피아노로 다가갔으나 눈이 처음 닿은 악보는 윌러비가 가져다주었던 오페라로, 그들이 가장 좋아했던 이중창이 실려 있고 겉장에는 그의 필적으로 그녀의 이름이 씌어져 있었다. 그것도 소용없었다. 그녀는 고개를 흔들고 악보를 옆으로 치운 다음 잠시 건반을 눌러 보다가, 손가락에 힘이 없다고 투덜대면서 다시 악기를 닫고 앞으로는 연습을 더 해야겠다고 여전히 단호한 태도로 선언했다.

다음날 아침에도 이런 행복한 조짐은 사그라질 기미가 전혀 없었다. 반대로 휴식을 취해 몸과 마음에 기운이 나자, 매리앤은 더 진심에서 우러난 활기에 넘친 모습을 보였다. 그녀는 마거릿이 돌아와 사랑하는 가족들이 모두 한자리에 모여 함께 여가를 즐기고 즐거운 교제를 나눌 때를 고대하며, 그것만이 바랄 가치가 있는 유일한 행복이라고 말했다.

매리앤은 이런 말도 했다. "날씨가 계속 맑고 내가 몸이 다 회복되면, 같이 매일 긴 산책을 하러 가자. 고원 끝에 있는 농장까지 걸어가서 아이들이 어떻게 지내는지 보고. 바턴 교차로하고 애비랜드에 존 경이 새로 만든 농원에도 가 보자. 수도원 옛 터에도 가끔 가보고, 한때 그 흔적이 있었다는 데까지 건물터를 따라가 보자고. 즐거운 시간을 보낼 수 있을 거야. 여름 한 철을 행복하게 지내게 될 거야. 여섯 시에는 꼭 일어날 거고, 그 때부터 저녁식사 때까지 모든 시간을 독서와 음악에 나누어 쏟아야지. 계획을 짜서 진지하게 공부에 몰두해 볼 생각이야. 우리 서재는 내가 너무 잘 알아서 단순한 오락거리 이상이 되기는 힘들어. 하지만 파크에는 읽을 만한 훌륭한 작품들이 많으니까. 브랜든 대령한테서는 다른 더 최근 작품들을 빌릴 수 있을 테고. 하루에 여섯 시간씩 일 년만 독서를 하면 지금 내가 느끼기에 부족한 부분을 많이 채울 수 있을 거야."

엘리너는 예전에는 동생이 극단적인 나태와 이기적인 불평불만의 원인이 되었던 바로 그 열정적인 공상을 이제는 이렇게 합리적인 취미 활동과 훌륭한 자기 관리 계획을 세우는 데 발휘하는 것을 보고 웃음이 나왔지만, 이처럼 훌륭한 계획을 칭찬했다. 그러나 윌러비에게 한 약속을 아직 실행에 옮기지 않았다는 생각이 들자, 그 얘기를 전했다가 매리앤의 마음을 다시 뒤흔들어 적어도 한동안만이라도 분주하면서도 안정된 생활을 꿈꾸는 이러한 기대를 망가뜨릴까 두려워져 미소는 한숨으로 바뀌었다. 그래서 그녀는 불길한 시간을 미루고 싶은 마음에, 약속을 지키기 전에 동생의 건강이 좀 더 안정될 때까지 기다리기로 했다. 그러나 깨질 수밖에 없는 결심이었다.

매리앤이 2,3일을 집에서 보낸 후, 날씨가 그녀처럼 허약한 사람도 외출해도 좋을 만큼 맑아졌다. 마침내 딸들이 나가고 싶어 하고 어머니도 허락할 만한 온화하고 쾌적한 아침이 온 것이다. 매리앤은 엘리너의 팔에 기대어 집 앞의 좁은 길을 지치지 않는 한에서 걸어도 좋다는 허락을 얻었다.

매리앤이 병을 앓은 이후로 처음 운동에 나선 자매는 매리앤의 허약한 몸에 무리가 가지 않을 정도로 느린 속도로 출발했다. 그들은 집을 벗어나 뒤편의 언덕 전경이 눈에 들어오는 거리까지만 나갔다. 매리앤은 그 쪽으로 눈을 돌리고 발길을 멈추더니 한 손으로 가리키면서 조용히 말했다.

"저기, 바로 저기 튀어나온 작은 봉우리야. 저기에서 넘어졌어. 저기서 윌러비를 처음으로 만났어."

그녀는 목소리가 무겁게 가라앉았지만, 곧 다시 기운을 되살려 이렇게 덧붙였다.

"저 곳을 보아도 이렇게 별로 마음 아프지 않다니 얼마나 다행스러운지 몰라! 이제 그 얘기를 해도 될까, 언니?" 주저하면서 말을 이었다. "그러지 않는 게 좋을까? 난 이제 말할 수 있는데, 해야 한다면."

엘리너는 부드럽게 솔직히 다 털어놓으라고 권했다.

매리앤이 입을 열었다. "그이에 관한 한 미련 같은 건 다 털어 버렸어. 그이에 대한 내 감정이 어떤 것이었는지가 아니라 지금 어떤지를 얘기하려는 거야. 지금은 한 가지만이라도 납득할 수 있다면 좋겠어. 그가 늘 연기를 한 것은 아니었고, 쭉 날 속이지는 않았다고 생각할 수만 있다면, 아니 다 그만두고서라도 그 불행한 여자의 이야기를 들은 후로 내가 두려움에 질려 종종 생각한 것만큼 그렇게 아주 사악한 사람은 아니었다고 확신할 수만 있어도……."

그녀는 말을 끊었다. 엘리너는 깊이 간직해 놓았던 이야기를 기쁜 마음으로 대답으로 꺼냈다.

"네가 그렇게 확신할 수만 있다면 마음이 편해지겠다고 생각하는 거구나."

"그래. 내 마음의 평화는 두 가지 면에서 거기 달려 있어. 한때는 내게 그렇게 소중했던 사람이 그런 의도를 품고 있었다고 의심하는 것도 끔찍한 일이지만, 그렇게 생각하면 나는 또 어떤 꼴이 되겠어? 나 같은 상황이라면 수치스럽기 짝이 없는 경박한 사랑에 불나방처럼 뛰어든 꼴밖에 더 되겠냐고."

언니가 질문을 던졌다. "그렇다면 그의 행동을 어떻게 설명하겠니?"

"나라면 그가, 아! 그가 단지 변덕스럽다고, 아주 지독한 변덕쟁이라고 생각할 수 있다면 얼마나 기쁠까."

엘리너는 더 말하지 않았다. 그녀는 이야기를 바로 시작하는 것이 나을지, 아니면 매리앤이 좀 더 건강을 회복할 때까지 미루는 편이 나을지를 놓고 갈등했다. 그들은 잠시 동안 말없이 계속 천천히 걸었다.

매리앤이 마침내 한숨을 쉬며 말했다. "그의 속마음이 나만큼 편치 않기를 바라는 마당에, 그가 너무 착하기를 바라지도 않아. 그는 충분히 대가를 치르게 될 거야."

"너의 행동과 그의 행동을 비교하는 거니?"

"아니. 내 행동과 마땅히 그랬어야 할 행동을 비교하지. 언니의 것과 비교해."

"우리 상황에는 거의 닮은 데가 없었어."

"우리의 행동보다는 닮았을 걸. 사랑하는 언니, 언니는 다정하니까 언니의 판단으로 비난해 마땅한 것이라도 옹호해 주는 거야. 병에 걸린 덕에 많은 생각을 하게 되었어. 진지하게 되새겨 볼 여유와 평온을 얻었지. 말할 수 있을 만큼 회복되기 한참 전부터 제대로 따져볼 수 있게 되었어. 과거를 돌이켜 보니 지난가을 그와 처음 알게 된 후로부터 내 행동은 온통 경솔한 짓을 저지르고 다른 사람들에게 불친절하게 군 것뿐이었어. 내 감정이 그런 고통을 초래했고, 견뎌낼 인내심이 모자라 거의 죽음의 문턱까지 갔었던 거야. 내 병은 전적으로 내가 자초한 것이었고,

그 당시조차 잘못하고 있다고 느꼈을 만큼 내 건강을 돌보지 않은 결과였다는 걸 잘 알아. 내가 죽기라도 했으면 제 손으로 제 무덤을 판 격이었겠지. 위험한 고비를 넘길 때까지도 그걸 몰랐지만, 이제 와서 곰곰이 생각해 보니 내가 살아났다는 것이 놀라워. 하느님과 주위 사람들 모두에게 속죄할 시간을 얻기 위해 살아야 한다는 열망이 나를 당장 죽이지 않았던 것이 놀랍고. 내가 죽었다면 내 간병인이자 친구인 언니를 얼마나 깊은 불행에 빠뜨렸을까! 지난날 나의 이기적인 신경질을 다 보아 왔고, 내 속의 불평불만을 다 알고 있었던 언니를! 언니의 기억 속에 내가 어떤 모습으로 남게 되었을까! 어머니는 또 어떻고! 언니가 어머니를 무슨 말로 위로할 수 있었겠어! 나 자신이 얼마나 혐오스러운지 말로 다 표현할 수가 없을 지경이야. 과거를 돌이켜 볼 때마다 내가 무시했던 의무와 헤어나지 못한 결점이 속속들이 다 보여. 모든 사람들이 나 때문에 상처를 입었어. 제닝스 부인이 항상 보여주셨던 친절은 배은망덕한 멸시로 되갚았지. 미들턴 가, 파머 가, 스틸 자매들, 그 밖에 다른 모든 친구들에게도 그들의 장점에 대해서는 마음을 닫고 신경 써 주면 귀찮다고 짜증을 부리면서 오만하고 부당하게 굴었어. 오빠와 올케, 그래, 그이들은 그럴 가치도 없는 이들이긴 하지만, 그들한테조차도 마땅히 해줘야 할 대우도 하지 않았어. 하지만 무엇보다도 언니한테는, 어머니한테보다도 더 못되게 굴었어. 언니 마음과 슬픔을 아는 사람은 오로지 나뿐이었는데. 그래, 내가 그런 걸 아랑곳이나 했냐고? 언니나 나에게 이로웠을 동정심 따위는 없었지. 언니가 눈앞에서 모범을 보였는데도 무슨 소용이 있었어? 언니를 위로하는 데 더 신경 쓰기를 했나? 언니의 인내를 닮아보려 한다거나 부담을 덜어 주고자 언니가 지금까지 혼자 떠맡아 왔던, 모두에게 정중히 대하고 특별히 감사를 표하는 일을 나눠 맡기라도 했나? 아니지. 언니의 불행을 알고서도 언니는 속 편하다고 믿고 있었을 때나 다름없이 의무나 우정을 행하려는 노력에는 등을 돌렸어. 나 이외의 다른 사람은 슬퍼하도록 허용하지도 않고, 나를 버리고 상처 준 그 마음만 한탄하고, 입으로는 언니를 사랑한다고 하면서도 나 때문에 비참해지도록 내버려두었어."

여기에서 거침없이 줄줄 흘러나오던 자책이 잠시 멈추었다. 엘리너는 너무 솔직해서 칭찬해 주기도 어려웠지만, 달래주고 싶은 마음을 누를 수 없어 곧 그녀의 솔직함과 뉘우침에 칭찬과 격려의 말을 해 주었다. 매리앤은 언니의 손을 꼭 잡고 대답했다.

"언니는 정말 훌륭해. 앞으로 내가 변했다는 것을 보여줄 거야. 계획은 다 세워놓았으니, 지킬 수만 있다면 내 감정을 다스릴 수 있게 될 것이고 성격도 고쳐질 거야. 더 이상 다른 사람들에게 걱정을 끼치거나 나 자신을 괴롭히는 일도 없을 거야. 이제는 오로지 우리 가족을 위해서 살겠어. 이제부터 나한테는 언니, 어머니, 마거릿이 전부가 되어야 해. 나의 모든 사랑을 가족들에게만 나누어 줄 거야. 다시는 언니나 우리 집을 떠날 마음을 손톱만큼이라도 갖지 않을 거야. 내가 다른 사람들과 교제하게 된다면, 내 정신이 겸손해졌고 마음을 고쳐먹었으며, 외유내강의 자세로 정중함을 잃지 않고 삶에 따르는 더 소소한 의무를 수행할 수 있다는 것을 보여주겠어. 윌러비 얘기를 하자면, 그를 곧 아니면 영영 잊겠다고 말해 보았자 부질없겠지. 환경이나 생각이 바뀌어도 그의 추억을 극복할 수는 없을 거야. 하지만 신앙과 이성의 힘을 빌어 끊임없이 다른 일에 몰두함으로써 다스리고 억누를 거야."

그녀는 잠시 말을 쉬었다가 나지막한 목소리로 덧붙였다. "그의 마음을 알 수만 있다면, 모든 것이 쉬워질 텐데."

엘리너는 위험을 무릅쓰고 이야기를 빨리 들려주는 것이 좋을지 어떨지 생각하면서도 전혀 처음보다 결심이 서지 않던 참에 이 말을 듣자, 생각만 거듭해 봤자 쓸데없는 일이고 결단을 내려야겠다는 생각이 들어 곧 사실을 털어놓기로 했다.

그녀는 바랐던 대로 요령껏 이야기를 풀어나갔다. 조급해하는 동생에게 조심스레 마음의 준비를 시키고, 윌러비가 자기를 변명할 근거로 삼았던 주요 대목들을 간결하고 솔직하게 설명해주었다. 그의 참회는 있는 그대로 전했으나 지금도 사랑한다는 그의 단언만은 누그러뜨려서 전해 주었다. 매리앤은 한 마디도 하지 않았다. 몸을 떨면서 땅 위에 눈길을 고정시킨 채였고, 입술은 병들었을 때보다 더 창백해졌다. 묻고 싶은 것은 산더미 같았지만 감히 하나도 입 밖에 내지 못했다. 쿵쾅거리는 가슴으로 한 마디도 빠뜨리지 않고 열심히 들었다. 그녀의 손은 자기도 모르는 사이 언니의 손을 꼭 잡고 있었고, 뺨은 온통 눈물로 젖었다.

엘리너는 동생이 지쳤을까봐 걱정이 되어 집으로 이끌었다. 그들이 별장 문에 닿을 때까지 동생은 아무런 질문도 하지 못했지만, 그녀가 얼마나 궁금할지는 쉽게 짐작되었으므로 윌러비에 대한 얘기만 계속했다. 마음 놓고 상세히 얘기해도 좋을 듯한 부분에서는 표정과 말투까지 조금이라도 특이한 점은 하나도 놓치지 않도록 신경썼다. 집에 당도하자마자 매리앤은 감사의 입맞춤과 함께 눈물로 목이 잠겨 겨우 "어머니께 말해" 이 두 마디 말만 내뱉고는 언니한테서 떨어져 천천히 계단을 올라갔다. 엘리너는 동생이 지금 혼자 있고 싶어하는 것이 지극히 당연한 일로 여겨져서 방해하려 하지 않았다. 그녀는 불안스레 결과를 미리 점쳐보면서, 매리앤이 하지 않는다면 자기가 다시 그 화제를 꺼내 봐야겠다고 마음먹었다. 그녀는 동생이 떠나면서 남긴 명령을 이행하고자 거실로 들어갔다.

11장

대쉬우드 부인은 예전에 총애했던 청년의 변명을 들으면서 태연히 있을 수가 없었다. 부인은 그가 자신에게 씌워진 죄를 일부나마 덜게 된 데 기뻐하면서 그를 딱하게 여겼고, 그가 행복하기를 빌었다. 그러나 과거와 같은 감정을 되살릴 수는 없었다. 어떤 것도 믿음이 깨어지지 않고 인격이 더럽혀지지 않은 상태로 그를 매리앤에게 되돌려 줄 수는 없었다. 어떤 것도 매리앤이 그의 비열함 때문에 고통받았던 사실을 지워 버리거나, 일라이저에게 지은 죄를 없애줄 수는 없었으므로, 어떤 것도 그에게 예전에 그녀가 가졌던 존경심을 되돌려 줄 수는 없었고, 브랜든 대령이 얻은 이득을 손상시킬 수도 없었다.

대쉬우드 부인이 자기 딸처럼 윌러비의 이야기를 그의 입에서 직접 듣고, 그의 고뇌를 목격하고 그의 안색과 태도를 직접 느꼈더라면 아마도 훨씬 더 동정심을 느꼈을 것이다. 그러나 자세한 설명으로 처음 자신이 느꼈던 감정을 다른 이에게도 불러일으키는 것은 엘리너의 힘으로 될 일이 아니었고, 바라는 바도 아니었다. 엘리너는 깊이 생각해 본 결과 감정이 섞이지 않은 판단을 내릴 수 있었고, 윌러비의 응보에 대해서도 냉정한 견해를 가질 수 있었다. 그래서 그녀는 단순한 사실만을 분명히 전달하고 싶었고, 마음이 약해져 이야기를 꾸며대어 공상을 엉뚱한 방향으로 이끄는 일 없이 실제 그의 인물됨에 부합하는 사실만을 있는 그대로 내놓고 싶었다.

저녁에 그들 셋이 한 자리에 모였을 때 매리앤이 먼저 그의 이야기를 다시 끄집어냈다. 한참 동안 안절부절못하며 불안하게 깊은 생각에 잠겨 앉아 있다가 애를 쓴 끝에 얼굴을 붉히면서 고르지 못한 목소리로 간신히 말했다.

"제가 모든 것을 어머니와 언니가 제게 바라시는 대로 보고 있다는 점을 두 분께 확실히 알려드리고 싶어요."

엘리너가 정말로 동생의 솔직한 의견을 듣고 싶어 잠자코 계시라는 신호를 열심히 보내지 않았더라면, 대쉬우드 부인은 당장 그녀의 말을 끊고 다정하게 위로하려 들었을 것이다. 매리앤이 천천히 말을 계속했다.

"언니가 오늘 아침 제게 해 준 이야기가 큰 위안이 되었답니다. 이제야 듣고 싶었던 것을 상세히 다 들었어요." 잠시 목이 메었으나, 곧 자신을 추스르고 전보다 더 침착하게 말을 이어나갔다. "이제 완전히 만족하고 있고, 다른 결과가 되었길 바라지도 않아요. 늦든 빠르든 이 모든 것을 다 알게 되었을 것이고, 알고 난 다음에는 그와 함께 하더라도 결코 행복할 수는 없었을 거예요. 믿음도 존경도 가질 수 없었겠지요."

어머니가 외쳤다. "나도 안다, 다 안다. 그런 상습적인 바람둥이와 행복해진다니! 우리들의 가장 소중한 친구이자 제일 훌륭한 신사의 평화를 그렇게 망쳐 놓은 놈하고! 안 되지. 우리 매리앤은 그런 놈과 행복해질 수 있을 만큼 몰인정하지 않다고! 너무나 양심적인 우리 딸은 남편의 양심이 응당 느껴야만 할 몫까지 전부 느꼈을 거야."

매리앤은 한숨을 내쉬고 되풀이해 말했다. "전 다른 결과를 바라지 않아요."

엘리너가 말했다. "너는 훌륭한 정신과 건전한 이해력으로 문제를 올바르게 파악했구나. 나만이 아니라 너도 이 문제뿐 아니라 다른 많은 정황으로 보아, 네가 결혼했더라면 틀림없이 많은 골칫거리와 실망을 겪게 되었을 것이고, 윌러비에 대해서도 틀림없이 그다지 애정을 기대할 수 없었으리라고 충분히 논리적인 판단을 내린 것 같구나. 네가 결혼을 했더라면 늘 가난에 시달리며 살아야 했을 거야. 그의 낭비벽은 본인도 인정했고, 행실 어디를 보아도 절제라는 말은 모르는 사람이라는 것이 확실하니까. 쥐꼬리만한 수입에 그의 요구는 많고 너는 미숙하니, 이전에는 전혀 몰랐고 생각해 본 적도 없다고 해서 너에게 덜 고통스럽지는 않을 괴로움을 안겨주었을 거야. 네 상황을 파악하게 되면 네 명예심과 정직함 때문에 힘닿는 데까지 절약해 보려 했을 테고. 네가 절약해 보았자 네 자신에게 들어가는 돈을 줄이는 데 그쳤을 테지. 하지만 너 혼자 아무리 애쓴들 결혼 전부터 이미 시작된 파국을 얼마나 막을 수 있었겠니? 그뿐만 아니라 아무리 이성적으로 그의 씀씀이를 줄이려 애써도 그렇게 이기적인 사람이 설득을 받아들여 동의하기는커녕, 점점 너에게서 마음이 떠나게 되고 너와 결혼하여 이런 어려움을 겪게 되었다고 후회하게 되지 않았겠니?"

매리앤은 입술을 떨면서 그 말을 되풀이했다. "이기적이라고?" 이런 의미가 담긴 어조였다. "언니는 정말로 그이가 이기적이라고 생각해?"

엘리너가 대꾸했다. "그의 행동 전체에는 처음부터 끝까지 그 밑에 이기심이 깔려 있었어. 맨 처음 너의 애정을 갖고 놀았던 것도 이기심 때문이었지. 나중에 약혼을 결심하고도 고백을 미룬 것도, 마지막에 바턴을 떠난 것도 이기심 때문이었어. 아주 사소한 부분에서까지 자기 자신의 즐거움이나 편안함만을 우선했어."

"그 말이 맞아. 내 행복은 안중에도 없었어."

엘리너가 말을 계속했다. "지금 그는 자신이 한 짓을 후회하고 있어. 그런데 후회하는 이유가 뭐겠니? 완전히 만족스럽지 않다는 사실을 알았기 때문이지. 그 때문에 행복하지 못한 거야. 그는 이제 궁색한 처지가 아니야. 더 이상 그런 곤란을 겪지 않게 되니까, 너보다 덜 상냥한 여자와 결혼했다는 생각만 하고 있어. 하지만 그렇다고 해서 너와 결혼했더라면 행복해졌을까? 불편한 점이 달라졌을 뿐일 테지. 그랬더라면 금전적인 고통에 시달렸을 텐데, 그 문제가 사라지니까 이제는 사소한 문제로 여기는 거야. 성격은 불평할 데가 없는 아내를 가질 수 있었을지도 모르지만, 그랬으면 그는 항상 궁핍하고, 항상 가난했을 거야. 아마 곧 성격만 좋은 아내보다는 널따란 영지와 두둑한 수입이 주는 수많은 안락이 가정의 행복을 위해 훨씬 더 중요하다고 여기게 되었을걸."

매리앤이 말했다. "언니 말이 하나도 그르지 않아. 아무것도 후회할 것이 없어. 나 자신의 어리석음 말고는 아무것도."

대쉬우드 부인이 말했다. "차라리 어머니의 경솔함을 책해 주렴, 애야. 다 내 책임이다."

매리앤이 어머니의 말을 막으려 했다. 엘리너도 그들이 저마다 자기 잘못을 깨달은 데 만족했으므로, 지난 일을 더 들춰내어 동생의 활기를 위축시키고 싶지는 않았다. 그래서 첫번째 화제를 따라 곧 이야기를 계속했다.

"이야기 전체에서 한 가지 주목할 만한 사실이 있는데, 윌러비가 처한 모든 곤경이 일라이저 윌리엄스에게 몹쓸 행동을 한 첫번째 죄로부터 비롯되었다는 것이지. 그 죄는 모든 더 사소한 죄와 지금 그의 모든 불만의 근원이 되었어."

매리앤은 이 말에 백번 동의했고, 어머니는 이 기회를 놓칠세라 반은 우정 때문에, 반쯤은 숨은 뜻이 있어 열렬하게 브랜든 대령이 겪은 피해와 미덕을 나열했다. 그러나 딸은 거의 다 아는 얘기라는 듯이 쳐다보지도 않았다.

엘리너는 예상했던 대로 그 후 2,3일 간 매리앤이 그 전보다는 풀이 죽은 모습이었다. 그러나 결의는 꺾이지 않았고 여전히 기운차고 편안하게 보이려고 애썼기 때문에, 언니도 시간이 가면서 동생의 건강이 나아지리라고 믿고 마음을 놓았다.

마거릿이 돌아오자 가족은 다시 함께 모여 별장에 평온히 자리를 잡게 되었다. 그들은 평소 하던 공부를 바턴에 처음 왔을 때만큼 열정적으로 하지는 않아도, 적어도 앞으로는 열심히 추진하기로 계획을 세웠다.

엘리너는 에드워드가 어떻게 되었는지 궁금해 견딜 수가 없었다. 런던을 떠나온 후로는 그의 계획에 대한 새로운 소식이나 현재 거처는 물론이고, 그의 소식을 전혀 듣지 못했다. 매리앤의 병 때문에 오빠와 몇 통의 편지를 주고받았다. 오빠의 편지 서두는 이런 문장으로 시작했다.
"불운한 에드워드에 대해서는 아무것도 모르고 있고 금지된 화제라서 물어볼 수도 없지만, 아직 옥스퍼드에 있다고 결론지었단다." 그 후의 편지에서는 에드워드의 이름조차 나오지 않았으므로, 편지 왕래를 통해 알게 된 그의 소식은 그게 다였다. 그러나 그녀는 오랫동안 그의 상황을 모르는 채 있을 운명은 아니었다.

어느 날 아침 볼일이 있어 하인이 엑서터에 갔다 왔다. 하인은 식사 시중을 들면서 심부름 간 일의 결과에 대해 여주인의 물음에 대답하다가 이런 말을 꺼냈다.

"마님도 아실 것 같은데, 페라스 씨가 결혼하셨답니다."

매리앤은 기절할 듯 놀라 엘리너에게 눈길을 옮겼다가 그녀의 얼굴이 창백해지는 것을 보자, 히스테리를 일으켜 의자에서 쓰러졌다. 하인의 질문에 대답을 해 주고 있던 대쉬우드 부인도 자기도 모르게 같은 방향으로 눈을 돌렸다가 엘리너의 표정을 보고 그녀가 얼마나 고통스러워하는지를 깨닫고 충격을 받았다. 부인은 곧바로 매리앤의 상황에도 놀란 나머지 어느 딸부터 챙겨야 할지 몰랐다.

매리앤 양이 쓰러지는 모습만을 본 하인은 정신을 차리고 하녀를 불러 대쉬우드 부인의 도움을 받아 그녀를 다른 방으로 부축해 옮겼다. 매리앤이 다소 회복되자 어머니는 마거릿과 하녀가 그녀를 돌보도록 남겨두고 엘리너에게 돌아가 보았다. 엘리너는 훨씬 더 큰 혼란에 빠졌지만 말을 할 수 있을 만큼 정신을 차리고 막 토마스에게 어디에서 들은 소식인지 묻기 시작한 참이었다. 대쉬우드 부인이 곧 그 수고를 떠맡았으므로, 엘리너는 힘들이지 않고 궁금한 것을 알아낼 수 있었다.

"페라스 씨가 결혼했다는 얘기를 누구한테서 들었니, 토마스?"

"오늘 아침 엑서터에서 페라스 씨 본인이랑 부인인 스틸 양을 만났답니다. 파크에서 샐리한테서 받은 전갈을 우편물 배달꾼인 그 애 오빠한테 갖다 주러 뉴 런던 여관에 갔더니, 문 앞에 그분들이 셰즈를 세우고 있더군요. 셰즈 옆을 지나치면서 무심코 올려다봤다가 스틸 자매 중 동생분과 눈이 바로 마주쳤지 뭡니까. 그래서 모자를 벗었더니 저를 알아보고 부르시더군요. 마님과 아가씨들, 특히 매리앤 양의 안부를 물으셨답니다. 자기와 페라스 씨가 드리는 안부 인사와 함께 갈 길이 좀더 남아서 매우 급히 서두르느라 찾아뵙지 못해 죄송하고, 돌아오면 꼭 찾아뵙겠다는 말을 전해 달라시더군요."

"하지만 자기 입으로 결혼했다고 했단 말이니?"

"네, 마님. 웃으면서 예전에 이 지역에 왔던 이후로 자기 이름이 어떻게 바뀌었는지 가르쳐 주더군요. 항상 아주 상냥하고 허물없이 터놓고 말하는 아가씨였고, 행동도 아주 예의발랐지요. 그래서 저도 스스럼없이 행복을 빌어 드렸답니다."

"페라스 씨도 같이 마차에 타고 계시던?"

"네, 마님. 그분이 마차 안에서 뒤로 기대어 있는 모습을 보았지만 눈길을 주시지는 않더군요. 그분이야 말씀이 많지 않으셨으니까요."

엘리너는 그가 남의 눈에 띄지 않으려 한 이유를 이해할 수 있었고, 대쉬우드 부인도 아마도 같은 식으로 이해한 듯했다.

"마차에 다른 사람은 없더냐?"

"네, 마님, 그 두 분 뿐이었어요."

"그들이 어디서 왔는지도 아니?"

"루시 양, 아니 페라스 부인 말씀으로는 런던에서 곧장 내려오는 길이라고 하시던데요."

"서쪽 지방으로 간다고?"

"네, 마님, 하지만 오래 머물지는 않으실 거랍니다. 곧 다시 오실 거고, 그때는 여기를 틀림없이 방문하실 겁니다."

대쉬우드 부인은 이제 딸을 보았으나, 엘리너는 그들이 오지 않을 것을 뻔히 알고 있었다. 그녀는 그 전언에 담긴 루시의 뜻을 전부 알아차렸고, 에드워드가 다시는 그들 곁에 오는 일은 없을 것이라고 확신했다.

그녀는 나지막한 목소리로 어머니에게 그들이 아마도 플리머스 부근의 프랫 씨 집에 가는 것일 거라고 속삭였다.

토마스가 아는 것은 그게 다인 모양이었다. 엘리너는 더 듣고 싶은 표정이었다.

"자리를 뜨기 전에 그분들을 전송했니?"

"아뇨, 마님. 말들이 막 나가려던 참이었지만 더 머물러 있지는 않았어요. 늦을까봐서요."

"페라스 부인은 좋아 보이시더냐?"

"네, 마님. 아주 잘 지낸다고 하시던 걸요. 제 눈에는 늘 아주 미인이셨죠. 행복에 겨운 모습이셨어요."

대쉬우드 부인은 다른 질문을 생각해 낼 수가 없었고, 이제 똑같이 쓸모가 없어진 토마스와 식탁보는 곧 치워졌다. 매리앤은 이미 식사를 그만 하겠다고 전해왔다. 대쉬우드 부인과 엘리너도 마찬가지로 입맛이 싹 가셨다. 마거릿은 두 언니가 최근에 너무나 많은 걱정거리 때문에 끼니를 소홀히 할 이유가 충분했으므로, 자기는 그 전에 저녁식사를 걸러야 할 일이 없었던 것이 다행이었다고 여길지도 몰랐다.

디저트와 와인이 차려지고 대쉬우드 부인과 엘리너만 남게 되자, 그들은 비슷한 생각에 빠져 침묵한 채 오래 앉아 있었다. 대쉬우드 부인은 섣불리 말을 꺼내기가 두려워 감히 위로의 말도 꺼낼 엄두를 내지 못했다. 부인은 이제서야 엘리너가 자신에 대해 한 이야기를 곧이곧대로 믿어버린 것이 잘못이었음을 깨달았다. 어머니가 그 때 매리앤 때문에 고통스러웠다고는 해도, 큰딸은 더 이상 자기 때문에 불행을 가중시키지 않으려고 그 당시에는 모든 것을 일부러 감추었던 것이다. 부인은 딸의 사려 깊고 따뜻한 배려 때문에, 옛날에는 그렇게 잘 알고 있었으면서도 에드워드에 대한 딸의 사랑을 자신이 믿어왔던 것보다, 혹은 지금 드러난 것보다 실제로는 훨씬 더 가벼운 것으로 잘못 생각했음을 깨달았다.

여기까지 생각이 미치자 엘리너에게 부당하고 무심하게 군 정도가 아니라 무정했다는 생각이 들었다. 더 눈에 잘 띄고 당장 눈앞에 있다는 이유로 매리앤의 고통만 보살피고, 그 애 못지않게 고통스러웠을지 모르는데도 드러내지 않고 더 인내심 있게 견디어 온 딸에 대해서는 잊고 있었다는 생각에 마음이 무거워졌다.

12장

엘리너는 이제 아무리 단단히 마음의 준비를 하고 있었다 해도, 불쾌한 사건을 예상하는 것과 실제로 일어나는 것 사이에는 차이가 있다는 사실을 알았다. 그녀는 이제서야 자기도 모르게 에드워드가 독신으로 있는 동안에는 본인이 결단을 내리든 친구들이 중재에 나서든, 아니면 모두의 행복을 위해 더 바람직하게도 루시가 정착할 더 나은 기회가 오든, 무슨 일이라도 생겨 루시와 결혼하지 않게 될지도 모른다는 희망을 늘 품고 있었음을 알았다. 그러나 이제 그는 결혼해 버렸고, 그녀는 몰래 마음 한구석에 기대를 품어서 알게 된 후의 고통을 더욱 크게 만들었다고 자기 마음을 책망했다.

처음에는 그가 서품을 받기도 전에, 즉 생계 수단을 얻기도 전에 그렇게 빨리 결혼했다는 사실이 좀 놀라웠다. 그러나 루시가 얼마나 용의주도하게 그를 잡으려고 서둘러서 앞당길 수만 있다면 다른 것은 뭐든 다 감수했을지 곧 짐작이 갔다. 그들은 런던에서 결혼했고, 이제 서둘러 숙부에게 가고 있었다. 에드워드가 바턴에서 4마일 떨어진 곳까지 와서 어머니의 하인을 만나 루시가 전하는 말을 들으면서 어떤 심정이었을까!

그들은 곧 델라포드에 정착할 것이다. 델라포드는 그녀의 관심을 끌 요소가 한두 가지가 아닌 곳이었고, 잘 알고 싶으면서도 피하고 싶은 곳이었다. 눈 깜짝할 사이에 목사관에 있는 그들의 모습이 눈앞에 떠올랐다. 최대한 근검절약하면서도 남부끄럽지 않게 꾸미고 싶어하는 활동적이고 야무진 살림꾼 루시가 보였으며, 그녀의 경제 활동이 얼추 짐작되어 민망스러웠다. 온통 자기 이익을 좇을 생각으로 머릿속이 가득 차서 브랜든 대령이며 제닝스 부인을 비롯해 부유한 친구들의 호의를 구걸하고 다닐 것이다. 에드워드에 대해서는 보이는 것도, 보고 싶은 것도 없었다. 행복하든 불행하든 어느 쪽도 그녀를 즐겁게 할 것 같지는 않았으므로, 그의 모습을 그려보기를 그만두었다.

엘리너는 런던에 있는 친척들 중 누군가가 편지로 결혼 소식을 알려주고 더 자세한 상황을 전해줄 거라고 자신을 설득했지만, 날이 가도 편지도, 아무 소식도 오지 않았다. 누구를 탓해야 좋을지도 모르면서도 여기 없는 친구들 모두를 다들 생각이 없던가 게으르다고 비난했다.

"브랜든 대령에게 언제 편지하실 거예요, 어머니?" 일이 돌아가는 상황을 알고 싶은 초조함에 이런 질문이 튀어나왔다.

"얘야, 지난 주에 대령에게 편지를 썼으니 그에게서 다시 소식이 오기보다는 만나게 되기를 기다리고 있으렴. 대령한테 꼭 와달라고 간곡히 부탁했으니, 오늘이고 내일이고 언제건 대령이 걸어 들어오는 모습을 보게 되어도 놀라지 않을 거다."

이것으로 뭔가 기대할 거리가 생겼다. 브랜든 대령은 틀림없이 소식을 가지고 올 것이다.

그녀가 막 그렇게 생각하고 있을 때 말을 탄 한 남자의 모습이 그녀의 시선을 창가로 이끌었다. 그는 문 앞에 멈춰 섰다. 그 신사는 다름 아닌 브랜든 대령이었다. 이제 진상을 더 듣게 될 것이라는 기대에 몸이 떨려왔다. 그러나 그 사람은 브랜든 대령이 아니었다. 분위기도 키도 달랐다. 그럴 가능성만 있다면 에드워드가 틀림없다고 했을 것이다. 엘리너는 다시 보았다. 그는 이제 막 말에서 내리고 있었다. 잘못 본 것이 아니었다. 에드워드였다. 그녀는 창가에서 물러나 자리에 앉았다. "우리를 만나려고 프랫 씨 댁에서 일부러 왔군. 침착해야지. 나 자신을 다스릴 거야."

곧 그녀는 다른 사람들도 마찬가지로 실수를 깨달았음을 알아챘다. 그녀는 어머니와 매리앤이 얼굴색이 변해 자기 쪽을 보면서 서로 몇 마디 말을 주고받는 모습을 보았다. 그녀는 입을 열어 그들에게 그에게 냉담하게 굴거나 모욕적으로 대하지 말아 달라고 설득하고 싶었지만 말이 나오지 않았으므로, 알아서 하도록 맡겨 두는 수밖에 없었다.

아무도 입을 열지 않았다. 모두 침묵 속에서 손님이 나타나기만 기다렸다. 자갈길을 따라 걸어오는 그의 발자국 소리가 들리더니 곧 그가 복도에 들어섰고, 다음 순간 그들 앞에 섰다.

방에 들어설 때 그의 안색은 엘리너가 보기에도 그리 밝지 못했다. 그는 불안으로 얼굴이 하얗게 질려 있었고, 어떤 대접을 받을지 두려워하면서 친절한 환영은 기대할 수 없다는 것을 알고 있는 듯한 모습이었다. 그러나 대쉬우드 부인은 따뜻한 마음으로 매사에 딸이 이끄는 대로 하겠다고 마음먹었다. 부인은 딸이 바랄 것이라고 생각되는 대로 억지로 기쁜 표정을 짓고 그를 맞아 손을 내밀며 인사를 했다.

그는 얼굴이 붉어져서 알아듣기 힘들게 어물어물 대답했다. 엘리너도 어머니와 함께 입술을 달싹였고, 자기도 그와 악수를 할 걸 그랬다 싶었다. 하지만 이제는 너무 늦었다. 그녀는 태연하게 보이려고 애쓰면서 다시 자리에 앉아 날씨 얘기를 화제로 삼았다.

매리앤은 괴로운 마음을 숨기려고 가능한 한 눈에 띄지 않는 구석 자리로 물러나 있었다. 상황을 다는 몰라도 조금은 파악한 마거릿은 자기도 위엄 있게 굴 필요가 있다고 생각했는지, 되도록 그에게서 멀리 떨어진 곳에 앉아 굳게 입을 다물었다.

엘리너가 날씨가 개어서 좋다는 얘기를 마치자 무덤 같은 침묵이 흘렸다. 대쉬우드 부인이 할 수 없이 페라스 부인이 안녕하시냐는 말로 침묵을 깨뜨렸다. 그는 허둥거리면서 그렇다고 대답했다.

또 침묵이 이어졌다.

엘리너는 자기 목소리가 어떻게 들릴지 두려웠지만 하는 데까지 해 보기로 마음먹고 이렇게 말했다.

"페라스 부인은 롱스태플에 계신가요?"

그가 놀라 대답했다. "롱스태플이라고요! 아닙니다. 어머님은 런던에 계십니다."

엘리너는 탁자에서 일감을 집어들면서 말했다. "저는 에드워드 페라스 부인의 안부를 여쭌 거예요."

그녀는 고개를 들지 못했으나, 어머니와 매리앤이 그에게 시선을 돌렸다. 그는 얼굴이 붉어지면서 당황한 듯했고, 이상스럽다는 듯이 잠시 망설이더니 이렇게 말했다.

"아마도 제 동생 로버트 페라스의 부인을 말씀하시는 모양이군요."

"로버트 페라스 부인이라고요!" 매리앤과 어머니가 경악을 금치 못하고 되풀이했다. 엘리너는 말이 나오지 않았지만 똑같이 궁금해서 참을 수 없다는 듯이 그에게서 눈을 떼지 못했다. 그는 어찌할 바를 모르겠다는 듯 자리에서 일어나 창가로 걸어갔다. 거기 놓인 가위를 집어 가윗집을 조각조각 썰어 가위와 가윗집을 둘 다 못쓰게 만들면서 다급한 목소리로 말했다.

"모르시는 모양인데, 제 동생이 최근에 그 자매 중 동생, 그러니까 루시 스틸 양과 결혼했다는 소식을 아직 듣지 못하셨나 보군요."

너무나 혼란스러워 자기가 어디에 있는지도 모를 정도로 넋이 빠져 일감 위로 머리를 숙이고 앉아있던 엘리너만 빼고 모두 그의 말에 어안이 벙벙해져 되풀이할 따름이었다.

"그렇습니다. 지난주에 결혼했고, 지금은 돌리쉬에 있습니다."

엘리너는 더 앉아있을 수가 없었다. 방을 뛰쳐나와 문이 닫히자마자 기쁨의 눈물을 터뜨렸고, 처음으로 눈물을 멈출 수가 없을 것 같았다. 그때까지 그녀를 피해 다른 곳만 보고 있던 에드워드도 그녀가 뛰쳐나가는 모습을 보았고, 아마도 그녀의 감정이 폭발하는 모습까지 보았거나 소리라도 들었을 것이다. 그는 대쉬우드 부인의 말도, 질문도, 다정한 목소리도 귀에 들리지 않는 듯 곧 깊은 생각에 빠져들었다. 그러더니 마침내 한 마디도 없이 그의 상황이 너무나 갑자기 좋은 쪽으로 확 바뀐 데 놀라고 당황하여 어찌할 바를 모르는 사람들을 남겨두고 방을 나가 마을 쪽으로 걸어가 버렸다. 그들은 자기들 나름대로 이리저리 추측하며 당황한 마음을 가라앉히는 수밖에 없었다.

13장

그러나 모든 가족에게 그가 자유로워진 사정을 설명할 수는 없었어도 어쨌든 에드워드가 자유의 몸이 되었다는 것은 틀림없었고, 그 자유를 어디에 쓸지도 누구나 쉽게 예측할 수 있는 일이었다. 어머니의 동의도 없이 4년 전 한 차례 경솔하게 맺었던 약혼으로 곤욕을 치른 후이니, 그 약혼이 끝장난 지금 다른 사람과 즉시 혼약을 맺으리라는 것이야 보지 않아도 훤한 일이었다.

사실 그가 바턴에 온 용건은 간단했다. 엘리너에게 청혼하기 위해서였다. 이런 문제에 그가 전혀 경험이 없지는 않다는 점을 생각하면, 이번 경우에는 실제로 그랬지만, 그가 그렇게 불편해하고 격려와 신선한 공기를 필요로 했다니 이상한 일이었다.

그러나 그가 얼마나 빨리 적절한 결단을 내렸는지, 얼마나 빨리 그것을 실행에 옮길 기회를 잡았는지, 어떤 태도로 자기 뜻을 전했는지, 어떻게 승낙받았는지 시시콜콜 늘어놓을 필요는 없을 것이다. 이 얘기만 하면 되겠다. 그들이 그가 도착한 지 세 시간쯤 지난 후인 네 시쯤 식탁에 모두 둘러앉았을 때, 그는 연인을 얻었고 그녀의 어머니의 동의도 구했다. 연인으로써 황홀경에 빠져 하는 말뿐이 아니라 실제로 따져보아도 가장 행복한 남자였다. 정말로 그의 상황은 기쁘다는 흔한 말로 할 수 있는 정도가 아니었다. 그에게는 사랑을 쟁취했다는 흔한 승리감 외에도 가슴 벅차 하고 기운을 북돋울 이유가 있었다. 그는 비난을 자초하지 않고도 오랜 세월 그를 불행하게 만들었던 악연으로부터, 오래 전에 애정이 식은 여인으로부터 풀려났으며, 갖고 싶다는 생각이 처음 들었을 때부터 거의 절망적으로 생각해야만 했던 다른 이를 그 즉시 얻었다. 그는 의심이나 불안으로부터가 아니라 불행으로부터 행복으로 옮겨졌고, 이런 변화를 친구들이 전에는 한 번도 본 적이 없는 진솔함과 기쁜 활기에 넘쳐 거침없이 솔직하게 털어놓았다.

이제 그는 엘리너에게 마음을 열고 모든 약점과 과오를 고백했으며, 루시에게 처음 끌렸던 소년다운 애정을 스물네 살짜리다운 현명한 위엄을 갖고 설명했다.

"제가 그 당시는 세상물정에 어둡고 하는 일도 없었기 때문에 어리석고 게을렀죠. 제가 열여덟 살이 되어 프랫 씨의 보호에서 벗어나게 되었을 때 어머니가 제게 뭔가 활동적인 직업을 주셨더라면, 제 생각에는, 아니 틀림없이 그런 일은 결코 벌어지지 않았을 겁니다. 당시에는 그분의 조카딸에 대해 도저히 억누를 수 없는 사랑이라고 생각한 감정을 품고 롱스태플을 떠났습니다. 그러나 그 때 뭔가 할 일이 있었더라면, 몇 달이라도 그녀로부터 멀리 떨어져 지내면서 시간을 쏟을 대상이 있었더라면, 이런 경우에 마땅히 그랬어야 하듯이 세상과 좀더 부대끼면서 허무맹랑한 애정 따위는 금세 극복했을 것입니다. 하지만 할 일을 갖거나, 저에게 맞는 직업을 얻거나 무엇이든 스스로 선택하도록 허락받는 대신, 집에 돌아와 무위도식하는 생활이 이어졌습니다. 열아홉 살이 되어야만 옥스퍼드에 입학할 수 있었기 때문에, 그렇게 1년이 지나도록 대학에 들어갔더라면 얻을 수 있었을 명목상의 직업조차도 없이 지냈습니다. 할 일이라고는 아무것도 없다 보니 자신이 사랑에 빠졌다는 공상을 하게 되었습니다. 어머니는 어느 면에서도 제 집을 편안한 곳으로 만들어 주시지 않았고, 친구도 없었고, 동생과도 말이 통하지 않았습니다. 그렇다고 새로운 친구를 사귀기도 싫었기 때문에, 제가 늘 내 집처럼 느꼈고 항상 환영받을 수 있었던 롱스태플에 자주 가게 된 것도 무리는 아니었겠죠. 그러다 보니 열여덟 살에서 열아홉 살이 되기까지 그곳에서 거의 대부분의 시간을 보냈습니다. 루시는 제게 상냥함과 친절의 화신 그 자체로 보였습니다. 너무나 예뻤고, 적어도 그 때는 그렇게 생각했습니다. 다른 여자는 제대로 본 적도 없었기 때문에 비교할 대상도 없고 결점을 찾을 수도 없었습니다. 따라서 모든 점을 다 고려한다면 우리의 약혼은 그 후 모든 면에서 밝혀진 바와 같이 어리석은 짓이었지만, 그때는 있을 수 없는 일이거나 용서받지 못할 어리석음은 아니었다고 생각합니다."

몇 시간 동안 대쉬우드 가족의 마음을 바꾸고 행복하게 만든 변화가 너무나도 엄청나서, 그들 모두 너무 기뻐 밤새 잠을 이루지 못할 것 같았다. 대쉬우드 부인은 너무 기쁜 나머지 가만히 있지를 못했다. 아무리 에드워드에게 애정표현을 하고, 엘리너를 칭찬하고, 그의 여린 마음을 다치지 않게 자유의 몸이 된 데 감사해도 모자란 것 같았다. 그들과 함께 있고 싶으면서도 한편으로는 둘이 마음껏 대화를 나눌 수 있는 시간도 줘야 할 것 같아 어찌할 바를 모르고 갈팡질팡했다.

매리앤은 자신의 행복감을 눈물로밖에는 전할 수가 없었다. 자신의 처지와 비교가 되면서 회한이 일기도 했으므로, 언니를 사랑하는 마음만은 진실했지만 그녀의 기쁨은 말로 전달할 수 있는 성질의 것이 아니었다.

그러나 엘리너의 감정을 어떻게 묘사하면 좋을까? 루시가 다른 사람과 결혼했고 에드워드는 자유의 몸이 되었다는 사실을 안 순간부터 그 말에 뒤이어 솟아난 희망을 그가 현실로 만들어줄 때까지, 그녀는 평온함만 빼놓고 모든 감정을 번갈아 가며 다 겪었다. 그러나 그 순간이 지나가고 모든 의구심과 근심이 사라졌음을 알고, 자기 상황을 최근까지의 처지와 비교해 보고, 그가 이전의 약혼에서 떳떳하게 풀려난 모습을 보고, 상황이 바뀌자 곧 자기에게 청혼하여 예전에 상상했던 것보다 더 따뜻하고 변함없는 애정을 고백하는 모습을 보자, 행복에 겨워 정신을 차릴 수가 없을 지경이었다. 사람의 마음이 더 나은 쪽으로의 변화에는 쉽게 적응하는 법이라 해도, 들뜬 마음을 가라앉히거나 어느 정도 평온을 되찾는 데에는 적지 않은 시간이 필요했다.

에드워드는 이제 적어도 일주일은 별장에 머물기로 했다. 그가 아무리 다른 볼일이 있다 하더라도 엘리너와 함께 있는 즐거움을 누리는 데 일주일도 할애하지 않을 수는 없었고, 과거, 현재, 미래의 일을 반이라도 얘기하려면 일주일 이하로는 어림도 없었다. 이성적인 두 사람이라면 단 몇 시간 동안 쉬지 않고 얘기하는 것으로 실제로 공통 화제 이상으로 많은 이야기를 나눌 수 있겠지만, 연인들이라면 얘기가 다르다. 그들 사이에서는 화제가 끊이지 않고, 같은 얘기를 적어도 스무 번쯤 되풀이하기 전에는 대화를 했다고 할 수도 없다.

그들로서는 당연히 놀라움을 진정시킬 수가 없는 사건인 루시의 결혼이 처음에는 연인들의 얘깃거리였다. 특히 양쪽을 다 아는 엘리너에게는 아무리 봐도 여태껏 들어본 중에서도 가장 이상하고 기묘한 사건으로 보였다. 그들이 어떻게 해서 마주치게 되었는지, 로버트가 어떤 매력에 이끌려 자기 앞에서는 단 한 마디도 예쁘다는 칭찬을 한 적이 없는 여자, 게다가 벌써 형과 약혼하여 형을 가족으로부터 쫓겨나게 만든 여자와 결혼하게 되었는지, 그녀로서는 아무리 해도 이해하기 힘들었다. 그녀에게는 기쁜 일이고 상상해 보면 우스꽝스럽기조차 했지만, 이성과 분별에 비추어 보면 완전히 수수께끼였다.

에드워드는 아마도 처음에는 우연히 만났다가 한쪽의 허영심이 다른 쪽의 아부와 너무나 잘 맞아떨어져서 차츰차츰 그러한 결과로 향하지 않았겠느냐고 추측하는 정도였다. 엘리너는 할리 가에서 로버트가 형이 벌인 사건에 자신이 제때 중재를 해 줄 수 있었더라면 어떻게 했을지 자기 의견을 밝혔던 기억이 떠올랐다. 그녀는 에드워드에게 그의 말을 그대로 전해주었다.

"그건 딱 로버트답군요." 그가 즉시 내놓은 논평이었다. 이내 이렇게 덧붙였다. "그리고 아마도 처음 루시를 만나기 시작했을 때는 자기가 나서서 중재해 보려는 생각이었을 겁니다. 루시는 나를 위해 힘써 주도록 그의 도움을 얻어 보자는 생각뿐이었을 거고요. 다른 계획은 그 후에 생겼겠지요."

그러나 그들의 관계가 언제부터 그렇게 되었는지는 에드워드도 엘리너와 마찬가지로 알 길이 없었다. 그가 런던을 떠난 후로 죽 머물렀던 옥스퍼드에서는 루시가 직접 전하는 것 말고는 그녀의 소식을 알 방법이 전혀 없었고, 그녀의 편지는 마지막 편지가 올 때까지 횟수가 줄지도 않았고, 평소보다 덜 다정하지도 않았던 것이다. 그래서 에드워드는 다음에 무슨 일이 닥칠지 티끌만큼도 의심을 품은 적이 없었고, 종국에 가서 루시가 직접 쓴 편지에서 사실이 밝혀졌을 때 한동안 놀람과 경악, 이렇게 해방되었다는 기쁨 사이에서 머리가 멍했다. 그는 엘리너의 손에 그 편지를 건넸다.

안녕하십니까

당신의 사랑을 잃은 지 이미 오래임을 잘 알고 있으므로, 제 뜻대로 다른 사람에게 제 마음을 주어도 좋겠지요. 한때 당신과 꿈꾸었던 것처럼 그 분과 행복해질 것을 의심하지 않습니다. 제 마음이 다른 사람의 것이 된 이상 당신의 청혼을 받아들일 수 없습니다. 진심으로 당신이 선택한 분과 행복하기를 바라며, 이제 우리가 가까운 인척으로써 마땅히 그래야 하듯이 항상 좋은 친구가 되지 못한다 해도 제 잘못은 아닐 것입니다. 저는 당신에게 아무런 반감도 없다는 것을 분명히 말씀드릴 수 있고, 당신도 관대한 분이니 저희에게 해를 끼치는 일은 없으시리라 믿습니다. 당신의 동생이 제 애정을 온전히 다 얻으셨습니다. 우리는 서로가 없이는 살 수 없게 되었기 때문에 이제 막 결혼식을 올리고 돌아왔습니다. 지금 몇 주 예정으로 당신의 친애하는 동생이 꼭 보고 싶어하는 장소인 돌리쉬로 가는 길입니다만, 먼저 당신에게 몇 줄이나마 적어 보내야겠다고 생각했습니다.

언제나 진심으로 당신의 행복을 비는 사람이자 친구이며 제수씨인 루시 페라스 드림.

추신.

당신의 편지는 모두 태웠고, 기회가 되는대로 우선 당신의 초상을 돌려드리겠습니다. 저의 졸필은 부디 없애 주시기 바라지만, 제 머리카락을 넣은 반지는 지니고 계셔도 무방하겠습니다.

엘리너는 다 읽고 아무 말 없이 돌려주었다.

"작문으로써 어떤지 당신의 의견은 묻지 않기로 하죠." 에드워드가 말했다. "예전 같으면 무슨 일이 있어도 그녀의 편지를 당신에게 보이지는 않았을 겁니다. 제수씨로서도 영 아니지만, 아내라니! 그녀가 쓴 글을 보고 쥐구멍이라도 들어가고 싶을 지경이었습니다! 우리가 어리석은 짓을 저지른 첫 반 년 이후로 제가 그녀에게서 받은 편지 중에서 문체상의 결점을 보완할 만한 내용이 있는 편지는 이게 유일하다고 해도 좋을 겁니다."

엘리너가 잠시 있다가 입을 열었다. "일이 어떻게 되었든 간에 그들이 결혼한 것은 확실하군요. 당신 어머니는 스스로에게 가장 적당한 벌을 내리신 셈이고요. 당신한테 노하셔서 로버트에게 자립할 수 있는 수입을 주신 덕에 그가 자기 마음대로 선택할 수 있게 되었으니까요. 그분은 한 아들에게 일년에 천 파운드를 주어 다른 아들이 하려 한다는 이유로 상속권을 빼앗았던 바로 그 행동을 하게 만드신 셈이 되었죠. 제 생각에는 당신과 루시가 결혼하는 것 못지않게 그들의 결혼으로 상심하실 거예요."

"상심이 더 크실 테죠. 로버트는 항상 어머니가 제일 아끼는 자식이었으니까요. 더 상심하시겠지만 같은 원칙에 따라 더 빨리 용서하실 겁니다."

에드워드는 가족들 중 누구와도 아직 연락을 취하려 해 보지 않았으므로 지금 그들 사이에 일이 어떻게 되어가고 있는지 몰랐다. 그는 루시의 편지가 도착한 지 만 하루가 지나지 않아 옥스퍼드를 떠나서 자기 앞에 놓인 단 하나의 목표인 바턴으로 가는 가장 가까운 길을 찾는 데에만 정신을 쏟았으므로, 행동 계획을 세울 여유도 없었고, 그 길은 그런 계획과 밀접한 관련이 있지도 않았다. 그는 대쉬우드 양과 자신의 운명이 어찌 될지 확실해질 때까지 아무것도 할 수가 없었다. 그 운명을 그렇게 급하게 좇은 것으로 보아, 한때 브랜든 대령을 질투했고, 겸허하게 자신이 응당 벌을 받아야 한다고 여겨 일이 잘 될지 확신하지는 못했다고 정중히 말했음에도 불구하고, 대체로 그리 매정한 대접을 예상하지는 않았던 것 같다. 하지만 어쨌든 그로서는 예상했다고 말해야 마땅할 것이고, 입에 침도 안 바르고 그 말을 해냈다. 일 년 후 그 일을 놓고 그가 어떻게 말했을 지는 남편과 아내들의 상상에 맡기겠다.

엘리너에게는 루시가 속이려는 의도가 다분했다고 생각되었고, 토마스 편에 전한 전언에서 그에 대한 악의를 한껏 담아 보내려 했다는 것이 훤히 다 보였다. 이제는 에드워드도 그녀의 인간성을 완전히 꿰뚫어 보고, 주저 없이 그녀를 부도덕하고 못된 성격에 아무리 비열한 짓이라도 할 수 있는 인물로 믿게 되었다. 엘리너를 알기 전부터도 루시가 무식하고 옹졸하다는 점은 눈치챈 지 오래였지만, 그는 이를 모두 교육이 부족한 탓으로 돌렸었다. 마지막 편지를 받을 때까지만 해도 줄곧 그녀를 마음씨 곱고 선량하며 자신만을 사랑하는 여자로 믿고 있었다. 오로지 이런 믿음 하나 때문에 발각되어 어머니의 분노 앞에 고스란히 내몰리기 오래 전부터 이미 끊임없는 근심과 후회의 원천이 되었던 약혼을 끝장내지 못했던 것이다.

그는 이렇게 말했다. "어머니로부터 절연당하고 나를 도와줄 친구 하나 없이 세상에 내팽개쳐졌을 때, 내 감정과는 별개로 약혼을 지속할지 말아야 할지 선택권을 그녀에게 주는 것이 내 의무라고 생각했죠. 어떤 이라도 탐욕이나 허영심을 끌만한 것이 없는 상황에서 그녀가 그렇게 애절하고 열렬하게 어떤 일이 있어도 나와 운명을 같이 하겠다고 우기는 데야, 어떻게 그녀에게 진실한 애정 외에 다른 동기가 있다고 생각할 수가 있었겠습니까? 아직까지도 그녀가 어떤 동기에서 그런 행동을 했는지, 손톱만큼의 관심도 없고 가진 거라곤 2천 파운드뿐인 남자의 발목을 잡아서 자기에게 무슨 이득이 될 거라고 생각했는지 이해할 수가 없어요. 브랜든 대령이 나에게 목사직을 줄 거라는 예상도 못했을 텐데."

"그랬겠죠. 하지만 루시는 시간이 지나면 당신 가족이 마음이 풀어지든가 해서 어떻게든 당신에게 유리한 상황이 될 거라고 예상했겠지요. 그리고 약혼 관계가 자신의 의사나 행동에 전혀 제약이 되지 않았다는 것을 입증해 보였으니 어쨌든 약혼을 지속해서 손해본 것은 하나도 없죠. 훌륭한 집안과의 인연이니까, 아마도 자기 친구들은 부러워했을 테고요. 더 유리한 기회가 생기지 않는다면 혼자 사느니 당신과 결혼하는 편이 더 나을 테죠."

에드워드는 곧 루시의 행동이야말로 너무나 자연스러운 것이었으며, 그런 행동의 동기 또한 명백하다는 것을 확실히 알았다.

엘리너는 숙녀들이 실상은 자신들에 대한 찬사나 마찬가지인 남자들의 무모함을 야단칠 때 보통 하는 정도로 엄하게 그가 절조를 지키지 못하고 있다고 분명 느꼈을 텐데도 놀랜드에서 자기들과 너무 많은 시간을 보냈다고 꾸짖었다.

"당신의 행동은 분명 아주 잘못된 것이었어요. 저는 말할 것도 없고 우리 가족들까지도 모두 그 때문에 당시 당신의 처지로서는 있을 수도 없는 일을 상상하고 기대하게 만들었잖아요."

그는 자기도 자기 마음을 몰랐고, 약혼의 영향력에 대해 그릇된 확신을 갖고 있었다고 변명했다.

"전 어찌나 순진했는지 내 정절을 다른 이에게 맹세했으니 당신과 함께 있어도 전혀 위험할 리가 없고, 약혼했다는 의식이 내 마음을 내 명예와 같이 안전하고 신성하게 지켜줄 거라고 생각했답니다. 당신을 숭배하면서도 스스로에게 우정일 뿐이라고 속삭였죠. 당신과 루시를 비교하기 시작하면서 비로소 내가 얼마나 멀리 와 버렸는지 알았답니다. 그 후로도 서섹스에 너무 많이 머무른 건 잘못이었습니다. 편한 대로 이런 생각으로 나 자신을 달랬던 거죠. 위험을 겪는 것은 나 자신뿐이고, 나 말고는 누구에게도 해를 끼치지 않는다고."

엘리너는 미소를 지으며 고개를 흔들었다.

에드워드는 진심으로 브랜든 대령과 더 가까운 사이가 되고 싶었을 뿐 아니라, 델라포드의 목사직을 자기에게 준 데 대해 결코 불쾌하게 생각하지 않는다는 것을 대령에게 확실히 알릴 기회를 얻고 싶었으므로, 브랜든 대령이 별장을 곧 방문할 거라는 말에 기뻐했다. "이번 일에 대해 너무 무례하게 감사를 전한 뒤라서, 그분은 그 제안에 제가 화가 났다고 생각하실 겁니다."

이제야 그는 아직 그 곳에 가본 적이 없다는 데 자기 자신도 놀랐다. 그간에는 그 문제에 지나칠 정도로 관심이 없었으므로, 집, 정원, 교회 소속 경작지, 교구의 넓이, 토지의 상태, 십일조 비율 등 모든 정보를 엘리너로부터 얻었다. 그녀는 브랜든 대령으로부터 들은 이야기가 제법 많았고, 주의깊게 들었으므로 대화를 전적으로 주도했다.

이 모든 일이 있은 후에도 그들 사이에 한 가지 문제, 한 가지 난관만은 극복되지 않은 채로 남았다. 그들은 참된 친구들이 더없이 따뜻하게 찬성해주는 가운데 서로에 대한 애정으로 맺어지게 되었고, 서로를 잘 알고 있어서 틀림없이 행복해지게 될 것이라고 여겼지만, 생계를 이을 것이 필요했다. 에드워드가 가진 2천 파운드, 엘리너의 1천 파운드, 그리고 델라포드의 수입이 그들이 자기들 재산이라 할 수 있는 전부였다. 대쉬우드 부인이 하나라도 더 마련해 줄 가망은 전혀 없었고, 둘 중 누구도 일 년에 350파운드를 가지고 안락한 생활을 할 수 있을 거라고 생각할 만큼 사랑에 눈이 멀지는 않았다.

에드워드는 자신에 대해 어머니의 마음이 호의적으로 바뀔지도 모른다는 희망을 완전히 버리지는 않았으므로, 수입의 부족분은 거기에 기대를 걸었다. 그러나 엘리너는 이런 기대는 갖지 않았다. 에드워드가 모튼 양과 결혼할 수 없기는 마찬가지였고, 페라스 부인이 듣기 좋은 말로 그가 자신을 선택한 것이 루시 스틸을 선택한 것보다 낫다고 했댔자 극히 미미한 차이였으므로, 로버트가 한 짓이 패니를 더 부자로 만들어 주는 외에는 다른 결과를 가져오지는 못할 듯싶었다.

에드워드가 도착한 지 나흘쯤 지나 브랜든 대령이 나타나 대쉬우드 부인은 더 바랄 것이 없이 기뻤으며, 바턴에 살게 된 이래 처음으로 집이 넘칠 정도로 손님을 맞아 위세를 떨쳤다. 에드워드는 먼저 온 손님으로서의 특권을 인정받았으므로 브랜든 대령은 밤마다 파크의 예전에 쓰던 방으로 걸어갔고, 보통 아침 일찍 돌아와서 연인들이 아침식사 전에 처음으로 나누는 사랑의 밀어를 방해했다.

그는 델라포드에서 머문 3주 동안 내내 적어도 저녁이면 서른여섯 살과 열일곱 살의 엄청난 나이차를 따져 보는 것 외에는 할 일이 거의 없었으므로, 바턴에 왔을 때는 활기를 되찾으려면 매리앤의 밝아진 표정과 친절한 환영, 어머니의 온갖 격려의 말이 절실히 필요한 상태였다. 그러나 이런 친구들과 어울려 달콤한 말을 들으며 기운이 되살아났다. 루시의 결혼 소문은 아직 그의 귀에까지 들어가지 않아서 무슨 일이 있었는지 전혀 모르고 있었으므로, 막 방문해서 얼마간은 이야기를 듣고 놀라느라 시간이 다 갔다. 대쉬우드 부인이 그에게 전모를 전해 주었고, 그는 결과적으로 엘리너의 이익에 보탬이 되었다는 점에서 페라스 씨를 도와준 데 기뻐할 이유가 하나 더 생겼다.

두 신사가 서로를 더 깊이 사귀게 되면서 점점 더 상대방에게 호감을 갖게 되었다는 것은 말할 필요조차 없을 것이다. 그러지 않을 수 없었을 테니까. 그들은 훌륭한 원칙과 양식良識을 갖추었고 사고방식과 성향 면에서 닮았으므로 그밖에 다른 매력 없이도 충분히 우정을 나눌 수 있었을 것이다. 그러나 그들은 각기 두 자매를 사랑하고 있었고, 자매의 사이가 좋았으므로, 그렇지 않았다면 시간을 갖고 판단이 설 때까지 기다렸겠지만 이것이 단시간 내에 서로를 좋아하게 될 충분한 이유가 되었다.

런던에서 편지가 도착하자, 며칠 전이었다면 엘리너는 온 몸을 기쁨의 전율로 떨었겠지만, 이제는 환희보다는 가라앉은 기분으로 읽었다. 제닝스 부인은 편지에서 이 기막힌 이야기를 전하면서 바람둥이 계집애에게 숨김없는 분노를 터뜨리는 한편, 이 쓰레기 같은 계집애를 정말로 사랑했다가 이제는 옥스퍼드에서 상심에 빠져있을 것이 뻔한 불쌍한 에드워드 씨를 동정해 마지않았다. 부인의 말은 이렇게 계속되었다. "그렇게 교활한 짓이 또 있을까요. 루시가 나를 방문해서 두어 시간 앉아 있다가 간지 이틀밖에 지나지 않았는데. 이런 일이 있으리라고는 아무도, 낸시조차도 몰랐답니다. 그 불쌍한 것은 그 다음날 플리머스에 어떻게 가야 할지도 모르는 데다 페라스 부인이 두려운 나머지 잔뜩 겁에 질려 나한테 울면서 왔지 뭐예요. 루시가 결혼해서 떠나 버리기 전에 소문을 낼 셈으로 돈을 전부 빌려가 버린 모양이더군요. 불쌍한 낸시한테는 톡톡 털어도 7실링밖에 없었답니다. 그래서 엑서터로 갈 수 있게 50기니를 기꺼이 주었다우. 나도 말했지만 거기서 선생과 다시 어떻게 잘해볼까 하는 희망을 품고 버기스 부인 댁에서 3,4주 지낼 요량이더군요. 루시가 낸시를 자기들과 함께 셰즈에 태워 데려가지 않은 건 정말 그 애가 한 못된 짓거리들 중에서도 최악이지 뭐예요. 불쌍한 에드워드 씨! 그이 생각을 머릿속에서 지워버릴 수가 없다우. 하지만 당신이 그이를 바턴에 불러주면 매리앤 양이 위로해 주겠지요."

대쉬우드 씨의 문체는 좀 더 엄숙했다. 페라스 부인은 가장 불행한 여인이고, 불쌍한 패니는 정신적 고통에 몸부림치고 있으며, 이런 타격을 겪고도 두 사람 모두 살아있는 것이 놀랍고도 고마울 뿐이라고 했다. 로버트는 용서받지 못할 짓을 저질렀지만, 루시가 한 짓과는 비교도 되지 않았다. 페라스 부인은 결코 그들 둘의 이름을 입에도 올리지 않을 것이고, 장차 설혹 아들을 용서할 마음이 내키더라도 그의 아내는 절대 며느리로 인정하지 않겠으며, 눈앞에 얼씬도 못 하게 할 것이다. 그들에게 조금이라도 의심을 품었더라면 결혼을 막을 적합한 조치를 취할 수도 있었을 텐데, 자기들 사이에 있었던 일을 철저히 비밀에 부쳤다는 점 때문에 죄질이 한층 더 무거워졌다. 그는 엘리너도 루시가 가족 내에 이런 불행을 퍼뜨리는 씨앗이 되느니 차라리 에드워드와 맺어졌으면 좋았으리라는 자신의 의견에 공감해주기를 바랐다. 그의 편지는 이렇게 이어졌다.

"장모님은 아직 에드워드의 이름은 입에도 올리지 않으신다. 놀라운 일도 아니지. 이런 일이 있는데도 그에게서 편지 한 줄도 없다는 게 더 놀랍지. 아마 어머니의 심기를 거스를까 두려워서 침묵을 지키는 모양인데, 그래서 내가 옥스퍼드에 편지를 띄워서 암시를 주려고 한단다. 그가 패니한테 어머니께 잘못을 비는 편지를 보내서 패니가 그것을 어머니께 보여드려면 언짢아하시지는 않을 것 같다. 우리 모두 장모님이 따뜻한 마음을 지니셨고, 자식들과 좋은 관계를 유지하기를 바라신다는 것을 잘 알고 있으니까."

이 대목은 에드워드의 앞으로의 전망과 취해야 할 행동에 중요한 시사가 되었다. 그는 누나와 매형이 말해 준 대로는 아니라도, 화해를 시도해 볼 결심을 했다.

"어머니께 잘못을 비는 편지라고!" 그가 되풀이했다. "그이들은 로버트가 어머니의 은혜를 버리고 내 명예를 먹칠한 데 대해 내가 어머니의 용서를 빌라는 걸까요? 난 굽힐 수 없습니다. 지난 일로 비굴해지지도, 참회하지도 않아요. 난 아주 행복해졌지만 관심 없겠지요. 내가 어떻게 잘못을 빌어야 적절할지 모르겠군요."

엘리너가 그의 말을 받았다. "물론 당신이 용서를 구할 수는 있겠지요. 마음 상하게 해 드린 건 사실이니까요. 그러니 이제는 어머니를 격노하시게 만든 약혼을 했던 데 대해 죄송하다는 말 정도는 하는 게 좋겠어요."

에드워드도 그 말에 동의했다.

"그리고 어머님이 당신을 용서하시고서 그분에게는 첫번째 약혼 못지않게 무분별한 짓으로 보일 두 번째 약혼을 인정하시게 하려면 아마 좀 몸을 굽히는 게 좋을 거예요."

그는 여기 거부할 뜻은 없었지만, 잘못을 비는 편지를 쓰고 싶지는 않았다. 그래서 편지보다는 말로 하는 편이 훨씬 더 편할 듯 했으므로, 편한 쪽을 택해 누나에게 편지를 쓰는 대신 런던에 가서 직접 어머니께 선처를 호소하기로 결심했다. 매리앤은 새로이 얻은 솔직함으로 이렇게 말했다. "만약 오빠와 올케가 화해시키는 데 정말로 관심이 있기만 하다면, 그이들이라도 전혀 쓸모가 없지는 않을 거야."

브랜든 대령 쪽에서는 사나흘에 불과했던 방문을 마치고 두 신사는 함께 바턴을 떠났다. 그들은 에드워드가 미래의 집을 직접 좀 알아두고 자신의 후원자이자 친구를 도와 어디를 손볼 필요가 있을지 결정하기 위해 곧장 델라포드로 떠났다. 에드워드는 거기에서 이틀쯤 머문 후 런던으로의 여행길에 오를 예정이었다.

14장

페라스 부인 쪽에서는 자기가 항상 받게 될까봐 염려스러운 비난, 즉 지나치게 상냥하다는 비난을 면할 만큼만 격렬하고 단호하게 물리친 다음에서야 비로소 에드워드를 자기 면전에 나타나도록 허락하고 다시 자기 아들로 받아들였다.

최근 들어 부인의 가족은 엄청난 변동을 겪었다. 부인에게는 평생 두 아들이 있었으나, 몇 주 전 에드워드가 죄를 짓고 절연絶緣 당하는 탓에 아들 하나를 잃었다가, 로버트가 똑같은 죄를 짓고 어머니를 떠나면서 지난 2주간은 아들이 하나도 없었는데, 이제 에드워드가 되살아나 다시 아들 하나가 되었다.

그러나 일단 다시 한 번 살아나도록 허락받기는 했지만, 지금 한 약혼을 알리고 나서도 생존을 계속 보장받을 수 있을지는 알 수 없었다. 사정을 알렸다가 그의 몸에 급작스런 변화가 닥쳐 이전처럼 순식간에 목숨을 빼앗길지도 몰랐다. 그래서 불안스레 눈치를 보면서 이를 밝히자, 부인은 의외로 이 소식을 침착한 태도로 들었다. 페라스 부인은 처음에는 별의별 구실을 다 들어 차근차근 설득하여 대쉬우드 양과의 결혼을 단념시키려고 애썼다. 모튼 양과 결혼하면 더 신분 높고 재산도 많은 아내를 얻는 거라는 말도 하고, 모튼 양은 3만 파운드를 가진 귀족의 딸인 반면 대쉬우드 양은 달랑 3천 파운드뿐인 보잘것 없는 신사의 딸에 불과하다는 말로 자기 주장을 강요하기도 했다. 그러나 그가 어머니의 주장이 사실이라고 전적으로 인정한다 해도 따를 생각은 추호도 없다는 사실을 알게 되자, 과거의 경험에 비추어 자기가 손을 들기로 현명한 판단을 내렸다. 그리하여 위엄을 지키고 쾌히 승낙했다는 혐의를 막기 위해 퉁명스럽게 시간을 끈 후에야, 에드워드와 엘리너의 결혼에 동의한다는 뜻을 밝혔다.

다음에 고려할 대상은 그들의 수입을 늘려주기 위해 어떻게 해 줄 것인가였다. 여기에서 에드워드가 지금 유일한 아들이기는 하지만 결코 장남은 아니라는 사실이 명백히 드러났다. 로버트에게는 일 년에 1천 파운드가 반드시 돌아가게 되어있는 반면, 에드워드가 기껏해야 250파운드 때문에 성직을 갖는 문제에는 전혀 반대하지 않았을 뿐더러, 현재로서든 앞으로든 패니에게 준 것과 같이 1만 파운드 외에는 더 이상 아무것도 약속해주지 않았다.

그러나 에드워드와 엘리너가 바랐던 만큼은 되었고, 기대했던 것으로 치면 그 이상이었다. 페라스 부인이 슬쩍 변명을 흘린 것으로 보아, 더 주지 않은 데 놀란 사람은 부인뿐이었던 듯했다.

이렇게 부족분을 충분히 메울 수입을 손에 넣었으므로 그들은 에드워드가 목사직에 앉을 때까지 기다리지 않아도 되었지만, 브랜든 대령이 엘리너가 들어와 살기를 진심으로 바라는 마음에서 꽤 공들여 손보고 있는 집이 준비될 때까지는 기다려야 했다. 자기들 일이 마무리되기까지 한참을 기다리고, 이해할 수 없을 정도로 꾸물거리는 일꾼들 때문에 셀 수도 없이 실망과 지연을 겪고 난 후, 엘리너는 평소처럼 모든 것이 준비될 때까지는 결혼하지 않겠다는 처음의 굳은 결심을 버리고 8월 초 바턴에서 결혼식을 올렸다.

그들은 결혼하고 첫 달을 친구와 함께 저택에서 보냈다. 그곳에서 목사관의 공사 진행 상황을 감독하고 벽지를 고른다든가 관목을 심는다든가 대문에서 현관까지의 길을 정한다든가 원하는 대로 모든 지시를 내릴 수 있었다. 제닝스 부인의 예언들은 다소 뒤죽박죽이 되기는 했지만 대체로 들어맞았다. 부인은 미클마스를 즈음해서 에드워드와 그의 아내를 만나러 목사관을 방문할 수 있었으며, 진심으로 믿었던 대로 엘리너와 그녀의 남편이 세상에서 가장 행복한 부부임을 확인했다. 실제로 그들이 더 바라는 것이 있다면 브랜든 대령과 매리앤의 결혼과 자기네 소를 먹일 좀 더 나은 목초지뿐이었다.

그들은 자기들의 첫번째 보금자리에서 거의 모든 친척과 친구들을 맞이했다. 페라스 부인은 인정해 주었다는 것을 수치스럽게 여겼던 행복을 검열하러 왔고, 대쉬우드 부부조차 그들의 면목을 세워 주고자 수고스럽게도 서섹스에서부터 행차했다.

존이 어느 아침 델라포드 저택의 문 앞을 함께 거닐던 중 이렇게 말했다. "실망했다는 말은 않으마, 사랑하는 동생아. 물론 너는 보다시피 세상에서 가장 운 좋은 여자들 중 하나이니 그런 소리는 지나친 말이겠지. 하지만 솔직히 말해서 브랜든 대령을 매제라고 부르게 됐더라면 정말 기뻤을 텐데 말이다. 여기 그의 재산, 지위, 집, 모든 것이 누가 보아도 얼마나 근사하고 훌륭하냐! 숲은 또 어떻고! 도셋셔 어디를 보아도 지금 델라포드 숲에 늘어선 것 만한 재목감은 본 적이 없어! 매리앤은 아마도 그의 마음을 사로잡기에는 인물이 딸리겠지만, 네가 이제 그들을 너와 함께 자주 머물게 해 주면 좋겠구나. 브랜든 대령은 집에서 보내는 시간이 많은 듯하니 무슨 일이 생길지는 아무도 모르잖냐. 사람들이 함께 보내는 시간이 많아지고 다른 사람들은 잘 보지 못하게 되면…… 네 힘으로 그 애한테 그 정도 유리한 조건이야 마련해 줄 수 있겠지. 그러니까, 그 애한테 기회를 만들어 줘야 한단 말이다. 내 말 알겠지?"

그러나 페라스 부인이 그들을 보러 정말로 왔고 항상 그들에게 점잔 빼며 다정한 척 대해 주었다 해도, 그들은 부인의 진짜 호의와 편애를 받는 모욕을 당하는 일은 결코 없었다. 그것은 어리석은 로버트와 교활한 그 아내의 몫이었다. 그들은 몇 달 만에 그것을 손에 넣었다. 루시는 처음에 로버트를 곤경으로 끌어넣었던 이기적인 용의주도함을 십분 활용하여 거기에서 그를 구출해냈다. 그녀의 공손하고 비굴한 자세며 부지런한 배려, 끝없는 아첨은 일단 손톱만큼이라도 파고 들어갈 구멍이 보이자 페라스 부인의 마음이 그에게 돌아서게끔 이끌었고, 그에게 완전히 어머니의 총애를 되돌려 놓았다.

그 과정에서 루시의 모든 행동과 그 결과 얻어낸 성공은, 열심히 쉬지 않고 사리사욕을 추구하면서 시간과 양심을 얼마든지 희생할 자세가 되어 있으면, 중도에 어떤 장애가 있더라도 모든 이득을 손에 넣을 수 있다는 사실을 입증하는 대단히 고무적인 실례가 될 것이다. 로버트가 처음 루시를 알게 되어 몰래 바틀릿 가로 그녀를 방문했을 때는 형이 추측한 것 말고 다른 생각은 없었다. 그는 단지 약혼을 포기하도록 그녀를 설득할 셈이었다. 둘의 애정 말고는 극복해야 할 것이 아무것도 없었으므로, 그는 당연히 한 두 번의 만남으로 문제가 해결될 줄 알았다. 그러나 그 점에서만큼은 그가 잘못 생각했다. 루시는 곧 그에게 머잖아 그의 열변에 넘어갈 듯한 인상을 주었지만, 방문할수록, 대화를 나눌수록 이러한 확신만 계속 주었다. 헤어질 때면 항상 그녀의 마음이 다소 흔들렸고, 그와 반시간만 더 대화를 나누면 말끔히 해소될 것 같았다. 이런 식으로 그가 또 찾아오게 만들었고, 다음 방문이 계속 이어졌다. 그들은 에드워드에 대해 얘기하는 대신 점차 로버트에 대해서만 얘기하게 되었다. 그에게는 항상 다른 어떤 것보다도 더 할 얘기가 많은 화제였고, 그녀도 곧 그 못지않게 관심을 보였다. 즉, 그가 완전히 형을 대신하게 되었음이 두 사람 모두에게 곧 명백해졌다. 그는 자신의 정복이 자랑스러웠고, 형을 속여 넘긴 데 우쭐해졌고, 어머니의 동의 없이 몰래 결혼하게 되어 너무나 자랑스러웠다. 그 직후 일어난 일은 알려진 바와 같다. 그들은 돌리쉬에서 매우 행복하게 몇 달을 보냈다. 그녀에게는 관계를 끊어야 할 친척과 옛 친구들이 하나 둘이 아니었고, 그에게는 웅장한 별장을 지을 계획이 잔뜩 있었던 것이다. 거기에서 런던으로 돌아와 루시의 교사에 따라 용서를 구한다는 간단한 계책으로 페라스 부인의 용서를 얻었다. 그 용서는 처음에는 당연히 로버트에게만 국한되었으며, 그의 어머니에게는 아무런 책임도 없으므로 따라서 죄를 지으려야 지을 것도 없는 루시는 몇 주 더 용서받지 못한 채로 있었다. 그러나 루시는 로버트의 죄를 모두 자기 탓으로 돌리고 끈기 있게 굽실거리며 불친절한 대접에도 감지덕지하는 모습을 보였다. 이렇게 노력한 결과 부인으로부터 자비를 베풀겠다는 거만한 통고를 얻어냈고, 곧 이어 눈 깜짝할 사이에 총애를 독차지하고 세도를 부리는 제일 높은 자리까지 올라갔다. 루시는 로버트나 패니는 물론이고 페라스 부인에게도 없어서는 안 될 존재가 되었다. 에드워드는 과거 그녀와 결혼하려 했다는 이유로 결코 진심으로 용서받지는 못했고, 엘리너는 재산이나 신분에서 그녀보다 훨씬 나은데도 불구하고 침입자 취급을 받은 데 반해, 그녀는 어느 모로 보나, 항상 공개적으로 가장 귀여운 며느리로 인정받았다. 그들은 페라스 부인으로부터 상당히 후한 원조를 받아 런던에 정착했고, 대쉬우드 부부와도 더 좋을 수가 없을 만큼 절친한 관계를 유지했다. 패니와 루시 사이에 끊이지 않으며 남편들도 저마다 한몫 하는 질투와 적의는 물론이고, 로버트와 루시 사이에 종종 빚어지는 가정불화만 빼면, 그들 모두가 한데 어울려 살아가는 모습만큼 조화로운 것도 없었다.

에드워드가 무엇 때문에 장자로서의 권리를 박탈당했는지 알면 많은 사람들이 황당해 할 법도 했고, 로버트가 무엇 때문에 그 권리를 승계했는지 알면 더 놀랄 것이다. 그러나 이유야 어쨌건 결과로 보아서는 문제가 없었다. 로버트의 생활 태도나 말하는 품새에서 형에게 너무 적게 남겨 주었다거나, 자기가 너무 많이 가져왔다고 자기 수입 규모에 대해 유감스럽게 여기는 기색은 전혀 엿보이지 않았다. 에드워드 또한 자기 의무를 소소한 부분까지 기꺼운 마음으로 수행하고, 아내와 자기 집을 날이 갈수록 더욱 사랑하며, 늘 활기찬 분위기를 유지하는 것으로 보건대, 자기 운명에 만족하는 것이 확실했으며 이를 동생과 맞바꾸고 싶은 마음은 전혀 없어 보였다.

엘리너는 결혼했어도 어머니와 동생들이 반 이상의 시간을 자기와 함께 보냈기 때문에, 바턴의 별장이 완전히 쓸모가 없어지지는 않았어도 할 수 있는 데까지 가족들과 떨어지지 않게 되었다. 대쉬우드 부인은 놀러가고 싶어서 뿐 아니라 다른 꿍꿍이를 품고 델라포드에 자주 들렀다. 매리앤과 브랜든 대령을 엮어주고픈 소망은 존이 표현했던 것보다 더 관대하기는 해도 절실하기로는 그에 못지 않았던 것이다. 이제 그것이 부인이 가장 간절히 바라는 목표였다. 딸이 자기에게 소중한 말벗이기는 해도, 자기의 귀한 친구에게 이와 같은 변함없는 즐거움을 주는 것이야말로 부인이 소망하는 바였다. 매리앤이 그 대저택에 자리잡는 모습을 보는 것은 에드워드와 엘리너의 소망이기도 했다. 그들은 대령의 슬픔을 알고 있었고, 그에게 신세진 것도 있었으므로 매리앤이 그 모든 것에 대한 보상이 되리라는 데 의견이 일치했다.

이렇게 모두 공모하여 그녀를 떠밀고, 그의 선량함을 속속들이 알고 있으며, 자기만 제외한 모든 이들이 눈치를 채고도 한참 후에서야 마침내 그녀에게 확 열어 보이기는 했지만 자신을 사랑한다는 것을 잘 아는데, 그녀가 어쩌겠는가?

매리앤 대쉬우드는 특별한 운명을 타고났다. 그녀는 자기 견해가 틀렸음을 발견하고, 자신이 가장 아끼는 경구에 배치되는 행동을 해야 할 운명이었다. 열일곱에 꽃핀 사랑을 접고 깊은 존경심과 진심 어린 우정 외에 다른 감정 없이 다른 이의 청혼을 자진해서 받아들여야 할 운명이었다! 게다가 그 남자는 그 사랑으로 그녀 못지않은 고통을 받았고, 2년 전만 해도 그녀가 결혼하기에는 너무 늙었다고 생각했으며, 아직도 건강을 보호하기 위해 플란넬 조끼를 입고 다니는 남자였다!

그러나 일이 그렇게 되었다. 한때는 어리석게도 꿈에 부풀어 착각에 빠져 거역할 수 없는 열정의 제물이 될 뻔한 적도 있었고, 그 후 좀 더 냉정을 찾아 내린 결단에 따라 칩거하여 공부하는 데서 즐거움을 찾으며 영원히 어머니와 함께 살고자 한 적도 있었으나, 매리앤은 열아홉 살에 새로운 애정을 받아들이고 새로운 의무에 착수했다. 그녀는 새로운 집에서 아내, 한 가정의 안주인, 한 마을의 여주인이 된 자신의 모습을 발견하게 되었다.

브랜든 대령은 이제 그를 누구보다도 사랑하며, 그가 자격이 충분하다고 믿는 모든 사람들 못지않게 행복했다. 그는 매리앤에게서 과거의 모든 아픔을 위로 받았다. 그녀의 애정과 보살핌으로 그는 활기를 되찾고 밝은 성격으로 바뀌었다. 매리앤이 그를 행복하게 해 주는 데서 자신의 행복을 찾은 것 또한 그녀를 아끼는 친구들을 안심시키고 기쁘게 했다. 매리앤은 어중간하게 사랑할 수 있는 성격이 아니었으므로, 시간이 갈수록 옛날에 윌러비에게 주었던 이상으로 자신의 온 마음을 남편에게 다 바치게 되었다.

윌러비는 그녀의 결혼 소식을 전해 듣고 가슴이 찢어지는 아픔을 느껴야 했다. 그런 직후 스미스 부인이 자진해서 용서해 주었으므로, 그는 받아야 할 벌을 다 받은 셈이 되었다. 부인이 자비를 베푼 이유는 그가 품위 있는 여성과 결혼했다는 것이었으므로, 자기가 매리앤을 도리에 어긋나지 않게 대했더라면 행복과 부라는 두 마리 새를 한꺼번에 잡을 수 있었을지 모른다는 생각을 하지 않을 수 없었다. 그렇게 자기 무덤을 자기가 판 비행에 대해 의심의 여지없이 진실한 마음으로 참회를 했으며, 오랫동안 브랜든 대령을 생각하면 질투를, 매리앤을 생각하면 회한을 느꼈다는 것도 틀림없는 사실이다. 그러나 그가 언제까지나 달랠 길 없는 슬픔에 잠겨 사람을 피하고 늘 우울증에 빠져 지냈다거나, 혹은 상심한 가슴을 안고 죽었다고 믿어서는 안 된다. 그 중 어느 것도 그에게 해당되지 않았으니까. 그는 나름대로 노력했고 즐거운 시간을 보내기도 하면서 살았다. 아내가 늘 화가 나 있지는 않았고, 집이 항상 불편하기만 한 것은 아니었으며, 여러 종의 말과 개, 각양각색의 사냥에서 적지 않은 가정의 행복을 찾았다.

그러나 그녀를 잃고도 살아남는 무례를 범했음에도 불구하고, 그는 매리앤에 대해서 항상 흔들림 없는 애정을 품고 그녀에게 무슨 일이 닥치든 관심을 가졌다. 남몰래 그녀를 완벽한 여성의 기준으로 삼아서, 그 후에도 아무리 인기 있는 미인을 보아도 브랜든 부인과는 비교가 안 된다고 무시하곤 했다.

대쉬우드 부인은 델라포드로 옮겨가지 않고 별장에 남을 정도의 분별은 있었다. 매리앤이 떠날 즈음에는 존 경과 제닝스 부인에게는 다행스럽게도 마거릿이 춤추러 나가기 딱 좋으며 애인을 가져도 이상하지 않을 나이가 되어 있었다.

바턴과 델라포드 사이에는 끈끈한 가족애로부터 자연스럽게 우러나오는 서신왕래가 끊이지 않았다. 엘리너와 매리앤이 누린 장점과 행복 가운데서 자매들이 지척간에 살면서도 불화 없이 지냈고, 남편들도 서로 등 돌린 적이 없었다는 사실을 절대 사소하다 하지는 말기로 하자.

| 작품 해설 |

제인 오스틴의 삶과 그의 작품 세계

1. 제인 오스틴의 생애

제인 오스틴은 1775년 12월 16일 햄프셔 주의 소읍 스티븐턴의 목사관에서 태어났다. 아버지 조지 오스틴은 그곳의 교구 목사였다. 어머니인 카산드라 리 오스틴은 활달하고 재치 있는 여성으로 옥스퍼드 발리올 대학의 유명한 학장의 조카딸이었다. 제인 오스틴은 여덟 아이 중 일곱 번째 아이였다. 그녀의 일생을 통해서 가장 가까운 친구는 세 살 위의 유일한 자매인 카산드라였다. 오스틴의 집에는 오백여 권의 장서가 갖추어져 있었다. 카산드라와 제인은 공식적인 학교 교육보다 오빠와 아버지로부터 더 많은 것을 배웠다. 이들 자매는 1782년경 옥스퍼드에 사는 친척인 콜리 부인으로부터 개인지도를 받았고, 그 다음에는 레딩의 수녀원에서 몇 년 간 교육을 받았다. 그 후 제인 오스틴은 집에서 셰익스피어, 영국사, 동시대 소설, 시와 도덕론자들의 글을 탐독했다. 오스틴의 집안은 그녀가 소설가로서 발전하는 데 이상적인 환경을 제공했다. 가족들은 항상 새뮤얼 리처드슨, 헨리 필딩, 스턴, 스몰렛, 골드스미스 등 당대 소설가들의 작품을 놓고 토론을 벌였으며, 아마추어 연극을 만들어 상연하는 일도 좋아했다. 오스틴 가족과 이웃들이 배우가 되어 목사관의 헛간을 소극장으로 꾸며 공연했다. 1789년부터 90년까지 제인 오스틴이 오빠 헨리와 제임스를 도와 옥스퍼드 문학잡지인 《한가한 산보자The Loiterer》의 발간을 도왔을 가능성도 있다.

제인 오스틴은 1780년대 후반부터 글쓰기를 시작하여, 1788년부터 1793년 사이 20편이 넘는 습작품을 썼다. 이 초기 작품들에도 이후 작품에서 꽃을 피운 풍자의 재치와 사실주의의 기풍이 배어있다. 또한 고딕소설과 감성소설의 그릇된 감정을 바로잡으려는 욕구도 드러나 있다. 1794년경 제인 오스틴은 더 야심 차고 진지한 작품인 서간체 소설 〈수잔 부인Lady Susan〉을 시도했다. 자신의 강한 정신력을 휘두르는 데 몰두한 나머지 사회적으로 자멸을 맞게 되는 여성의 초상은 여성의 강하고 '남성적인' 재능을 필요로 하지 않는 사회에서 여성의 운명을 탐색하고 있다. 일년 후 불과 열아홉 살의 나이에 제인 오스틴은 〈이성과 감성〉의 서간체 판인 〈엘리너와 매리앤Elinor and Marianne〉을 썼다. 1796년부터 97년까지는 나중에 〈오만과 편견〉으로 개작하게 되는 〈첫인상First Impressions〉을 썼다. 1797년 제인의 아버지는 런던의 출판업자 캐들에게 이 원고를 보냈으나 거절당했다. 그러나 제인 오스틴은 낙담하지 않고 자신의 만족과 가족들의 즐거움을 위해 〈엘리너와 매리앤〉의 집필을 계속했으며, 〈수잔Susan〉을 썼다. 이 작품은 나중에 《노생거 사원》으로 제목을 바꾸어 출판되었다. 1799년부터 1809년까지 미완성 풍속 소설 〈왓슨 가The Watsons〉를 제외하고는 거의 글을 쓰지 않았다.

이렇게 그녀가 침묵을 지킨 이유는 그저 추측만 해 볼 따름이다. 스물다섯 살이 되기까지 제인 오스틴의 생활은 행복하고 평온했던 것 같다. 1796년 1월 이후로 남아있는 편지를 보면 동네에서 열린 파티와 햄프셔에서의 무도회, 런던, 바스, 사우샘프턴, 켄트, 데번과 도셋의 해변가 휴양지 방문 등으로 즐거운 시간을 보냈음을 알 수 있다. (제인 오스틴이 일곱 살 때 스티븐턴의 이웃을 떠났던 메리 밋포드의 어머니는 그녀에 대해 '제일 예쁘장하고, 제일 순진하고, 그 누구보다도 자신을 뽐내며 남편감을 찾아다니는 나비'라는 묘사를 남겼다.) 카산드라가 1810년경 그린 스케치에서 '제일 예쁘장하다'는 묘사의 잔영을 엿볼 수 있다. 그녀와 언니는 결혼은 하지 않았지만, 제인 오스틴의 후기 소설의 주요 주제이기도 한 구애와 결혼은 그들의 중요한 관심사였다. 카산드라는 1795년 한 젊은이와 약혼했으나, 그는 그 후 얼마 안 되어 서인도 제도에서 사망했다. 기록에 남아 있는 제인의 첫 연애는 1796년 젊고 잘생긴 아일랜드인으로 스티븐턴 인근 마을 목사의 조카였던 톰 르프로이와의 연애였다. 1802년 11월, 그녀는 햄프셔의 한 부유한 가문의 상속자인 해리스 빅 위더와 결혼하기로 했다가 다음날 아침 마음을 바꾸었다. 아마도 결혼하면 경제적 안정을 얻을 수 있고 그녀가 싫어하는 바스 생활을 청산할 수 있다는 점에 끌렸겠지만, 결국 사랑 없는 결혼을 포기했다. 그밖에도 해군 장교인지 육군 장교인지 목사인지 확실치 않은 어떤 인물과 휴가차 여행간 해변에서 사랑에 빠졌으나 그가 얼마 안 있어 사망했다는 이야기도 있으나, 증거가 부족하다. 카산드라는 동생의 사생활이 새어나가지 않도록 빈틈없이 신경을 써서, 제인이 죽은 후 남은 편지들을 검열하고 상당수를 파기했다.

어찌 되었든 1801년 이후로는 제인 오스틴에게 그다지 행복한 시절이 못 되었다. 1801년 제인의 아버지가 스티븐턴의 교구를 장남인 제임스에게 물려주고 바스로 갑자기 은퇴했다. 제인과 카산드라에게 의논하지 않고 갑작스럽게 내린 결정이어서 제인은 이 소식을 듣고 기절했을 만큼 큰 충격을 받았다고 한다. 제인 오스틴은 스티븐턴에서 누리던 즐거움을 모두 버리고 그녀가 제일 싫어하는 곳인 바스의 셋집으로 옮겨야만 했다. 1804년에는 어머니가 병으로 앓아누웠고, 1805년에는 아버지가 사망했다. 오스틴 부인과 제인, 카산드라는 1806년부터 1809년까지는 사우샘프턴에서 지냈다. 제인 오스틴은 힘겨운 시기를 보내면서 자신의 소설 속에 종종 묘사되는 독신여성의 제한된 삶을 경험했음이 틀림없다. 후기 작품에서 바스와 포츠머스에 대한 어두운 묘사는 이 시기의 그녀의 우울한 기분을 반영하고 있다.

조지 오스틴의 셋째 아들 에드워드는 아주 어렸을 때 친척인 토마스 경에게 입양되어 그의 상속인이 되었다. 에드워드는 1808년 아내를 잃자, 어머니와 누이들에게 햄프셔 주 고향인 스티븐턴에서 가까운 초턴에 영구적으로 살 수 있는 집을 구해 주었다. 초턴으로 이주함으로써 어느 정도 오스틴 가족은 안정을 되찾을 수 있었고, 그녀의 상상력에도 활력을 불어넣어 주었던 듯 하다. 그녀는 〈엘리너와 매리앤〉을 다시 쓰기 시작하여, 1811년 익명으로 《이성과 감성Sense and Sensibility》이라는 제목으로 출판했다. 그런 다음 〈첫인상(나중에 오만과 편견)〉을 완전히 다시 고쳐 쓰는 작업에 착수했으나, 그 책이 출간되기 전에 이미 그녀의 성숙한 예술가적 비전이 처음으로 드러난 작품 《맨스필드 파크Mansfield Park》를 완성했다. 이 소설은 1811년 2월부터 쓰기 시작하여 1813년 여름에 끝냈는데, 인내, 절제, 금욕주의 등 실천하기 어려운 미덕을 강조함으로써 《오만과 편견》에서 보여준 젊은 시절의 열정을 많이 누그러뜨렸다. 《맨스필드 파크》의 초판은 1814년 익명으로 출판되었다. 제인 오스틴의 생전에 그녀의 이름을 달고 나온 소설은 한 권도 없었다.

1815년 《엠마Emma》는 《쿼털리 리뷰》지에서 월터 스코트로부터 대단히 호의적인 평을 받았다. 《엠마》에서 제인 오스틴은 《맨스필드 파크》의 복잡한 내러티브 효과를 살리는 동시에 《오만과 편견》에서 보여준 위트와 활력을 회복했다. 1815년부터 16년까지는 그녀가 가장 좋아하는 오빠였던 헨리의 병과 재정적 어려움이 겹쳐 힘겨운 시기였으나, 제인 오스틴은 여전히 넘치는 활력으로 집필을 계속했다. 1816년 《맨스필드 파크》의 재판이 바이런의 작품을 출판한 존 머레이에 의해 출간되었다. 그녀는 초턴에서 계속 집안을 돌보고 어머니의 병구완을 했다. 조카들에게는 가장 인기 좋은 '제인 고모'로, 비밀을 털어놓고 조언을 구할 수 있는 믿음직한 상대였다.

1815년 8월부터 1816년 8월까지 〈설득Persuasion〉을 썼으나, 소설이 완성되었을 때에는 제인 오스틴의 건강이 악화되기 시작했다. 1817년 1월 풍자적인 작품 〈샌디턴Sanditon〉의 집필에 착수했다. 〈샌디턴〉의 소극 형식은 애조 띤 〈설득〉의 분위기와 날카로운 대조를 이루면서 병으로 인한 침체에 용감히 맞서는 모습을 보여준다. 오스틴은 〈샌디턴〉의 12장까지 초고를 쓴 후 아마도 건강 쇠약 때문에 1817년 3월 집필을 포기했다. 그녀의 병은 현대 의학적 소견으로 보면 애디슨병(부신의 기능 장애로 생기는 병으로 빈혈 · 소화 및 신경 장애가 있고 피부 및 점막이 흑갈색으로 변함)이었던 것으로 추정된다. 그녀의 건강 상태는 호전되었다 악화되었다를 거듭했고, 1817년 4월 그녀는 유언장을 작성했다. 그녀는 6월 18일 43세의 나이로 언니의 팔에 안겨 숨을 거두었고, 엿새 후 윈체스터 성당에 묻혔다. 1817년 오빠 헨리가 《노생거 사원Northanger Abbey》과 《설득》을 출판했다. 이 유작으로 제인 오스틴의 이름이 세상에 처음으로 알려지게 되었다.

당시 여성이 공적 무대에 얼굴을 드러낸다는 것은 여성의 가장 중요한 미덕으로 평가되는 정숙함을 잃는 것을 의미했다. 따라서 여성이 자기 이름으로 글을 발표한다거나, 그것으로 돈을 번다면 사회적인 비난과 조롱의 표적이 되기 딱 알맞았다. 비평가 이언 와트가 '영국 최초의 소설'로 평가한 《파멜라Pamela》를 쓴 새뮤얼 리처드슨(1689~1761)과 같은 18세기 작가들이 소설의 교훈적인 성격과 도덕성을 강조하며 소설 장르를 격상시키려 했다 해도, 글 쓰는 여자들을 사회적으로 위험하고 천하며 저급한 존재로 취급하는 17세기 여성작가들로부터 내려오는 편견은 여전히 남아 있었다. 그러기에 여성 작가들은 작가로서의 자의식과 여성으로서의 사회적 한계 사이에서 갈등을 겪을 수밖에 없었다. 오스틴이 항상 남의 눈에 띄지 않도록 몰래 글을 썼고, 글을 쓰는 동안 누군가 다가오면 금세 알아챌 수 있도록 일부러 삐걱거리는 문을 고치지 않고 놔두었다는 일화는 유명하다. 오스틴의 오빠를 비롯한 후손들도 오스틴을 명성이나 돈을 바라지 않고 어디까지나 일하는 틈틈이 소일거리로 글을 쓴 아마추어 작가로 묘사하여 당대의 정숙하고 조신한 여성상에서 벗어나지 않는 모습으로 만들었다. 그러나 오스틴이 가족들에게 보낸 편지에는 자신의 책에 대한 판권이 얼마에 팔렸으며, 책은 얼마나 팔렸는지에 관한 상세한 언급과 책이 잘 팔렸다는 소식을 들었을 때 느낀 기쁨이 적혀 있다. 또한 오스틴의 작품들은 모두 오랜 습작기간을 거쳐 여러 차례 다시 고쳐 씌어진 것이다. 이런 점으로 미루어 그녀가 직업 작가로서 뚜렷한 의식을 가지고 있었음을 엿볼 수 있다. 제인 오스틴은 메리 울스턴크래프트(1759~97)와 같은 당대 여성론자들처럼 목소리를 높여 남성중심적인 사회 관습을 고발하거나 공격하지 않았고, 세상이 떠들썩할 스캔들을 뿌리며 사회에 도전하는 삶을 살지도 않았다. 그 대신 오스틴은 날카로우면서도 세련된 풍자와 반어법으로 우회하여 우아하게 기존 관습과 가치관을 꼬집는 방법을 택함으로써, 중산계급 숙녀이면서 여성 작가가 되어야 하는 모순적인 딜레마를 성공적으로 다루었다.

2. 《이성과 감성》에 대하여

제인 오스틴의 소설은 영문학사에서 중요한 위치를 차지하는 고전으로 평가받고 있으나, 그에 대한 평가는 두 가지로 엇갈린다. 오스틴의 작품을 높이 평가하는 이들조차도 많은 경우 오스틴의 문학 세계에 사회적, 정치적 배경이 배제되어 있으며, 탈역사적이라고 본다. 오스틴이 습작을 시작한 1795년부터 19세기로 넘어가기까지 산업혁명(1760~1830)과 프랑스 대혁명(1789~99)으로 급격한 변화를 맞던 당시 영국 사회의 실정을 고려하면, 오스틴의 세계는 잔잔하고 평온하기만 하다. 오스틴은 영국 시골을 배경으로 젠트리 계급(신사 계급. 귀족과 향사 사이의 계급)의 몇몇 가정 사이에서 벌어지는 소소한 일상적인 사건들과 풍속을 정밀하게 묘사하는 데 초점을 맞추었으므로, '2인치 크기의 상아에 새긴 섬세한 그림'이라는 오스틴 자신의 표현이 그녀의 작품에 대한 가장 적절한 비유로 받아들여졌다. 또한, 오스틴의 소설은 대개 가정 로맨스의 법칙을 충실히 따른다. 가장 중심이 되는 사건은 혼기가 찬 매력 있고 재능 있는 여주인공들의 남편감 고르기이다. 이 과정에서 여주인공들은 도덕적 성장을 이루며, 그 결과로 도달하게 되는 행복한 결혼으로 이야기가 마무리된다. 오스틴의 소설이 흔히 폄하되었던 이유는 이처럼 여성들의 구애와 결혼을 주된 소재로 삼으면서 제한된 영역을 벗어나지 않고, 여주인공이 도덕적, 정신적 결함을 교정하게 됨으로써 일종의 보상처럼 보통 더 신분 높고 재산 있는 남성과 결혼에 이른다는 점일 것이다. 이러한 오스틴 문학의 특성은 많은 비평가들로부터 보수주의적이라는 비난을 초래하는 원인이 되기도 했다.

그러나 《이성과 감성》을 비롯하여 제인 오스틴의 소설은 당시 여성들이 처한 사회적, 경제적 상황을 충실히 반영하고 있다. 당시 여성의 위치는 매우 종속적이어서, 자립은 거의 불가능했다. 여성은 자신의 재산을 소유할 권리가 없었으므로, 결혼을 하면 처녀일 때의 재산은 남편의 것이 되었다. 따라서 재산과 토지를 지닌 젠트리 계급(the gentry)은 장자 상속을 원칙으로 삼아 되도록 집안의 재산이 지참금으로 다른 집안에 빠져나가는 것을 막아 가문의 자산을 유지하고자 했다. 그렇다고 여성이 노동을 하거나 직업을 갖기도 어려웠다. 하층계급의 여성이라면 하녀라도 될 수 있었겠지만, 노동하는 것을 수치로 여겼던 젠트리 계급의 경우에는 선택의 폭이 더욱 좁았다. 결혼은 여성에게 사회적 지위와 생활 수단을 마련해 줄 최적의 방안이었고, 이 기회를 잡지 못한 여성의 경우는 남자 형제들이나 친척들의 호의에 의지하거나, 교육을 받은 여성의 유일한 직업인 가정교사가 되는 길밖에 없었다. 그러나 《제인 에어》(샬롯 브론테의 작품)를 비롯하여 가정교사가 등장하는 당대의 소설에서 그려진 바와 같이, 가정교사는 급여도 적고 하인들과 주인들 사이에 끼인 어중간한 위치에 있어 어느 쪽에서도 기꺼이 상대해 주지 않는 비참한 처지였다. 여성들에게 허용된 행동의 자유도 매우 제한적이어서, 보호자 없이 여행을 떠난다는 것은 상상하기 어려웠다. 이러한 상황에서 제인 오스틴의 여주인공들에게 결혼은 낭만적인 로맨스의 결말이라는 점은 차치하고서라도 현실적으로 최대의 소망이자 당면 목표가 되지 않을 수 없었다.

《이성과 감성》은 서두에서부터 주인공들이 처한 경제적 상황이 상세히 설명된다. 장자 상속의 전통에 따라 대쉬우드 씨의 사망과 함께 모든 재산은 존 대쉬우드의 것이 되고, 대쉬우드 부인과 세 딸은 당장 기거할 곳도 없을 정도로 경제적으로 곤궁한 처지에 빠진다. 결혼 문제를 고려하는 데 있어서도 경제적인 조건은 가장 중요하게 거론된다. 엘리너가 미모와 재능을 갖추었음에도 불구하고 에드워드 페라스의 적당한 결혼 상대로 평가받지 못하고 올케와 페라스 부인에게 모멸과 냉대를 당하는 이유도 그녀의 지참금이 적기 때문이다. 같은 이치에서 브랜든 대령이 서른다섯 살이라는 많은 나이에도 불구하고 많은 재산 덕분에 훌륭한 신랑감 후보가 될 수 있다. 변변한 교육도 받지 못했고, 재산도 없는 루시 스틸과 같은 여성에게는 결혼이 사회적, 경제적 생존을 위한 유일한 방책이 된다. 그렇기 때문에 경쟁자인 엘리너를 제치고 좋은 남편감을 잡으려는 루시의 노력은 수단 방법을 가리지 않는 치열한 투쟁이나 다름없다. 오스틴은 결혼을 둘러싼 경제적, 사회적 조건들을 날카롭게 드러냄으로써 낭만적인 사랑과 결혼이 환상에 지나지 않음을 피력한다. 정략결혼이 당연시되는 사회에서 결혼은 집안간의 계약이나 거래나 마찬가지이다. 처음에는 에드워드를 3만 파운드의 지참금을 지닌 모튼 양과 결혼시키려 했다가 잘 되지 않자 로버트와 결혼시키려 하며 '그 아가씨야 어느 쪽이든 상관없을 것' 이라고 말하는 존 대쉬우드의 태도는 결혼에 있어서 중요한 것은 재산과 신분일 뿐, 인간은 오히려 완전히 배제되는 물질주의적 가치관을 적나라하게 보여준다. 작품 전체에서 수입과 재산, 지출 문제는 끊임없이 구체적으로 거론되어 어느 누구도 경제적인 고려에서 자유롭지 않으며, 모든 인물의 선택과 행동에는 경제적 동기가 숨어 있음을 드러내 준다. 돈에 초연하고 고상한 태도를 취하는 매리앤마저도 품위 있는 생활을 유지하기 위한 적정 액수를 의식하고 있다. 노동하지 않는 것을 당연하게 여기고, 남자들이라도 가질 수 있는 직업이 목사나 군인 정도인 젠트리 계급은 상속이나 결혼을 통해 재산을 얻어야만 기본적인 생활과 신분을 유지할 수 있다. 오스틴은 '사랑으로 모든 현실적 고난을 극복할 수 있다' 고 생각하지 않는다. 이러한 작가의 현실적인 결혼관은 엘리너가 매리앤에게 윌러비와 설령 결혼했더라도 경제적 어려움에 부딪쳐 행복한 결혼생활을 할 수 없었을 것이라고 논리적으로 설득하는 부분이나, 엘리너가 에드워드의 청혼을 받아놓고도 경제적인 문제에 대한 해결책이 나오기를 기다리는 대목에서 여실히 드러난다.

여주인공들의 처지는 경제적인 제한뿐 아니라 사회가 요구하는 '여성다움', '정숙함' 의 엄격한 규범에 의해서도 제한되어 있다. 엘리너와 매리앤이 각각 '이성' 과 '감성' 을 대표한다거나, 과도한 감성보다 이성이 중요하다는 도덕적인 교훈을 전하는 소설이라면, 《이성과 감성》은 단순한 우화에 불과하거나, 여성의 품행을 일깨울 목적으로 씌어진 18세기의 수많은 품행 소설의 범주를 벗어나지 못할 것이다. 그러나 《이성과 감성》에서 이성과 감성의 관계는 그렇게 간단하지 않다. 이 작품의 앞부분에서 오스틴은 매리앤의 성격을 설명하면서 그녀가 지나칠 만큼 감성이 풍부하기는 하지만 상당한 분별력도 갖추고 있다고 말한다. 엘리너 또한 냉정하고 감정을 드러내지 않는 듯 보이지만, 에드워드가 자신에게 돌아오자 감정을 주체하지 못하고 기쁨의 눈물을 터뜨리며 방을 뛰쳐나가는 장면에서 억누르고 있을 뿐 풍부한 감성의 소유자임을 보여준다.

'이성'은 신고전주의 사상의 근간을 이루는 개념이었다. 인간이 이성의 힘을 소유한 덕에 피조물들의 질서 안에서 동물과 천사 사이에 있는 자신의 위치와 신을 숭배할 의무를 올바르게 이해할 수 있다는 신고전주의 사상에 따라 '이성'은 악덕이나 미덕과 같은 수준까지 격상되었다. 반면 '감성'은 문학에서는 18세기 낭만주의 운동, 정치적으로는 프랑스 대혁명을 낳은 정치적 자유주의와 깊은 연관을 가졌다. 매리앤이 좋아하는 작가로 소설 속에서 언급되는 작가 쿠퍼는 대표적인 낭만주의 시인이며, 에드워드가 장난삼아 비꼬는 매리앤의 자연에 대한 과장된 예찬도 낭만주의 문학에서 흔히 볼 수 있는 내용이다. 진부한 표현을 혐오하고 감정의 자연스러운 분출을 예찬하며, 외부의 규범이나 보편적인 도덕률보다는 자신의 내면적인 감정을 도덕적인 판단의 기준으로 삼고 권위에 반항하는 매리앤의 사고는 낭만주의와 감상주의의 영향을 깊이 반영하고 있다. 18세기 후반 널리 인기를 끌고 영향력을 미쳤던 대표적인 감상 소설인 루소의《신新 엘로이즈Julie, ou la Nouvelle héloíse》, 괴테의《젊은 베르테르의 슬픔Die Leiden des jungen Werthers》, 매켄지(1883~1972)의《감성의 남자The Man of Feeling》에서는 기존의 도덕관념과 윤리관에 따라 자신의 의지로 통제 불가능한 격렬한 감정에 휩쓸려 움직이는 인물들을 그렸다. 이러한 소설에서는 주인공들이 자신의 본능적이고 열정적인 감정과 의무나 명예와 같은 '부자연스러운' 기존의 도덕관념의 충돌로 말미암아 파멸을 맞는 모습을 그림으로써 감상주의가 갖는 혁명적인 성격을 잘 보여주었다. 오스틴을 보수주의적 작가로 보는 비평가들은 오스틴의 이러한 감상주의의 혁명성을 거부하고 기존 사회 질서와 전통적 규범을 옹호하는 보수적인 세계관을 보여 주었다고 비판한다.

그러나 여성 작가로서 감성과 낭만적 사랑을 어떻게 받아들여야 할 것인가에 대한 고려가 필요하다. 여성화된 감성의 경우, 이렇게 기존의 권위에 저항하는 혁명적인 성격보다는 오히려 여성을 열등한 존재로 보는 기존의 시각과 합치되는 면이 있다. 여성은 남성보다 지적 능력과 이성적인 판단력이 떨어지는 존재로 묘사되어 왔으며, 감정을 못 이겨 히스테리에 빠지거나 쓰러지는 나약한 존재로 흔히 그려졌다. 이러한 감수성과 자유로움은 윌러비와 같은 남성들의 제물이 되는 결과를 초래하기도 한다. 남성의 유혹에 넘어가 신세를 망친 여성이 자살하거나 병들어 죽는다는 이야기는 감성소설의 단골 주제였다. 매리앤은 윌러비와 이별한 후 스스로 감성소설의 여주인공과 자신을 동일시하며 그 배역을 충실히 연기한다. 브랜든 대령과 윌러비, 심지어 상냥하고 인정 많은 제닝스 부인조차도 매리앤의 죽음을 당연한 것으로 여긴다. 오스틴은 매리앤의 자기 파괴적 행동이 낭만적인 여주인공이 감정에 충실한 데서 비롯되는 비관습적인 행동이 아니라, 오히려 이를 스스로의 행동에 대한 속죄와 처벌의 의미로 간주하는 사회적인 관습에 의해 조장되고 기대되는 것임을 보여준다. 특히 윌러비와 브랜든 대령을 통해 왜 남성들이 이를 은밀히 바라는가를 드러낸다. 첫사랑인 일라이저의 타락과 죽음에서, 브랜든 대령에게 그녀의 죽음은 그에게 더 이상의 치욕과 고통을 면하게 해 준다는 점에서 바람직한 것이다. 윌러비는 매리앤이 자신에게 버림받고 죽어간다는 사실로 자신의 우월감과 자만심을 만족시킬 수 있다.

《이성과 감성》의 남성 인물들은 이상적인 남성상과는 거리가 멀다. 에드워드와 윌러비는 나약하고 의존적이다. 에드워드는 어머니의 경제권에 의지하여 일정한 직업도 없이 살아가면서 젊은이답지 않게 무기력하고 수동적이다. 그는 권태 때문에 경솔하게 자신과 맞지 않는 여자와 비밀 약혼을 하고, 엘리너에게 끌리면서도 '약혼한 몸이니 괜찮을 것'이라는 안이한 생각으로 자신의 행동을 스스로 제어하지 않음으로써 결과적으로 엘리너를 어머니와 누나, 루시로부터 공격받게 만들고 그녀 자신도 헛된 기대로 괴로움을 겪게 만든다. 윌러비도 스미스 부인에게 경제적으로 매인 처지이기는 마찬가지다. 그들이 경제적으로 독립할 수 있는 길은 어머니가 마음을 바꿔 수입을 마련해 주거나, 부유한 친척이 죽거나, 지참금이 많은 여자와 결혼하는 것뿐이다. 그들은 사회 안에서 안정적인 위치를 갖지 못한 채 여성들을 이용하는 약하고 이중적이며 이기적인 인물이라는 점에서 크게 다르지 않다. 그러나 그들의 실패는 그들 개인에게 국한된 문제가 아니라 그들이 속한 사회적 관습에서 비롯된 것이라는 점을 생각한다면, 그들 또한 어떤 의미에서는 희생자들이다.

이러한 상황에서 이성(분별)은 여성이 자신의 애정이 보답 받을 가능성을 확신할 수 없으며, 실패할 경우 사회적으로 치명적인 타격이 불가피해지는 취약한 위치에서 자신을 보호하기 위한 방어책이 된다. 엘리너는 자신의 감정을 드러내지 않고 적절히 통제함으로써 루시의 노골적인 공격과 주변 이웃들의 의심을 피한다. 또한 모두가 매리앤의 죽음을 예상하고 있을 때, 엘리너만은 침착하게 이성적으로 판단하고 대응하여 동생을 구한다. 이뿐 아니라 엘리너의 분별력은 매리앤의 여성적 감수성과 대비되는 의미에서 사회적으로 여성의 특성이라고 간주되지 않는 소위 '남성적' 능력이다. 그러나 소설에서 엘리너의 분별력과 이성은 오히려 남성들조차도 결여한 자질이다. 윌러비와 에드워드가 감정에 이끌려 실수를 저지르거나 이기심에 사로잡혀 잘못된 행동을 하는 반면, 엘리너는 그들의 과오와 약점을 냉정히 판단하고 꾸짖으며 올바른 방향을 제시한다. 이렇게 타인을 도덕적으로 교정해 주고 가르침을 전하는 능력은 일반적으로 남성에게 기대되었던 것이라는 점에서, 엘리너의 분별력은 단순히 사회적 관습에 순응하는 보수주의적 자질이라는 평을 뛰어넘어 성적인 의미에서 전복성을 띤다. 엘리너는 단순히 남들의 시선을 의식해 감정을 감추는 것이 아니라, 상황을 객관적으로 냉정히 분석하여 스스로 납득할 수 있는 답을 찾는다. 엘리너의 이러한 면은 남성들이 여성의 감수성을 이상화함으로써 여성을 자기희생적인 노예상태로 만든다는 점에서 이성과 인내의 필요성을 주장한 메리 울스턴크래프트를 비롯한 당대 여성론자들의 주장과도 일맥상통한다.

제인 오스틴은 여성이 적절한 교육을 통해 이러한 능력을 갖출 수 있다고 보아, 교육의 필요성을 주장했다. 오스틴은 여성들도 이성의 힘을 가질 수 있으며, 남성과 똑같은 방식으로 도덕을 배우고 생각하도록 가르침을 받을 수 있다는 계몽주의 여성운동과 같은 입장을 보인다. 엘리너와 같은 분별력은 단순히 감정을 억누름으로써 얻어지는 것이 아니라, 부단한 자기연마와 수양 끝에 성취되는 것이다. 작품 곳곳에서 엘리너의 지적 재능과 높은 교양이 강조되고 있다. 매리앤은 자기 감정에만 몰두했던 과오를 반성하면서 언니처럼 되기 위해 많은 독서를 하고 공부하여 부족한 부분을 메우겠다고 다짐한다. 오스틴은 루시 스틸에 대해서도 선천적으로 지적 능력이 부족하지는 않았던 만큼 더 나은 교육을 받을 수만 있었더라면 훨씬 나은 인간이 되었으리라는 아쉬움을 표시한다. 매리앤이 '여성이라서' 병적으로 감수성이 풍부한 것이 아니듯이, 루시는 '여성이기 때문에' 교활하고 이기적이며 아부에 능한 것이 아니다. 오스틴은 여성을 근본적으로 열등하며 결함 많은 존재로 보는 남성중심적 시각에 반기를 든다.

엘리너와 매리앤이 주변의 남성들과의 관계를 통해 이르게 되는 도덕적 성숙과 결혼의 결말은 자기들의 행동과 선택을 제약하는 사회적 상황에서 죽거나 패배하지 않고, 그렇다고 루시처럼 자신의 존엄을 버리고 비굴하게 굴복하지 않고 자존을 지키며 살아남는 방법을 터득하게 되는 성취로서 의미 있다고 할 수 있다. 그렇기 때문에 엘리너와 매리앤의 결혼은 낭만적인 로맨스에서 흔히 불어넣는 사랑과 결혼의 환상과는 거리가 있다. 엘리너는 에드워드와의 결혼에 성공하지만 에드워드는 여전히 장자로서의 권리와 재산을 회복하지는 못하며, 그들은 존 대쉬우드 부부와 로버트 부부, 페라스 부인이 이루는 부유한 주류 사회에서 고립된 삶을 살아간다.

매리앤의 결혼에는 더 큰 아이러니가 숨어있다. 오스틴은 이를 그녀가 '특별한 운명을 타고났다'는 말로 적절히 표현한다. 매리앤은 적어도 결과적으로는 처음에 자신이 말한 바에 따르면 서른다섯 살 먹은 늙고 쇠약한 남편을 돌보면서 아내로서 적절한 신분을 얻은 데 만족하는 정략결혼의 주인공이 된 것이다. 매리앤은 자신의 운명을 받아들이고 거기에서 행복을 찾으며 살아가지만, 그것은 그녀가 살아남기 위해서는 그 나름의 대가를 치르고 현실과 타협해야 한다는 것을 깨우침으로써 가능해진 선택이다. 에머슨이 오스틴 소설 주인공들에 대해 '(그렇게 사느니) 자살하고 말겠다'고까지 불평을 터뜨린 것도 이보다 더 완벽하고 만족스러운 로맨스의 결말을 기대한 독자라면 있을 법한 반응이다. 게다가 미흡하나마 그 정도의 해피 엔딩이 성취된 것도 실제로는 주인공들의 의식적인 행동이나 노력보다는 우연에 의지한다. 해피 엔딩으로 가는 사건의 연쇄에서 처음 방아쇠를 당기고 방향을 틀도록 유도하는 요인은 바로 돈이다. 대쉬우드 부인과 딸들이 갑자기 가난해짐으로써 모든 변화가 시작된다. 매리앤이 윌러비를 잃게 된 것도 돈 때문이며, 에드워드는 수입이 없어지는 덕에 루시와 헤어지게 된다. 에드워드가 엘리너에게 돌아갈 수 있게 되는 것은 로버트 페라스가 경제적 자립을 얻어서 자유롭게 결혼 상대를 선택할 수 있게 되었기 때문이다.

엘리너와 매리앤은 강렬한 성격을 지녔음에도 불구하고, 본질적으로 수동적인 역할을 맡을 수밖에 없다. 그들의 운명은 타인들의 이해득실에 따라 결정되며, 타인들의 운명을 결정하는 운명의 수레바퀴 위에서 기다릴 뿐이다. 엘리너는 신중함과 분별로 고난을 헤쳐 나가지만, 그러한 분별조차도 그녀를 완전히 지켜 주지는 못한다. 제인 오스틴에게 중요한 것은 이렇게 불확실한 상황 속에서 경제적, 성적 약자로서 자기 파괴적인 결말을 향해 내달리는 것이 아니라, 냉혹하고 적대적인 세계에서 살아남을 수 있는 방법을 찾는 것이었다.

그러기에 《이성과 감성》은 젊은 연인들의 연애와 결혼을 그린 마냥 발랄한 로맨스가 아니라 진지하면서 언뜻 보기에 씁쓸하고 어두운 세계를 보여주게 된다. 오스틴이 작가로서 제한된 세계와 소소한 사건을 다루면서 어찌 보면 소설의 소재가 되기에는 부족해 보이는 소재들로 당대의 사회와 인간 본성에 대한 깊이 있는 탐구를 성취했듯이, 오스틴의 여주인공들은 자기들의 재능과 인격으로 여성으로서의 열악한 지위에도 불구하고 인간적인 존엄과 개성적인 자아를 잃지 않고 도덕적, 정신적 성장을 이루면서 제한된 경제적, 사회적 상황 속에서 행복해지는 최선의 길을 찾아내는 것이다.

| 작가 연보 |

1775년 12월 16일, 영국 햄프셔 주州의 스티븐턴에서 목사인 아버지 조지 오스틴과 즉흥시와 이야기에 능한 어머니 카산드라 리의 여덟 자녀 중의 일곱 번째 아이(두 번째 딸)로 태어남.

1782년 언니와 함께 옥스퍼드에 가서 친척인 콜리 부인이 경영하는 학원에 입학함.

1784년 레딩에 있는 유명한 애비 스쿨(수녀원)에서 1년간 교육받음. 그 후로는 줄곧 아버지에게 교육받음.

1788년 〈연애와 우정〉 등 여러 편의 소품을 씀. 이것들은 나중에 《제인 오스틴의 소품집》에 수록되어 발표됨.

1791년 소설의 현대 양식인 풍자 소설을 습작함.

1793년 아동을 위한 해학 소설을 집필함.

1795년 서간체 소설인 〈엘리너와 매리앤Elinor and Marianne〉을 완성함. 〈수잔 부인Lady Susan〉을 씀.

1796년 〈첫인상First Impressions〉을 집필함. 나중에 〈오만과 편견Pride and Prejudice〉으로 제목을 바꿔 출판함.

1797년 11월 토마스 캐들에게 〈첫인상〉의 출판을 의뢰했으나 거절당함. 〈이성과 감성Sense and Sensibility〉을 집필함.

1798년 8월 〈노생거 사원Northanger Abbey〉을 집필함.

1801년 아버지가 스티븐턴의 목사직을 장남 제임스에게 갑작스럽게 넘겨주고 은퇴하자, 어머니 그리고 언니와 함께 바스로 이사함. 이로 인한 충격으로 8년 동안 거의 창작을 하지 못함.

1802년 해리스 빅 위더의 청혼을 받아들였으나 다음날 아침에 마음이 변해서 거절함. 그 후 언니 카산드라와 함께 평생 독신으로 보냄.

1803년 〈노생거 사원Northanger Abbey〉을 개작하여 〈수잔〉이란 제목을 붙여 영국의 크로스비 출판사에 팜.

1804년 〈왓슨 가The Watsons〉를 집필하다가 중단함.

1805년 1월 아버지 조지 오스틴이 죽음으로써 생활이 곤궁해짐. 4월 셋방살이를 시작함.

1806년 바스에서 사우샘프턴으로 이사함.

1807년 사우샘프턴의 캐슬 스퀘어로 이사함.

1809년 여러 곳을 전전한 끝에 고향 스티븐턴과 가까운 초턴으로 이사하여 영주할 땅을 얻게 됨. 이곳의 아름다운 환경이 그녀의 마음을 안정시켜 그 후 7년 동안 경이적인 작품 활동을 함.

1811년 2월 〈맨스필드 파크Mansfield Park〉을 집필하기 시작함.
10월 〈엘리너와 매리앤〉을 《이성과 감성Sense and Sensibility》으로 출판함.

1812년 2월 〈첫인상〉을 〈오만과 편견Pride and Prejudice〉으로 제목을 바꿔 에저턴 사에 110파운드에 팜.

1813년 1월 《오만과 편견》을 출판함.
11월 《이성과 감성》과 《오만과 편견》을 재판 찍음.

1814년 1월 〈엠마Emma〉를 집필함.
5월 《맨스필드 파크》를 출판함.

1815년 여름에 〈설득Persuasion〉을 집필함.
11월 《엠마》를 출판함.

1816년 7월 〈설득〉을 완성함. 이 무렵부터 건강이 나빠지기 시작함. 《맨스필드 파크》를 재판함. 《맨스필드 파크》와 《엠마》가 프랑스 번역본으로 출판됨.
《노생거 사원》의 판권을 되찾음.

1817년 1월 〈샌디턴Sanditon〉(가족들이 붙인 제목)을 쓰기 시작함. 그러나 병마에 시달려 제12장에서 작품을 중단함.
4월 27일에 자신의 유언장을 작성함.
5월 윈체스터로 이사함.
5월 24일에 외과전문의를 찾아서 언니 카산드라와 함께 윈체스터의 칼리지 가街에 하숙하며 치료를 받음.
7월 18일 금요일 새벽에 41세로 세상을 떠남. 유해는 윈체스터 대사원에 묻힘. 《오만과 편견》 3판이 출판됨.
12월 《노생거 사원》이 저자의 사후에 실명으로 출판됨.

1818년 《설득》이 저자의 사후에 실명으로 출판됨.

✱ 옮긴이 소개

송은주

이화여자대학교 영문과 졸업.

동 대학원 박사과정 수료.

전문번역가로 활동함.

역서로 《미들섹스》, 《뉴욕 타임즈가 선정한 교양》 등이 있다.

이성과 감성

발행일 | 2022년 2월 15일 초판 1쇄 발행

지은이 | 제인 오스틴　　**옮긴이** | 송은주
펴낸이 | 윤형두· 윤재민　　**펴낸곳** | 종합출판 범우(주)
교　정 | 마희식　　**인쇄처** | 태원인쇄

등록번호 | 제406-2004-000012호 (2004년 1월 6일)
(10881) 경기도 파주시 광인사길 9-13 (문발동)
대표전화 | 031-955-6900　　**팩　스** | 031-955-6905
홈페이지 | www.bumwoosa.co.kr　　**이메일** | bumwoosa1966@naver.com

ISBN 978-89-6365-330-3 03840

* 책값은 뒤표지에 있습니다.
* 잘못된 책은 바꾸어드립니다.